吉松由美・田中陽子・西村惠子・山田玲奈　合著

山田社
Shan Tian She

365天用的

日語 單字

6000

2級・3級・4級

攜帶本

每個單字右邊的「四、三、二、2、3、6」等數字為：

「四」四級單字

「三」三級單字

「二」二級單字

「2」日本國立國語研究所挑選的，生活基本語彙2000字

「3」日本文化廳所選的，生活標準語彙3000字

「6」日本國立國語研究所，挑選的基本語彙6000字

前　言

日語單字老是「記了忘，忘了記」！
我就是要「聽到哪，學到哪」！
「走到哪，記到哪」！

您的心聲我們聽到了！為了回應讀者對《365天用的 日語單字6000》的熱烈支持！
《365天用的 日語單字6000》本著利用「喝咖啡時間」，也能「倍增會話量」的意旨，出版方便隨身攜帶的小開本，不論是在公車站等車、坐捷運，或是喝咖啡等人，都能走到哪，學到哪，隨時隨地增進日語單字力！

365天日本人天天用的6000單字，精華完全收錄版
生活日常、職場應對、旅遊必備，讀這一本就夠啦！
單字、對話，讓您一次學會！

如果您是這樣的人：

　◆ 想去日本來個小旅行，好讓自己的世界擴大一倍。
　◆ 想去日本來個小遊學，用吃苦來突破人生限制。
　◆ 想看懂日語報章雜誌，一口氣從初階學到中高階。
　◆ 用日語唱出旋律動人的日語歌！
　◆ 綜藝節目上的日本冷笑話，都能聽懂啦！
　◆ 想多一個翻譯的專長！
　◆ 知道日本人的思維模式，刺激自己的創意！
　◆ 增加國際視野，有信心到日本找工作、做生意啦！

本書讓您，一冊在手，妙用無窮。還有，隨時隨地成就您日語能力的4大關鍵：

1　記哪些生活單字？ |

　　吃喝玩樂、食衣住行、白天到晚上，不論是生活、旅遊及職場中會用到的日語單字，這本應有盡有！從旅遊常見的對話、最近新鮮的單字、生活最新的話題，還有職場成功完勝交際應對…等，共收錄6000多個好用單字，可以說是日語單字精華完全收錄版。

2　生活單字程度呢？ |

　　生活常用6000單字大公開。依照日本國立國語研究所「日本語教育基本語彙調查」之基準，選出的生活常用單字6000字，並標示出常用2000、3000、6000三個類別。也是日語檢定2,3,4級的內容（相當於新制日檢N2,N3,N4,N5程度）。不僅考試好用，基礎自學、進階加強、自我提升，都是最佳的學習好幫手！

3　生活單字怎麼用？ |

　　單字搭配的例句，生動又有趣，好像在看漫畫跟日劇，讓您單字、對話，一次賺到！另外，還特別挑選的相反詞、類義詞，讓您記一個字，同時也記一串字。

4　生活單字要聽懂？ |

　　書中的日文單字、例句，都有日籍老師跟專業中文老師配音，無論想站著聽、坐著聽、趴著聽、躺著聽，怎麼聽都行！本書保證讓您讀不絕口，按幾個讀都嫌不夠！

目　錄

あァ

あ 四2

㊙ （表示驚訝等）啊，唉呀；哦。

△あ、あなたも学生ですか／啊！你也是學生嗎？

あ（っ） 二6

㊙ （吃驚、驚嘆、非常危急時的發聲）啊！呀！唉呀！

△あっ、びっくりした／唉呀！嚇我一跳。

ああ 三2

㊀ 那樣，那麼。

㊚ あのように

△私があの時ああ言ったのは、よくなかったです／我當時那樣說並不恰當。

あい［愛］ 二36

㊅·漢造 愛，愛情；友情，恩情；愛好，熱愛；喜愛；喜歡；愛惜。

㊚ 愛情

△愛を注ぐ／傾注愛情。

あいかわらず［相変わらず］ 二36

㊉ 照舊，仍舊，和往常一樣。

㊚ 変わりもなく

△相変わらず、ゴルフばかりしているね／你還是老樣子，常打高爾夫球！

あいさつ［挨拶］ 三2

㊅·自サ 問候，寒暄；表示敬意，致敬；致詞，致謝；回答，回話。

㊚ お世辞

△アメリカでは、こう握手して挨拶します／在美國都像這樣握手寒暄。

あいさつ［挨拶］ 二36

㊅·自サ 問候，寒暄，表示敬意，致敬；致詞，致謝；回答，回話。

㊚ お世辞

△社長にかわって、副社長が挨拶をした／副社長代替社長致詞。

あいじょう［愛情］ 二36

㊅ 愛，愛情。

㊚ 情愛

△愛情も、場合によっては迷惑になりかねない／即使是愛情，也會有讓人感到困擾的時候。

あいず［合図］ 二36

㊅·自サ 信號，暗號。

㊚ 知らせ

△あの煙は、仲間からの合図に違いない／那道煙霧，一定是同伴給我們的暗號。

アイスクリーム［ice cream］ 二6

㊅ 冰淇淋。

あいする［愛する］ 二36

㊋サ 愛，愛慕；喜愛，有愛情，疼愛，愛護；喜好。

㊐ 憎む　㊚ 可愛がる

△<ruby>愛<rt>あい</rt></ruby>する<ruby>人<rt>ひと</rt></ruby>に<ruby>手紙<rt>てがみ</rt></ruby>を<ruby>書<rt>か</rt></ruby>いた／我寫了封信給我所愛的人。

あいだ [間] 　三2

⊛ 中間；期間；之間。

⊕ 間隔

△<ruby>10年<rt>ねん</rt></ruby>もの<ruby>間<rt>あいだ</rt></ruby>、<ruby>連絡<rt>れんらく</rt></ruby>がなかった／長達10年的時間，沒有聯絡了。

あいだ [間] 　二36

⊛·接助 間隔，距離；間，中間；期間，時候，工夫；關係。

⊕ 間隔

△<ruby>中国<rt>ちゅうごく</rt></ruby>とアメリカの<ruby>間<rt>あいだ</rt></ruby>に<ruby>太平洋<rt>たいへいよう</rt></ruby>がある／在中國跟美國之間有太平洋。

あいて [相手] 　二36

⊛ 夥伴，共事者；對方，敵手；對象。

⊘ 自分　⊕ 相棒

△<ruby>商売<rt>しょうばい</rt></ruby>は、<ruby>相手<rt>あいて</rt></ruby>があればこそ<ruby>成<rt>な</rt></ruby>り<ruby>立<rt>た</rt></ruby>つものです／所謂的生意，就是要有交易對象才得以成立。

アイデア [idea] 　二36

⊛ 主意，想法，構想；（哲）觀念。

⊕ 思い付き

△<ruby>彼<rt>かれ</rt></ruby>のアイデアは、<ruby>尽<rt>つ</rt></ruby>きることなく<ruby>出<rt>で</rt></ruby>てくる／他的構想源源不絕地湧出。

あいにく [生憎] 　二36

副·形動 不巧，偏偏。

⊘ 折良く　⊕ 折悪しく

△あいにく、<ruby>今日<rt>きょう</rt></ruby>は<ruby>都合<rt>つごう</rt></ruby>が<ruby>悪<rt>わる</rt></ruby>いです／真不湊巧，今天不大方便。

あいまい [曖昧] 　二36

形動 含糊，不明確，曖昧，模稜兩可；可疑，不正經。

⊘ 明確　⊕ はっきりしない

△<ruby>物事<rt>ものごと</rt></ruby>を<ruby>曖昧<rt>あいまい</rt></ruby>にするべきではない／事情不該交代得含糊不清。

あう [会う] 　四2

自五 見面，遇見，碰面。

⊘ 別れる　⊕ 面会

△<ruby>先生<rt>せんせい</rt></ruby>とは、<ruby>大学<rt>だいがく</rt></ruby>で<ruby>会<rt>あ</rt></ruby>いました／跟老師在大學裡見過面。

あう [合う] 　三2

自五 適合；一致；正確。

⊘ 分かれる　⊕ 一致

△<ruby>時間<rt>じかん</rt></ruby>が<ruby>合<rt>あ</rt></ruby>えば、<ruby>会<rt>あ</rt></ruby>いたいです／如果時間允許，希望能見一面。

あう [合う] 　二36

自五 正確，適合；一致，符合；對，準；合得來；合算。

⊘ 分かれる　⊕ ぴったり

△ワインは、<ruby>洋食<rt>ようしょく</rt></ruby><ruby>和食<rt>わしょく</rt></ruby>を<ruby>問<rt>と</rt></ruby>わず、よく<ruby>合<rt>あ</rt></ruby>う／不論是西餐或是和食，葡萄酒都很搭。

アウト [out] 　二6

⊛ 外，外邊；出界；出局。

⊘ セーフ　⊕ 局外者

△アウトになんか、なるものか／我怎麼會被三振出局呢!？

あ

あお［青］ 二3 6
名·接頭 青，藍；草綠，綠色；綠燈；年輕的，未成熟的；發青的，略帶青色的。
類 水色

あおい［青い］ 四2
形 藍色的；綠的。
類 碧い
△青い箱か赤い箱に、プレゼントが入っています／藍色盒子或紅色盒子裡裝了禮物。

あおい［青い］ 二3 6
形 青的，藍色的；臉色蒼白的，發青的；未成熟的，幼稚的。
類 蒼い
△彼女のデザインをもとに、青いワンピースを作った／根據她的設計，裁製了一件藍色的連身裙。

あおぐ［扇ぐ］ 二6
自·他五（用扇子）扇（風）；煽動。
△暑いので、団扇で扇いでいる／因為很熱，所以拿圓扇搧著風。

あおじろい［青白い］ 二6
形（臉色）蒼白的；青白色的。
類 青い
△彼はうちの中にばかりいるから、顔色が青白いわけだ／他老是窩在家裡，臉色當然蒼白啦！

あか［赤］ 二3 6
名·造語 紅，紅色；（俗）共產主義者；冠於他語之上表示分明，完全的意思。
類 レッド

あかい［赤い］ 四2
形 紅色的。
類 朱い
△この木の葉は、1年中赤いです／這葉子，一整年都是紅的。

あかい［赤い］ 二3 6
形 紅色的；革命的，左傾的。
類 桃色
△赤いスカートがほしいです／我想要一件紅色的裙子。

あかちゃん［赤ちゃん］ 三2
名 嬰兒。
類 幼児
△赤ちゃんは、泣いてばかりいます／嬰兒只是哭著。

あかちゃん［赤ちゃん］ 二3 6
名（俗·喻）娃娃，嬰兒；不懂世故的人。
類 赤ん坊
△赤ちゃんみたいな男だ／像個嬰兒的男人。

あかり［明かり］ 二6
名 燈，燈火；光，光亮；消除嫌疑的證據。
類 灯
△明かりがついていると思ったら、息子が先に帰っていた／我還在想燈怎麼

是開著的，原來是兒子先回到家了。

あがる ［上がる］　　　三 2

自五　上算；昇高；上升。

反 下がる　類 上昇

△野菜の値段が上がるようだ／青菜的
價格好像要上漲了。

あがる ［上がる］　　　二 3 6

自五·他五·接尾　上、登、進入；上漲；提
高；加薪；吃，喝，吸（煙）；表示完
了。

反 下がる　類 上る

△矢印にそって、2階に上がってくだ
さい／請順著箭頭上二樓。

あかるい ［明るい］　　　四 2

形　明亮，光明的；鮮明，亮色；快活，
爽朗。

反 暗い　類 明々

△電気をつけて、部屋が明るくなった
／打開電燈後，房間變亮了。

あかるい ［明るい］　　　二 3 6

形　明亮的，光明的；開朗的，快活的；
精通，熟悉。

反 暗い　類 明らか

△年齢を問わず、明るい人が好きです
／年紀大小都沒關係，只要個性開朗我
都喜歡。

あかんぼう ［赤ん坊］　　　三 2

名　嬰兒。

類 赤ちゃん

△赤ん坊が歩こうとしている／嬰兒在
學走路。

あき ［秋］　　　四 2

名　秋天。

△秋になったら、旅行をしたいです／
等秋天時想去旅行。

あき ［空き］　　　二 6

名　空隙，空白；閒暇；空額。

類 スペース

△時間に空きがあるときに限って、誰
も誘ってくれない／偏偏有空時，就是
沒人來約我。

あきらか ［明らか］　　　二 3 6

形動　顯然，清楚，明確；明亮。

類 鮮やか

△統計に基づいて、問題点を明らかに
する／根據統計的結果，來瞭解問題點
所在。

あきらめる ［諦める］　　　二 3 6

他下一　死心，放棄；想開。

類 思い切る

△彼は、諦めたかのように下を向いた
／他有如死心般地，低下了頭。

あきる ［飽きる］　　　二 3 6

自上一　夠，滿足；厭煩，煩膩。

類 満む；倦む

△この映画を3回見て、飽きるどころ
かもっと見たくなった／我這部電影看
了三次，不僅不會看膩，反而更想看
了。

あ

7

あきれる［呆れる］　⊜36

[自下一] 吃驚，愕然，嚇呆，發愣。

類 呆然

△あきれて物が言えない／我嚇到話都說不來了。

あく［開く］　四2

[自五] 打開，開（著）；開業。

反 閉まる　**類** 開（ひら）く

△ドアが開いている／門開著。

あく［開く］　⊜36

[自五] 開，打開；（店舗）開始營業。

反 閉まる　**類** 開（ひら）く

△店が10時に開くとしても、まだ2時間もある／就算商店十點開始營業，也還有兩個小時呢。

あく［空く］　⊜2

[自五] 空隙；閒著；有空。

類 欠ける

△席が空いたら、坐ってください／如空出座位來，請坐下。

あく［空く］　⊜6

[自五] 空間；缺額；騰出，移開。

類 空席

△人気のない映画だから、席がいっぱい空いているわけだ／就是因為電影沒有名氣，所以座位才那麼空。

あくしゅ［握手］　⊜36

[名・自サ] 握手；和解，言和；合作，安協；會師，會合。

△会談の始まりに際して、両国の首相が握手した／會談開始的時候，兩國首相握了手。

アクセサリー［accessory］　⊜6

[名] 附屬品，零件；服飾用品（胸針、耳環、手套、手提包之類）。

類 装身具

アクセント［accent］　⊜36

[名] 重音；重點，強調之點；語調；（服裝或圖案設計上）突出點，著眼點。

類 発音

△アクセントからして、彼女は大阪人のようだ／聽口音，她應該是大阪人。

あくび［欠伸］　⊜36

[名・自サ] 哈欠。

△仕事の最中なのに、あくびばかり出て困る／工作中卻一直打哈欠，真是傷腦筋。

あくま［悪魔］　⊜6

[名] 惡魔，魔鬼。

反 神　**類** 魔物

△あの人は、悪魔のような許しがたい男です／那個男人，像魔鬼一樣不可原諒。

あくまで［飽くまで］　⊜36

[副] 徹底，到底。

類 どこまでも

△私はあくまで彼に賛成します／我挺他到底。

あくる [明くる]　　　二36

(連體) 次，翌，明，第二。

麵 次

△一晩考えた計画をもとに、私たちは
明くる日、出発しました／按照整晚想
出來的計畫，我們早出發。

あけがた [明け方]　　　二6

② 黎明，拂曉。

⑤ 夕　麵 朝

△明け方で、まだよく寝ていたところ
を、電話で起こされた／黎明時分，還
在睡夢中，就被電話聲吵醒。

あける [開ける]　　　四2

(他下一) 打開；開始。

⑤ 閉める　麵 開(ひら)く

△ドアを開けます／把門打開。

あける [開ける]　　　二36

(他下一) 打開；挖，穿開；騰出，倒出；空
出。

⑤ 閉める　麵 開(ひら)く

△私にかわって、鍵を開けてもらえま
すか／你可以替我打開鎖嗎？

あげる [上げる]　　　四2

(他下一) 舉起；逮捕。

⑤ 下げる　麵 高める

△私が手を上げたとき、彼も手を上げ
た／當我舉起手時，他也舉起了手。

あげる　　　二2

(他下一) 給；送。

あ 与える

△ほしいなら、あげますよ／如果想
要，就送你。

あげる [上げる]　　　二36

(他下一・自下一) 舉起，抬起，揚起，懸掛；
(從船上)卸貨；增加；升遷；送入；表
示做完；表示自謙。

⑤ 下げる　麵 高める

△箱を棚に上げる／把箱子放在架上。

あこがれる [憧れる]　　　二6

(自下一) 嚮往，憧憬，愛慕；眷戀。

麵 慕う

△田舎でののんびりした生活に憧れて
います／很嚮往鄉下悠閒自在的生活。

あさ [朝]　　　四2

② 早上，早晨。

⑤ 夕　麵 明け方

△朝おきて、新聞を読みます／早上起
床後看報紙。

あさい [浅い]　　　二36

(形) (水等)淺的；(顏色)淡的；(程
度)膚淺的，少的，輕的；(時間)短
的。

⑤ 深い

△子供用のプールは浅いです／孩童用
的游泳池很淺。

あさごはん [朝ご飯]　　　四2

② 早餐。

△朝ご飯を食べました／吃過早餐了。

あ

9

あさって［明後日］ 四 2

㊔ 後天。

類 明後日（みょうごにち）

△郵便局へは、明後日行きます／後天去郵局。

あさって［明後日］ 二 3 6

名·副 後天；錯誤的方向。

類 明後日（みょうごにち）

△展覧会は、あさってから国立博物館において開催される／展覽會自後天起，在國立博物館開放參觀。

あさねぼう［朝寝坊］ 三 2

名·自サ 賴床；愛賴床的人。

△うちの息子は、朝寝坊をしたがる／我兒子老愛賴床。

あさねぼう［朝寝坊］ 二 6

名·自サ 早上睡懶覺的人；起床晚。

△遅刻したのは、朝寝坊のせいです／我之所以遲到，全都是早上賴床的關係。

あし［足］ 四 2

㊔ 腿；腳；（器物的）腿；走，移動。

反 手　類 腿

△たくさん歩いて、足を丈夫にします／多走路讓腳變得更強壯。

あじ［味］ 三 2

㊔ 味道；妙處。

類 味わい

△彼によると、このお菓子はオレンジの味がするそうだ／聽他說這糕點有柳橙味。

あじ［味］ 二 3 6

㊔ 味道；好處，甜頭；趣味，妙處。

類 味わい

△見た目がおいしそうなのに反して、味はまずかった／看起來很好吃，但吃起來卻很糟。

アジア［Asia］ 二 3 6

㊔ 亞洲。

△アジアの経済に関して、討論した／討論亞洲的經濟。

あしあと［足跡］ 二 6

㊔ 腳印；（逃走的）蹤跡；事蹟，業績。

類 跡

△家の中は、泥棒の足跡だらけだった／家裡都是小偷的腳印。

あした［明日］ 四 2

㊔ 明天。

反 昨日　類 明日（あす）

△今日も明日も仕事です／今天和明天都要工作。

あしもと［足下］ 二 6

㊔ 腳下；腳步；身旁，附近。

△足下に注意するとともに、頭上にも気をつけてください／請注意腳下的路，同時也要注意頭上。

あじわう［味わう］ 二 6

他五 品嚐；體驗，玩味，鑑賞。

動 楽しむ

△私が味わったかぎりでは、あの店の料理はどれもおいしいです／就我嚐過的來看，那家店所有菜都很好吃。

あす [明日] 三2)

名 明天（較文言）。

反 昨日 對 明くる日

△今日忙しいなら、明日でもいいですよ／如果今天很忙，那明天也可以喔！

あずかる [預かる] 二36)

他五 收存，（代人）保管；擔任，管理，負責處理；保留，暫不公開。

動 引き受ける

△金を預かる／保管錢。

あずける [預ける] 二36)

他下一 寄放，存放；委託，託付。

動 託する

△あんな銀行に、お金を預けるものか／我絕不把錢存到那種銀行！

あせ [汗] 二36)

名 汗。

△テニスにしろ、サッカーにしろ、汗をかくスポーツは爽快だ／不論是網球或足球都好，只要是會流汗的運動，都令人神清氣爽。

あそこ 四2)

代 那邊。

對 あちら

△あそこのプールは、広くてきれいです／那邊的游泳池又寬又乾淨。

あそこ 二36)

代 那裡；那種程度；那種地步。

對 あちら

△あそこの喫茶店で待っていてください／請到那裡的咖啡廳等一下。

あそび [遊び] 三2)

名 遊玩，玩耍；間瑕。

動 娯楽

△勉強より、遊びのほうが楽しいです／玩樂比讀書有趣。

あそぶ [遊ぶ] 四2)

自五 遊玩；遊覽，消遣；間置。

△六本木ヒルズというところで遊びました／在一個叫六本木山丘的地方玩。

あそぶ [遊ぶ] 二36)

自五 玩耍，遊戲；間置不用；玩耍消遣；遊歷，遊學；遊蕩，嫖賭。

△彼となんか、一緒に遊ぶものか／我才不跟他種人玩呢！

あたえる [与える] 二36)

他下一 給與，供給；授與；使蒙受；分配。

反 奪う 對 授ける

△子どもにたくさんお金を与えるものではない／不該給小孩太多錢。

あたたかい [暖かい] 四2)

形 溫暖的，溫和的；和睦的，親切的；

あ

充裕的。

反 寒い 類 暖か

△タイという国は、暖かいですか／泰國那個國家很暖和嗎？

あたたかい［暖かい］ 二36

形 溫暖，暖和；熱情，熱心；和睦；充裕，手頭寬裕。

反 寒い 類 温暖

△暖かくて、まるで春が来たかのようだ／天氣暖和，好像春天來到似的。

あたたまる［暖まる］ 二36

自五 暖，暖和；感到溫暖；手頭寬裕。

類 暖かくなる

△部屋がだんだん暖まってきた／房間逐漸暖和起來了。

あたためる［暖める］ 二36

他下一 使溫暖；重溫，恢復；擱置不發表。

類 暖かくする

△ストーブで部屋を暖めよう／開暖爐暖暖房間吧！

あたま［頭］ 四2

名 頭；（物體的上部）頂；頭髮；頭目，首領。

類 頭（かしら）

△頭が痛いわ／頭好痛哦。

あたらしい［新しい］ 四2

形 新的；新鮮的；時髦的。

反 古い 類 新（あら）た

△あれは、新しい建物です／那是新的建築物。

あたらしい［新しい］ 二36

形 新的；新式的；新鮮的。

反 古い 類 目新しい

△ここから隣町にかけては、新しい家が多い／從這裡到下一個城鎮之間，有很多新房子。

あたり［辺（り）］ 二36

名·造語 附近，一帶；之類，左右。

類 近く

△この辺りからあの辺りにかけて、畑が多いです／從這邊到那邊，有許多田地。

あたり［当（た）り］ 二36

名 命中，打中；感覺，觸感；味道；猜中；中獎；待人態度；如願，成功。

接尾 每，平均。

反 はずれ 類 的中

△福引で当たりを出す／抽獎抽中了。

あたりまえ［当たり前］ 二36

名 當然，應然；平常，普通。

類 もっとも

△新しい商品を販売する上は、商品知識を勉強するのは当たり前です／既然要販售新產品，當然就要好好學習產品相關知識。

あたる［当（た）る］ 二36

自五·他五 碰撞；擊中；合適；太陽照射；取暖，吹（風）；接觸；（大致）位於；當…時候；（粗暴）對待。

動 ぶつかる

△この花は、屋内屋外を問わず、日の当たるところに置いてください／不論是屋內或屋外都可以，請把這花放在太陽照得到的地方。

あちこち
二 3 6

代 這兒那兒，到處。

類 ところどころ

△どこにあるかわからないので、あちこち探すよりほかない／因為不知道在哪裡，所以只得到處找。

あちら
四 2

代 那裡；那位。

類 あそこ

△あちらは、小林さんという方です／那位是小林先生。

あちら・あっち
二 3 6

代 那邊，那裡，那位；對方。

類 あそこ

△あちらに比べて、こちらは寒いです／比起那裡，這裡比較冷。

あちらこちら
二 3 6

代 到處，四處；相反，顛倒。

類 あちこち

△君に会いたくて、あちらこちらどれだけ探したことか／為了想見你一面，我可是四處找得很辛苦呢！

あつい ［厚い］
四 2

形 厚；（感情，友情）深厚，優厚。

反 薄い 類 厚ぼったい

△ケーキを厚く切らないでください／請別把蛋糕切得太厚。

あつい ［厚い］
二 3 6

形 厚的，深厚的。

反 薄い 類 重厚

△厚いおもてなしありがとうございました／謝謝您如此熱情的款待！

あつい ［暑い］
四 2

形 （天氣）熱，炎熱。

反 寒い 類 蒸し暑い

△暑いか寒いか、わかりません／不知道是熱是冷。

あつい ［暑い］
二 3 6

形 （天氣）炎熱。

反 寒い 類 蒸し暑い

△毎日暑くてしようがないね／每天都熱得令人無法忍受。

あつい ［熱い］
四 2

形 （溫度）熱的，燙的；熱心。

反 冷たい 類 ホット

△熱いから、気をつけてください／很燙的，請小心。

あつい ［熱い］
二 3 6

形 熱的，燙的；熱情的，熱烈的。

反 冷たい 類 ホット

△選手たちの心には、熱いものがある／選手的內心深處，總有顆熾熱的心。

あつかう［扱う］ 二36

他五 操作，使用；對待，待遇；調停，仲裁。

類 取り扱う

△この商品を扱うに際しては、十分気をつけてください／使用這個商品時，請特別小心。

あつかましい［厚かましい］ 二6

形 厚臉皮的，無恥。

類 図々しい

△あまり厚かましいことを言うべきではない／不該說些丟人現眼的話。

あっしゅく［圧縮］ 二6

名·他サ 壓縮；（把文章等）縮短。

類 縮める

△こんなに大きなものを小さく圧縮するのは、無理というものだ／要把那麼龐大的東西壓縮成那麼小，那根本就不可能。

あつまり［集まり］ 二36

名 集會，會合；收集（的情況）。

類 集い

△これは、老人向けの集まりです／這是針對老年人所舉辦的聚會。

あつまる［集まる］ 三2

自五 聚集，集合；集中。

類 集う

△パーティーに、1000人も集まりました／多達1000人，來參加派對。

あつまる［集まる］ 二36

自五 集合，集中，聚匯。

類 集結

△国を問わず、どこでも人は集まるのが好きだ／不論是哪個國家、哪個地方，人們總是喜歡聚集在一起。

あつめる［集める］ 三2

他下一 集合；收集。

反 配る　類 收集

△切手を集めることが好きです／我喜歡集郵。

あてな［宛名］ 二36

名 收信（件）人的姓名住址。

類 宛所

△宛名を書きかけて、間違いに気がついた／正在寫收件人姓名的時候，發現自己寫錯了。

あてはまる［当てはまる］ 二6

自五 適用，適合，合適，恰當。

類 適する

△条件に当てはまる／合乎條件。

あてはめる［当てはめる］ 二6

他下一 適用；應用。

類 適用

△その方法はすべての場合に当てはめることはできない／那個方法並不適用於所有情況。

あてる［当てる］ 二36

他下一 碰撞，接觸；命中；猜，預測；貼

上，放上；測量；對著，朝向。

△僕（ぼく）の年（とし）が当（あ）てられるものなら、当（あ）ててみろよ／你要能猜中我的年齡，你就猜看看啊！

あと［後］ 四2

㊔（時間）以後；（地點）後面；（距現在）以前；（次序）之後。

△後（あと）で教（おし）えてくださいませんか／能不能待會兒教我？

あと［後］ 二36

㊔（地點、位置）後面，後方；（時間上）以後；（距現在）以前；（次序）之後，其後；以後的事；結果，後果；其餘，此外；子孫，後人。

反 前　類 後ろ；後（のち）

△後（あと）から行（い）く／我隨後就去。

あと［跡］ 二36

㊔ 印，痕跡；遺跡；跡象；行蹤下落；家業；後任，後繼者。

類 遺跡

△山（やま）の中（なか）で、熊（くま）の足跡（あしあと）を見（み）つけた／在山裡發現了熊的腳印。

あな［穴］ 二36

㊔ 孔，洞，窟窿；坑；穴，窩；礦井；藏匿處；缺點；虧空。

類 洞窟

△穴（あな）があったら入（はい）りたい／地下如果有洞，真想鑽進去（無地自容）。

アナウンサー［announcer］ 二6

㊔ 廣播員，播報員。

類 アナ

△彼（かれ）は、アナウンサーにしては声（こえ）が悪（わる）い／就一個播音員來說，他的聲音並不好。

あなた 四2

㊹（對長輩或平輩尊稱）你，您；（妻子叫先生）老公。

反 私　類 そちら

△あなたは、どなたに英語（えいご）を習（なら）いましたか／你英語是跟哪位學的？

あなた［貴方］ 二36

㊹ 您，你；那邊；以前。

反 私　類 君

△あなたのせいで、ひどい目（め）に遭（あ）いました／都是你，害我倒了大霉。

あに［兄］ 四2

㊔ 哥哥，家兄；大伯子，大舅子，姐夫。

反 姉　類 兄さん

△兄（あに）は、映画（えいが）が好（す）きです／哥哥喜歡看電影。

あね［姉］ 四2

㊔ 姊姊，家姊；嫂子，大姑子，大姨子。

反 兄　類 姉さん

△姉（あね）は、目（め）が大（おお）きいです／姊姊的眼睛很大。

あの 四2

連體（表第三人稱，離說話雙方都距離遠

あ

的）那裡，哪個，哪位。

かの

△この店でも、あの店でも売っています／這家店和那家店都有在賣。

あの

連體·感 那個；嗯。

かの

△私が本で読んだかぎりでは、あの国はとても住みやすそうです／就我書上看到的，那個國家好像住起來很舒適。

あのう

四2

感 喂；嗯（招呼人時，躊躇或不能馬上說出下文時）。

△あのう、この道をまっすぐ行くと、駅ですか／請問一下，沿著這條路直走，就可以到車站嗎？

アパート

四2

名 公寓。

貸家

△先生のアパートはあれです／老師住的公寓是那一間。

あばれる ［暴れる］

二6

自下一 胡鬧；放蕩，橫衝直撞。

乱暴

△彼は酒を飲むと、周りのこともかまわずに暴れる／他只要一喝酒，就會不顧周遭一切地胡鬧一番。

あびる ［浴びる］

四2

他上一 淋，浴，澆；照，曬；遭受，蒙受。

△冷たい水を浴びて、風邪を引いた／洗冷水澡結果感冒了。

あびる ［浴びる］

二6

他上一 洗，浴；曬，照；遭受，蒙受。

受ける

△シャワーを浴びるついでに、頭も洗った／在沖澡的同時，也順便洗了頭。

あぶない ［危ない］

四2

形 危險，不安全；（形勢、病情等）危急。

△あっちは危ないから、気をつけて／那裡很危險，小心一點。

あぶない ［危ない］

二36

形 危險的，危急的；令人擔心，靠不住。

危うい

△みんなの注意もかまわず、危ないことばかりしている／他完全不顧大家的勸告，盡做些危險的事情。

あぶら ［脂］

二6

名 脂肪，油脂；（喻）活動力，幹勁。

脂肪

△こんな目に遭っては、恐ろしくて脂汗が出るというものだ／遇到這麼慘的事，我大概會嚇得直流汗吧！

アフリカ ［Africa］

二36

名 非洲。

あぶる ［炙る・焙る］

二6

他五 烤；烘乾；取暖。

（他）焙じる
△<ruby>魚<rt>さかな</rt></ruby>を<ruby>炙<rt>あぶ</rt></ruby>る／烤魚。

あふれる［溢れる］　　二 6

（自下一）溢出，漾出，充滿。
（類）零れる
△<ruby>道<rt>みち</rt></ruby>に<ruby>人<rt>ひと</rt></ruby>が<ruby>溢<rt>あふ</rt></ruby>れているので、<ruby>通<rt>とお</rt></ruby>り<ruby>抜<rt>ぬ</rt></ruby>けようがない／道路擠滿了人，沒辦法通過。

あまい［甘い］　　四 2

（形）甜的；甜蜜的；（口味）淡的。
（反）辛い
△これは、<ruby>甘<rt>あま</rt></ruby>いお<ruby>菓子<rt>かし</rt></ruby>です／這是甜的糕點。

あまい［甘い］　　二 3 6

（形）甜的；淡的；寬鬆，好說話；鈍，鬆動；藐視；天真的；樂觀的；淺薄的；愚蠢的。
（反）辛い　（類）甘ったるい
△そんな<ruby>甘<rt>あま</rt></ruby>い<ruby>考<rt>かんが</rt></ruby>えは、<ruby>採用<rt>さいよう</rt></ruby>しかねます／你那天真的提案，我很難採用的。

あまど［雨戸］　　二 3 6

（名）（為防風防雨而罩在窗外的）木板套窗，滑窗。
（類）戸
△<ruby>力<rt>ちから</rt></ruby>をこめて、<ruby>雨戸<rt>あまど</rt></ruby>を<ruby>閉<rt>し</rt></ruby>めた／用力將滑窗關起來。

あまやかす［甘やかす］　　二 6

（他五）嬌生慣養，縱容放任；嬌養，嬌寵。
△<ruby>子<rt>こ</rt></ruby>どもを<ruby>甘<rt>あま</rt></ruby>やかすなといっても、ど

うしたらいいかわからない／雖說不要寵小孩，但也不知道該如何是好。

あまり　　四 2

（名・副）（後接否定）不太…，不怎麼…；太，過份；剩餘，剩下。
（類）残り
△パンは、あまり<ruby>食<rt>た</rt></ruby>べません／我很少吃麵包。

あまり［余り］　　二 3 6

（名・副）不太（下接否定）；（あまる的名詞形）剩餘，剩下；（除法除不盡的）餘數；過分，過度。
（類）残り
△<ruby>映画<rt>えいが</rt></ruby>は、<ruby>評判<rt>ひょうばん</rt></ruby>のわりにあまり<ruby>面白<rt>おもしろ</rt></ruby>くなかった／那部電影與評論說的相反，不怎麼有趣。

あまる［余る］　　二 6

（自五）剩餘；超過，過分，承擔不了。
（反）足りない　（類）有り余る
△<ruby>時間<rt>じかん</rt></ruby>が<ruby>余<rt>あま</rt></ruby>りぎみだったので、<ruby>喫茶店<rt>きっさてん</rt></ruby>に<ruby>行<rt>い</rt></ruby>った／看來還有時間，所以去了咖啡廳。

あみもの［編み物］　　二 6

（名）編織；編織品。
（類）手芸
△おばあちゃんが<ruby>編<rt>あ</rt></ruby>み<ruby>物<rt>もの</rt></ruby>をしているところへ、<ruby>孫<rt>まご</rt></ruby>がやってきた／老奶奶在打毛線的時候，小孫子來了。

あむ［編む］　　二 6

（他五）編，織；編輯，編纂。

[類] 織る

△お父さんのためにセーターを編んでいる／為了爸爸在織毛衣。

あめ［飴］ 二6

[名] 糖，麥芽糖。

[類] キャンデー

△子どもたちに一つずつ飴をあげました／給了小朋友一人一顆糖果。

アメリカ［America］ 二36

[名] 美洲；美國。

△日本でも勉強できますから、アメリカまで行くことはないでしょう／既然在日本也可以學，就沒必要特地跑到美國去呀！

あやうい［危うい］ 二6

[形] 危險的；令人擔憂，靠不住。

[類] 危ない

△彼の計画には、危ういものがある／他的計畫有令人擔憂之處。

あやしい［怪しい］ 二36

[形] 奇怪的，可疑的；靠不住的，難以置信；奇異，特別；笨拙；關係暖昧的。

[類] 疑わしい

△外を怪しい人が歩いているよ／有可疑的人物在外面徘徊呢。

あやまり［誤り］ 二6

[名] 錯誤。

[類] 違い

△誤りを認めてこそ、立派な指導者と言える／唯有承認自己過失，才稱得上是偉大的領導者。

あやまる［謝る］ 三2

[自五] 道歉，謝罪。

[類] 詫びる

△そんなに謝らなくてもいいですよ／不必道歉到那種地步。

あやまる［誤る］ 二6

[自·他五] 錯誤，弄錯；耽誤。

△誤って違う薬を飲んでしまった／不小心搞錯吃錯藥了。

あら 二6

[感]（女）（出乎意料或驚訝時發出的聲音）唉呀！唉唷！

△あら、あの人が来たわよ／唉呀！那人來了。

あらい［荒い］ 二36

[形] 凶猛的；粗野的，粗暴的；濫用。

[類] 荒っぽい

△彼は言葉が荒い反面、心は優しい／他雖然講話粗暴，但另一面，內心卻很善良。

あらう［洗う］ 四2

[他五] 沖洗，清洗；（徹底）調查，查（清）。

[反] 汚す　[類] 濯ぐ

△石鹸で洗いました／用香皂洗過了。

あらし［嵐］ 二6

[名] 風暴，暴風雨。

△嵐が来ないうちに、家に帰りましょう／趁暴風雨還沒來之前，快回家吧！

あらすじ［粗筋］ 二36

㊔ 概略，梗概，概要。

類 概容

△彼の書いた粗筋に基づいて、脚本を書いた／我根據他寫的故事大綱，來寫腳本。

あらそう［争う］ 二36

他五 爭奪；爭辯；奮鬥，對抗，競爭。

類 競う

△裁判で争う際には、法律をしっかり勉強しなければならない／遇到訴訟糾紛時，得徹底把法律學好才行。

あらた［新た］ 二6

形動 重新；新的，新鮮的。

反 古い　類 新しい

△今回のセミナーは、新たな試みの一つにほかなりません／這次的課堂討論，可說是一個全新的嘗試。

あらためて［改めて］ 二6

副 重新；再。

類 再び

△改めてお知らせします／另行通知。

あらためる［改める］ 二6

他下一 改正，修正，革新；檢查。

類 改正

△酒で失敗して以来、私は行動を改めることにした／自從飲酒誤事以後，我就決定檢討改進自己的行為。

あらゆる［有らゆる］ 二36

連體 一切，所有。

類 ある限り

△資料を分析するのみならず、あらゆる角度から検討すべきだ／不單只是分析資料，也必須從各個角度去探討才行。

あらわす［表す］ 二36

他五 表現出，表達；象徵，代表。

類 示す

△この複雑な気持ちは、表しようがない／我這複雜的心情，實在無法表現出來。

あらわれ［表れ］ 二6

名 （為「あらわれる」的名詞形）表現；現象；結果。

△上司の言葉が厳しかったにしろ、それはあなたへの期待の表れなのです／就算上司講話嚴厲了些，那也是一種對你有所期待的表現。

あらわれる［現れる］ 二36

自下一 出現，呈現，顯露。

類 出現

△意外な人が突然現れた／突然出現了一位意想不到的人。

ありがたい［有り難い］ 二36

形 難得，少有；值得感謝，感激，值得慶幸。

類 謝する

△手伝ってくれるとは、なんと有り難いことか／你願意幫忙，是多麼令我感激啊！

ありがとう 　四2

（寒暄）謝謝，太感謝了。
（口）サンキュー
△何から何まで、ありがとう／謝謝多方照顧。

（どうも）ありがとう 　二36

（感）謝謝。
（口）お世話様
△私たちにかわって、彼に「ありがとう」と伝えてください／請替我們向他說聲謝謝。

ある 　四2

（自五）有，存在；持有，具有；舉行，辦理。
（反）ない
△鉛筆はありますが、ペンはありません／有鉛筆但沒原子筆。

ある［有る］ 　二36

（自五）有；持有，具有；舉行，發生；有過；在。
（反）無い　（類）存する
△あなたのうちに、コンピューターはありますか／你家裡有電腦嗎？

ある［或る］ 　二36

（連體）（動詞「ある」的連體形轉變，表示不明確、不肯定）某，有。
△ある意味ではそれは正しい／就某意義而言，那是對的。

あるいは［或いは］ 　二36

（接・副）或者，或是，也許；有的，有時。
（口）又は
△ペンか、あるいは鉛筆を持ってきてください／請帶筆或鉛筆過來。

あるく［歩く］ 　四2

（自五）走路，步行；到處。
（口）歩む
△道を歩きます／走在路上。

あるく［歩く］ 　二36

（自五）走，步行；（到處）走。
（口）歩行する
△歩いて行くにしては遠すぎます／走路過去的話就太遠了。

アルバイト［（德）Arbeit］ 　二2

（名）打工，副業。
（口）バイト
△アルバイトばかりしていないで、勉強もしなさい／別光打工，也要唸書啊！？

アルバイト［（德）Albeit］ 　二36

（名・自サ）工讀；副業；研究成果，博士論文。
（口）副業
△アルバイトを始めて以来、私はいつも疲れています／自從打工之後，我就經常感到疲倦。

アルバム［album］ 二3 6

㊔ 相簿，記念冊。

△娘の七五三の記念アルバムを作ることにしました／為了記念女兒七五三節，決定做本記念冊。

あれ 四2

㊹（表事物、時間、人等第三稱）那，那個；那時；那裡。

△これはあれとは違います／這個跟那個是不一樣的。

あれこれ［彼是］ 二6

㊔ 這個那個，種種。

類 いろいろ

△あれこれ考えたあげく、行くのをやめました／經過種種的考慮，最後決定不去了。

あれっ 二6

感（驚訝、恐怖、出乎意料等場合發出的聲音）呀！唉呀！

△あれっ、何の音だ／唉呀！那是什麼聲音啊！？

あれる［荒れる］ 二6

自下一 天氣變壞；（皮膚）變粗糙；荒廢，荒蕪；暴戾，胡鬧；秩序混亂。

類 波立つ

△天気が荒れるかどうかにかかわらず、出かけます／不管天氣會不會變壞，我都要出門。

あわ［泡］ 二6

㊔ 泡，沫，水花。

類 泡（あぶく）

△泡が立つ／起泡泡。

あわせる［合わせる］ 二3 6

他下一 合併；核對，對照；加在一起，混合；配合，調合。

類 接合

△みんなで力を合わせたとしても、彼に勝つことはできない／就算大家聯手，也是沒辦法贏過他。

あわただしい［慌ただしい］ 二6

形 匆匆忙忙的，慌慌張張的。

類 落ち着かない

△田中さんはあわただしく部屋を出て行った／田中先生慌忙地走出了房間。

あわてる［慌てる］ 二3 6

自下一 驚慌，急急忙忙，匆忙，不穩定。

反 落ち着く 類 まごつく

△突然質問されて、さすがに慌てた／突然被這麼一問，到底還是慌了一下。

あわれ［哀れ］ 二6

名·形動 可憐，憐憫；悲哀，哀愁；情趣，風韻。

類 かわいそう

△そんな哀れっぽい声を出さないでください／請不要發出那麼可憐的聲音。

あん［案］ 二6

㊔ 計畫，提案，意見；預想，意料。

類 考え

あ

△その案(あん)には、賛成(さんせい)しかねます／我難以贊同那份提案。

あんい［安易］ 二6

名·形動 容易，輕而易舉；安逸，舒適，遊手好閒。

反 至難　類 容易

△安易(あんい)な方法(ほうほう)に頼(たよ)るべきではない／不應該光是靠著省事的作法。

あんがい［案外］ 二36

副·形動 意想不到，出乎意外。

反 案の定　類 意外

△難(むずか)しいと思(おも)ったら、案外易(あんがいやさ)しかった／原以為很難，結果卻簡單得叫人意外。

あんき［暗記］ 二36

名·他サ 記住，背誦，熟記。

類 暗唱

△こんな長(なが)い文章(ぶんしょう)は、すぐには暗記(あんき)できっこないです／那麼冗長的文章，我不可能馬上記住的。

あんしん［安心］ 三2

名·自サ 安心，放心。

反 心配　類 大丈夫

△大丈夫(だいじょうぶ)だから、安心(あんしん)しなさい／沒事的，放心好了。

あんしん［安心］ 二36

名·自サ 放心，安心，無憂無慮。

反 心配　類 心強い

△みんな一緒(いっしょ)のほうが、安心(あんしん)にきまってます／大家在一起，肯定是比較放心的。

あんぜん［安全］ 三2

名·形動 安全。

反 危険　類 平安

△安全(あんぜん)な使(つか)いかたをしなければなりません／使用時必須注意安全。

あんてい［安定］ 二36

名·自サ 安定，穩定；（物體）安穩。

反 不安定　類 落ち着く

△結婚(けっこん)したせいか、精神的(せいしんてき)に安定(あんてい)した／不知道是不是結了婚的關係，精神上感到很穩定。

アンテナ［antenna］ 二6

名 天線。

△屋根(やね)の上(うえ)にアンテナが立(た)っている／天線矗立在屋頂上。

あんな 三2

連體 那樣的；那樣地。

類 ああ

△私(わたし)だったら、あんなことはしません／如果是我的話，才不會做那種事。

あんな 二36

連體 那樣的，那種。

類 あのように

△あんな人(ひと)を信(しん)じるものではない／不要相信他那種人。

あんない［案内］ 三2

名·他サ 引導；帶路；指南。

類 導く

△京都を案内してさしあげました／我陪同他遊覽了京都。

あんない［案内］ 二36

名·他サ 嚮導，陪同遊覽；熟悉，清楚；通知，指南；招待，邀請。

類 知らせ

△田中さんにかわって、私が案内しましょう／由我來代替田中先生，當您的嚮導吧！

あんなに 二6

副 那麼地，那樣地。

△あんなに遠足を楽しみにしていたのに、雨が降ってしまった／人家那麼期待去遠足，天公不作美卻下起雨了。

あんまり 二6

副·形動 太，過於，過火。

類 それほど

△あの喫茶店はあんまりきれいではない反面、コーヒーはおいしい／那家咖啡廳裝潢不怎麼美，但咖啡卻很好喝。

いィ

い［胃］ 二36

名 胃。

類 胃腸

△あるものを全部食べきったら、胃が痛くなった／吃完了所有東西以後，胃就痛了起來。

い［位］ 二36

漢造 位；身分，地位；（對人的敬稱）位；計算的單位。

類 級

いい・よい 四2

形 好，佳，良好；貴重，高貴；美麗，漂亮；可以。

反 悪い 類 宜しい

△いい天気ですが、午後は雨が降ります／天氣雖好，但是下午會下雨。

いいえ 四2

感（用於否定）不是，不對，沒有。

反 はい 類 いや

△いいえ、私の靴はそれではありません／不，那不是我的鞋子。

いいだす［言い出す］ 二6

他五 開始說，說出口。

類 発言

△余計なことを言い出したばかりに、私が全部やることになった／都是因為我多嘴，現在所有事情都要我做了。

いいつける［言い付ける］ 二6

他下一 命令；告狀；說慣，常說。

類 命令

△先生に言いつけられるものなら、言いつけてみろよ／如果你敢跟老師告狀，你就試試看啊！

いいん［委員］ 二6

名 委員。

類 役員

△委員になってお忙しいところをすみませんが、お願いがあります／真不好意思，在您當上委員的百忙之中打擾，我有一事想拜託您。

いう［言う］ 四2

他五 說，講；說話，講話，講述；忠告；叫做。

類 話す

△誰がそんなことを言いましたか／誰說過那種話？

いえ［家］ 四2

名 房子；（自己的）家，家庭；家世。

類 住まい

△家に帰ります／我要回家。

いか［以下］ 三2

名・接尾 以下；在這以後，下面。

反 以上 類 以内

△あの女性は、30歳以下の感じがする／那位女性，感覺不到30歲。

いか［以下］ 二6

名（指數量、程度或階段等，包含它本身，在它以下）以下；某起點後的全部；在這以後，下面。

反 以上 類 より下

△12歳以下の児童は入場料が半額になる／12歲以下兒童，入場費是半價。

いがい［以外］ 三2

名 除外；除了…以外。

反 以内 類 外

△彼以外は、みんな来るだろう／除了他以外，大家都會來吧！

いがい［以外］ 二36

名 除它之外，以外。

反 以内 類 外

いがい［意外］ 二36

名・形動 意外，想不到，出乎意料。

類 案外

△雨による被害は、意外に大きかった／大雨意外地造成嚴重的災情。

いかが［如何］ 三2

副 如何，怎麼樣。

類 どのように

△こんな洋服は、いかがですか／這一類的洋裝，您覺得如何？

いかが［如何］ 二36

副・形動 如何，怎麼樣；怎麼樣，好嗎；表不能贊成的心情，可以嗎，是否合適。

類 どう

△あの映画はいかがでしたか／那齣電影如何呢？

いがく［医学］ 三2

名 醫學。

類 医術

△医学を勉強するなら、東京大学がいいです／如果要學醫，我想讀東京大學。

いがく［医学］ 二6

名（研究疾病的治療和預防方法的學問）

醫學。

(類) 医術

いき［息］ 二36

(名) 呼吸，氣息；步調。

(類) 呼吸

△息を全部吐ききってください／請將氣全部吐出來。

いき・ゆき［行き］ 二36

(名) 去，往；開往；寄給。

(反) 帰り (類) 行き道

いき［意気］ 二6

(名) 意氣，氣概，氣勢，氣魄。

(類) 気勢

△試合に勝ったので、みんな意気が上がっています／因為贏了比賽，所以大家的氣勢都提升了。

いぎ［意義］ 二6

(名) 意義，意思；價值。

(類) 活潑

△自分でやらなければ、練習するという意義がなくなるというものだ／如果不親自做，練習就毫無意義了。

いきいき［生き生き］ 二6

(副·自サ) 活潑，生氣勃勃，栩栩如生。

(類) 活発

△結婚して以来、彼女はいつも生き生きしているね／自從結婚以後，她總是一副風采煥發的樣子呢！

いきおい［勢い］ 二6

(名) 勢，勢力；氣勢，氣焰。

(類) 気勢

△その話を聞いたとたんに、彼はすごい勢いで部屋を出て行った／他聽到那番話，就氣沖沖地離開了房間。

いきなり［行き成り］ 二36

(副) 突然，冷不防，馬上就。

(類) 突然

△いきなり声をかけられてびっくりした／冷不防被叫住，嚇了我一跳。

いきもの［生き物］ 二36

(名) 生物，動物；有生命力的東西，活的東西。

(類) 生物

△こんなひどい環境では、生き物が生存できっこない／在這麼糟的環境下，生物不可能活得下去。

いきる［生きる］ 三2

(自上一) 活著；謀生；充分發揮。

(反) 死ぬ (類) 生存する

△彼は、一人で生きていくそうです／聽說他打算一個人活下去。

いく［行く］ 四2

(自五) 去，往；行，走；離去；經過。

(類) 出かける

△兄は行きますが、私は行きません／哥哥會去，但是我不去。

いく［幾］ 二36

(接頭) 表數量不定，幾，多少；表數量，程

度很大。

△幾多の困難を切り抜ける／克服了重重的困難。

いくじ［育児］ 二 6

㊔ 養育兒女。

△主婦は、家事の上に育児もしなければなりません／家庭主婦不僅要做家事，還得帶孩子。

いくつ［幾つ］ 四 2

㊔（不確定的個數、年齡）幾個，多少；幾歲。

類 幾ら

△いくつぐらいほしいですか／大約要幾個？

いくぶん［幾分］ 二 3 6

名·副 一點，少許，多少；（分成）幾分；（分成幾分中的）一部分。

類 少し

△体調は幾分よくなってきたにしろ、まだ出勤はできません／就算身體好些了，但還是沒辦法去上班。

いくら［幾ら］ 四 2

㊔ 多少（錢、價格、數量等）。

類 幾つ

△その長いスカートは、いくらですか／那條長裙多少錢？

いくら…ても 三 2

副 無論…也不…。

△いくらほしくても、これはさしあげられません／無論你多想要，這個也不能給你。

いけ［池］ 四 2

㊔ 池塘，池子；（庭院中的）水池。

類 水溜り

△あっちの方に、大きな池があります／那邊有大池塘。

いけない 二 3 6

形·連語 不好，糟糕；沒希望，不行；不能喝酒，不能喝酒的人；不許，不可以。

類 良くない

△病気だって？それはいけないね／生病了！那可不得了了。

いけばな［生け花］ 二 6

㊔ 生花，插花。

類 挿し花

△智子さんといえば、生け花を習い始めたらしいですよ／說到智子小姐，聽說她開始學插花了！

いけん［意見］ 三 2

㊔ 意見；勸告。

類 考え

△あの学生は、いつも意見を言いたがる／那個學生，總是喜歡發表意見。

いけん［異見］ 二 6

名·他サ 不同的意見，不同的見解，異議。

類 異議

△異見を唱える／唱反調。

いご［以後］ 二 3 6

㊔ 今後，以後，將來；（接尾語用法）

（在某時期）以後。

反 以前　類 以来

△交通事故に遭ったのをきっかけにして、以後は車に気をつけるようになりました／出車禍以後，對車子就變得很小心了。

いこう［以降］　二36

名 以後，之後。

反 以前　類 以後

△5時以降は不在につき、また明日いらしてください／五點以後大家都不在，所以請你明天再來。

イコール［equal］　二6

名 相等；（數學）等號。

△失敗イコール負けというわけではない／失敗並不等於輸了。

いさましい［勇ましい］　二36

形 勇敢的，振奮人心的；活潑的；（俗）有勇無謀。

類 雄々しい

△彼らの行動には、勇ましいものがある／他們的行為有種振奮人心的力量。

いし［石］　三2

名 石頭。

類 小石

△池に石を投げるな／不要把石頭丟進池塘裡。

いし［医師］　二6

名 醫師，大夫。

類 医者

△医師の言うとおりに、薬を飲んでください／請依照醫生的指示服藥。

いし［意志］　二36

名 意志，志向，心意。

類 意図

△本人の意志に反して、社長に選ばれた／與當事人的意願相反，他被選為社長。

いじ［維持］　二6

名・他サ 維持，維護。

類 保持

△政府が助けてくれないかぎり、この組織は維持できない／只要政府不支援，這組織就不能維持下去。

いしき［意識］　二36

名・他サ （哲學的）意識；知覺，神智；自覺，意識到。

類 知覚

△患者の意識が回復しないことには、治療ができない／只要病患不回復意識，就無法進行治療。

いじめる［苛める］　三2

他下一 欺負，虐待。

類 苛む

△誰にいじめられたの／你被誰欺負了？

いじめる［苛める］　二36

他下一 欺負，虐待，捉弄。

類 虐待

い

△彼女が会社をやめたのは、社長がいじめたせいです／她之所以會離開公司，是因為社長欺負她的關係。

いしゃ［医者］ 四2

名 醫生，大夫。

反 患者　類 医師

△医者になりたいです／我想成為醫生。

いじょう［以上］ 三2

名 …以上；以上。

反 以下　類 越える

△100人以上のパーティーと二人で遊びに行くのと、どちらのほうが好きですか／你喜歡參加百人以上的派對，還是兩人單獨出去玩？

いじょう［異常］ 二36

名·形動 異常，反常，不尋常。

反 正常　類 格外

△システムはもちろん、プログラムも異常はありません／不用說是系統，程式上也有沒任何異常。

いしょくじゅう［衣食住］ 二6

名 衣食住。

類 生計

△衣食住に困らなければこそ、安心して生活できる／衣食只要不缺，就可以安心過活了。

いじわる［意地悪］ 二36

名·形動 使壞，刁難，作弄。

類 無愛想

△意地悪な人といえば、高校の数学の先生を思い出す／說到壞心眼的人，就讓我想到高中的數學老師。

いす［椅子］ 四2

名 椅子；職位，位置。

類 腰掛け

△あちらにいすを持っていきます／把椅子拿到那邊去。

いずみ［泉］ 二6

名 泉，泉水；泉源；話題。

類 湧き水

△泉を中心にして、いくつかの家が建っている／圍繞著泉水，周圍有幾棟房子在蓋。

いずれ［何れ］ 二6

代·副 哪個，哪方；反正，早晚，歸根到底；不久，最近，改日。

類 どれ

△いずれやらなければならないと思いつつ、今日もできなかった／儘管知道這事早晚都要做，但今天仍然沒有完成。

いぜん［以前］ 二36

名 以前；更低階段（程度）的；（某時期）以前。

反 以降　類 以往

△以前、東京でお会いした際に、名刺をお渡ししたと思います／我記得之前在東京跟您會面時，有遞過名片給您。

いそがしい［忙しい］ 四2

形 忙，忙碌。

反 暇 類 多忙

△仕事（しごと）で忙（いそが）しかったです／為工作而忙。

いそぐ［急ぐ］ 三2

自五 急忙；快走。

類 急行

△急（いそ）いだのに、授業（じゅぎょう）に遅（おく）れました／雖然趕來了，但上課還是遲到了。

いた［板］ 二36

名 木板；薄板；舞台。

類 盤

△板（いた）に釘（くぎ）を打（う）った／把釘子敲進木板。

いたい［痛い］ 四2

形動 疼痛；（因為遭受打擊而）痛苦，難過；（觸及弱點而感到）難堪。

類 痛む

△おなかが痛（いた）いのは、どの人（ひと）ですか／是誰肚子痛？

いだい［偉大］ 二6

形動 偉大的，魁梧的。

類 偉い

△ベートーベンは偉大（いだい）な作曲家（さっきょくか）だ／貝多芬是位偉大的作曲家。

いだく［抱く］ 二36

他五 抱；懷有，懷抱。

類 抱える

△彼（かれ）は彼女（かのじょ）に対（たい）して、憎（にく）しみさえ抱（いだ）いている／他對她甚至懷恨在心。

いたす［致す］ 三2

自·他五 做，辦。

類 する

△このお菓子（かし）は、変（か）わった味（あじ）が致（いた）しますね／這個糕點有奇怪的味道。

いたずら［悪戯］ 二6

名·形動 淘氣，惡作劇；玩笑，消遣。

類 戯れ

△彼女（かのじょ）は、いたずらっぽい目（め）で笑（わら）った／她眼神淘氣地笑了。

いただきます 四2

連語（吃飯前的客套話）我不客氣了。

△いただきます。これは、おいしいですね／我就不客氣了。這個真好吃。

いただく 三2

他五 接收，領取；吃，喝。

類 もらう

△その品物（しなもの）は、私（わたし）がいただくかもしれない／那商品也許我會要。

いたみ［痛み］ 二36

名 痛，疼；悲傷，難過；損壞；（水果因碰撞而）腐爛。

類 苦しみ

△あいつは冷（つめ）たいやつだから、人（ひと）の心（こころ）の痛（いた）みなんか感（かん）じっこない／那傢伙很冷酷，絕不可能懂得別人的痛苦。

いたむ［痛む］ 二36

自五 疼痛；苦惱；損壞。

類 傷つく

△傷が痛まないこともないが、まあ大丈夫です／傷口並不是不會痛，不過沒什麼大礙。

いたる［至る］ 二6

自五 到，來臨；達到；周到。

類 まで

△駅から、神社に至る道を歩いた／我走過車站到神社這一段路。

いち［一］ 四2

名 一；第一，最初，起頭；最好，首位。

△日本語を一から勉強しませんか／要不要從頭開始學日語？

いち［一］ 二36

漢造 數目中的一，一個，一；事物的最初，開頭，首先，第一；第一等的事物。

△健康を第一に考える／以健康為第一優先考慮。

いち［位置］ 二36

名·自サ 位置，場所；立場，遭遇；位於。

類 地点

△机は、どの位置に置いたらいいですか／書桌放在哪個地方好呢？

いちいち［一一］ 二36

副 一一，逐一；全部，一件件；詳細。

類 それぞれ

△わからないことは、いちいち先輩に聞くよりほかはない／不懂的地方，只有一一請教前輩了。

いちおう［一応］ 二6

副 大略做了一次，暫，先，姑且。

類 大体

△一応、息子にかわって、私が謝っておきました／我先代替我兒子去致歉。

いちじ［一時］ 二6

造語·副 某時期，一段時間；那時；暫時；一點鐘；同時，一下子。

反 常時　類 暫く

△一時のことにしろ、友達とけんかするのはあまりよくないですね／就算是一時，跟朋友吵架總是不太好吧！

いちだんと［一段と］ 二6

副 更加，越發。

類 一層

△彼女が一段ときれいになったと思ったら、結婚するんだそうです／覺得她變漂亮了，原來聽說是要結婚了。

いちど［一度］ 三2

名 一次，一回。

類 一回

△一度あんなところに行ってみたい／想去一次那樣的地方。

いちどに［一度に］ 二36

副 同時地，一塊地，一下子。

類 同時に

△そんなに一度に食べられません／我沒辦法一次吃那麼多。

いちにち ［一日］ 四2

名 一天，終日：一整天；（毎月的）一號（如是此意要註假名為「ついたち」）。

類 月初め

△1日勉強して、疲れた／唸了一整天的書，好累。

いちば ［市場］ 二36

名 市場，商場。

類 市

△市場で、魚や果物などを売っています／市場裡有賣魚、水果…等等。

いちばん ［一番］ 四2

名・副 最初，第一；最好，最妙；最優秀，最出色。

類 第一

△誰が一番頭がいいですか／誰的頭腦最好？

いちぶ ［一部］ 二36

名 一部分，（書籍、印刷物等）一冊，一份，一套。

反 全部 類 一部分

△この案に反対なのは、一部の人間にほかならない／反對這方案的，只不過是一部分的人。

いちりゅう ［一流］ 二6

名 一流，頭等；一個流派；獨特。

反 二、三流 類 最高

△一流の音楽家になれるかどうかは、才能次第だ／是否能成為一流的音樂家，全憑個人的才能。

いつ ［何時］ 四2

代 何時，幾時，什麼時候；平時。

類 いつごろ

△いつでも大丈夫です／什麼時候都行。

いつか ［五日］ 四2

名 （毎月的）五號，五日；五天。

△五日は暇ですが、六日は忙しいです／我五號有空，但是六號很忙。

いつか ［何時か］ 二36

副 未來的不定時間，改天；過去的不定時間，以前；不知不覺。

類 そのうちに

△またいつかお会いしましょう／改天再見吧！

いっか ［一家］ 二6

名 一所房子；一家人；一個團體；一派。

類 家族

△田中さん一家のことだから、正月は旅行に行っているでしょう／田中先生一家人的話，新年大概又去旅行吧！

いっさくじつ ［一昨日］ 二36

名 前一天，前天。

類 一昨日（おととい）

△一昨日アメリカから帰ってきたかと思ったら、もう中国に出張に行った／我以為他前天才剛從美國回來，現在又到中國出差去了。

い

いっさくねん [一昨年] 　二36

(造語) 前年。

(同) 一昨年（おととし）

△一昨年、会社をやめたのを契機に、北海道に引っ越しました／前年，趁著辭掉工作，搬去了北海道。

いっしゅ [一種] 　二36

(名) 一種；獨特的；（說不出的）某種，稍許。

(類) 同類

△これは、虫の一種ですか／這是屬昆蟲類的一種嗎？

いっしゅん [一瞬] 　二6

(名) 一瞬間，一刹那。

(反) 永遠　(類) 瞬間

△花火は、一瞬だからこそ美しい／煙火就因那一瞬間而美麗。

いっしょ [一緒] 　四2

(名) 一同，一起；（時間）一齊；一樣。

(類) 共に

△林さんと一緒に行くわ／我要跟林先生一起去。

いっしょう [一生] 　二36

(名) 一生，終生，一輩子。

(類) 生涯

△あいつとは、一生口をきくものか／我這輩子，絕不跟他講話。

いっせいに [一斉に] 　二36

(副) 一齊，一同。

一度に

△彼らは一斉に立ち上がった／他們一起站了起來。

いっそう [一層] 　二36

(副) 更，越發。

(類) 更に

△大会で優勝できるように、一層努力します／為了比賽能得冠軍，我要比平時更加努力。

いったい [一体] 　二36

(名・副) 一體，同心合力；一種體裁；根本，本來；大致上；到底，究竟。

(類) そもそも

△一体何が起こったのですか／到底發生了什麼事？

いったん [一旦] 　二6

(副) 一旦，既然；暫且，姑且。

(類) 一度

△一旦うちに帰って、着替えてからまた出かけます／我先回家一趟，換過衣服之後再出門。

いっち [一致] 　二36

(名・自サ) 一致，相符。

(反) 相違　(類) 合致

△意見が一致した上は、早速プロジェクトを始めましょう／既然看法一致了，就快點進行企畫吧！

いつつ [五つ] 　四2

(名) 五個；五歲；第五（個）。

△五つで一セットです／五個一組。

いってい［一定］ 二36

名·自他サ 一定；規定，固定。

反 不定 類 一様

△一定の条件のもとで、安心して働くことができます／在一定的條件下，就能放心地工作了。

いってまいります 三2

寒暄 我走了。

△息子は、「いってまいります 。」と言ってでかけました／兒子說：「我出門啦！」便出去了。

いつでも［何時でも］ 二6

副 無論什麼時候，隨時，經常，總是。

類 随時

△彼はいつでも勉強している／他無論什麼時候都在看書。

いってらっしゃい 三2

寒暄 慢走，好走。

△いってらっしゃい 。何時に帰るの／路上小心啊！幾點回來呢？

いつのまにか［何時の間にか］ 二6

副 不知不覺地，不知什麼時候。

類 いつしか

△何時の間にか、お茶の葉を使い切りました／茶葉不知道什麼時候就用光了。

いっぱい 三2

副 滿滿地；很多。

類 満々

△そんなにいっぱいくださったら、多すぎます／您給我那麼多，太多了。

いっぱん［一般］ 二36

名 一般，普遍，廣泛；相同，同樣。

反 特殊 類 普通

△展覧会は、会員のみならず、一般の人も入れます／展覽會不僅限於會員，一般人也可以進入參觀。

いっぽう［一方］ 二36

名·副助·接 一個方向；一個角度；一面，同時；（兩個中的）一個；只顧，愈來愈 ；從另一方面說。

反 相互 類 片方

△勉強する一方で、仕事もしている／我一邊唸書，也一邊工作。

いつまでも［何時までも］ 二36

副 到什麼時候也…，始終，永遠。

△今日のことは、いつまでも忘れません／今日所發生的，我永生難忘。

いつも［何時も］ 四2

副 經常，隨時，無論何時；日常，往常。

反 たまに 類 常に

△いつも兄とけんかします／經常跟哥哥吵架。

いつも［何時も］ [二] 3 6

[副] 無論何時，經常。

[反] たまに [類] 常に

△いつもテレビを見ているだけあって、芸能界に詳しいね／果然是常看電視的，對演藝圈還真了解啊！

いてん［移転］ [二] 6

[名·自他サ] 轉移位置，搬家；（權力等）轉交、轉移。

[類] 引っ越す

△会社の移転で大変なところを、お邪魔してすみません／在貴社遷移而繁忙之時前來打擾您，真是不好意思。

いと［糸］ [三] 2

[名] 線；（三弦琴的）弦。

△糸と針を買いに行くところです／正要去買線和針。

いど［井戸］ [二] 6

[名] 井。

[類] 井泉

△井戸で水をくんでいるところへ、隣のおばさんが来た／我在井邊打水時，隔壁的伯母就來了。

いど［緯度］ [二] 6

[名] 緯度。

[反] 経度

△緯度が高いわりに暖かいです／雖然緯度很高，氣候卻很暖和。

いどう［移動］ [二] 6

[名·自他サ] 移動，轉移。

[反] 固定 [類] 移る

△雨が降ってきたので、屋内に移動せざるをえませんね／因為下起雨了，所以不得不搬到屋內去呀。

いとこ［従兄弟］ [二] 3 6

[名] 堂兄弟姊妹，表兄弟姊妹。

いない［以内］ [三] 2

[名] 不超過…；以內。

[反] 以外 [類] 以下

△1万円以内なら、買うことができます／如果不超過一萬日圓，就可以買。

いなか［田舎］ [三] 2

[名] 鄉下。

[反] 都会 [類] ふるさと

△田舎のおかあさんの調子はどうだい／你鄉下母親的身體還好吧？

いね［稲］ [二] 6

[名] 水稻，稻子。

[類] 水稲

△太陽の光のもとで、稲が豊かに実っています／稻子在陽光之下，結實累累。

いねむり［居眠り］ [二] 6

[名·自サ] 打瞌睡，打盹兒。

[類] 仮寝

△あいつのことだから、仕事中に居眠りをしているんじゃないかな／那傢伙的話，一定又是在工作時間打瞌睡吧！

いのち［命］ 二 3 6

㊔ 生命，命；壽命。

類 生命

△命が危ないところを、助けていただきました／在我性命危急時，他救了我。

いのる［祈る］ 三 2

自五 祈禱；祝福。

類 拝む

△みんなで、平和について祈るところです／大家正要為和平而祈禱。

いばる［威張る］ 二 3 6

自五 誇耀，逞威風。

類 驕る

△部下に威張る／對屬下逞威風。

いはん［違反］ 二 3 6

名·自サ 違反，違犯。

反 遵守　類 反する

△スピード違反をした上に、駐車違反までしました／不僅超速，甚至還違規停車。

いふく［衣服］ 二 6

㊔ 衣服。

類 衣装

△季節に応じて、衣服を選びましょう／依季節來挑衣服吧！

いま［今］ 四 2

㊔ 現在，此刻；（表最近的將來）馬上；剛才。

類 現在

△先生がたは、今どこにいらっしゃいますか／老師們現在在什麼地方？

いま［居間］ 二 3 6

㊔ 起居室。

類 茶の間

△居間はもとより、トイレも台所も全部掃除しました／別說是客廳，就連廁所和廚房也都清掃過了。

いまに［今に］ 二 6

副 就要，即將，馬上；至今，直到現在。

類 そのうちに

△彼は、現在は無名にしろ、今に有名になるに違いない／儘管他現在只是個無名小卒，但他一定很快會成名的。

いまにも［今にも］ 二 6

副 馬上，不久，眼看就要。

類 すぐ

△その子どもは、今にも泣き出しそうだった／那個小朋友眼看就要哭了。

いみ［意味］ 四 2

㊔（詞句等）意思，含意；動機。

類 意義

△意味がわかります／我了解意思。

イメージ［image］ 二 6

㊔ 影像，形象，印象。

△企業イメージが悪化して以来、わが社の売り上げはさんざんだ／自從企業

形象惡化之後，我們公司的營業額真是悽慘至極。

いもうと［妹］ 四2

㊔ 妹妹。

類 弟

△妹は、本が好きです／妹妹喜歡看書。

いや［嫌］ 四2

形動 討厭，不喜歡，不願意；厭煩，厭膩；不愉快。

類 嫌い

△黒いシャツは嫌です、白いのがいいです／我不喜歡黑襯衫。最好是白色的。

いやがる［嫌がる］ 二6

他五 討厭，不願意，逃避。

類 嫌う

△彼女が嫌がるのもかまわず、何度もデートに誘う／不顧她的不願，一直要約她出去。

いよいよ［愈々］ 二36

副 愈發；果真；終於；即將要；緊要關頭。

類 遂に

△いよいよ留学に出発する日がやってきた／出國留學的日子終於來到了。

いらい［以来］ 二36

㊔ 以來，以後；今後，將來。

反 以降　類 以前

△去年以来、交通事故による死者が減りました／從去年開始，車禍死亡的人口減少了。

いらい［依頼］ 二6

名·自他サ 委託，請求，依靠。

類 頼み

△仕事を依頼する上は、ちゃんと報酬をはらわなければなりません／既然要委託他人做事，就得付出相對的酬勞。

いらいら［苛々］ 二6

名·副·自サ 情緒急躁、不安；焦急，急躁。

類 苛立つ

△何だか最近いらいらしてしようがない／不知道是怎麼搞的，最近老是焦躁不安的。

いらっしゃいませ 四2

寒暄 歡迎光臨。

△いらっしゃいませ。何になさいますか／歡迎光臨。你想點什麼？

いらっしゃる 三2

自五（尊敬語）來，去，在。

類 来る

△忙しければ、いらっしゃらなくてもいいですよ／如果很忙，不來也沒關係的。

いりぐち［入り口］ 四2

㊔ 入口，門口；開始，起頭。

反 出口　類 出入り口

△トイレの入り口はどれですか／洗手

間的入口是哪一個？

いりょう [医療] （二6）
⦿ 醫療。
⊕ 治療
△高い医療水準のもとで、国民は健康に生活しています／在高醫療水準之下，國民過著健康的生活。

いる [居る] （四2）
⦿(人或動物的存在) 有，在；居住。
⊕ いらっしゃる
△どうして、ここにいるのですか／為什麼你在這裡？

いる [要る] （四2）
⦿ 要，需要，必要。
⊕ 必要
△飲み物はいりません／不需要飲料。

いる [煎る] （二6）
⦿ 炒，煎。
△ごまを鍋で煎ったら、いい香りがした／芝麻在鍋裡一炒，就香味四溢。

いれもの [入れ物] （二36）
⦿ 容器，器皿。
⊕ 器
△入れ物がなかったばかりに、飲み物をもらえなかった／就因為沒有容器了，所以沒能拿到飲料。

いれる [入れる] （四2）
⦿ 放入，裝進；送進，收容；包含，計算進去。

⊕ 出す　⊕ 収容
△本をかばんに入れます／把書放進包包裡。

いろ [色] （四2）
⦿ 顏色；色澤；臉色，神色。
⊕ 色合い
△あそこのリンゴ、色がきれいですね／那裡的蘋果，色澤真是美。

いろいろ （四2）
⦿ 各種各樣，各式各樣，形形色色。
⊕ さまざま
△いろいろありますが、あなたはどれが好きですか／有各種不同的動物，你喜歡哪一種？

いわ [岩] （二36）
⦿ 岩，岩石。
⊕ 岩石
△ここを畑にするには、あの大きな岩をどけるよりほかない／要把這裡改為田地的話，就只得將那個大岩石移開了。

いわい [祝い] （二6）
⦿ 祝賀，慶祝；賀禮；慶祝活動。
⊕ おめでた
△祝いの品として、ネクタイを贈った／我送了條領帶作為賀禮。

いわう [祝う] （二36）
⦿ 祝賀，慶祝；祝福；送賀禮；致賀詞。
⊕ 祝する

△みんなで彼(かれ)の合格(ごうかく)を祝(いわ)おう／大家一起來慶祝他上榜吧！

いわば［言わば］ 二 3 6

副 譬如，打個比方，說起來，打個比方說。

類 要するに

△このペンダントは、言(い)わばお守(まも)りのようなものです／這對墜飾耳環，說起來就像是我的護身符一般。

いわゆる［所謂］ 二 6

連體 所謂，一般來說，大家所說的，常說的。

類 言うところの

△いわゆる健康食品(けんこうしょくひん)が、私(わたし)はあまり好(す)きではない／我不大喜歡那些所謂的健康食品。

いん［員］ 三 2

名·接尾 …員。

△研究員(けんきゅういん)としてやっていくつもりですか／你打算當研究員嗎？

インキ［ink］ 二 6

名 墨水。

類 インク

△万年筆(まんねんひつ)のインキがなくなったので、サインのしようがない／因為鋼筆的墨水用完了，所以沒辦法簽名。

いんさつ［印刷］ 二 3 6

名·他サ 印刷。

類 プリント

△原稿(げんこう)ができたら、すぐ印刷(いんさつ)にまわすことになっています／稿一完成，就要馬上送去印刷。

いんしょう［印象］ 二 3 6

名 印象。

類 イメージ

△旅行(りょこう)の印象(いんしょう)に加(くわ)えて、旅行中(りょこうちゅう)のトラブルについても聞(き)かれました／除了對旅行的印象之外，也被問到了有關旅行時所發生的糾紛。

いんたい［引退］ 二 6

名·自サ 隱退，退職。

類 辞める

△彼(かれ)は、サッカー選手(せんしゅ)を引退(いんたい)するかしないかのうちに、タレントになった／他才從足球選手隱退，就當起了演員。

インタビュー［interview］ 二 6

名·自サ 會面，接見；訪問，採訪。

類 面会

△インタビューを始(はじ)めるか始(はじ)めないかのうちに、首相(しゅしょう)は怒(おこ)り始(はじ)めた／採訪才剛開始，首相就生起了氣來。

いんよう［引用］ 二 6

名·他サ 引用。

△引用(いんよう)による説明(せつめい)が、わかりやすかったです／引用典故來做說明，讓人淺顯易懂。

いんりょく［引力］ 二 6

名 物體互相吸引的力量。

反 斥力

うゥ

ウィスキー［whisky］ 二6

名 威士忌（酒）。

類 酒

△ウィスキーにしろ、ワインにしろ、お酒は絶対飲まないでください／不論是威士忌，還是葡萄酒，請千萬不要喝酒。

ウーマン［woman］ 二6

名 婦女，女人。

反 マン　類 女

△ウーマンリブがはやった時代もあった／過去女性解放運動也曾有過全盛時代。

ウール［wool］ 二36

名 羊毛，毛線，毛織品。

うえ［上］ 四2

名（位置）上面，上部；表面；（能力等、地位、等級）高。

反 下　類 上方

△机の上に本があります／桌上有書。

ウェートレス［waitress］ 二6

名（餐廳等的）女侍者，女服務生。

類 メード

△あの店のウェートレスは態度が悪くて、腹が立つほどだ／那家店的女服務生態度之差，可說是令人火冒三丈。

うえき［植木］ 二6

名 植種的樹；盆景。

△植木の世話をしているところへ、友だちが遊びに来ました／當我在修剪盆栽時，朋友就跑來拜訪。

うえる［植える］ 三2

他下一 種植；培植。

類 植え付ける

△花の種をさしあげますから、植えてみてください／我送你花的種子，你試種看看。

うえる［飢える］ 二36

自下一 飢餓，渴望。

類 飢（かつ）える

△生活に困っても、飢えることはないでしょう／就算為生活而苦，也不會挨餓吧！

うお［魚］ 二6

名 魚。

類 魚類

△魚に興味をもったのをきっかけに、魚市場で働くことにした／因為對魚有興趣，因此我就到魚市場工作了。

うがい［嗽］ 二6

名・自サ 漱口。

類 漱ぐ

△うちの子は外から帰ってきて、うがいどころか手も洗わない／我家孩子從

外面回來，別說是漱口，就連手也不洗。

うかがう

(他五) 拜訪；打聽（謙讓語）。
(動) 訪れる
△先生のお宅にうかがったことがあります／我拜訪過老師家。

うかがう

(他五) 詢問；打聽。
(動) 尋ねる
△先生でもわからないかもしれないが、まあ、うかがってみましょう／老師或許也不知道，總之問問看吧！

うかぶ [浮かぶ]

(自五) 漂，浮起；想起，浮現，露出；（佛）超度；出頭，擺脫困難。
(反) 沈む (動) 浮き上がる
△そのとき、すばらしいアイデアが浮かんだ／就在那時，靈光一現，腦中浮現了好點子。

うかべる [浮かべる]

(他下一) 浮，泛；露出；想起。
(動) 沈める (動) 浮かす
△行ったこともない場所のイメージは、頭に浮かべようがない／沒去過的地方，腦海中不可能會有印象。

うく [浮く]

(自五) 飄浮；動搖，鬆動；高興，愉快；結餘，剩餘；輕薄。
(反) 沈む (動) 浮かぶ

△面白い形の雲が、空に浮いている／天空裡飄著一朵形狀有趣的雲。

うけたまわる [承る]

(他五) 聽取；遵從，接受；知道，知悉；傳聞。
(動) 受け入れる
△担当者にかわって、私が用件を 承ります／由我來代替負責的人來承接這件事情。

うけつけ [受付]

(名・他サ) 詢問處；受理；受理申請。
(動) 窓口
△受付に行こうとしているのですが、どちらのほうでしょうか／我想去詢問處，請問在哪一邊？

うけつけ [受け付け]

(名・他サ) 受理申請；傳達室，收發室；詢問處。
(動) 受け入れ
△受け付け時間は、9時から5時までです／受理時間，是由早上九點到下午五點。

うけとり [受け取り]

(名) 收領；收據；計件工作（的工錢）。
△荷物を届けたら、受け取りをもらってください／如果包裹送來的話，要索取收據。

うけとる [受け取る]

(他五) 領，接收，理解，領會。

反 差し出す　類 受け入れる

△意味のないお金は、受け取りようがありません／沒來由的金錢，我是不能收下的。

うけもつ［受け持つ］ 二36

他五 擔任，擔當，掌管。

類 担当する

△1年生のクラスを受け持っています／我擔任一年級的班導。

うける［受ける］ 三2

他下一 接受；遭受；報考。

類 受験する

△いつか、大学院を受けたいと思います／我將來想報考研究所。

うごかす［動かす］ 二36

他五 移動，挪動，活動；搖動，搖撼；給予影響，使其變化，感動。

反 止める　類 振るう

△体を動かす／活動身體。

うごく［動く］ 三2

自五 動，移動；運動；作用。

反 止まる　類 働く

△動かずに、そこで待っていてください／請不要離開，在那裡等我。

うさぎ［兎］ 二6

名 兔子。

△動物園には、象やライオンばかりでなく、兎などもいます／動物園裡面，不單有大象和獅子，也有兔子等等的動物。

うし［牛］ 二36

名 牛。

うしなう［失う］ 二6

他五 失去，喪失；改變常態；喪，亡；迷失；錯過。

類 無くす

△事故のせいで、財産を失いました／都是因為事故的關係，而賠光了財產。

うしろ［後ろ］ 四2

名 後面；背面，背地裡。

反 前　類 後方

△あなたの後ろに、なにかあります／你的後面好像有什麼東西。

うすい［薄い］ 四2

形 薄；淡；待人冷淡；稀少，缺乏。

反 厚い　類 薄手

△パンを薄く切ります／把麵包切薄。

うすぐらい［薄暗い］ 二36

形 微暗的，陰暗的。

類 薄明かり

△目に悪いから、薄暗いところで本を読むものではない／因為對眼睛不好，所以不該在陰暗的地方看書。

うすめる［薄める］ 二6

他下一 稀釋，弄淡。

△コーヒーをお湯で薄めたから、おいしくないわけだ／原來這咖啡有用水稀釋過，怪不得不怎麼好喝。

う

うそ［嘘］ 三2

㊔ 謊言；錯誤。

反 誠　類 偽り

△彼(かれ)は、嘘(うそ)ばかり言(い)う／他老愛說謊。

うた［歌］ 四2

㊔ 歌，歌曲；和歌，詩歌；謠曲。

△あなたは、歌(うた)を歌(うた)いますか／你會唱歌嗎？

うたう［歌う］ 四2

他五 唱歌；賦詩，歌詠；謳歌，歌頌。

類 歌唱

△どちらの歌(うた)を歌(うた)いますか／你要唱哪首歌？

うたがう［疑う］ 二3 6

他五 懷疑，疑惑，不相信，猜測。

反 信じる　類 訝る

△彼(かれ)のことは、友人(ゆうじん)でさえ疑(うたが)っている／他的事情，就連朋友也都在懷疑。

うち［家］ 四2

㊔ 家，家庭；房子；自己的家裡。

類 住まい

△彼女(かのじょ)は家(うち)にいるでしょう／她應該在家吧！

うち［内］ 三2

㊔ 內部；…之中；…之內。

反 外

△今年(ことし)のうちに、お金(かね)を返(かえ)してくれますか／年內可以還我錢嗎？

うちあわせ［打ち合わせ］ 二6

名・他サ 事先商量，碰頭。

類 相談

△特別(とくべつ)に変更(へんこう)がないかぎり、打(う)ち合(あ)わせは来週(らいしゅう)の月曜(げつよう)に行(おこな)われる／只要沒有特別的變更，會議將在下禮拜一舉行。

うちあわせる［打ち合わせる］ 二6

他下一 使…相碰，（預先）商量。

類 相談する

△あ、ついでに明日(あした)のことも打(う)ち合(あ)わせておきましょう／啊！順便先商討一下明天的事情吧！

うちけす［打ち消す］ 二6

他五 否定，否認；熄滅，消除。

類 取り消す

△一度(いちど)言(い)ってしまった言葉(ことば)は、打(う)ち消(け)しようがない／一旦說出的話，就沒辦法否認了。

うちゅう［宇宙］ 二3 6

㊔ 宇宙；（哲）天地空間；天地古今。

△宇宙飛行士(うちゅうひこうし)の話(はなし)を聞(き)いたのをきっかけにして、宇宙(うちゅう)に興味(きょうみ)を持(も)った／自從聽了太空人的故事後，就對宇宙產生了興趣。

うつ［打つ］ 三2

他五 打擊，打。

類 叩く

△イチローがホームランを打(う)ったところだ／一郎正好擊出全壘打。

うつ
[打つ・討つ・撃つ] 三·36

(他五) 使勁用某物撞打他物，打，擊，拍，碰。

❸ 殴る

△後頭部を強く打つ／重擊後腦部。

うっかり 三·36

(名·副) 不注意，不留神；發呆，茫然。

❸ うかうか

△うっかりしたものだから、約束を忘れてしまった／因為一時不留意，而忘了約會。

うつくしい [美しい] 三②

(形) 美麗，好看。

❸ 綺麗

△美しい絵を見ることが好きです／我喜歡看美麗的畫。

うつす [写す] 三②

(他五) 照相；摹寫。

❸ 撮る

△写真を写してあげましょうか／我幫你照相吧！

うつす [映す] 三·36

(他五) 映，照；放映。

△鏡に姿を映して、おかしくないかどうか見た／我照鏡子，看看樣子奇不奇怪。

うつす [移す] 三·36

(他五) 移，搬；使傳染；度過時間。

❸ 引っ越す

△住まいを移す／遷移住所。

うったえる [訴える] 三下一·6

(他下一) 控告，控訴，申訴；求助於；感動，打動。

❸ 告訴

△彼が犯人と知った上は、警察に訴えるつもりです／既然知道他是犯人，我就打算向警察報案。

うつる [移る] 三②

(自五) 移動；推移；沾到。

❸ 動かす

△あちらの席にお移りください／請移到那邊的座位。

うつる [映る] 三·36

(自五) 映，照；顯得，映入；相配，相稱；照相，映現。

❸ 映ずる

△山が湖の水に映っています／山影倒映在湖面上。

うで [腕] 三②

(名) 胳臂；本領。

❸ 肘

△彼女の腕は、枝のように細い／她的手腕像樹枝般細。

うどん [饂飩] 三·36

(名) 烏龍麵條，烏龍麵。

うなずく [頷く] 三·6

(自五) 點頭同意，首肯。

❸ 承知する

う

△私が意見を言うと、彼は黙ってうなずいた／我一說出意見，他就默默地點了頭。

うなる［唸る］ 〓6

(自五) 呻吟；（野獸）吼叫；發出鳴聲；吟，哼；贊同，喝采。

(動) 鳴く

△ブルドックがウーウー唸っている／哈巴狗嗚嗚地叫著。

うばう［奪う］ 〓6

(他五) 剝奪；強烈吸引；除去。

(反) 与える　(動) 奪い取る

△戦争で家族も財産もすべて奪われてしまった／戰爭把我的家人和財產全都奪走了。

うま［馬］ 〓36

(名) 馬。

うまい 〓2

(形) 拿手；好吃；非常適宜，順利。

(反) 上手

△彼はテニスはうまいのに、ゴルフは下手です／他網球打得好，但高爾夫卻打不好。

うまい［美味い］ 〓36

(形) 味道好，好吃；想法或做法巧妙，擅於；非常適宜，順利。

(反) まずい　(動) 美味しい

△山の空気がうまい／山上的空氣新鮮。

うまれ［生まれ］ 〓36

(名) 出生；出生地；門第，出生。

(動) 生い立ち

△戸籍上は、北海道の生まれになっています／戶籍上，是標明北海道出生的。

うまれる［生まれる］ 四2

(自下一) 出生；出現。

(動) 出生する

△あなたは、どちらで生まれましたか／你在哪裡出生的？

うみ［海］ 四2

(名) 海，海洋；茫茫一片。

(反) 陸

△海に遊びに行きませんか／要不要去海邊玩？

うむ［有無］ 〓6

(名) 有無；可否，願意與否。

(動) 有り無し

△彼が行くのをためらっているところを、有無を言わせず連れてきた／就在他猶豫是否要去時，不管三七二十一地就將他帶了過來。

うめ［梅］ 〓6

(名) 梅花，梅樹；梅子。

△梅の花が、なんと美しかったことか／梅花是多麼地美麗啊！

うめる［埋める］ 〓6

(他下一) 埋，掩埋；填補，彌補；佔滿。

(動) 埋（うず）める

△犯人は、木の下にお金を埋めたと言っている/犯人自白說他將錢埋在樹下。

うやまう［敬う］　　　二6

他五 尊敬。
反 侮る　類 敬する
△年長者を敬うことは大切だ/尊敬年長長輩是很重要的。

うら［裏］　　　三2

名 裡面；背後。
反 表　類 裏側
△紙の裏に名前が書いてあるかどうか、見てください/請看一下紙的背面有沒有寫名字。

うらがえす［裏返す］　　　二36

他五 翻過來；通敵，叛變。
類 折り返す
△靴下を裏返して洗った/我把襪子翻過來洗。

うらぎる［裏切る］　　　二6

他五 背叛，出賣，通敵；辜負，違背。
類 背信する
△友だちを信じたとたんに、裏切られた/就在我相信朋友的那一刻，遭到了背叛。

うらぐち［裏口］　　　二6

名 後門，便門；走後門。
反 表口
△すみませんが、裏口から入ってくだ

さい/不好意思，請由後門進入。

うらなう［占う］　　　二6

他五 占卜，占卦，算命。
類 占卜（せんぼく）
△恋愛と仕事について占ってもらった/我請他幫我算愛情和工作的運勢。

うらみ［恨み］　　　二6

名 恨，怨，怨恨。
類 怨恨
△私に恨みを持つなんて、それは誤解というものです/說什麼跟我有深仇大怨，那可真是個天大誤會啊。

うらむ［恨む］　　　三36

他五 抱怨，恨；感到遺憾，可惜；雪恨，報仇。
類 怨恨
△仕事の報酬をめぐって、同僚に恨まれた/因為工作的報酬一事，被同事懷恨在心。

うらやましい
［羨ましい］　　　二36

形 羨慕，令人嫉妒，眼紅。
類 羨望
△庶民からすれば、お金のある人はとても羨ましいのです/就平民的角度來看，有錢人實在太令人羨慕。

うらやむ［羨む］　　　二6

他五 羨慕，嫉妒。
類 妬む

う

△彼女はきれいでお金持ちなので、みんなが羨んでいる／她人既漂亮又富有，大家都很羨慕她。

うりあげ［売り上げ］ 二6

㊔（一定期間的）銷售額，營業額。
類 売上高
△売り上げの計算をしているところへ、社長がのぞきに来た／在我結算營業額時，社長跑來看了一下。

うりきれ［売り切れ］ 二6

㊔ 賣完。
△売り切れにならないうちに、早く買いに行かなくてはなりません／我們得在賣光之前去買才行。

うりきれる［売り切れる］ 二36

自下一 賣完，賣光。
△コンサートのチケットはすぐに売り切れた／演唱會的票馬上就賣完了。

うりば［売場］ 三2

㊔ 賣場。
△靴下売場は2階だそうだ／聽說襪子的賣場在二樓。

うる［売る］ 四2

他五 賣，販賣；沽名；出賣。
反 買う　類 商売する
△デパートで、かわいいスカートを売っていました／百貨公司裡有在賣很可愛的裙子。

うるさい［煩い］ 三2

形 吵鬧；囉唆。
△うるさいなあ。静かにしろ／很吵耶，安靜一點！

うれしい［嬉しい］ 三2

形 高興，喜悅。
反 悲しい　類 喜ばしい
△誰でも、ほめられれば嬉しい／不管是誰，只要被誇都會很高興的。

うれゆき［売れ行き］ 二6

㊔（商品的）銷售狀況，銷路。
△その商品は売れ行きがよい／那個產品銷路很好。

うれる［売れる］ 二36

自下一 商品賣出，暢銷；變得廣為人知，出名，聞名。
△この新製品がよく売れる／這個新產品很暢銷。

うろうろ 二36

副・自サ 徘徊；不知所措，張慌失措。
類 まごまご
△彼は今ごろ、渋谷あたりをうろうろしているに相違ない／現在，他人一定是在澀谷一帶徘徊。

うわ［上］ 二36

造語（位置的）上邊，上面，表面；（價值、程度）高；輕率，隨便。
△上着を脱いで仕事をする／脫掉上衣工作。

うわぎ［上着］ 四2

(名) 上衣，外衣。

(反) 下着 (類) 上衣

△上着を脱いで、入ります／脫了外套後再進去。

うわさ［噂］ 二36

(名·自サ) 議論，閒談；傳說，風聲。

(類) 流言

△本人に聞かないことには、噂が本当かどうかわからない／傳聞是真是假，不問當事人是不知道的。

うわる［植わる］ 二6

(自五) 栽上，栽植。

△庭にはいろいろのばらが植わっていた／庭院種植了各種玫瑰花。

うん 三2

(感) 對，是。

△うん、僕はUFOを見たことがあるよ／沒錯，我看過UFO喔！

うん［運］ 二36

(名) 命運，運氣。

(類) 運命

△宝くじが当たるとは、なんと運がいいことか／竟然中了彩卷，運氣還真好啊！

うんが［運河］ 二6

(名) 運河。

(類) 堀

△真冬の運河に飛び込むとは、無茶というものだ／在寒冬跳入運河裡，真是件荒唐的事。

うんてん［運転］ 三2

(名·他サ) 開車；周轉。

(類) 操る

△車を運転しようとしたら、かぎがなかった／正想開車，才發現沒有鑰匙。

うんてんしゅ［運転手］ 三2

(名) 司機。

(類) 運転者

△タクシーの運転手に、チップをあげた／給了計程車司機小費。

うんどう［運動］ 三2

(名·自サ) 運動；運動。

(類) スポーツ

△運動し終わったら、道具を片付けてください／運動完了，請將道具收拾好。

うんと 二6

(副) 多，大大地；用力，使勁地。

(類) たくさん

△うんとおしゃれをして出かけた／她費心打扮出門去了。

うんぬん［云々］ 二6

(名·他サ) 云云，等等；說長道短。

(類) これこれ

△他人のすることについて云々したくはない／對於他人所作的事，我不想多說什麼。

うんぱん［運搬］

⊜6

名・他サ 搬運，運輸。

動 運ぶ

△荷物を指示どおりに運搬した／行李已依指示搬運完成。

うんよう［運用］

⊜6

名・他サ 運用，活用。

動 応用

△目的にそって、資金を運用する／按目的來運用資金。

えエ

え［絵］

四2

名 畫。

動 画

△これは、「ひまわり」という絵です／這幅畫叫「向日葵」。

えいえん［永遠］

⊜6

名 永遠，永恆，永久。

動 何時までも

△神のもとで、永遠の愛を誓います／在神面前，發誓相愛至永遠。

えいが［映画］

四2

名 電影。

動 ムービー

△いっしょに映画を見ましょう／一起看場電影吧！

えいがかん［映画館］

四2

名 電影院。

動 映画劇場

△映画館と銀行があります／有電影院和銀行。

えいきゅう［永久］

⊜36

名 永遠，永久。

動 何時までも

△私は、永久にここには戻ってこない／我永遠不會再回來這裡。

えいきょう［影響］

⊜36

名・自サ 影響。

動 反響

△毎日テレビを見ていたら、影響を受けざるをえない／每天都在看電視，難免不受其影響。

えいぎょう［営業］

⊜6

名・自他サ 營業，經商。

動 商い

△営業開始に際して、店長から挨拶があります／開始營業時，店長會致詞。

えいご［英語］

四2

名 英語，英文。

△先生は、英語ができます／老師懂英語。

えいせい［衛生］

⊜36

名 衛生。

動 保健

△この店は、衛生上も問題があるね／

這家店，衛生上也有問題呀。

えいぶん［英文］ 二36

名 用英語寫的文章；「英文學」、「英文學科」的簡稱。

△この英文は、難しくてしようがない／這英文，實在是難得不得了。

えいよう［栄養］ 二36

名 營養。

類 養分

△子どもに勉強させる一方、栄養にも気をつけています／我督促小孩讀書的同時，也注意營養是否均衡。

えいわ［英和］ 二36

名 英日辭典。

△兄の部屋には、英和辞典ばかりでなく、仏和辞典もある／哥哥的房裡，不僅有英日辭典，也有法日辭典。

ええ 四2

感（用降調表示肯定）是的；（用升調表示驚訝）哎呀。

△ええ、切手も葉書も買いました／是的，買了郵票，也買了明信片。

ええと 二6

感（一時想不起而思考時發出的聲音）啊，嗯。

えがお［笑顔］ 二6

名 笑臉，笑容。

反 泣き顔 類 笑い顔

△売り上げを上げるには、笑顔でサービスするよりほかない／想要提高營業額，沒有比用笑臉來服務客人更好的辦法。

えがく［描く］ 二36

他五 畫，描繪；以…為形式，描寫；想像。

類 写す

△この絵は、心に浮かんだものを描いたにすぎません／這幅畫只是將內心所想像的東西，畫出來的而已。

えき［駅］ 四2

名（鐵路的）車站。

△駅から家まで歩きました／從車站走到家。

えきたい［液体］ 二36

名 液體。

類 液状

△気体から液体になったかと思うと、たちまち固体になった／才剛在想它從氣體變成了液體，現在又瞬間變成了固體。

えさ［餌］ 二6

名 飼料，飼食。

類 餌（え）

△野良猫たちは、餌をめぐっていつも争っている／野貓們總是圍繞著飼料互相爭奪。

エスカレーター［escalator］ 三2

名 自動手扶梯。

△駅にエスカレーターをつけることになりました／車站決定設置手扶梯。

えだ［枝］ 三2

［名］樹枝；分支。

［類］梢

△枝を切ったので、遠くの山が見えるようになった／由於砍掉了樹枝，遠山就可以看到了。

エチケット［etiquette］ 二6

［名］禮節，禮儀，（社交）規矩。

［類］礼儀

△エチケット違反をするものではない／不該違反禮儀。

えっ 二6

［感］（表示驚訝、懷疑）啊！怎麼？

△えっ、あれが彼のお父さん?／咦？那是他父親啊？

エネルギー［energie］ 二6

［名］能量，能源；精力，氣力。

［類］活力

△国内全体にわたって、エネルギーが不足しています／就全國整體來看，能源是不足的。

えのぐ［絵の具］ 二6

［名］顏料，水彩。

［類］顔料

△絵の具で絵を描いています／我用水彩作畫。

エプロン［apron］ 二6

［名］圍裙。

［類］前掛け

△彼女は、エプロン姿が似合います／她很適合穿圍裙呢！

えらい［偉い］ 二36

［形］偉大，卓越，了不起；（地位）高，（身分）高貴；（出乎意料）嚴重。

［類］偉大

△彼は学者として偉かった／以一個學者而言他是很偉大的。

えらぶ［選ぶ］ 三2

［他五］選擇。

［類］選択する

△好きなのをお選びください／請選您喜歡的。

える［得る］ 二6

［他下一］得，得到；領悟，理解；能夠。

［類］手に入れる

△仕事をしてお金を得るとともに、沢山のことを学ぶことができる／工作可以得到報酬的同時，也可以學到很多事情。

エレベーター［elevator］ 四2

［名］電梯，升降機。

△駅にはエレベーターがあります／車站裡有電梯。

えん［円］ 四2

［名］（日本貨幣單位）日圓。

△アメリカのは1000円ですが、日本の

は800円です／美國製的是一千日圓，日本製的是800日圓。

えん [円]　　　　　二6

名 (幾何) 圓，圓形；(明治後日本貨幣單位) 日元。

類 丸

△点Aを中心に、円を描いてください／請以A點為圓心，畫出一個圓來。

えんき [延期]　　　二36

名・他サ 延期。

類 日延べ

△スケジュールを発表した以上、延期するわけにはいかない／既然已經公布了時間表，就絕不能延期。

えんぎ [演技]　　　二6

名・自サ (演員的) 演技，表演；技巧，做戲。

△ちょうど演技の練習をしているところを、ちょっと中断してもらった／正當在他們練習演技時，我請他們暫停了一下。

えんげい [園芸]　　　二6

名 園藝。

△趣味として、園芸をやっています／我視園藝為一種興趣在經營。

えんげき [演劇]　　　二6

名 演劇，戲劇。

類 芝居

△先生の指導のもとに、演劇の練習をしている／在老師的指導之下排演戲劇。

劇。

えんしゅう [円周]　　　二6

名 (數) 圓周。

△円周率は、約3.14である／圓周率約為3.14。

えんしゅう [演習]　　　二36

名・自サ 演習，實際練習；(大學内的) 課堂討論，共同研究。

類 練習

△計画にそって、演習が行われた／按照計畫，進行了演習。

えんじょ [援助]　　　二6

名・他サ 援助，幫助。

類 後援

△親の援助があれば、生活できないこともない／有父母支援的話，也不是不能過活的。

エンジン [engine]　　　二6

名 發動機，引擎。

類 発動機

△スポーツカー向けのエンジンを作っています／我們正在製造適合跑車用的引擎。

えんぜつ [演説]　　　二6

名・自サ 演說。

類 講演

△首相の演説が終わったかと思ったら、外相の演説が始まった／首相演講才結束，外交大臣就馬上接著演講了。

え

えんそう［演奏］　⊖6

名·他サ 演奏。

類 奏楽

△私から見ると、彼の演奏はまだまだ
だね／就我來看，他演奏還有待加強。

えんそく［遠足］　⊖③6

名·自サ 遠足，郊遊。

類 ピクニック

△遠足に行くとしたら、富士山に行き
たいです／如果要去遠足，我想去富士
山。

えんちょう［延長］　⊖6

名·自他サ 延長，延伸，擴展；全長。

類 延ばす

△試合を延長するに際して、10分休
憩します／在延長比賽時，先休息10分
鐘。

えんとつ［煙突］　⊖6

名 煙囪。

類 煙筒

△煙突から煙が出ている／從煙囪裡冒
出了煙來。

えんぴつ［鉛筆］　四2

名 鉛筆。

類 木筆

△鉛筆で書きます／用鉛筆寫字。

えんりょ［遠慮］　⊜2

名·自他サ 客氣；謝絕。

類 憚る

△すみませんが、私は遠慮します／對
不起，請容我拒絕。

おォ

お［御］　四2

接頭 放在字首，表示尊敬語及美化語。

類 ご

△お金は、いくらありますか／你有多
少錢？

おあずかりします
［お預かりします］　四2

寒暄 收進；保管（暫時代人）。

△鍵をお預かりします／幫您保管鑰
匙。

おい　⊖6

感（對同輩或晚輩使用）招呼呼喚的喂，
唉；（表示輕微的驚詫），呀！啊！

△おい、大丈夫か／喂！你還好吧。

おい［甥］　⊖6

名 姪子，外甥。

反 姪　類 甥御

△甥の将来が心配でならない／替外甥
的未來擔心到不行。

おいかける
［追い掛ける］　⊖③6

他下一 追趕；緊接著。

類 追う

△すぐに追いかけないことには、犯人

に逃げられてしまう／不趕快追上去的話，會被犯人逃走的。

おいこす［追い越す］ 二36

(他五) 超過，趕過去。

類 抜く

△トラックなんか、追い越してしまいましょう／我們快追過那卡車吧！

おいしい［美味しい］ 四2

(形) 美味的，可口的，好吃的。

反 まずい　類 うまい

△その店のラーメンは、おいしいですか／那家店的拉麵可口嗎？

おいつく［追い付く］ 二36

(自五) 追上，趕上；達到；來得及…。

類 追い及ぶ

△一生懸命走って、やっと追いついた／拼命地跑，終於趕上了。

おいでになる［お出でになる］ 三2

(自五) 來，去，在（尊敬語）。

類 いらっしゃる

△明日のパーティーに、社長はお出でになりますか／明天的派對，社長會蒞臨嗎？

オイル［oil］ 二6

(名) 油，油類；油畫，油畫顏料；石油。

類 石油

△最近、オイル価格は、上がる一方だ／最近石油的價格持續上升。

おいわい［お祝い］ 三2

(名) 慶祝，祝福。

類 祝賀

△これは、お祝いのプレゼントです／這是聊表祝福的禮物。

おう［王］ 二6

(名) 帝王，君王，國王；首領，大王；（象棋）王將。

類 国王

△王も、一人の人間にすぎない／國王也不過是普通的人罷了。

おう［追う］ 二36

(他五) 追；趕走；逼催，忙於；趨趕；追求；遵循，按照。

類 追いかける

△刑事は犯人を追っている／刑警正在追捕犯人。

おうえん［応援］ 二36

(名·他サ) 援助，支援；聲援，助威。

類 声援

△私が応援しているチームに限って、いつも負けるからいやになる／獨獨我所支持的球隊總是吃敗仗，叫人真嘔。

おうさま［王様］ 二6

(名) 國王，大王。

類 元首

△王様は、立場上意見を言うことができない／就國王的立場上，實在無法發表意見。

おうじ［王子］ 二6

㊔ 王子；皇族的男子。

反 王女　類 プリンス

△国王のみならず、王子まで暗殺された／不單是國王，就連王子也被暗殺了。

おうじょ［王女］ 二6

㊔ 公主，皇族的女子。

反 王子　類 プリンセス

△王女様のことだから、ピンクのドレスがよく似合うでしょう／正因為是公主，所以一定很適合粉紅色的禮服吧。

おうじる・おうずる［応じる・応ずる］ 二6

自上一 響應；答應；允應，滿足；適應。

類 適合する

△場合に応じて、いろいろなサービスがあります／隨著場合的不同，有各種不同的服務。

おうせつ［応接］ 二6

名·自サ 接待，應接。

類 持て成し

△会社では、掃除もすれば、来客の応接もする／公司裡，要打掃也要接待客人。

おうせつま［応接間］ 三2

㊔ 會客室。

△応接間の花に水をやってください／會客室裡的花澆一下水。

おうたい［応対］ 二6

名·他サ 應對，接待，應酬。

類 接待

△お客様の応対をしているところに、電話が鳴った／電話在我接待客人時響了起來。

おうだん［横断］ 二36

名·他サ 橫斷；橫渡，橫越。

類 横切る

△警官の注意もかまわず、赤信号で道を横断した／他不管警察的警告，照樣闖紅燈。

おうふく［往復］ 二36

名·自サ 往返，來往；通行量。

類 行き帰り

△往復5時間もかかる／來回要花上五個小時。

おうべい［欧米］ 二6

㊔ 歐美。

類 西洋

△A教授のもとに、たくさんの欧米の学生が集まっている／A教授的門下，聚集著許多來自歐美的學生。

おうよう［応用］ 二36

名·他サ 應用，運用。

類 活用

△基本問題に加えて、応用問題もやってください／除了基本題之外，也請做一下應用題。

おえる［終える］　　　　　　二6

(他下一・自下一) 做完，完成，結束。
反 始める　類 終わらせる
△太郎は無事任務を終えた／太郎順利
地把任務完成了。

おお［大］　　　　　　二36

(造語)（形狀、數量）大，多；（程度）非
常，很：大體，大概。
反 小
△昨日大雨が降った／昨天下了大雨。

おおい［多い］　　　　　　二2

(形) 多的。
反 少ない　類 たくさん
△友だちは、多いほうがいいです／多
一點朋友比較好。

おおいに［大いに］　　　　　　二6

(副) 很，頗，大大地，非常地。
類 非常に
△社長のことだから、大いに張り切っ
ているだろう／因為是社長，所以一定
相當地賣命吧。

おおう［覆う］　　　　　　二36

(他五) 覆蓋，籠罩；掩飾，籠罩，充滿；包
含，蓋擴。
類 被せる
△車をカバーで覆いました／用車套蓋
住車子。

おおきい［大きい］　　　　　　四2

(形)（數量、體積等）大，巨大；（程度，

範圍等）大，廣大。
反 小さい　類 でかい
△あの窓の大きい建物は、学校です／
那棟有著大窗戶的建築物是學校。

おおきな［大きな］　　　　　　三2

(準連體詞) 大，大的。
反 小さな
△こんな大きな木は見たことがない／
沒看過這麼大的樹木。

オーケストラ［orchestra］　　　　　　二6

(名) 管絃樂（團）；樂池，樂隊席。
類 管弦楽（団）
△オーケストラの演奏は、期待に反し
てひどかった／管絃樂團的演奏與期待
相反，非常的糟糕。

おおざっぱ［大雑把］　　　　　　二6

(形動) 草率，粗枝大葉；粗略，大致。
類 おおまか
△大雑把に掃除しておいた／先大略地
整理過了。

おおぜい［大勢］　　　　　　四2

(名) 很多（人），眾多（人）；（人數）
很多。
反 小勢　類 多人數
△あそこに、大勢人がいます／那邊有
很多人。

おおどおり［大通り］　　　　　　二36

(名) 大街，大馬路。
類 街

△売り上げがよかったのを契機に、大通りに店を出した／趁著銷售量亮眼的時候，在大馬路旁開了家店。

オートバイ [auto＋bicycle（日製）] ≡2

图 摩托車。

㊀ 単車

△そのオートバイは、彼のらしい／那輛摩托車好像是他的。

オートメーション [automation] ≡6

图 自動化，自動控制裝置，自動操縦法。

㊀ 自動制御装置

△オートメーション設備を導入して以来、製造速度が速くなった／自従引進自動控制設備後，生產的速度就快了許多。

オーバー [over] ≡2

图 超過。

㊀ 超える

△外野のフェンスをオーバーする／越過外野圍牆。

オーバー（コート）[overcoat] ≡36

图 大衣，外套，外衣。

㊀ 外套

おおや [大家] ≡6

图 房東；正房，上房，主房。

㊈ 店子（たなこ）　㊀ 家主（やぬし）

△アメリカに住んでいた際は、大家さんにたいへんお世話になった／在美國居住的那段期間，受到房東很多的照顧。

おおよそ [大凡] ≡6

㊅ 大體，大概，一般；大約，差不多。

㊀ 大方

△おおよその事情はわかりました／我已經瞭解大概的狀況了。

おか [丘] ≡36

图 丘陵，山崗，小山。

㊀ 丘陵

△町に出るには、あの丘を越えていくよりほかにない／要離開這個城鎮，除了翻越那個山丘沒有其他辦法。

おかあさん [お母さん] 四2

图 （「母」的敬稱）媽媽，母親；您母親，令堂。

㊉ お父さん　㊀ 母

△お母さんと一緒に、買い物をしました／和媽媽一起去買了東西。

おかえりなさい [お帰りなさい] ≡2

㊉ 回來了。

△お帰りなさい。お茶でも飲みますか／你回來啦。要不要喝杯茶？

おかげ [お蔭] ≡2

㊉ 托福；承蒙關照。

㊀ 恩恵

△あなたが手伝ってくれたおかげで、仕事が終わりました／多虧你的幫忙，工作才得以結束。

おかけください　二 6

敬 請坐。

おかげさまで［お蔭様で］　三 2

寒暄 託福，多虧。

△お蔭様で、元気になってきました／託您的福，我身體好多了。

おかし［お菓子］　四 2

名 點心，糕點。

類 点心

△あなたは、お菓子しか食べないの／你只吃點心嗎？

おかしい［可笑しい］　三 2

形 奇怪，可笑；不正常。

類 滑稽

△おかしければ、笑いなさい／如果覺得可笑，就笑呀！

おかず［お数・お菜］　二 3 6

名 菜飯，菜餚。

類 副食物

△今日のおかずはハンバーグです／今天的餐點是漢堡肉。

おかね［お金］　四 2

名 錢，貨幣。

類 金銭

△お金がたくさんほしいです／我想要有很多錢。

おかねもち［お金持ち］　三 2

名 有錢人。

反 貧乏人　類 富豪

△だれでもお金持ちになれる／誰都可以成為有錢人。

おかまいなく［お構いなく］　二 6

敬 不管，不在乎，不放在心上，不介意。

類 無頓着

おがむ［拝む］　二 6

他五 叩拜；合掌作揖；懇求，央求；瞻仰，見識。

類 拝する

△お寺に行って、仏像を拝んだ／我到寺廟拜了佛像。

おかわり［お代わり］　二 6

名·自サ （酒、飯等）再來一杯、一碗。

△ダイエットしているときに限って、ご飯をお代わりしたくなります／偏偏在減肥的時候，就會想再吃一碗。

おき　三 2

接尾 每隔…。

△天気予報によると、1日おきに雨が降るそうだ／根據氣象報告，每隔一天會下雨。

～おき　二 6

接尾 （接在數量詞後面）每隔，間隔。

△2時間おきに、赤ちゃんにミルクをあげます／我每隔兩個小時，就會餵牛

奶給寶寶喝。

おき［沖］　　　　　　　⊜36

⊛（離岸較遠的）海面，海上；湖心；
（日本中部方言）寬闊的田地，原野。

🔵 海

△船が沖へ出るにつれて、波が高くなった／船隻越出海，浪就打得越高。

おぎなう［補う］　　　⊜6

他五 補償，彌補，貼補。

🔵 補足する

△ビタミン剤で栄養を補っています／我吃維他命錠來補充營養。

おきのどくに
[お気の毒に]　　　⊜6

連語·感 令人同情；過意不去，給人添麻煩。

🔵 哀れ

△泥棒に入られて、お気の毒に／被小偷闖空門，還真是令人同情。

おきる［起きる］　　　四2

自上一（倒著的東西）起來，立起來；起床；不睡。

🔵 目覚める

△わたしは毎朝早く起きます／我每天早上都很早起床。

おきる［起きる］　　　⊜36

自上一（倒著的東西）起來，立起來；起床；不睡；發生。

🔵 立ち上がる

△転んでもすぐ起きる／跌倒了也會馬上爬起來。

おく［置く］　　　　　　四2

他五 放，放置；降，下；處於，處在。

🔵 据える

△そこに、荷物を置いてください／請將行李放在那邊。

おく［億］　　　　　　　⊜2

⊛ 億。

△家を建てるのに、3億円も使いました／蓋房子竟用掉了3億日圓。

おく［奥］　　　　　　　⊜36

⊛ 裡頭，內部，深處；裡院，內宅；盡頭，末尾，最後；夫人，太太。

🔵 奥底

おくがい［屋外］　　　⊜6

⊛ 戶外。

⊠ 屋内　🔵 戶外

△君は、もっと屋外で運動するべきだ／你應該要多在戶外運動才是。

おくさま［奥様］　　　⊜36

⊛ 尊夫人，太太。

🔵 夫人

△社長のかわりに、奥様がいらっしゃいました／社長夫人代替社長大駕光臨了。

おくさん［奥さん］　　　四2

⊛ 太太，尊夫人。

🔵 奥様

△奥さんとけんかしますか／你會跟太

太吵架嗎？

おくじょう［屋上］ 三2

㊔ 屋頂。

△屋上でサッカーをすることができます／頂樓可以踢足球。

おくりがな［送り仮名］ 二36

㊔ 漢字訓讀時，寫在漢字下的假名；用日語讀漢文時，在漢字右下方寫的假名。

類 送り

△先生に習ったとおりに、送り仮名をつけた／照著老師所教來註上假名。

おくりもの［贈り物］ 三2

㊔ 贈品，禮物。

類 プレゼント

△この贈り物をくれたのは、誰ですか／這禮物是誰送我的？

おくる［送る］ 三2

他五 寄送；送行。

類 届ける

△東京にいる息子に、お金を送ってやりました／寄錢給在東京的兒子了。

おくる［贈る］ 二36

他五 贈送，餽贈；授與，贈給。

類 与える

△大学から彼に博士号が贈られた／大學頒給他博士學位。

おくれる［遅れる］ 三2

自下一 遲到；緩慢。

類 遅刻する

△時間に遅れるな／不要遲到。

おこさん［お子さん］ 三2

㊔ 您孩子。

類 お子様

△お子さんは、どんなものを食べたがりますか／您小孩喜歡吃什麼東西？

おこす［起こす］ 三2

他五 扶起；叫醒；引起。

類 目覚ませる

△父は、「明日の朝、６時に起こしてくれ。」と言った／父親說：「明天早上六點叫我起床」。

おこたる［怠る］ 二6

他五 怠慢，懶惰；疏忽，大意。

類 怠ける

△努力を怠ったせいで、失敗しました／由於怠於努力，所以失敗了。

おこなう［行なう］ 三2

他五 舉行，舉辦。

類 実施する

△来週、音楽会が行なわれる／音樂將會在下禮拜舉行。

おこる［怒る］ 三2

自五 生氣；斥責。

類 腹立つ

△母に怒られた／被媽媽罵了一頓！

おさえる［押さえる］ 二36

他下一 按，壓；扣住，勒住；控制，阻止；捉住；扣留；超群出衆。

類 押さえ付ける

△この釘を押さえていてください／請按住這個釘子。

おさきに［お先に］ 二6

敬 先離開了，先走了，先告辭了。

おさけ［お酒］ 四2

名 酒（「さけ」的鄭重說法）。

類 ワイン

△お祖母さんは、お酒がきらいです／奶奶不喜歡酒。

おさけ［お酒］ 二6

名 日本酒。

類 清酒

△お酒のかわりに、お茶をください／把酒換掉，請給我一杯茶。

おさない［幼い］ 二6

形 幼小的，年幼的；孩子氣，幼稚的。

類 幼少

△幼い子どもから見れば、私もおじさんなんだろう／從年幼的孩童的眼中來看，我也算是個叔叔吧。

おさめる［収める］ 二3 6

他下一 接受；取得；收藏，收存；收集，集中；繳納；供應，賣給；結束。

類 収穫する

△プロジェクトが成功を収めたばかりか、次の計画も順調だ／豈止是順利完成計畫，就連下一個企畫也進行得很順利。

おじ［伯父］ 四2

名 伯伯，叔叔，舅舅，姨丈，姑丈。

反 伯母 類 伯父さん

△伯父と一緒に晩ご飯を食べました／和伯伯一起吃了晚飯。

おしい［惜しい］ 二3 6

形 遺憾；可惜的，捨不得；珍惜。

類 もったいない

△普段の実力に反して、惜しくも試合に負けた／不同於以往該有的實力，很可惜地輸掉了比賽。

おじいさん［お祖父さん］ 四2

名 祖父；外公；（對一般老年男子的稱呼）爺爺；老爺爺，老爹。

反 お祖母さん 類 祖父

△お祖父さんは、元気ですか／爺爺好嗎？

おしいれ［押し入れ］ 三2

名 壁櫥。

類 押し込み

△その本は、押し入れにしまっておいてください／請將那本書收進壁櫥裡。

おしえる［教える］ 四2

他下一 指導，教導；教訓；指教，告訴。

反 習う 類 教授する

△どなたが田中さんですか。教えてください／哪位是田中先生？請告訴我。

おじぎ［お辞儀］ 二3 6

名·自サ 行禮，鞠躬，敬禮；客氣。

類 挨拶

△目上の人にお辞儀をしなかったばかりに、母にしかられた／因為我沒跟長輩行禮，被媽媽罵了一頓。

おじさん 四2

名 伯父，叔叔，舅舅，姑丈，姨丈；大叔，大爺。

反 おばさん 類 おじ

△伯父さんは元気ですか／伯父好嗎？

おじさん [伯父・叔父さん] 二36

名 伯伯，舅舅，姨丈，姑丈。

反 おばさん 類 おじ

△叔父さんのおかげで、助かりました／多虧叔叔您的幫忙我才得救。

おしゃべり [お喋り] 二36

名・自サ・形動 閒談，聊天；愛說話的人，健談的人。

反 無口 類 無駄口

△友だちとおしゃべりをしているところへ、先生が来た／當我正在和朋友閒談時，老師走了過來。

おじゃまします [お邪魔します] 二6

敬 打擾了。

おしゃれ [お洒落] 二36

名・形動 打扮漂亮。

類 お粧（めか）し

おじょうさん [お嬢さん] 三2

名 您女兒；小姐；千金小姐。

類 お嬢様

△お嬢さんは、とても女らしいですね／您女兒非常淑女呢！

おじょうさん [お嬢さん] 二6

名 小姐；令嬡。

類 お嬢様

△旦那様も旦那様なら、お嬢さんもお嬢さんだ／老爺固有不對，但小姐也有錯。

おしらせ [お知らせ] 二6

名 通知，訊息。

類 通知

△大事なお知らせだからこそ、わざわざ伝えに来たのです／正因為有重要的通知事項，所以才特地前來傳達。 お

おす [押す] 四2

他五 推，擠；壓，按；冒著，不顧。

反 引く 類 圧する

△押したり引いたりする／或推或拉。

おせわになりました [お世話になりました] 二6

敬 受您照顧了，得到您的關照了。

おせん [汚染] 二6

名・自他サ 污染。

類 汚れる

△工場が生産をやめないかぎり、川の汚染は続くでしょう／只要工廠不停止生產，河川的污染就會持續下去吧！

おそい［遅い］ 四 2

形（速度上）慢，遲緩；（時間上）遲，晚；趕不上，來不及。

反 速い 類 鈍い

△もっと飲みたいですが、もう時間が遅いです／我想多喝一點，但是時間已經很晚了。

おそらく［恐らく］ 二 3 6

副 恐怕，或許，很可能。

類 多分

△恐らく彼は、今ごろ勉強の最中でしょう／他現在恐怕在唸書吧。

おそれる［恐れる］ 二 3 6

自下一 害怕，恐懼；擔心。

類 心配する

△私は挑戦したい気持ちがある半面、失敗を恐れている／在我想挑戰的同時，心裡也害怕會失敗。

おそろしい［恐ろしい］ 二 3 6

形 可怕；驚人，非常，厲害。

類 怖い

△そんな恐ろしい目で見ないでください／不要用那種駭人的眼神看我。

おそわる［教わる］ 二 3 6

他五 受教，跟…學習。

△パソコンの使い方を教わったとたんに、もう忘れてしまった／才剛請別人教我電腦的操作方式，現在就已經忘了。

おだいじに［お大事に］ 三 2

寒暄 珍重，保重。

△頭痛がするのですか 。どうぞお大事に／頭痛嗎？請多保重！

おだいじに［お大事に］ 二 6

敬 請保重身體。

おたがい［お互い］ 二 3 6

名 彼此，互相。

△話せば話すほど、お互いを理解できる／雙方越交談，就越能互相了解。

おたく［お宅］ 三 2

名 您府上，貴宅。

類 お住まい

△うちの息子より、お宅の息子さんのほうがまじめです／你家兒子比我家兒子認真。

おだやか［穏やか］ 二 3 6

形動 平穩；溫和，安詳；穩妥，穩當。

類 温和

△思っていたのに反して、上司の性格は穏やかだった／與我想像的不一樣，我的上司個性很溫和。

おちつく［落ち着く］ 二 3 6

自五（心神，情緒等）穩靜；鎮靜，安祥；穩坐，穩當；（長時間）定居；有頭緒；淡雅，協調。

類 安定する

△引越し先に落ち着いたら、手紙を書きます／等搬完家安定以後，我就寫信

給你。

おちゃ ［お茶］　四2
名 茶，茶葉；茶道；茶會。
外 ティー
△お茶やコーヒーを飲みました／喝了茶和咖啡。

おちる ［落ちる］　三2
自上一 掉落；脫落；降低。
外 落下する
△何か、机から落ちましたよ／有東西從桌上掉下來了喔！

おっしゃる　三2
他五 說，講，叫。
外 言う
△なにかおっしゃいましたか／您說什麼呢？

おっと ［夫］　二36
名 夫，丈夫。
反 妻　外 亭主

おてあらい ［お手洗い］　四2
名 廁所，洗手間。
外 洗面所
△お手洗いは、どちらにありますか／廁所在哪裡？

おでかけ ［お出掛け］　二6
名 出門，正要出門。
外 外出する
△ちょうどお出掛けのところを、引き止めてすみません／在您正要出門時叫住您，實在很抱歉。

おてつだいさん
［お手伝いさん］　二6
名 佣人。
外 女中
△妻の仕事が忙しくなったのを契機に、お手伝いさんを雇いました／自從妻子工作變忙之後，我們就雇用了佣人。

おと ［音］　三2
名 音，聲音。
外 音（おん）
△あれは、自動車の音かもしれない／那可能是汽車的聲音。

おとうさん ［お父さん］　四2
名 （「ちち」的敬稱）爸爸，父親；您父親，令尊。
反 お母さん　外 父
△お父さんとお母さんは、お元気ですか／父母親都好嗎？

おとうと ［弟］　四2
名 弟弟；年齡小，經歷淺。
反 妹　外 弟さん
△私は、弟がほしいです／我想要個弟弟。

おどかす ［脅かす］　二6
他五 威脅，逼迫，嚇唬。
外 驚かす
△急に飛び出してきて、脅かさないで

お

ください／不要突然跳出來嚇人好不好！

おとこ［男］ 四2

㊔ 男性，男子，男人；（泛指動物）雄性。

反 女　類 男性

△その男(おとこ)の人(ひと)は、学生(がくせい)です／那個男子是學生。

おとこのこ［男の子］ 四2

㊔ 男孩子；兒子；年輕小伙子。

反 女の子　類 男児

△男(おとこ)の子(こ)か女(おんな)の子(こ)か知(し)りません／不知道是男孩還是女孩。

おとこのひと［男の人］ 二6

㊔ 男人，男性。

反 女の人　類 男性

△この映画(えいが)は、男(おとこ)の人(ひと)向(む)けだと思(おも)います／這部電影，我認為很適合男生看。

おとしもの［落し物］ 二36

㊔ 不慎遺失的東西。

類 遺失物

△落(おと)し物(もの)を交番(こうばん)に届(とど)けた／我將撿到的遺失物品，送到了派出所。

おとす［落とす］ 三2

他五 使掉下；丟失；弄掉。

類 取り落とす

△落(お)としたら割(わ)れますから、気(き)をつけて／掉下就破了，小心點！

おととい［一昨日］ 四2

㊔ 前天。

類 一昨日（いっさくじつ）

△一昨日(おととい)、誰(だれ)と会(あ)いましたか／前天跟誰見了面？

おととし［一昨年］ 四2

㊔ 前年。

類 一昨年（いっさくねん）

△一昨年(おととし)、ここに来(き)ました／前年來過這裡。

おとな［大人］ 四2

㊔ 大人，成人；（兒童等）聽話，乖巧；老成。

反 子供　類 成人

△子(こ)どもから大人(おとな)まで、たくさんの人(ひと)が来(き)ました／來了很多人，從小孩到大人都有。

おとなしい［大人しい］ 二36

形 老實，溫順；（顏色等）樸素，雅致。

類 穏やか

△彼女(かのじょ)は大人(おとな)しい反面(はんめん)、内面(ないめん)はとてもしっかりしています／她個性溫順的另一面，其實內心非常有自己的想法。

おどり［踊り］ 三2

㊔ 舞蹈。

類 舞踊

△沖縄(おきなわ)の踊(おど)りを見(み)たことがありますか／你看過沖繩舞蹈嗎？

おとる［劣る］ 二6

自五 劣，不如，不及，比不上。

反 優れる　類 及ばない

△英語力は、私のほうが劣っている／在英語能力方面，我比較差一些。

おどる［踊る］　三 2

自五 跳舞。

類 舞う

△私はタンゴが踊れます／我會跳探戈舞。

おどろかす［驚かす］　二 6

他五 使吃驚，驚動；嚇唬；驚喜；使驚覺。

類 びっくりさせる

△プレゼントを買っておいて驚かそう／事先買好禮物，讓他驚喜一下！

おどろく［驚く］　三 2

自五 吃驚，驚奇。

類 びっくりする

△彼にはいつも、驚かせられる／我總是被他嚇到。

おなか［お腹］　四 2

名 肚子，腸胃。

類 腹

△会社に行くとき、いつもおなかが痛くなります／到公司時，肚子總是會痛。

おなじ［同じ］　四 2

形動 相同的，一樣的，同等的；同一個。

類 同様

△それは私のと同じだわ／那個跟我的一樣。

おに［鬼］　二 6

名・接頭 鬼，鬼怪；窮凶惡極的人；鬼形狀的；死者的靈魂；狠毒的，冷酷無情的；大型的，突出的。

△あなたは鬼のような人だ／你真是個無血無淚的人！

おにいさん［お兄さん］　四 2

名 哥哥（「あに」的鄭重說法）。

反 お姉さん　類 兄

△鈴木さんのお兄さんは、英語がわかります／鈴木先生的哥哥懂英語。

おねえさん［お姉さん］　四 2

名 姊姊（「あね」的鄭重說法）。

反 お兄さん　類 姉

△お姉さんは、いつ結婚しましたか／令姊什麼時候結婚的？

おのおの［各々］　二 3 6

名・副 各自，各，諸位。

類 それぞれ

△各々の考えにそって、行動しましょう／依你們各自的想法行動吧！

おば［伯母・叔母］　四 2

名 姨媽，姑媽，伯母，舅媽。

反 おじ　類 おばさん

△叔母の家へ行きます／到姨媽家去。

おばあさん［お祖母さん］　四 2

名 祖母；外祖母（對一般老年婦女的稱呼）；奶奶，姥姥。

お

（女）お祖父さん　（男）祖母
△お祖母さんといつ会いますか／什麼時候跟奶奶見面？

おばさん
［伯母さん・叔母さん］　四2

（名）姨媽、姑媽、伯母。
（反）おじさん　（略）おば
△叔母さんは、ここへは、いつ来ましたか／姨媽什麼時候來過這裡？

おばさん
［小母さん］　二36

（名）大姨、大嬸、大嬸。
（略）小父（おじ）さん
△隣の叔母さんにご馳走になった上に、プレゼントももらったの／不僅讓隔壁大媽請了一頓，又拿到了禮物呢！

おはよう　四2

（寒暄）（早晨見面時）早安，您早。
（敬）おはようございます
△おはよう、今日はどこかへ行きますか／早安。今天要上那兒去嗎？

おび［帯］　二6

（名）（和服裝飾用的）衣帶，腰帶；「帶紙」的簡稱。
（略）腰帶
△この帯は珍しいものにつき、とても高くなっています／由於這個和式腰帶很珍貴，所以價位很高。

おひる［お昼］　二6

（名）白天；中飯，午餐。

お昼

△さっきお昼を食べたかと思ったら、もう晩ご飯の時間です／還以為才剛吃過中餐，忽然發現已經到吃晚餐的時間了。

オフィス［office］　二6

（名）辦公室，辦事處；公司；政府機關。
（略）事務所
△彼のオフィスは3階だと思ったら、4階でした／原以為他的辦公室是在三樓，誰知原來是在四樓。

おべんとう［お弁当］　四2

（名）便當。
△お弁当は、いくついりますか／要幾個便當？

おぼえる［覚える］　四2

（他下一）記住，記得；學會，掌握；感到，覺得。
（反）忘れる　（略）記憶する
△平仮名は覚えましたが、片仮名はまだです／平假名已經記住了，但是片假名還沒。

おぼれる［溺れる］　二6

（自下一）溺水，淹死；沉溺於，迷戀於。
（略）沈溺する
△川でおぼれているところを助けてもらった／我溺水的時候，他救了我。

おまいり［お参り］　二6

（名・自サ）參拜神佛或祖墳。

[類] 参拝

△祖父母をはじめとする家族全員で、お墓にお参りをしました／祖父母等一同全家人，一起去墳前參拜。

おまえ［お前］ 二6

[代·名] 你；神前，佛前。

[類] あなた

△おまえは、いつも病気がちだなあ／你總是一副病懨懨的樣子啊。

おまたせしました［お待たせしました］ 三2

[寒暄] 讓您久等了。

△お待たせしました。どうぞお坐りください／讓您久等了，請坐。

おまたせしました［お待たせしました］ 二6

[敬] 久等了。

おまちください［お待ちください］ 二6

[敬] 請等一下。

おまちどおさま［お待ちどおさま］ 二6

[敬] 久等了。

おまつり［お祭り］ 三2

[名] 慶典，祭典。

[類] 祭祀

△お祭りの日が、近づいてきた／慶典快到了。

おまわりさん［お巡りさん］ 二36

[名] 巡邏警察。

[類] 警官

おみこし［お神輿］ 二6

[名] 神轎；（俗）腰。

[類] 神輿（しんよ）

△おみこしが近づくにしたがって、賑やかになってきた／隨著神轎的接近，附近也就熱鬧了起來。

おみまい［お見舞い］ 三2

[名] 探望。

[類] 訪ねる

△田中さんが、お見舞いに花をくださった／田中小姐帶花來探望我。

おみやげ［お土産］ 三2

[名] 當地名產；禮物。

[類] みやげ物

△みんなにお土産を買ってこようと思います／我想買點當地名產給大家。

おめでたい［お目出度い］ 二6

[形] 恭喜，可賀。

[類] 喜ばしい

△このおめでたい時にあたって、一言お祝いを言いたい／在這可喜可賀之際，我想說幾句祝福的話。

おめでとうございます 三2

[寒暄] 恭喜。

△おめでとうございます。賞品は、カメラとテレビとどちらのほうがいいで

すか／恭喜您！獎品有照相機跟電視，
您要哪一種？

おもい [重い]　四2

名 (份量) 重，沉重；(心情) 沉重，不開朗；(情況) 嚴重。

反 軽い　類 重たい

△重い荷物を持ちました／提了很重的行李。

おもいがけない
[思い掛けない]　二36

形 意想不到的，偶然的，意外的。

類 意外に

△あなたに会えたのが思いがけないだけに、とても嬉しかったです／正因為和你這樣不期而遇，所以才感覺更加高興。

おもいきり [思い切り]　二6

名・副 斷念，死心；果斷，下決心；狠狠地，盡情地，徹底的。

類 思う存分

△思い切り大きな声で叫んだ／我盡情地大喊了出來。

おもいこむ [思い込む]　二6

自五 確信不疑，深信；下決心。

類 信じる

△彼女は、失敗したと思い込んだに違いありません／她一定是認為任務失敗了。

おもいだす [思い出す]　三2

他五 想起來，回想。

おもい起こす　二6

△明日は休みだということを思い出した／我想起明天是放假。

おもいっきり
[思いっきり]　二6

名・副 斷念，死心；果斷，下決心；狠狠地，盡情地，徹底的。

類 思う存分

おもいつく [思い付く]　二6

自・他五 (忽然) 想起，想起來。

類 考え付く

△いいアイデアを思い付くたびに、会社に提案しています／每當我想到好點子，就提案給公司。

おもいで [思い出]　二36

名 回憶，追憶，追懷；紀念。

△旅の思い出に写真を撮る／旅行拍照留念。

おもう [思う]　三2

自五 覺得，感覺。

類 考える

△悪かったと思うなら、謝りなさい／如果覺得自己不對，就去賠不是。

おもしろい [面白い]　四2

形 好玩，有趣；愉快；新奇，別有風趣。

反 つまらない　類 興味深い

△映画は、あまり面白くなかったです／電影不太有趣。

おもたい［重たい］ 二 36
形 （份量）重的，沉的；心情沉重。
同 重い
△荷物は、とても重たかったとか／聽説行李非常的重。

おもちゃ［玩具］ 三 2
名 玩具。
同 トイ
△孫のために、玩具を買っておきました／為孫子買了玩具。

おもて［表］ 三 2
名 表面；正面。
反 裏　同 表面
△紙の表に、名前と住所を書きなさい／在紙的正面，寫下姓名與地址。

おもに［主に］ 二 6
副 主要，重要；（轉）大部分，多半。
同 主として
△大学では主に物理を学んだ／在大學主修了物理。

おもわず［思わず］ 二 36
副 禁不住，不由得，意想不到地，下意識地。
同 うっかり
△頭にきて、思わず殴ってしまった／怒氣一上來，就不自覺地揍了下去。

おや［親］ 三 2
名 父母，雙親；先祖；母體。
反 子　同 両親

△親は私を医者にしたがっています／父母希望我當醫生。

おや［親］ 二 36
名 父母，雙親；先祖；（動植物生殖根源）母，母體。
反 子　同 両親
△私は実の親ではありません／我不是親生的父母。

おやつ［お八つ］ 二 36
名 特指下午二到四點給兒童吃的）點心，零食。
同 間食
△子ども向きのおやつを作ってあげる／我做適合小孩子吃的糕點給你。

おやゆび［親指］ 二 6
名 （手腳的）拇指。
同 拇指
△親指に怪我をしてしまった／大拇指不小心受傷了。

およぎ［泳ぎ］ 二 6
名 游泳。
同 水泳
△泳ぎが上手になるには、練習するしかありません／泳技要變好，就只有多加練習這個方法。

およぐ［泳ぐ］ 四 2
自五 （人、魚等在水中）游泳；穿過，度過。
同 水泳する

お

△1日泳いで、とても疲れました／游了一整天，感到非常疲倦。

およそ［凡そ］ 二 3 6

名·副 大概，概略；（一句話之開頭）凡是，所有；大概，大約；完全，全然。

類 大体

△田中さんを中心にして、およそ50人のグループを作った／以田中小姐為中心，組成了大約50人的團體。

およぼす［及ぼす］ 二 6

他五 波及到，影響到，使遭到，帶來。

類 与える

△この事件は、精神面において彼に影響を及ぼした／他因這個案件在精神上受到了影響。

おりる［降りる］ 四 2

自上一（從高處）下來，降落；（從車，船等）下來；（霜雪等）落下。

反 上がる　類 下る

△バスを降ります／從巴士上下來。

おりる［下りる］ 三 2

自上一 下來；下車；退位。

反 上がる　類 下る

△この階段は下りやすい／這個階梯很好下。

おる［居る］ 三 2

自五 在，存在。

類 居（い）る

△明日はうちに居りますので、どうぞ来てください／明天我在家，請過來坐坐。

オルガン［organ］ 二 6

名 風琴。

△教会で、心をこめてオルガンを弾いた／在教堂裡用真誠的心彈奏了風琴。

おれい［お礼］ 三 2

名 謝辭，謝禮。

類 返礼

△お礼を言わせてください／請讓我表示一下謝意。

おれる［折れる］ 三 2

自下一 折彎；折斷。

類 曲がる

△台風で、枝が折れるかもしれない／樹枝或許會被颱風吹斷。

オレンジ［orange］ 二 6

名 柳橙，柳丁。

おろす［下ろす・降ろす］ 二 3 6

他五（從高處）取下，拿下，降下，弄下；開始使用（新東西）；砍下。

反 上げる　類 下げる

△車から荷を降ろす／從車上卸下行李。

おろす［卸す］ 二 6

他五 批發，批售，批賣。

類 納める

△定価の五掛けで卸す／以定價的五折批售。

おわり［終わり］　≡2

名 結束，最後。

反 始め　類 最後

△小説は、終わりの書きかたが難しい／小說的結尾很難寫。

おわる［終わる］　≡36

自五・他五 完畢，結束，告終；做完，完結；（接尾其他動詞連用形下）。

反 始まる　類 済む

△レポートを書き終わった／報告寫完了。

おん［御］　≡6

接頭 表示敬意。

類 御（お）

おん［音］　≡36

名 聲音，響聲；發音。

類 音（おと）

△新しいという漢字は、音読みでは「しん」と読みます／「新」這漢字的音讀作「SIN」。

おん［恩］　≡6

名 恩情，恩。

類 恩恵

△先生に恩を感じながら、最後には裏切ってしまった／儘管受到老師的恩情，但最後還是選擇了背叛。

おんがく［音楽］　四2

名 音樂。

類 ミュージック

△私は、音楽が好きです／我喜歡音樂。

おんけい［恩恵］　二6

名 恩惠，好處，恩賜。

類 お蔭

△我々は、インターネットや携帯の恩恵を受けている／我們因為網路和手機而受惠良多。

おんしつ［温室］　二36

名 溫室，暖房。

△熱帯の植物だから、温室で育てるよりほかはない／因為是熱帯植物，所以只能培育在溫室中。

おんせん［温泉］　二36

名 溫泉。

反 鉱泉　類 出で湯

△このあたりは、名所旧跡ばかりでなく、温泉もあります／這地帯不僅有名勝古蹟，也有溫泉。

おんたい［温帯］　二6

名 溫帯。

△このあたりは温帯につき、非常に過ごしやすいです／由於這一帯是屬於溫帯，所以住起來很舒適。

おんだん［温暖］　二6

名・形動 溫暖。

反 寒冷　冷 暖かい

△気候は温暖ながら、雨が多いのが欠点です／氣候雖溫暖但卻常下雨，真是

一大缺點。

おんちゅう［御中］ 二6

名（用於寫給公司、學校、機關團體等的書信）公啓。

類 様

△山田(やまだ)商会(しょうかい)御中(おんちゅう)／山田商會公啟。

おんど［温度］ 二36

名（空氣、物體等的）溫度，熱度。

類 気温

おんな［女］ 四2

名 女人，女性，婦女；女人的容貌，姿色。

反 男 類 女性

△私(わたし)は、女(おんな)とはけんかしません／我不跟女人吵架。

おんなのこ［女の子］ 四2

名 女孩子；少女。

反 男の子 類 女児

△その女(おんな)の子(こ)は、いくつですか／那個女孩子幾歲？

おんなのひと［女の人］ 二6

名 女人。

反 男の人 類 女性

△可愛(かわい)げのない女(おんな)の人(ひと)は嫌(きら)いです／我討厭不可愛的女人。

かカ

か［下］ 二6

漢造 下面；屬下；低下；下，降，落。

反 上 類 下方

か［化］ 二36

漢造 化學的簡稱；教化；化，變化。

か［可］ 二6

名 可，可以；及格。

類 よい

△一般(いっぱん)の人(ひと)も、入場(にゅうじょう)可(か)です／一般觀眾也可進場。

か［科］ 二36

名·漢造（大專院校的）科系；（區分種類的）科；（目與屬之間的）科；判罪；規定。

か［歌］ 二36

漢造 唱歌；歌詞。

類 歌謡

か［課］ 二6

名·漢造（教材的）課；課，征；課業；（機關、公司等分工的）科。

か［蚊］ 二6

名 蚊子。

△山(やま)の中(なか)は、蚊(か)が多(おお)いですね／山中蚊子真是多啊！

か［日］ 二36

漢造 表示日期或天數。

か［家］ 三2

接尾 …家。

△この問題は、専門家でも難しいでしょう／這個問題，連專家也會被難倒吧！

カー［car］ 二6

㊔ 車，車的總稱，狹義指汽車。
類 自動車

△スポーツカーがほしくてたまらない／想要跑車想得不得了。

カード［card］ 二36

㊔ 卡，卡片；紙牌，撲克牌；節目表；圖表，表格。
類 札

カーブ［curve］ 二6

名·自サ 彎曲；（棒球，曲棍球）曲線球。
類 曲がる

△カーブを曲がるたびに、新しい景色が展開します／每一轉個彎，眼簾便映入嶄新的景色。

かい［会］ 三2

名·接尾 會，會議；…會。
類 集まり

△展覧会は、終わってしまいました／展覽會結束了。

かい［貝］ 二36

㊔ 貝類。

△海辺で貝を拾いました／我在海邊撿了貝殼。

がい［外］ 二6

接尾·漢造 …外；以外，之外；外側，外面；除外。
反 内

△そんなやり方は、問題外です／那樣的作法，根本就是搞不清楚狀況。

がい［害］ 二36

名·漢造 為害，損害；災害；妨礙。
反 利 類 害悪

△煙草は、健康上の害が大きいです／香菸對健康而言，是個大傷害。

かいいん［会員］ 二6

㊔ 會員。
類 メンバー

△この図書館を利用したい人は、会員になるしかない／想要使用這圖書館，只有成為會員這個辦法。

かいが［絵画］ 二6

㊔ 繪畫，畫。
類 絵

△フランスの絵画について、研究しようと思います／我想研究關於法國畫的種種。

かいがい［海外］ 二36

㊔ 海外，國外。
類 外国

△彼女のことだから、海外に行っても大活躍でしょう／如果是她的話，到國外也一定很活躍吧。

かいかい［開会］ 二6

名·自他サ 開會。

© 閉会

△開会に際して、乾杯しましょう／讓
我們在開會之際，舉杯乾杯吧！

かいかく [改革] ⊜6

名・他サ 改革。
動 変革
△大統領にかわって、私が改革を進め
ます／由我代替總統進行改革。

かいかん [会館] ⊜6

名 會館。
△区長をはじめ、たくさんの人々が区
民会館に集まった／由區長帶頭，大批
人馬聚集在區公所。

かいけい [会計] ⊜36

名・他サ 會計；付款，結帳。
動 勘定
△会計が間違っていたばかりに、もう
一度計算しなければならない／都是
因為計算錯誤，所以不得不重新計算一
遍。

かいけつ [解決] ⊜36

名・自他サ 解決，處理。
反 決裂 動 決着
△問題が小さいうちに、解決しましょ
う／趁問題還不大的時候解決掉吧！

かいごう [会合] ⊜6

名・自サ 聚會，聚餐。
動 集まり
△父にかわって、地域の会合に出た／

代替父親出席了社區的聚會。

がいこう [外交] ⊜36

名 外交；對外事務，外勤人員。
動 ディプロマシー
△外交上は、両国の関係は非常に良好
である／從外交來看，兩國的關係相
當良好。

かいさつ [改札] ⊜6

名・自サ （車站等）的驗票。
動 改札口
△改札を出たとたんに、友だちにばっ
たり会った／才剛出了剪票口，就碰到
了朋友。

かいさん [解散] ⊜36

名・自他サ 散開，解散，（集合等）散會。
動 散会
△グループの解散に際して、一言申し
上げます／在團體解散之際，容我說一
句話。

かいし [開始] ⊜36

名・自他サ 開始。
反 終了 動 始め
△試合が開始するかしないかのうち
に、1点取られてしまった／比賽才剛
開始，就被得了一分。

かいしゃく [解釈] ⊜36

名・他サ 解釋，理解，說明。
動 釈義
△この法律は、解釈上、二つの問題

がある／這條法律，在解釋上有兩個問題點。

がいしゅつ ［外出］ 〓 3 6
名・自サ 出門，外出。
類 出かける
△外出したついでに、銀行と美容院に行った／外出時，順便去了銀行和美容院。

かいすいよく ［海水浴］ 〓 6
名 海水浴場。
△海水浴に加えて、山登りも計画しています／除了要去海水浴場之外，也計畫要去爬山。

かいすう ［回数］ 〓 3 6
名 次數，回數。
類 度数
△優勝回数が10回になったのを契機に、新しいラケットを買った／趁著獲勝次數累積到了10次的機會，我買了新的球拍。

かいすうけん ［回数券］ 〓 3 6
名 （車票等的）回數票。
△回数券をこんなにもらっても、使いきれません／就算拿了這麼多的回數票，我也用不完。

かいせい ［快晴］ 〓 6
名 晴朗，晴朗無雲。
類 好晴
△開会式当日は快晴に恵まれた／天公作美，開會典禮當天晴空萬里。

かいせい ［改正］ 〓 6
名・他サ 修正，改正。
類 訂正
△法律の改正に際しては、十分話し合わなければならない／於修正法條之際，需要充分的商討才行。

かいせつ ［解説］ 〓 6
名・他サ 解說，說明。
類 説明
△とてもわかりやすくて、専門家の解説を聞いただけのことはありました／非常的簡單明瞭，不愧是專家的解說，真有一聽的價值啊！

かいぜん ［改善］ 〓 6
名・他サ 改善，改良，改進。
對 改悪 對 改正
△彼の生活は、改善し得ると思います／我認為他的生活，可以得到改善。

かいぞう ［改造］ 〓 6
名・他サ 改造，改組，改建。
△経営の観点からいうと、会社の組織を改造した方がいい／就經營角度來看，最好重組一下公司的組織。

かいだん ［階段］ 四 2
名 樓梯，階梯，台階；順序前進的等級，級別。
類 踏み段
△階段を上ったり下りたりする／上上

下下爬樓梯。

かいだん［階段］ ≡36

(名) 台階，樓梯；順序前進的等級。

(類) 踏み段

△階段を上って２階に行った／我爬樓梯到二樓。

かいつう［開通］ ≡6

(名・自他サ)（鐵路、電話線等）開通，通車，通話。

△道路が開通したばかりに、周辺の大気汚染がひどくなった／都是因為道路開通通車，所以導致周遭的空氣嚴重受到污染。

かいてき［快適］ ≡6

(形動) 舒適，暢快，愉快。

(類) 快い

△快適とは言いかねる、狭いアパートです／它實在是一間稱不上舒適的狹隘公寓。

かいてん［回転］ ≡36

(名・自サ) 旋轉，轉動，迴轉；轉彎，轉換（方向）；（表次數）周，圈；（資金）週轉。

△遊園地で、回転木馬に乗った／我在遊樂園坐了旋轉木馬。

かいとう［解答］ ≡6

(名・自サ) 解答。

(類) 答え

△問題の解答は、本の後ろについています／題目的解答，附在這本書的後

かいとう［回答］ ≡6

(名・自サ) 回答，答覆。

(類) 答え

△補償金を受け取るかどうかは、会社の回答しだいだ／是否要接受賠償金，就要看公司的答覆了。

がいぶ［外部］ ≡36

(名) 外面，外部。

(反) 内部 (類) 外側

△会員はもちろん、外部の人も参加できます／會員當然不用說，非會員的人也可以參加。

かいふく［回復］ ≡36

(名・自他サ) 恢復，康復；挽回，收復。

(類) 復旧

△少し回復したからといって、薬を飲むのをやめてはいけません／雖說身體狀況好轉些了，也不能因此不吃藥啊！

かいほう［解放］ ≡6

(名・他サ) 解放，解除，擺脫。

(反) 束縛

△家事から解放されて、ゆっくりした／擺脫掉家事後，放鬆了下來。

かいほう［開放］ ≡6

(名・他サ) 打開，敞開；開放，公開。

(反) 閉鎖

△大学のプールは、学生ばかりでなく、一般の人にも開放されている／大

學內的泳池，不單是學生，也開放給一般人。

かいよう［海洋］　二6
名 海洋。
△海洋開発を中心に、討論を進めました／以開發海洋為核心議題來進行了討論。

がいろん［概論］　二6
名 概論。
類 概説
△資料に基づいて、経済概論の講義をした／我就資料內容上了一堂經濟概論的課。

かう［飼う］　二36
他五 飼養（動物等）。
△うちではダックスフントを飼っています／我家裡有養臘腸犬。

かえす［帰す］　二36
他五 讓…回去，打發回家。
類 帰らせる
△もう遅いから、女性を一人で家に帰すわけにはいかない／已經太晚了，不能就這樣讓女性一人單獨回家。

かえって［却って］　二36
副 反倒，相反地，反而。
類 逆に
△私が手伝うと、却って邪魔になるみたいです／看來我反而越幫越忙的樣子。

かえる［代える・替える・換える・変える］　二36
他下一・接尾 改換，更換；代替，替換。
類 交替させる

かえる［返る］　二6
自五 復原；返回；回應。
類 戻る
△友達に貸したお金が、なかなか返ってこない／借給朋友的錢，遲遲沒能拿回來。

かおく［家屋］　二6
名 房屋，住房。
△この地域には、木造家屋が多い／在這一地帶有很多木造房屋。

かおり［香り］　二6
名 芳香，香氣。
類 匂い
△歩いていくにつれて、花の香りが強くなった／隨著腳步的邁進，花香便越濃郁。

がか［画家］　二6
名 畫家。
△彼は小説家であるばかりでなく、画家でもある／他不單是小說家，同時也是個畫家。

かかえる［抱える］　二6
他下一 （雙手）抱著，夾（在腋下）；擔當，負擔；雇傭。
類 引き受ける
△彼は、多くの問題を抱えつつも、が

んばって勉強を続けています／他雖然有許多問題，但也還是奮力地繼續念書。

かがく［化学］ 二36

㊔ 化學。

△化学を専攻しただけのことはあって、薬品には詳しいね／不虧是曾主修化學的人，對藥品真是熟悉呢。

かかく［価格］ 二6

㊔ 價格。

類 値段

△このバッグは、価格が高い上に品質も悪いです／這包包不僅昂貴，品質又很差。

かがやく［輝く］ 二36

自五 閃光，閃耀；洋溢；光榮，顯赫。

類 きらめく

△空に星が輝いています／星星在夜空中閃閃發亮。

かかり［係り］ 二36

㊔ 負責擔任某工作的人；關聯，牽聯。

類 担当

△係りの人が忙しいところを、呼び止めて質問した／我叫住正在忙的相關職員，找他問了些問題。

かかわる［係わる］ 二36

自五 關係到，涉及到；有牽連，有瓜葛；拘泥。

類 関連する

△私は環境問題に係わっています／我有涉及到環境問題。

かきとめ［書留］ 二36

㊔ 掛號郵件。

△大事な書類ですから書留で郵送してください／這是很重要的文件，請用掛號信郵寄。

かきとり［書き取り］ 二6

名・自サ 抄寫，紀錄；聽寫，默寫。

類 書き写す

かきね［垣根］ 二36

㊔ 籬笆，柵欄，圍牆。

類 垣

△垣根にそって、歩いていった／我沿著圍牆走。

かぎり［限り］ 二36

㊔ 限度，極限；（接在表示時間、範圍等名詞下）只限於 ，以 為限，在 範圍內。

類 だけ

△社長として、会社のためにできる限り努力します／身為社長，為了公司必定盡我所能。

かぎる［限る］ 二36

自・他五 限定，限制；限於；以…為限；不限，不一定，未必。

類 限定する

△この仕事は、二十歳以上の人に限ります／這份工作只限定20歲以上的成人才能做。

かぐ [家具] 　　　二36

(名) 家具。

△家具といえば、やはり丈夫なものが便利だと思います／說到家具，我認為還是耐用的東西比較方便。

かく [各] 　　　二6

(漢造) 每，各，每人，每個，各個。

(翻) それぞれ

がく [学] 　　　二6

(名) 學校；知識，學問，學識。

(翻) 学問

△政治学に加えて、経済学も勉強しました／除了政治學之外，也學過經濟學。

がく [額] 　　　二6

(名) 名額，數額，金額；匾額，畫框。

(翻) 金額

△所得額に基づいて、税金を払う／根據所得額度來繳納稅金。

かく [書く] 　　　四2

(他五) 寫，書寫；作（畫）；寫作（文章等）。

(反) 読む　(翻) 記す

△片仮名か平仮名で書く／用片假名或平假名來書寫。

かく [書く] 　　　二36

(他五) 寫，寫作；畫，繪製；描寫，描繪。

(反) 読む　(翻) 記す

△住所を書く際には、ローマ字も書いてください／寫地址的時候，請也寫上羅馬拼音。

かく [掻く] 　　　二36

(他五) （用手或爪）搔，撥；拔，推；攪拌，攪和。

(翻) 擦る

△失敗して恥ずかしくて、頭を掻いていた／因失敗感到不好意思，而搔起頭來

△あせをかく／流汗。

かぐ [嗅ぐ] 　　　二36

(他五) （用鼻子）聞，嗅。

△この花の香りをかいでごらんなさい／請聞一下這花的香味。

かくう [架空] 　　　二6

(名) 空中架設；虛構的，空想的。

(翻) 虚構

△架空の話にしては、よくできているね／就虛構的故事來講，寫得還真不錯呀。

かくご [覚悟] 　　　二36

(名・自他サ) 精神準備，決心；覺悟。

(翻) 決意

△最後までがんばると覚悟した上は、今日からしっかりやります／既然決心要努力撐到最後，今天開始就要好好地做。

かくじ [各自] 　　　二6

(名) 每個人，各自。

(翻) 各人

△各自の興味に基づいて、テーマを決めてください／請依照各自的興趣，來決定主題。

かくじつ［確実］ 二36

形動 確實，準確；可靠。

類 確か

△もう少し待ちましょう。彼が来るのは確実だもの／再等一下吧！因為他會來是千真萬確的事。

がくしゃ［学者］ 二6

名 學者；科學家。

類 物知り

△学者の意見に基づいて、計画を決めていった／依學者給的意見來決定計畫。

かくじゅう［拡充］ 二6

名·他サ 擴充。

△図書館の設備を拡充するにしたがって、利用者が増えた／隨著圖書館設備的擴充，使用者也變多了。

がくしゅう［学習］ 二6

名·他サ 學習。

類 勉強

△語学の学習に際しては、復習が重要です／在學語言時，複習是很重要的。

がくじゅつ［学術］ 二6

名 學術。

類 学問

△彼は、小説も書けば、学術論文も書く／他既寫小說，也寫學術論文。

かくす［隠す］ 二36

他五 藏起來，隱瞞，掩蓋。

△事件のあと、彼は姿を隠してしまった／案件發生後，他就躲了起來。

かくだい［拡大］ 二6

名·自他サ 擴大，放大。

反 縮小

△商売を拡大したとたんに、景気が悪くなった／才剛一擴大事業，景氣就惡化了。

かくち［各地］ 二6

名 各地。

△予想に反して、各地で大雨が降りました／與預料的相反，各地下起了大雨。

かくちょう［拡張］ 二6

名·他サ 擴大，擴張。

△家の拡張には、お金がかかってしようがないです／屋子要改大，得花大錢，那也是沒辦法的事。

かくど［角度］ 二36

名（數學）角度；（觀察事物的）立場。

類 視点

△別の角度からいうと、その考えも悪くはない／從另一個角度來說，那個想法其實也不壞。

かくにん［確認］ 二6

（名・他サ）證實，確認，判明。
（類）確かめる
△まだ事実を確認しきれていません／事實還沒有被證實。

がくねん［学年］ 二6

（名）學年（度）；年級。
△彼は学年は同じだが、クラスが同じというわけではない／他雖是同一年級的，但並不代表就是同一個班級。

かくべつ［格別］ 二6

（副）特別，顯著，格外；姑且不論，沒的可說。
（類）とりわけ
△神戸のステーキは、格別においしい／神戶的牛排，格外的美味。

がくもん［学問］ 二36

（名・自サ）學業，學問；科學，學術；見識，知識。
△学問による分析が、必要です／用學術來分析是必要的。

かくりつ［確率］ 二6

（名）機率，概率。
△今までの確率からして、くじに当たるのは難しそうです／從至今的獲獎機率來看，要中彩券似乎是件困難的事情。

がくりょく［学力］ 二36

（名）學習實力。
△その学生は、学力が上がった上に、性格も明るくなりました／那學生不僅學力提升了，就連個性也變得開朗許多了。

かくれる［隠れる］ 二36

（自下一）躲藏，隱藏；隱遁；不為人知，潛在的。
△警察から隠れられるものなら、隠れてみろ／你要是能躲過警察的話，你就躲看看啊！

かげ［陰］ 二36

（名）日陰，背影處；背面；背地裡，暗中。
（反）陽
△木の陰で、おべんとうを食べた／在樹蔭下吃便當。

かげ［影］ 二36

（名）影子；倒影；蹤影，形跡。
△二人の影が、仲良く並んでいる／兩人的形影，肩並肩要好的並排著。

かけざん［掛け算］ 二36

（名）乘法。
（反）割り算 （類）乗法
△まだ5歳ですが、足し算はもちろん、掛け算もできる／雖只有5歲，但不用說是加法，就連乘法也會。

かけつ［可決］ 二6

（名・他サ）（提案等）通過。
（反）否決
△税金問題を中心に、いくつかの案が可決した／針對稅金問題一案，通過了一些方案。

かける［掛ける］　三2

(他下一) 吊掛。

類 ぶら下がる

△ここにコートをお掛けください／請把外套掛在這裡。

かける［掛ける］　二36

(他下一·接尾) 坐；懸掛；蓋上，放上；放在…之上；提交；澆；開動；花費；寄託；鎖上；（數學）乘。

類 ぶら下がる

△椅子に掛けて話をしよう／讓我們坐下來講吧！

かける［欠ける］　三2

(自下一) 缺損；缺少。

△メンバーが一人欠けたままだ／成員一直缺少一個人。

かける［欠ける］　二6

(自下一) 欠缺，缺損；弄出缺口；（月）缺。

△彼の話し方には、思いやりが欠けている／他講話的口氣，缺乏體諒他人之心。

かげん［加減］　二6

(名·他サ) 加法與減法；調整，斟酌；程度，狀態；（天氣等）影響；身體狀況；偶然的因素。

類 具合

△病気と聞きましたが、お加減はいかがですか／聽說您生病了，身體狀況還好嗎？

かこ［過去］　二36

(名) 過去，往昔；（佛）前生，前世。

反 未来　類 昔

△過去のことを言うかわりに、未来のことを考えましょう／與其述說過去的事，不如大家來想想未來的計畫吧！

かご［籠］　二36

(名) 籠子，筐，籃。

△かごにりんごがいっぱい入っている／籃子裡裝滿了許多蘋果。

かこう［下降］　二6

(名·自サ) 下降，下沉。

反 上昇　類 降下

△どうも学生の学力が下降ぎみです／總覺得學生的學習能力，有下降的傾向。

かこう［火口］　二6

(名) （火山）噴火口；（爐灶等）爐口。

類 噴火口

△火口が近くなるにしたがって、暑くなってきました／離火山口越近，也就變得越熱。

かこむ［囲む］　二36

(他五) 圍繞，包圍；下圍棋；圍攻。

類 囲う

△先生を囲んで話しているところへ、田中さんがやってきた／當我們正圍著老師講話時，田中小姐就來到了。

かさい［火災］　二6

(名) 火災。

類 火事

△火災が起こったかと思ったら、あっという間に広がった／才剛剛發現失火了，火便瞬間蔓延開來了。

かさなる［重なる］　二36

(自五) 重疊，重複；（事情，日子）趕在一起。

△いろいろな仕事が重なって、休むどころではありません／同時有許多工作，哪能休息。

かさねる［重ねる］　二36

(他下一) 重疊堆放；再加上，蓋上；反覆，重複，屢次。

△本がたくさん重ねてある／書堆了一大疊。

かざり［飾り］　二6

(名) 裝飾（品）。

△道にそって、クリスマスの飾りが続いている／沿街滿是聖誕節的裝飾。

かざる［飾る］　三2

(他五) 擺飾，裝飾。

△花をそこにそう飾るときれいですね／花像那樣擺在那裡，就很漂亮了。

かざる［飾る］　二36

(他五) 裝飾，修飾；裝潢門面；增光；掩飾；陳列。

△クリスマスツリーを飾っているところへ、父が帰ってきた／我正在裝飾聖誕樹時，爸爸回來了。

かざん［火山］　二6

(名) 火山。

△経験からして、もうすぐあの火山は噴火しそうだ／就經驗來看，那座火山似乎就要爆發的樣子。

かじ［家事］　二6

(名) 家裡（發生）的事；家事，家務。

△出産をきっかけにして、夫が家事を手伝ってくれるようになった／自從我生產之後，丈夫便開始自動幫起家事了。

かし［菓子］　二36

(名) 點心，糕點，糖果。

類 間食

△お菓子が焼けたのをきっかけに、お茶の時間にした／趁著點心剛烤好，就當作是喝茶的時間。

かし［貸し］　二6

(名) 借出，貸款；貸方；給別人的恩惠。

反 借り

△山田君をはじめ、たくさんの同僚に貸しがある／我借山田以及其他同事錢。

かしこい［賢い］　二6

(形) 聰明的，周到，賢明的。

類 賢明

△その子がどんなに賢いとしても、この問題は解けないだろう／即使那孩子再怎麼聰明，也沒辦法解開這難題吧！

かしこまりました 三2

寒暄 知道，了解（「わかる」的謙讓語）。

類 了解しました

△かしこまりました。少々お待ちください／知道了，您請稍候。

かしこまりました 二6

敬 是的；知道了。

類 了解しました

かしだし［貸し出し］ 二6

名（物品的）出借，出租；（金錢的）貸放，借出。

反 借り入れ

△この本は貸し出し中につき、来週まで読めません／由於這本書被借走了，所以到下週前是看不到的。

かじつ［果実］ 二6

名 果實，水果。

類 果物

△秋になると、いろいろな果実が実ります／一到秋天，各式各樣的果實都結實纍纍。

かしつ［過失］ 二6

名 過錯，過失。

類 過ち

△これはわが社の過失につき、全額負担します／由於這是敝社的過失，所以由我們全額賠償。

かしま［貸間］ 二6

名 出租的房間。

△貸間によって、収入を得ています／我以出租房間取得收入。

かしや［貸家］ 二6

名 出租的房子。

類 貸し家（いえ）

△学生向きの貸家を探しています／我在找適合學生租的出租房屋。

かしゅ［歌手］ 二6

名 歌手，歌唱家。

類 歌い手

かしょ［箇所］ 二36

名·接尾（特定的）地方，…處，部分；（助數詞用法）處，地方。

類 部分

かじょう［過剰］ 二6

名·形動 過剩，過量。

△私の感覚からすれば、このホテルはサービス過剰です／從我的感覺來看，這間飯店實在是服務過度了。

かじる［齧る］ 二6

他五 咬，啃；一知半解。

△一口齧ったものの、あまりまずいので吐き出した／雖然咬了一口，但實在是太難吃了，所以就吐了出來。

ガス［gas］ 二36

名 氣，氣體；煤氣，瓦斯；（海上的）霧。

かず［数］ 二36

名 數，數目；多數，多種，種種；足以一提的事物，有價值的事物。
類 数量

かす［貸す］　　　　四2

他五 借出，借給；出租，租給；幫助，提供（智慧與力量）。
反 借りる　類 貸与
△傘を貸してください／請借我傘。

かす［貸す］　　　　二36

他五 借出，出借；出租；提出策劃。
反 借りる　類 貸与
△伯父にかわって、伯母がお金を貸してくれた／嬸嬸代替叔叔，借了錢給我。

かぜい［課税］　　　　二6

名・自サ 課税。
△課税率が高くなるにしたがって、国民の不満が高まった／伴隨著課稅率的上揚，國民的不滿情緒也高漲了起來。

かせぐ［稼ぐ］　　　　二36

自・他五 （為賺錢而）拼命的勞動；（靠工作、勞動）賺錢；爭取，獲得。
△生活費を稼ぐ／賺取生活費。

カセット［cassette］　　二6

名 小暗盒；（盒式）錄音磁帶，錄音帶；膠卷。
類 カセットテープ

かせん［下線］　　　　二6

名 下線，字下畫線的線，底線。
類 アンダーライン
△わからない言葉に、下線を引いてください／請在不懂的字下面畫線。

かぞえる［数える］　　二36

他下一 數，計算；列舉，枚舉。
類 勘定する
△10から1まで逆に数える／從10倒數到1。

かそく［加速］　　　　二6

名・自他サ 加速。
反 減速　類 速める
△首相が発言したのを契機に、経済改革が加速した／自從首相發言後，便加快了經濟改革的腳步。

かそくど［加速度］　　二6

名 加速度；加速。
△加速度がついて、車はどんどん速くなった／隨著油門的加速，車子越跑越快了。

かた［型］　　　　　　二6

名 模子，形，模式；樣式。
類 かっこう
△車の型としては、ちょっと古いと思います／就車型來看，我認為有些老舊。

かた［肩］　　　　　　二36

名 肩，肩膀；（衣服的）肩；（器物、山、路的）上方，上端。

かたい［固い・堅い・硬い］ [二][3][6]

[形] 硬的，堅固的；堅決的；生硬的；嚴謹的，頑固的；一定，包准；可靠的。

[反] 柔らかい [類] 頑固

△父(ちち)は、真面目(まじめ)というより頭(あたま)が固(かた)いんです／父親與其說是認真，還不如說是死腦筋。

かたがた［方々］ [二][6]

[名·代·副]（敬）大家；您們；這個那個，種種；各處；總之。

[類] 人々

△集(あつ)まった方々(かたがた)に、スピーチをしていただこうではないか／就讓聚集此地的各位，上來講個話吧！

かたづく［片付く］ [二][3][6]

[自五] 收拾，整理好；得到解決，處裡好；出嫁。

△母親(ははおや)によると、彼女(かのじょ)の部屋(へや)はいつも片付(かたづ)いているらしい／就她母親所言，她的房間好像都有整理。

かたな［刀］ [二][6]

[名] 刀的總稱。

[類] 刃物

△私(わたし)は、昔(むかし)の刀(かたな)を集(あつ)めています／我在收集古董刀。

かたまり［塊］ [二][3][6]

[名·接尾] 塊狀，疙瘩；集團；極端…的人。

△小麦粉(こむぎこ)を、塊(かたまり)ができないようにして水(みず)に溶(と)きました／為了盡量不讓麵粉結塊，加水進去調勻。

かたまる［固まる］ [二][3][6]

[自五]（粉末、顆粒、黏液等）變硬，凝固；固定，成形；集在一起，成群；熱中，篤信（宗教等）。

[類] 寄り集まる

△全員(かいいん)の意見(いけん)が固(かた)まった／全部的人意見一致。

かたみち［片道］ [二][3][6]

[名] 單程，單方面。

[反] 往復

かたむく［傾く］ [二][6]

[自五] 傾斜；有…的傾向；（日月）偏西；衰弱，衰微。

[類] 傾（かし）ぐ

△あのビルは、少(すこ)し傾(かたむ)いているね／那棟大廈，有點偏一邊呢！

かたよる［片寄る］ [二][6]

[自五] 偏於，不公正，偏袒；失去平衡。

△ケーキが、箱(はこ)の中(なか)で片寄(かたよ)ってしまった／蛋糕偏到盒子的一邊去了。

かたる［語る］ [二][6]

[他五] 說，陳述，表演說唱節目。

[類] 話す

△戦争(せんそう)についてみんなで語(かた)った／大家一起在說戰爭的事。

かち［勝ち］ [二][3][6]

[名] 勝利。

[反] 負け [類] 勝利

△今回は、あなたの勝ちです／這一次是你獲勝。

がち［勝ち］ 二6

接尾 往往，容易，動輒；大部分是。

△彼女は病気がちだが、出かけられないこともない／她雖然多病，但並不是不能出門。

かつ［勝つ］ 三2

自五 贏，勝利；克服。

反 負ける　類 勝利する

△試合に勝ったら、100万円やろう／如果比賽贏了，就給你100萬日圓。

かつ［勝つ］ 二36

自五 獲勝；克制；超過；過多；佔優勢；超負荷。

反 負ける　類 勝利する

△うちのチームが勝ちます。あんなに練習したんだもの／我們隊伍一定會獲勝的。都那麼辛苦練習了。

がっか［学科］ 二36

名 科系。

類 科目

△大学に、新しい専攻学科ができたのを契機に、学生数も増加した／自從大學增加了新的專門科系之後，學生人數也增加了許多。

がっかい［学会］ 二6

名 學會，學社。

△雑誌に論文を出す一方で、学会でも発表する予定です／除了將論文投稿給雜誌社之外，另一方面也預定要在學會中發表。

がっかり 二36

副·自サ 失望，灰心喪氣；筋疲力盡。

△何も言わないことからして、すごくがっかりしているみたいだ／從他不發一語的樣子看來，應該是相當地氣餒。

がっき［学期］ 二36

名 學期。

△学期が始まるか始まらないかのうちに、彼は転校してしまいました／就在學期快要開始的時候，他便轉學了。

がっき［楽器］ 二36

名 樂器。

△何か楽器を習うとしたら、何を習いたいですか／如果要學樂器，你想學什麼？

かっき［活気］ 二6

名 活力，生氣；興旺。

類 元気

△うちの店は、表面上は活気があるが、実はもうかっていない／我們店表面上看起來很興旺，但其實並沒賺錢。

がっきゅう［学級］ 二6

名 班級，學級。

類 クラス

△学級委員を中心に、話し合ってください／請以班長為中心來討論。

かつぐ [担ぐ]

(他五) 扛；挑；推舉，擁戴；迷信；受騙。

△重い荷物を担いで、駅まで行った／請從括號裡，選出正確答案。

かっこ [括弧]

(名) 括號；括起來。

△括弧の中から、正しい答えを選んでください／請從括號裡，選出正確答案。

かっこう [格好]

(名・形動・接尾) 外形，姿態；適當，恰好；表大約年齡，上下。

(類) 外見

△パーティーには、どんな格好をして行きますか／你打算穿什麼衣服去參加舞會？

かつじ [活字]

(名) 鉛字，活字。

△彼女は活字中毒で、本ばかり読んでいる／她已經是鉛字中毒了，一天到晚都在看書。

がっしょう [合唱]

(名・他サ) 合唱，一齊唱；同聲高呼。

(反) 独唱 (類) コーラス

△合唱の練習をしているところに、急に邪魔が入った／在練習合唱的時候，突然有人進來打擾。

かって [勝手]

(形動) 任意，任性，隨便。

(類) わがまま

△誰も見ていないからといって、勝手に持っていってはだめですよ／即使沒人在看，也不能隨手就拿走呀！

かつどう [活動]

(名・自サ) 活動，行動。

△一緒に活動するにつれて、みんな仲良くなりました／隨著共同參與活動，大家都變成好朋友了。

かつやく [活躍]

(名・自サ) 活躍。

△彼は、前回の試合において大いに活躍した／他在上次的比賽中大為活躍。

かつよう [活用]

(名・他サ) 活用，利用，使用。

△若い人材を活用するよりほかはない／就只活用有用年輕人材這個方法可行了。

かつりょく [活力]

(名) 活力，精力。

(類) エネルギー

△子どもが減ると、社会の活力が失われる／如果孩童減少，那社會也就會失去活力。

かてい [仮定]

(名・自サ) 假定，假設。

(類) 仮想

△あなたが億万長者だと仮定してください／請假設你是億萬富翁。

かてい［家庭］　二36

图 家庭，家。

圈 家族

△最近の子どもの問題に関しては、家庭も家庭なら、学校も学校だ／關於最近小孩的問題，我認為家庭有家庭的不是，學校也有學校的缺失。

かてい［課程］　二36

图 課程。

圈 コース

△大学には、教職課程をはじめとするいろいろな課程がある／大學裡，有教育課程以及各種不同的課程。

かてい［過程］　二36

图 過程。

圈 プロセス

△過程はともかく、結果がよかったからいいじゃないですか／不論過程如何，結果好的話，不就行了嗎？

かなしい［悲しい］　二2

厢 悲傷，悲哀。

△失敗してしまって、悲しいです／失敗了，很是傷心。

かなしい［悲しい］　二36

厢 悲傷的，悲哀的，遺憾的。

△聞けば聞くほど悲しい話ですね／這故事越聽越叫人覺得悲傷！

かなしむ［悲しむ］　二36

他五 感到悲傷，痛心，可歎。

△それを聞いたら、お母さんがどんなに悲しむことか／如果媽媽聽到這話，會多麼傷心呀！

かなづかい［仮名遣い］　二36

图 假名的拼寫方法。

△仮名遣いをきちんと覚えましょう／要確實地記住假名的用法。

かなづち［金槌］　二6

图 釘錘，榔頭；不會游泳，旱鴨子。

圈 とんかち

かならず［必ず］　三2

剾 一定，務必，必須。

圈 例外なく

△この仕事を10時までに必ずやっておいてね／十點以前一定要完成這個工作。

かならず［必ず］　二36

剾 一定，必然，定定。

圈 例外なく

△明日は、必ず9時までに会社に来ます／明天一定會在九點以前到公司。

かならずしも［必ずしも］　二36

剾 不一定，未必。

△この方法が、必ずしもうまくいくとは限らない／這個方法也不一定能順利進行。

かなり　二36

剾・形動・图 相當，頗。

類 相当

△先生は、かなり疲れていらっしゃいますね／老師您看來相當地疲憊呢！

かね［金］ 二36

名 金屬；錢，金錢。

類 金銭

△事業を始めるというと、まず金が問題になる／說到創業，首先金錢就是個問題。

かね［鐘］ 二6

名 鐘，吊鐘。

類 釣鐘

△みんなの幸せのために、願いをこめて鐘を鳴らした／為了大家的幸福，以虔誠之心來鳴鐘許願。

かねつ［加熱］ 二6

名・他サ 加熱，高溫處理。

△薬品を加熱するにしたがって、色が変わってきた／隨著溫度的提升，藥品的顏色也起了變化。

かねる［兼ねる］ 二36

他下一・接尾 兼備；不能，無法。

△彼は社長と社員を兼ねているから、忙しいわけだ／他社長兼員工，所以當然很忙囉！

かのう［可能］ 二36

名・形動 可能。

反 不可能　類 あり得る

△お金を貯めるどころか、大もうけも可能ですよ／別說是存錢了，也有可能大撈一筆呢。

カバー［cover］ 二36

名・他サ 罩，套；補償，補充；覆蓋。

類 覆い

△枕カバーを洗濯した／我洗了枕頭套。

かはんすう［過半数］ 二6

名 過半數，半數以上。

△過半数がとれなかったばかりに、議案は否決された／都是因為沒過半數，所以議案才會被駁回。

かび［黴］ 二36

名 霉。

△かびが生えないうちに食べてください／請在發霉前把它吃完。

かぶ［株］ 二6

名・接尾 株，顆；（樹的）殘株；股票；（職業等上）特權；擅長；地位。

類 株券

△彼はA社の株を買ったかと思うと、もう売ってしまった／他剛買了A公司的股票，就馬上轉手賣出去了。

かぶせる［被せる］ 二6

他下一 蓋上；（用水）澆沖；戴上（帽子等）；推卸。

△機械の上に布を被せておいた／我在機器上面蓋了布。

かま［釜］ 二6

㊔ 窯，爐；鍋爐。

△お釜でご飯を炊いたら、おいしかった／我用爐子煮飯，結果還真好吃。

かまう［構う］ 二36

自·他五 介意，顧忌，理睬；照顧，招待；調戲，逗弄；放逐。

△あの人は、あまり服装に構わない人です／那個人不大在意自己的穿著。

がまん［我慢］ 二36

名·他サ 忍耐，克制，將就，原諒；（佛）饒恕。

類 辛抱

△いらないと言った上は、ほしくても我慢します／既然都講不要了，就算想要我也會忍耐。

かみ［髪］ 三2

㊔ 頭髮。

類 髪の毛

△髪を短く切るつもりだったがやめた／原本想把頭髮剪短，但作罷了。

かみ［髪］ 二36

㊔ 髮，頭髮；髮型。

類 髪の毛

かみ［上］ 二6

㊔ 上邊，上方，上游，上半身；以前，過去；開始，起源於；統治者，主人；京都；上座；（從觀衆看）舞台右側。

反 下

△舞台の上手から登場します／我從舞台的左側出場。

かみ［神］ 二36

㊔ 神，神明，上帝，造物主；（死者的）靈魂。

類 神様

△世界平和を、神に祈りました／我向神祈禱世界和平。

かみくず［紙くず］ 二36

㊔ 廢紙，沒用的紙。

△道に紙くずを捨てないでください／請不要在街上亂丟紙屑。

かみさま［神様］ 二6

㊔（神的敬稱）上帝，神；（某方面的）專家，活神仙，（接在某方面技能後）之神。

類 神

△日本には、猿の神様や狐の神様をはじめ、たくさんの神様がいます／在日本，有猴神、狐狸神以及各種神明。

かみそり［剃刀］ 二36

㊔ 剃刀，刮鬍刀；頭腦敏銳（的人）。

△ひげをそるために、かみそりを買った／我為了刮鬍子，去買了把刮鬍刀。

かみなり［雷］ 二36

㊔ 雷；雷神；大發雷霆的人。

△雷が鳴っているなと思ったら、やはり雨が降ってきました／才剛打雷，這會兒果然下起雨來了。

かみのけ［髪の毛］ 二6

㊔ 頭髮。

類 頭髮

か

ガム［（荷）gom］ 二 6
[名] 口香糖；樹膠。
[類] チューインガム

かむ［噛む］ 二 3 6
[他五] 咬，嚼；（水）猛烈衝擊，拍岸；齒輪等咬合。
△食べ物は、噛めば噛むほど健康にいい／食物越細嚼，對身體越好。

カメラ［camera］ 四 2
[名] 照相機；攝影機。
[類] 写真機
△カメラと一緒に、フィルムも買いました／相機和底片都一起買了。

カメラ［camera］ 二 3 6
[名] 照相機；攝影機。
[類] 写真機

かもく［科目］ 二 3 6
[名] 科目，項目；（學校的）學科，課程。
△興味に応じて、科目を選択した／依自己的興趣，來選擇課程。

かもしれない 二 6
[連語] 也許，也未可知。

かもつ［貨物］ 二 6
[名] 貨物；貨車。
△コンテナで貨物を輸送した／我用貨櫃車來運貨。

かゆ［粥］ 二 6
[名] 粥，稀飯。

かゆい［痒い］ 二 6
[副] 癢的。
△なんだか体中痒いです／不知道為什麼，全身發癢。

かよう［歌謡］ 二 6
[名] 歌謠，歌曲。
[類] 歌
△クラシックピアノも弾けば、歌謡曲も歌う／他既會彈古典鋼琴，也會唱歌謠。

から［殼］ 二 6
[名] 外皮，外殼。
△卵の殻をむきました／我剝開了蛋殼。

から［空］ 二 3 6
[名] 空的；空，假，虛。
[類] 空っぽ
△通帳はもとより、財布の中もまったく空です／別說是存摺，就連錢包裡也空空如也。

がら［柄］ 二 6
[名‧接尾] 身材；花紋，花樣；性格，人品，身分；表示性格，身分，適合性。
[類] 模様
△あのスカーフは、柄が気に入っていただけに、なくしてしまって残念です／正因我喜歡那條圍巾的花色，所以弄丟它才更覺得可惜。

カラー［color］ 二 3 6

㊔ 色，彩色；（繪畫用）顏料；（轉）特色，獨特的風格。
類 色

からい［辛い］ 四 2

形 辣，辛辣；嚴格，嚴酷；艱難。
類 辛味
△甘いものは好きですが、辛いものは嫌いです／喜歡甜食，但是不喜歡辛辣的食物。

からい［辛い］ 二 3 6

形 辣的；嚴格的，辛辣的；好不容易地。
類 辛味
△おなかが痛くなったのは、辛いものを食べたせいです／我肚子會痛，是因為吃了辣的東西。

からかう 二 6

他五 嘲弄，逗弄，調戲。
△そんなにからかわないでください／請不要這樣開我玩笑。

からっぽ［空っぽ］ 二 6

名·形動 空，空洞無一物。
類 空（から）
△お金が足りないどころか、財布は空っぽだよ／錢豈止不夠，連錢包裡也空空如也！

かりる［借りる］ 四 2

他上一 借（進來）；借助；租用，租借。
反 貸す 類 借り受ける
△図書館でも借りました／也有向圖書館借過了。

かりる［借りる］ 二 3 6

他上一 借（入）；借助。
反 貸す 類 借り受ける
△彼は金を借りたきり、返してくれない／他自從借了錢之後就沒還過。

かる［刈る］ 二 6

他五 割，剪，剃。
△両親が草を刈っているところへ、手伝いに行きました／當爸媽正在割草時過去幫忙。

かるい［軽い］ 四 2

形 輕的，輕巧的；（程度）輕微的；輕鬆，快活。
反 重い 類 軽快
△こっちの荷物の方が軽いです／這個行李比較輕。

かるい［軽い］ 二 3 6

形 輕的，輕巧的；清淡的；（程度）輕微的；輕鬆，快活。
反 重い 類 軽快
△軽い気持ちで引き受けたものの、自信がなくなった／當時只是隨性地接下這份任務，但現在卻變得毫無把握。

かるた［加留多］ 二 6

名 紙牌，撲克牌；（新年時玩的）寫有日本和歌的紙牌。

かれる［枯れる］ 二 3 6

自下一 枯萎，乾枯；老練，造詣精深；

（身材）枯瘦。

△庭の木が枯れてしまった／庭院的樹木枯了。

カロリー［calorie］ 二6

[名]（熱量單位）卡，卡路里；（食品營養價值單位）卡，大卡。

[類] 熱量

△カロリーをとりすぎたせいで、太った／因為攝取過多的卡路里，才胖了起來。

かわ［皮］ 二36

[名] 皮，表皮；皮革。

[類] 表皮

△りんごの皮をむいているところを、後ろから押されて指を切ってしまった／我在削蘋果皮時，有人從後面推我一把，害我割到手指。

かわいい［可愛い］ 四2

[形] 可愛，討人喜愛；小巧玲瓏；寶貴。

[反] 憎い　[類] 可愛らしい

△可愛いバッグをください／請給我可愛的包包。

かわいい［可愛い］ 二36

[形] 可愛的，好玩的，討人喜歡的；小巧的；寶貴的。

[反] 憎い　[類] 可愛らしい

△あなたが子どもの頃は、どんなに可愛かったことか／你小孩子的時候，是多麼可愛啊！

かわいがる［可愛がる］ 二36

[他五] 喜愛，疼愛；嚴加管教，教訓。

[反] いじめる

△死んだ妹にかわって、叔母の私がこの子を可愛がります／由我這阿姨，代替往生的妹妹照顧這個小孩。

かわいそう［可哀相・可哀想］ 二36

[形動] 可憐。

[類] 気の毒

△お母さんが病気になって、子どもたちがかわいそうでならない／母親生了病，孩子們真是可憐得叫人鼻酸！

かわいらしい［可愛らしい］ 二36

[形] 可愛的，討人喜歡；小巧玲瓏。

[類] 愛らしい

△可愛らしいお嬢さんですね／真是個討人喜歡的姑娘呀！

かわかす［乾かす］ 二36

[他五] 曬乾；晾乾；烤乾。

△洗濯物を乾かしているところへ、犬が飛び込んできた／當我正在曬衣服的時候，小狗突然跑了進來。

かわく［乾く］ 三2

[自五] 乾；口渴。

△洗濯物が、そんなに早く乾くはずがありません／洗好的衣物，不可能那麼快就乾。

かわく［乾く］ 二36

[自五] 乾，乾燥。

△雨が少ないので、土が乾いている／

因雨下得少，所以地面很乾。

かわせ［為替］ 二36

名 匯款，匯兌。

△料金は、郵便為替で送ります／費用我會用郵局匯款匯過去。

かわら［瓦］ 二6

名 瓦；無價值的東西。

類 がらくた

△赤い瓦の家に住みたい／我想住紅色磚瓦的房子。

かわる［変わる］ 三2

自五 變化，改變。

類 変化する

△彼は、考えが変わったようだ／他的想法好像變了。

かわる［変わる］ 二36

自五 變化；與眾不同；改變時間地點，遷居，調任。

類 変化する

△人の考え方は、変わるものだ／人的想法，是會變的。

かん［刊］ 二6

漢造 刊，出版。

類 刊行

かん［勘］ 二6

名 直覺，第六感；領悟力。

類 第六感

△答えを知っていたのではなく、勘で言ったにすぎません／我並不是知道答案，只是憑直覺回答而已。

かん［巻］ 二6

名・漢造 卷，書本，書冊；（書畫的）手卷；卷曲；卷起（的東西）；（書的）卷數。

類 書物

かん［感］ 二6

名・漢造 感覺，感動；感。

かん［缶］ 二6

名 罐子。

△缶はまとめてリサイクルした／我將罐子集中，拿去回收了。

かん［観］ 二6

名・漢造 觀感，印象，景象，樣子；觀看；觀點；所見的狀態。

類 見た目

かん［間］ 二6

名・接尾 間，機會，間隙；隔閡，裂痕；間諜。

類 間（あいだ）

かん［館］ 二6

漢造 旅館；公共建築物；大建築物或商店。

かんがえ［考え］ 二6

名 思想，想法，意見；念頭，觀念，信念；考慮，思考；期待，願望；決心。

△その件について自分の考えを説明した／我來說明自己對那件事的看法。

かんがえる［考える］ 三2

他下一 思考；考慮。

(類) 思考する

△その問題(もんだい)は、彼(かれ)に考(かんが)えさせます／我讓他想那個問題。

かんがえる［考える］ 二36

(他下一) 想，打算，考慮；有 想法；認為；回想，反省；想出新方法，創造。

(類) 思考する

△難(むずか)しい問題(もんだい)を理解(りかい)するには、考(かんが)えるしかない／要理解難題，就只有思考了。

かんかく［感覚］ 二6

(名・他サ) 感覺。

△彼(かれ)は、音(おと)に対(たい)する感覚(かんかく)が優(すぐ)れている／他的音感很棒。

かんかく［間隔］ 二36

(名) 間隔，距離。

(類) 隔たり

△バスは、20分(にじゅっぷん)の間隔(かんかく)で運行(うんこう)しています／公車每隔20分鐘來一班。

かんき［換気］ 二6

(名・自他サ) 換氣，通風，使空氣流通。

△煙草(たばこ)臭(くさ)いから、換気(かんき)をしましょう／煙味實在是太臭了，讓空氣流通一下吧！

かんきゃく［観客］ 二6

(名) 觀衆。

(類) 見物人

△観客(かんきゃく)が減少(げんしょう)ぎみなので、宣伝(せんでん)しなくてはなりません／因為觀眾有減少的傾向，所以不得不做宣傳。

かんきょう［環境］ 二6

(名) 環境。

△環境(かんきょう)のせいか、彼(かれ)の子(こ)どもたちはみなスポーツが好(す)きだ／不知道是不是因為環境的關係，他的小孩都很喜歡運動。

かんけい［関係］ 三2

(名・自サ) 關係；影響。

(類) 掛かり合い

△みんな、二人(ふたり)の関係(かんけい)を知(し)りたがっています／大家都很想知道他們兩人的關係。

かんけい［関係］ 二36

(名・自サ) 關係，影響；親戚關係；男女關係；（接人，機關等）有關…；機構，部門。

(類) 掛かり合い

△あの二人(ふたり)は会社(かいしゃ)では、何(なん)の関係(かんけい)もないかのようにふるまっている／那兩個人在公司裡，裝出一副各不相關的樣子。

かんげい［歓迎］ 二36

(名・他サ) 歡迎。

(反) 歓送

△故郷(こきょう)に帰(かえ)った際(さい)には、とても歓迎(かんげい)された／回到家鄉時，受到熱烈的歡迎。

かんげき［感激］ 二6

(名・自サ) 感激，感動。

(類) 感動

△こんなつまらない芝居(しばい)に感激(かんげき)するな

んて、おおげさというものだ／對這種無聊的戲劇還如此感動，真是太誇張了。

かんこう［観光］ 二6

名・他サ 観光，遊覽，旅遊。

△まだ天気がいいうちに、観光に出かけました／趁天氣還晴朗時，出外觀光去了。

かんさい［関西］ 二6

名 日本關西地區（以京都、大阪為中心的地帶）。

反 関東

△関西旅行をきっかけに、歴史に興味を持ちました／自從去關西旅行之後，就開始對歷史產生了興趣。

かんさつ［観察］ 二36

名・他サ 観察。

△望遠鏡による天体観察は、とてもおもしろい／用望遠鏡來觀察星體，非常有趣。

かんじ［感じ］ 二36

名 知覺，感覺；印象。

近 印象

△彼女は女優というより、モデルという感じですね／與其說她是女演員，倒不如說她更像個模特兒。

がんじつ［元日］ 二6

名 元旦。

△日本では、元日はもちろん二日も三日も会社は休みです／在日本，不用說是元旦，一月二號和三號，公司也都放假。

かんじる・ずる ［感じる・ずる］ 二36

自他上一 感覺，感到；感動，感觸，有所感。

△とても面白い映画だと感じた／我覺得這部電影很有趣。

かんじゃ［患者］ 二6

名 病人，患者。

△研究が忙しい上に、患者も診なければならない／除了要忙於研究之外，也必須替病人看病。

かんしゃ［感謝］ 二36

名・自他サ 感謝。

△本当は感謝しているくせに、ありがとうも言わない／明明就很感謝，卻連句道謝的話也沒有。

かんじょう［勘定］ 二36

名・他サ 計算；算帳；（會計上的）帳目，戶頭，結帳；考慮，估計。

近 計算

△そろそろお勘定をしましょうか／差不多該結帳了吧！

かんじょう［感情］ 二36

名 感情，情緒。

近 気持ち

△彼にこの話をすると、感情的になりかねない／你一跟他談這件事，他可

か

能會很情緒化。

かんしょう［鑑賞］ 二36

名·他サ 鑑賞，欣賞。

△音楽鑑賞(おんがくかんしょう)をしているところを、邪魔(じゃま)しないでください／我在欣賞音樂時，請不要來干擾。

かんしん［感心］ 二36

名·形動·自サ 欽佩；贊成；（貶）令人吃驚。

△彼(かれ)はよく働(はたら)くので、感心(かんしん)させられる／他很努力工作，真是令人欽佩。

かんしん［関心］ 二36

名 關心，感興趣。

類 興味

△あいつは女性(じょせい)に関心(かんしん)があるくせに、ないふりをしている／那傢伙明明對女性很感興趣，卻裝作一副不在乎的樣子。

かんする［関する］ 二6

自サ 關於，與…有關。

類 関係する

△日本(にほん)に関(かん)する研究(けんきゅう)をしていたわりに、日本(にほん)についてよく知(し)らない／雖然之前從事日本相關的研究，但卻對日本的事物一知半解。

かんせい［完成］ 二36

名·自他サ 完成。

類 出来上がる

△ビルの完成(かんせい)にあたって、パーティーを開(ひら)こうと思(おも)う／在這大廈竣工之際，我想開個派對。

かんせつ［間接］ 二36

名 間接。

反 直接　類 遠まわし

△彼女(かのじょ)を通(つう)じて、間接的(かんせつてき)に彼(かれ)の話(はなし)を聞(き)いた／我透過她，間接打聽了一些關於他的事。

かんぜん［完全］ 二36

名·形動 完全，完整；完美，圓滿。

反 不完全　類 完璧

△病気(びょうき)が完全(かんぜん)に治(なお)ってからでなければ、退院(たいいん)しません／在病情完全痊癒之前，我是不會出院的。

かんそう［乾燥］ 二36

名·自他サ 乾燥；枯燥無味。

類 乾く

△空気(くうき)が乾燥(かんそう)しているといっても、砂漠(さばく)ほどではない／雖說空氣乾燥，但也沒有沙漠那麼乾。

かんそう［感想］ 二36

名 感想。

類 所感

△全員(ぜんいん)、明日(あした)までに研修(けんしゅう)の感想(かんそう)を書(か)くように／你們全部，在明天以前要寫出研究的感想。

かんそく［観測］ 二6

名·他サ 觀察（事物），（天體，天氣等）觀測。

類 観察

△毎日天体の観測をしています／我每天都在觀察星體的變動。

かんたい［寒帯］ 二 6

名 寒帶。

△寒帯の森林には、どんな動物がいますか／在寒帶的森林裡，住著什麼樣的動物呢？

かんたん［簡単］ 二 3 6

名·形動 簡單，便利，容易。

反 複雑　類 容易

△こんな簡単なことをできないわけがない／這麼簡單的事，不可能辦不到的。

かんちがい［勘違い］ 二 6

名·自サ 想錯，判斷錯誤，誤會。

類 思い違い

△私の勘違いのせいで、あなたに迷惑をかけました／都是因為我的誤解，才造成您的不便。

かんちょう［官庁］ 二 6

名 政府機關。

類 役所

△政治家も政治家なら、官庁も官庁で、まったく頼りにならない／政治家有貪污，政府機關也有缺陷，完全不可信任。

かんづめ［缶詰］ 二 3 6

名 罐頭；不與外界接觸的狀態；擁擠的狀態。

かんでんち［乾電池］ 二 6

名 乾電池。

反 湿電池

△乾電池の働きを中心に、ご説明します／針對乾電池的功用，我來跟您說明。

かんどう［感動］ 二 6

名·自サ 感動，感激。

△評判が悪かったのに反して、感動的な映画だった／跟惡劣的評價相反，是一部令人感動的電影。

かんとう［関東］ 二 6

名 日本關東地區（以東京橫濱為中心的地帶）。

類 関西

△関東に加えて、関西でも調査することになりました／除了關東以外，關西也要開始進行調查了。

かんとく［監督］ 二 6

名·他サ 監督，督促；監督者，管理人；（影劇）導演；（體育）教練。

類 取り締まる

△日本の映画監督といえば、やっぱり黒澤明が有名ですね／一說到日本的電影導演，還是黑澤明最有名吧！

かんねん［観念］ 二 6

名·自他サ 觀念；決心；斷念，不抱希望。

類 概念

△あなたは、固定観念が強すぎますね／你的主觀意識實在太強了！

かんぱい［乾杯］ 二6

名·自サ 乾杯。

△彼女の誕生日を祝って乾杯した／祝她生日快樂，乾杯！

がんばる［頑張る］ 二36

自五 堅持，固執己見；努力，全力以赴，加油；固守不動。

△みんなでがんばったおかげで、仕事が片付きました／託大家一同努力的福，工作做完了。

かんばん［看板］ 二36

名 招牌；牌子，幌子；（店舖）關門，停止營業時間。

△看板の字を書いてもらえますか／可以麻煩您替我寫下招牌上的字嗎？

かんびょう［看病］ 二6

名·他サ 看護，護理病人。

△病気が治ったのは、あなたの看病のおかげにほかなりません／疾病能痊癒，都是託你的看護。

かんむり［冠］ 二36

名 冠，冠冕；字頭，字蓋；有點生氣。

△これは、昔の王様の冠です／這是古代國王的王冠。

かんり［管理］ 二6

名·他サ 管理，管轄；經營，保管。

類 取り締まる

△面倒を見るというより、管理されているような気がします／我覺得與其說是在照顧我，倒像是被監控。

かんりょう［完了］ 二36

名·自他サ 完了，完畢；（語法）完了，完成。

類 終わる

△工事は、長時間の作業のすえ、完了しました／工程在長時間的施工後，終於大工告成了。

かんれん［関連］ 二36

名·自サ 關聯，有關係。

類 連関

△教育との関連からいうと、この政策は歓迎できない／從和教育相關的層面來看，這個政策實在是不受歡迎。

かんわ［漢和］ 二36

名 漢語和日語；中日辭典的簡稱。

類 和漢

△図書館には、英和辞典もあれば、漢和辞典もある／圖書館裡，既有英日辭典，也有中日辭典。

きキ

き［器］ 二36

名·漢造 有才能，有某種才能的人；器具，器皿；起作用的，才幹。

類 器（うつわ）

△食器を洗う／洗碗盤。

き［期］ 二6

名·漢造 期，時期；時機；季節；（預定的）時日；一段時間。

類 時期

き［機］ 二36

名·接尾·漢造 機會，時機；飛機；（助數詞用法）表示飛機的架數；機器，機關；機能，心機；樞機，樞紐。

類 機会

きあつ［気圧］ 二6

名 氣壓；（壓力單位）大氣壓。

類 圧力

△気圧(きあつ)の変化(へんか)にしたがって、苦(くる)しくなってきた／隨著氣壓的變化，感到越來越痛苦。

きいろ［黄色］ 二36

名 黃色。

類 イエロー

ぎいん［議員］ 二6

名（國會，地方議會的）議員。

△国会議員(こっかいぎいん)になるには、選挙(せんきょ)で勝(か)つしかない／如果要當上國會議員，就只有贏得選舉了。

きおく［記憶］ 二36

名·他サ 記憶，記憶力；記性。

反 忘却　類 暗記

△最近(さいきん)、記憶(きおく)が混乱(こんらん)ぎみだ／最近有記憶錯亂的現象。

きおん［気温］ 二6

名 氣溫。

類 温度

△気温(きおん)しだいで、作物(さくもつ)の生長(せいちょう)はぜんぜん違(ちが)う／因氣溫的不同，農作物的成長也就完全不一樣。

きかい［器械］ 二36

名 機械，機器。

類 器具

△彼(かれ)は、器械体操部(きかいたいそうぶ)で活躍(かつやく)している／他活躍於健身社中。

ぎかい［議会］ 二6

名 議會，國會。

類 議院

△首相(しゅしょう)は議会(ぎかい)で、政策(せいさく)について力(ちから)をこめて説明(せつめい)した／首相在國會中，使勁地解說了他的政策。

きがえ［着替え］ 二6

名 換衣服；換的衣服。

△着替(きが)えをしてから出(で)かけた／我換過衣服後就出門了。

きがえる［着替える］ 二6

他下一 換衣服。

きかん［期間］ 二36

名 期間，期限內。

△夏休(なつやす)みの期間(きかん)、塾(じゅく)の教師(きょうし)として働(はたら)きます／暑假期間，我以補習班老師的身份在工作。

きかん［機関］ 二6

名（組織機構的）機關，單位；（動力裝置的）機關。

類 機構

△政府機関(せいふきかん)では、パソコンによる統計(とうけい)を行(おこな)っています／政府機關都使用電腦

來進行統計。

きかんしゃ［機関車］ 二6

[名] 機車，火車。

△珍しい機関車だったので、写真を撮った／因為那部蒸汽火車很珍貴，所以拍了張照。

きぎょう［企業］ 二6

[名] 企業；籌辦事業。

[類] 事業

△大企業だけあって、立派なビルですね／不愧是大企業，好氣派的大廈啊！

ききん［飢饉］ 二6

[名] 飢饉，飢荒；缺乏，…荒。

[類] 凶作

△この国では、いつでも飢饉が発生し得る／這個國家，隨時都有可能發生飢荒。

きぐ［器具］ 二6

[名] 器具，用具，器械。

[類] 器械

△この店では、電気器具を扱っています／這家店有出售電器用品。

きく［効く］ 二6

[自五] 有效，奏效；好用，能幹；可以，能夠；起作用；（交通工具等）通，有。

△この薬は、高かったわりに効かない／這服藥雖然昂貴，卻沒什麼效用。

きげん［期限］ 二36

[名] 期限。

△支払いの期限を忘れるなんて、非常識というものだ／竟然忘記繳款的期限，真是離譜。

きげん［機嫌］ 二36

[名] 心情，情緒。

[類] 気持ち

△彼の機嫌が悪いとしたら、きっと奥さんと喧嘩したんでしょう／如果他心情不好，就一定是因為和太太吵架了。

きこう［気候］ 二36

[名] 氣候，天氣。

△最近気候が不順なので、風邪ぎみです／最近由於氣候不佳，有點要感冒的樣子。

きごう［記号］ 二6

[名] 符號，記號。

△この記号は、どんな意味ですか／這符號代表什麼意思？

きざむ［刻む］ 二6

[他五] 切碎；雕刻；分成段；銘記，牢記。

[類] 彫刻する

△指輪に二人の名前を刻んだ／在戒指上刻下了兩人的名字。

きし［岸］ 二36

[名] 岸，岸邊；崖。

[類] がけ

△向こうの岸まで泳いでいくよりほかない／就只有游到對岸這個方法可行了。

きじ［記事］ 二 3 6

名（報紙，雜誌上的）消息，報導；敘述文。
類 記事文
△書き得ることは、全部記事に書きました／我將能寫的東西，全都寫進報導中了。

ぎし［技師］ 二 6

名 技師，工程師，專業技術人員。
類 エンジニア
△コンピュータ技師として、この会社に就職した／我以電腦工程師的身分到這家公司上班。

きじ［生地］ 二 6

名 本色，素質，本來面目；布料；（陶器等）毛坯。
△生地はもとより、デザインもとてもすてきです／布料好自不在話下，就連設計也是一等一的。

ぎしき［儀式］ 二 6

名 儀式，典禮。
△儀式は、1時から2時にかけて行われます／儀式從一點舉行到兩點。

きしゃ［記者］ 二 6

名 執筆者，筆者；（新聞）記者，編輯。
類 レポーター
△記者が質問したにもかかわらず、首相は答えなかった／儘管記者的發問，首相還是沒給予回應。

きじゅん［基準］ 二 3 6

名 基礎，根基；規格，準則。
類 標準
△この建物は、法律上は基準を満たしています／這棟建築物符合法律上的規定。

きしょう［起床］ 二 6

名·自サ 起床。
反 就寝　類 起きる
△6時の列車に乗るためには、5時に起床するしかありません／為了搭6點的列車，只好在5點起床。

きず［傷］ 二 3 6

名 傷口，創傷；缺陷，瑕疵。
類 創傷
△薬のおかげで、傷はすぐ治りました／多虧了藥物，傷口馬上就痊癒了。

きすう［奇数］ 二 6

名（數）奇數。
反 偶数
△奇数の月に、この書類を提出してください／請在每個奇數月交出這份文件。

きせる［着せる］ 二 3 6

他下一 給穿上（衣服）；鍍上；嫁禍，加罪。
類 着させる
△着物を着せてあげましょう／我來幫你把和服穿上吧！

きそ［基礎］ 二36

㊔ 基石，基礎，根基；地基。

類 基本

△英語の基礎は勉強したが、すぐにしゃべれるわけではない／雖然有學過基礎英語，但也不可能馬上就能開口說的。

きたい［期待］ 二36

名·他サ 期待，期望，指望。

類 待ち望む

△みんな、期待するかのような目で彼を見た／大家用期待的眼神看著他。

きたい［気体］ 二36

㊔（理）氣體。

反 固体

△いろいろな気体の性質を調べている／我在調查各種氣體的性質。

きたく［帰宅］ 二6

名·自サ 回家。

類 帰る

△あちこちの店でお酒を飲んだあげく、夜中の１時にやっと帰宅した／到了許多店去喝酒，深夜一點才終於回到家。

きち［基地］ 二6

㊔ 基地，根據地。

△南極基地で働く夫に、愛をこめて手紙を書きました／我寫了封充滿愛意的信，給在南極基地工作的丈夫。

きちょう［貴重］ 二36

形動 貴重，寶貴，珍貴。

類 大切

△貴重なお時間／寶貴的時間。

ぎちょう［議長］ 二6

㊔ 會議主席，主持人；（聯合國，國會）主席。

△彼は、衆議院の議長を務めている／他擔任眾議院的院長。

きちんと 二36

副 整齊，乾乾淨淨；恰好，洽當；如期，準時；好好地，牢牢地。

類 ちゃんと

△きちんと勉強していたわりには、点が悪かった／雖然努力用功了，但分數卻不理想。

きつい 二36

形 嚴厲的，嚴苛的；剛強，要強；緊的，瘦小的；強烈的；累人的，費力的。

類 厳しい

△太ったら、スカートがきつくなりました／一旦胖起來，裙子就被撐得很緊。

きっかけ［切っ掛け］ 二6

㊔ 開端，動機，契機。

類 機会

△彼女に話しかけたいときに限って、きっかけがつかめない／偏偏就在我想找她說話時，就是找不到機會。

きづく［気付く］ 二36

〔自五〕察覺，注意到，意識到；（神志昏迷後）甦醒過來。
㊀ 感づく
△自分の間違いに気付いたものの、なかなか謝ることができない／雖然發現自己不對，但還是很難開口道歉。

きっさ [喫茶]　　　〓6

㊁ 喝茶，喫茶，飲茶。
㊀ 喫茶（きっちゃ）
△喫茶店で、ウエイトレスとして働いている／我在咖啡廳當女服務生。

ぎっしり　　　〓36

㊀（裝或擠）滿滿的。
㊀ ぎっちり
△本棚にぎっしり本が詰まっている／書櫃排滿了書本。

きっと　　　〓二36

㊀ 一定，必定；（神色等）嚴厲地，嚴肅地。
㊀ 必ず
△あしたはきっと晴れるでしょう／明天一定會放晴。

きにいる [気に入る]　　　〓36

〔連語〕稱心如意，喜歡，寵愛。
㊈ 気に食わない
△そのバッグが気に入りましたか／您中意這皮包嗎？

きにゅう [記入]　　　〓6

㊁・他サ 填寫，寫入，記上。
㊀ 書き入れる
△参加される時は、ここに名前を記入してください／要參加時，請在這裡寫下名字。

きねん [記念]　　　〓36

㊁・他サ 紀念。
△記念として、この本をあげましょう／送你這本書做紀念吧！

きのう [機能]　　　〓6

㊁・自サ 機能，功能，作用。
㊀ 働き
△機械の機能が増えれば増えるほど、値段も高くなります／機器的功能越多，價錢就越昂貴。

きのどく [気の毒]　　　〓36

㊁・形動 可憐的，可悲；可惜，遺憾；過意不去，對不起。
㊀ 可哀そう
△お気の毒ですが、今回はあきらめていただくしかありませんね／雖然很遺憾，但這次也只好先請您放棄了。

きばん [基盤]　　　〓6

㊁ 基礎，底座，底子；基岩。
㊀ 基本
△生活の基盤を固める／穩固生活的基礎。

きふ [寄付]　　　〓36

㊁・他サ 捐贈，捐助，捐款。
㊀ 義捐
△彼はけちだから、たぶん寄付はする

き

まい／因為他很小氣，所以大概不會捐款吧！

きぼう［希望］ 二36

名・他サ 希望，期望，願望。

類 望み

△あなたが応援してくれたおかげで、希望を持つことができました／因為你的加油打氣，我才能懷抱希望。

きほん［基本］ 二36

名 基本，基礎，根本。

類 基礎

△日本語の基本として、ひらがなをきちんと覚えてください／為了打好日語基礎，平假名請一定要確實記牢。

きまり［決まり］ 二36

名 規定，規則；習慣，常規，慣例；終結；收拾整頓。

類 規則

△グループに参加した上は、決まりはちゃんと守ります／既然加入這團體，就會好好遵守規則。

きみ［気味］ 二6

名・接尾 感觸，感受，心情；有一點兒，稍稍。

類 気持ち

△女性社員が気が強くて、なんだか押され気味だ／公司的女職員太過強勢，我們覺得被壓得死死的。

きみょう［奇妙］ 二6

形動 奇怪，出奇，奇異，奇妙。

類 不思議

△科学では説明できない奇妙な現象／在科學上無法說明的奇異現象。

ぎむ［義務］ 二36

名 義務。

反 権利

△我々には、権利もあれば、義務もある／我們既有權利，也有義務。

ぎもん［疑問］ 二36

名 疑問，疑惑。

類 疑い

△私からすれば、あなたのやり方には疑問があります／就我看來，我對你的做法感到有些疑惑。

ぎゃく［逆］ 二36

名・漢造 反，相反，倒；叛逆。

類 反対

△今度は、逆に私から質問します／這次，反過來由我來發問。

きゃくせき［客席］ 二6

名 觀賞席；宴席，來賓席。

類 座席

△客席には、校長をはじめ、たくさんの先生が来てくれた／來賓席上，來了校長以及多位老師。

きゃくま［客間］ 二36

名 客廳。

類 客室

△客間を掃除しておかなければならない／我一定得事先打掃好客廳才行。

キャプテン［captain］ 二 6

（名）團體的首領；船長；隊長；主任。

〔類〕主将

△野球チームのキャプテンをしています／我是棒球隊的隊長。

ギャング［gang］ 二 6

（名）持槍強盜團體，盜伙。

〔類〕強盗団

△私は、ギャング映画が好きです／我喜歡看警匪片。

キャンパス［campus］ 二 6

（名）（大學）校園，校內。

〔類〕校庭

△大学のキャンパスには、いろいろな学生がいる／大學的校園裡，有各式各樣的學生。

キャンプ［camp］ 二 6

（名・自サ）露營，野營；兵營，軍營；登山隊基地；（棒球等）集訓。

〔類〕野宿

△今息子は山にキャンプに行っているので、連絡しようがない／現在我兒子到山上露營去了，所以沒辦法聯絡上他。

きゅう［球］ 二 6

（名・漢造）球；（數）球體，球形。

〔類〕ボール

△この器具は、尖端が球状になっている／這工具的最前面是呈球狀的。

きゅう［級］ 二 6

（名・漢造）等級，階段；班級，年級；頭。

〔類〕等級

△英検で1級を取った／我考過英檢一級了。

きゅう［旧］ 二 6

（名・漢造）陳舊；往昔，舊日；舊曆，農曆；前任者。

〔反〕新　〔類〕古い

△旧暦では、今日は何月何日ですか／今天是農曆的幾月幾號？

きゅうか［休暇］ 二 3 6

（名）（節假日以外的）休假。

〔類〕休み

△休暇になるかならないかのうちに、ハワイに出かけた／才剛放假，就跑去夏威夷了。

きゅうぎょう［休業］ 二 6

（名・自サ）停課。

〔類〕休み

△病気になったので、しばらく休業するしかない／因為生了病，只好先暫停營業一陣子。

きゅうけい［休憩］ 二 3 6

（名・自サ）休息。

〔類〕休息

△食事どころか、休憩する暇もない／

き

別說是吃飯，就連休息的時間也沒有。

求大家都能得救的心願下進行。

きゅうげき [急激]

形動 急遽。

類 激しい

△車の事故による死亡者は急激に増加している／因車禍事故而死亡的人正急遽增加。

きゅうこう [休講]

名・自サ 停課。

△授業が休講になったせいで、暇になってしまいました／都因為停課，害我閒得沒事做。

きゅうこう [急行]

名・自サ 急忙前往，急趕；急行列車。

反 普通　類 急行列車

△各駅停車で間に合いますから、急行に乗ることはないでしょう／搭乘普通車就能趕上了，沒必要搭快車吧！

きゅうしゅう [吸収]

名・他サ 吸收。

類 吸い取る

△学生は、勉強していろいろなことを吸収するべきだ／學生必須好好學習，以吸收各方面知識。

きゅうじょ [救助]

名・他サ 救助，搭救，救援，救濟。

類 救う

△みんな助かるようにという祈りをこめて、救助活動をした／救援活動在祈

きゅうそく [休息]

名・自サ 休息。

類 休み

△作業の合間に休息する／在工作的空檔休息。

きゅうそく [急速]

名・形動 迅速，快速。

類 急激

△コンピュータは急速に普及した／電腦以驚人的速度大眾化了。

きゅうに [急に]

副 忽然，突然，急忙。

類 突然

△経営方針に関して、急に変更があった／關於營業方針，突然有了更動。

きゅうよ [給与]

名・他サ 供給（品），分發，待遇；工資，津貼。

類 給料

△会社が給与を支払わないかぎり、私たちはストライキを続けます／只要公司不發薪資，我們就會繼續罷工。

きゅうよう [休養]

名・自サ 休養。

類 保養

△今週から来週にかけて、休養のために休みます／從這個禮拜到下個禮拜，為了休養而請假。

きゅうりょう［丘陵］　二6

- 图 丘陵。
- 囲 丘

きゅうりょう［給料］　二36

- 图 工資，薪水。
- 囲 サラリー

きよい［清い］　二6

- 囮 清徹的，清潔的；（内心）暢快的，問心無愧的；正派的，光明磊落；乾脆。
- 囮 汚らわしい　囲 清らか

△山道を歩いていたら、清い泉が湧き出ていた／當我正走在山路上時，突然發現地面湧出了清澈的泉水。

きよう［器用］　二36

- 图・形動 靈巧，精巧；手藝巧妙；精明。
- 囲 上手

△彼は器用で、自分で何でも直してしまう／他的手真巧，任何東西都能自己修好。

きょう［教］　二6

- 漢造 教，教導；宗教。
- 囲 教える

ぎょう［業］　二6

- 图・漢造 業，職業，行業；事業；學業；行業；本行，工作；行為。
- 囲 職業

ぎょう［行］　二36

- 图・漢造 （字的）行；（佛）修行；行書。
- 囮 段　囲 くだり

きょういん［教員］　二6

- 图 教師，教員。
- 囲 教師

△小学校の教員になりました／我當上小學的教職員了。

きょうか［強化］　二6

- 图・他サ 強化，加強。
- 囮 弱化

△事件前に比べて、警備が強化された／跟案件發生前比起來，警備森嚴多許多。

きょうかい［境界］　二6

- 图 境界，疆界，邊界。
- 囲 さかい

△仕事と趣味の境界が曖昧です／工作和興趣的界線還真是模糊不清。

きょうかしょ［教科書］　二36

- 图 教科書，教材。
- 囲 テキスト

きょうぎ［競技］　二6

- 图・自サ 競賽，體育比賽。
- 囲 試合

△運動会で、どの競技に出場しますか／你運動會要出場哪個項目？

ぎょうぎ［行儀］　二36

- 图 禮儀，禮節，舉止。
- 囲 礼儀

△お兄さんに比べて、君は行儀が悪いね／和你哥哥比起來，你真沒禮貌。

きょうきゅう［供給］ 二36

名·他サ 供給，供應。

反 需要

△この工場は、24時間休むことなく製品を供給できます／這座工廠，可以24小時全日無休地供應產品。

きょうさん［共産］ 二6

名 共產；共產主義。

△資本主義と共産主義について研究しています／我正在研究資本主義和共產主義。

きょうし［教師］ 二36

名 教師，老師。

類 先生

△教師の立場から見ると、あの子はとてもいい生徒です／從老師的角度來看，那孩子真是個好學生。

ぎょうじ［行事］ 二36

名（按慣例舉行的）儀式，活動。

類 催し物

△行事の準備をしているところへ、校長が見に来た／正當準備活動時，校長便前來觀看。

きょうじゅ［教授］ 二6

名·他サ 教授；講授，教。

△教授とは、先週話したきりだ／自從上週以來，就沒跟教授講過話了。

きょうしゅく［恐縮］ 二6

名·自サ（對對方的厚意感覺）惶恐（表感謝或客氣）；（給對方添麻煩表示）對不起，過意不去；（感覺）不好意思，羞愧，慚愧。

類 恐れ入る

△恐縮ですが、窓を開けてくださいませんか／不好意思，能否請您打開窗戶。

きょうちょう［強調］ 二36

名·他サ 強調；權力主張；（行情）看漲。

類 力説

△先生は、この点について特に強調していた／老師曾特別強調這個部分。

きょうつう［共通］ 二36

名·形動·自サ 共同，通用。

類 通用

△彼女とは共通の趣味はあるものの、話があまり合わない／雖跟她有同樣的嗜好，但還是話不投機半句多。

きょうどう［共同］ 二36

名·自サ 共同。

類 合同

△この仕事は、両国の共同のプロジェクトにほかならない／這項作業，不外是兩國的共同的計畫。

きょうふ［恐怖］ 二6

名·自サ 恐怖，害怕。

類 恐れる

△先日、恐怖の体験をしました／前幾天我經歷了恐怖的體驗。

きょうよう [教養]　≡36

名 教育，教養，修養；（專業以外的）知識學問。

△彼は教養があって、いろいろなことを知っている／他很有學問，知道各式各樣的事情。

きょうりょく [協力]　≡36

名・自サ 協力，合作，共同努力，配合。

類 協同

△友達が協力してくれたおかげで、彼女とデートができた／由於朋友們從中幫忙撮合，所以才有辦法約她出來。

きょうりょく [強力]　≡6

名・形動 力量大，強力，強大。

類 強力（ごうりき）

△そのとき、強力な味方が現れました／就在那時，強大的伙伴出現了！

ぎょうれつ [行列]　≡6

名・自サ 行列，隊伍，列隊；（數）矩陣。

類 列

△この店のラーメンはとてもおいしいので、行列ができかねない／這家店的拉麵非常好吃，所以有可能要排隊。

きょか [許可]　≡36

名・他サ 許可，批准。

類 許す

△理由があるなら、外出を許可しないこともない／如果有理由的話，並不是說不能讓你外出。

ぎょぎょう [漁業]　≡6

名 漁業，水產業。

△その村は、漁業によって生活しています／那村莊以漁業維生。

きょく [局]　≡6

名・接尾 房間，屋子；（官署，報社）局，室；特指郵局，廣播電臺；局面，局勢；（事物的）結局。

△観光局に行って、地図をもらった／我去觀光局索取地圖。

きょく [曲]　≡6

名・漢造 曲調，調子；樂曲，歌曲；趣味，風趣；曲，彎曲；不正；詳盡。

きょくせん [曲線]　≡6

名 曲線。

△グラフを見ると、なめらかな曲線になっている／從圖表看，則是呈現流暢的曲線。

きょだい [巨大]　≡6

形動 巨大。

反 直線　類 カーブ

△その新しいビルは、巨大な上にとても美しいです／那棟新大廈，既偉又美觀。

きょり [距離]　≡36

名 距離，間隔，差距。

類 隔たり

△距離は遠いといっても、車で行けばすぐです／雖說距離遠，但開車馬上就到了。

きらう［嫌う］　　　二 6

(他五) 嫌惡，厭惡；憎惡；區別。

(反) 好く　(似) 好まない

△彼を嫌ってはいるものの、口をきかないわけにはいかない／雖說我討厭他，但也不能完全不跟他說話。

きらく［気楽］　　　二 6

(名・形動) 輕鬆，安閒，無所顧慮。

(似) 安楽

△気楽にスポーツを楽しんでいるところに、厳しいことを言わないでください／請不要在我輕鬆享受運動的時候，說些嚴厲的話。

きり［霧］　　　二 6

(名) 霧，霧氣；噴霧。

△山の中は、霧が深いにきまっています／山裡一定籠罩著濃霧。

きりつ［規律］　　　二 6

(名) 規則，紀律，規章。

(似) 決まり

△言われたとおりに、規律を守ってください／請遵守紀律，依指示進行。

きる［切る］　　　四 2

(他五) 切，剪，裁剪；切傷。

(似) 断ち分ける

△紙を小さく切ってください／請將紙剪小一點。

きる［切る］　　　二 6

(接尾) (接助詞運用形) 表示達到極限；表

示完結。

(似) 〜しおえる

△小麦粉を全部使い切ってしまいました／太白粉全都用光了。

きれ［布］　　　二 36

(名) 衣料，布頭，碎布。

△きれいなきれを買ってきて、バッグを作った／我買漂亮的布料來作皮包。

きれい［綺麗］　　　二 36

(形) 好看，美麗，乾淨；完全徹底；清白，純潔；正派，公正。

(似) 美しい

△若くてきれいなうちに、写真をたくさん撮りたいです／趁著還年輕貌美時，想多拍點照片。

きれる［切れる］　　　二 36

(自下一) 斷開；中斷，間斷，出現隙縫；用完，賣完；磨破；耗減；期限屆滿；斷絕關係，離婚。

△このはさみは、あまり切れませんね／這把剪刀不大好耶！

きろく［記録］　　　二 36

(名・他サ) 記錄，記載，(體育比賽的) 紀錄。

(似) 記述

△記録からして、大した選手じゃないのはわかっていた／就記錄來看，可知道他並不是很厲害的選手。

ぎろん［議論］　　　二 6

(名・他サ) 爭論，討論，辯論。

動 論じる
△全員が集まりしだい、議論を始めます／等全部人員到齊之後，就開始討論。

きん [金] 二36）

名·漢造 黄金，金子；開金；金錢；金屬打撃樂器；金色；金屬，五金；貴重，堅固。
動 金錢

ぎん [銀] 二36）

名 銀，白銀；銀色。
動 銀色
△銀の食器を買おうと思います／我打算買銀製的餐具。

きんえん [禁煙] 二36）

名·自サ 禁止吸煙；禁菸，戒菸。

きんがく [金額] 二6）

名 金額。
動 値段
△忘れないように、金額を書いておく／為了不要忘記所以先記下金額。

きんぎょ [金魚] 二6）

名 金魚。
△水槽の中にたくさん金魚がいます／水槽裡有許多金魚。

きんこ [金庫] 二6）

名 保険櫃；（國家或公共團體的）金融機關，國庫。
動 金蔵

△大事なものは、金庫に入れておく／重要的東西要放到金庫。

きんし [禁止] 二36）

名·他サ 禁止。
反 許可 類 差し止める
△病室では、喫煙のみならず、携帯電話の使用も禁止されている／病房内不止抽煙，就連使用手機也是被禁止的。

きんせん [金銭] 二36）

名 錢財，錢款；金幣。
動 お金
△金銭の問題でトラブルになった／因金錢問題而引起了麻煩。

きんぞく [金属] 二36）

名 金屬，五金。
反 非金属
△これはプラスチックではなく、金属製です／這不是塑膠，它是用金屬製成的。

きんだい [近代] 二6）

名 近代，現代（日本則意指明治維新之後）。
動 現代
△日本の近代には、夏目漱石をはじめ、いろいろな作家がいます／日本近代，有夏目漱石及許多作家。

きんちょう [緊張] 二36）

名·自サ 緊張。
△彼が緊張しているところに声をかけ

き

ると、もっと緊張するよ／在他緊張的時候跟他說話，他會更緊張的啦！

きんにく［筋肉］　二6

(名) 肌肉。

【類】筋

△筋肉を鍛えるとすれば、まず運動をしなければなりません／如果要鍛鍊肌肉，首先就得多運動才行。

きんゆう［金融］　二6

(名) 金融，通融資金。

【類】経済

△金融機関の窓口で支払ってください／請到金融機構的窗口付帳。

くク

く［句］　二6

(名) 字，字句；詩歌等的一個段落；「連歌」等作品的單位；俳句。

【類】俳句

くいき［区域］　二6

(名) 區域。

【類】地域

△困ったことに、この区域では携帯電話が使えない／傷腦筋的是，這區域手機是無法使用的。

くう［空］　二6

(名·形動·漢造) 空中，空間；空虛，空的；沒用，白費；虛空，沒用。

【類】空間

くう［食う］　二6

(他五) (俗) 吃，(蟲) 咬。

【類】食べる

△おいしいかまずいかにかかわらず、ちょっと食ってみたいです／無論好不好吃，都想先嚐一下。

ぐうすう［偶数］　二6

(名) (數) 偶數。

【反】奇数

△偶数の番号の人は、そちらに並んでください／偶數號的人請到那裡排隊。

ぐうぜん［偶然］　二36

(名·形動·副) 偶然，偶而；(哲) 偶然性。

【反】必然　【類】思いがけない

△彼に会いたくないと思っている日に限って、偶然出会ってしまう／偏偏在我不想跟他見面時，就會突然遇見他。

くうそう［空想］　二36

(名·他サ) 空想，幻想。

【類】想像

△楽しいことを空想しているところに、話しかけられた／當我正在幻想有趣的事情時，有人跟我說話。

くうちゅう［空中］　二36

(名) 空中，天空。

【類】なかぞら

△サーカスで空中ブランコを見た／我到馬戲團看空中飛人秀。

クーラー [cooler] 二6

㊂ 冷氣設備。
㊌ 冷房器

くぎ [釘] 二36

㊂ 釘子。
△くぎを打って、板を固定する/我用釘子把木板固定起來。

くぎる [区切る] 二6

㊏四（把文章）斷句，分段。
㊌ 仕切る
△単語を一つずつ区切って読みました/我將單字逐一分開來唸。

くさい [臭い] 二36

㊡·接尾 難聞，臭；可疑；表示有某種味道；（接形容詞後）表其程度嚴重。
㊌ 怪しい
△ごみ捨て場が臭い/垃圾場很臭。

くさり [鎖] 二6

㊂ 鎖鏈，鎖條；連結，聯繫；（喻）段，段落。
㊌ チェーン
△犬を鎖でつないでおいた/用狗鍊把狗綁起來了。

くさる [腐る] 二36

㊞ 腐臭，腐爛；金屬鏽，爛；墮落，腐敗；消沉，氣餒。
㊌ 腐敗する
△金魚鉢の水が腐る/金魚魚缸的水臭掉了。

くし [櫛] 二36

㊂ 梳子。

くしゃみ [嚔] 二36

㊂ 噴嚏。
△静かにしていなければならないときに限って、くしゃみが止まらなくなる/偏偏在需要保持安靜時，噴嚏就會打個不停。

くじょう [苦情] 二6

㊂ 不平，抱怨。
㊌ 愚痴
△カラオケパーティーを始めるか始めないかのうちに、近所から苦情を言われた/卡拉ok派對才剛開始，鄰居就跑來抱怨了。

くしん [苦心] 二36

㊂·自サ 苦心，費心。
㊌ 苦労
△10年にわたる苦心の末、新製品が完成した/長達10年嘔心瀝血的努力，終於完成了新產品。

くず [屑] 二6

㊂ 碎片；廢物，廢料（人）；（挑選後剩下的）爛貨。
△工場では、板の削りくずがたくさん出る/工廠有很多鋸木的木屑。

くずす [崩す] 二6

㊏五 拆毀，粉碎。
㊌ 砕く

△私も以前体調を崩しただけに、あなたの辛さはよくわかります／正因為我之前也搞壞過身體，所以特別能了解你的痛苦。

くすりゆび [薬指] 二6

名 無名指。

翻 名無し指

△薬指に、結婚指輪をはめている／她的無名指上，戴著結婚戒指。

くずれる [崩れる] 二36

自下一 崩潰；散去；潰敗，粉碎。

翻 崩壊

△雨が降り続けたので、山が崩れた／因持續下大雨而山崩了。

くせ [癖] 二36

名 癖好，脾氣，習慣；（衣服的）摺線；頭髮亂翹。

翻 習慣

△まず、朝寝坊の癖を直すことですね／首先，你要做的是把你的早上賴床的習慣改掉。

くだ [管] 二6

名 細長的筒，管。

翻 筒

△管を通して水を送る／水透過管子輸送。

ぐたい [具体] 二6

名 具體。

反 抽象　翻 具象

△改革を叫びつつも、具体的な案は浮かばない／雖在那裡吶喊要改革，卻想不出具體的方案來。

くだく [砕く] 二6

他五 打碎，弄碎；費心思，煩惱。

翻 思い悩む

△家事をきちんとやるとともに、子どもたちのことにも心を砕いている／在確實做好家事的同時，也為孩子們的事情費心勞力。

くだける [砕ける] 二6

自下一 破碎，粉碎。

△大きな岩が谷に落ちて砕けた／巨大的岩石掉入山谷粉碎掉了。

くたびれる [草臥れる] 二36

自下一 疲勞，疲乏。

翻 疲れる

△たとえくたびれても、走り続けます／就算累翻了，我也會繼續跑下去。

くだらない [下らない] 二36

連語・形 無價值，無聊，不下於…。

翻 つまらない

△その映画はくだらないと思ったものだから、見なかった／因為我覺得那部電影很無聊，所以就沒看。

くだり [下り] 二36

名 下降的；下行列車。

反 上り

△下りの列車に乗って帰ります／我搭

南下的火車回家。

くだる［下る］　　　　　二36

自五 下降，下去；下野，脫離公職；由中
央到地方；下達；往河的下游去。

反 上る

△船で川を下る／搭船順河而下。

くち［口］　　　　　二36

名・接尾 口，嘴；用嘴說話；口味；人口，
人數；出入或存取物品的地方；口，放進
口中或動口的次數；股，份。

類 味覚

△酒は辛口より甘口がよい／甜味酒比
辣味酒好。

くちびる［唇］　　　　　二6

名 嘴唇。

類 口唇

△冬になると、唇が乾燥する／一到冬
天嘴唇就會乾燥。

くちべに［口紅］　　　　　二36

名 口紅，唇膏。

類 ルージュ

△口紅を塗っているところに子どもが
飛びついてきて、はみ出してしまった
／我在塗口紅時，小孩突然撲了上來，
口紅就畫歪了。

くつう［苦痛］　　　　　二6

名 痛苦。

類 苦しみ

△薬を飲んだので、苦痛が和らぎつつ

あります／因為吃了藥，所以痛苦慢慢
減輕了。

ぐっすり　　　　　二36

副 熟睡，酣睡。

類 熟睡

△みんな昨夜はぐっすり寝たとか／聽
說大家昨晚都睡得很熟。

くっつく［くっ付く］　　　　　二6

自五 緊貼在一起，附著。

類 接合する

△ジャムの瓶の蓋がくっ付いてしまっ
て、開かない／果醬的瓶蓋太緊了，打
不開。

くっつける［くっ付ける］　　　　　二6

他下一 把…粘上，把…貼上，使靠近。

△部品を接着剤でしっかりくっ付けた
／我用黏著劑將零件牢牢地黏上。

くどい　　　　　二6

形 冗長乏味的，（味道）過於膩的。

類 しつこい

△先生の話はくどいから、あまり聞き
たくない／老師的話又臭又長，根本就
不想聽。

くとうてん［句読点］　　　　　二6

名 句號，逗點；標點符號。

類 句点

△作文のときは、句読点をきちんとつ
けるように／寫作文時，要確實上標
點符號。

くふう［工夫］ 二36

(名·自サ) 設法。

△工夫しないことには、問題を解決できない／如不下點功夫，就沒辦法解決問題。

くぶん［区分］ 二6

(名·他サ) 區分，分類。

(類) 区分け

△地域ごとに区分した地図がほしい／我想要一份以區域劃分的地圖。

くべつ［区別］ 二36

(名·他サ) 區別，分清。

(類) 区分

△夢と現実の区別がつかなくなった／我已分辨不出幻想與現實的區別了。

くみ［組］ 二36

(名) 套，組，隊；班，班級；（黑道）幫。

(類) クラス

△どちらの組に入りますか／你要編到哪一組？

くみあい［組合］ 二6

(名)（同業）工會，合作社。

△会社も会社なら、組合も組合だ／公司是有不對，但工會也半斤八兩。

くみあわせ［組み合わせ］ 二6

(名) 組合，配合，編配。

(類) コンビネーション

△試合の組み合わせが決まりしだい、連絡してください／賽程表一訂好，就請聯絡我。

くみたてる［組み立てる］ 二6

(他下一) 組織，組裝。

△先輩の指導をぬきにして、機器を組み立てることはできない／要是沒有前輩的指導，我就沒辦法組裝好機器。

くむ［汲む］ 二6

(他五) 打水，取水。

△ここは水道がないので、毎日川の水を汲んでくるということだ／這裡沒有自來水，所以每天都從河川打水回來。

くむ［組む］ 二36

(自五) 聯合，組織起來。

(類) 取り組む

△今度のプロジェクトは、他の企業と組んで行います／這次的企畫，是和其他企業合作進行的。

くもる［曇る］ 四2

(自五) 陰天；模糊不清，朦朧；（因為憂愁）表情、心情黯淡。

(反) 晴れる (類) 陰る

△空が曇ります／天是陰的。

くもる［曇る］ 二36

(自五) 天氣陰，朦朧。

(反) 晴れる (類) 陰る

△空がだんだん曇ってきた／天色漸漸暗了下來。

くやしい［悔しい］ 二36

[形] 令人懊悔的。

[類] 残念

△試合に負けたので、悔しくてたまらない／由於比賽輸了，所以懊悔得不得了。

くやむ［悔やむ］ 二6

[他五] 懊悔的，後悔的。

[類] 後悔する

△失敗を悔やむどころか、ますますやる気が出てきた／失敗了不僅不懊惱，反而更有幹勁了。

くらい・ぐらい［位］ 四2

[副助] 大概，左右（數量或程度上的推測），上下；（表比較）像…那樣。

[類] ほど

△今日の気温は、30度ぐらいです／今天的氣溫約是三十度左右。

くらい［位］ 二6

[名]（數）位數；皇位，王位；官職，地位；（人或藝術作品的）品味，風格。

[類] 地位

△100の位を四捨五入してください／請在百位的地方四捨五入。

くらし［暮らし］ 二36

[名] 度日，生活；生計，家境。

[類] 生活

△我々の暮らしは、よくなりつつある／我們家境在逐漸改善中。

クラシック［classic］ 二6

[名] 經典作品，古典作品，古典音樂；古典的。

[類] 古典

△クラシックを勉強するからには、ウィーンに行かなければ／既然要學古典音樂，就得去一趟維也納。

グラス［glass］ 二6

[名] 玻璃杯；玻璃；眼鏡。

[類] ガラス

くらす［暮らす］ 二36

[自・他五] 生活，度日。

[類] 生活する

△親子3人で楽しく暮らしています／親子三人過著快樂的生活。

クラブ［club］ 二36

[名] 俱樂部，夜總會；（學校）課外活動，社團活動。

△どのクラブに入りますか／你要進哪一個社團？

グラフ［graph］ 二6

[名] 圖表，圖解，座標圖；畫報。

[類] 図表

△グラフを書く／畫圖表。

くらべる［比べる］ 二三36

[他下一] 比較，對照。

[類] 比較する

△日本と比べて、アメリカの生活はどうでしたか／跟日本比較起來，美國的生活如何？

グランド［ground］ 🔊6

(造語) 大型，大規模；崇高；重要；操場，
運動場。

(名) 運動場

△学校のグランドでサッカーをした／
我在學校的操場上踢足球。

クリーニング［cleaning］ 🔊36

(名・他サ)（洗衣店）洗滌。

(名) 洗濯

△クリーニングに出したとしても、あ
まりきれいにならないでしょう／就算
拿去洗衣店洗，也沒辦法洗乾淨吧！

クリーム［cream］ 🔊36

(名) 鮮奶油，奶酪；膏狀化妝品；皮鞋
油；冰淇淋。

△私が試したかぎりでは、そのクリー
ムを塗ると顔がつるつるになります／
就我試過的感覺，擦那個面霜後，臉就
會滑滑嫩嫩的。

くりかえす［繰り返す］ 🔊36

(他五) 反覆，重覆。

(名) 反復する

△失敗は繰り返すまいと、心に誓った
／我心中發誓，絕不再犯同樣的錯。

クリスマス［chrismas］ 🔊36

(名) 聖誕節。

(名) 聖誕祭

くるう［狂う］ 🔊6

(自五) 發狂，發瘋，失常，不準確，有毛

病；落空，錯誤；過度著迷，沉迷。

(名) 発狂

△失恋して気が狂った／因失戀而發
狂。

グループ［group］ 🔊36

(名)（共同行動的）集團，夥伴；組，幫，
群。

(名) 集団

△あいつのグループなんか、入るもの
か／我才不加入那傢伙的團隊！

くるしい［苦しい］ 🔊36

(形) 艱苦；困難；難過；勉強。

(反) 楽しい (類) 辛い

くるしむ［苦しむ］ 🔊36

(自五) 感到痛苦，感到難受。

△彼は若い頃、病気で長い間苦しんだ
／他年輕時因生病而長年受苦。

くるしめる［苦しめる］ 🔊6

(他下一) 使痛苦，欺負。

(名) 困らせる

△そんなに私のことを苦しめないでく
ださい／請不要這樣折騰我。

くるむ［包む］ 🔊6

(他五) 包，裹。

(名) 包む

△赤ちゃんを清潔なタオルで包んだ／
我用乾淨的毛巾包住小嬰兒。

くれ［暮れ］ 🔊6

(名) 日暮，傍晚；季末，年末。

❸ 明け

△去年の暮れに比べて、景気がよくなりました／和去年年底比起來，景氣已回升許多。

くれぐれも 二 6

副 反覆，周到。

⑬ どうか

△風邪を引かないように、くれぐれも気をつけてください／請一定要注意身體，千萬不要感冒了。

くろ ［黒］ 二 ③ 6

名 黑，黑色；（圍棋）黑子，執黑；犯罪，罪犯。

⑰ 白 ⑬ 墨色

くろう ［苦労］ 二 ③ 6

名・形動・自サ 辛苦，辛勞。

⑬ 労苦

△苦労したといっても、大したことはないです／雖說辛苦，但也沒什麼大不了的。

くわえる ［加える］ 二 ③ 6

他下一 加，加上。

⑬ 足す

△出汁に醤油と砂糖を加えます／在湯汁裡加上醬油跟砂糖。

くわえる ［銜える］ 二 ③ 6

他下一 叼，銜。

△楊枝を銜える／叼根牙籤。

くわしい ［詳しい］ 二 ③ 6

形 詳細；精通，熟悉。

⑬ 詳細

△事情を詳しく知っている人／知道詳情的人。

くわわる ［加わる］ 二 ③ 6

自五 加上，添上。

⑬ 増す

△メンバーに加わったからは、一生懸命努力します／既然加入了團隊，就會好好努力。

くん ［訓］ 二 ③ 6

名 （日語漢字的）訓讀（音）。

⑰ 音 ⑬ 和訓

△これは、訓読みでは何と読みますか／這單字用訓讀要怎麼唸？

ぐん ［軍］ 二 6

名 軍隊；（軍隊編排單位）軍。

⑬ 兵士

△彼は、軍の施設で働いている／他在軍隊的機構中服務。

ぐん ［郡］ 二 6

名 （地方行政區之一）郡。

△東京都西多摩郡に住んでいます／我住在東京都的西多摩郡。

ぐんたい ［軍隊］ 二 6

名 軍隊。

△軍隊にいたのは、たった1年にすぎない／我在軍隊的時間，也不過一年罷了。

くんれん［訓練］ 二36

名·他サ 訓練。

類 修練

△今訓練の最中で、とても忙しいです／因為現在是訓練中所以很忙碌。

けヶ

け［家］ 二6

接尾 家，家族。

げ［下］ 二36

名 下等；（書籍的）下卷。

反 上　類 下等

△女性を殴るなんて、下の下というものだ／竟然毆打女性，簡直比低級還更低級。

けい［形・型］ 二6

漢造 型，模型；樣版，典型，模範；樣式；形成，形容。

類 形状

△飛行機の模型を作る／製作飛機的模型。

けい［計］ 二6

名 計畫，計；總計，合計。

類 合計

けいい［敬意］ 二6

名 尊敬對方的心情，敬意。

けいえい［経営］ 二6

名·他サ 經營，管理。

類 営む

△経営上はうまくいっているが、人間関係がよくない／經營上雖不錯，但人際關係卻不好。

けいかく［計画］ 二三36

名·他サ 計畫，規劃。

類 プラン

△私の計画をご説明いたしましょう／我來說明一下我的計劃！

けいき［景気］ 二36

名（事物的）活動狀態，活潑，精力旺盛；（經濟的）景氣。

類 景況

△景気がよくなるにつれて、人々のやる気も出てきている／伴隨著景氣的回復，人們的幹勁也上來了。

けいご［敬語］ 二36

名 敬語。

類 敬譲語

けいこ［稽古］ 二36

名·自他サ（學問、武藝等的）練習，學習；（演劇、電影、廣播等的）排演，排練。

類 練習

△踊りは、若いうちに稽古するのが大事です／學舞蹈重要的是要趁年輕時打好基礎。

けいこう［傾向］ 二36

名（事物的）傾向，趨勢。

類 成り行き

△若者は、厳しい仕事を避ける傾向が
ある／最近的年輕人，有避免從事辛苦
工作的傾向。

けいこうとう［蛍光灯］　二6

名　螢光燈，日光燈。
△蛍光灯の調子が悪い／日光燈的壞
了。

けいこく［警告］　二6

名・他サ　警告。
類　忠告
△ウイルスメールが来た際は、コンピ
ューターの画面で警告されます／收到
病毒信件時，電腦的畫面上會出現警
告。

けいさん［計算］　二36

名・他サ　計算，演算；估計，算計，考慮。
類　打算
△商売をしているだけあって、計算が
速い／不愧是做買賣的，計算得真快。

けいじ［刑事］　二6

名　刑事；刑事警察。
反　民事
△刑事たちは、たいへんな苦労のすえ
に犯人を捕まえた／刑警們，在極端辛
苦之後，終於逮捕了犯人。

けいじ［掲示］　二6

名・他サ　牌示，佈告。
△そのことを掲示したとしても、誰も
掲示を見ないだろう／就算公佈那件

事，也沒有人會看佈告欄吧！

けいしき［形式］　二36

名　形式，樣式；方式。
反　実質　類　パターン
△上司が形式にこだわっているところ
に、新しい考えを提案した／在上司拘
泥於形式時，我提出了新方案。

げいじゅつ［芸術］　二36

名　藝術。
類　アート
△芸術もわからないくせに、偉そうな
ことを言うな／明明就不懂藝術，別在
那裡說得跟真的一樣。

けいぞく［継続］　二6

名・自他サ　繼續，繼承。
類　続ける
△継続すればこそ、上達できるのです
／就只有持續下去才會更進步。

けいど［経度］　二6

名　（地）經度。
反　緯度
△その土地の経度はどのぐらいですか
／那塊土地的經度大約是多少？

けいと［毛糸］　二36

名　毛線。
△毛糸でマフラーを編んだ／我用毛線
織了圍巾。

けいとう［系統］　二6

名　系統，體系；血統。

け

（名）血統

△この王様は、どの家の系統ですか／
這位國王是哪個家系的？

けいのう［芸能］　　　　　二 6

（名）（戲劇，電影，音樂，舞蹈等的總稱）
演藝，文藝，文娛。

△芸能人になりたくてたまらない／想
當藝人想得不得了。

けいば［競馬］　　　　　二 6

（名）賽馬。

△彼は競馬に熱中したばかりに、財産
を全部失った／就因為他沉溺於賽馬，
所以賠光了所有財産。

けいび［警備］　　　　　二 6

（名·他サ）警備，戒備。

△厳しい警備もかまわず、泥棒はビル
に忍び込んだ／儘管森嚴的警備，小偷
還是偷偷地潛進了大廈。

けいやく［契約］　　　　　二 6

（名·自他サ）契約，合同。

（類）約する

△君が反省しないかぎり、来年の契約
はできない／只要你不反省，就沒辦法
簽下明年的契約。

けいゆ［経由］　　　　　二 3 6

（名·自サ）經過，經由。

△新宿を経由して、東京駅まで行き
ます／我經新宿，前往東京車站。

けいようし［形容詞］　　　　二 3 6

（名）形容詞。

△形容詞を習っているところに、形容
動詞が出てきたら、わからなくなっ
た／在學形容詞時，突然冒出了形容詞，
就被搞混了。

けいようどうし
　　　　［形容動詞］　　　二 6

（名）形容動詞。

△形容動詞について、教えてください
／請教我形容動詞。

ケーキ［cake］　　　　二 3 6

（名）西洋點心，蛋糕。

（類）菓子

ケース［case］　　　　　二 6

（名）盒，箱，袋；場合，情形，事例。

（類）かばん

△バイオリンをケースに入れて運んだ
／我把小提琴裝到琴箱裡面來搬運。

ゲーム［game］　　　　二 3 6

（名）遊戲，娛樂；比賽。

（類）遊び

けが［怪我］　　　　二 二 3 6

（名）傷，受傷，負傷；過錯，過失。

（類）負傷

△事故で腕にけがをした／胳臂因事故
而受傷。

げか［外科］　　　　二 3 6

（名）（醫）外科。

（反）内科

124

△この病院には、内科をはじめ、外科や耳鼻科などがあります／這家醫院有内科以及外科、耳鼻喉科等醫療項目。

けがわ ［毛皮］　　　　　二6

（名）毛皮。

△うちの妻は、毛皮がほしくてならないそうだ／我家太太，好像想要那件皮草大衣。

げき ［劇］　　　　　二6

（名）劇，戲劇；（接尾）引人注意的事件。

（類）ドラマ

△その劇は、市役所において行われます／那齣戲在市公所上演。

げきじょう ［劇場］　　　　　二6

（名）劇院，劇場，電影院。

（類）シアター

△どこに劇場を建てるかをめぐって、論議が起こっています／為了蓋電影院的地點一事，而產生了許多爭議。

げきぞう ［激増］　　　　　二6

（名・他サ）激增，劇增。

（反）激減

△韓国ブームだけのことはあって、韓国語を勉強する人が激増した／不愧是吹起了哈韓風，學韓語的人暴增了許多。

けしゴム ［消しゴム］　　　　　二36

（名）橡皮擦。

（類）ゴム消し

げしゃ ［下車］　　　　　二36

（名・自サ）下車。

（反）乗車

△新宿で下車してみたものの、どこで食事をしたらいいかわからない／我在新宿下了車，但卻不知道在哪裡用餐好。

げしゅく ［下宿］　　　　　二三36

（名・自サ）租屋；住宿。

（類）貸間

△下宿の探し方がわかりません／不知道如何尋找住的公寓。

げじゅん ［下旬］　　　　　二36

（名）下旬。

（類）月末

△2月の下旬に再会したのをきっかけにして、二人は交際を始めた／自從2月下旬再度重逢後，兩人就開始交往了。

けしょう ［化粧］　　　　　二36

（名・自サ）化妝，打扮；修飾，裝飾，裝潢。

（類）メークアップ

△彼女はトイレで化粧している／她在廁所化妝。

げすい ［下水］　　　　　二6

（名）汚水，髒水，下水；下水道的簡稱。

（反）上水　（類）汚水

△下水が詰まったので、掃除をした／因為下水道積水，所以去清理。

け

けずる ［削る］　㊂36

（他五）削，刨，刮；刪減，削去，削減。

㊞ 削ぐ

△木の皮を削り取る／刨去樹皮。

げた ［下駄］　㊂36

（名）木屐。

△げたをはいて、外出した／穿木屐出門去。

けた ［桁］　㊂6

（名）（房屋、橋樑的）橫樑，桁架；算盤的主柱；數字的位數。

△桁が一つ違うから、高くて買えないよ／因為價格上多了一個零，太貴買不下手啦！

けち　㊂36

（名・形動）吝嗇、小氣（的人）；卑賤，簡陋，心胸狹窄，不值錢。

㊞ つつましい

△彼は、経済観念があるというより、けちなんだと思います／與其說他有理財觀念，倒不如說是小氣。

けつあつ ［血圧］　㊂6

（名）血壓。

△血圧が高い上に、心臓も悪いと医者に言われました／醫生說我不但血壓高，就連心臟都不好。

けつえき ［血液］　㊂6

（名）血，血液。

㊞ 血

△検査というと、まず血液を取らなければなりません／說到檢查，首先就得先抽血才行。

けっか ［結果］　㊂36

（名・自他サ）結果，結局。

㊥ 原因　㊞ 結末

△結果から見ると、今回の会議はなかなか成功でした／就結果來看，這次的會議辦得挺成功的。

けっかん ［欠陥］　㊂6

（名）缺陷，致命的缺點。

㊞ 欠点

△この商品は、使いにくいというより、ほとんど欠陥品です／這個商品，與其說是難用，倒不如說是個瑕疵品。

げっきゅう ［月給］　㊂6

（名）月薪，工資。

㊞ 給料

△高そうなかばんじゃないか。月給が高いだけのことはあるね／這包包看起來很貴呢！不愧是領高月薪的！

けっきょく ［結局］　㊂36

（名・副）結果，結局；最後，最終，終究。

㊞ 終局

△結局、最後はどうなったんですか／結果，事情最後究竟演變成怎樣了？

けっさく ［傑作］　㊂6

（名）傑作。

㊞ 大作

△これは、ピカソの晩年の傑作です／

這是畢卡索晚年的傑作。

けっしん［決心］ 二36

(名·自他サ) 決心，決意。

類 決意

△絶対タバコは吸うまいと、決心した／我下定決心不再抽煙。

けっせき［欠席］ 二36

(名·自サ) 缺席。

反 出席

△病気のため学校を欠席する／因生病而沒去學校。

けつだん［決断］ 二6

(名·自他サ) 果斷明確地做出決定，決斷。

類 判断

△彼は決断を迫られた／他被迫做出決定。

けってい［決定］ 二36

(名·自他サ) 決定，確定。

類 決まる

△いろいろ考えたあげく、留学することに決定しました／再三考慮後，最後決定出國留學。

けってん［欠点］ 二36

(名) 缺點，欠缺，毛病。

反 美点　類 弱点

△彼は、欠点はあるにせよ、人柄はとてもいい／就算他有缺點，但人品是很好的。

げつまつ［月末］ 二36

(名) 月末、月底。

反 月初

△給料は、月末に支払われる／薪資在月底支付。

けつろん［結論］ 二36

(名·自サ) 結論。

類 断定

△話し合って結論を出した上で、みんなに説明します／等結論出來後，再跟大家說明。

けはい［気配］ 二6

(名) 跡象，苗頭，氣息。

類 様子

△好転の気配がみえる／有好轉的跡象。

げひん［下品］ 二36

(形動) 卑鄙，下流，低俗，低級。

反 上品　類 卑俗

△そんな下品な言葉を使ってはいけません／不准使用那種下流的話。

けむい［煙い］ 二36

(形) 煙撲到臉上使人無法呼吸，嗆人。

△部屋が煙い／房間瀰漫著煙很嗆人。

けむり［煙］ 二36

(名) 煙。

△喫茶店は、煙草の煙でいっぱいだった／咖啡廳裡，瀰漫著香煙的煙。

ける［蹴る］ 二36

(他五) 踢；沖破（浪等）；拒絕，駁回。

動 蹴飛ばす
△ボールを蹴ったら、隣のうちに入ってしまった／球一踢就飛到隔壁的屋裡去了。

けれど・けれども ⎬⎬⎬36

接助 表示順接關係（只連接上下句，不表示意思）；表示逆接關係（轉折）；表示構成對比的兩事物的接續（並列）。
類 しかし
△夏の暑さは厳しいけれど、冬は過ごしやすいです／那裡夏天的酷熱非常難受，但冬天很舒服。

けわしい［険しい］ ⎬36

形 陡峭，險峻；險惡，危險；（表情等）嚴肅，可怕，粗暴。
反 なだらか 類 険峻
△岩だらけの険しい山道を登った／我攀登了到處都是岩石的陡峭山路。

けん［券］ ⎬6

名 票，証，券。
類 チケット
△映画の券を買っておきながら、まだ行く暇がない／雖然事先買了電影票，但還是沒有時間去。

けん［権］ ⎬6

名・漢造 權力；權限。
類 権力
△私は、まだ選挙権がありません／我還沒有投票權。

けん［県］ ⎬36

名（日本地方行政區域）縣。
△隣の県から引っ越してきた／我是從隔壁縣搬來的。

けん［軒］ ⎬⎬36

漢造 軒昂，高昂；屋簷；表房屋數量，書齋，商店等雅號。
類 屋根
△村には、薬屋が3軒もあるのだ／村裡竟有3家藥局。

げん［現］ ⎬6

名・漢造 現，現在的。
類 現在の
△現市長も現市長なら、前市長も前市長だ／不管是現任市長，還是前任市長，都太不像樣了。

けんかい［見解］ ⎬6

名 見解，意見。
類 考え
△専門家の見解に基づいて、会議を進めた／依專家給的意見來進行會議。

げんかい［限界］ ⎬36

名 界限，限度，極限。
類 限り
△記録が伸びなかったので、限界を感じないではいられなかった／因為沒有創新紀錄，所以不得不令人感覺極限到了。

けんがく［見学］ ⎬36

名・他サ 參觀。

△６年生は出版社を見学に行った／六年級的學生去參觀出版社。

けんきょ［謙虚］　　二6

形動 謙虚。
類 謙遜
△いつも謙虚な気持ちでいることが大切です／隨時保持謙虚態度是重要的。

げんきん［現金］　　二36

名 （手頭的）現款，現金；（經濟的）現款，現金。
類 キャッシュ
△今もっている現金は、これきりです／現在手邊的現金，就只剩這些了。

げんご［言語］　　二36

名 言語。
類 言葉
△インドの言語状況について研究している／我正在針對印度的語言生態進行研究。

けんこう［健康］　　二36

形動 健康的，健全的。
類 元気
△煙草をたくさん吸っていたわりに、健康です／雖然抽煙抽得兇，但身體卻很健康。

げんこう［原稿］　　二36

名 原稿。
△原稿ができしだい送ります／原稿一完成就寄給您。

けんさ［検査］　　二36

名・他サ 檢查，檢驗。
類 調べる
△病気かどうかは、検査をした上でなければわからない／是不是病，不經過檢查是無法斷定的。

げんざい［現在］　　二36

名 現在，目前，此時。
類 今
△現在は、保険会社で働いています／我現在在保險公司上班。

げんさん［原産］　　二6

名 原產。
△この果物は、どこの原産ですか／這水果的原產地在哪裡？

げんし［原始］　　二6

名 原始；自然。
類 元始
△これは、原始時代の石器です／這是原始時代的石器。

げんじつ［現実］　　二36

名 現實，實際。
反 理想　類 実際
△現実を見るにつけて、人生の厳しさを感じる／每當看到現實的一面，就會感受到人生嚴酷。

けんしゅう［研修］　　二6

名・他サ 進修，培訓。

類 就業

△みんなで研修に参加しようではないか／大家就一起參加研習吧！

げんじゅう［厳重］ 二36

形動 嚴重的，嚴格的，嚴厲的。

類 厳しい

△会議は、厳重な警戒のもとで行われた／會議在森嚴的戒備之下進行。

げんしょう［現象］ 二6

名 現象。

類 出来事

△なぜこのような現象が起きるのか、不思議でならない／為什麼會發生這種現象，實在是不可思議。

げんじょう［現状］ 二6

名 現狀。

類 現実

△現状から見れば、わが社にはまだまだ問題が多い／從現狀來看，我們公司還存有很多問題。

けんせつ［建設］ 二36

名·他サ 建設。

類 建造

△ビルの建設が進むにつれて、その形が明らかになってきた／隨著大廈建設的進行，它的雛形就慢慢出來了。

けんそん［謙遜］ 二36

名·形動·自サ 謙遜，謙虛。

反 不遜　類 謙譲

△優秀なのに、いばるどころか謙遜ばかりしている／他人很優秀，但不僅不自大，反而都很謙虛。

げんだい［現代］ 二36

名 現代，當代；（歷史）現代（日本史上指二次世界大戰後）。

類 当世

△この方法は、現代ではあまり使われません／那個方法現代已經不常使用了。

けんちく［建築］ 二36

名·他サ 建築，建造。

類 建造

△ヨーロッパの建築について、研究しています／我在研究有關歐洲的建築物。

けんちょう［県庁］ 二6

名 縣政府。

△県庁で仕事をしています／我在縣政府工作。

げんど［限度］ 二6

名 限度，界限。

類 限界

△我慢するといっても、限度があります／雖說要忍耐，但也是有限度的。

けんとう［検討］ 二6

名·他サ 研討，探討；審核。

類 吟味

△どのプロジェクトを始めるにせよ、

よく検討しなければならない／不管你要從哪個計畫下手，都得好好審核才行。

けんとう［見当］　二6

名 推想，推測；大體上的方位，方向；
接尾 表示大致數量，大約，左右。

類 見通し

△わたしには見当もつかない／我實在是摸不著頭緒。

げんに［現に］　二6

副 做為不可忽略的事實，實際上，親眼。

類 実際に

△現にこの目で見た／我親眼看到了。

げんば［現場］　二6

名 （事故等的）現場；（工程等的）現場，工地。

△現場のようすから見ると、作業は順調のようです／從工地的情況來看，施工進行得很順利。

けんびきょう［顕微鏡］　二6

名 顯微鏡。

△顕微鏡で細菌を検査した／我用顯微鏡觀察了細菌。

けんぽう［憲法］　二36

名 憲法。

類 法律

△両国の憲法を比較してみた／我試著比較了兩國間憲法的差異。

けんめい［懸命］　二6

形動 拼命，奮不顧身，竭盡全力。

類 精一杯

△懸命な救出作業をする／拼命地進行搶救工作。

けんり［権利］　二36

名 權利。

対 義務　類 権

△勉強することは、義務というより権利だと私は思います／唸書這件事，與其說是義務，我認為它更是一種權利。

げんり［原理］　二36

名 原理；原則。

類 基本法則

△勉強するにつれて、化学の原理がわかってきた／隨著不斷地學習，便越來越能了解化學的原理了。

げんりょう［原料］　二6

名 原料。

類 材料

△原料は、アメリカから輸入しています／原料是從美國進口的。

こ コ

こ［湖］　二36

接尾 湖。

類 湖（みずうみ）

こ

131

こ [小]

(接頭) 表示小，少的意思；差不多，左右；表示稍微，不大的樣子。

こい [濃い] ⊜36

(形) 色或味濃深；濃稠，密。

(反) 薄い (類) 濃厚

△濃い化粧をする/化著濃妝。

こい [恋] ⊜36

(名・自他サ) 戀，戀愛；眷戀。

(類) 恋愛

△二人は、出会ったとたんに恋に落ちた/兩人相遇便墜入了愛河。

こいしい [恋しい] ⊜36

(形) 思慕的，眷戀的，懷戀的。

(類) 懐かしい

△故郷が恋しくてしようがない/想念家鄉想念得不得了。

こいびと [恋人] ⊜36

(名) 情人，意中人。

(類) ラバー

こう [校] ⊜6

(名・漢造) 校對；訂正，校對；（軍銜）校；學校。

(類) 校正

こう [港] ⊜36

(漢造) 港口。

(類) 港 (みなと)

こう [高] ⊜6

(名・漢造) 高；（離地面）高處，高度；（地位、素質、年齡、價格等）高；（表尊敬對方）高；（人品、心地）高；高傲。

(類) 高さ

ごう [号] ⊜6

(名・漢造) （學者、文人、畫家等的）別名，雅號；（雜誌刊物等的）期號；（大聲哭泣或喊叫）號；號令，信號；名字，名號。

(類) 雅号

ごういん [強引] ⊜36

(形動) 強行，強制，強勢。

(類) 無理やり

△彼にしては、ずいぶん強引なやりかたでした/就他來講，已經算是很強勢的作法了。

こういん [工員] ⊜6

(名) 工廠的工人，（產業）工人。

(類) 労働者

△社長も社長なら、工員も工員だ/社長有社長的不是，員工也有員工的不對。

こういん [行員] ⊜6

(名) 銀行職員。

こううん [幸運] ⊜6

(名・形動) 幸運，僥倖。

(反) 不運 (類) 幸せ

△この事故で助かるとは、幸運というものだ/能在這場事故裡得救，算是幸運的了。

こうえん [講演] ニ36

(名・自サ) 演說，講演。

® 演說

△誰に講演を頼むか、私には決めかねる／我無法作主要拜託誰來演講。

こうか [効果] ニ36

® 效果，成效，成績；（劇）效果。

® 効き目

△努力にもかかわらず、ぜんぜん効果が上がらない／雖然努力了，效果還是完全未見提升。

こうか [硬貨] ニ6

® 硬幣，金屬貨幣。

® コイン

△財布の中に硬貨がたくさん入っている／我的錢包裝了許多硬幣。

こうか [高価] ニ6

(名・形動) 高價錢。

® 安価

△宝石は、高価であればあるほど、買いたくなる／寶石越昂貴，就越想買。

ごうか [豪華] ニ36

(形動) 奢華的，豪華的。

® 贅沢

△おばさんたちのことだから、豪華な食事をしているでしょう／因為是阿姨她們，所以我想一定是在吃豪華料理吧！

こうがい [公害] ニ6

® （因污水噪音等所造成的）公害。

△病人が増えたことから、公害のひどさがわかる／從病人增加這一現象來看，可見公害的嚴重程度。

ごうかく [合格] ニ36

(名・自サ) 及格；合格。

® 落第 ® 及第

こうかん [交換] ニ36

(名・他サ) 交換，互換；電話接線；（經）交易，票據交換。

® 取り替える

△試合の後で、選手はユニホームを交換した／比賽結束後，選手們交換了球衣。

こうきゅう [高級] ニ36

(名・形動)（級別）高，高級；（等級程度）高。

® 上等

△お金がないときに限って、彼女が高級レストランに行きたがる／偏偏就在沒錢的時候，女友就想去高級餐廳。

こうきょう [公共] ニ6

® 公共。

△公共の設備を大切にしましょう／一起來愛惜我們的公共設施吧！

こうくう [航空] ニ36

® 航空；「航空公司」的簡稱。

△航空会社に勤めたい／我想到航空公司上班。

こうけい［光景］　二6

㊔ 景象，情況，場面，樣子。

類 眺め

△思っていたとおりに美しい光景だった／和我預期的一樣，景象很優美。

こうげい［工芸］　二6

㊔ 工藝。

△工芸品はもとより、特産の食品も買うことができる／工藝品自不在話下，就連特產的食品也買的到。

ごうけい［合計］　二36

名·他サ 共計，合計，總計。

類 総計

△消費税をぬきにして、合計2000円です／扣除消費稅，一共是2000日圓。

こうげき［攻撃］　二36

名·他サ 攻擊，進攻；抨擊，指責，責難；（棒球）擊球。

類 攻める

△政府は、野党の攻撃に遭った／政府受到在野黨的抨擊。

こうけん［貢献］　二6

名·自サ 貢獻。

類 役立つ

△ちょっと手伝ったにすぎなくて、大した貢献ではありません／這只能算是幫點小忙而已，並沒什麼大不了的貢獻。

こうこう［孝行］　二6

名·自サ·形動 孝敬，孝順。

類 親孝行

△親孝行のために、田舎に帰ります／為了盡孝道，我決定回鄉下。

こうこく［広告］　二36

名·他サ 廣告；作廣告，廣告宣傳。

類 コマーシャル

△広告を出すとすれば、たくさんお金が必要になります／如果要拍廣告，就需要龐大的資金。

こうさ［交差］　二6

名·自他サ 交叉。

反 平行　類 交わる

△道が交差しているところまで歩いた／我走到交叉路口。

こうさい［交際］　二36

名·自サ 交際，交往，應酬。

類 付き合い

△私が交際したかぎりでは、みんなとても親切な方たちでした／就我和他們相處的感覺，大家都是很友善的人。

こうさてん［交差点］　二36

㊔ 交叉點；十字路口。

類 十字路

こうじ［工事］　二36

名·自サ 工程，工事。

△工事の騒音をめぐって、近所から抗議されました／工廠因為施工所產生的噪音，而受到附近居民的抗議。

こうし［講師］ 二6

㊔（高等院校的）講師；演講者。

△講師も講師なら、学生も学生で、みんなやる気がない／不管是講師，還是學生，都實在太不像話了，大家都沒有幹勁。

こうしき［公式］ 二6

名·形動 正式；（數）公式。

反 非公式

△数学の公式を覚えなければならない／數學的公式不背不行。

こうじつ［口実］ 二6

㊔ 藉口，口實。

類 言い訳

△仕事を口実に、飲み会を断った／我拿工作當藉口，拒絕了喝酒的邀約。

こうしゃ［後者］ 二36

㊔ 後來的人；（兩者中的）後者。

反 前者

△私なら、二つのうち後者を選びます／如果是我，我會選兩者中的後者。

こうしゃ［校舎］ 二36

㊔ 校舍。

△この学校は、校舎を拡張しつつあります／這間學校，正在擴建校區。

こうしゅう［公衆］ 二36

㊔ 公眾，公共，一般人。

類 大衆

△公衆トイレはどこですか／請問公廁在哪裡？

こうすい［香水］ 二6

㊔ 香水。

△パリというと、香水の匂いを思い出す／說到巴黎，就會想到香水的香味。

こうせい［公正］ 二6

名·形動 公正，公允，不偏。

類 公平

△相手にも罰を与えたのは、公正というものだ／也給對方懲罰，這才叫公正。

こうせい［構成］ 二6

名·他サ 構成，組成，結構。

類 仕組み

△物語の構成を考えてから小説を書く／先想好故事的架構之後，再寫小說。

こうせき［功績］ 二6

㊔ 功績。

類 手柄

△彼の功績には、すばらしいものがある／他所立下的功績，有值得讚賞的地方。

こうせん［光線］ 二6

㊔ 光線。

類 光

△皮膚に光線を当てて治療する方法がある／有種療法是用光線來照射皮膚。

こうそう［高層］ 二6

㊔ 高空，高氣層；高層。

△高層ビルに上って、街を眺めた／我爬上高層大廈眺望街道。

こうぞう [構造]

名 構造，結構。
関 仕組み
△専門家の立場からいうと、この家の構造はよくない／從專家角度來看，這房子的結構不太好。

こうそく [高速]

名 高速。
反 低速　類 高速度
△高速道路の建設をめぐって、議論が行われています／圍繞著高速公路的建設一案，正進行討論。

こうたい [交替]

名・自サ 換班，輪流，替換，輪換。
類 交番
△担当者が交替したばかりなものだから、まだ慣れていないんです／負責人才交接不久，所以還不大習慣。

こうち [耕地]

名 耕地。
△このへんは、一面耕地です／這一帶都是田地。

こうちゃ [紅茶]

名 紅茶。
類 ブラックティー

こうつうきかん [交通機關]

名 交通機關，交通設施。
△電車やバスをはじめ、すべての交通機関が止まってしまった／電車和公車以及所有交通工具，全都停了下來。

こうてい [校庭]

名 學校的庭園，操場。
△珍しいことに、校庭で誰も遊んでいない／稀奇的是，沒有一個人在操場上。

こうてい [肯定]

名・他サ 肯定，承認。
反 否定　類 認める
△上司の言うことを全部肯定すればいいというものではない／贊同上司所說的一切，並不是就是對的。

こうど [高度]

名・形動 (地)高度，海拔；(地平線到天體的)仰角；(事物的水平)高度，高級。
△この植物は、高度1000メートルのあたりにわたって分布しています／這一類的植物，分布區域廣達約1000公尺高。

ごうとう [強盗]

名 強盗；行搶。
類 泥棒
△昨日、強盗に入られました／昨天被強盜闖進來行搶了。

136

こうどう [行動]　　≡36

(名・自サ) 行動，行為。

類 行い

△いつもの行動からして、父は今頃飲み屋にいるでしょう／就以往的行動模式來看，爸爸現在應該是在小酒店吧！

こうとう [高等]　　≡36

(名・形動) 高等，上等，高級。

類 高級

△高等学校への進学をめぐって、両親と話し合っている／我跟父母討論高中升學的事情。

ごうどう [合同]　　≡6

(名・自他サ) 合併，聯合；(數) 全等。

類 合併

△二つの学校が合同で運動会をする／這兩所學校要聯合舉辦運動會。

こうば [工場]　　≡36

(名) 工廠，作坊。

類 工場 (こうじょう)

△3年間にわたって、町の工場で働いた／長達三年的時間，都在鎮上的工廠工作。

こうはい [後輩]　　≡36

(名) 晚輩，後生；後來的同事，(同一學校) 後班生。

反 先輩　**類** 後進

△明日は、後輩もいっしょに来ることになっている／預定明天學弟也會一起前來。

こうひょう [公表]　　≡6

(名・他サ) 公布，發表，宣布。

類 発表

△この事実は、決して公表するまい／這個真相，絕對不可對外公開。

こうふく [幸福]　　≡36

(名・形動) 沒有憂慮，沒有痛苦，非常滿足的理想狀態。

類 幸せ

こうぶつ [鉱物]　　≡6

(名) 礦物。

反 生物

△鉱物の成分を調べました／我調查了這礦物的成分。

こうへい [公平]　　≡36

(名・形動) 公平，公道。

反 偏頗　**類** 公正

△法のもとに、公平な裁判を受ける／法律之前，人人接受平等的審判。

こうほ [候補]　　≡6

(名) 候補，候補人；候選，候選人。

△相手候補は有力だが、私が勝てないわけでもない／對方的候補雖然強，但我也能贏得了他。

こうむ [公務]　　≡6

(名) 公務，國家及行政機關的事務。

△これは公務なので、休むことはできない／因為這是公務，所以沒辦法請假。

こうもく［項目］ [二]6

[名] 文章項目，財物項目；（字典的）詞條，條目。

△どの項目について言っているのですか／你說的是哪一個項目啊？

こうよう［紅葉］ [二]6

[名·自サ] 紅葉；變成紅葉。

[類] もみじ

△今ごろ東北は、紅葉が美しいにきまっている／現在東北一帶的楓葉，一定很漂亮。

ごうり［合理］ [二]6

[名] 合理。

△先生の考え方は、合理的というより冷酷です／老師的想法，與其說是合理，倒不如說是冷酷無情。

こうりゅう［交流］ [二]6

[名·自サ] 交流，往來；交流電。

[反] 直流

△国際交流が盛んなだけあって、この大学には外国人が多い／這所大學有很多外國人，不愧是國際交流興盛的學校。

ごうりゅう［合流］ [二]6

[名·自サ]（河流）匯合，合流；聯合，合併。

△今忙しいので、7時ごろに飲み会に合流します／現在很忙，所以七點左右，我會到飲酒餐會跟你們會合。

こうりょ［考慮］ [二]36

[名·他サ] 考慮。

[類] 考える

△福祉という点からいうと、国民の生活をもっと考慮すべきだ／從福利的角度來看的話，就必須再多加考慮到國民的生活。

こうりょく［効力］ [二]6

[名] 效力，效果，效應。

[類] 効き目

△この薬は、風邪のみならず、肩こりにも効力がある／這劑藥不僅對感冒很有效，對肩膀酸痛也有用。

こえる［越える・超える］ [二]36

[自下一] 越過；度過；超出，超過。

[類] 超過する

こえる［肥える］ [二]6

[自下一] 肥，胖；土地肥沃；豐富；（識別力）提高，（鑑賞力）強。

[反] 痩せる　[類] 豊か

△このあたりの土地はとても肥えている／這附近的土地非常的肥沃。

ごえんりょなく［ご遠慮なく］ [二]6

[敬] 請不用客氣。

コース［course］ [二]36

[名] 路線，（前進的）路徑；跑道，路線；程序，軌道，步驟；課程。

[類] 進路

コーチ [coach] 二6

名·他サ 教練，技術指導；教練員。
△チームが負けたのは、コーチのせい
だ／球隊之所以會輸掉，都是教練的
錯。

コート [coat] 四2

名 外套，大衣；（西裝的）上衣。
❺ 外套
△コートを買いました／買了外套。

コート [coat] 二6

名 外套，大衣；西裝上衣。
❺ 外套

コード [cord] 二36

名 （電）軟線。
△テレビとビデオをコードでつないだ
／我用電線把電視和錄影機連接上
了。

コーヒー [coffee] 二36

名 咖啡。

コーラス [chorus] 二6

名 合唱；合唱團；合唱曲。
❺ 合唱
△彼女たちのコーラスは、すばらしい
に相違ない／她們的合唱，一定很棒。

こおり [氷] 二36

名 冰。
❺ アイス

ゴール [goal] 二6

名 （體）決勝點，終點；球門；跑進決勝
點，射進球門；奮鬥的目標。
❺ 決勝点
△ゴールまであと100メートルです／
離終點還差100公尺。

ごかい [誤解] 二36

名·他サ 誤解，誤會。
❺ 勘違い
△誤解を招くことなく、状況を説明し
なければならない／為了不引起誤會，
要先說明一下狀況才行。

ごがく [語学] 二36

名 外語的學習，外語，外語課。
❺ 言語学

こがす [焦がす] 二6

他五 弄糊，烤焦，燒焦；（心情）焦急，
焦慮；用香薰。
△料理を焦がしたものだから、部屋の
中が匂います／因為菜燒焦了，所以房
間裡會有焦味。

こきゅう [呼吸] 二36

名·自他サ 呼吸，吐納；（合作時）步調，
拍子，節奏；竅門，訣竅。
❺ 息
△緊張すればするほど、呼吸が速くな
った／越是緊張，呼吸就越急促。

こきょう [故郷] 二36

名 故鄉，家鄉，出生地。
❺ 郷里

△誰だって、故郷が懐かしいにきまっている／不論是誰，都會覺得故鄉很令人懷念。

ごく［極］ 二6

副 非常，最，極，至，頂。

類 極上

△この秘密は、極わずかな人しか知りません／這機密只有極少部分的人知道。

こく［国］ 二6

漢造 國；政府；國際，國有，國家等的簡稱；日本古代行政區劃。

類 国家

△日本から台湾への国際電話の掛けかたを教えてください／請教我怎麼從日本打國際電話到台灣。

こぐ［漕ぐ］ 二36

他五 划船，搖櫓，蕩槳；蹬（自行車），打（鞦韆）。

類 漕艇

△岸にそって船を漕いだ／沿著岸邊划船。

こくおう［国王］ 二6

名 國王，國君。

類 君主

△国王が亡くなられたとは、信じかねる話だ／國王去世了，真叫人無法置信。

こくご［国語］ 二6

名 一國的語言；本國語言；（學校的）國語（課），語文（課）。

類 共通語

こくせき［国籍］ 二36

名（法）國籍。

こくばん［黒板］ 二36

名 黑板。

こくふく［克服］ 二6

名·他サ 克服。

類 乗り越える

△病気を克服すれば、また働けないこともない／只要征服病魔，也不是說不能繼續工作。

こくみん［国民］ 二6

名 國民。

類 人民

△物価の上昇につれて、国民の生活は苦しくなりました／隨著物價的上揚，國民的生活越來越困苦。

こくもつ［穀物］ 二36

名 五穀，糧食。

類 穀類

△この土地では、穀物は育つまい／這樣的土地穀類是無法生長的。

こくりつ［国立］ 二36

名 國立。

△中学と高校は私立ですが、大学は国立を出ています／國中和高中雖然都是讀私立的，但我大學是畢業於國立的。

ごくろうさま［ご苦労様］ 二6

名·形動（表示感謝慰問）辛苦，受累，勞駕。

類 ご苦労

△厳しく仕事をさせる一方、「ご苦労様」と言うことも忘れない／嚴厲地要下屬做事的同時，也不忘說聲：「辛苦了」。

こげる［焦げる］ 二36

自下一 烤焦，燒焦，焦，糊；曬褪色。

△変な匂いがしますが、何か焦げていませんか／這裡有怪味，是不是什麼東西燒焦了？

こごえる［凍える］ 二6

自下一 凍僵。

類 悴む

△北海道の冬は寒くて、凍えるほどだ／北海道的冬天冷得幾乎要凍僵了。

こころあたり［心当たり］ 二36

名 想像，（估計、猜想）得到；線索，苗頭。

類 見通し

△彼の行く先について、心当たりがないわけでもない／他現在人在哪裡，也不是說完全沒有頭緒。

こころえる［心得る］ 二6

他下一 懂得，領會，理解；有體驗；答應，應允記在心上的。

類 飲み込む

△仕事がうまくいったのは、彼女が全て心得ていたからにほかならない／工作之所以會順利，全都是因為她懂得要領的關係。

こし［腰］ 二36

名·結尾 腰；（衣服、裙子等的）腰身，腰部；（牆壁、隔扇等的）下半部；（做助數詞用）（刀）一把，（裙子）一件，（箭）一囊。

類 腰部

こしかけ［腰掛け］ 二6

名 凳子；暫時棲身之處，一時落腳處。

類 椅子

△その腰掛けに坐ってください／請坐到那把凳子上。

こしかける［腰掛ける］ 二36

自下一 坐下。

類 座る

△ソファーに腰掛けて話をしましょう／讓我們坐沙發上聊天吧！

ごじゅうおん［五十音］ 二36

名 五十音。

△五十音を覚えるにしたがって、日本語がおもしろくなった／隨著記了五十音，日語就變得更有趣了。

こしょう［胡椒］ 二6

名 胡椒。

類 ペッパー

△胡椒を入れたら、くしゃみが出た／灑了胡椒後，打了個噴嚏。

こしらえる［拵える］ 二 3 6

[他下一] 做，製造；捏造，虛構；化妝，打扮；籌措，填補。

[類] 作る

△遠足なので、みんなでおにぎりをこしらえた／因為遠足，所以大家一起做了飯糰。

こじん［個人］ 二 3 6

[名] 個人。

[類] 私人

こす［越す・超す］ 二 3 6

[自·他五] 越過，跨越，渡過；超越，勝於；過，度過；遷居，轉移。

[類] 過ごす

△熊たちは、冬眠して寒い冬を越します／熊靠著冬眠來過寒冬。

こする［擦る］ 二 6

[他五] 擦，揉，搓；摩擦。

[類] 掠める

△汚れは、布で擦れば落ちます／這污漬用布擦就會掉了。

こたい［固体］ 二 3 6

[名] 固體。

[反] 液体 [類] 塊

△液体の温度が下がると固体になる／當液體的溫度下降時，就會結成固體。

ごちそう［ご馳走］ 二 三 3 6

[名·他サ] 招待，款待；酒席，盛筵，吃喝。

[類] 料理

△うわあ、すごいご馳走ですね／哇！好豐盛的佳餚呀！

ごちそうさま［ご馳走様］ 二 6

[連語] 承蒙您的款待了，謝謝。

△おいしいケーキをご馳走様でした／謝謝您招待如此美味的蛋糕。

こっか［国家］ 二 6

[名] 國家。

[類] 国

△彼は、国家のためと言いながら、自分のことばかり考えている／他嘴邊雖掛著：「這都是為了國家」，但其實都只有想到自己的利益。

こっかい［国会］ 二 6

[名] 國會，議會。

△この件は、国会で話し合うべきだ／這件事，應當在國會上討論才是。

こづかい［小遣い］ 二 3 6

[名] 零用錢。

[類] 小遣い銭

△ちゃんと勉強したら、お小遣いをあげないこともないわよ／只要你好好讀書，也不是不給你零用錢的。

こっきょう［国境］ 二 6

[名] 國境，邊境，邊界。

[類] 国境（くにざかい）

△国境をめぐって、二つの国に争いが起きた／就邊境的問題，兩國間起了爭執。

コック［cook］ 二 6

こっ 廚師。

動 料理人

△彼は、すばらしいコックであるとともに、有能な経営者です／他是位出色的廚師，同時也是位有能力的經營者。

こっせつ［骨折］　二6

名・自サ 骨折。

△骨折ではなく、ちょっと足をひねったにすぎません／不是骨折，只是稍微扭傷腳罷了！

こっそり　二36

副 悄悄地，偷偷地，暗暗地。

動 こそこそ

△両親には黙って、こっそり家を出た／沒告訴父母，就偷偷從家裡溜出來。

こづつみ［小包］　二36

名 小包裹；包裹。

動 小包郵便物

こてん［古典］　二36

名 古書，古籍；古典作品。

△古典はもちろん、現代文学にも詳しいです／古典文學不用說，對現代文學也透徹瞭解。

ごと［共］　二36

接尾（表示包含在內，加在一起的意思）一共，連同。

動 一緒

こと［琴］　二6

名 古琴，箏。

△彼女は、琴を弾くのが上手だ／她古箏彈得很好。

こと［事］　二三36

名 事情，事實；事務；大事件，事端；與 有關之事。

動 事柄

△課長も課長なら、部長も部長で、このことにだれも責任を持たない／不管是課長還是部長，都也真是的，誰都不願意承擔這件事的責任。

ごと［毎］　二36

接尾 每。

動 ～の度に

ことづける［言付ける］　二6

他下一 託帶口信，託付。

動 命令する

△社長はいなかったので、秘書に言付けておいた／社長不在，所以請秘書代替傳話。

ことなる［異なる］　二6

自五 不同，不一樣。

反 同じ　**動** 違う

△やり方は異なるにせよ、二人の方針は大体同じだ／即使做法不同，不過兩人的方針是大致相同的。

ことばづかい［言葉遣い］　二6

名 說法，措辭，表達。

動 言い振り

△言葉遣いからして、とても乱暴なや

つだと思う／從説話措辞來看，我認為他是個粗暴的傢伙。

ことわざ［諺］　　⊖6

㊇ 諺語，俗語，成語，常言。

㊈ 諺語

△このことわざの意味をめぐっては、いろいろな説があります／就這個成語的意思，有許多不同的説法。

ことわる［断る］　　⊖36

㊉五 預先通知，事前請示；謝絶，禁止；道歉，辯白，解釋；解雇，辭退。

㊀ 受け入れる　㊈ 拒む

こな［粉］　　⊖36

㊇ 粉，粉末，麵粉。

㊈ 粉末

△この粉は、小麦粉ですか／這粉是太白粉嗎？

このみ［好み］　　⊖6

㊇ 愛好，喜歡，願意。

㊈ 嗜好

△話によると、社長は食べ物の好みがうるさいようだ／聽説社長對吃很挑剔的樣子。

このむ［好む］　　⊖6

㊉五 愛好，喜歡，願意；挑選，希望；流行，時尚。

㊀ 嫌う　㊈ 好く

△わが社の製品は、50年にわたる長い間、人々に好まれてきました／本公司產品，長達50年廣受人們的喜愛。

コピー［copy］　　⊖36

㊇ 抄本，謄本，副本；（廣告等的）文稿。

㊈ 複写

ごぶさた［ご無沙汰］　　⊖6

㊇・自サ 久疏問候，久未拜訪，久不奉函。

△ご無沙汰していますが、お元気ですか／好久不見，近來如何？

こぼす［溢す］　　⊖6

㊉五 灑，漏，溢（液體），落（粉末）；發牢騷，抱怨。

㊈ 漏らす

△辛さのあまり、つい愚痴をこぼしてしまいました／因為太難受了，而發起牢騷來了。

こぼれる［零れる］　　⊖6

㊉下一 灑落，流出，溢出，濺出；（花）掉落。

㊈ 溢れる

△悲しくて、なみだがこぼれてしまった／難過得眼淚掉了出來。

コミュニケーション　　［communication］　　⊖6

㊇ 通訊，報導，信息；（語言、思想、精神上的）交流，溝通。

△仕事の際には、コミュニケーションを大切にしよう／工作時，要注重溝通哨。

ゴム［(荷)gom］　　⊖36

㊇ 樹膠，橡皮，橡膠。

🔊 ラバー

こむ［込む］　　　 二 三 3 6

（自五・他五・接尾）擁擠，混雜；費事，精緻，複雜；表進入的意思；表深入或持續到極限。
類 混雑する
△朝の電車は、込んでいるらしい／早上的電車好像很擠。

こむぎ［小麦］　　　 二 6

名 小麥。
關 小麦粉
△小麦粉とバターと砂糖だけで作ったお菓子です／這是只用了麵粉、奶油和砂糖製成的點心。

こや［小屋］　　　 二 6

名 簡陋的小房，矛舍；（演劇、馬戲等的）棚子；畜舍。
關 小舎
△彼は、山の上の小さな小屋に住んでいます／他住在山上的小屋子裡。

こゆび［小指］　　　 二 6

名 小指頭。
△小指に怪我をしました／我小指頭受了傷。

こらえる［堪える］　　　 二 6

（他下一）忍耐，忍受；忍住，抑制住；容忍，寬恕。
類 耐える
△この騒音はこらえられない／無法忍受這個噪音。

ごらく［娯楽］　　　 二 6
名 娛樂，文娛。
關 楽しみ
△庶民からすれば、映画は重要な娯楽です／對一般老百姓來說，電影是很重要的娛樂。

ごらん［ご覧］　　　 二 6

名 （敬）看，觀覽；（親切的）請看；（接動詞連用形）試試看。
關 見る
△窓から見える景色がきれいだからご覧なさい／從窗戶眺望的景色實在太美了，您也來看看吧！

こる［凝る］　　　 二 6

（自五）凝固，凝集；（因血行不周、肌肉僵硬等）酸痛，狂熱，入迷；講究，精緻。
反 飽きる　類 夢中する
△つりに凝っている／熱中於釣魚。

コレクション［collection］ 二 6

名 蒐集，收藏；收藏品。
關 収集品
△私は、切手ばかりか、コインのコレクションもしています／不光是郵票，他也有收集錢幣。

これら　　　 二 3 6

代 這些。
△これらとともに、あちらの本も片付けましょう／那邊的書也跟這些一起收拾乾淨吧！

ころがす [転がす] ⓔ6

他五 滾動，轉動；開動（車），推進；轉賣；弄倒，搬倒。

△これは、ボールを転がすゲームです／這是滾大球競賽。

ころがる [転がる] ⓔ36

自五 滾動，轉動；倒下，躺下；擺著，放著，有。

類 転げる

△山の上から、石が転がってきた／有石頭從山上滾了下來。

ころす [殺す] ⓔ36

他五 殺死，致死；抑制，忍住，消除；埋沒；浪費，犧牲，典當；殺，（棒球）使出局。

反 生かす　類 殺害

△社長を批判すると、殺されかねないよ／你要是批評社長，性命可就難保了唷！

ころぶ [転ぶ] ⓔ36

自五 跌倒，倒下；滾轉，趨勢發展，事態變化。

類 転倒する

△道で転んで、ひざ小僧を怪我した／在路上跌了一跤，膝蓋受了傷。

こん [今] ⓔ6

漢造 現在；今天；今年。

類 現在

△私が今日あるのは山田さんのお陰です／我能有今天都是託山田先生的福。

こん [紺] ⓔ6

名 深藍，深青。

類 青

△会社へは、紺のスーツを着ていきます／我穿深藍色的西裝去上班。

こんかい [今回] ⓔ6

名 這回，這次，此番。

類 今度

△今回の仕事が終わりしだい、国に帰ります／這次的工作一完成，就回國去。

コンクール [concours] ⓔ6

名 競賽會，競演會，會演。

類 コンテスト

△コンクールに出るからには、毎日練習しなければだめですよ／既然要參加比賽，就得每天練習唷！

コンクリート [concrete] ⓔ36

名・形動 混凝土；具體的。

類 コンクリ

△コンクリートで作っただけのことはあって、頑丈な建物です／不愧是用水泥作成的，真是堅固的建築物啊！

こんご [今後] ⓔ36

名 今後，以後，將來。

類 以後

△今後のことを考える一方、現在の生活も楽しみたいです／在為今後作打算的同時，我也想好好享受現在的生活。

こんごう［混合］　　　⑤⑥

(名・自他サ) 混合。

⑨ 混和

△二つの液体を混合すると危険です／
將這兩種液體混和在一起的話，很危
險。

こんざつ［混雑］　　　⑤③⑥

(名・自サ) 混亂，混雜，混染。

⑨ 混乱

△新しい道路を作らないことには、
混雑は解消しない／如果不開一條新
的馬路，就沒辦法解除這交通混亂的現
象。

コンセント［consent］　⑤⑥

(名) 電線插座。

△コンセントがないから、カセットを
聞きようがない／沒有插座，所以無法
聽錄音帶。

こんだて［献立］　　　⑤⑥

(名) 菜單。

⑨ メニュー

△夕飯の買い物の前に、献立を決める
ものだ／買晚餐的食材前，就應該先決
定好菜單。

こんなに　　　　　　　⑤⑥

(副) 這樣，如此。

△こんなに夜遅く街をうろついてはい
けない／不可在這麼晚了還在街上閒
蕩。

こんなん［困難］　　　⑤③⑥

(名・形動) 困難，困境；窮困。

⑨ 難儀

△30年代から40年代にかけて、困難な
日々が続いた／30年代到40年代這段時
間，日子一直都很艱困的。

こんにち［今日］　　　⑤⑥

(名) 今天，今日；現在，當今。

⑨ 本日

△このような車は、今日では見られな
い／這樣子的車，現在看不到了。

コンピューター
［computer］　　　　⑤⑥

(名) 電腦，電子計算機。

△コンピューターを使えば、大量のデ
ータを計算し得る／只要利用電腦就能
計算大量的資料。

こんやく［婚約］　　　⑤⑥

(名・自サ) 訂婚，婚約。

⑨ エンゲージ

△婚約したので、嬉しくてたまらない
／因為訂了婚，所以高興極了。

こんらん［混乱］　　　⑤③⑥

(名・自サ) 混亂。

⑨ 紛乱

△この古代国家は、政治の混乱のすえ
に滅亡した／這一古國，由於政治的混
亂，結果滅亡了。

こ

MEMO

さサ

さ［差］　　　 ⼆6

⒜ 差別，區別，差異；差額，差數。

⒤ 違い

△二つの商品の品質には、まったく差がない／這兩個商品的品質上，簡直沒什麼差異。

サークル［circle］　　　 ⼆36

⒜ 伙伴，小組；周圍，範圍。

⒤ 団体

△合唱グループに加えて、英会話のサークルにも入りました／除了合唱團之外，另外也參加了英語會話的小組。

サービス［service］　　　 ⼆36

⒜·⒤他サ 售後服務；服務，接待，侍候；（商店）廉價出售，附帶贈品出售。

⒤ 奉仕

△サービス次第では、そのホテルに泊まってもいいですよ／看看服務品質，好的話也可以住那個飯店。

さい［再］　　　 ⼆6

漢造 再，又一次。

⒤ 再び

△試合を再開する／比賽再度開始。

さい［最］　　　 ⼆36

行動·漢造·接頭 最。

⒤ もっとも

さい［祭］　　　 ⼆36

漢造 祭祀，祭禮；節日，節日的狂歡。

⒤ 祭典

さい［際］　　　 ⼆36

⒜·漢造 時候，時機，在…的狀況下；彼此之間，交接；會晤；邊際。

⒤ 場合

△入場の際には、切符を提示してください／入場時，請出示門票。

ざいがく［在学］　　　 ⼆6

⒜·自サ 在校學習，上學。

△大学の前を通るにつけ、在学中のことが懐かしく感じられる／每當走過大學前，就會懷念起求學時的種種。

さいきん［最近］　　　 ⼆36

⒜ 最近，近來，新近；距離最近，最接近。

⒤ 近頃

△最近は連絡がない／最近沒有聯絡。

さいご［最後］　　　 ⼆36

⒜ 最終，最末；（略）末班車。

⒭ 最初　⒤ 最終

△最後の力を振り絞る／使盡最後吃奶的力量。

さいこう［最高］　　　 ⼆36

⒜·形動 （高度、位置、程度）最高，至高無上；頂，極，最。

⒭ 最低　⒤ ベスト

△最高に面白い映画だった／這電影有趣極了！

さ

さいさん［再三］ 二6

副 屢次，再三。

類 しばしば

△餃子の材料やら作り方やら、再三にわたって説明しました／不論是餃子的材料還是作法，都一而再再而三反覆說明過了。

ざいさん［財産］ 二36

名 財產；文化遺產。

類 資産

△財産という点からいうと、彼は結婚相手として悪くない／就財產這一點來看，把他當結婚對象其實也不錯。

さいじつ［祭日］ 二36

名 節日；日本神社祭祀日；宮中舉行重要祭祀活動日；祭靈日。

△祭日にもかかわらず、会社で仕事をした／儘管是假日，還要到公司上班。

さいしゅう［最終］ 二6

名 最後，最終，最末；（略）末班車。

反 最初 類 終わり

△最終的に、私が全部やることになった／到最後，所有的事都變成由我一人做了。

さいそく［催促］ 二36

名・他サ 催促，催討。

類 督促

△食事がなかなか来ないから、催促するしかない／因為餐點遲遲不來，所以只好催它快來。

さいちゅう［最中］ 二36

名 動作進行中，最頂點，活動中。

類 真っ盛り

△仕事の最中に、邪魔をするべきではない／他人在工作，不該去打擾。

さいてい［最低］ 二36

名・形動 最低，最差，最壞。

反 最高

△彼は最低の男です／他是很差勁的男人。

さいてん［採点］ 二36

名・他サ 評分數。

△テストを採点するにあたって、合格基準を決めましょう／在打考試分數之前，先決定一下及格標準吧！

さいなん［災難］ 二36

名 災難，災禍。

類 災い

△今回の失敗は、失敗というより災難だ／這次的失敗，與其說是失敗，倒不如說是災難。

さいのう［才能］ 二36

名 才能，才幹。

類 能力

△才能があれば成功するというものではない／並非有才能就能成功。

さいばん［裁判］ 二36

名・他サ 裁判，評斷，判斷；（法）審判，審理。

③ 裁き
△彼は、長い裁判のすえに無罪になった/他經過長期的訴訟，最後被判無罪。

さいほう [裁縫] 二6

名･自サ 裁縫，縫紉。
⑬ 針仕事

ざいもく [材木] 二36

名 木材，木料。
⑬ 木材
△家を作るための材木が置いてある/這裡放有蓋房子用的木材。

ざいりょう [材料] 二36

名 材料，原料；研究資料，數據。
⑬ 素材
△簡単ではないが、材料が手に入らないわけではない/雖説不是很容易，但也不是拿不到材料。

サイレン [siren] 二6

名 警笛，汽笛。
⑬ 警笛
△何か事件があったのね。サイレンが鳴っているもの/有什麼事發生吧。因為響笛在響！

さいわい [幸い] 二36

名･形動･副 幸運，幸福；幸虧，好在；對有幫助，對有利，起好影響。
⑬ 幸福
△幸いなことに、死傷者は出なかっ

た/慶幸的是，沒有人傷亡。

サイン [sign] 二36

名･自サ 簽名，署名，簽字；記號，暗號，信號，作記號。
⑬ 署名
△そんな書類に、サインするべきではない/不該簽下那種文件。

さか [坂] 二36

名 斜面，坡道；（比喻人生或工作的關鍵時刻）大關，陡坡。
⑬ 坂道
△坂を上ったところに、教会があります/上坡之後的地方有座教堂。

さかい [境] 二36

名 界線，疆界，交界；境界，境地；分界線，分水嶺。
⑬ 境界
△隣町との境に、川が流れています/有條河流過我們和鄰鎮間的交界。

さかさ [逆さ] 二36

名 （「さかさま」的略語）逆，倒，顛倒，相反。
⑬ 反対
△袋を逆さにして、中身を全部出した/我將袋子倒翻過來，倒出裡面所有東西。

さかさま [逆様] 二36

名･形動 逆，倒，顛倒，相反。
⑬ 逆
△絵が逆様にかかっている/畫掛反了。

さ

さかのぼる [遡る] ⊟6

自五 溯，逆流而上；追溯，回溯。

類 遡源

△歴史を遡る/回溯歷史。

さかば [酒場] ⊟6

名 酒館，酒家，酒吧。

類 バー

△酒場で酒を飲むにつけ、彼女のことを思い出す/每當在酒館喝酒，就會想起她。

さからう [逆らう] ⊟6

自五 逆，反方向；違背、違抗、抗拒、違拗。

類 抵抗する

△風に逆らって進む/逆風前進。

さかり [盛り] ⊟6

名・接尾 最旺盛時期，全盛狀態；壯年；（動物）發情；（接動詞連用形）表正在最盛的時候。

類 最盛期

△桜の花は、今が盛りだ/櫻花現在正值綻放時期。

さきおととい [一昨昨日] ⊟6

名 大前天，前三天。

類 一昨日（いっさくじつ）

△さきおとといから、夫と口を聞いていない/從大前天起，我就沒跟丈夫講過話。

さきほど [先程] ⊟36

副 剛才，方才。

反 後ほど　類 先刻

△先程、先生から電話がありました/剛才老師有來過電話。

さぎょう [作業] ⊟36

名・自サ 工作，操作，作業，勞動。

類 仕事

△作業をやりかけたところなので、今は手が離せません/因為現在工作正做到一半，所以沒有辦法離開。

さく [昨] ⊟6

漢造 昨天；前一年，前一季；以前，過去。

類 昨日

さく [裂く] ⊟6

他五 撕開，切開；扯散；分出，擠出，勻出；破裂，分裂。

△小さな問題が、二人の間を裂いてしまった/為了一個問題，使得兩人之間產生了裂痕。

さくいん [索引] ⊟6

名 索引。

類 見出し

△この本の120ページから123ページにわたって、索引があります/這本書的第120頁到123頁，附有索引。

さくしゃ [作者] ⊟36

名 作者，作家。

類 著者

△この小説の作者は、60年代から70年代にわたってパリに住んでいた／這小說的作者，60到70年代之間，都住在巴黎。

さくじょ [削除] 二6

(名·他サ) 刪掉，削除，勾消，抹掉。

(類) 削り取る

△子どもに悪い影響を与える言葉は、削除することになっている／按規定要刪除對孩子有不好影響的詞彙。

さくせい [作成] 二6

(名·他サ) 寫，作，造成（表、件、計畫、文件等）；製作，擬制。

△彼が作成した椅子は丈夫だ／他做的椅子很耐用。

さくひん [作品] 二36

(名) 製成品；（藝術）作品，（特指文藝方面）創作。

(類) 作物

△これは私にとって忘れがたい作品です／這對我而言，是件難以忘懷的作品。

さくもつ [作物] 二6

(名) 農作物；庄嫁。

(類) 農作物

△北海道では、どんな作物が育ちますか／北海道產什麼樣的農作物？

さくら [桜] 二36

(名) （植）櫻花，櫻花樹；櫻花色，淡紅色。

(類) 桜花

さぐる [探る] 二36

(他五) (用手腳等) 探，摸；探聽，試探，偵查；探索，探求，探訪。

(類) 探索

△事件の原因を探る／探究事件的原因。

さけ [酒] 二36

(名) 酒（的總稱），日本酒，清酒；喝酒，飲酒。

(類) 清酒

さけぶ [叫ぶ] 二36

(自五) 喊叫，呼叫，大聲叫；呼喊，呼籲。

(類) 喚く

△少年は、急に思い出したかのように叫んだ／少年好像突然想起了什麼事一般地大叫了一聲。

さける [避ける] 二36

(他下一) 躲避，避開，逃避；避免，忌諱。

(類) 免れる

△問題を指摘しつつも、自分から行動することは避けている／儘管他指出了問題點，但還是盡量避免自己去做。

ささえる [支える] 二36

(他下一) 支撐；維持，支持；阻止，防止。

(類) 支持する

△私は、資金において彼を支えようと思う／在資金方面，我想支援他。

さ

ささやく［囁く］ 二6

自五 低聲自語，小聲說話，耳語。

類 呟く

△陰では悪口をささやきつつも、本人には絶対言わない／儘管在背後說壞話，也絕不跟本人說。

ささる［刺さる］ 二6

自五 刺在…在，扎進，刺入。

△指にガラスの破片が刺さってしまった／手指被玻璃碎片給刺傷了。

さじ［匙］ 二36

名 匙子，小杓子。

類 スプーン

△子どもが勉強しないので、もうさじを投げました／我小孩不想讀書，所以我已經死心了。

さしあげる［差し上げる］ 二三36

他下一 舉起，高舉；給，贈與，奉送。

類 与える

△差し上げた薬を、毎日お飲みになってください／開給您的藥，請每天服用。

ざしき［座敷］ 二36

名 日本式客廳；酒席，宴會，應酬；宴客的時間；接待客人。

類 客間

△座敷でゆっくりお茶を飲んだ／我在日式客廳，悠哉地喝茶。

さしつかえ［差し支え］ 二36

名 不方便，障礙，妨礙。

類 支障

△質問しても、差し支えはあるまい／就算你問我問題，也不會打擾到我。

さしひく［差し引く］ 二6

他五 扣除，減去；抵補，相抵（的餘額）；（潮水的）漲落，（體溫的）升降。

類 引き去る

△給与から税金が差し引かれるとか／聽說會從薪水裡扣除稅金。

さす 二36

他五·助動·五型 指，指示；使，叫，令，命令作…。

類 指さす

△物を食べさした／叫吃東西。

さす［刺す］ 二36

他五 刺，穿，扎；螫，咬，釘；縫綴，衲；捉住，黏捕。

類 突き刺す

△蜂に刺されてしまった／我被蜜蜂給螫到了。

さす［指す］ 二36

他五 指，指示；使，叫，令，命令做…。

△甲と乙というのは、契約者を指しています／這甲乙指的是簽約的雙方。

さすが［流石］ 二36

形動·副 真不愧是，果然名不虛傳；雖然…，不過還是；就連…也都，甚至。

[類] 確かに

△壊れた時計を簡単に直してしまうなんて、さすがプロですね／竟然一下子就修好壞掉的時鐘，不愧是專家啊！

ざせき［座席］ 二 6

[名] 座位，座席，乘坐，席位。

[類] 席

△劇場の座席で会いましょう／我們就在劇院的席位上見吧！

さそう［誘う］ 二 3 6

[他五] 約，邀請；勸誘，會同；誘惑，勾引；引誘，引起。

[類] 促す

△女性を誘うと、誤解されかねないですよ／去邀約女性有可能會招來誤解喔！

さつ［札］ 二 3 6

[名·漢造] 紙幣，鈔票；（寫有字的）木牌，紙片；信件；門票，車票。

[類] 紙幣

△財布にお札が1枚も入っていません／錢包裡，連一張紙鈔也沒有。

さつえい［撮影］ 二 3 6

[名·他サ] 攝影，拍照；拍電影。

[類] 写す

△この写真は、ハワイで撮影されたに違いない／這張照片，一定是在夏威夷拍的。

ざつおん［雑音］ 二 6

[名] 雜音，噪音。

△雑音の多い録音ですが、聞き取れないこともないです／雖說錄音裡有很多雜音，但也不是完全聽不到。

さっか［作家］ 二 3 6

[名] 作家，作者，文藝工作者；藝術家，藝術工作者。

[類] ライター

△さすが、作家だけあって、文章がうまい／不愧是作家，文章寫得真好。

さっき［先］ 二 三 3 6

[副] 剛才，方才。

[類] 先ほど

△さっきここにいたのは、誰だい／剛才在這裡的是誰？

さっきょく［作曲］ 二 6

[名·他サ] 作曲，譜曲，配曲。

△彼女が作曲したにしては、暗い曲ですね／就她所作的曲子而言，算是首陰鬱的歌曲。

さっさと 二 3 6

[副]（毫不猶豫、毫不耽擱時間地）趕緊地，痛快地，迅速地。

[類] 急いで

△さっさと仕事を片付ける／迅速地處理工作。

さっそく［早速］ 二 3 6

[副] 立刻，馬上，火速，趕緊。

[類] 直ちに

△手紙をもらったので、早速返事を書きました／我收到了信，所以馬上就回了封信。

ざっと ⇒36

副 粗略地，簡略地，大體上的；（估計）大概，大略；潑水狀。

類 一通り

△書類に、ざっと目を通しました／我大略地瀏覽過這份文件了。

さっぱり ⇒36

副・自サ 整潔，俐落，瀟灑；（個性）直爽，坦率；（感覺）爽快，病癒；（味道）清淡。

類 すっきり

△シャワーを浴びてきたから、さっぱりしているわけだ／因為淋了浴，所以才感到那麼爽快。

さて ⇒36

副・接・感 一旦，果真；那麼，卻說，於是；（自言自語，表猶豫）到底，那可…。

類 ところで

△さて、これからどこへ行きましょうか／那現在要到哪裡去？

さばく [砂漠] ⇒36

名 沙漠。

△開発が進めば進むほど、砂漠が増える／愈開發沙漠就愈多。

さび [錆] ⇒6

名 （金屬表面因氧化而生的）鏽；（轉）惡果。

△錆の発生を防ぐにはどうすればいいですか／要如何預防生鏽呢？

さびる [錆びる] ⇒36

自上一 生鏽，長鏽；（聲音）蒼老。

△鉄棒が赤く錆びてしまった／鐵棒生鏽變紅了。

ざぶとん [座布団] ⇒36

名 （鋪在席子上的）棉坐墊。

△座布団を敷いて坐った／我鋪了坐墊坐下來。

さべつ [差別] ⇒6

名・他サ 區別，輕視。

△女性の給料が低いのは、差別にほかならない／女性的薪資低，不外乎是有男女差別待遇。

さほう [作法] ⇒6

名 禮法，禮節，禮貌，規矩；（詩、小說等文藝作品的）作法。

類 仕来り

△食卓での作法を守る／遵守用餐的禮節。

さま [様] ⇒6

名・代・接尾 樣子，景況，狀態；姿態，形狀；方面；（接在人名或表示人的名詞下）表示尊敬；（接在表心意的用語下）表鄭重或客氣的語氣。

類 状態

△山田様、どうぞお入りください／山

田先生，請進。

さまざま［様々］　　　　二36

（名・形動）種種，各式各樣的，形形色色的。

㊙ 色々

△失敗の原因については、様々な原因が考えられる／針對失敗，我想到了各種原因。

さます［冷ます］　　　　二36

（他五）冷卻，弄涼；（使熱情、興趣）降低，減低。

㊙ 冷やす

△熱いから、冷ましてから食べてください／很燙的！請涼後再享用。

さます［覚ます］　　　　二36

（他五）（從睡夢中）弄醒，喚醒；（從迷惑、錯誤中）清醒，醒酒；使清醒，使覺醒。

△赤ちゃんは、もう目を覚ましていますか／小嬰兒已經醒了嗎？

さまたげる［妨げる］　　　二36

（他下一）阻礙，防礙，阻攔，阻撓。

㊙ 妨害する

△あなたが留学するのを妨げる理由はない／我沒有理由阻止你去留學。

さめる［覚める］　　　　二36

（自下一）（從睡夢中）醒，醒過來；（從迷惑、錯誤、沉醉中）醒悟，清醒。

㊙ 目覚める

△びっくりして、目が覚めた／嚇了一

跳，都醒過來了。

さめる［冷める］　　　　二36

（自下一）（熱的東西）變冷，涼；（熱情、興趣等）降低，減退。

㊙ 冷える

△スープが冷めてしまった／湯冷掉了。

さゆう［左右］　　　　　二36

（名・他サ）左右方；身邊，旁邊；左右其詞，支支吾吾；（年齡）大約，上下；掌握，支配，操縱。

㊙ そば

△首相の左右には、大臣たちが立っています／首相的左右兩旁，站著大臣們。

さら［皿］　　　　　　　二36

（名）碟子，盤子；盤形物；（助數詞用法）一碟，一盤，一道。

㊙ 盤

△お皿は、どれを使いましょうか／要用哪一個盤子？

さらいげつ［再来月］　　二三36

（名）下下個月。

㊙ 翌々月

△再来月国に帰るので、準備をしています／下下個月要回國，所以正在準備行李。

さらいしゅう［再来週］　二三36

（名）下下週。

㊙ 翌々週

△再来週遊びに来るのは、伯父です／下下星期要來玩的是伯父。

さらいねん［再来年］ [二][3][6]

[名] 後年。

[類] 明後年

△再来年は留学します／後年要去留學。

サラダ［salad］ [二][6]

[名] 沙拉。

さらに［更に］ [二][3][6]

[副] 更加，更進一步；並且，還；再，重新；（下接否定）一點也不，絲毫不。

[類] 一層

△今月から、更に値段を安くしました／這個月起，我又把價錢再調低了一些。

サラリーマン［salaried man］ [二][6]

[名] 薪水階級，職員。

[類] 月給取り

さる［猿］ [二][6]

[名] 猴子，猿猴。

[類] 猿猴（えんこう）

△猿を見に、動物園へ行った／為了看猴子，去了一趟動物園。

さる［去る］ [二][6]

[自五·他五·連體] 離開；經過，結束；（空間、時間）距離；消除，去掉。

[反] 来る

△彼らは、黙って去っていきました／他們默默地離去了。

さわがしい［騒がしい］ [二][6]

[形] 吵鬧的，吵雜的，喧鬧的；（社會輿論）議論紛紛的，動盪不安的。

[類] 喧しい

△小学校の教室は、騒がしいものです／小學的教室是個吵鬧的地方。

さわぎ［騒ぎ］ [二][6]

[名] 吵鬧，吵嚷；混亂，鬧事；轟動一時（的事件），激動，振奮。

[類] 騒動

△学校で、何か騒ぎが起こったらしい／看來學校裡，好像起了什麼騷動的樣子。

さわぐ［騒ぐ］ [二][三][3][6]

[自五] 吵鬧，吵嚷，亂哄哄；激動不安，慌張；騷動，鬧事；極力贊助，吹捧。

[反] 静まる

△教室で騒いでいるのは、誰なの／是誰在教室吵鬧的？

さわやか［爽やか］ [二][3][6]

[形動]（心情、天氣）爽朗的，清爽的；（聲音、口齒）鮮明的，清楚的，巧妙的。

[類] 快い

△これは、とても爽やかな飲み物です／這是很清爽的飲料。

さわる［触る］ [二][三][3][6]

[自五] 觸碰，摸；接觸，參與；觸怒，觸

犯。

劉 接触する

△このボタンには、ぜったい触っては
いけない/絶對不可觸摸這個按鈕。

さん［山］　　　二36

漢造 山；寺院，寺院的山號。

特 山（やま）

さん［産］　　　二36

名・漢造 生產，分娩：（某地方）出生，出
生地；（某地方的）產物，出產；財產：
（物質的）生產，製造。

さんか［参加］　　　二36

名・自サ 參加，加入。

劉 加入

△私たちが参加してみたかぎりでは、
そのパーティーはとてもよかった/就
我們參加過的感想，那個派對辦得很成
功。

さんかく［三角］　　　二36

名 三角形；（數）三角學。

劉 三角形

さんぎょう［産業］　　　二36

名 生產事業；生業。

△産業が発達している反面、公害が
深刻です/產業雖然發達，但另一方面
公害問題卻相當嚴重。

ざんぎょう［残業］　　　二6

名・自サ 加班。

劉 超勤

△彼はデートだから、残業しっこない
/他要約會，所以不可能會加班的。

さんこう［参考］　　　二36

名・他サ 參考，借鑑。

劉 參照

△合格した人の意見を参考にすること
ですね/要參考及格的人的意見。

さんすう［算数］　　　二6

名 算數，初等數學；計算數量。

△うちの子は、算数が得意な反面、
国語は苦手です/我家小孩算數很拿
手，但另一方面卻拿國文沒轍。

さんせい［賛成］　　　二36

名・自サ 賛成，同意。

反 反対　**劉** 同意

△みなが賛成するかどうかにかかわら
ず、私は反対します/無論大家賛成與
否，我都反對。

さんせい［酸性］　　　二6

名 （化）酸性。

反 アルカリ性

△この液体は酸性だ/這液體是酸性
的。

さんそ［酸素］　　　二6

名 （理）氧氣。

△山の上は、苦しいほど酸素が薄かっ
た/山上的氧氣，稀薄到令人難受。

さんち［産地］　　　二6

名 產地；出生地。

名 生産地
△この果物は、産地から直接輸送した／這水果，是從產地直接運送來的。

サンプル ［sample］ ⊜6

名・他サ 樣品，樣本。
類 見本

さんりん ［山林］ ⊜6

名 山上的樹林；山和樹林。
△山林の破壊にしたがって、自然の災害が増えている／隨著山中的森林受到了破壞，自然的災害也增加了許多。

しシ

し ［市］ ⊜6

名・漢造 （行政單位）市；鬧市，城市；市，交易。
△私は、静岡市内に住んでいます／我住在靜岡市區裡。

し ［氏］ ⊜6

代・接尾・漢造 （做代詞用）這位，他；（接人姓名表示敬稱）先生；氏，姓氏；家族，氏族。
類 姓
△田中氏は、大阪の出身だ／田中先生是大阪人。

し ［紙］ ⊜6

名・漢造 報紙的簡稱；紙；文件，刊物。
類 ペーパー

し ［詩］ ⊜36

名・漢造 詩，漢詩，詩歌。
類 漢詩
△私の趣味は、詩を書くことです／我的興趣是作詩。

じ ［寺］ ⊜36

漢造 寺。
類 寺（てら）

しあい ［試合］ ⊜三36

名・他サ 比賽。
類 ゲーム
△試合はきっとおもしろいだろう／比賽一定很有趣吧！

しあがる ［仕上がる］ ⊜6

自五 做完，完成；做成的情形。
類 出来上がる
△作品が仕上がったら、展示場に運びます／作品一完成，就馬上送到展覽場。

しあさって ［明明後日］ ⊜36

名 大後天。
類 明明後日（みょうみょうごにち）
△明日はともかく、明後日としあさっては必ず来ます／明天先不提，後天和大後天一定會到。

しあわせ ［幸せ］ ⊜36

名・形動 運氣，機運；幸福，幸運。
對 不幸せ 類 幸福
△結婚すれば幸せというものではない

160

でしょう／結婚並不能說就會幸福的吧！

シーズン [season] 二6
⊛（名）（盛行的）季節，時期。
⊛ 時期
△旅行シーズンにもかかわらず、観光客が少ない／儘管是観光旺季，観光客還是很少。

シーツ [sheet] 二6
⊛（名）床單。
⊛ 敷布
△シーツをとりかえましょう／我來為您換被單。

じいん [寺院] 二6
⊛（名）寺院。
⊛ 寺
△京都には、寺院やら庭やら、見るところがいろいろあります／在京都，有寺院啦、庭院啦，各式各樣可以參觀的地方。

ジーンズ [jeans] 二6
⊛（名）混紡斜紋布；牛仔褲。
⊛ ジーパン
△新しいジーンズを買った／我買了條新牛仔褲。

しいんと 二6
⊛（副・自サ）安靜，肅靜，平靜，寂靜。
△場内はしいんと静まりかえった／會場內鴉雀無聲。

じえい [自衛] 二6
⊛（名・他サ）自衛。
△悪い商売に騙されないように、自衛しなければならない／為了避免被惡質的交易所騙，要好好自我保衛才行。

ジェットき [jet機] 二6
⊛（名）噴氣式飛機，噴射機。
⊛ 飛行機

しおからい [塩辛い] 二6
⊛（形）鹹的。
⊛ しょっぱい
△塩辛いものは、あまり食べたくありません／我不大想吃鹹的東西。

しかい [司会] 二36
⊛（名・自他サ）司儀，主持會議（的人）。
△パーティーの司会はだれだっけ／派對的司儀是哪位來著？

しかく [四角] 二36
⊛（名）四角形，四方形，方形。
⊛ 四角形

しかくい [四角い] 二36
⊛（形）四角的，四方的。
△四角いスイカを作るのに成功しました／我成功地培育出四角形的西瓜了。

しかたがない [仕方がない] 二36
⊛（連語）沒有辦法；沒有用處，無濟於事，迫不得已；受不了，…得不得了；不像話。
⊛ 仕様がない

△彼は怠け者で仕方がないやつだ／他是個懶人真叫人束手無策。

じかに［直に］ 二36

副 直接地，親自地；貼身。

類 直接

△社長は偉い人だから、直に話せっこない／社長是位地位崇高的人，所以不可能直接跟他說話。

しかも 二36

接 而且，並且；而，但，卻；反而，竟然，儘管如此還…。

類 その上

△私が聞いたかぎりでは、彼は頭がよくて、しかもハンサムだそうです／就我所聽到的，據說他不但頭腦好，而且還很英俊。

しかる［叱る］ 二三36

他五 出聲責備，申斥。

類 怒鳴る

△子どもをああしかっては、かわいそうですよ／把小孩罵成那樣，就太可憐了。

じかんめ［時間目］ 二6

接尾 第…小時。

じかんわり［時間割］ 二6

名 時間表。

類 時間表

△授業は、時間割どおりに行われます／課程按照課程時間表進行。

しき［四季］ 二6

名 四季。

類 季節

△日本は、四季の変化がはっきりしています／日本四季的變化分明。

じき［時期］ 二36

名 時期，時候；期間；季節。

類 期間

△時期が来たら、あなたにも訳を説明します／等時候一到，我也會向你說明的。

しき［式］ 二三36

名·漢造 儀式，典禮，（特指）婚禮；方式；樣式，類型，風格；做法；算式，公式。

類 儀式

△式の途中で、帰るわけにもいかない／典禮進行中，不能就這樣跑回去。

じき［直］ 二36

名·副 直接；（距離）很近，就在眼前；（時間）立即，馬上。

類 すぐ

△みんな直に戻ってくると思います／我想大家應該會馬上回來的。

しきたり［仕来り］ 二6

名 慣例，常規，成規，老規矩。

類 慣わし

△しきたりを守る／遵守成規。

しきち［敷地］ 二6

（名） 建築用地，地皮；房屋地基。
（動） 土地
△隣の家の敷地内に、新しい建物が建った／隔壁鄰居的那塊地裡，蓋了一棟新的建築物。

しきゅう [支給] （二6）

（名・他サ） 支付，發給。
△残業手当は、ちゃんと支給されるということだ／聽說加班津貼會確實支付下來。

しきゅう [至急] （二6）

（名・副） 火速，緊急；急速，加速。
（動） 大急ぎ
△至急電話してください／請趕快打通電話給我。

しきりに [頻りに] （二6）

（副） 頻繁地，再三地，屢次；不斷地，一直地；熱心，強烈。
（動） しばしば
△お客様が、しきりに催促の電話をかけてくる／客人再三地打電話過來催促。

しく [敷く] （二36）

（自五・他五） 撲上一層，（作接尾詞用）鋪滿，遍佈，落滿鋪砌，鋪設；布置，發佈。
（反） 被せる （動） 延べる
△どうぞ座布団を敷いてください／煩請鋪一下坐墊。

しくじる （二6）

（他五） 失敗，失策；（俗）被解雇。
（動） 失敗する
△試験をしくじる／考試失敗了。

しげき [刺激] （二6）

（名・他サ） （物理的，生理的）刺激；（心理的）刺激，使興奮。
△刺激が欲しくて、怖い映画を見た／為了追求刺激，去看了恐怖片。

しげる [茂る] （二6）

（自五） （草木）繁茂，茂密。
（反） 枯れる （動） 繁茂
△桜の葉が茂る／櫻花樹的葉子很茂盛。

しげん [資源] （二6）

（名） 資源。
△この国は、資源は少ないながら、技術でがんばっています／這國家資源雖然不足，但很努力地開發技術。

じけん [事件] （二36）

（名） 事件，案件。
△連続して殺人事件が起きた／殺人事件接二連三地發生了。

じこく [時刻] （二36）

（名） 時刻，時候，時間。
（動） 時点
△その時刻には、私はもう寝ていました／那個時候，我已經睡著了。

し

じさつ [自殺] 二 6

名·自サ 自殺，尋死。

反 他殺　類 自害

△彼が自殺するわけがない／他不可能會自殺的。

じさん [持参] 二 6

名·他サ 帶來（去），自備。

△当日は、お弁当を持参してください／當天請自行帶便當。

しじ [指示] 二 6

名·他サ 指示，指點。

類 命令

△隊長の指示を聞かないで、勝手に行動してはいけない／不可以不聽從隊長的指示，隨意行動。

じじつ [事実] 二 3 6

名 事實；（作副詞用）實際上。

類 真相

△私は、事実をそのまま話したにすぎません／我只不過是照事實講而已。

じしゃく [磁石] 二 6

名 磁鐵；指南針。

類 磁気コンパス

△磁石で方角を調べた／我用指南針找了方位。

ししゃごにゅう [四捨五入] 二 6

名·他サ 四捨五入。

△小数点以下は、四捨五入します／小數點以下要四捨五入。

しじゅう [始終] 二 3 6

名·副 開頭和結尾；自始至終；經常，不斷，總是。

類 いつも

△彼は、始終歌ばかり歌っている／他老是唱著歌。

じしゅう [自習] 二 3 6

名·他サ 自習，自學。

類 自学

△彼は英語を自習した／他自習了英語。

ししゅつ [支出] 二 3 6

名·他サ 開支，支出。

反 収入　類 支払い

△支出が増えたせいで、貯金が減った／都是支出變多，儲蓄才變少了。

じじょう [事情] 二 6

名 狀況，內情，情形；（局外人所不知的）原因，緣故，理由。

類 理由

△私の事情を、先生に説明している最中です／我正在向老師說明我的情況。

しじん [詩人] 二 6

名 詩人。

類 歌人

△彼は詩人ですが、時々小説も書きます／他雖然是個詩人，有時候也會寫寫小說。

じしん [自信]

名 自信，自信心。

△自信を持つことこそ、あなたに最も必要なことです／要對自己有自信，對你來講才是最需要的。

じしん [自身]

名・接尾 自己，本人；本身。

類 自分

△自分自身のことも、よくわからない／我也不大懂我自己。

しずまる [静まる]

自五 變平靜；平靜，平息；減弱；平靜的（存在）。

類 落ち着く

△先生が大きな声を出したものだから、みんなびっくりして静まった／因為老師突然大聲講話，所以大家都嚇得鴉雀無聲。

しずむ [沈む]

自五 沉沒，沉入；西沈，下山；消沈，落魄，氣餒；沉淪。

対 浮く　類 沈下する

△夕日が沈むのを、ずっと見ていた／我一直看著夕陽西沈。

しせい [姿勢]

名 (身體) 姿勢；態度。

類 姿

△姿勢を正しくすればするほど、健康になりますよ／越矯正姿勢，身體就會越健康。

しぜん [自然]

名・形動・副 自然，天然；大自然，自然界；自然地。

対 人工　類 天然

△この国は、経済が遅れている反面、自然が豊かだ／這個國家經濟雖落後，但另一方面卻擁有豐富的自然資源。

しぜんかがく [自然科学]

名 自然科學。

△英語や国語に比べて、自然科学のほうが得意です／比起英語和國語，自然科學我比較拿手。

しそう [思想]

名 思想。

類 見解

△彼は、文学思想において業績を上げた／他在文學思想上，取得了成就。

じそく [時速]

名 時速。

△制限時速は、時速100キロである／時速限制是時速100公里。

しそん [子孫]

名 子孫；後代。

類 後裔

△あの人は、王家の子孫だけのことはあって、とても堂々としている／那位不愧是王室的子孫，真是威風凜凜的。

した [舌]

名 舌頭；說話；舌狀物。

（動）べろ

△熱いものを食べて、舌を火傷した／
我吃到熱食，燙到舌頭了。

したい [死体] （二 6）

（名）屍體。

（反）生体 （類）死骸

△警察官が、死体を調べている／検察
官正在調查屍體。

じたい [事態] （二 6）

（名）事態，情形，局勢。

（類）成り行き

△事態は、回復しつつあります／情勢
有漸漸好轉了。

しだい [次第] （二 3 6）

（名・接尾）順序，次序；依序，依次；經過，
緣由；任憑，取決於。

△条件次第では、契約しないこともな
いですよ／視條件而定，並不是不能簽
約的呀！

したがう [従う] （二 3 6）

（自五）跟隨；服從，遵從；按照；順著，沿
著；隨著，伴隨。

（類）服従

△先生が言えば、みんな従うにきまっ
ています／只要老師一說話，大家就肯
定會服從的。

したがき [下書き] （二 3 6）

（名・他サ）試寫；草稿，底稿；打草稿；試
畫，畫輪廓。

（反）清書 （類）草稿

△いい文章を書くには、下書きするよ
りほかない／想要寫好文章，就只有先
打草稿了。

したがって [従って] （二 3 6）

（接続）因此，從而，因而，所以。

（類）それゆえ

△この学校の進学率は高い、したがっ
て志望者が多い／這所學校的升學率
高，所以有很多人想進來唸。

したく [支度] （二 二 3 6）

（名・自サ）準備，預備；（外出的）衣服，打
扮。

（類）用意

△旅行の支度をしなければなりません
／我得準備旅行事宜。

じたく [自宅] （二 6）

（名）自己家，自己的住宅。

（類）私宅

△映画に行くかわりに、自宅でテレビ
を見た／不去電影院，換成在家裡看電
視。

したしい [親しい] （二 3 6）

（形）（血緣）近；親近，親密；熟悉，習
慣；不稀奇。

（反）疎い （類）睦まじい

△その人は、知っているどころかとて
も親しい友人です／那個人豈止是認
識，她可是我的摯友呢。

したまち［下町］ [二6]

[名]（普通百姓居住的）小工商業區；（都市中）低窪地區。

[反] 山の手

△下町は賑やかなので好きです／庶民住宅區很熱鬧，所以我很喜歡。

じち［自治］ [二6]

[名] 自治，地方自治。

[反] 官治

△私は、自治会の仕事を手伝っている／我在地方自治團體裡幫忙。

しつ［室］ [二6]

[名·漢造] 房屋，房間；（文）夫人，妻室；家族；窖，洞；鞘。

[類] 部屋

△室内の情景を描いた絵画／描繪室內的畫。

しつ［質］ [二6]

[名] 質量；品質，素質；質地，實質；抵押品；真誠，樸實。

[類] 性質

△この店の商品は、あの店に比べて質がいいです／這家店的商品，比那家店的品質好多了。

じつ［日］ [二36]

[漢造] 太陽；日，一天，白天；每天。

[類] 一昼夜

じっかん［実感］ [二6]

[名·他サ] 真實感，確實感覺到；真實的感情。

△まだ実感なんか湧きませんよ／還沒有真實感受呀！

しつぎょう［失業］ [二6]

[名·自サ] 失業。

[類] 失職

△会社が倒産して失業する／公司倒閉而失業。

しっけ［湿気］ [二36]

[名] 濕氣。

[類] 湿り

△暑さに加えて、湿気もひどくなってきた／除了熱之外，濕氣也越來越嚴重。

じっけん［実験］ [二36]

[名·他サ] 實驗，實地試驗；經驗。

[類] 施行

△どんな実験をするにせよ、安全に気をつけてください／不管做哪種實驗，都請注意安全！

じつげん［実現］ [二36]

[名·自他サ] 實現。

[類] 叶える

△あなたのことだから、きっと夢を実現させるでしょう／要是你的話，一定可以讓夢想成真吧！

しつこい [二36]

[形]（色香味等）過於濃的，油膩；執拗，糾纏不休。

[類] くどい

△何度も電話かけてくるのは、しつこいというものだ／他一直跟我打電話，真是糾纏不清。

じっこう［実行］ 二36

(名·他サ) 實行，落實，施行。

類 実践

△資金が足りなくて、計画を実行するどころじゃない／資金不足，哪能實行計畫呀！

じっさい［実際］ 二36

(名·副) 實際；事實，真面目；確實，真的，實際上。

△やり方がわかったら、実際にやってみましょう／既然知道了作法，就來實際操作看看吧！

じっし［実施］ 二36

(名·他サ)（法律、計畫、制度的）實施，實行。

類 実行

△この制度を実施するとすれば、まずすべての人に知らせなければならない／假如要實施這個制度，就得先告知所有的人。

じっしゅう［実習］ 二6

(名·他サ) 實習。

△理論を勉強する一方で、実習も行います／我一邊研讀理論，也一邊從事實習。

じっせき［実績］ 二6

(名) 實績，實際成績。

類 成績

△社員として採用するにあたって、今までの実績を調べた／在採用員工時，要調查當事人至今的成果表現。

じっと 二36

(副·自サ) 保持穩定，一動不動；凝神，聚精會神；一聲不響地忍住；無所做為，呆住。

類 つくづく

△相手の顔をじっと見つめる／凝神注視對方的臉。

しつど［湿度］ 二6

(名) 濕度。

△湿度が高くなるにしたがって、いらいらしてくる／溼度越高，就越令人感到不耐煩。

じつに［実に］ 二36

(副) 確實，實在，的確；（驚訝或感慨時）實在是，非常，很。

類 本当に

△医者にとって、これは実に珍しい病気です／對醫生來說，這真是個罕見的疾病。

じつは［実は］ 二36

(副) 說真的，老實說，事實是，說實在的。

類 打ち明けて言うと

△実は私が企てた事なのです／老實說這是我一手策劃的事。

しっぱい [失敗]　　二三36

(名・自サ) 失敗。
📷 過誤
△方法がわからず、失敗しました／不知道方法以致失敗。

しっぴつ [執筆]　　二6

(名・他サ) 執筆，書寫，撰稿。
📷 書く
△若い女性向きの小説を執筆しています／我在寫給年輕女子看的小說。

じつぶつ [実物]　　二6

(名) 實物，實在的東西，原物；(經)現貨。
📷 現物
△先生は、実物を見たことがあるかのように話します／老師有如見過實物一般敘述著。

しっぽ [尻尾]　　二6

(名) 尾巴；末端，末尾；尾狀物。
📷 尾
△犬のしっぽを触ったら、ほえられた／摸了狗尾巴，結果被吠了一下。

しつぼう [失望]　　二6

(名・他サ) 失望。
📷 がっかり
△この話を聞いたら、父は失望するに相違ない／如果聽到這件事，父親一定會很失望的。

じつよう [実用]　　二36

(名・他サ) 實用。
△この服は、実用的である反面、あまり美しくない／這件衣服很實用，但卻不怎麼好看。

じつりょく [実力]　　二36

(名) 實力，實際能力。
△彼女は、実力があるばかりか、やる気もあります／她不只有實力，也很有幹勁。

じつれい [実例]　　二6

(名) 實例。
📷 事例
△説明するかわりに、実例を見せましょう／讓我來示範實例，取代說明吧！

しつれん [失恋]　　二6

(名・自サ) 失戀。
△彼は、失恋したばかりか、会社も首になってしまいました／他不僅失戀，連工作也用丟了。

してい [指定]　　二6

(名・他サ) 指定。
△待ち合わせの場所を指定してください／請指定集合的地點。

してつ [私鉄]　　二36

(名) 私營鐵路。
📷 私営鉄道
△私鉄に乗って、職場に通っている／我都搭乘私營鐵路去上班。

し

してん［支店］ 二6

㊔ 分店。

反 本店　類 分店

△新しい支店を作るとすれば、どこがいいでしょう／如果要開新的分店，開在哪裡好呢？

しどう［指導］ 二36

名·他サ 指導；領導，教導。

類 導き

△彼の指導を受ければ上手になるというものではないと思います／我認為，並非接受他的指導就會變厲害。

じどう［児童］ 二6

㊔ 兒童。

類 子供

△児童用のプールは、とても浅い／兒童游泳池很淺。

じどう［自動］ 二36

㊔ 自動（不單獨使用）。

△入口は、自動ドアになっています／入口是自動門。

しな［品］ 二36

名·接尾 物品，東西；商品，貨物；（物品的）質量，品質；品種，種類；情況，情形。

類 品物

△これは、お礼の品です／這是作為答謝的一點小禮物。

しなもの［品物］ 二三36

㊔ 物品，東西，貨物。

類 物品

△あのお店の品物は、とてもいい／那家店的貨品非常好。

しなやか 二6

形動 柔軟，和軟；巍巍顫顫，有彈性；優美，柔和，溫柔。

反 強い　類 柔軟

△しなやかな動作／柔美的動作。

しはい［支配］ 二6

名·他サ 指使，支配；統治，控制，管轄；決定，左右。

類 統治

△こうして、王による支配が終わった／就這樣，國王統治時期結束了。

しばい［芝居］ 二36

㊔ 戲劇；假裝，花招；劇場。

類 劇

△その芝居は、面白くてたまらなかったよ／那場演出實在是有趣極了。

しばしば 二6

㊓ 常常，每每，屢次，再三。

類 度々

△孫たちが、しばしば遊びに来てくれます／孫子們經常會來這裡玩。

しばふ［芝生］ 二36

㊔ 草皮，草地。

△庭に、芝生なんかあるといいですね／如果院子裡有草坪之類的東西那該有

多好。

しはらい［支払い］ 二 6

名·他サ 付款，支付（金錢）。

反 受け取り　類 払い出し

△請求書をいただき次第、支払いをします／收到帳單之後，我就付款。

しはらう［支払う］ 二 6

他五 支付，付款。

△請求書が来たので、支払うほかない／繳款通知單寄來了，所以只好乖乖付款。

しばる［縛る］ 二 3 6

他五 綁，捆，縛；拘束，限制；逮捕。

類 結ぶ

△ひもをきつく縛ってあったものだから、靴がすぐ脱げない／因為鞋帶綁太緊了，所以沒辦法馬上脫掉鞋子。

じばん［地盤］ 二 6

名 地基，地面；地盤，勢力範圍。

類 土台

しびれる［痺れる］ 二 6

自下一 麻木；（俗）因強烈刺激而興奮。

類 麻痺する

△足が痺れたものだから、立てませんでした／因為腳麻所以沒辦法站起來。

しへい［紙幣］ 二 6

名 紙幣。

△紙幣が不足ぎみです／紙鈔似乎不夠。

しぼう［死亡］ 二 6

名·他サ 死亡。

類 死去

△私の見たかぎり、死亡者は一人もいませんでした／就我所見，沒有任何人死亡。

しぼむ［凋む］ 二 6

自五 枯萎，凋謝；扁掉。

類 枯れる

△花は、凋んでしまったのやら、開き始めたのやら、いろいろです／花會凋謝啦、綻放啦，有多種面貌。

しぼる［絞る］ 二 3 6

他五 扭，擠；引人（流淚）；拼命發出（高聲），絞盡（腦汁）；剝削，勒索；拉開（幕）。

類 捻る

△ぞうきんをしっかり絞りましょう／抹布要用力扭乾。

しほん［資本］ 二 6

名 資本。

類 元手

△資本に関しては、問題ないと思います／關於資本，我認為沒什麼問題。

しま［縞］ 二 6

名（布的）條紋，格紋，條紋布；條紋花樣。

類 ストライプ

しま［島］ 二 三 3 6

名 島嶼。

△島に行くためには、船に乗らなければなりません/要去小島，就得搭船。

しまい [仕舞い]　（二）6

⊘　終了，末尾；停止，休止；閉店；賣光；化妝，打扮。

⊕　最後

△彼は話を聞いていて、仕舞いに怒りだした/他聽過事情的來龍去脈後，最後生起氣來了。

しまい [姉妹]　（二）6

⊘　姉妹。

△隣の家には、美しい姉妹がいる/隔壁住著一對美麗的姉妹花。

しまう [仕舞う]　（二）3 6

(自五・他五・補動)　結束，完了，收拾；收拾起來；關閉；表不能恢復原狀。

⊕　片付ける

△通帳は金庫にしまっている/存摺收在金庫裡。

しまった　（二）3 6

(連語・感)　糟糕，完了。

△しまった、財布を家に忘れた/糟了！我把錢包忘在家裡了。

じまん [自慢]　（二）3 6

(名・他サ)　自滿，自誇，自大，驕傲。

⊕　誇る

△彼の自慢の息子だけあって、とても優秀です/果然是他引以為傲的兒子，非常的優秀。

じみ [地味]　（二）3 6

(形動)　素氣，樸素，不華美；保守。

⊗　派手　⊕　素朴

△この服は地味ながら、とてもセンスがいい/儘管這件衣服樸素了點，但卻很有品味。

しみじみ　（二）6

(副)　痛切，深切地；親密，懇切；仔細，認真的。

⊕　つくづく

△しみじみと、昔のことを思い出した/我一一想起了以前的種種。

しみん [市民]　（二）6

⊘　市民。

⊕　住民

△市民として、義務を果たします/作為國民，要盡義務。

じむ [事務]　（二）3 6

⊘　事務（多為處理文件、行政等庶務工作）。

⊕　庶務

△会社で、事務の仕事をしています/我在公司做行政的工作。

しめい [氏名]　（二）3 6

⊘　姓與名，姓名。

⊕　名前

しめきり [締め切り]　（二）6

⊘　（時間、期限等）截止，屆滿；封死，封閉；截斷，斷流。

△締め切りが近づいているにもかかわらず、ぜんぜんやる気がしない／儘管截止時間迫在眉梢，也是一點幹勁都沒有。

しめきる［締切る］ 二 6

(他五)（期限）屆滿，截止，結束。
△申し込みは 5 時で締め切られるとか／聽說報名是到五點。

しめす［示す］ 二 3 6

(他五) 出示，拿出來給對方看；表示，表明；指示，指點，開導；呈現，顯示。
(類) 指し示す
△実例によって、やりかたを示す／以實際的例子來示範做法。

しめた［占めた］ 二 3 6

(連語・感)（俗）太好了，好極了，正中下懷。
(類) しめしめ
△しめた、これでたくさん儲けられるぞ／太好了，這樣就可以賺很多錢了。

しめる［湿る］ 二 3 6

(自五) 濕，受潮，潮濕；(火) 熄滅，(勢頭) 漸消。
(類) 濡れる
△さっき干したばかりだから、洗濯物が湿っているわけだ／因為衣服才剛曬的，所以還是濕的。

しめる［占める］ 二 6

(他下一) 占有，佔據，佔領；(只用於特殊形) 表得到 (重要的位置)。

(類) 占有する
△公園は町の中心部を占めている／公園據於小鎮的中心。

じめん［地面］ 二 3 6

(名) 地面，地表；土地，地皮，地段。
(類) 地表
△子どもが、チョークで地面に絵を描いている／小朋友拿粉筆在地上畫畫。

しも［下］ 二 6

(名) 下，下邊；下游；身分低下的人，下人；下半身；後邊。
(反) 上 (類) 下方
△川下のほうに歩いていった／我往河的下游方向走去。

しも［霜］ 二 6

(名) 霜；白髮。
△昨日は霜がおりるほどで、寒くてならなかった／昨天好像下霜般地，冷得叫人難以忍受。

しゃ［社］ 二 6

(名・漢造) 公司，報社 (的簡稱)；神社；（中國的）土地神；團體，結社；社會。
(類) 会社

しゃ［者］ 二 3 6

(漢造) 者，人；(特定的) 事物，場所；強調語氣。

しゃ［車］ 二 6

(名・接尾・漢造) 車；(助數詞用法)（數貨車等的）車，輛，車廂。

173

[類] 車（くるま）

ジャーナリスト [journalist] 二 6

[名] 新聞工作者；（報紙、雜誌等的）記者，編輯，通訊員。

[類] 記者

△あの人は、優秀なジャーナリストだけに、すばらしい記事を書く／那個人不愧是個優秀的記者，報導寫得非常出色。

しゃかいかがく [社会科学] 二 3 6

[名] 社會科學。

△社会科学とともに、自然科学も学ぶことができる／在學習社會科學的同時，也能學到自然科學。

しゃがむ 二 3 6

[自五] 蹲下。

[類] 屈む

△疲れたので、道端にしゃがんで休んだ／因為累了，所以在路邊蹲下來休息。

じゃぐち [蛇口] 二 6

[名] 水龍頭。

△蛇口をひねると、水が勢いよく出てきた／一轉動水龍頭，水就嘩啦嘩啦地流了出來。

じゃくてん [弱点] 二 6

[名] 弱點，痛處；缺點。

[類] 弱み

△相手の弱点を知れば勝てるというものではない／知道對方的弱點並非就可以獲勝！

しゃこ [車庫] 二 6

[名] 車庫。

△車を車庫に入れた／將車停進了車庫裡。

しゃしょう [車掌] 二 3 6

[名] 車掌，列車員。

[類] 乗務員

△車掌が来たので、切符を見せなければならない／車掌來了，得讓他看票根才行。

しゃせい [写生] 二 6

[名·他サ] 寫生，速寫；短篇作品，散記。

[類] スケッチ

△山に、写生に行きました／我去山裡寫生。

しゃせつ [社説] 二 3 6

[名] 社論。

△今日の新聞の社説は、教育問題を取り上げている／今天報紙的社會評論裡，談到了教育問題。

しゃっきん [借金] 二 3 6

[名·自サ] 借款，欠款，舉債。

[類] 借財

△借金は、ふくらむ一方ですよ／借款越來越多了。

しゃっくり ⊜ 6
(名・自サ) 打嗝。

シャッター [shutter] ⊜ 6
(名) 鐵捲門；照相機快門。
△シャッターを押していただけますか
/可以請你幫我按下快門嗎？

しゃぶる ⊜ 6
(他五) (放入口中)含，吸吮。
紐 舐る
△赤ちゃんは、指もしゃぶれば、玩具もしゃぶる/小嬰兒會吸手指頭，也會用嘴含玩具。

しゃりん [車輪] ⊜ 6
(名) 車輪；(演員)拼命，努力表現；拼命於，盡力於。
△自転車の車輪が汚れたので、布で拭いた/因為腳踏車的輪胎髒了，所以拿了塊布來擦。

しゃれ [洒落] ⊜ 6
(名) 俏皮話，雙關語；(服裝)亮麗，華麗，好打扮。
紐 駄洒落
△会社の上司は、つまらないしゃれを言うのが好きだ/公司的上司，很喜歡說些無聊的笑話。

シャワー [shower] ⊜ 6
(名) 驟雨；淋浴；(為新娘舉行的)送禮會。

じゃんけん [じゃん拳] ⊜ 6

(名) 猜拳，划拳。
紐 じゃんけんぽん
△じゃんけんによって、順番を決めよう/我們就用猜拳來決定順序吧！

しゅ [手] ⊜ 6
(漢造) 手；親手；專家；手持；有技藝或資格的人。
紐 手 (て)

しゅ [酒] ⊜ 6
(漢造) 酒。
紐 酒 (さけ)

しゅう [州] ⊜ 6
(漢造) 大陸，州。

しゅう [週] ⊜ 3 6
(名・漢造) 星期。

しゅう [集] ⊜ 6
(名・漢造) (詩歌等的)集；聚集。

じゅう [重] ⊜ 3 6
(名・漢造) (文)重大；層疊食盒；沉，重；穩重；巨大；重要，尊貴；誠懇。

じゅう [重] ⊜ 6
(接尾) (助數詞用法)層，重。
△この容器には二重のふたが付いている/這容器附有兩層的蓋子。

じゅう [銃] ⊜ 6
(名・漢造) 槍，槍形物；有槍作用的物品。
紐 銃器
△その銃は、本物ですか/那把槍是真的嗎？

じゅう［中］ 二36

(名·結尾)（舊）期間；表示整個期間或區域。

△それを今日中にやらないと間に合わないです／那個今天不做的話就來不及了。

しゅうい［周囲］ 二6

(名) 周圍，四周；周圍的人，環境。

(類) 周辺

△彼は、周囲の人々に愛されている／他被大家所喜愛。

しゅうかい［集会］ 二6

(名·自サ) 集會。

(類) 集まり

△いずれにせよ、集会には出席しなければなりません／無論如何，務必都要出席集會。

しゅうかく［収穫］ 二6

(名·他サ) 收獲（農作物）；成果，收穫；獵獲物。

(類) 取り入れ

△収穫量に応じて、値段を決めた／按照收成量，來決定了價格。

じゅうきょ［住居］ 二6

(名) 住所，住宅。

(類) 住処

△まだ住居が決まらないので、ホテルに泊まっている／由於還沒決定好住的地方，所以就先住在飯店裡。

しゅうきょう［宗教］ 二36

(名) 宗教。

△この国の人々は、どんな宗教を信仰していますか／這個國家的人，信仰的是什麼宗教？

しゅうきん［集金］ 二6

(名·自他サ)（水電、瓦斯等）收款，催收的錢。

(類) 取り立てる

△毎月月末に集金に来ます／每個月的月底，我會來收錢。

しゅうごう［集合］ 二6

(名·自他サ) 集合；群體，集群；（數）集合。

(反) 解散 (類) 集う

△朝8時に集合してください／請在早上八點集合。

じゅうし［重視］ 二6

(名·他サ) 重視，認為重要。

(反) 軽視 (類) 重要視

△能力に加えて、人柄も重視されます／除了能力之外，也重視人品。

しゅうじ［習字］ 二6

(名) 習字，練毛筆字。

△あの子は、習字を習っているだけのことはあって、字がうまい／那孩子不愧是學過書法，字寫得還真是漂亮！

じゅうしょ［住所］ 二三36

(名) 住所，住址。

類 居所

△私の住所（わたし じゅうしょ）をあげますから、手紙（てがみ）をください／給你我的地址，請寫信給我。

しゅうしょく［就職］ 二36

名·自サ 就職，就業，找到工作。

△就職（しゅうしょく）したからには、一生懸命働（いっしょうけんめいはたら）きたい／既然找到了工作，我就想要努力去做。

ジュース［juice］ 二36

名 果汁，汁液，糖汁，肉汁。

類 果汁

しゅうせい［修正］ 二6

名·他サ 修改，修正，改正。

類 直す

△レポートを修正（しゅうせい）の上（うえ）、提出（ていしゅつ）してください／請修改過報告後再交出來。

しゅうぜん［修繕］ 二6

名·他サ 修繕，修理。

類 修理

△古（ふる）い家（いえ）だが、修繕（しゅうぜん）すれば住（す）めないこともない／雖說是老舊的房子，但修補後，也不是不能住的。

じゅうたい［渋滞］ 二6

名·自サ 停滯不前，進展不順利，不流通。

△道（みち）が渋滞（じゅうたい）しているので、電車（でんしゃ）で行（い）くしかありません／因為路上塞車，所以只好搭電車去。

じゅうたい［重体］ 二6

名 病危，病篤。

類 瀕死

△重体（じゅうたい）に陥（おちい）る／病情危急。

じゅうだい［重大］ 二36

形動 重要的，嚴重的，重大的。

類 重要

△最近（さいきん）は、重大（じゅうだい）な問題（もんだい）が増（ふ）える一方（いっぽう）だ／近來，重大案件不斷地增加。

じゅうたく［住宅］ 二6

名 住宅。

類 住居

△このへんの住宅（じゅうたく）は、家族向（かぞくむ）きだ／這一帶的住宅，適合全家居住。

しゅうだん［集団］ 二6

名 集體，集團。

類 集まり

△私（わたし）は集団行動（しゅうだんこうどう）が苦手（にがて）だ／我不大習慣集體行動。

じゅうたん［絨毯］ 二6

名 地毯。

類 カーペット

△居間（いま）にじゅうたんを敷（し）こうと思（おも）います／我打算在客廳鋪塊地毯。

しゅうちゅう［集中］ 二6

名·自他サ 集中；作品集。

△集中力（しゅうちゅうりょく）にかけては、彼（かれ）にかなう者（もの）はいない／就集中力這一點，沒有人可以贏過他。

しゅうてん［終点］ 二36

名 終點。

し

反 起点

△終点(しゅうてん)までいくつ駅(えき)がありますか／到終點一共有幾站？

じゅうてん［重点］ 二36

名 重點；（物）作用點。

類 ポイント

△この研修(けんしゅう)は、英会話(えいかいわ)に重点(じゅうてん)が置(お)かれている／這門研修的重點，是擺在英語會話上。

しゅうにゅう［収入］ 二36

名 收入，所得。

反 支出 類 所得

△彼(かれ)は収入(しゅうにゅう)がないにもかかわらず、ぜいたくな生活(せいかつ)をしている／儘管他沒收入，還是過著奢侈的生活。

しゅうにん［就任］ 二6

名·自サ 就職，就任。

類 就職

△彼(かれ)の理事長(りじちょう)への就任(しゅうにん)をめぐって、問題(もんだい)が起(お)こった／因為他就任理事長，而產生了一些問題。

じゅうぶん［十分］ 二三36

副·形動 十分，充分，足夠。

反 不十分 類 存分

△昨日(きのう)は、十分(じゅうぶん)お休(やす)みになりましたか／昨晚有好好休息了嗎?

しゅうへん［周辺］ 二6

名 周邊，四周，外圍。

類 周り

△駅(えき)の周辺(しゅうへん)というと、にぎやかなイメージがあります／說到車站周邊，讓人就有熱鬧的印象。

じゅうみん［住民］ 二6

名 居民。

類 住人

△ビルの建設(けんせつ)を計画(けいかく)する一方(いっぽう)、近所(きんじょ)の住民(じゅうみん)の意見(いけん)も聞(き)かなければならない／在一心策劃蓋大廈的同時，也得聽聽附近居民的意見才行。

じゅうやく［重役］ 二6

名 擔任重要職務的人；重要職位，重任者；（公司的）董事與監事的通稱。

類 大役

△彼(かれ)はおそらく、重役(じゅうやく)になれるまい／他恐怕無法成為公司的要員吧！

じゅうよう［重要］ 二36

名·形動 重要，要緊。

類 大事

△彼(かれ)は若(わか)いながら、なかなか重要(じゅうよう)な仕事(しごと)をしています／雖說他很年輕，卻從事相當重要的工作。

しゅうり［修理］ 二36

名·他サ 修理，修繕。

類 修繕

△この家(いえ)は修理(しゅうり)が必要(ひつよう)だ／這個房子需要進行修繕。

しゅうりょう［終了］ 二36

名·自他サ 終了，完了，結束；作完；期

滿，屆滿。
反 開始 類 終わる
△パーティーは終了したものの、まだ
後片付けが残っている/雖然派對結束
了，但卻還沒有整理。

じゅうりょう［重量］ 二6
名 重量，分量：沈重，有份量。
類 目方
△持って行く荷物には、重量制限が
あります/攜帶過去的行李有重量限
制。

じゅうりょく［重力］ 二6
名 （理）重力。
△りんごが木から落ちるのは、重力が
あるからです/蘋果之所以會從樹上掉
下來，是因為有重力的關係。

しゅぎ［主義］ 二6
名 主義，信條：作風，行動方針。
類 主張
△自分の主義を変えるわけにはいかな
い/我不可能改變自己的主張。

じゅくご［熟語］ 二6
名 成語，慣用語：（由兩個以上單詞組
成）複合詞：（由兩個以上漢字構成的）
漢語詞。
類 慣用語
△「山」という字を使って、熟語を作
ってみましょう/請試著用「山」這個
字，來造句成語。

しゅくじつ［祝日］ 二36
名 （政府規定的）節日。
類 記念日
△国民の祝日/國定假日。

しゅくしょう［縮小］ 二6
名・他サ 縮小。
反 拡大
△経営を縮小しないことには、会社が
つぶれてしまう/如不縮小經營範圍，
公司就會倒閉。

しゅくはく［宿泊］ 二6
名・自サ 投宿，住宿。
類 泊まる
△京都で宿泊するとしたら、日本旅館
に泊まりたいです/如果要在京都投
宿，我想住日式飯店。

じゅけん［受験］ 二36
名・他サ 參加考試，應試，投考。
△試験が難しいかどうかにかかわら
ず、私は受験します/無論考試困難與
否，我都要去考。

しゅご［主語］ 二36
名 主語：（邏）主詞。
反 述語
△日本語は、主語を省略することが多
い/日語常常省略掉主語。

しゅじゅつ［手術］ 二36
名・他サ 手術。
類 オペ

し

179

△病気がわかった上は、きちんと手術して治します／既然知道生病了，就要好好進行手術治療。

しゅしょう［首相］ 二6

㊔ 首相，内閣總理大臣。

類 内閣総理大臣

△首相に対して、意見を提出した／我向首相提出了意見。

しゅじん［主人］ 二36

㊔ 家長，一家之主；丈夫，外子；主人；東家，老闆，店主。

類 家主

△主人は出張しております／外子出差了。

しゅだん［手段］ 二36

㊔ 手段，方法，辦法。

類 方法

△よく考えれば、手段がないというものでもありません／仔細想想的話，也不是說沒有方法的。

しゅちょう［主張］ 二36

名・他サ 主張，主見，論點。

△あなたの主張は、理解しかねます／我實在是難以理解你的主張。

しゅっきん［出勤］ 二6

名・自サ 上班，出勤。

反 退勤

△君の朝のようすからして、今日は出勤は無理だと思ったよ／從你早上的樣子來看，我以為你今天沒辦法去上班了。

じゅつご［述語］ 二36

㊔ 謂語。

反 主語 類 賓辞

△この文の述語はどれだかわかりますか／你能分辨這個句子的謂語是哪個嗎？

しゅつじょう［出場］ 二6

名・自サ （參加比賽）上場，入場；出站，走出場。

反 欠場

△歌がうまくさえあれば、コンクールに出場できる／只要歌唱得好，就可以參加比賽。

しゅっしん［出身］ 二6

㊔ 出生（地），籍貫；出身；畢業於…。

△東京出身といっても、育ったのは大阪です／雖然我出生於東京，但卻是生長於大阪。

しゅっせき［出席］ 二三36

名・自サ 出席。

反 欠席

△そのパーティーに出席することは難しい／要出席那個派對是很困難的。

しゅっちょう［出張］ 二6

名・自サ 因公前往，出差。

△私のかわりに、出張に行ってもらえ

ませんか／你可不可以代我去出公差？

しゅっぱつ［出発］ 二三36

名·自サ 出發，動身，啓程；開頭，開始做。

反 帰着 類 発程

△なにがあっても、明日は出発します／無論如何，明天都要出發。

しゅっぱん［出版］ 二36

名·他サ 出版。

類 発行

△本を出版するかわりに、インターネットで発表した／取代出版書籍，我在網路上發表文章。

しゅと［首都］ 二6

名 首都。

類 首府

△フランスの首都／法國的首都。

しゅふ［主婦］ 二6

名 主婦，女主人。

△主婦向きの仕事はありませんか／請問有沒有適合主婦做的工作？

じゅみょう［寿命］ 二6

名 壽命；（物）耐用期限。

類 命数

△平均寿命が大きく伸びた／平均壽命大幅地上升。

しゅやく［主役］ 二6

名（戲劇）主角；（事件或工作的）中心人物。

反 脇役 類 主人公

△主役も主役なら、脇役も脇役で、みんなへたくそだ／不論是主角還是配角實在都不像樣，全都演得很糟。

しゅよう［主要］ 二6

名·形動 主要的。

△世界の主要な都市の名前を覚えました／我記下了世界主要都市的名字。

じゅよう［需要］ 二6

名 需要，要求；需求。

反 供給 類 求め

△まず需要のある商品が何かを調べることだ／首先要做的，應該是先查出哪些是需要的商品。

しゅるい［種類］ 二36

名 種類。

類 ジャンル

△病気の種類に応じて、飲む薬が違うのは当然だ／依不同的疾病類型，服用的藥物當然也有所不同。

じゅわき［受話器］ 二6

名 聽筒。

反 送話器 類 レシーバー

△電話が鳴ったので、急いで受話器を取った／電話響了，於是急忙接起了聽筒。

じゅん［順］ 二36

名·漢造 順序，次序；輪班，輪到；正當，必然，理所當然；順利。

[類] 順番

△順に呼びますから、そこに並んでください／我會依序叫名，所以請到那邊排隊。

じゅんかん［瞬間］ [二][3][6]

[名] 瞬間，剎那間，剎那；當時，…的同時。

[類] 一瞬

△振り返った瞬間、誰かに殴られた／就在我回頭的那一剎那，不知道被誰打了一拳。

じゅんかん［循環］ [二][6]

[名·自サ] 循環。

△運動をして、血液の循環をよくする／多運動來促進血液循環。

じゅんさ［巡査］ [二][6]

[名] 警察，警官。

[類] 警察官

じゅんじゅん［順々］ [二][3][6]

[副] 按順序，依次；一點點，漸漸地，逐漸。

[類] 順次

△順々に部屋の中に入ってください／請依序進入房內。

じゅんじょ［順序］ [二][3][6]

[名] 順序，次序，先後；手續，過程，經過。

[類] 順番

△順序を守らないわけにはいかない／不能不遵守順序。

じゅんじょう［純情］ [二][6]

[名·形動] 純真，天真。

[類] 純朴

△彼は、女性に声をかけられると真っ赤になるほど純情だ／他純情到只要女生跟他說話，就會滿臉通紅。

じゅんすい［純粋］ [二][6]

[名·形動] 純粹的，道地；純真，純潔，無雜念的。

[反] 不純

△これは、純粋な水ですか／這是純淨的水嗎？

じゅんちょう［順調］ [二][3][6]

[名·形動] 順利，順暢；（天氣、病情等）良好。

[反] 不順　[類] 快調

△仕事が順調だったのは、1年きりだった／只有一年工作上比較順利。

じゅんばん［順番］ [二][3][6]

[名] 輪班（的次序），輪流，依次交替。

[類] 順序

△順番があるのもかまわず、彼は割り込んできた／他不管排隊的先後順序，就這樣插隊進來了。

しょ［初］ [二][6]

[漢造] 初，始；首次，最初。

[類] 初め

しょ［所］ [二][3][6]

[漢造] 處所，地點；特定地點，機關；（動作的）內容；表示被動。

訳 場所

しょ [諸]　　三6

漢造 諸。

じょ [助]　　三6

漢造 幫助；協助。
訳 助け

じょ [女]　　三6

名・漢造（文）女兒；女人，婦女；加在女詩人等雅號下的詞。
訳 女性

しよう [使用]　　三36

名・他サ 使用，利用，用（人）。
訳 利用

△トイレが使用中だと思ったら、なんと誰も入っていなかった／我本以為廁所有人，想不到裡面沒有人。

しょう [勝]　　三6

漢造 勝利；名勝。
反 敗　**訳** 勝利

しょう [商]　　三6

名・漢造 商，商業；商人；（數）商；商量。
訳 商い

しょう [小]　　三36

名 小（型），（尺寸，體積）小的；小月；謙稱。
反 大　**訳** 小さい

△大 小 二つの種類があります／有大小兩種。

しょう [省]　　三6

名・漢造 省掉；（中國行政區的）省；（日本内閣的）省，部。

しょう [章]　　三6

名（文章，樂章的）章節；紀念章，徽章。

△第 1 章の内容には、感動させられるものがある／第一章的内容，有令人感動地方。

しょう [賞]　　三36

名・漢造 獎賞，獎品，獎金；欣賞。
反 罰　**訳** 賞品

△コンクールというと、賞を取った時のことを思い出します／說到比賽，就會想起過去的得獎經驗。

じょう [上]　　三36

名・漢造 上等；（書籍的）上卷；上部，上面；上好的，上等的。
反 下
△私の成績は、中の上です／我的成績，是在中上程度。

じょう [場]　　三36

名・漢造 場，場所；場面。
訳 場所

じょう [状]　　三36

名・漢造（文）書面，信件；情形，情況，狀況。
訳 書状

し

しょう [畳]

接尾・漢造（助數詞用法）（計算草蓆、席墊）塊，疊；重疊。

しょうか [消化] 🔲6

名・他サ 消化（食物）；掌握，理解，記牢（知識等）；容納，吸收，處理。

對 吸收

△麵類は、肉に比べて消化がいいです／麵類比肉類更容易消化。

しょうがい [障害] 🔲6

名 障礙，妨礙；（醫）損害，毛病；（障礙賽中的）欄，障礙物。

對 邪魔

△障害を乗り越える／突破障礙。

しょうがくきん [奨学金] 🔲36

名 獎學金，助學金。

△奨学金をもらってからでないと、本が買えない／如果還沒拿到獎學金，就沒辦法買書。

しょうがくせい [小学生] 🔲36

名 小學生。

しょうぎ [将棋] 🔲6

名 日本象棋，將棋。

△退職したのを契機に、将棋を習い始めた／自從我退休後，就開始學習下日本象棋。

じょうき [蒸気] 🔲6

名 蒸汽。

△やかんから蒸気が出ている／茶壺冒出了蒸氣。

じょうぎ [定規] 🔲6

名 （木工、石工使用的）尺，規尺；（轉）尺度，標準。

對 基準

じょうきゃく [乗客] 🔲6

名 乗客，旅客。

△事故が起こったが、乗客は全員無事だった／雖然發生了事故，但是幸好乘客全部平安無事。

じょうきゅう [上級] 🔲36

名 （層次、水平高的）上級，高級。

△試験にパスして、上級クラスに入れた／我通過考試，晉級到了高級班。

しょうぎょう [商業] 🔲36

名 商業。

對 商売

△このへんは、商業地域だけあって、とてもにぎやかだ／這附近不愧是商業區，非常的熱鬧。

じょうきょう [上京] 🔲36

名・自サ 進京，到東京去。

△彼は上京して絵を習っている／他到東京去學畫。

じょうきょう [状況] 🔲36

名 狀況，情況。

對 状況

△責任者として、状況を説明してください／身為負責人，請您說明一下現今

184

的狀況。

しょうきょくてき
[消極的]　　　　　 二36

形動 消極的。

反 積極的

しょうきん [賞金]　　 二6

名 賞金；獎金。

じょうげ [上下]　　　 二36

名·自他サ（身分、地位的）高低，上下，低賤。

△社員はみな若いから、上下関係を気にすることはないですよ／員工大家都很年輕，不太在意上司下屬之分啦。

じょうけん [条件]　　 二36

名 條件；條文，條款。

類 制約

△相談の上で、条件を決めましょう／協商之後，再來決定條件吧。

しょうご [正午]　　　 二36

名 正午。

類 昼

△正午になったのをきっかけに、席を立った／趁著中午，離開了座位。

しょうじ [障子]　　　 二36

名 日本式紙拉門，隔扇。

△猫が障子を破ってしまった／貓抓破了拉門。

じょうしき [常識]　　 二36

名 常識。

訳 コモンセンス

△常識からすれば、そんなことはできません／從常識來看，那是不能發生的事。

しょうじき [正直]　　 二36

名·形動 正直，老實，率直。

反 不正直

△正直でありさえすればいいというものでもない／並不是說只要為人正直就可以。

しょうしゃ [商社]　　 二6

名 商社，貿易商行，貿易公司。

△商社は、給料がいい反面、仕事がきつい／貿易公司薪資雖高，但另一面工作卻很吃力。

じょうしゃ [乗車]　　 二36

名·自サ 乘車，上車；乘坐的車。

反 下車

△乗車するときに、料金を払ってください／上車時請付費。

じょうしゃけん [乗車券] 二6

名 車票。

訳 乗車切符

△乗車券を拝見します／請給我看您的車票。

じょうじゅん [上旬]　　 二36

名 上旬。

反 下旬　訳 初旬

△来月上旬に、日本へ行きます／下個月的上旬，我要去日本。

しょうじょ［少女］ 二36

名 少女，小姑娘。

類 乙女

△少女は走りかけて、ちょっと立ち止まりました／少女跑到一半，就停了一下。

しょうしょう［少々］ 二36

名·副 少許，一點，稍稍，片刻。

類 ちょっと

△この機械は、少々古いといってもまだ使えます／這機器，雖說有些老舊，但還是可以用。

しょうじょう［症状］ 二36

名（傷病的）症狀。

△この薬は、症状を治す一方で、体力もつけてくれます／這藥除了治療病痛之外，也可以補充體力。

しょうじる［生じる］ 二6

自他サ 生，長；出生，產生；發生；出現。

類 発生する

△危険な事態が生じた／發生了危險的狀況。

しょうすう［小数］ 二6

名 很小的數目；（數）小數。

△小数点以下は、四捨五入します／小數點以下，要四捨五入。

しょうすう［少数］ 二36

名 少數。

反 多数

じょうたい［状態］ 二36

名 狀態，情況。

類 状況

△彼は、そのことを知り得る状態にありました／他現在已經能得知那件事了。

じょうたつ［上達］ 二36

名·自他サ（學術、技藝等）進步，長進；上呈，向上傳達。

類 進歩

△英語が上達するにしたがって、仕事が楽しくなった／隨著英語的進步，工作也變得更有趣了。

じょうだん［冗談］ 二36

名 戲言，笑話，詼諧，玩笑。

類 ジョーク

△その冗談は彼女に通じなかった／她沒聽懂那個玩笑。

しょうち［承知］ 一二36

名·他サ 同意，贊成，答應；知道；許可，允許。

類 承諾

△彼がこんな条件で承知するはずがありません／他不可能接受這樣的條件。

しょうてん［商店］ 二6

名 商店。

類 店（みせ）

△彼は、小さな商店を経営している／
他經營一家小商店。

しょうてん［焦点］　二6

名 焦點；（問題的）中心，目標。
類 中心
△この議題こそ、会議の焦点にほかならない／這個議題，無非正是這個會議的焦點。

じょうとう［上等］　二36

名・形動 上等，優質；很好，令人滿意。
反 下等
△デザインはともかくとして、生地は上等です／姑且不論設計如何，這布料可是上等貨。

しょうどく［消毒］　二36

名・他サ 消毒，殺菌。
類 殺菌
△消毒すれば大丈夫というものでもない／並非消毒後，就沒有問題了。

しょうとつ［衝突］　二36

名・自サ 撞，衝撞，碰上；矛盾，不一致；衝突。
類 ぶつける
△車は、走り出したとたんに壁に衝突しました／車子才剛發動，就撞上了牆壁。

しょうにん［商人］　二6

名 商人。
類 商売人

△彼は、商人向きの性格をしている／
他的個性適合當商人。

しょうにん［承認］　二6

名・他サ 批准，認可，通過；同意；承認。
類 認める
△社長が承認した以上は、誰も反対できないよ／既然社長已批准了，任誰也沒辦法反對啊！

しょうねん［少年］　二36

名 少年。
△もう一度少年の頃に戻りたい／我想再次回到年少時期。

しょうはい［勝敗］　二6

名 勝負，勝敗。
類 勝負
△勝敗なんか、気にするものか／我哪會去在意輸贏呀！

しょうばい［商売］　二36

名・自サ 經商，買賣，生意；職業，行業。
類 商い
△商売がうまくいかないからといって、酒ばかり飲んでいてはだめですよ／不能因為經商不順，就老酗酒呀！

じょうはつ［蒸発］　二6

名・自サ 蒸發，汽化；（俗）失蹤，出走，去向不明，逃之夭夭。
△加熱して、水を蒸発させます／加熱使它蒸發。

しょうひ [消費]

名・他サ 消費，耗費。

類 消耗

△ガソリンの消費量が、増加ぎみです／汽油的消耗量，有增加的趨勢。

しょうひん [商品]

名 （經）商品，貨品。

類 売品

しょうひん [賞品]

名 獎品。

△一等の賞品は何ですか／頭獎的獎品是什麼？

じょうひん [上品]

名・形動 高級品，上等貨；莊重，高雅，優雅。

反 下品　類 優雅

△あの人は、とても上品な人ですね／那個人真是個端莊高雅的人呀！

しょうぶ [勝負]

名・自サ 勝敗，輸贏；比賽，競賽。

類 勝敗

△勝負するにあたって、ルールを確認しておこう／比賽時，先確認規則！

しょうべん [小便]

名・自サ 小便，尿；（俗）終止合同，食言，毀約。

反 大便　類 尿

△ここで立ち小便をしてはいけません／禁止在這裡隨地小便。

しょうぼう [消防]

名 消防；消防隊員，消防車。

△連絡すると、すぐに消防車がやってきた／我才通報不久，消防車就馬上來了。

じょうほう [情報]

名 情報，信息。

類 インフォメーション

△IT業界について、何か新しい情報はありますか／關於IT產業，你有什麼新的情報？

しょうぼうしょ [消防署]

名 消防局，消防署。

しょうみ [正味]

名 實質，內容，淨剩部分；淨重；實數；實價，不折不扣的價格，批發價。

△昼休みを除いて、正味8時間働いた／扣掉午休時間，實際工作了八個小時。

しょうめい [照明]

名・他サ 照明，照亮，光亮，燈光；舞台燈光。

△商品がよく見えるように、照明を明るくしました／為了讓商品可以看得更清楚，把燈光弄亮。

しょうめい [証明]

名・他サ 證明。

△身の潔白を証明する／證明是清白之身。

しょうめん［正面］ 二 3 6

(名) 正面；對面；直接，面對面。

(反) 背面 (類) 前方

△ビルの正面玄関に立っている人は誰ですか／站在大樓正門前的是哪位是誰？

しょうもう［消耗］ 二 6

(名・自他サ) 消費，消耗；（體力）耗盡，疲勞；磨損。

△ボクサーは、体力を消耗しているくせに、まだ戦おうとしている／拳擊手明明已耗盡了體力，卻還是想奮鬥下去。

しょうらい［将来］ 二 三 3 6

(名・副・他サ) 將來，未來，前途；（從外國）傳入；帶來，拿來；招致，引起。

(類) 未来

△将来は、立派な人になりになるだろう／將來您會成為了不起的人吧！

しょうりゃく［省略］ 二 3 6

(名・副・他サ) 省略，從略。

(類) 省く

△来賓向けの挨拶は、省略した／我們省掉了跟來賓的致詞。

じょおう［女王］ 二 6

(名) 女王，王后；皇女，王女。

△あんな女王様のような態度をとるべきではない／妳不該擺出那種像女王般的態度。

しょきゅう［初級］ 二 3 6

(名) 初級。

(類) 初等

△初級を終わってからでなければ、中級に進めない／如果沒上完初級，就沒辦法進階到中級。

じょきょうじゅ［助教授］ 二 6

(名)（大學的）副教授。

△彼は助教授のくせに、教授になったと嘘をついた／他明明就只是副教授，卻謊稱自己已當上了教授。

しょく［職］ 二 6

(名・漢造) 職業，工作；職務；手藝，技能；官署名。

(類) 職務

△職に貴賤なし／職業不分貴賤。

しょく［色］ 二 6

(漢造) 顏色；臉色，容貌；色情；景象。

(類) 色彩

しょくぎょう［職業］ 二 3 6

(名) 職業。

(類) 仕事

△用紙に名前と職業を書いた上で、持ってきてください／請在紙上寫下姓名和職業，然後再拿到這裡來。

しょくじ［食事］ 二 三 3 6

(名・自サ) 飯，餐，飲食，食物，吃飯，進餐。

(類) ご飯

△食事をするために、レストランへ行った／為了吃飯，去了餐廳。

しょくたく [食卓] 〓6

② 餐桌。
❸ 食台
△早く食卓についてください／快點來餐桌旁坐下。

しょくどう [食堂] 〓36

② 飯廳，食堂，餐廳，飯館。
❸ ダイニング
△そこは食堂です／那邊是餐廳。

しょくにん [職人] 〓6

② 工匠。
❸ 匠
△職人たちは、親方のもとで修行をします／工匠們在師傅的身邊修行。

しょくば [職場] 〓6

② 工作岡位，工作單位。
△働くからには、職場の雰囲気を大切にしようと思います／既然要工作，我認為就得注重職場的氣氛。

しょくひん [食品] 〓6

② 食品。
❸ 飲食品
△油っぽい食品はきらいです／我不喜歡油膩膩的食品。

しょくぶつ [植物] 〓36

② 植物。
❸ 草木

△壁にそって植物を植えた／我沿著牆壁種了些植物。

しょくもつ [食物] 〓6

② 食物。
❸ 食べ物
△私は、食物アレルギーがあります／我對食物會過敏。

しょくよく [食欲] 〓36

② 食慾。
△食欲がないときは、少しお酒を飲むといいです／沒食慾時，喝點酒不錯的。

しょくりょう [食料] 〓36

② 食品，食物；食費。
❸ 食べ物
△1ヶ月分の食料を準備した／我準備了一個月份的食物。

しょくりょう [食糧] 〓36

② 食糧，糧食。
❸ 食物

しょさい [書斎] 〓36

② （個人家中的）書房，書齋。
❸ 書室
△先生は、書斎で本を読んでいます／老師正在書房看書。

じょし [女子] 〓36

② 女孩子，女子，女人。
❸ 女性
△これから、女子バレーボールの試合

が始まります／女子排球比賽現在開始進行。

じょしゅ［助手］ [二][6]

[名] 助手，幫手；（大學）助教。

△研究室の助手をしています／我在當研究室的助手。

しょじゅん［初旬］ [二][6]

[名] 初旬，上旬。

[類] 上旬

△4月の初旬に、アメリカへ出張に行きます／四月初我要到美國出差。

じょじょに［徐々に］ [二][6]

[副] 徐徐地，慢慢地，一點點；逐漸，漸漸。

[類] 少しずつ

△彼女は、薬による治療で徐々によくなってきました／她因藥物治療，而病情漸漸好轉。

じょせい［女性］ [二][三][3][6]

[名]（文）女性，婦女；（語法）陰性。

[反] 男性 [類] 婦女

△私は、あんな女性と結婚したいです／我想和那樣的女性結婚。

しょせき［書籍］ [二][6]

[名] 書籍。

[類] 図書

△書籍を販売する会社に勤めている／我在書籍銷售公司上班。

しょっき［食器］ [二][3][6]

[名] 餐具。

△結婚したのを契機にして、新しい食器を買った／趁新婚時，買了新的餐具。

ショップ［shop］ [二][6]

[接尾]（一般不單獨使用）店舖，商店。

[類] 商店

△恵比寿から代官山にかけては、おしゃれなショップが多いです／從惠比壽到代官山這一帶，有許多時髦的商店。

しょてん［書店］ [二][6]

[名] 書店；出版社，書局。

[類] 本屋

△図書券は、書店で買うことができます／圖書卷可以在書店買到。

しょどう［書道］ [二][6]

[名] 書法。

△書道に加えて、華道も習っている／學習書法之外，也有學插花。

しょほ［初歩］ [二][6]

[名] 初學，初步，入門。

[類] 初学

△初歩から勉強すれば必ずできるというものでもない／並非從基礎學習起就一定能融會貫通。

しょめい［署名］ [二][3][6]

[名·自サ] 署名，簽名；簽的名字。

[類] サイン

△住所を書くとともに、ここに署名し

てください／在寫下地址的同時，請在這裡簽下大名。

しょもつ［書物］ 二6

名（文）書，書籍，圖書。

類 書籍

じょゆう［女優］ 二6

名 女演員。

反 男優　類 女役者

△その女優は、監督の命令どおりに演技した／那個女演員依導演的指示演戲。

しょり［処理］ 二6

名・他サ 處理，處置，辦理。

類 処分

△今ちょうどデータの処理をやりかけたところです／現在正好處理資料到一半。

しょるい［書類］ 二6

名 文書，公文，文件。

類 文書

△書類はできたものの、まだ部長のサインをもらっていない／雖然文件都準備好了，但還沒得到部長的簽名。

しらが［白髪］ 二6

名 白頭髮。

△苦労が多くて、白髪が増えた／由於辛勞過度，白髮變多了。

しらせ［知らせ］ 二36

名 通知；預兆，前兆。

類 通知

しらせる［知らせる］ 二三36

他下一 通知，告知，使…得知。

類 告げる

△このニュースを彼に知らせてはいけない／這個消息不可以讓他知道。

しり［尻］ 二6

名 屁股，臀部；（移動物體的）後方，後面；末尾，最後；（長物的）末端。

類 臀部

△ずっと坐っていたら、おしりが痛くなった／一直坐著，屁股就痛了起來。

しりあい［知り合い］ 二36

名 熟人，朋友。

類 知人

△鈴木さんは、佐藤さんと知り合いだということです／據說鈴木先生和佐藤先生似乎是熟人。

シリーズ［series］ 二6

名（書籍等的）彙編，叢書，套；（影片、電影等）系列；（棒球）聯賽。

△このシリーズは、以前の番組をもとに改編したものだ／這一系列的影片是從以前的節目改編而成的。

しりつ［私立］ 二36

名 私立，私營。

△私立大学というと、授業料が高そうな気がします／說到私立大學，就有種學費似乎很貴的感覺。

しりょう［資料］ 二36

㊔ 資料，材料。

類 データ

△資料をもらわないことには、詳細がわからない／要是不拿資料的話，就沒辦法知道詳細的情況。

しる［汁］ 二36

㊔ 汁液，漿；湯；味噌湯。

類 つゆ

△お母さんの作る味噌汁がいちばん好きです／我最喜歡媽媽煮的味噌湯了。

しるし［印］ 二36

㊔ 記號，符號；象徵（物），標記；徽章；（心意的）表示；紀念（品）；商標。

類 目印

△間違えないように、印をつけた／為了避免搞錯而貼上了標籤。

しろ［城］ 二6

㊔ 城，城堡；（自己的）權力範圍，勢力範圍。

△お城には、美しいお姫様が住んでいます／城堡裡，住著美麗的公主。

しろ［白］ 二36

㊔ 白，皎白，白色；（圍棋）白紫；白色的東西，（比賽時紅白兩隊的）白隊；無罪，清白。

反 黒　類 白色

しろうと［素人］ 二36

㊔ 外行，門外漢；業餘愛好者，非專業人員；良家婦女。

反 玄人　類 初心者

△素人のくせに、口を出さないでください／明明就是外行人，請不要插嘴。

しわ 二36

㊔（皮膚的）皺紋；（紙或布的）縐折，摺子。

△苦労すればするほど、しわが増えるそうです／聽說越操勞皺紋就會越多。

しん［新］ 二6

名·漢造 新；剛收穫的；新曆。

類 新しい

しん［芯］ 二6

㊔ 蕊；核；枝條的頂芽。

類 中央

△シャープペンシルの芯を買ってきてください／請幫我買筆芯回來。

しんがく［進学］ 二6

名·自サ 升學；進修學問。

△学費がなくて、高校進学でさえ難しかった／籌不出學費，連上高中都是問題。

しんかんせん［新幹線］ 二6

㊔（國營鐵路的）新幹線。

しんくう［真空］ 二6

㊔ 真空；（作用、勢力達不到的）空白，真空狀態。

△この箱の中は、真空状態になっているということだ／據說這箱子，是呈現

真空狀態的。

しんけい［神経］ 二36

名 神經；察覺力，感覺，神經作用。

類 感覚

△彼は神経が太くて、いつも堂々としている／他的神經大條，總是擺出一付大無畏的姿態。

しんけん［真剣］ 二36

名·形動 真刀，真劍；認真，正經。

類 本気

△私は真剣です／我是認真的。

しんこう［信仰］ 二6

名·他サ 信仰，信奉。

類 信教

△彼は、仏教を信仰している／他信奉佛教。

しんごう［信号］ 二6

名·自サ 信號，暗號；（十字路口、鐵路岔口的）紅綠燈，信號器。

類 合図

じんこう［人工］ 二6

名 人工，人造。

反 自然 類 人造

△人工的な骨を作る研究をしている／我在研究人造骨頭的製作方法。

しんこく［深刻］ 二6

形動 嚴重的，重大的，莊重的；意味深長的，發人省思的，尖銳的。

類 大変

△状況はかなり深刻だとか／聽說情況相當的嚴重。

しんさつ［診察］ 二36

名·他サ （醫）診察，診斷。

類 検診

△先生は今診察中です／醫師正在診斷病情。

じんじ［人事］ 二6

名 人事，人力能做的事；人事（工作）；世間的事，人情世故。

類 人選

△部長の人事が決まりかけたときに、社長が反対した／就要決定部長的去留時，受到了社長的反對。

じんしゅ［人種］ 二6

名 人種，種族；（某）一類人；（俗）（生活環境、愛好等不同的）階層。

類 種族

△人種からいうと、私はアジア系です／從人種來講，我是屬於亞洲人。

しんじゅう［心中］ 二6

名·自サ （古）守信義；（相愛男女因不能在一起而感到悲哀）一同自殺，殉情；（轉）兩人以上同時自殺。

類 情死

△無理心中／殉情。

しんじる・しんずる［信じる·信ずる］ 二36

他上一 信，相信；確信，深信；信賴，可靠；信仰。

㊙ 信用する
△これだけ説明されたら、信じざるを
えない／聽你這一番解説，我不得不相
信你了。

しんしん［心身］　　　□6

㊂ 身和心；精神和肉體。
△この薬は、心身の疲労に効きます／
這藥對身心上的疲累都很有效。

しんせい［申請］　　　□6

㊂·他サ 申請，聲請。
㊙ 申し出る
△証明書を申請するたびに、用紙に書
かなければなりません／每次申請證明
書時，都要填寫申請單。

じんせい［人生］　　　□36

㊂ 人的一生；生涯，人的生活。
㊙ 生涯
△病気になったのをきっかけに、人生
を振り返った／趁著生了一場大病為契
機，回顧了自己過去的人生。

しんせき［親戚］　　　□36

㊂ 親戚，親屬。
㊙ 親類
△親戚に挨拶に行かないわけにもいか
ない／不能不去向親戚寒暄問好。

しんせん［新鮮］　　　□36

㊂·形動 （食物）新鮮；清新乾淨；新穎，
全新。
㊙ フレッシュ

△刺身といえば、やはり新鮮さが重要
です／說到生魚片，還是新鮮度最重
要。

しんぞう［心臓］　　　□36

㊂ 心臟；厚臉皮，勇氣。
△びっくりして、心臓が止まりそうだ
った／我嚇到心臟差點停了下來。

じんぞう［人造］　　　□6

㊂ 人造，人工合成。
△この服は、人造繊維で作られている
／這套衣服，是由人造纖維製成的。

しんだい［寝台］　　　□6

㊂ 床，床鋪，（火車）臥鋪。
㊙ ベッド
△寝台特急で旅行に行った／我搭了特
快臥鋪火車去旅行。

しんたい［身体］　　　□6

㊂ 身體，人體。
㊙ 体躯
△1年に1回、身体検査を受ける／一
年接受一次身體的健康檢查。

しんだん［診断］　　　□6

㊂·他サ （醫）診斷；判斷。
△日曜から水曜にかけて、健康診断が
行われます／禮拜一到禮拜三要實施健
康檢查。

しんちょう［慎重］　　　□36

㊂·形動 慎重，穩重，小心謹慎。
㊙ 軽率

△社長を説得するにあたって、慎重に言葉を選んだ／說服社長時，用字遣詞要非常的慎重。

しんちょう［身長］ 二36

[名] 身高。

[類] 背丈

△あなたの身長は、バスケットボール向きですね／你的身高還真是適合打籃球呀！

しんにゅう［侵入］ 二6

[名·自サ] 浸入，侵略；（非法）闖入。

△犯人は、窓から侵入したに相違ありません／犯人肯定是從窗戶闖入的。

しんぱん［審判］ 二6

[名·他サ] 審判，審理，判決；（體育比賽等的）裁判；（上帝的）審判。

△審判は、公平でなければならない／審判時得要公正才行。

じんぶつ［人物］ 二6

[名] 人物；人品，為人；人材；人物（繪畫的），人物（畫）。

[類] 人間

△会いたくない人物に限って、向こうから訪ねてくる／偏偏就是不想見面的人，會前來拜訪。

じんぶんかがく［人文科学］ 二36

[名] 人文科學，文化科學（哲學、語言學、文藝學、歷史學領域）。

[類] 文学化学

△文学や芸術は人文科学に含まれます／文學和藝術，都包含在人文科學裡面。

しんぽ［進歩］ 二36

[名·自サ] 進步。

[反] 退歩 [類] 向上

△科学の進歩のおかげで、生活が便利になった／因為科學進步的關係，生活變方便多了。

じんめい［人命］ 二6

[名] 人命。

[類] 命

△事故で多くの人命が失われた／因為意外事故，而奪走了多條人命。

しんや［深夜］ 二6

[名] 深夜。

[類] 夜更け

△深夜どころか、翌朝まで仕事をしました／豈止到深夜，我是工作到隔天早上。

しんゆう［親友］ 二6

[名] 知心朋友。

△親友の忠告もかまわず、会社を辞めてしまった／不顧好友的勸告，辭去了公司職務。

しんよう［信用］ 二36

[名·他サ] 堅信，確信；信任，相信；信用，信譽；信用交易，非現款交易。

[類] 信任

△信用するかどうかはともかくとして、話だけは聞いてみよう／不管你相不相信，至少先聽他怎麼說吧！

しんらい［信頼］　二6

名・他サ 信頼，相信。
△私の知るかぎりでは、彼は最も信頼できる人間です／他是我所認識裡面最值得信賴的人。

しんり［心理］　二36

名 心理。
△失恋したのを契機にして、心理学の勉強を始めた／自從失戀以後，就開始研究起心理學。

しんりん［森林］　二6

名 森林。
△朝早く、森林を散歩するのは気持ちがいい／一大早到森林散步，是件很舒服的事。

しんるい［親類］　二36

名 親戚，親屬：同類，類似。
親 親戚
△親類だから信用できるというものでもないでしょう／並非因為是親戚就可以信任吧！

じんるい［人類］　二6

名 人類。
類 人間
△人類の発展のために、研究を続けます／為了人類今後的發展，我要繼續研究下去。

しんろ［進路］　二6

名 前進的道路。
反 退路
△卒業というと、進路のことが気になります／說到畢業，就會在意將來的出路。

しんわ［神話］　二6

名 神話。
△おもしろいことに、この話は日本の神話によく似ている／有趣的是，這個故事和日本神話很像。

すス

す [酢]　〓③⑥
名 醋。
△そんなに酢をたくさん入れるものではない／不應該加那麼多醋。

す [巣]　〓⑥
名 巢，窩，穴；賊窩，老巢；家庭；蜘蛛網。
類 棲家
△鳥の雛が成長して、巣から飛び立っていった／幼鳥長大後，就飛離了鳥巢。

ず [図]　〓⑥
名 圖，圖表；地圖；設計圖；圖畫。
類 図形
△図を見ながら説明します／邊看圖，邊解說。

すいえい [水泳]　〓②
名 游泳。
類 スイミング
△テニスより、水泳の方が好きです／喜歡游泳勝過打網球。

すいさん [水産]　〓⑥
名 水產（品），漁業。
△わが社では、水産品の販売をしています／我們公司在銷售漁業產品。

すいじ [炊事]　〓⑥
名・自サ 烹調，煮飯。

煮炊き
△彼は、掃除ばかりでなく、炊事も手伝ってくれる／他不光只是打掃，也幫我煮飯。

すいじゅん [水準]　〓⑥
名 水準，水平面；水平器；（地位、質量、價值等的）水平；（標示）高度。
類 レベル
△選手の水準に応じて、トレーニングをやらせる／依選手的個人水準，讓他們做適當的訓練。

すいじょうき [水蒸気]　〓⑥
名 水蒸氣；霧氣，水霧。
類 蒸気
△ここから水蒸気が出ているので、触ると危ないよ／因為水蒸氣會從這裡跑出來，所以很危險別碰唷！

すいせん [推薦]　〓③⑥
名・他サ 推薦，舉薦，介紹。
類 推挙
△あなたの推薦があったからこそ、採用されたのです／因為有你的推薦，我才能被錄用。

すいそ [水素]　〓⑥
名 氫。
△水素と酸素を化合させて水を作ってみましょう／試著將氫和氧結合在一起，來製水。

すいちょく [垂直]　〓③⑥

198

名·形動（數）垂直；（與地心）垂直。

反 水平

△点Cから、直線ABに対して垂直な線を引いてください／請從點C畫出一條垂直到直線AB的線。

スイッチ［switch］ 二36

名·他サ 開關；接通電路；（喻）轉換（為另一種事物或方法）。

類 点滅器

△ラジオのスイッチを切る／關掉收音機的開關。

すいてい［推定］ 二6

名·他サ 推斷，判定；（法）（無反證之前的）推定，假定。

類 推し量る

△写真に基づいて、年齢を推定しました／根據照片來判斷年齡。

すいてき［水滴］ 二6

名（文）水滴；（注水研墨用的）硯水壺。

類 しずく

すいとう［水筒］ 二6

名（旅行用）水筒，水壺。

すいどう［水道］ 三2

名 自來水管。

類 上水道

△水道の水が飲めるかどうか知りません／不知道自來水管的水是否可以飲用？

ずいひつ［随筆］ 二6

名 隨筆，漫畫，小品文，散文，雜文。

類 エッセー

ずいぶん 三2

副 相當地，很，非常。

類 相当

△彼は、「ずいぶん立派な家ですね。」と言った／他說：「真是豪華的房子」。

ずいぶん［随分］ 二36

副·形動（事物的程度）非常，很，頗；（俗）（責備人）心壞。

類 相当

△体調がずいぶん良くなった／身體的狀況非常良好。

すいぶん［水分］ 二36

名 物體中的含水量；（蔬菜水果中的）液體，含水量，汁。

類 水気

△果物を食べると、ビタミンばかりでなく水分も摂取できる／吃水果後，不光是維他命，也可以攝取到水分。

すいへい［水平］ 二36

名·形動 水平；平衡，穩定，不升也不降。

反 垂直 類 横

△飛行機は、間もなく水平飛行に入ります／飛機即將進入水平飛行模式。

すいへいせん [水平線] ⊜6

⊛ 水平線；地平線。
△水平線の向こうから、太陽が昇ってきた／太陽從水平線的彼方升起。

すいみん [睡眠] ⊜36

⊛·自サ 睡眠，休眠，停止活動。
⊛ 眠り
△健康のためには、睡眠を8時間以上とることだ／要健康就要睡8個小時以上。

すいめん [水面] ⊜6

⊛ 水面。
△池の水面を蛙が泳いでいる／有隻青蛙在池子的水面上游泳。

すいようび [水曜日] ⊜2

⊛ 星期三。
⊛ 水曜
△水曜日にも授業があります／星期三也有課。

すう [吸う] ⊜2

他五 吸，抽；嘬；吸收。
⊠ 吐く ⊛ 吸い込む
△父は煙草を吸っています／爸爸正在抽煙。

すう [数] ⊜36

⊛·接頭 數，數目，數量；定數，天命；（數學中泛指的）數；數量。
⊛ 数 (かず)
△展覧会の来場者数は、少なかった／展覽會的到場人數很少。

すうがく [数学] ⊜2

⊛ 數學。
⊛ 算数
△友だちに、数学の問題の答えを教えてやりました／我告訴朋友數學問題的答案了。

すうじ [数字] ⊜36

⊛ 數字；各個數字。
⊛ アラビア数字

ずうずうしい [図々しい] ⊜6

⊛ 厚顏，厚皮臉，無恥。
⊛ 厚かましい
△彼の図々しさにはあきれた／對他的厚顏無恥，感到錯愕。

スーツ [suit] ⊜6

⊛ 西裝；女裝。
⊛ 洋服

スーツケース [suitcase] ⊜2

⊛ 手提旅行箱。
⊛ トランク
△親切な男性に、スーツケースを持っていただきました／有位親切的男士，幫我拿了旅行箱。

スーパー [supermarket] ⊜6

⊛ 超級市場。
⊛ スーパーマーケット

スープ [soup] ⊜36

名 西餐的湯。
外 ソップ

すえ［末］ 二 6
名 結尾，末了；末端，盡頭；將來，未來，前途；不重要的，瑣事；（排行）最小。
類 末端
△来月末に日本へ行きます／下個月底我要去日本。

すえっこ［末っ子］ 二 6
名 最小的孩子。
類 すえこ
△彼は末っ子だけあって、甘えん坊だね／他果真是老么，真是愛撒嬌呀！

スカート［skirt］ 四 2
名 裙子。
△そのきれいなスカートは、いくらでしたか／那件漂亮的裙子是多少錢？

スカーフ［scarf］ 二 6
名 圍巾，披肩；領結。
類 襟巻き
△寒いので、スカーフをしていきましょう／因為天寒，所以圍上圍巾後再出去吧！

すがた［姿］ 二 3 6
名 接尾 身姿，身段；裝束，風采；形跡，身影；面貌，狀態；姿勢，形象。
類 格好
△寝間着姿では、外に出られない／我

實在沒辦法穿睡衣出門。

ずかん［図鑑］ 二 6
名 圖鑑。
△子どもたちは、図鑑を見て動物について調べたということです／聽說小孩子們看圖鑑來查閱了動物。

すぎ［過ぎ］ 四 2
接尾 超過…，過了…。
△夜10時過ぎに、電話をかけないでください／過了晚上十點，請別打電話過來。

すき［隙］ 二 6
名 空隙，縫；空暇，功夫，餘地；漏洞，可乘之機。
類 隙間
△敵に隙を見せるわけにはいかない／絕不能讓敵人看出破綻。

すき［好き］ 四 2
形動 喜好；好色；愛，產生感情。
對 嫌い
△どれが一番好きですか／最喜歡哪一個？

すぎ［杉］ 二 6
名 杉樹，杉木。
△道に沿って杉の並木が続いている／沿著道路兩旁，一棵棵的杉樹並排著。

スキー［ski］ 二 3 6
名 滑雪；滑雪橇，滑雪板。

すききらい［好き嫌い］ 二6

[名] 好惡，喜好和厭惡；挑肥揀瘦，挑剔。

[類] 選り好み

△好き嫌いの激しい人だ／他是個人好惡極端分明的人。

すきずき［好き好き］ 二6

[名·副·自サ]（各人）喜好不同，不同的喜好。

[類] いろいろ

△メールと電話とどちらを使うかは、好き好きです／喜歡用簡訊或電話，每個人喜好都不同。

すきとおる［透き通る］ 二6

[自五] 通明，透亮，透過去；清澈；清脆（的聲音）。

[類] 透ける

△この魚は透き通っていますね／這條魚的色澤真透亮。

すきま［隙間］ 二6

[名] 空隙，隙縫；空間，閒暇。

[類] 隙

△隙間から客間をのぞくものではありません／不可以從縫隙去偷看客廳。

すぎる 二2

[接尾] 過於…。

[類] 過度

△こんなすばらしい部屋は、私には立派すぎます／這麼棒的房間，對我來說太過豪華了。

すぎる［過ぎる］ 二2

[自上一] 超過；過於；經過。

[類] 経過する

△5時を過ぎたので、もううちに帰ります／已經五點多了，我要回家了。

すく 二2

[自五] 飢餓。

[類] 空腹

△おなかもすいたし、のどもかわきました／肚子也餓了，口也渴了。

すく 二2

[自五] 空閒，空蕩。

[類] 減る

△あのレストランはおいしくないので、いつもすいている／那家餐廳不好吃，所以人都很少。

すくう［救う］ 二36

[他五] 拯救，搭救，救援，解救；救濟，賑災；挽救。

△政府の援助なくして、災害に遭った人々を救うことはできない／要是沒有政府的援助，就沒有辦法幫助那些受災的人們。

スクール［school］ 二6

[名·造] 學校；學派；花式滑冰規定動作。

[類] 学校

△英会話スクールで勉強したにしては、英語がへただね／以他曾在英文會話課補習過這點來看，英文還真差呀！

すくない［少ない］ 三2

形 少，不多。

反 多い　類 僅か

△本当に面白い映画は、少ないのだ／有趣的電影真的很少！

すくなくとも［少なくとも］ 二36

副 至少，對低，最低限度。

類 せめて

△休暇を取るとしたら、少なくとも三日前に言わなければなりません／如果要請假，至少要在三天前說才行。

すぐに 四2

副 馬上，立刻；容易，輕易；（距離）很近。

類 直ちに

△すぐにそこに行きます／我立刻到那邊去。

すぐれる［優れる］ 二36

自下一（才能、價値等）出色，優越，傑出，精湛；（身體、精神、天氣）好，爽朗，舒暢。

反 劣る　類 優る

△彼女は美人であるとともに、スタイルも優れている／她人既美，身材又好。

ずけい［図形］ 二6

名 圖形，圖樣；（數）圖形。

類 図

△コンピュータでいろいろな図形を描いてみた／我試著用電腦畫各式各樣的圖形。

スケート［skate］ 二36

名 冰鞋，冰刀；溜冰，滑冰。

類 アイススケート

△学生時代にスケート部だったから、スケートが上手なわけだ／學生時期是溜冰社，怪不得溜冰那麼拿手。

スケジュール［schedule］ 二36

名 日程表，行程表。

類 予定表

△このスケジュールは理論的には可能ですが、やっぱり難しい／這行程，理論上雖可行，但卻還是很難做到。

すごい 三2

形 可怕，很棒；非常。

類 甚だしい

△上手に英語が話せるようになったら、すごいなあ／如果英文能講得好，應該很棒吧！

すごい［凄い］ 二36

形 可怕的，令人害怕的；意外的好，好的令人吃驚，了不起；（俗）非常，厲害。

類 甚だしい

△すごい嵐になってしまいました／它轉變成猛烈的暴風雨了。

すこし［少し］ 四2

副 一下子；少量，稍微，一點。

[反] たくさん [類] ちょっと
△リンゴだけ少し食べました／只吃了一些蘋果。

すこしも［少しも］ [二] 6
[副]（下接否定）一點也不，絲毫也不。
[類] ちっとも
△お金なんか、少しも興味ないです／金錢這東西，我一點都不感興趣。

すごす［過ごす］ [二] 3 6
[他五‧接尾] 度（日子、時間），過生活；過渡過量；放過，不管。
[類] 暮らす
△たとえ外国に住んでいても、お正月は日本で過ごしたいです／就算是住在外國，新年還是想在日本過。

すじ［筋］ [二] 3 6
[名‧接尾] 筋；血管；線，條；紋絡，條紋；素質，血統；條理，道理　。
[類] 筋肉
△読んだ人の話によると、その小説の筋は複雑らしい／據看過的人說，那本小說的情節好像很複雜。

すず［鈴］ [二] 6
[名] 鈴鐺，鈴。
[類] 鈴（りん）
△猫の首に大きな鈴がついている／貓咪的脖子上，繫著很大的鈴鐺。

すずしい［涼しい］ [四] 2
[形] 涼爽，涼爽；明亮，清澈，清爽。
[類] 爽やか
△家の中で、どこが一番涼しいですか／家中哪裡最涼爽？

すすむ［進む］ [二] 3 6
[自五‧接尾] 進，前進；進步，先進；進展；升級，進級；升入，進入，到達；繼續 下去。
[類] 前進する
△行列はゆっくりと寺へ向かって進んだ／隊伍緩慢地往寺廟前進。

すずむ［涼む］ [二] 6
[自五] 乘涼，納涼。
△ちょっと外に出て涼んできます／我到外面去乘涼一下。

すすめる［進める］ [二] 3 6
[他下一] 使向前推進，使前進；推進，發展，開展；進行，舉行；提升，晉級；增進，使旺盛。
[類] 前進させる
△企業向けの宣伝を進めています／我在推廣以企業為對象的宣傳。

すすめる［薦める］ [二] 3 6
[他下一] 勸告，勸告，勸誘；勸，敬（煙、酒、茶、座等）。
[類] 推薦する
△彼はA大学の出身だから、A大学を薦めるわけだ／他是從A大學畢業的，難怪會推薦A大學。

スター［star］ [二] 6

名 星狀物，星；（影劇）明星，名演員，主角。

類 星

スタート [start] 　二6

名·自サ 起動，出發，開端；開始（新事業等）。

類 出発

△１年のスタートにあたって、今年の計画を述べてください／在這一年之初，請說說你今年度的計畫。

スタイル [style] 　二36

名 文體；（服裝、美術、工藝、建築等）樣式；風格，姿態，體態。

類 体つき

△どうして、スタイルなんか気にするの／為什麼要在意身材呢？

スタンド [stand] 　二6

接尾·名 站立；台，托，架；檯燈，桌燈；看台，觀眾席；（攤販式的）小酒吧。

類 観覧席

△スタンドで大声で応援した／我在球場的看台上，大聲替他們加油。

スチュアーデス [stewardess] 　二6

名 民航機上的女服務員；（客輪的）女服務員。

反 スチュワード　類 エアホステス

ずつう [頭痛] 　二6

名 頭痛。

類 頭痛（ずつう）

△昨日から今日にかけて、頭痛がひどい／從昨天開始，頭就一直很痛。

すっかり 　三2

副 完全；全部。

類 ことごとく

△部屋はすっかり片付けてしまいました／房間全部整理好了。

すっきり 　二6

副·自サ 舒暢，暢快，輕鬆；流暢，通暢；乾淨整潔，俐落。

類 さっぱり

△片付けたら、なんとすっきりしたことか／整理過後，是多麼乾淨清爽呀！

すっと 　二6

副·自サ 動作迅速地，飛快，輕快；（心中）輕鬆，痛快，輕鬆。

△言いたいことを全部言って、胸がすっとしました／把想講的話都講出來以後，心裡就爽快多了。

ずっと 　三2

副 更；一直。

類 終始

△ずっとほしかったギターをもらった／收到夢寐以求的吉他。

すっぱい [酸っぱい] 　二36

形 酸。

類 酸い

205

△梅干しは酸っぱい／酸梅很酸。

ステージ［stage］ 二36
㊔ 舞台，講台；階段，等級，步驟。
類 舞台
△歌手がステージに出てきたとたんに、みんな拍手を始めた／歌手才剛走出舞台，大家就拍起手來了。

すてき［素敵］ 二36
形動 絕妙的，極好的，極漂亮；很多。
類 立派
△あの素敵な人に、声をかけられるものなら、かけてみろよ／你要是有膽跟那位美女講話，你就試看看啊！

すでに［既に］ 二36
副 已經，業已；即將，正值，恰好。
反 未だ 類 とっくに
△田中さんに電話したところ、彼はすでに出かけていた／打電話給田中先生，才發現他早就出門了。

すてる［捨てる］ 三2
他下一 丟掉，拋棄；放棄。
反 拾う 類 放る
△いらないものは、捨ててしまってください／不要的東西，請全部丟掉！

ステレオ［stereo］ 三2
㊔ 音響。
類 レコード
△彼にステレオをあげたら、とても喜んだ／送他音響，他就非常高興。

ストーブ［stove］ 四2
㊔ 火爐，暖爐。
類 暖房
△もうストーブを点けました／已經開暖爐了。

ストーブ［stove］ 二36
㊔ 火爐，暖爐。
類 暖房

ストッキング［stocking］ 二6
㊔ 長筒襪。
△ストッキングをはいて出かけた／我穿上絲襪便出門去了。

ストップ［stop］ 二36
名·自他サ 停止，中止；停止信號；（口令）站住，不得前進，止住；停車站。
類 停止
△販売は、減少しているというより、ほとんどストップしています／銷售與其說是減少，倒不如說是幾乎停擺了。

すな［砂］ 三2
㊔ 沙。
類 砂子
△雪がさらさらして、砂のようだ／沙沙的雪，像沙子一般。

すなお［素直］ 二36
形動 純真，天真的，誠摯的，坦率的；大方，工整，不矯飾的；（沒有毛病）完美的，無暇的。
類 大人しい

△素直に謝らないと、けんかになるお
それがある／你如果不趕快道歉，又有
可能會起爭執。

すなわち［即ち］　　三36
接　即，換言之：即是，正是：則，彼
時：乃，於是。
近　つまり
△1ポンド，すなわち100ペンス／一
磅也就是100便士。

ずのう［頭脳］　　三6
名　頭腦，判斷力，智力：（團體的）決
策部門，首腦機構，領導人。
近　知力
△頭脳は優秀ながら、性格に問題があ
る／頭腦雖優秀，但個性上卻有問題。

すばらしい　　三2
形　出色，很好。
近　立派
△すばらしい映画ですから、見てみて
ください／因為是很棒的電影，不妨看
看。

スピーカー［speaker］　　三6
名　談話者，發言人：揚聲器，喇叭：散
播流言的人。
近　拡声器
△スピーカーから音楽が流れてきます
／從廣播器裡聽得到音樂聲。

スピーチ［speech］　　三6
名・自　（正式場合的）簡短演說，致

詞，講話。
近　演説
△開会にあたって、スピーチをお願い
します／開會的時候，致詞就拜託你
了。

スピード［speed］　　三36
名　速度：快速，迅速。
近　速度
△スピードを出せるものなら、出して
みろよ／能開快車的話，你就開看看
啊！

ずひょう［図表］　　三6
名　圖表。

スプーン［spoon］　　四2
名　湯匙。
近　匙
△スプーンを10本ぐらい持ってきてく
ださい／請拿十根左右的湯匙來。

すべて［全て］　　三36
名・副　全部，一切，通通：總計，共
計。
近　一切
△すべての仕事を今日中には、やりき
れません／我無法在今天內做完所有工
作。

すべる　　三2
自下一　滑（倒）：滑動。
近　スリップする
△この道は、雨の日はすべるらしい／

這條路，下雨天好像很滑。

スポーツ [sports] 　四2
名 運動；運動比賽；遊戲。
類 運動
△私が下手なのは、スポーツです／我不擅長的就是運動。

ズボン [（法）jupon] 　四2
名 西裝褲。
類 パンツ
△ズボンを短くしました／將褲子裁短了。

スマート [smart] 　二36
形動 瀟灑，時髦，漂亮。
△前よりスマートになりましたね／妳比之前更加苗條了耶！

すまい [住まい] 　二36
名 居住；住處，寓所；地址。
類 住処
△電話番号どころか、住まいもまだ決まっていません／別說是電話號碼，就連住的地方都還沒決定。

すませる [済ませる] 　二36
他五・接尾 弄完，辦完；償還，還清；將就，湊合。
類 終える
△もう手続きを済ませたから、ほっとしているわけだ／因為手續都辦完了，怪不得這麼輕鬆。

すまない 　二6

連語 對不起，抱歉；（做寒暄語）對不起，勞駕；不算完，不能了。
類 申し訳ない

すみ [隅] 　二2
名 角落。
△部屋の隅まで掃除してさしあげた／連房間的角落都幫你打掃好了。

ずみ [済み] 　二6
名 完了，完結；付清，付訖。
類 隅っこ
△検査済みのラベルが張ってあった／已檢查完畢有貼上標籤。

すみ [墨] 　二6
名 墨；墨汁，墨水；墨狀物；（章魚、烏賊體內的）墨狀物。
△習字の練習をするので、墨をすります／為了練習寫毛筆字而磨墨。

すみません 　四2
寒暄（道歉用語）對不起，抱歉；謝謝。
△すみません。100円だけ貸してください／對不起，只要借我100日圓就好。

すむ [済む] 　二2
自五 結束；了結；湊合。
類 終わる
△仕事が済むと、彼はいつも飲みに行く／工作一結束，他總會去喝一杯。

すむ [済む] 　二36
自五（事情）結束，終了；夠用，過得

去；（問題）解決，（事情）了結。

類 終わる

△仕事はもう全部済みました／工作已經全都做完了。

すむ［住む］　四 2

自五 住，居住；（動物）棲息，生存。

類 居住する

△留学生たちは、ここに住んでいます／留學生們住在這裡。

すむ［澄む］　二 6

自五 清澈；澄清；晶瑩，光亮；（聲音）清脆悅耳；清靜，寧靜。

反 汚れる　類 清澄

△川の水は澄んでいて、底までよく見える／由於河水非常清澈，河底清晰可見。

すもう［相撲］　二 6

名 相撲。

類 角技

△相撲の力士は、体が大きいですね／相撲的力士，塊頭都很大。

スライド［slide］　二 6

名・自サ 滑動；幻燈機，放映裝置；（棒球）滑進（壘）；按物價指數調整工資。

類 幻灯

△スライドを使って、美術品の説明をする／我利用幻燈片，來解說美術品。

ずらす　二 3 6

他五 挪開，錯開，差開。

△この文字を右にずらすには、どうしたらいいですか／請問要怎樣把這個字挪到右邊？

ずらり　二 6

副（高矮胖瘦適中）身材曲條；順利的，無阻礙的。

類 ずらっと

△工場の中に、輸出向けの商品がずらりと並んでいます／工廠內擺著一排排要出口的商品。

すり　三 2

名 扒手。

類 泥棒

△すりに財布を盗まれたようです／錢包好像被扒手扒走了。

スリッパ［slipper］　四 2

名 拖鞋。

△家の中では、スリッパをはきます／在家裡穿拖鞋。

する　四 2

他サ 做，進行；充當（某職）。

類 やる

△仕事をしているから、忙しいです／在工作所以很忙。

する［刷る］　二 6

他五 印刷。

類 印刷する

す

△招待のはがきを100枚刷りました／我印了100張邀請用的明信片。

ずるい　二36

形 狡猾，奸詐，耍滑頭，花言巧語。

類 狡い

△勝負するときには、絶対ずるいことをしないことだ／決勝負時，千萬不可以耍詐。

すると　三2

接 於是；這樣一來。

類 そうすると

△すると、あなたは明日学校に行かなければならないのですか／這樣一來，你明天不就得去學校了嗎？

すると　二36

接（表示繼一事物後，又發生另一事物）於是；（根據已知情況進行推測）那麼說來。

類 その後

△すると突然まっ暗になった／於是突然間暗了下來。

するどい［鋭い］　二6

形 尖的；（刀子）鋒利的；（視線）尖銳的；激烈，強烈；（頭腦）敏銳，聰明。

反 鈍い　類 犀利

△彼の見方はとても鋭い／他見解真是一針見血。

すれちがう［擦れ違う］　二6

自五 交錯，錯過去；不一致，不吻合，互相分歧；錯車。

△彼女は濃いお化粧をしているから、擦れ違っても気がつかなかったわけだ／她畫著濃妝，難怪算擦身而過，也沒發現到是她。

ずれる　二6

自下一（從原來或正確的位置）錯位，移動；離題，背離（主題、正路等）。

類 外れる

△紙がずれているので、うまく印刷できない／因為紙張歪了，所以沒印好。

すわる［座る］　四2

自五 坐，跪坐；居於某地。

反 立つ

△どの椅子に座りますか／你要坐哪張椅子？

すんぽう［寸法］　二6

名 長短，尺寸；（預定的）計畫，順序，步驟；情況。

類 長さ

△定規によって、寸法を測る／用尺來量尺寸。

せセ

せ［背］　四2

名 身高，身材；背後，背脊；後方，背標　。

反 腹　類 背中

△先生は、背が低いです／老師的個子

很矮。

せい 二36

名 原因，緣故，由於；歸咎。

類 原因

△自分の失敗を、他人のせいにするべきではありません／不應該將自己的失敗，歸咎於他人。

せい［姓］ 二6

名·漢造 姓氏；族，血族；（日本古代的）氏族姓，稱號。

類 名字

△先生は、学生の姓のみならず、名前まで全部覚えている／老師不只記住了學生的姓，連名字也全都背起來了。

せい［性］ 二36

名·漢造 性別；性慾；性格，本性；（事物的）性質，屬性。

類 性別

△近頃は、女性の社会進出が著しい／最近，女性就業的現象很顯著。

せい［性］ 二6

名·漢造 性別；幸運；本性；（事物的）性質，屬性；（語法上的）性。

類 性別

せい［正］ 二6

名·漢造 正直；（數）正號；正確，正當；更正，糾正；主要的，正的。

反 負 類 プラス

△正の数と負の数について勉強しましょう／我們一起來學正負數吧！

せい［生］ 二6

名·漢造 生命，生活；生業，營生；出生，生長；活著，生存。

反 死

△教授と、生と死について語り合った／我和教授一起談論了有關生與死的問題。

せい［製］ 三2

接尾 …製。

△先生がくださった時計は、スイス製だった／老師送我的手錶，是瑞士製的。

ぜい［税］ 二6

名·漢造 稅，稅金。

類 稅金

△税金が高すぎるので、文句を言わないではいられない／稅實在是太高了，所以令人忍不住抱怨幾句。

せいかく［性格］ 二36

名（人的）性格，性情；（事物的）性質，特性。

△それぞれの性格に応じて、適した職場を与える／依各人的個性，給予適合的工作環境。

せいかく［正確］ 二6

名·形動 正確，準確。

類 正しい

△事実を正確に記録する／事實正確記錄下來。

せ

せいかつ［生活］ 三2

名·自サ 生活；生計。

類 暮らし

△どんなところでも生活できます／我不管在哪裡都可以生活。

ぜいかん［税関］ 二36

名 海關。

△税関で申告するものはありますか／你有東西要在海關申報嗎？

せいき［世紀］ 二6

名 世紀，百代；時代，年代；百年一現，絶世。

類 時代

△20世紀初頭の日本について研究しています／我正針對20世紀初的日本進行研究。

せいきゅう［請求］ 二36

名·他サ 請求，要求，索取。

類 求める

△かかった費用を、会社に請求しようではないか／支出的費用，就跟公司申請吧！

ぜいきん［税金］ 二36

名 税金，稅款。

類 税

△税金の負担が重過ぎる／稅金的負擔，實在是太重了。

せいけつ［清潔］ 二36

名·形動 乾淨的，清潔的；廉潔；純潔。

反 不潔

△ホテルの部屋はとても清潔だった／飯店的房間，非常的乾淨。

せいげん［制限］ 二36

名·他サ 限制，限度，極限。

類 制約

△太りすぎたので、食べ物について制限を受けた／因為太胖，所以受到了飲食的控制。

せいこう［成功］ 二36

名·自サ 成功，成就，勝利；功成名就，成功立業。

反 失敗 類 達成

△まるで成功したかのような大騒ぎだった／簡直像是成功了一般狂歡大鬧。

せいさく［制作］ 二6

名·他サ 創作（藝術品等），製作；作品。

類 創作

△この映画は、実際にあった話をもとにして制作された／這部電影，是以真實故事改編而成的。

せいさく［製作］ 二6

名·他サ （物品等）製造，製作，生產。

類 制作

△私はデザインしただけで、商品の製作は他の人が担当した／我只是負責設計，至於商品製作部份是其他人負責的。

せいさん [生産]　　　　二36

(名・他サ) 生産，製造；創作（藝術品等）；生業，生計。

(反) 消費　(類) 産出

△わが社は、家具の生産をする一方で、販売も行なっています／我們公司除了生產家具之外，也有販賣家具。

せいじ [政治]　　　　三2

(名) 政治。

(古) まつりごと

△政治のむずかしさについて話しました／談及了政治的難處。

せいしき [正式]　　　　二6

(名・形動) 正式的，正規的。

(類) 本式

△ここに名前を書かないかぎり、正式なメンバーになれません／不在這裡寫下姓名，就沒有辦法成為正式的會員。

せいしつ [性質]　　　　二36

(名) 性格，性情；（事物）性質，特性。

(類) たち

△磁石のプラスとマイナスは引っ張り合う性質があります／磁鐵的正極和負極，具有相吸的特性。

せいしょ [清書]　　　　二6

(名・他サ) 謄寫清楚，抄寫清楚。

(類) 浄写

△この手紙を清書してください／請重新謄寫這封信。

せいしょうねん [青少年]　　二6

(名) 青少年。

(類) 青年

△青少年向きの映画を作るつもりだ／我打算拍一部適合青少年觀賞的電影。

せいじん [成人]　　　　二6

(名・自サ) 成年人；成長，（長大）成人。

△成人するまで、煙草を吸ってはいけません／到長大成人之前，不可以抽煙。

せいしん [精神]　　　　二6

(名) （人的）精神，心；心神，精力，意志；思想，心意；（事物的）根本精神。

(類) スピリット

△苦しみに耐えられたことから、彼女の精神の強さを知りました／就吃苦耐勞這一點來看，可得知她的意志力很強。

せいすう [整数]　　　　二6

(名) （數）整數。

せいぜい [精々]　　　　二6

(副) 盡量，盡可能；最大限度，充其量。

(類) 精一杯

△遅くても精々2、3日で届くだろう／最晚頂多兩、三天送到吧！

せいせき [成績]　　　　二36

(名) 成績，效果，成果。

(類) 効果

せ

△私はともかく、他の学生はみんな成績がいいです／先不提我，其他的學生大家成績都很好。

せいそう [清掃] ⊜6

名・他サ 清掃，打掃。

類 掃除
△罰に、1週間トイレの清掃をしなさい／罰你掃一個禮拜的廁所，當作處罰。

せいぞう [製造] ⊜35

名・他サ 製造，加工。

類 造る
△わが社では、一般向けの製品も製造しています／我們公司，也有製造給一般大眾用的商品。

せいぞん [生存] ⊜6

名・自サ 生存。

類 生きる
△その環境では、生物は生存し得ない／在那種環境下，生物是無法生存的。

ぜいたく [贅沢] ⊜35

名・形動 奢侈，奢華，浪費，鋪張；過份要求，奢望。

類 奢侈
△生活が豊かなせいか、最近の子どもは贅沢です／不知道是不是因為生活富裕的關係，最近的小孩都很浪費。

せいちょう [成長] ⊜35

名・自サ （經濟、生産）成長，增長，發展；（人、動物）生長，發育。

類 生い立ち
△子どもの成長が、楽しみでなりません／孩子們的成長，真叫人期待。

せいちょう [生長] ⊜6

名・自サ （植物、草木等）生長，發育。

類 植物が生長する過程には興味深いものがある／植物的成長，確實有耐人尋味的過程。

せいど [制度] ⊜6

名 制度；規定。

類 制
△制度は作ったものの、まだ問題点が多い／雖說訂出了制度，但還是存留著許多問題點。

せいと [生徒] 四2

名 （中小學）學生。

類 学生
△教室に、先生と生徒がいます／教室裡有老師和學生。

せいとう [政党] ⊜6

名 政黨。

類 党派
△この政党は、支持するまいと決めた／我決定不支持這個政黨了。

せいねん [青年] ⊜35

名 青年，年輕人。

類 若者
△彼は、なかなか感じのよい青年だ／

214

他是個令人覺得相當年輕有為的青年。

せいねんがっぴ［生年月日］ 二36

名 出生年月日，生日。

△書類には、生年月日を書くことになっていた／按規定文件上要填寫出生年月日。

せいのう［性能］ 二6

名 性能，機能，效能。

せいび［整備］ 二6

名·自他サ 配備，整備；整理，修配；擴充，加強；組裝；保養。

類 用意

△自動車の整備ばかりか、洗車までしてくれた／不但幫我保養汽車，就連車子也幫我洗好了。

せいひん［製品］ 二36

名 製品，產品。

類 商品

△この材料では、製品の品質は保証しかねます／如果是這種材料的話，恕難以保證產品的品質。

せいふ［政府］ 二36

名 政府；內閣，中央政府。

類 政庁

△政府も政府なら、国民も国民だ／政府有政府的問題，國民也有國民的不對。

せいぶつ［生物］ 二6

名 生物。

類 生類

△湖の中には、どんな生物がいますか／湖裡有什麼生物？

せいぶん［成分］ 二6

名（物質）成分，元素；（句子）成分；（數）成分。

類 要素

△成分のわからない薬には、手を出しかねる／我無法出手去碰成分不明的藥品。

せいべつ［性別］ 二6

名 性別。

△名前と住所のほかに、性別も書いてください／除了姓名和地址以外，也請寫上性別。

せいほうけい［正方形］ 二6

名 正方形。

類 四角形

△正方形の紙を用意してください／請準備正方形的紙張。

せいめい［生命］ 二6

名 生命，壽命；重要的東西，關鍵，命根子。

類 命

△私は、何度も生命の危機を経験している／我經歷過好幾次的攸關生命的關鍵時刻。

せいもん［正門］ ㊁6
- 图 大門，正門。
- 圆 表門
△学校の正門の前で待っています／我在學校正門等你。

せいよう［西洋］ ㊂2
- 图 西洋，歐美。
- 圆 東洋 ◯ 欧米
△彼は、西洋文化を研究しているらしいです／他好像在研究西洋文化。

せいり［整理］ ㊂6
- 名・他サ 整理，收拾，整頓；清理，處理；捨棄，淘汰，裁減。
- 圆 整頓
△今、整理をしかけたところなので、まだ片付いていません／現在才整理到一半，還沒開始收拾。

せいりつ［成立］ ㊂6
- 名・自サ 產生，完成，實現；成立，組成；達成。
- 圆 出来上がる
△新しい法律が成立したとか／聽說新的法條出來了。

せいれき［西暦］ ㊁6
- 图 西暦，西元。
- 圆 西紀
△昭和55年は、西暦では1980年です／昭和55年，是西元的1980年。

セーター［sweater］ ㊃2

毛衣。
- 图 毛衣。
△どんなセーターが、好きですか／你喜歡什麼樣的毛衣？

せおう［背負う］ ㊁6
- 他五 背；擔負，承擔，肩負。
- 圆 担ぐ
△この重い荷物を、背負えるものなら背負ってみろよ／你要能背這個沈重的行李，你就背看看啊！

せかい［世界］ ㊂2
- 图 世界；天地。
- 圆 ワールド
△世界を知るために、たくさん旅行をした／為了認識世界，常去旅行。

せき［隻］ ㊁6
- 接尾（助數詞用法）計算船，艇，鳥的單位。
△駆逐艦2隻／兩艘驅逐艦。

せき［席］ ㊂2
- 图 座位；職位。
- 圆 座席
△席につけ／回位子坐好！

せき［席］ ㊂6
- 名・漢造 席，坐墊；席位，坐位；聚會場所，宴席；茶社，曲藝場；竹席，草席。
- 圆 座席

せきたん［石炭］ ㊁6
- 图 煤炭。

216

名 炭
△このストーブは、石炭を燃焼します
／這暖爐可燃燒煤炭。

せきどう［赤道］　　　　二6

名 赤道。
△赤道直下の国は、とても暑い／赤道
正下方的國家，非常的炎熱。

せきにん［責任］　　　　二36

名 責任，職責。

動 責務
△責任者のくせに、逃げるつもりです
か／明明你就是負責人，還想要逃跑
嗎？

せきゆ［石油］　　　　二36

名 石油。

動 ガソリン
△石油が値上がりしそうだ／油價好像
要上漲了。

せけん［世間］　　　　二36

名 世上，社會上；世人；社會輿論；
（交際活動的）範圍。

動 世の中
△世間の人に恥ずかしいようなことを
するものではない／不要對別人做出一
些可恥的事來。

せつ［説］　　　　二6

名·漢造 意見，論點；學說；述說 。

動 学説
△このことについては、いろいろな説

がある／針對這件事，有很多不同的見
解。

せっかく［折角］　　　　二36

名·動 特意地；好不容易；盡力，努
力，拼命的。

動 わざわざ
△せっかく来たのに、先生に会えなく
てどんなに残念だったことか／特地來
卻沒見到老師，真是可惜呀！

せっきょくてき［積極的］ 二36

形動 積極的。

反 消極的　**動** 前向き
△とにかく積極的に仕事をすることで
すね／總而言之，就是要積極地工作是
吧。

せっきん［接近］　　　　二6

名·自サ 接近，靠近；親密，親近，密
切。

動 近づく
△台風が接近していて、旅行どころで
はない／颱風來了，哪能去旅行呀！

せっけい［設計］　　　　二6

名·他サ（機械、建築、工程的）設計；
計畫，規則。

動 企てる
△いい家を建てたければ、彼に設計さ
せることです／如果你想蓋個好房子，
就應該要讓他來設計。

せ

せっけん [石鹸] 　　　四2

⊛ 香皂，肥皂。

🔊 ソープ

△石鹸をつけて、体を洗いました／抹香皂洗身體。

せっする [接する] 　　　三6

⊛自他サ 接觸；連接，靠近；接待，應酬；連結，接上；遇上，碰上。

🔊 応対する

△お年寄りには、優しく接するものだ／對上了年紀的人，應當要友善對待。

せっせと 　　　三6

⊛ 拼命地，不停的，一個勁兒地，孜孜不倦的。

🔊 こつこつ

△早く帰りたいので、せっせと仕事をした／我想趕快回家所以才拼命工作。

せつぞく [接続] 　　　三36

⊛自他サ 連續，連接；（交通工具）連軌，接運。

🔊 繋がる

△コンピューターの接続を間違えたに違いありません／一定是電腦的連線出了問題。

ぜったい [絶対] 　　　三36

⊛名副 絕對，無與倫比；堅絕，斷然，一定。

🔄 相対 　🔊 絶対的

△この本、読んでごらん、絶対に面白いよ／建議你看這本書，一定很有趣

喔。

セット [set] 　　　三6

⊛名他サ 一組，一套；舞台裝置，布景；（網球等）盤，局；組裝，裝配；梳整頭髮。

🔊 揃い

△この茶碗を一セットください／請給我一組這種碗。

せつび [設備] 　　　三36

⊛名他サ 設備，裝設，裝設。

🔊 施設

△古い設備だらけだから、機械を買い替えなければなりません／淨是些老舊的設備，所以得買新的機器來替換了。

せつめい [説明] 　　　三2

⊛名自他サ 說明，解釋。

🔊 解説

△後で説明をするつもりです／我打算稍後再說明。

ぜつめつ [絶滅] 　　　三6

⊛名自他サ 滅絕，消滅，根除。

🔊 滅びる

△保護しないことには、この動物は絶滅してしまいます／如果不加以保護，這動物就會絕種。

せつやく [節約] 　　　三36

⊛名他サ 節約，節省。

🔄 乱費 　🔊 倹約

△節約しているのに、お金がなくなる

一方だ／我已經很省了，但是錢卻越來越少。

せともの［瀬戸物］ 二36

(名) 陶瓷品。

(類) 陶磁器

せなか［背中］ 三2

(名) 背部，背面。

(類) 背

△背中も痛いし、足も疲れました／背也痛，腳也酸了。

ぜひ 三2

(名·副) 務必；好與壞。

(類) どうしても

△あなたの作品をぜひ読ませてください／請務必讓我拜讀您的作品。

ぜひとも［是非とも］ 二6

(副)（是非的強調說法）一定，無論如何，務必。

(類) ぜひぜひ

△今日は是非ともおごらせてください／今天無論如何，請務必讓我請客。

せびろ［背広］ 四2

(名)（男子穿的）西裝。

(類) スーツ

△この背広は、どうですか／這件西裝如何？

せまい［狭い］ 四2

(形) 狹窄，狹小，狹隘。

(反) 広い (類) 狭小

△そちらの道は狭いです／那邊的路很窄。

せまる［迫る］ 二6

(自五·他五) 強迫，逼迫；臨近，迫近；變狹窄，縮短；陷於困境，窘困。

(類) 押し付ける

△彼女に結婚しろと迫られた／她強迫我要結婚。

ゼミ［seminar］ 二6

(名)（跟著大學裡教授的指導）課堂討論；研究小組，研究班。

(類) ゼミナール

△今日はゼミで、論文の発表をする／今天要在課堂討論上發表論文。

せめて 二6

(副)（雖然不夠滿意，但）那怕是，至少也，最少。

(類) 少なくとも

△せめて今日だけは雨が降りませんように／希望至少今天不要下雨。

せめる［攻める］ 二36

(他下一) 攻，攻打。

(類) 攻撃する

△城を攻める／攻打城堡。

せめる［責める］ 二6

(他下一) 責備，責問；苛責，折磨，摧殘；嚴加催討；馴服馬匹。

(類) 咎める

△そんなに自分を責めるべきではない

/你不應該那麼的自責。

セメント [cement]
③ 水泥。
● セメン
△今セメントを流し込んだところです／現在正在注入水泥。

せりふ
② 台詞，念白；(貶)使人不快的說法，說辭。
△せりふは全部覚えたものの、演技がうまくできない／雖然台詞都背起來了，但還是無法將角色表演的很好。

ゼロ [(法) zero]
② (數) 零；沒有。
● 零
△ゼロから始めて、ここまでがんばった／從零開始努力到現在。

ゼロ [zero]
② 零。
● 零
△服装のセンスはゼロ／穿衣服一點品味都沒有。

せろん [世論]
② 世間一般人的意見，民意，輿論。
● 輿論
△世論には、無視できないものがある／輿論這東西，確實有不可忽視的一面。

せわ [世話]

③ 照顧，照料。
△子どもの世話をするために、仕事をやめた／為了照顧小孩，辭去了工作。

せわ [世話]
(名・他サ) 援助，幫助；介紹，推薦；照顧，照料；俗語，常言。
● 面倒見
△ありがたいことに、母が子どもたちの世話をしてくれます／慶幸的是，媽媽會幫我照顧小孩。

せん [千]
② (一) 干；形容數量之多。
△五つで1000円です／五個共一千日圓。

せん [線]
② 線。
● ライン
△先生は、間違っている言葉を線で消すように言いました／老師說錯誤的字彙要劃線去掉。

せん [戦]
(漢造) 戰鬥，戰爭；決勝負，體育比賽；發抖。
● 戦い

せん [栓]
② 栓，塞子；閥門，龍頭，開關；阻塞物。
● 詰め
△ワインの栓を抜いてください／請拔

開葡萄酒的栓子。

せん [船]

漢造 船。

関 船（ふね）
△汽船で行く／坐汽船去。

ぜん [前]

漢造 前方，前面；（時間）早；預先；兩者之中次序在前；（同現在的相比較）以前或過去的一方；過去，從前。

関 先端

ぜん [善]

名·漢造 好事，善行；善良；優秀，卓越；妥善，擅長；關係良好。

反 悪
△君は、善悪の区別もつかないのかい。／你連善惡都無法分辨嗎？

ぜん [全]

漢造 全部，完全；在一定的範圍內無一例外，整個；完整無缺；一切因素具備，純。

関 すっかり

ぜんいん [全員]

名 全體人員。

関 総員
△全員集まってからでないと、話ができません／大家沒到齊的話，就沒辦法開始討論。

せんきょ [選挙]

名·他サ 選舉，推選。

関 投票

△選挙の際には、応援をよろしくお願いします／選舉的時候，就請拜託您的支持了。

せんげつ [先月]

名 上個月。

関 前月
△先月の旅行は、いかがでしたか／上個月的旅行好玩嗎？

ぜんご [前後]

名·自サ·接尾 （空間與時間）前和後，前後；相繼，先後；前因後果。
△要人の車の前後には、パトカーがついている／重要人物的座車前後，都有警車跟隨著。

せんこう [専攻]

名·他サ 專門研究，專修，專門。

関 専修
△彼の専攻はなんだっけ／他是專攻什麼來著？

ぜんこく [全国]

名 全國。

反 地方　関 全土
△このラーメン屋は、全国でいちばんおいしいと言われている／這家拉麵店，號稱全國第一美味。

せんざい [洗剤]

名 洗滌劑，洗衣粉。

関 洗浄剤
△洗剤なんか使わなくても、きれいに

せ

落ちます／就算不用什麼洗衣精，也能將污垢去除得乾乾淨淨。

せんじつ［先日］　　二36

㊂ 前天；前些日子。

㊐ 過日

△先日、駅で偶然田中さんに会った／前些日子，偶然在車站遇到了田中小姐。

ぜんしゃ［前者］　　二36

㊂ 前者。

㊙ 後者

△製品Aと製品Bでは、前者のほうが優れている／拿產品A和B來比較的話，前者比較好。

せんしゅ［選手］　　二36

㊂ 選拔出來的人；選手，運動員。

㊐ アスリート

△有名な野球選手／有名的棒球選手。

せんしゅう［先週］　　四2

㊂ 上個星期，上週。

㊙ 前週

△先週は、どこへ行きましたか／上個星期你去了哪裡？

ぜんしゅう［全集］　　二6

㊂ 全集。

△この全集には、読むべきものがある／這套全集確實值得一讀。

ぜんしん［前進］　　二6

㊂・他サ 前進。

㊙ 後退　　㊐ 進む

△困難があっても、前進するほかはない／即使遇到困難，也只有往前走了。

ぜんしん［全身］　　二6

㊂ 全身。

㊙ 総身

△疲れたので、全身をマッサージしてもらった／因為很疲憊，所以請人替我全身按摩過一次。

せんす［扇子］　　二6

㊂ 扇子。

㊙ おうぎ

△暑いので、ずっと扇子で扇いでいた／因為很熱，所以一直用扇子搧風。

せんすい［潜水］　　二6

㊂・自サ 潜水。

△潜水して船底を修理する／潛到水裡修理船底。

せんせい［先生］　　四2

㊂ 老師，師傅；醫生，大夫；（對高職位者的敬稱）；關愛。

㊙ 教師

△先生の家に行った時、皆で歌を歌いました／去老師家時，大家一同唱了歌。

せんせい［専制］　　二6

㊂ 專制，獨裁；獨斷，專斷獨行。

△この国では、専制君主の時代が長く続いた／這個國家，持續了很長的君主

222

専制時期。

ぜんぜん
三 2

副 完全不…，一點也不…（接否定）。

類 少しも

△ぜんぜん勉強したくないのです/我一點也不想唸書。

せんせんげつ［先々月］
二 3 6

接頭 上上個月，前兩個月。

△彼女とは、先々月会ったきりです/我自從前兩個月遇到她後，就沒碰過面了。

せんせんしゅう［先々週］
二 6

接頭 上上週。

△先々週は風邪を引いて、勉強どころではなかった/上上禮拜感冒，哪裡還能讀書呀！

せんぞ［先祖］
二 6

名 始祖；祖先，先人。

反 子孫　**類** 祖先

△誰でも、自分の先祖のことが知りたくてならないものだ/不論是誰，都會很想知道自己祖先的事。

せんそう［戦争］
三 2

名・自サ 戰爭。

類 戦役

△いつの時代でも、戦争はなくならない/不管是哪個時代，戰爭都不會消失的。

せんそう［戦争］
二 3 6

名・自サ 戰爭，戰事；競爭，混亂（狀態）。

類 戦役

△このままでは、戦争になりかねない/照這樣下去，有可能會打戰。

センター［center］
二 6

名 中心機構；中心地，中心區；（棒球）中場。

類 中央

△私は、大学入試センターで働いています/我在大學的大考中心上班。

ぜんたい［全体］
二 3 6

名・副 全身，整個身體；全體，總體；根本，本來；究竟，到底。

類 全身

△工場全体で、何平方メートルありますか/工廠全部共有多少平方公尺？

せんたく［洗濯］
四 2

名・他サ 洗衣服，清洗，洗滌。

類 洗う

△洗濯から掃除まで、全部やりました/從清洗到打掃全部包辦。

せんたく［選択］
二 3 6

名・他サ 選擇，挑選。

類 選び出す

△この中から一つ選択するとすれば、私は赤いのを選びます/如果要我從中選一，我會選紅色的。

せ

せんそう［戦争］
二 3 6

せんたん［先端］　◯6

❷ 頂端，尖端；時代的尖端，時髦，流行，前衛。

❸ 先驅

△あなたは、先端的な研究をしていますね／你從事的事走在時代尖端的研究呢！

センチ［centimeter］　◯36

❷ 厘米，公分。

❸ センチメートル

せんでん［宣伝］　◯36

❷・自他サ 宣傳，廣告；吹噓，鼓吹，誇大其詞。

△あなたの会社を宣伝するかわりに、うちの商品を買ってください／我幫貴公司宣傳，相對地，請購買我們的商品。

せんとう［先頭］　◯6

❷ 前頭，排頭，最前列。

❸ 真っ先

△社長が、先頭に立ってがんばるべきだ／社長應當走在最前面帶頭努力才是。

せんぱい［先輩］　◯2

❷ 學姐，學長；老前輩。

❹ 後輩

△先輩は、フランスに留学に行かれた／學長去法國留學了。

ぜんぱん［全般］　◯6

❷ 全面，全盤，通盤。

❸ 総体

△全般からいうと、A社の製品が優れている／從全體上來講，A公司的產品比較優秀。

ぜんぶ［全部］　◯2

❷ 全部，總共。

❹ 一部　❸ すべて

△全部で、いくつですか／全部一共幾個？

せんぷうき［扇風機］　◯36

❷ 風扇，電扇。

せんめん［洗面］　◯6

❷・他サ 洗臉。

❸ 洗顔

△洗面所は洗面の設備をした場所である／所謂的化妝室是指有設置洗臉器具的地方。

せんもん［専門］　◯2

❷ 攻讀科系。

❸ 専攻

△来週までに、専門を決めろよ／下星期前，要決定攻讀的科系唷。

ぜんりょく［全力］　◯36

❷ 全部量力，全力；（機器等）最大出力，全力。

❸ 総力

△日本代表選手として、全力でがんばります／身為日本選手代表，我會全

力以赴。

せんろ［線路］ 二36

名（火車、電車、公車等）線路；（火車、有軌電車的）軌道。

△線路を渡ったところに、おいしいレストランがあります／過了鐵軌的地方，有家好吃的餐館。

そソ

そい［沿い］ 二6

造語 順，延。

△川沿いに歩く／沿著河川走路。

ぞう［象］ 二6

名 大象。

△動物園には、象やら虎やら、たくさんの動物がいます／動物園裡有大象啦、老虎啦，有很多動物。

そう［総］ 二6

漢造 總括；總覽；總，全體；（舊地方名）上總國，下總國；全部。

類 全体

そうい［相違］ 二36

名·自サ 不同，懸殊，互不相符。

類 差異

△両者の相違について説明してください／請解說兩者的差異。

そういえば［そう言えば］ 二6

接續 這麼說來，這樣一說。

△そう言えば、最近山田さんを見ませんね／這樣說來，最近都沒見到山田小姐呢。

そうおん［騒音］ 二6

名 噪音；吵雜的聲音，吵鬧聲。

△眠ることさえできないほど、ひどい騒音だった／那噪音嚴重到睡都睡不著的地步！

ぞうか［増加］ 二36

名·自他サ 増加，增多，增進。

反 減少 類 増える

△人口は、増加する一方だそうです／聽說人口不斷地在增加。

ぞうきん［雑巾］ 二6

名 抹布。

△水をこぼしてしまいましたが、雑巾はありますか／水灑出來了，請問有抹布嗎？

ぞうげん［増減］ 二6

名·自他サ 增減，增加。

△最近の在庫の増減を調べてください／請查一下最近庫存量的增減。

そうこ［倉庫］ 二6

名 倉庫，貨棧。

類 倉

△倉庫には、どんな商品が入っていますか／倉庫裡儲存有哪些商品呢？

そうご［相互］ 二6

名 相互，彼此；輪流；交替，交互。

例 代わる代わる
△交換留学が盛んになるに伴って、相互の理解が深まった／伴隨著交換留學的盛行，兩國對彼此的文化也更加了解。

そうさ［操作］　🔲6

名·他サ 操作（機器等），駕駛；（設法）安排，（背後）操縱。

例 操る
△パソコンの操作にかけては、誰にも負けない／就電腦操作這一點，我絕不輸給任何人。

そうさく［創作］　🔲6

名·他サ（文學作品）創作；捏造（謊言）；創新，創造。

例 作る
△彼の創作には、驚くべきものがある／他的創作，有令人嘆為觀止之處。

そうじ［掃除］　四2

名·他サ 打掃，清掃；清除（毒害）。

例 清掃
△私は、部屋を掃除します／我打掃房間。

そうしき［葬式］　🔲2

名 葬禮。

例 葬儀
△葬式で、悲しみのあまり、わあわあ泣いてしまった／喪禮時，由於過於傷心而哇哇大哭了起來。

そうして・そして　四2

接續 然後，而且；於是；以及。

例 以って
△ハワイに行きたいです。そして、泳ぎたいです／我想去夏威夷，然後我想游泳。

ぞうせん［造船］　🔲6

名·自サ 造船。
△造船会社に勤めています／我在造船公司上班。

そうぞう［想像］　🔲36

名·他サ 想像。

例 イマジネーション
△そんなひどい状況は、想像し得ない／那種惨狀，真叫人無法想像。

そうぞうしい［騒々しい］　🔲36

形 吵鬧的，喧囂的，宣嚷的；（社會上）動盪不安的。

例 騒がしい
△隣の部屋が、騒々しくてしようがない／隔壁的房間，實在是吵到不行。

そうぞく［相続］　🔲6

名·他サ 承繼（財產等）。

例 受け継ぐ
△相続に関して、兄弟で話し合った／兄弟姊妹一起商量了繼承的相關事宜。

ぞうだい［増大］　🔲6

名·自他サ 增多，增大。

例 増える

△費用は、増大するにきまっています／費用肯定是會增加的。

そうだん［相談］ 三2

名·自他サ 商量，商談。

類 話し合い

△なんでも相談してください／什麼都可以找我商量。

そうち［装置］ 二36

名·他サ 裝置，配備，安裝；舞台裝置。

類 装備

△半導体製造装置を開発した／研發了半導體的配備。

そうっと 二6

副 悄悄地（同「そっと」）。

類 こそり

△障子をそうっと閉める／悄悄地關上拉門。

そうとう［相当］ 二36

名·自サ·形動 相當，適合，相稱；相當於，相等於；值得，應該；過得去，相當好；很，頗。

類 かなり

△この問題は、学生たちにとって相当難しかったようです／這個問題對學生們來說，似乎是很困難。

そうべつ［送別］ 二6

名·自サ 送行，送別。

類 見送る

△田中さんの送別会のとき、悲しくてならなかった／在歡送田中先生的餞別會上，我傷心不已。

ぞうり［草履］ 二6

名 草履，草鞋。

そうりだいじん［総理大臣］ 二6

名 總理大臣，首相。

類 内閣総理大臣

△総理大臣やら、有名スターやら、いろいろな人が来ています／又是內閣大臣，又是明星，來了各式各樣的人。

そうりょう［送料］ 二6

名 郵費，運費。

類 送り賃

△送料が1000円以下になるように、工夫してください／請設法將運費壓到1000日圓以下。

そく［足］ 二36

接尾·漢造 （助數詞用法）雙；足；走；足夠；添，補。

ぞくする［属する］ 二6

自サ 屬於，歸於，從屬於；隸屬，附屬。

類 所属する

△彼は、演劇部のみならず、美術部にもコーラス部にも属している／他不但是戲劇社，同時也隸屬於美術社和合唱團。

ぞくぞく［続々］ 二6

副 連續，紛紛，連續不斷地。

副 次々に
△新しいスターが、続々と出てくる／
新人接二連三地出現。

そくたつ［速達］　□36

名・自サ 快速信件，快遞。

副 速達郵便
△速達で出せば、間に合わないことも
ないだろう／寄快遞的話，就不會趕不
上吧！

そくてい［測定］　□6

名・他サ 測定，測量。

△身体検査で、体重を測定した／我在
健康檢查時，量了體重。

そくど［速度］　□6

名 速度。

副 スピード
△狭い道で、車の速度を上げるもので
はない／不應該在狹窄的車道上開快
車。

そくりょう［測量］　□6

名・他サ 測量，測繪。

副 測る
△家を建てるのに先立ち、土地を測
量した／在蓋房屋之前，先測量了土地
的大小。

そくりょく［速力］　□6

名 速率，速度。

副 スピード
△速力を上げる／加快速度。

そこ

代 那裡，那邊；那時；那一點。

副 そちら
△そこはどんな所ですか／那是個什麼
樣的地方？

そこ［底］　□36

名 底，底子；最低處，限度；底層，深
處；邊際，極限。

副 底部
△海の底までもぐったら、きれいな魚
がいた／我潛到海底，看見了美麗的魚
兒。

そこで　□36

接續 因此，所以；（轉換話題時）那
麼，下面，於是。

副 それで
△そこで、私は思い切って意見を言い
ました／於是，我就直接了當地說出了
我的看法。

そしき［組織］　□36

名・他サ 組織，組成；構造，構成；
（生）組織；系統，體系。

副 体系
△一つの組織に入る上は、真面目に努
力をするべきです／既然加入組織，就
得認真努力才行。

そしつ［素質］　□6

名 素質，本質，天分，天資。

副 生まれつき
△彼には、音楽の素質があるに違いな

い／他一定有音樂的天資。

そせん [祖先] 　　　　　二6
名 祖先。
類 先祖
△日本人の祖先はどこから来たか研究している／我在研究日本人的祖先來自於何方。

そそぐ [注ぐ] 　　　　　一6
自五・他五（水不斷地）注入，流入；（雨、雪等）落下；（把液體等）注入，倒入；澆，灑。
類 注ぐ
△カップにコーヒーを注ぎました／我將咖啡倒進杯中。

そそっかしい 　　　　　二6
形 冒失的，輕率的，毛手毛腳的，粗心大意的。
類 軽率
△そそっかしいことに、彼はまた財布を家に忘れてきた／冒失的是，他又將錢包忘在家裡了。

そだつ [育つ] 　　　　　二36
自五 成長，長大，發育。
類 成長する
△子どもたちは、元気に育っています／孩子們健康地成長著。

そだてる [育てる] 　　　　　二2
他下一 撫育，培植；培養。
類 養育する

蘭は育てにくいです／蘭花很難培植。

そちら 　　　　　四2
代 那兒，那裡；那位，那個，那邊；府上，貴處。
類 そなた
△そちらは、どなたですか／那位是什麼人物？

そつぎょう [卒業] 　　　　　三2
名・他サ 畢業。
反 入学　類 修了
△いつか卒業できるでしょう／總有一天會畢業的。

そっくり 　　　　　二36
形動・副 全部，完全，原封不動；一模一樣，極其相似。
類 そのまま
△彼ら親子は、似ているというより、もうそっくりなんですよ／他們母子，與其說是像，倒不如說是長得一模一樣了。

そっちょく [率直] 　　　　　二36
形動 坦率，直率。
類 端的
△社長に、率直に意見を言いたくてならない／我想跟社長坦率地說出意見想得不得了。

そっと 　　　　　二36
副 悄悄地，安靜的；輕輕的；偷偷地；

229

照原樣不動的。

類 静かに

△しばらくそっと見守ることにしました／我決定暫時先在靜悄悄地看守著他。

そで［袖］ 二36

名 衣袖；（桌子）兩側抽屜，（大門）兩側的廳房，舞台的兩側，飛機（兩翼）。

類 スリーブ

△半袖と長袖と、どちらがいいですか／要長袖還是短袖？

そと［外］ 四2

名 外面，外邊；自家以外；戶外。

反 内 類 外側

△窓から外を見ながら、考えた／望著窗外想事情。

そなえる［備える］ 二36

他下一 準備，防備；配置，裝置；天生具備。

類 支度する

△災害に対して、備えなければならない／要預防災害。

その 四2

連語 那…，那個…。

類 該当

△その家には、だれか住んでいます／好像有人住在那棟房子裡。

そのうえ［その上］ 二36

接 又，而且，加之，兼之。

類 それに

そのうち［その内］ 二36

副·連語 最近，過幾天，不久；其中。

類 近いうち

そのころ 二6

接 當時，那時。

類 当時

△そのころあなたはどこにいましたか／那時你人在什麼地方？

そのため 二6

接（表原因）正是因為這樣　。

類 それゆえ

△彼は寝坊して、そのために遅刻したに相違ない／他肯定是因為睡懶覺才遲到的。

そのまま 二6

副 照樣的，按照原樣；（不經過一般順序、步驟）就那樣，馬上，立刻；非常相像。

類 そっくり

△その本は、そのままにしておいてください／請就那樣將那本書放下。

そば 四2

名 旁邊，側邊；附近。

類 傍ら

△私のそばにいてください／請留在我身邊。

そば［蕎麦］ 二36

ⓝ 蕎麥；蕎麥麵。

そふ［祖父］ 　　　三2

ⓝ 爺爺，外公。

ⓡ 祖母　ⓣ お祖父さん
△祖父はずっとその会社で働いてきました／祖父一直在那家公司工作到現在。

ソファー［sofa］ 　　　二6

ⓝ 沙發。

そぼ［祖母］ 　　　三2

ⓝ 奶奶，外婆。
△祖母は、いつもお菓子をくれる／奶奶常給我糖果。

そぼく［素朴］ 　　　二6

ⓝ-形動 樸素，純樸，質樸；（思想感情等）素樸單純，純樸。

ⓣ 純朴

そまつ［粗末］ 　　　二36

ⓝ-形動 粗糙，不精緻；疏忽，簡慢；糟蹋。

ⓡ 精密　ⓣ 粗雑
△食べ物を粗末にするなど、私には考えられない／我沒有辦法想像浪費食物這種事。

そら［空］ 　　　四2

ⓝ 天空，空中；天氣；（遠離的）地方，（旅行的）途中。

ⓣ 天空
△空はまだ明るいです／天色還很亮。

そる［剃る］ 　　　二36

ⓣ五 剃（頭），刮（臉）。

ⓣ 剃り落とす
△ひげを剃ってからでかけます／我刮了鬍子之後便出門。

それ 　　　四2

ⓒ 那，那個；那時，那裡；那樣。

ⓣ そのこと
△これが終わったあとで、それをやります／做完這個之後再做那個。

それから 　　　四2

ⓒ接續 之後，然後；其次，還有；（催促對方談話時）後來怎樣。

ⓣ そして
△雑誌を買いました。それから、辞書も買いました／買了雜誌，然後也買了字典。

それぞれ 　　　二36

ⓐ 每個（人），分別，各自。

ⓣ おのおの
△同じテーマをもとに、それぞれの作家が小説を書いた／各個不同的作家都在同一個主題下寫了小說。

それで 　　　三2

ⓒ接 因此；後來。

ⓣ それゆえ
△それで、いつまでに終わりますか／那麼，什麼時候結束呢？

それでは　四2

接續 如果那樣，要是這樣的話；那麼，那麼說。

類 それなら

△それでは、もっと大(おお)きいのはいかがですか／那麼，再大一點的如何？

それでも　二3 6

接續 儘管如此，雖然如此，即使這樣。

類 関係なく

△それでも、やっぱりこの仕事(しごと)は私(わたし)がやらざるをえないのです／雖然如此，這工作果然還是要我來做才行。

それと　二6

接續 還是，或著。

それとも　二3 6

接 或著，還是。

類 もしくは

△女(おんな)か、それとも男(おとこ)か／是女的還是男的。

それなのに　二6

接續 雖然那樣，儘管如此。

△一生懸命(いっしょうけんめい)がんばりました。それなのに、どうして失敗(しっぱい)したのでしょう／我拼命努力過了。但是，為什麼到頭來還是失敗了呢？

それなら　二3 6

接續 要是那樣，那樣的話，如果那樣。

類 それでは

△それなら、私(わたし)が手伝(てつだ)ってあげましょう／那麼，我來助你一臂之力吧！

それに　三2

接 而且，再者。

類 その上

△その映画(えいが)は面白(おもしろ)いし、それに歴史(れきし)の勉強(べんきょう)にもなる／這電影不僅有趣，又能從中學到歷史。

それはいけませんね　三2

寒暄 那可不行。

△それはいけませんね。薬(くすり)を飲(の)んでみたらどうですか／那可不行啊！是不是吃個藥比較好？

それはいけませんね　二6

感（表示同情）那可不好，那就糟啦。

△病気(びょうき)は、悪(わる)くなる一方(いっぽう)なんですか。それはいけませんね／病情持續惡化是嗎？那可不好了。

それほど　三2

副 那麼地。

類 そんなに

△映画(えいが)が、それほど面白(おもしろ)くなくてもかまいません／電影不怎麼有趣也沒關係。

それる［逸れる］　二6

自下一 偏離正軌，歪向一旁；不合調，走調；走向一邊，轉過去。

類 外れる

△ピストルの弾(たま)が、目標(もくひょう)から逸(そ)れました／手槍的子彈，偏離了目標。

そろう［揃う］　　□36

自五（成套的東西）備齊；成套；一致，（全部）一樣，整齊；（人）到齊，齊聚。

類 整う
△クラス全員が揃いっこありませんよ／不可能全班都到齊的啦！

そろえる［揃える］　　□36

他下一 使…備齊；使…一致；湊齊，弄齊，使成對。

類 整える
△必要なものを揃えてからでなければ、出発できません／如果沒有準備齊必需品，就沒有辦法出發。

そろそろ　　□2

副 快要；緩慢。

類 そろり
△そろそろ2時でございます／快要兩點了。

そろばん　　□6

名 算盤，珠算。
△子どもの頃、そろばんを習っていた／小時候有學過珠算。

そん［損］　　□36

名・自サ・形動・漢造 虧損，賠錢；吃虧，不划算；減少；損失。

反 得　　類 不利益
△その株を買っても、損はするまい／即使買那個股票，也不會有什麼損失吧！

そんがい［損害］　　□6

名・他サ 損失，損害，損耗。

類 損失
△損害を受けたのに、黙っているわけにはいかない／既然遭受了損害，就不可能這樣悶不吭聲。

そんざい［存在］　　□36

名・自サ 存在，有；人物，存在的事物；存在的理由，存在的意義。

類 存する
△宇宙人は、存在し得ると思いますか／你認為外星人有存在的可能嗎？

そんしつ［損失］　　□6

名・自サ 損害，損失。

反 利益　　反 欠損
△火災は会社に2千万円の損失をもたらした／火災造成公司兩千萬元的損失。

ぞんずる［存ずる］　　□36

自他サ 有，存，生存；在於。

類 承知する
△ご存じの通り／如您所知的。

そんぞく［存続］　　□6

名・自他サ 繼續存在，永存，長存。

類 続ける
△鉄道路線を存続させる／讓火車軌道永遠保存。

そんちょう［尊重］　　□6

名・他サ 尊重，重視。

そ

動 尊ぶ

△彼らの意見も、尊重しようじゃないか／我們也要尊重他們的意見吧！

そんとく［損得］ （二）6

名 損益，得失，利害。

同 損益

△損得抜きの商売／不計得失的生意。

そんなに （三）2

連体 那麼。

同 それほどに

△そんなに見たいなら、見せてさしあげますよ／那麼想看的話，就給你看吧！

たタ

た［他］ （二）36

名・漢造 其他，他人，別處，別的事物；他心二意；另外。

同 ほか

△何をするにせよ、他の人のことも考えなければなりません／不管做任何事，都不能不考慮到他人的感受。

た［田］ （二）36

名 田地；水稻，水田。

反 畑 **同** 田んぼ

△家族みんなで田に出て働いている／家裡所有人都到田中工作去了。

たい［対］ （二）36

名・漢造 對比，對方；同等，對等；相對，相向；（比賽）比；面對。

△1対1で引き分けです／一比一平手。

だい［代］ （三）2

接尾（年齢範圍）…多歳。

同 世代

△この服は、30代とか40代とかの人のために作られました／這件衣服是為三、四十多歲的人做的。

だい［代］ （二）36

名・漢造 代，輩；一生，一世；費用；時代，時期；年齢的範圍；代價，應償付的錢。

同 世代

だい［台］ （四）2

接尾 …台，…輛，…架。

△ドイツの自動車を2台買いました／買了兩台德國車。

だい［大］ （二）36

名・漢造（事物、體積）大的；量多的；優越，好；宏大，大量；宏偉，超群。

反 小

△ジュースには大と小がありますが、どちらにしますか／果汁有大有小，你要哪一個？

だい［第］ （二）36

漢造 順序；冠於數詞前表示次第；考試及格，錄取；住宅，宅邸。

同 屋敷

だい［題］　　　二36

（名・自サ・漢造）題，題目，標題；問題；題字，題辭；問題；品評。

外 タイトル

たいいく［体育］　　　二6

（名）體育；體育課。

△体育の授業で一番だったとしても、スポーツ選手になれるわけではない／就算體育成績拿第一，並不代表就能當上運動選手。

だいいち［第一］　　　二36

（名・副）第一，第一位，首先；首屈一指的，首要，最重要。

外 まず

△早寝早きします。健康第一だもの／人家要早睡早起，因為保持身體健康是第一嘛！

たいいん［退院］　　　三2

（名・自サ）出院。

反 入院

△彼が退院するのはいつだい／他什麼時候出院的？

たいおん［体温］　　　二6

（名）體溫。

△体温が上がるにつれて、気分が悪くなってきた／隨著體溫的上升，身體就越來越不舒服。

たいかい［大会］　　　二6

（名）大會；全體會議。

△大会に出たければ、がんばって練習することだ／如想要出賽，就得好好練習。

だいがく［大学］　　　四2

（名）大學。

△大学の先生という仕事は、大変です／大學老師的工作相當辛苦。

だいがくいん［大学院］　　　二6

（名）大學研究院。

だいがくせい［大学生］　　　三2

（名）大學生。

△鈴木さんの息子は、大学生だと思う／我想鈴木先生的兒子，應該是大學生了。

だいきん［代金］　　　二36

（名）貸款，借款。

外 代価

△店の人によれば、代金は後で払えばいいそうだ／店裡的人說，也可以借款之後再付。

たいきん［大金］　　　二6

（名）巨額金錢，巨款。

△株で大金をもうける／在股票上賺了大錢。

だいく［大工］　　　二6

（名）木匠，木工。

外 匠

△大工が家を建てている／木工正在蓋

235

た

房子。

たいくつ［退屈］ 二 3 6

名·自サ·形動 無聊，鬱悶，寂，厭倦。

類 徒然

△やることがなくて、どんなに退屈したことか／無事可做，是多麼的無聊啊！

たいけい［体系］ 二 6

名 體系，系統。

類 システム

△私の理論は、学問として体系化し得る／我的理論，可作為一門有系統的學問。

たいこ［太鼓］ 二 6

名（大）鼓。

類 ドラム

△太鼓をたたくのは、体力が要る／打鼓需要體力。

たいざい［滞在］ 二 3 6

名·自サ 旅居，逗留，停留。

類 逗留

△日本に長く滞在しただけに、日本語がとてもお上手ですね／不愧是長期居留在日本，日語講得真好。

たいさく［対策］ 二 3 6

名 對策，應付方法。

類 方策

△犯罪の増加に伴って、対策をとる必要がある／隨著犯罪的增加，有必要開始採取對策了。

たいし［大使］ 二 6

名 大使。

△彼は在フランス大使に任命された／他被任命為駐法的大使。

だいじ［大事］ 三 2

形動 保重；重要。

類 大切

△健康の大事さを知りました／領悟到健康的重要性。

たいしかん［大使館］ 四 2

名 大使館。

△来週大使館へ行きます／下週到大使館去。

たいした［大した］ 二 3 6

連體 非常的，了不起的；（下接否定詞）沒什麼了不起，不怎麼樣。

類 偉い

△ジャズピアノにかけては、彼は大したものですよ／他在爵士鋼琴這方面，還真是了不得啊。

たいして［大して］ 二 3 6

副（一般下接否定語）並不太 ，並不怎麼。

類 それほど

△この本は大して面白くない／這本書不怎麼有趣。

たいじゅう［体重］ 二 3 6

名 體重。

△たくさん食べていたら、体重は減りっこないですよ／如果吃太多東西，體重是絕對不可能會下降的。

たいしょう ［対照］　　　二 6

名·他サ 對照，對比。

類 見比べる

△日中対照の辞典がほしいです／我想要一本中日對照的辭典。

たいしょう ［対象］　　　二 6

名 對象。

類 目当て

△番組の対象として、４０歳ぐらいを考えています／節目的收視對象，我預設為40歲左右的年齡層。

だいしょう ［大小］　　　二 6

名 （尺寸）大小；大和小。

△大小さまざまな家が並んでいます／各種大小的房屋並排在一起。

だいじょうぶ ［大丈夫］　　四 2

形動 牢固，可靠；安全，放心；沒問題，沒關係。

類 平気

△ちょっと熱がありますが、大丈夫です／有點發燒，但沒關係。

だいじん ［大臣］　　　二 3 6

名 （政府）部長，大臣。

類 国務大臣

△大臣のくせに、真面目に仕事をしていない／明明是大臣卻沒有認真在工作。

だいすき ［大好き］　　　四 2

形動 非常喜歡，最喜好。

△私は、お酒も大好きです／我也很喜歡酒。

たいする ［対する］　　　二 3 6

自サ 面對，面向；對於，關於；對立，相對，對比；對待，招待。

類 対応する

△自分の部下に対しては、厳しくなりがちだ／對自己的部下，總是比較嚴格。

たいせい ［体制］　　　二 6

名 體制，結構；（統治者行使權力的）方式。

△社長が交替して、新しい体制で出発する／社長交棒後，公司以新的體制重新出發。

たいせき ［体積］　　　二 6

名 （數）體積，容積。

△この容器の体積は２立方メートルある／這容器的體積有二立方公尺。

たいせつ ［大切］　　　四 2

形動 重要，重視；心愛，珍惜。

類 大事

△私の大切なものは、あれではありません／我所珍惜的不是那個。

たいせん ［大戦］　　　二 6

名·自サ 大戰，大規模戰爭；世界大戰。

作。

△伯父は大戦のときに戦死した／伯父在大戰中戰死了。

たいそう [二36]

[形動·副] 很，甚，非常，了不起；過份，過甚，誇張。

[類] 大変

△たいそうな暑さ／酷熱異常。

たいそう［大層］ [二36]

[形動·副] 很，非常，了不起；過份的，誇張的。

[類] 大変

△コーチによれば、選手たちは練習で大層がんばったということだ／據教練所言，選手們已經非常努力練習了。

たいそう［体操］ [二36]

[名] 體操；體育課。

△毎朝公園で体操をしている／每天早上在公園裡做體操。

だいたい [三2]

[副] 大部分；大致；大概。

[類] おおよそ

△練習して、この曲はだいたい弾けるようになった／練習以後，大致會彈這首曲子了。

たいてい［大抵］ [四2]

[副] 大體，差不多；（下接推量）大概，多半；（接否定）一般，普通。

[類] 大概

△夜はたいてい、テレビを見ながらご飯を食べます／晚上大致上都邊看電視邊吃飯。

たいど［態度］ [二36]

[名] 態度，表現；舉止，神情，作風。

[類] 素振り

△君の態度には、先生でさえ怒っていたよ／對於你的態度，就算是老師也會生氣喔。

だいとうりょう［大統領］ [二6]

[名] 總統。

△大統領とお会いした上で、詳しくお話しします／與總統會面之後，我再詳細說明。

だいどころ［台所］ [四2]

[名] 廚房；家庭的經濟狀況。

[類] 勝手

△台所で料理を作ります／在廚房做料理。

たいはん［大半］ [二6]

[名] 大半，多半，大部分。

[類] 大部分

△大半の人が、このニュースを知らないに違いない／大部分的人，肯定不知道這個消息。

だいひょう［代表］ [二36]

[名·他サ] 代表。

△パーティーを始めるにあたって、皆を代表して乾杯の音頭をとった／派對要開始時，我帶頭向大家乾杯。

だいぶ　　　　　　　　三2
剛 相當地,非常。

類 相当
△だいぶ元気になりましたから、もう
薬を飲まなくてもいいです/已經好很
多了,所以不吃藥也沒關係的。

だいぶ [大分]　　　　二36
剛 很,頗,相當。

類 大分
△今日はだいぶ寒い/今天非常寒冷。

タイプ [type]　　　　三2
名 款式;類型;打字。

類 型式
△私はこのタイプのパソコンにします
/我要這種款式的電腦。

タイプ [type]　　　　二36
名・他サ 型,形式,類型;典型,榜樣,
樣本,標本;(印)鉛字,活字;打
字。

類 型式
△古いタイプの機械/老式的機器。

たいふう [台風]　　　三2
名 颱風。
△台風が来て、風が吹きはじめた/颱
風來了,開始刮起風來。

だいぶぶん [大部分]　　二36
名・剛 大部分,多半。

類 大半
△私は行かない。だって、大部分の人

は行かないもの/我不去。因為大部分
的人都不去呀。

タイプライター
[typewriter]　　　　二36
名 打字機。

類 印字機
△昔は、みんなタイプライターを使っ
ていたとか/聽說大家以前用打字
機。

たいへん [大変]　　　四2
形動・剛 重大,不得了;非常。

類 重大
△病気になって、たいへんだった/生
了病很難受。

たいほ [逮捕]　　　　二6
名・他サ 逮捕,拘捕,捉拿。

類 捕らえる
△犯人が逮捕されないかぎり、私た
ちは安心できない/只要一天沒抓到犯
人,我們就無安寧的一天。

たいぼく [大木]　　　二6
名 大樹,巨樹。

類 巨木
△雨が降ってきたので、大木の下に逃
げ込んだ/由於下起了雨來,所以我跑
到大樹下躲雨。

だいめい [題名]　　　二6
名 (圖書、詩文、戲劇、電影等的)標
題,題名。

類 題号

た

239

△その歌の題名を知っていますか／你知道那條歌的歌名嗎？

だいめいし［代名詞］ 二36

㊔ 代名詞，代詞；（以某詞指某物、某事）代名詞。

△動詞やら代名詞やら、文法は難しい／動詞啦、代名詞啦，文法還真是難。

タイヤ［tire］ 二6

㊔ 輪胎。

△タイヤがパンクしたので、取り替えました／因為爆胎所以換了輪胎。

ダイヤ［diagram］ 二6

㊔ 列車時刻表；圖表，圖解。

類 ダイヤグラム

ダイヤモンド［diamond］ 二6

㊔ 鑽石。

類 ダイヤ

△このダイヤモンドは高いに違いない／這顆鑽石一定很昂貴。

ダイヤル［dial］ 二6

名·自他サ （鐘表的）表盤；（收音機、儀表等的）刻度盤；電話機的撥號盤；撥電話號碼。

△110番にダイヤルする／撥打110號。

たいよう［太陽］ 二36

㊔ 太陽。

反 太陰　類 天日

△太陽が高くなるにつれて、暑くなった／隨著太陽升起，天氣變得更熱了。

たいら［平ら］ 二36

名·形動 平，平坦；（山區的）平原，平地；（非正坐的）隨意坐，盤腿作；平靜，坦然。

類 平らか

△道が平らでさえあれば、どこまでも走っていけます／只要道路平坦，不管到什麼地方我都可以跑。

だいり［代理］ 二6

名·他サ 代理，代替；代理人，代表。

類 代わり

△社長の代理にしては、頼りない人ですね／以做為社長的代理人來看，這人還真是不可靠啊！

たいりく［大陸］ 二6

㊔ 大陸，大洲；（日本指）中國；（英國指）歐洲大陸。

△その当時、ヨーロッパ大陸では疫病が流行した／在當時，歐洲大陸那裡流行傳染病。

たいりつ［対立］ 二6

名·他サ 對立，對峙。

反 協力　類 対抗

△あの二人は仲が悪くて、何度対立したことか／那兩人感情很差，不知道針鋒相對過幾次了。

たうえ［田植え］ 二6

名·他サ （農）插秧。

類 植えつける

△農家は、田植えやら草取りやらで、

いつも忙しい／農民要種田又要拔草，總是很忙碌。

たえず［絶えず］　　　二36

副 不斷地，經常地，不停地，連續。

類 いつも

△絶えず勉強しないことには、新しい技術に追いつけない／如不持續學習，就沒有辦法趕上最新技術。

だえん［楕円］　　　二6

名 橢圓。

類 長円

△楕円形のテーブルを囲んで会議をした／大家圍著橢圓桌舉行會議。

たおす［倒す］　　　二36

他五 倒，放倒，推倒，翻倒；推翻，打倒；毀壞，拆毀；打敗，擊敗；殺死，擊斃；賴帳，不還債。

類 打倒する

△木を倒す／砍倒樹木。

タオル［towel］　　　二36

名 毛巾；毛巾布。

たおれる［倒れる］　　　三2

自下一 倒下；垮台；死亡。

類 横転する

△倒れにくい建物を作りました／蓋了一棟不容易倒塌的建築物。

だが　　　二36

接 但是，可是，然而。

類 けれど

△失敗した。だがいい経験だった／失敗了。但是很好的經驗。

たがい［互い］　　　二36

名・形動 互相，彼此；雙方；彼此相同。

類 双方

△けんかばかりしていても、互いに嫌っているわけでもない／就算老是吵架，但也並不代表彼此互相討厭。

たかい［高い］　　　四2

形 高的；高；高尚；（價錢）貴。

反 安い　類 高価

△肉は、高い方がおいしいです／肉類的話，貴一點的比較好吃。

たかめる［高める］　　　二6

他下一 提高，抬高，加高。

反 低める

△発電所の安全性を高めるべきだ／有必要加強發電廠的安全性。

たがやす［耕す］　　　二6

他五 耕作，耕田。

類 耕作

△我が家は畑を耕して生活しています／我家靠耕田過生活。

だから　　　三2

接続 所以；因此。

類 ですから

△明日はテストです。だから、今準備しているところです／明天考試。所以，現在正在準備。

た

たから［宝］ 二36

名 財寶，珍寶；寶貝，金錢。

類 宝物

△親(おや)からすれば、子(こ)どもはみんな宝(たから)です／對父母而言，小孩個個都是寶貝。

たき［滝］ 二36

名 瀑布。

類 瀑布

△このへんには、小川(おがわ)やら滝(たき)やら、自然(しぜん)の風景(ふうけい)が広(ひろ)がっています／這一帶，有小河川啦、瀑布啦，一片自然景觀。

たく［炊く］ 二36

他五 點火，燒著；燃燒；煮飯，燒菜。

類 炊事

△ご飯(はん)は炊(た)いてあったっけ／我煮飯了嗎？

たく［宅］ 二6

名·漢造 住所，自己家，宅邸；（加接頭詞「お」成為敬稱）尊處。

類 住居

△明(あか)るいうちに、田中(たなか)さん宅(たく)に集(あつ)まってください／請趁天還是亮的時候，到田中小姐家集合。

だく［抱く］ 二36

他五 抱；孵卵；心懷，懷抱。

類 抱える

△赤(あか)ちゃんを抱(だ)いている人(ひと)は誰(だれ)ですか／那位抱著小嬰兒的是誰？

たくさん 四2

副·形動 很多，大量；足夠，不再需要。

反 少し 類 いっぱい

△雪(ゆき)がたくさん降(ふ)ります／下了很多雪。

タクシー［taxi］ 四2

名 計程車。

△渋谷(しぶや)で、タクシーに乗(の)ってください／請在澀谷搭計程車。

たくわえる［貯える］ 二6

他下一 儲蓄，積蓄；保存，儲備；留，留存。

類 貯める

△給料(きゅうりょう)が安(やす)くて、お金(かね)を貯(たくわ)えるどころではない／薪水太少了，哪能存錢啊！

たけ［竹］ 二36

名 竹子。

△この箱(はこ)は、竹(たけ)でできている／這個箱子是用竹子做的。

だけど 二6

接續 然而，可是，但是。

類 しかし

△だけど、その考(かんが)えはおかしいと思(おも)います／可是，我覺得那想法很奇怪。

たしか［確か］ 三2

副 確實，可靠；大概；（過去的事不太記得）大概，也許。

類 間違いなく

△確(たし)か、彼(かれ)もそんな話(はなし)をしていました／他確實也說了那樣的話。

たしか [確か]

副 (過去的事不太記得) 大概，也許。

㊙ 間違いなく

△このセーターはたしか1000円でした／這件毛衣大概是花一千日圓。

たしか

形動・副 確實，確切；正確，準確；可靠，信得過，保險。

㊙ 確実

△彼が生きていることはたしかだ／他確實活著。

たしかめる [確かめる]

他下一 查明，確認，弄清。

㊙ 確認する

△彼に説明してもらって、事実を確かめることができました／因為有他的說明，所以真相才能大白。

たしょう [多少]

名・副 多少，多寡；一點，稍微。

㊙ 若干

△金額の多少を問わず、私はお金を貸さない／不論金額多少，我都不會借錢給你的。

だす

接尾 開始…

△うちに着くと、雨が降りだした。／一到家，便開始下起雨來了。

だす [出す]

他五 拿出，取出；伸出，探出；寄。

㊙ 受ける **㊙** 差し出す

△夏の服が出してあります／夏季的衣服已經拿出來了。

たす[足す]

他五 補足；增加。

㊙ 付け加える

△数字を足していくと、全部で100になる／數字加起來，總共是一百。

たすかる [助かる]

自五 得救，脫險；有幫助，輕鬆；節省 (時間，費用，麻煩等)。

㊙ 助かる

△乗客は全員助かりました／乘客全都得救了。

たすける [助ける]

他下一 幫助，援助；救，救助；輔佐；救濟，資助。

㊙ 救助する

△おぼれかかった人を助ける／救起了差點溺水的人。

たずねる [尋ねる]

他下一 問，打聽；尋問。

㊙ 質問する

△彼に尋ねたけれど、わからなかったのです／去請教過他了，但他不知道。

たずねる [訪ねる]

他下一 拜訪，訪問。

㊙ 訪問する

△最近は、先生を訪ねることが少なくなりました／最近比較少去拜訪老師。

ただいま ■2

剛 馬上，剛才；我回來了。

② 現在

△ただいまお茶をお出しいたします／
我馬上就端茶過來。

ただ ■36

名・剛・接 免費；普通，平凡；只是，僅
僅；（對前面的話做出否定）但是，不
過。

② 無料

△ただでもらっていいんですか／可以
免費索取嗎？

たたかい [戦い] ■6

② 戰鬥，戰鬥；鬥爭；競賽，比賽。

② 競争

△こうして、両チームの戦いは開始さ
れた／就這樣，兩隊的競爭開始了。

たたかう [戦う] ■36

自五 （進行）作戰，戰爭；鬥爭；競
賽。

② 競争する

△勝敗はともかく、私は最後まで戦い
ます／姑且不論勝敗，我會奮戰到底。

たたく [叩く] ■36

他五 敲，叩；打；詢問，徵求；拍，鼓
掌；攻擊，駁斥；花完，用光。

② 打つ

△太鼓をたたく／敲打大鼓。

ただし [但し] ■36

接續 但是，可是。

しかし ■2

△料金は 1 万円です。ただし手数料が
100 円かかります／費用為一萬日圓。
但是，手續費要100日圓。

ただしい [正しい] ■2

形 正確；端正。

② 正確

△私の意見が正しいかどうか、教えて
ください／請告訴我，我的意見是否正
確。

ただちに [直ちに] ■36

剛 立即，立刻；直接，親自。

② すぐ

△電話をもらいしだい、直ちにうかが
います／只要你一通電話過來，我就會
立刻趕過去。

たたみ [畳] ■2

② 榻榻米。

△このうちは、畳の匂いがします／這
屋子散發著榻榻米的味道。

たたむ [畳む] ■36

他五 疊，折；關，闔上；關閉，結束；
藏在心裡。

△布団を畳む／折棉被。

たち [達] 四2

接尾 （表示人的複數）…們，…等。

② 等 （ら）

△子どもたちは、いつ帰ってきますか

／孩子們什時候會回來？

たちあがる［立ち上がる］ 二 3 6

自五 站起，起來；升起，冒起；重振，恢復；著手，開始行動。

類 起立する

△急に立ち上がったものだから、コーヒーをこぼしてしまった／因為突然站了起來，所以弄翻了咖啡。

たちどまる［立ち止まる］ 二 6

自五 站住，停步，停下。

△立ち止まることなく、未来に向かって歩いていこう／不要停下來，向未來邁進吧！

たちば［立場］ 二 3 6

名 立腳點，站立的場所；處境；立場，觀點。

類 観点

△お互い立場は違うにしても、助け合うことはできます／即使彼此立場不同，也還是可以互相幫忙。

たちまち 二 3 6

副 轉眼間，一瞬間，很快，立刻；忽然，突然。

類 即刻

△初心者向けのパソコンは、たちまち売れてしまった／以電腦初學者為對象的電腦才上市，轉眼就銷售一空。

たつ［建つ］ 二 3 6

自五 蓋，建。

類 建設する

△新居が建つ／蓋新屋。

たつ［絶つ］ 二 6

他五 切，斷；絶，斷絶；斷絶，消滅；斷，切斷。

類 切断する

△登山に行った男性が消息を絶っているということです／聽說那位登山的男性已音信全無了。

たつ［発つ］ 二 6

自五 立，站；冒，升；離開；出發；奮起；飛，飛走。

類 出発する

△9時の列車で発つ／坐九點的火車離開。

たつ［立つ］ 四 2

自五 站立；冒，升；出發。

類 立ち上がる

△父は、立ったり座ったりしている／爸爸時而站著時而坐著。

たっする［達する］ 二 6

他サ・自サ 到達；精通，通過；完成，達成；實現；下達（指示、通知等）。

類 及ぶ

△売上げが1億円に達した／營業額高達了一億日圓。

だっせん［脱線］ 二 6

名・他サ （火車、電車等）脫軌，出軌；（言語、行動）脫離常規，偏離本題。

（動）**外れる**
（れっしゃ　だっせん）
△列車が脱線して、けが人が出た／因
火車出軌而有人受傷。

たった （二36）
（副）僅，只。
（類）僅か
△たった1000円でも、子どもにとって
は大金です／就算是一千日元，對孩子
們來說可是個大數目。

だって （二36）
（接助）可是，但是，因為；即使是，就算
是。
（類）なぜなら
△行きませんでした。だって、雨が降
っていたんだもの／我那時沒去。因
為，當時在下雨嘛。

たっぷり （二6）
（副・自サ）足夠，充份，多；寬綽，綽綽有
餘；（接名詞後）充滿（某表情、語氣
等）。
（類）十分
△食事をたっぷり食べても、必ず太る
というわけではない／吃很多，不代表
一定會胖。

たて［縱］ （二36）
（名）豎，縱；長。
（反）横
△縱3センチ、横2センチの写真を用
意してください／請準備高三公分，寬
兩公分的照片。

たてもの［建物］ （四2）
（名）建築物，房屋。
（類）建築物
△どれが、大学の建物ですか／哪一棟
是大學的建築物？

たてる［立てる］ （三2）
（他下一）立起；訂立。
△自分で勉強の計画を立てることにな
っています／要自己訂定讀書計畫。

たてる［建てる］ （三2）
（他下一）建造，蓋。
（類）建築する
△こんな家を建てたいと思います／我
想蓋這樣的房子。

だとう［妥当］ （二36）
（名・形動・自サ）妥當，穩當，妥善。
（類）適当
△予算に応じて、妥当な商品を買いま
す／購買合於預算的商品。

たとえ （二36）
（副）縱然，即使，那怕。
（類）比喩
△たとえお金があっても、株は買いま
せん／就算有錢，我也不會買股票。

たとえば［例えば］ （三2）
（副）例如。
△例えば、こんなふうにしたらどうで
すか／例如像這樣擺可以嗎？

たとえる［例える］ （二6）

他下一 比喻，比方。

類 擬える

△この物語は、例えようがないほど面白い／這個故事，有趣到無法形容。

たな［棚］ 三2

名 架子，棚架。

△棚を作って、本を置けるようにした／作了架子，以便放書。

たな［棚］ 二36

名（放置東西的）隔板，架子；（葡萄等的）棚，架；大陸架。

たに［谷］ 二36

名 山谷，山澗，山洞。

△深い谷が続いている／深谷綿延不斷。

たにん［他人］ 二36

名 別人，他人；（無血緣的）陌生人，外人；局外人。

反 自己 類 余人

△他人のことなど、考えている暇はない／我沒那閒暇時間去管別人的事。

たね［種］ 二36

名（植物的）種子，果核；（動物的）品種；原因，起因；素材，原料。

類 種子

△庭に花の種をまきました／我在庭院裡灑下了花的種子。

たのしい［楽しい］ 四2

形 快樂，愉快，高興。

反 苦しい 類 喜ばしい

△みんなで楽しく遊びました／和大家玩得很愉快。

たのしみ［楽しみ］ 三2

名 期待，快樂。

反 苦しみ 類 慰み

△みんなに会えることを楽しみにしています／我很期待與大家見面！

たのみ［頼み］ 二6

名 懇求，請求，拜託；信賴，依靠。

類 願い

△父は、私の頼みを聞いてくれっこない／父親是不可能聽我的要求的。

たのむ［頼む］ 四2

他五 請求，要求；委託，託付；依靠；點（菜等）。

類 依頼する

△コーヒーを頼んだあとで、紅茶が飲みたくなった／點了咖啡後卻想喝紅茶。

たのもしい［頼もしい］ 二36

形 靠得住的；前途有為的，有出息的。

類 立派

△息子さんは、しっかりしていて頼もしいですね／貴公子真是穩重可靠啊。

たば［束］ 二36

名 把，捆。

類 括り

△花束をたくさんもらいました／我收

到了很多花束。

たばこ ［煙草］　四2

② 香煙；煙草。

△彼女がきらいなのは、煙草を吸う人です／她討厭的是抽煙的人。

たび ［足袋］　二6

② 日式白布襪。

△着物を着て、足袋をはいた／我穿上了和服與日式白布襪。

たび ［度］　二36

② ·接尾 次，回，度；（反覆）每當，每次；（接數詞後）回，次。

辭 都度

△彼に会うたびに、昔のことを思い出す／每次見到他，就會想起種種往事。

たび ［旅］　二6

② ·他サ 旅行，遠行。

辭 旅行

△旅が趣味だと言うだけあって、あの人は外国に詳しい／不愧是以旅遊為興趣，那個人對外國真清楚。

たびたび ［度々］　二36

副 屢次，常常，再三。

反 偶に　類 しばしば

△彼には、電車の中で度々会います／我常常在電車裡碰到他。

たぶん ［多分］　四2

副 大概，或許；恐怕。

続 恐らく

△たぶん、どこへも遊びに行かないでしょう／大概不會去任何地方玩了吧！

たべもの ［食べ物］　四2

② 食物，吃的東西。

反 飲み物　辭 食い物

△私の好きな食べ物は、バナナです／我喜歡的食物是香蕉。

たべる ［食べる］　四2

他下一 吃，喝；生活。

反 飲む　辭 食う

△ご飯をあまり食べたくないです／不太想吃飯。

たま ［玉］　二36

② 玉，寶石，珍珠；球，珠；眼鏡鏡片；燈泡；子彈。

△パチンコの玉が落ちていた／柏青哥的彈珠掉在地上。

たま ［偶］　二36

② 偶爾，偶然；難得，少有。

続 めったに

△偶に一緒に食事をするが、親友というわけではない／雖然說偶爾會一起吃頓飯，但並不代表就是摯友。

たま ［弾］　二6

② 子彈。

△拳銃の弾に当たって怪我をした／中了手槍的子彈而受了傷。

たまご ［卵］　四2

(名) 蛋，卵；鴨蛋，雞蛋；未成熟者，幼雛。

類 卵（らん）

△卵をあまり食べないでください／蛋請不要吃太多。

だます［騙す］ 二36

(副) 騙，欺騙，誆騙，矇騙；哄。

類 欺く

△人を騙して金を盗る／騙取他人錢財。

たまたま［偶々］ 二36

(副) 偶然，碰巧，無意間；偶爾，有時。

類 偶然に

△たまたま駅で旧友にあった／無意間在車站碰見老友。

たまに 三2

(副) 偶爾。

反 度々　類 希に

△たまに祖父の家に行かなければならない／偶爾得去祖父家才行。

たまに［偶に］ 二36

(副) 偶而，難得。

類 希に

△小説家ですが、偶に子供向けの童話も書きます／雖說是小說家，但偶爾也會寫小孩子看的童話故事。

たまらない［堪らない］ 二36

(形·連語) 難堪，忍受不了；難以形容，的不得了；按耐不住。

類 堪えない

△外国に行きたくてたまらないです／我想出國想到不行。

だまる［黙る］ 二36

(自五) 沉默，不說話；不理，不聞不問。

反 喋る　類 沈黙する

△正しい理論を言われたら、私は黙るほかない／對你這義正辭嚴的一番話，我只能無言以對。

たまる［溜まる］ 二36

(自五) 事情積壓；積存，囤積，停滯。

類 集まる

△最近、ストレスが溜まっている／最近累積了不少壓力。

ダム［dam］ 二6

(名) 水壩，水庫，攔河壩，堰堤。

類 堰堤

△ダムの建設が、始まりつつある／正要著手建造水壩。

ため 三2

(名)（表目的）為了；（表原因）因為。

類 原因

△あなたのために買ってきたのに、食べないの／這是特地為你買的，你不吃嗎？

ためいき［ため息］ 二36

(名) 嘆氣，長吁短嘆。

類 吐息

△ため息など、つかないでください／

請不要嘆氣啦！

ためし［試し］ 二6

㊔ 嘗試，試驗；驗算。

類 試み

△試しに使ってみた上で、買うかどうか決めます／試用過後，再決定要不要買。

ためす［試す］ 二36

他五 試，試驗，試試。

類 試みる

△体力の限界を試す／考驗體能的極限。

ためらう［躊躇う］ 二6

自五 猶豫，躊躇，遲疑，踟躕不前。

類 躊躇する

△ちょっと躊躇ったばかりに、シュートを失敗してしまった／就因為猶豫了一下，結果球沒投進。

ためる［溜める］ 二36

他下一 積，存，蓄；積壓，停滯。

類 集積

△記念切手を溜めています／我在收集紀念郵票。

たより［便り］ 二6

㊔ 音信，消息，信。

類 手紙

△息子さんから、便りはありますか／有收到貴公子寄來的信嗎？

たよる［頼る］ 二36

自他五 依靠，依賴，仰仗；拄著；投靠，找門路。

類 依存する

△あなたなら、誰にも頼ることなく仕事をやっていくでしょう／如果是你的話，工作不靠任何人也能進行吧！

だらけ 二6

接尾（接名詞後）滿，淨，全；多，很多。

△間違いだらけ／錯誤連篇。

だらしない 二36

形 散慢的，邋遢的，不檢點的；不爭氣的，沒出息的，沒志氣。

類 ルーズ

△あの人は服装がだらしないから嫌いです／那個人的穿著邋遢，所以我不喜歡他。

たりる［足りる］ 三2

自上一 足夠；可湊合。

類 十分

△1万円あれば、足りるはずだ／如果有一萬日圓，應該是夠的。

たる［足る］ 二36

自五 足夠，充足；值得，滿足。

類 値する

△彼は、信じるに足る人だ／他是個值得信賴的人。

だれ［誰］ 四2

代 誰，哪位。

⑱ どなた
△誰か来ましたか／有誰來過嗎？

だれか［誰か］ 二6
⑭ 誰，某人。

たん［短］ 二6
名・漢造 短；不足，缺點。

⑰ 長 ⑱ 欠点

だん［団］ 二6
漢造 團，圓團；會合在一起；集團，團體。

⑱ 団体

だん［段］ 二6
名・形容 層，格，節；（印刷品的）排，段；樓梯；文章的段落 。

⑱ 階段
△入口が段になっているので、気をつけてください／入口處有階梯，請小心。

たんい［単位］ 二36
名 學分；單位。

⑱ 習得単位
△卒業するのに必要な単位はとりました／我修完畢業所需的學分了。

だんかい［段階］ 二6
名 梯子，台階，樓梯；階段，時期，步驟；等級，級別。

⑱ 等級
△プロジェクトは、新しい段階に入りつつあります／企劃正一步步朝新的階段發展。

たんき［短期］ 二6
名 短期。

⑰ 長期 ⑱ 短時間
△短期的なプランを作る一方で、長期的な計画も考えるべきだ／在做短期企畫的同時，也應該要考慮到長期的計畫。

たんご［単語］ 二36
名 單詞。

△英語を勉強するにつれて、単語が増えてきた／隨著英語的學習愈久，單字量也愈多了。

たんこう［炭鉱］ 二6
名 煤礦，煤井。

△この村は、昔炭鉱で栄えました／這個村子，過去因為產煤而繁榮。

だんし［男子］ 二6
名 男子，男孩，男人，男子漢。

⑰ 女子 ⑱ 男児
△子どもたちが、男子と女子に分かれて並んでいる／小孩子們分男女兩列排隊。

たんじゅん［単純］ 二6
名・形動 單純，簡單；無條件。

⑰ 複雑 ⑱ 純粋
△単純な物語ながら、深い意味が含まれているのです／雖然是個單純的故事，但卻蘊含深遠的意義。

た

たんしょ [短所]

⊜ 缺點，短處。

⒧ 長所　⒧ 欠点

△彼には短所はあるにしても、長所も見てあげましょう／就算他有缺點，但也請看看他的優點吧。

たんじょう [誕生]

⊜・自サ 誕生，出生；成立，創立，創辦。

⒧ 出生

△子どもが誕生したのを契機に、煙草をやめた／趁孩子出生戒了煙。

たんじょうび [誕生日]

⊜ 生日。

⒧ バースデー

△今日は、どなたの誕生日ですか／今天是哪位生日？

たんす

⊜ 衣櫥，衣櫃，五斗櫃。

△服をたたんで、たんすにしまった／折完衣服後收入衣櫃裡。

ダンス [dance]

⊜・自サ 跳舞，交際舞。

⒧ 踊り

△ダンスなんか、習いたくありません／我才不想學什麼舞蹈呢！

たんすい [淡水]

⊜ 淡水。

⒧ 真水

△この魚は、淡水でなければ生きられません／這魚類只能在淡水區域生存。

だんすい [断水]

⊜・他サ・自サ 斷水，停水。

△私の住んでいる地域で、三日間にわたって断水がありました／我住的地區，曾停水長達三天過。

たんすう [単数]

⊜ （數）單數，（語）單數。

⒧ 複数

△3人称単数の動詞にはsをつけます／在第三人稱單數動詞後面要加上S。

だんせい [男性]

⊜ 男性。

⒧ 女性　⒧ 男

△そこにいる男性が、私たちの先生です／那裡的那位男性，是我們的老師。

だんたい [団体]

⊜ 團體，集體。

⒧ 集団

△レストランに団体で予約を入れた／我用團體的名義預約了餐廳。

だんだん [段々]

⒧ 漸漸地。

⒧ 次第に

△音がだんだん大きくなりました／聲音逐漸變大了。

だんち [団地]

⊜ （為發展產業而成片劃出的）工業區；

（有計畫的集中建立住房的）住宅區。
△私は大きな団地に住んでいます／我
住在很大的住宅區裡。

だんてい [断定]　　◯6

名・他サ 断定，判斷。

類 言い切る
△その男が犯人だとは、断定しかねま
す／很難判定那個男人就是兇手。

たんとう [担当]　　◯6

名・他サ 擔任，擔當，擔負。

類 受け持ち
△この件は、来週から私が担当するこ
とになっている／這個案子，預定下週
起由我來負責。

たんなる [単なる]　　◯6

連体 僅僅，只不過。

類 ただの
△私など、単なるアルバイトに過ぎま
せん／像我只不過就是個打工的而已。

たんに [単に]　　◯36

副 單，只，僅。

類 唯
△私がテニスをしたことがないのは、
単に機会がないだけです／我之所以沒
打過網球，純粹是因為沒有機會而已。

たんぺん [短編]　　◯6

名 短篇，短篇小說。

反 長編
△彼女の短編を読むにつけ、この人

は天才だなあと思う／每次閱讀她所寫
的短篇小說，就會覺得這個人真是個天
才。

だんぼう [暖房]　　◯2

名 暖氣。

反 冷房　類 ヒート
△暖かいから、暖房をつけなくてもいい
です／很溫暖的，所以不開冷氣也無所
謂。

ちチ

ち [血]　　◯2

名 血；血緣。

反 肉　類 血液
△傷口から血が流れつづけている／血
一直從傷口流出來。

ち [地]　　◯6

名 大地，地球，地面；土壤，土地；地
表；場所；立場，地位。

類 地面
△この地に再び来ることはないだろう
／我想我也不會再到這裡來了。

ちい [地位]　　◯6

名 地位，職位，身份，級別。

類 身分
△地位に応じて、ふさわしい態度をと
らなければならない／應當要根據自己
的地位，來取適當的態度。

ち

ちいき［地域］ 二 6

(名) 地域，地區。

(類) 地方

△この地域が発展するように祈っています／祈禱這地區能順利發展。

ちいさい［小さい］ 四 2

(形) 小的；微少，輕微；幼小的；瑣碎，繁雜。

(反) 大きい (類) 細かい

△小さいのがほしいです／我想要小的。

ちいさな［小さな］ 三 2

(連體) 小的；年齡幼小。

△あの人は、いつも小さなプレゼントをくださる／那個人常送我小禮物。

チーズ［cheese］ 二 3 6

(名) 起司，乳酪。

チーム［team］ 二 3 6

(名) 組，團隊；（體育）隊。

(類) 組（くみ）

△チームに入るに際して、自己紹介をしてください／在加入團隊時，請先自我介紹。

ちえ［知恵］ 二 3 6

(名) 智慧，智能；腦筋，主意。

(類) 知性

△犯罪防止の方法を考えている最中ですが、何かいい知恵はありませんか／我正在思考防範犯罪的方法，你有沒有什麼好主意？

ちか［地下］ 二 3 6

(名) 地下；陰間；（政府或組織）地下，秘密（組織）。

(反) 地上 (類) 地中

△ワインは、地下に貯蔵してあります／葡萄酒儲藏在地下室。

ちがい［違い］ 二 6

(名) 不同，差別，區別；差錯，錯誤。

(反) 同じ (類) 歪み（ひずみ）

△値段に違いがあるにしても、価値は同じです／就算價錢有差，它們倆的價值還是一樣的。

ちかい［近い］ 四 2

(形)（距離、時間）近，接近；（血統、關係）親密；相似。

(反) 遠い (類) 最寄（もより）

△学校は、遠いですか？近いですか／學校是遠？還是近？

ちがいない［違いない］ 二 6

(形) 一定是，肯定，沒錯，的確是。

(類) 確かに

△この事件は、彼女にとってショックだったに違いない／這事件對她而言，一定很震驚。

ちがう［違う］ 四 2

(自五) 不同；錯誤；違反，不符。

(反) 同じ (類) 違える

△東京の言葉と大阪の言葉は、少し違

います／東京和大阪的用語有點不同。

ちかう［誓う］ 　他五 6

他五 發誓，起誓，宣誓。

類 約する
△正月になるたびに、今年はがんばる
ぞと誓う／一到元旦，我就會許諾今年
要更加努力。

ちかく［近く］ 　四2

名 附近，近旁；（時間上）近期，靠
近；將近。
△家の近くで、自転車を降りる／在家
附近停下腳踏車。

ちかごろ［近頃］ 　二36

名・副 最近，近來，這些日子來；萬
分，非常。

類 今頃
△近頃、映画さえ見ない／最近，連電
影都不看。

ちかすい［地下水］ 　二6

名 地下水。
△地下水が漏れて、ぬれていますね／
地下水溢出，地板都濕濕的。

ちかぢか［近々］ 　二6

副 不久，近日，過幾天；靠的很近。

類 間もなく
△近々、総理大臣を訪ねることになっ
ています／再過幾天，我預定前去拜訪
內閣總理大臣。

ちかづく［近づく］ 　二36

自五 臨近，靠近；接近，交往；幾乎，
近似。

反 遠のく **類** 近寄る
△彼は、政界の大物に近づきたくてな
らないのだ／他非常想接近政界的大人
物。

ちかづける［近付ける］ 　二6

他五 使…接近，使…靠近。

類 寄せる
△この薬品は、火を近づけると引火す
るので、注意してください／這藥只要
接近火就會燃起來，所以要小心。

ちかてつ［地下鉄］ 　四2

名 地下鐵。

類 電車
△それは、地下鉄の駅です／那是地下
鐵的車站。

ちかよる［近寄る］ 　二36

自五 走進，靠近，接近。

反 遠のく **類** 近づく
△あんなに危ない場所には、近寄りっ
こない／那麼危險的地方不可能靠近
的。

ちから［力］ 　二2

名 力氣；能力。

反 知力 **類** エネルギー
△この会社では、力を出しにくい／在
這公司難以發揮實力。

ちからづよい [力強い] ⊜6

㉟ 強而有力的；有信心的，有依仗的。

㊙ 安心

△この絵は構成がすばらしいとともに、色も力強いです／這幅畫整體構造實在是出色，同時用色也充滿張力。

ちきゅう [地球] ⊜③6

㊙ 世界

㊂ 地球。

ちぎる ⊜6

(他五・接尾) 撕碎（成小段）；摘取，揪下；（接動詞連用形後加強語氣）非常，極力。

㊙ 小さく千切る

△紙をちぎってゴミ箱に捨てる／將紙張撕碎丟進垃圾桶。

ちく [地区] ⊜6

㊂ 地區。

ちこく [遅刻] ⊜③6

(名・自サ) 遲到，晚到。

㊙ 遅れる

△電話がかかってきたせいで、会社に遅刻した／都是因為有人打電話來，所以上班遲到了。

ちじ [知事] ⊜6

㊂ 日本都、道、府、縣的首長。

△将来は、東京都知事になりたいです／我將來想當東京都的首長。

ちしき [知識] ⊜③6

㊂ 知識。

㊙ 学識

△知識が増えるに伴って、いろいろなことが理解できるようになりました／隨著知識的增長，能夠理解的事情也愈來愈多。

ちしつ [地質] ⊜6

㊂ （地）地質。

㊙ 地盤

△この辺の地質はたいへん複雑です／這地帶的地質非常的錯綜複雜。

ちじん [知人] ⊜6

㊂ 熟人，認識的人。

㊙ 知り合い

△知人を訪ねて京都に行ったついでに、観光をしました／前往京都拜訪友人的同時，也順便觀光了一下。

ちず [地図] 四2

㊂ 地圖。

㊙ 地理

△地図を見ながら、散歩をしました／邊看地圖邊散步。

ちたい [地帯] ⊜③6

㊂ 地帶，地區。

△このあたりは、工業地帯になりつつあります／這一帶正在漸漸轉型為工業地帶。

ちち [父] 四2

㊂ 家父，爸爸，父親。

（反）母 （親）父親
△それは父のです／那是爸爸的。

ちちおや［父親］　　　□ 6

（名）父親。
△まだ若いせいか、父親としての自覚がない／不知道是不是還年輕的關係，他本人還沒有身為父親的自覺。

ちぢむ［縮む］　　　□ 6

（自五）縮，縮小，抽縮；起皺紋，出摺；畏縮，退縮，惶恐：縮回去，縮進去。
（反）伸びる　（親）短縮
△これは洗っても縮まない／這個洗了也不會縮水的。

ちぢめる［縮める］　　　□ 3 6

（他下一）縮小，縮短，縮減；縮回，捲縮，起皺紋。
（親）圧縮
△この亀はいきなり首を縮めます／這隻烏龜突然縮回脖子。

ちぢれる［縮れる］　　　□ 6

（自下一）捲曲；起皺，出摺。
（親）皺が寄る
△彼女は髪が縮れている／她的頭髮是捲曲的。

ちっとも　　　□ 2

（副）一點也不…。
（親）少しも
△お菓子ばかり食べて、ちっとも野菜を食べない／光吃甜點，青菜一點也不吃。

チップ［chip］　　　□ 6

（名）（削木所留下的）片削；（做賭注用的）籌碼；洋芋片。

ちてん［地点］　　　□ 6

（名）地點。
（親）場所
△現在いる地点について報告してください／請你報告一下你現在的所在地。

ちのう［知能］　　　□ 6

（名）智能，智力，智慧。
△知能指数を測るテストを受けた／我接受了測量智力程度的測驗。

ちへいせん［地平線］　　　□ 6

（名）（地）地平線。
△はるか遠くに、地平線が望める／在遙遠的那一方，可以看到地平線。

ちほう［地方］　　　□ 3 6

（名）地方，地區；（相對首都與大城市而言的）地方，外地。
（反）都会　（親）田舎
△私は東北地方の出身です／我的籍貫是東北地區。

ちめい［地名］　　　□ 6

（名）地名。
△地名の変更に伴って、表示も変えなければならない／隨著地名的變更，也就有必要改變道路指標。

ち

ちゃ [茶]　　　　　　二36

（名・漢造）茶樹；茶葉；茶水；（日本的）茶道；茶色；茶。

（類）番茶

ちゃいろ [茶色]　　　　四2

（名）茶色。

（類）褐色（かっしょく）

△茶色のセーターを着ている人は、どなたですか／穿著茶色毛衣的人是哪位？

ちゃいろい [茶色い]　　二36

（名）茶色的。

ちゃく [着]　　　　　　二36

（名・接尾・漢造）到達，抵達；（計算衣服的單位）套；（記數順序或到達順序）著，名；穿衣；黏貼；沉著；著手。

（類）着陸

ちゃくちゃく [着々]　　二6

（副）逐步地，一步步地。

（類）どんどん

△嬉しいことに、仕事は着々と進められました／令人高興的是，工作逐步進行得相當順利。

ちゃわん [茶碗]　　　　四2

（名）茶杯，飯碗。

（類）茶器（ちゃき）

△どれがあなたの茶碗ですか／哪一個是你的茶杯？

ちゃん　　　　　　　　三2

（接尾）（表親暱稱謂）小…。

（類）様

△まいちゃんは、何にする／小舞，你要什麼？

チャンス [chance]　　　二36

（名）機會，時機，良機。

（類）タイミング

△チャンスが来た以上、挑戦してみたほうがいい／既然機會送上門來，就該挑戰看看才是。

ちゃんと　　　　　　　二36

（副）端正地，規矩地；按期，如期；整潔，整齊；完全，老早；的確，確鑿。

（類）きちんと

△目上の人には、ちゃんと挨拶するものだ／對長輩應當要確實問好。

ちゅう [中]　　　　　　四2

（接尾）…期間，正在…當中；在…之中，在…裡邊。

△仕事中にしろ、電話ぐらい取りなさいよ／即使在工作，至少也接一下電話呀！

ちゅう [中]　　　　　　二36

（名・接尾・漢造）中央，當中；中間；中等；之中；正在…當中。

△夏休みの宿題を今週中に終わらせましょう／在這一週内趕完暑假功課吧！

ちゅう [注]　　　　　　二6

名·漢造 註解，注釋；注入；注目；註釋。

類 注釈

△難しい言葉に、注をつけた／我在較難的單字上加上了註解。

ちゅうい［注意］ 三2

名·自サ 注意，小心。

類 用心

△車にご注意ください／請注意車輛！

ちゅうおう［中央］ 二36

名 中心，正中；中心，中樞；中央，首都。

類 真ん中

△部屋の中央に花を飾った／我在房間的中間擺飾了花。

ちゅうがく［中学］ 二36

名 中學，初中。

ちゅうがっこう［中学校］ 三2

名 中學。

△私は、中学校でテニスの試合に出たことがあります／我在中學曾參加過網球比賽。

ちゅうかん［中間］ 二36

名 中間，兩者之間；（事物進行的）中途，半路。

△駅と家の中間あたりで、友だちに会った／我在車站到家的中間這一段路上，遇見了朋友。

ちゅうこ［中古］ 二6

名（歷史）中古（日本一般是指平安時代，或包含鎌倉時代）；半新不舊。

反 新品　類 古物（ふるもの）

△お金がないので、中古を買うしかない／因為沒錢，所以只好買中古貨。

ちゅうし［中止］ 二36

名·他サ 中止，停止，中斷。

反 継続　類 中断

△パーティーは中止したきりで、その後やっていない／自從派對中止後，就沒有再舉辦過。

ちゅうしゃ［注射］ 三2

名·他サ 打針。

△お医者さんに、注射していただきました／醫生幫我打了針。

ちゅうしゃ［駐車］ 二36

名·自サ 停車。

△家の前に駐車するよりほかない／只好把車停在家的前面了。

ちゅうしゃじょう［駐車場］ 三2

名 停車場。

△駐車場に行くと、車がなかった／一到停車場，發現車子不見了。

ちゅうじゅん［中旬］ 二36

名（一個月中的）中旬。

類 中頃

△彼が帰ってくるのは6月の中旬にしても、7月までは忙しいだろう／就算

他回來是6月的中旬，但應該也會忙到7月吧。

ちゅうしょう［抽象］ 二 6

[名·他サ] 抽象。

[反] 具体 [類] 概念

△彼は抽象的な話が得意で、哲学科出身だけのことはある／他擅長述說抽象的事物，不愧是哲學系的。

ちゅうしょく［昼食］ 二 6

[名] 午飯，午餐，中飯，中餐。

[類] 昼飯

△みんなと昼食を食べられるのは、嬉しい／能和大家一同共用午餐，令人非常的高興。

ちゅうしん［中心］ 二 3 6

[名] 中心，當中；中心，重點，焦點；中心地，中心人物。

[反] 隅 [類] 真ん中

△Aを中心とする円を描きなさい／請以A為中心畫一個圓圈。

ちゅうせい［中世］ 二 6

[名]（歷史）中世，古代與近代之間（在日本指鎌倉、室町時代）。

△この村では、中世に戻ったかのような生活をしています／這個村落中，過著如同回到中世世紀般的生活。

ちゅうせい［中性］ 二 6

[名]（化學）非鹼非酸，中性；（特徵）不男不女，中性；（語法）中性詞。

△酸性でもアルカリ性でもなく、中性です／不是酸性也不是鹼性，它是中性。

ちゅうと［中途］ 二 6

[名] 中途，半路。

[類] 途中（とちゅう）

△仕事をやりかけているので、中途でやめることはできない／因為工作到一半，所以不能中途不做。

ちゅうねん［中年］ 二 6

[名] 中年。

[類] 壮年（そうねん）

△もう中年だから、あまり無理はできない／已經是中年人了，不能太過勉強。

ちゅうもく［注目］ 二 3 6

[名·自他サ] 注目，注視。

[類] 注意

△とても才能のある人なので、注目せざるをえない／他很有才能，因此無法不被注目。

ちゅうもん［注文］ 二 3 6

[名·他サ] 點餐，訂貨，訂購；希望，要求，願望。

[類] 頼む

△さんざん迷ったあげく、カレーライスを注文しました／再三地猶豫之後，最後竟點了個咖哩飯。

ちょう［庁］ 二 6

類 役所

（漢造）官署；行政機關的外局。

ちょう［兆］ 二6

名·漢造 苗頭，預兆，徵兆；（數）兆；多數。

類 吉兆（きっちょう）

ちょう［町］ 二36

名·漢造（市街區劃單位）街，巷；鎮，街；（距離單位）町。

類 市井（しせい）

ちょう［長］ 二6

名·漢造 長，首領；年長的人，長輩；長處，優點；長（的東西）；長久；長遠。

類 長官（ちょうかん）

ちょう［帳］ 二6

漢造 帳幕；帳本。

ちょうか［超過］ 二6

名·自サ 超過。

類 超える

△時間を超過すると、お金を取られる／一超過時間，就要罰錢。

ちょうき［長期］ 二6

名 長期，長時間。

△長期短期を問わず、働けるところを探しています／不管是長期還是短期都好，我在找能工作的地方。

ちょうこく［彫刻］ 二6

名·他サ 雕刻。

類 彫る

△彼は、絵も描けば、彫刻も作る／他既會畫畫，也會雕刻。

ちょうさ［調査］ 二36

名·他サ 調查。

類 調べる

△人口の変動について、調査することになっている／按規定要針對人口的變動進行調查。

ちょうし［調子］ 二36

名（音樂）調子，音調；語調，聲調，口氣；格調，風格；情況，狀況。

類 具合

△年のせいか、からだの調子が悪い／不知道是不是上了年紀的關係，身體健康亮起紅燈了。

ちょうしょ［長所］ 二36

名 長處，優點。

反 短所　類 特長

△だれにでも、長所があるものだ／不論是誰，都會有優點的。

ちょうじょ［長女］ 二36

名 長女，大女兒。

類 娘

ちょうじょう［頂上］ 二36

名 山頂，峰頂；極點，頂點。

反 麓（ふもと）　類 頂

△山の頂上まで行ってみましょう／一

ち

起爬上山頂看看吧！

ちょうせい［調整］ 二 6

名・他サ 調整，調節。

類 調える

△パソコンの調整にかけては、自信があります／我對修理電腦這方面相當有自信。

ちょうせつ［調節］ 二 6

名・他サ 調節，調整。

類 調節

△時計の電池を換えたついでに、ねじも調節しましょう／換了時鐘的電池之後，也順便調一下螺絲吧!

ちょうだい［頂戴］ 二 3 6

名・他サ （「もらう、食べる」的謙虚說法）領受，得到，吃；（女性、兒童請求別人做事）請。

類 貰う

△すばらしいプレゼントを頂戴しました／我收到了很棒的禮物。

ちょうたん［長短］ 二 6

名 長和短；長度；優缺點，長處和短處；多和不足。

類 良し悪し

△二つの音の長短を調べてください／請查一下這兩個音的長短。

ちょうてん［頂点］ 二 6

名（數）頂點；頂峰，最高處；極點，絕頂。

類 最高

△技術面からいうと、彼は世界の頂点に立っています／從技術面來看，他正處在世界的最高峰。

ちょうど［丁度］ 四 2

副 剛好，正好；正，整；剛剛。

類 ぴったり

△ちょうどテレビを見ていたとき、誰かが来た／正在看電視時，剛好有人來了。

ちょうなん［長男］ 二 3 6

名 長子，大兒子。

類 息子

ちょうほうけい［長方形］ 二 6

名 長方形，矩形。

△長方形のテーブルがほしいと思う／我想我要一張長方形的桌子。

ちょうみりょう［調味料］ 二 6

名 調味料，佐料。

類 香辛料

△調味料など、ぜんぜん入れていませんよ／這完全添加調味料呢！

ちょうめ［丁目］ 二 3 6

接尾（街巷區劃單位）段，巷，條。

△銀座 4 丁目に住んでいる／我住在銀座四段。

チョーク［chalk］ 二 3 6

名 粉筆。

ちょきん［貯金］ 二36

名·自他サ 存款，儲蓄。

類 蓄える

△毎月決まった額を貯金する／毎個月都定額存錢。

ちょくご［直後］ 二6

名·副（時間，距離）緊接著，剛…之後，…之後不久。

△運動はできません。退院した直後だもの／人家不能運動，因為才剛出院嘛！

ちょくせつ［直接］ 二36

名·副·自サ 直接。

反 間接　類 直に

△関係者が直接話し合ったことから、事件の真相がはっきりした／我直接問過相關的人，因此，案件真相大白了。

ちょくせん［直線］ 二36

名 直線。

類 真っ直

△直線によって、二つの点を結ぶ／用直線將兩點連接起來。

ちょくぜん［直前］ 二6

名 即將 之前，眼看就要 的時候；（時間，距離）之前，跟前，眼前。

類 寸前（すんぜん）

△テストの直前にしても、ぜんぜん休まないのは体に悪いと思います／就算是考試前夕，我還是認為完全不休息對身體是不好的。

ちょくつう［直通］ 二6

名·自サ 直達（中途不停）；直通。

△ホテルから日本へ直通電話がかけられる／從飯店可以直撥電話到日本。

ちょくりゅう［直流］ 二6

名·自サ 直流電；（河水）直流，沒有彎曲的河流；嫡系。

△いつも同じ方向に同じ大きさの電流が流れるのが直流です／都以相同的強度，朝相同方向流的電流，稱為直流。

ちょしゃ［著者］ 二36

名 作者。

類 作家

△本の著者として、内容について話してください／請以本書作者的身份，談一下這本書的內容。

ちょちく［貯蓄］ 二6

名·他サ 儲蓄。

類 蓄積（ちくせき）

△余ったお金は、貯蓄にまわそう／剩餘的錢，就存下來吧！

ちょっかく［直角］ 二36

（名·形動）（數）直角。

△この針金は、直角に曲がっている／這銅線彎成了直角。

ちょっけい［直径］ 二36

名（數）直徑。

類 半径

△このタイヤは直径何センチぐらいですか／這輪胎的直徑大約是多少公分呢？

ちょっと　四 2

副 稍微，一點；一下子，暫且；（下接否定）不太…。

類 少し

△ちょっとしかありませんよ／只有一點點而已。

ちらかす［散らかす］　二 6

他五 弄得亂七八糟；到處亂放，亂扔。

反 整える　類 乱す

△部屋を散らかしたきりで、片付けてくれません／他將房間弄得亂七八糟後，就沒幫我整理。

ちらかる［散らかる］　二 6

自五 凌亂，亂七八糟，到處都是。

反 集まる　類 散る

△部屋が散らかっていたので、片付けざるをえなかった／因為房間內很凌亂，所以不得不整理。

ちらす［散す］　二 6

他五・接尾 把…分散開，驅散；吹散，灑散；散佈，傳播；消腫。

△ご飯の上に、ごまやのりが散らしてあります／白米飯上，灑著芝麻和海苔。

ちり［地理］　三 2

名 地理。

類 地図

△私は、日本の地理とか歴史とかについてあまり知りません／我對日本地理或歷史不甚了解。

ちりがみ［ちり紙］　二 3 6

名 衛生紙；粗草紙。

△鼻をかみたいので、ちり紙をください／我想擤鼻涕，請給我張衛生紙。

ちる［散る］　二 3 6

自五 凋謝，散漫，落；離散，分散；遍佈；消腫；渙散。

反 集まる　類 分散

△桜が散って、このへんは花びらだらけです／櫻花飄落，這一帶便落滿了花瓣。

つッ

つい［遂］　二 3 6

副（表時間與距離）相隔不遠，就在眼前；不知不覺，無意中；不由得，不禁得…。

類 うっかり

△ついうっかりして傘を間違えてしまった／不小心拿錯了傘。

ついか［追加］　二 3 6

名・他サ 追加，添付，補上。

類 追補

△定食を食べた上に、ラーメンを追加した／吃了簡餐外，又追加了一碗拉麵。

ついたち ［一日］　四2

名 初一，（每月）一日，朔日。

動 月初め
△一日から三日まで、旅行に行きます
／初一到初三去旅行。

ついで　二36

名 順便，就便；順序，次序。
△出かけるなら、ついでに卵を買ってき
て／你如果要出門，就順便幫我買蛋回
來吧。

ついに ［遂に］　二36

副 終於；直到最後。

動 とうとう
△橋の建設はついに完成した／造橋終
於完成了。

つう ［通］　二6

名・形動・接尾・漢造 精通，内行，專家；通曉
人情世故，通情達理；暢達；（助數詞）封，
件，紙；穿過；往返；告知；貫徹始終。

動 物知り
△彼は日本通だ／他是個日本通。

つうか ［通貨］　二6

名 通貨，（法定）貨幣。

動 貨幣
△この国の通貨は、ユーロです／這個
國家的貨幣是歐元。

つうか ［通過］　二36

名・自サ 通過，經過；（電車等）駛過；
（議案、考試等）通過，過關，合格。

動 通り過ぎる
△特急電車が通過します／特快車即將
過站。

つうがく ［通学］　二36

名・自サ 上學。

動 通う
△通学のたびに、この道を通ります／
每次要去上學時，都會走這條路。

つうきん ［通勤］　二36

名・自サ 通勤，上下班。

動 通う
△会社まで、バスと電車で通勤するほ
かない／上班只能搭公車和電車。

つうこう ［通行］　二36

名・自サ 通行，交通，往來；廣泛使用，
一般通用。

動 往來
△この道は、今日は通行できないこと
になっています／這條路今天是無法通
行的。

つうじる ［通じる］　二6

自上一・他上一 通；通到，通往；通曉，精
通；明白，理解；使…通；在整個期間
內。

動 通用する
△日本では、英語が通じますか／在日
本英語能通嗎？

つうしん ［通信］　二6

名・自サ 通信，通音信；通訊，聯絡；報

導消息的稿件，通訊稿。

類 連絡

△何か通信の方法があるに相違ありません／一定會有聯絡方法的。

つうち［通知］ 二36

名·他サ 通知，告知。

類 知らせ

△事件が起きたら、通知が来るはずだ／一旦發生案件，應該馬上就會有通知。

つうちょう［通帳］ 二6

名（存款、賒帳等的）折子，帳簿。

類 通い帳

△通帳と印鑑を持ってきてください／請帶存摺和印章過來。

つうやく［通訳］ 二36

名·他サ 口頭翻譯，口譯；翻譯者，譯員。

類 通弁（つうべん）

△あの人はしゃべるのが速いので、通訳しきれなかった／因為那個人講很快，所以沒辦法全部翻譯出來。

つうよう［通用］ 二6

名·自サ 通用，通行；兼用，兩用；（在一定期間内）通用，有效；通常使用。

△プロの世界では、私の力など通用しない／在專業的領域裡，像我這種能力是派不上用場的。

つうろ［通路］ 二6

名（人們通行的）通路，人行道；（出入通行的）空間，通道。

類 通り道

△通路を通って隣のビルまで行く／過馬路到隔壁的大樓去。

つかい［使い］ 二36

名 使用；派去的人；派人出去（買東西、辦事），跑腿；（迷）（神仙的）侍者；（前接某些名詞）使用的方法，使用的人。

類 召使い

△母親の使いで出かける／出門幫媽媽辦事。

つかう［使う］ 四2

他五 使用；雇傭；花費，消費。

類 使用する

△どうぞ、その辞書を使ってください／請用那本辭典。

つかまえる［捕まえる］ 三2

他下一 逮捕，抓；握住。

類 捕らえる

△彼が泥棒ならば、捕まえなければならない／如果他是小偷，就非逮捕不可。

つかまる［捕まる］ 二36

自五 抓住，被捉住，逮捕；抓緊，揪住。

類 捕らえられる

△彼は、悪いことをたくさんしたあげく、とうとう警察に捕まった／他做了

許多壞事，最後終於被警察抓到了。

つかむ［掴む］　　　　　□36
他五 抓，抓住，揪住，握住；掌握到，
瞭解到。

動 握る
△誰にも頼らないで、自分で成功を掴むほかない／只能不依賴任何人，靠自己去掌握成功。

つかれ［疲れ］　　　　　□6
名 疲勞，疲乏，疲倦。

動 疲労
△マッサージをすればするほど、疲れが取れます／按摩越久就越能解除疲勞。

つかれる［疲れる］　　　四2
自下一 疲倦，疲勞；（變）陳舊，（性能）減低。

動 くたびれる
△練習で疲れました／因為練習而感到疲勞。

つき［月］　　　　　　　三2
名 月亮；一個月。

反 日　動 新月
△今日は、月がきれいです／今天的月亮很漂亮。

つぎ［次］　　　　　　　四2
名 下次，下回，接下來；（席位、等級等）第二。

動 今度

つぎのテストは、大丈夫でしょう／下次的考試應該沒問題吧！

つき［付き］　　　　　　二6
接尾（前接某些名詞）樣子，樣態；跟隨，附屬；附帶。

動 格好

つきあい［付き合い］　　二6
名・自サ 交際，交往，打交道；應酬，作陪。

動 交際
△君こそ、最近付き合いが悪いじゃないか／你最近才是很難打交道呢！

つきあう［付き合う］　　二36
自五 交際，往來；陪伴，奉陪，應酬。

動 交際する
△隣近所と親しく付き合う／敦親睦鄰。

つきあたり［突き当たり］　二6
名（つきあたる名詞形）衝突，撞上；（道路的）盡頭。

動 行き止まり

つきあたる［突き当たる］　二36
自五 撞上，碰上；走到道路的盡頭；（轉）遇上，碰到（問題）。

動 衝突する
△突き当たって左に曲がる／在盡頭左轉。

つぎつぎ［次々］　　　　二36
副 一個接一個，接二連三地，絡繹不絕

的，紛紛；按著順序，依次。

類 続いて

△そんなに次々問題が起こるわけはない／不可能會這麼接二連三地發生問題的。

つきひ [月日] 二36

名 日與月；歲月，時光；日月，日期。

類 時日

△この音楽を聞くにつけて、楽しかった月日を思い出します／每當聽到這音樂，就會想起過去美好的時光。

つく 三2

自五 點上，（火）點著。

反 消える 類 点る

△あの家は、夜も電気がついたままだ／那戶人家，夜裡燈也照樣點著。

つく [就く] 二36

自五 就位；登上；就職；跟 學習；起程。

類 即位する

△王座に就く／登上王位。

つく [着く] 四2

自五 到，到達，抵達；寄到；達到。

類 到着する

△駅に着きました／抵達車站了。

つぐ [次ぐ] 二6

自五 緊接著，繼…之後；次於，並於。

類 第二

△彼の実力は、世界チャンピオンに次ぐほどだ／他的實力，幾乎好到僅次於世界冠軍的程度。

つぐ [注ぐ] 二6

他五 注入，斟，倒入（茶、酒等）。

類 酌む

△ついでに、もう1杯お酒を注いでください／請順便再幫我倒一杯酒。

つく [突く] 二36

他五 扎，刺，戳；撞，頂；支撐；冒著，不顧；沖，撲（鼻）；攻擊，打中。

類 打つ

△試合で、相手は私の弱点を突いてきた／對方在比賽中攻擊了我的弱點。

つく [付く] 二36

自五 附著，沾上；長，添增；跟隨；隨從，聽隨；偏坦；設有；連接著。

類 接着する

△飯粒が付く／沾到飯粒。

つくえ [机] 四2

名 桌子，書桌。

類 書机

△机の大きさは、どのぐらいですか／桌子大約有多大？

つくる [作る] 四2

他五 做，製造；創造；寫，創作。

類 製作する

△晩ご飯は、作ってあります／晚餐已做好了。

つけくわえる［付け加える］ 二6

(他下一) 添加，附帶。

類 補足する

△説明を付け加える／附帶說明。

つける［点ける］ 四2

(他下一) 點（火），點燃；扭開（開關），打開。

反 消す　類 点す

△暗いから、電気をつけました／因為很暗，所以打開了電燈。

つける 三2

(他下一) 打開（家電類）；點燃。

反 消す　類 点す

△クーラーをつけるより、窓を開けるほうがいいでしょう／與其開冷氣，不如打開窗戶來得好吧！

つける［着ける］ 二36

(他下一) 佩帶，穿上；（開車、船）開到（某處）；就定位；（身體的某部位去）碰。

類 着用する

つける［漬ける］ 三2

(他下一) 浸泡；醃。

類 浸す

△母は、果物を酒に漬けるように言った／媽媽說要把水果醃在酒裡。

つごう［都合］ 四三2

(名) 情況，方便度。

類 勝手

△都合がいいときに、来ていただきたいです／時間方便的時候，希望能來一下。

つたえる［伝える］ 三2

(他下一) 傳達，轉告；傳導。

類 知らせる

△私が忙しいということを、彼に伝えてください／請轉告他我很忙。

つたわる［伝わる］ 二6

(自五) 流傳；傳說，傳播；（理）傳導；沿著，順著；傳入。

類 流行

△うわさが伝わる／謠言流傳。

つち［土］ 二36

(名) 土地，大地；土壤，土質；地面，地表；地面土，泥土。

類 泥

△子どもたちが土を掘って遊んでいる／小朋友們在挖土玩。

つづき［続き］ 二6

(名) 接續，繼續；接續部分，下文；接連不斷。

△読めば読むほど、続きが読みたくなります。

越看下去，就越想繼續看下面的發展。

つづく［続く］ 三2

(自五) 繼續；接連；跟著。

△雨は来週も続くらしい／雨好像會持續到下週。

つ

つづく［続く］ 二36

自五 續續，延續，連續；接連發生，接連不斷；隨後發生，接著；連著，通到，與 接連；接得上，夠用；後繼，跟上；次於，居次位。

反 絶える　類 繋がる

△晴天が続く／持續著幾天的晴天。

つづける［続ける］ 三2

他下一 持續，繼續；接著。

△一度始めたら、最後まで続けろよ／既然開始了，就要堅持到底喔。

つづける［続ける］ 二36

他下一 繼續，接連不斷；連上，連接起來；（停了之後又）繼續起來。

反 やめる　類 並べる

△上手になるには、練習し続けるほかはない／技巧要好，就只能不斷地練習。

つっこむ［突っ込む］ 二6

他五·自五 衝入，闖入；深入；塞進，插入；沒入；深入追究。

類 入れる

△事故で、車がコンビニに突っ込んだ／由於事故，車子撞進了超商。

つつみ［包み］ 二36

名 包袱，包裹。

類 荷物

△プレゼントの包みを開けてみた／我打開了禮物的包裝。

つつむ［包む］ 三2

他五 包起來；包圍；隱藏。

△必要なものを全部包んでおく／把要用的東西全包起來。

つつむ［包む］ 二36

他五 包裹，打包，包上；蒙蔽，遮蔽，籠罩；藏在心中，隱瞞；包圍。

類 覆う（おおう）

△プレゼント用に包んでください／請包裝成送禮用的。

つとめ［勤め］ 二36

名 工作，職務，差事。

類 勤務

△勤めが辛くてやめたくなる／工作太勞累了所以有想辭職的念頭。

つとめ［務め］ 二36

名 本分，義務，責任。

類 役目、義務

△私のやるべき務めですから、たいへんではありません／這是我應盡的本分，所以一點都不辛苦。

つとめる［勤める］ 四2

自下一 工作，任職；擔任（某職務），扮演（某角色）；努力，下功夫。

類 出勤

△会社に勤めています／在公司上班。

つとめる［勤める］ 二36

他下一 工作，在…任職；擔任（某職務），扮演（某角色）；努力，盡力；服務，效勞。

動 奉公

△どこに勤めているんだっけ／你是在哪裡上班來著？

つとめる ［努める］　　二36

他下一 努力，為 奮鬥，盡力；勉強忍住。

反 怠る（おこたる）　**動** 励む

△看護に努める／盡心看護病患。

つとめる ［務める］　　二6

他下一 任職，工作；擔任（職務）；扮演（角色）。

動 職務

主役を務める／扮演主角。

つな ［綱］　　二6

名 粗繩，繩索，纜繩；命脈，依靠，保障。

動 ロープ

△船に綱をつけてみんなで引っ張った／將繩子套到船上大家一起拉。

つながり ［繋がり］　　二6

名 相連，相關；系列；關係，聯繫。

動 関係

△友だちとのつながりは大切にするものだ／要好好地珍惜與朋友間的聯繫。

つながる ［繋がる］　　二36

自五 相連，連接，聯繫；（人）排隊，排列；有（血緣、親屬）關係，牽連。

動 結び付く

△電話がようやく繋がった／電話終於通了。

つなぐ ［繋ぐ］　　二36

他五 拴結，繫；連起，接上；延續，維繫（生命等）。

動 接続

△テレビとビデオを繋いで録画した／我將電視和錄影機接上來錄影。

つなげる ［繋げる］　　二6

他五 連接，維繫。

△インターネットは、世界の人々を繋げる／網將這世上的人接繫了起來。

つねに ［常に］　　二6

副 時常，經常，總是。

動 何時も

△社長が常にオフィスにいるとは、言いきれない／無法斷定社長平時都會在辦公室裡。

つばさ ［翼］　　二6

名 翼，翅膀；（飛機）機翼；（風車）翼板；使者，使節。

動 羽翼（うよく）

△白鳥が大きな翼を広げている／白鳥展開牠那寬大的翅膀。

つぶ ［粒］　　二36

名・接尾 （穀物的）穀粒；粒，丸，珠；（數小而圓的東西）粒，滴，丸。

動 小粒（こつぶ）

△大粒の雨が降ってきた／下起了大滴的雨。

つぶす［潰す］　二 3 6

(他五) 毀壞，弄碎；熔毀，熔化；消磨，消耗；宰殺；堵死，填滿。

(類) 壊す

△会社を潰さないように、一生懸命がんばっている／為了不讓公司倒閉而拼命努力。

つぶれる［潰れる］　二 3 6

(自下一) 壓壞，壓碎；坍塌，倒塌；倒產，破產；磨損，磨鈍；（耳）聾，（眼）瞎。

(類) 破産

△あの会社が、潰れるわけがない／那間公司，不可能會倒閉的。

つま［妻］　三 2

(名) 妻子，太太（自稱）。

(反) 夫　(類) 婦人

△私が会社をやめたいということを、妻は知りません／妻子不知道我想離職的事。

つまずく［躓く］　二 6

(自五) 跌倒，絆倒；（中途遇障礙而）失敗，受挫。

(類) 転ぶ

△石に躓いて転んだ／絆到石頭而跌了一跤。

つまらない　四 2

(形) 無趣，沒意思；不值錢；無用，無意義。

(反) 面白い　(類) くだらない

△その映画は、どうですか?つまらないでしょうか／那部電影怎麼樣？無趣嗎？

つまり　二 3 6

(名·副) 阻塞，困窘；到頭，盡頭；總之，說到底；也就是說，即 。

(類) すなわち

△彼は私の父の兄の息子、つまりいとこに当たります／他是我爸爸的哥哥的兒子，也就是我的堂哥。

つまる［詰まる］　二 6

(自五) 擠滿，塞滿；堵塞，不通；窘困，窘迫；縮短，緊小；停頓，擱淺。

(類) 縮む

△食べ物がのどに詰まって、せきが出た／因食物卡在喉嚨裡而咳嗽。

つみ［罪］　二 3 6

(名·形動) （法律上的）犯罪；（宗教上的）罪惡，罪孽；（道德上的）罪責，罪過。

(類) 罪悪

△そんなことをしたら、罪になりかねない／如果你做了那種事，很可能會變成犯罪。

つむ［積む］　二 3 6

(自五·他五) 累積，堆積；裝載；積蓄，積累。

(反) 崩す　(類) 盛る

△荷物をトラックに積んだ／我將貨物裝到卡車上。

つめ [爪]
名 (人的) 指甲，腳指甲；(動物的) 爪；指尖；(用具的) 鉤子。 。

類 指甲（しこう）
△爪切りで爪を切った／用指甲刀剪了指甲。

つめたい [冷たい] 四2
形 冷，涼；冷淡，不熱情。

反 熱い 類 冷気（れいき）
△冷蔵庫で、水を冷たくします／
形・接尾 將水放進冰箱冷却。

つめる [詰める] 二36
他下一・自下一 守候，值勤；不停的工作，緊張；塞進，裝入；緊挨著，緊靠著。

類 押し込む
△スーツケースに服や本を詰めた／我將衣服和書塞進行李箱。

つもり 三2
名 打算；當作。

類 意図
△父には、そう説明するつもりです／打算跟父親那樣說明。

つもる [積もる] 二6
自五・他五 積，堆積；累積；估計；計算；推測。

類 重なる
△雪が積もる／積雪。

つや [艶] 二6
名 光澤，潤澤；興趣，精彩；豔事，風流事。

類 光沢
△靴は、磨けば磨くほど艶が出ます／鞋子越擦越有光澤。

つゆ [梅雨] 二6
名 梅雨；梅雨季。

類 雨季

つよい [強い] 四2
形 強悍，有力；強壯，結實；堅強，堅決。

△彼女は、強い人です／她是個堅強的人。

つよき [強気] 二6
名・形動 (態度) 強硬，(意志) 堅決；(行情) 看漲。

類 逞しい（たくましい）
△ゲームに負けているくせに、あの選手は強気ですね／明明就輸了比賽，那選手還真是強硬呢。

つらい [辛い] 二36
形・接尾 痛苦的，難受的，吃不消；刻薄的，殘酷的；難 ，不便 。

反 楽しい 類 苦しい
△勉強が辛くてたまらない／書唸得痛苦不堪。

つり [釣り] 二36
名 釣，釣魚；找錢，找的錢。

類 一本釣り（いっぽんづり）
△主人のことだから、また釣りに行っ

つ

273

ているのだと思います／我家那口子的話，我想一定是又跑去釣魚了吧！

つりあう［釣り合う］　　≡6

自五 平衡，均衡；勻稱，相稱。

類 似合う

△あの二人は釣り合わないから、結婚しないだろう／那兩人不相配，應該不會結婚吧！

つる［吊る］　　≡6

他五 吊，懸掛，佩帶。

類 下げる

△クレーンで吊って、ピアノを2階に運んだ／用起重機吊起鋼琴搬到二樓去。

つる［釣る］　　≡2

他五 釣魚；引誘。

類 釣り上げる

△ここで魚を釣るな／不要在這裡釣魚。

つるす［吊るす］　　≡6

他五 懸起，吊起，掛著。

反 上げる　類 下げる

△スーツは、そこに吊るしてあります／西裝掛在那邊。

つれ［連れ］　　≡6

名・接尾 同伴，伙伴；（能劇，狂言的）配角。

類 仲間

△連れがもうじき来ます／我同伴馬上就到。

つれる［連れる］　　≡2

他下一 帶領，帶著。

類 伴う

△子どもを幼稚園に連れて行ってもらいました／請他幫我帶小孩去幼稚園了。

274

てテ

て [手] 四2

㊔ 手，手掌；胳膊；人手。

反 足　類 上肢（じょうし）

△ お母さんの手は、温かくて優しいです／媽媽的手又溫暖又溫柔。

で 二6

接續 那麼；（表示原因）所以。

であい [出会い] 二6

㊔ 相遇，不期而遇，會合；幽會；河流會合處。

類 巡り会い

△ 我々は、人との出会いをもっと大切にするべきだ／我們應該要珍惜人與人之間相遇的緣分。

であう [出会う] 二6

自五 遇見，碰見，偶遇；約會，幽會；（顏色等）協調，相稱。

類 落ち合う

△ 二人は、最初どこで出会ったのですか／兩人最初是在哪裡相遇的？

てあらい [手洗い] 二36

㊔ 洗手；洗手盆，洗手用的水；洗手間。

類 便所

△ ちょっとお手洗いに行ってきます／我去一下洗手間。

てい [低] 二6

名·漢造 （位置）低；（程度、價格）低；變低。

反 高　類 低位

ていあん [提案] 二6

名·他サ 提案，建議。

類 発案

△ この計画を、会議で提案しようじゃないか／就在會議中提出這企畫吧！

ていいん [定員] 二36

㊔ （機關，團體的）編制的名額；（車輛的）定員，規定的人數。

△ このエレベーターの定員は10人です／這電梯的限乘人數是10人。

て

ていか [定価] 二36

㊔ 定價。

類 値段

△ 定価から10パーセント引きます／從定價裡扣除10%。

ていか [低下] 二6

名·自サ 降低，低落；（力量、技術等）下降。

類 落ちる

△ 生徒の学力が低下している／學生的學力（學習能力）下降。

ていき [定期] 二36

㊔ 定期，一定的期間。

△ 定期の予防接種にかかる費用は市が負担します／定期預防注射的費用，由

市府負擔。

ていきけん [定期券] 二36

名 定期車票；月票。

類 周遊券

△ 電車(でんしゃ)の定期券(ていきけん)を買(か)いました／我買了電車的月票。

ていきゅうび [定休日] 二6

名 （商店、機關等）定期公休日。

類 休暇

定休日(ていきゅうび)は店(みせ)に電話(でんわ)して聞(き)いてください／請你打電話到店裡，打聽有關定期公休日的時間。

ていこう [抵抗] 二36

名·自サ 抵抗，抗拒，反抗；（物理）電阻，阻力；（產生）抗拒心理，不願接受。

類 手向かう

△ 社長(しゃちょう)に対(たい)して抵抗(ていこう)しても、無駄(むだ)だよ／即使反抗社長，也無濟於事。

ていし [停止] 二6

名·他サ·自サ 禁止，停止；停住，停下；（事物、動作等）停頓。

類 止まる

△ 車(くるま)が停止(ていし)するかしないかのうちに、彼(かれ)はドアを開(あ)けて飛(と)び出(だ)した／車子才剛一停下來，他就打開門衝了出來。

ていしゃ [停車] 二36

名·他サ·自サ 停車，剎車。

△ 急行(きゅうこう)は、この駅(えき)に停車(ていしゃ)するっけ／快車有停這站嗎？

ていしゅつ [提出] 二36

名·他サ 提出，交出，提供。

類 持ち出す

△ テストを受(う)けるかわりに、レポートを提出(ていしゅつ)した／以交報告來代替考試。

ていでん [停電] 二6

名·自サ 停電，停止供電。

類 故障

△ 停電(ていでん)というと、ろうそくの火(ひ)を思(おも)い出(だ)す／一說到停電，就會想到燭光。

ていど [程度] 二36

名·接尾 （高低大小）程度，水平；（適當的）程度，適度，限度。

類 具合

△ どの程度(ていど)お金(かね)を持(も)っていったらいいですか／我大概帶多少錢比較好呢？

ていねい [丁寧] 三2

名·形動 客氣；仔細。

類 謙遜

△ 先生(せんせい)の説明(せつめい)は、彼(かれ)の説明(せつめい)より丁寧(ていねい)です／老師比他說明得更仔細。

でいり [出入り] 二36

名·自サ 出入，進出；（因有買賣關係而）常往來；收支；（數量的）出入；糾紛，爭吵。

類 出没（しゅつぼつ）

△ 研究会(けんきゅうかい)に出入(でい)りしているが、正式(せいしき)な会員(かいいん)というわけではない／雖有在研

討會走動，但我不是正式的會員。

でいりぐち [出入り口] 　二6

名 出入口。

類 玄関

△ 出入り口はどこにありますか／請問
出入口在哪裡？

ていりゅうじょ [停留所] 　三36

名 公車站；電車站。

類 駅

ていれ [手入れ] 　三36

名・他サ 收拾，修整；檢舉，搜捕。

類 修繕（しゅうぜん）

△ 靴は、手入れすればするほど、長持
ちします／鞋子越保養就可以越耐久。

デート [date] 　二6

名・自サ 日期，年月日；約會，幽會。

テープ [tape] 　四2

名 膠布；錄音帶，卡帶

△ きれいにテープを貼りました 整齊
地貼上膠布。

テープ [tape] 　二6

名 窄帶，線帶，布帶；（體）終點線；
卷尺。

類 紐

テーブル [table] 　四2

名 桌子；餐桌，飯桌；表格，目錄。

類 食卓

隣のテーブルが静かになった／隔壁桌
變安靜了。

テープレコーダー
[tape] [recorder] 　四2

名 磁帶錄音機。

△ ラジオもテープレコーダーもありま
す／既有收音機，也有錄音機。

テーマ [theme] 　三36

名 （作品的）中心思想，主題；（論
文、演說的）題目，課題。

類 主題（しゅだい）

△ 論文のテーマについて、説明してく
ださい／請說明一下這篇論文的主題。

でかける [出かける] 　四2

自下一 出去，出門，要出去，剛要走；
到…去。

類 行く

△ 出かけますか？家にいますか／要出
門？還是要待在家裡？

てがみ [手紙] 　四2

名 信，書信，函。

類 郵便

△ どこから来た手紙ですか／誰寄來的
信？

てき [敵] 　三36

名・漢造 敵人，仇敵；（競爭的）對手；
障礙，大敵；敵對，敵方。

反 味方　類 仇（あだ）

△ 彼女は私を、敵でもあるかのような

て

277

目で見た／她用像是注視敵人般的眼神看著我。

てき [的] 二36

[接尾·形動型] （前接名詞）關於，對於；有如 一般，似乎；表示狀態或性質；上的；（俗）（接在一部分的人名或職業名下，表示親近）這個傢伙。

できあがり [出来上がり] 二36

[名] 做好，做完；完成的結果（手藝，質量）。

△ 出来上がりまで、どのぐらいかかりますか／到完成大概需要多少時間？

できあがる [出来上がる] 二6

[自五] 完成，做好；天性，生來就…。

[類] できる

△ 作品は、もう出来上がっているにきまっている／作品一定已經完成了。

てきかく [的確] 二6

[形動] 正確，準確，恰當。

[類] 正確

△ 上司が的確に指示してくれたおかげで、すべてうまくいきました／多虧上司準確的給予指示，所以一切都進行的很順利。

できごと [出来事] 二36

[名] （偶發的）事件，變故。

[類] 事故

△ その日は大したできごともなかった／那天也沒發生什麼大事故。

テキスト [text] 二2

[名] 教科書。

[類] 教科書

△ 読みにくいテキストですね／真是一本難以閱讀的教科書呢！

てきする [適する] 二36

[自サ] （天氣、飲食、水土等）適宜，適合；適當，適宜於（某情況）；具有做某事的資格與能力。

[類] 適当

△ 自分に適した仕事を見つけたい／我想找適合自己的工作。

てきせつ [適切] 二36

[名·形動] 適當，恰當，妥切。

[類] 妥当（だとう）

△ アドバイスするにしても、もっと適切な言葉があるでしょう／即使要給建議，也應該有更恰當的用詞吧？

てきど [適度] 二6

[名·形動] 適度，適當的程度。

△ 医者の指導のもとで、適度な運動をしている／我在醫生的指導之下，從事適當的運動。

てきとう [適当] 二2

[名·形動·自サ] 適當；適度；隨便。

[類] 相応

△ 適当にやっておくから、大丈夫／我會妥當處理的，沒關係！

てきよう [適用] 二6

名·他サ 適用，應用。

類 応用
△ 全国に適用するのに先立ち、まず東京で適用してみた／在運用於全國各地前，先在東京用看看。

できる　　四 三 2

自上一 能，可以，辦得到；做好，做完；做出，形成。
類 出来上がる
△ ここでも、どこでもできます／無論這裡或任何地方，都可以做到。

できるだけ　　三 2

副 盡可能地。
類 精一杯
△ できるだけお手伝いしたいです／我會盡力幫忙的。

できれば　　二 6

連語 可以的話，可能的話。
△ できればその仕事はしたくない／可能的話我不想做那個工作。

でぐち [出口]　　四 2

名 出口，流水的出口。
反 入り口　　類 出入り口
もう出口まで来ました／已經來到出口了。

てくび [手首]　　二 6

名 手腕。
類 手
△ 手首を怪我した以上、試合には出られません／既然我的手腕受傷，就沒辦法出場比賽。

でございます　　三 2

自·特殊型 「です」鄭重說法。
類 である
△ 店員は、「こちらはたいへん高級なワインでございます。」と言いました／店員說：「這是非常高級的葡萄酒」。

でこぼこ [凸凹]　　二 6

名·自サ 凹凸不平，坑坑窪窪；不平衡，不均勻。
反 平ら　　類 ぼつぼつ
△ でこぼこだらけの道を運転した／我開在凹凸不平的道路上。

てごろ [手頃]　　二 6

名·形動 （大小輕重）合手，合適，相當；適合（自己的經濟能力、身份）。
類 適当
△ 値段が手頃なせいか、この商品はよく売れます／大概是價錢平易近人的緣故，這個商品賣得相當好。

でし [弟子]　　二 6

名 弟子，徒弟，門生，學徒。
反 師匠（ししょう）　　類 教え子
△ 弟子のくせに、先生に逆らうのか／明明就只是個學徒，難道你要頂撞老師嗎？

てじな [手品]　　二 6

ⓒ 戲法，魔術；騙術，奸計。

ⓣ 魔法

△ 手品を見せてあげましょう／讓你們看看魔術大開眼界。

てしまう 〓2

(連) 強調某一狀態或動作；懷悔。

△ 先生に会わずに帰ってしまったの／沒見到老師就回來了嗎？

ですから 〓36

接續 所以。

ⓣ だから

△ 9時に出社いたします。ですから9時以降なら何時でも結構です／我九點進公司。所以九點以後任何時間都可以。

テスト [test] 四2

ⓒ 考試，試驗，檢查。

ⓣ 試験

△ テストは、いつからですか／考試什麼時候開始？

でたらめ 〓36

ⓒ·形動 荒唐，胡扯，胡說八道，信口開河。

ⓣ 寝言

△ あいつなら、そのようなでたらめも言いかねない／如果是那傢伙，就有可能會說出那種荒唐的話。

てちょう [手帳] 〓36

ⓒ 筆記本，雜記本。

ⓣ ノート

母子手帳／母子健康手冊。

てつ [鉄] 〓36

ⓒ 鐵。

ⓣ 金物

△ 「鉄は熱いうちに打て」とよく言います／常言道：「打鐵要趁熱。」

てつがく [哲学] 〓36

ⓒ 哲學；人生觀，世界觀。

ⓣ 医学

△ 哲学の本は読みません。難しすぎるもの／人家不看哲學的書，因為實在是太難了嘛。

てっきょう [鉄橋] 〓36

ⓒ 鐵橋，鐵路橋。

ⓣ 橋

△ 列車は鉄橋を渡っていった／列車通過了鐵橋。

てっきり 〓6

剛 一定，必然；果然。

ⓣ 確かに

△ 今日はてっきり晴れると思ったのに／我以為今天一定會是個大晴天的。

てっこう [鉄鋼] 〓6

ⓒ 鋼鐵。

てっする [徹する] 〓6

自サ 貫徹，貫穿；通宵，徹夜；徹底，貫徹始終。

280

動 貫く
△ 夜を徹して語り合う／徹夜交談。

てつだい [手伝い] 　二6
名·他サ 幫忙，幫助；幫手，幫忙者；家庭助理，女傭人。
動 助け合い
△ 手伝いさえしないで、寝てばかりいる／連忙都不幫，就只會睡。

てつだう [手伝う] 　三2
他五 幫忙，幫助。
動 助ける
△ いつでも、手伝ってあげます／我隨時都樂於幫你的忙。

てつづき [手続き] 　二36
名 手續，程序。
動 手順
△ 手続きさえすれば、誰でも入学できます／只要辦好手續，任誰都可以入學。

てってい [徹底] 　二36
名·自サ 徹底；傳遍，普遍，落實。
動 貫く

てつどう [鉄道] 　二36
名 鐵道，鐵路。
動 高架（こうか）
△ この村には、鉄道の駅はありますか／這村子裡，有火車的車站嗎？

てっぽう [鉄砲] 　二6

名 槍，步槍。
動 銃
△ 鉄砲を持って、狩りに行った／我持著手槍前去打獵。

てつや [徹夜] 　二36
名·自サ 通宵，熬夜。
動 夜通し
△ 仕事を引き受けた以上、徹夜をしても完成します／既然接下了工作，就算熬夜也要將它完成。

テニスコート [tennis court] 　三2
名 網球場。
動 野球場
△ みんな、テニスコートまで走れ／大家一起跑到網球場吧！

てぬぐい [手ぬぐい] 　二36
名 布手巾。
動 タオル
△ 汗を手ぬぐいで拭いた／用手帕擦了汗。

では 　四2
感 那麼，這麼說，要是那樣。
動 それなら
△ では、どこかへ一緒に出かけましょう／那麼，我們一起上哪兒去吧？

デパート [department] 　四2
名 百貨公司。
動 店
△ デパートに行きます／去百貨公司。

281

てぶくろ [手袋] 三2

名 手套。

類 足袋（たび）

△ 彼女は、新しい手袋を買ったそうだ／聽說她買了新手套。

てま [手間] 二6

名 （工作所需的）勞力、時間與功夫；（手藝人的）計件工作，工錢。

類 労力

△ この仕事には手間がかかるにしても、三日もかかるのはおかしいよ／就算這工作需要花較多時間，但是竟然要花上3天實在太可疑了。

てまえ [手前] 二36

名·代 （自己的近處）眼前；這邊，靠自己的這一方；本領，本事；（自謙稱呼）我。

類 こちら側

△ 手前にいるのが母で、後ろは兄です／在我前面的是媽媽，後面的是哥哥。

でむかえ [出迎え] 二6

名 迎接；迎接的人。

類 迎える

△ 電話さえしてくれれば、出迎えに行きます／只要你給我一通電話，我就出去迎接你。

でむかえる [出迎える] 二6

他下一 迎接。

△ 客を駅で出迎える／在火車站迎接客人。

でも 四2

接續 可是，但是，不過。

類 それでも

△ でも、もう食べたくありません／可是我已經不想吃了。

デモ [demonstration] 二6

名 抗議行動。

類 抗議

△ 彼らもデモに参加したということです／聽說他們也參加了示威遊行。

てら [寺] 三2

名 寺廟。

類 寺院（じいん）

△ 京都は、寺がたくさんあります／京都有很多的寺廟。

てらす [照らす] 二6

他五 照耀，曬，晴天。

類 照明

△ 足元を照らすライトを取り付けましょう／安裝照亮腳邊的照明用燈吧！

でる [出る] 四2

自下一 出來，出去，離開；露出，突出；出沒，顯現。

類 現れる

△ 7時に家を出る／7點離開家。

てる [照る] 二36

自五 照耀，曬，晴天。

反 降る 対 光る
△ 今日は太陽が照って暑いね／今天太
陽高照真是熱啊！

テレビ [television] 四2
名 電視。
動 放送
△ 夜は、テレビを見ます／晚上看電
視。

てん [店] 二36
名 店家，店。
動 〈酒・魚〉屋
△ 小さな売店／小小的賣店。

てん [点] 三2
名 點；方面；（得）分。
動 ポイント
△ その点について、説明してあげよう
／關於那一點，我來為你說明吧！

てんいん [店員] 三2
名 店員。
反 店主（たなぬし） 対 売り子
△ 店員がだれもいないはずがない／不
可能沒有店員在。

てんかい [展開] 二6
名・他サ・自サ 開展，打開；展現；進展；
（隊形）散開。
動 展示（てんじ）
△ 話は、予測どおりに展開した／事情
就如預期一般地發展下去。

てんき [天気] 四2
名 天氣；晴天，好天氣；（人的）心
情。
動 天候
△ 今日は、天気がいいです／今天天氣
真好。

でんき [伝記] 二6
名 傳，傳記。
動 履歴

でんき [電気] 四2
名 電力；電燈；電器。
動 電流
△ 電気をつけないでください／請不要
開燈。

でんきゅう [電球] 二36
名 電燈泡。
△ 電球が切れてしまった／電燈泡壞
了。

てんきよほう [天気予報] 三2
名 天氣預報。
動 お天気
△ 天気予報ではああ言っているが、
信用できない／雖然天氣預報那樣說，
但不能相信。

てんけい [典型] 二6
名 典型，模範。
動 手本
△ 日本においては、こうした犯罪は
典型的です／在日本，這是種很典型的

283

犯罪。

てんこう [天候] 二36

[名] 天氣，天候。

[類] 気候

△ 北海道から東北にかけて、天候が不安定になります／北海道到東北地區，接下來的天氣，會變得很不穩定。

でんし [電子] 二6

[名] （理）電子。

△ 電子辞書を買おうと思います／我打算買台電子辭典。

でんしゃ [電車] 四2

[名] 電車。

[類] 地下鉄

△ 新宿から上野まで、電車に乗りました／從新宿搭電車到上野。

てんじょう [天井] 二36

[名] 天花板；物體裡面的最高的地方；（經）頂點（物價上漲的）。

[類] 屋根

てんすう [点数] 二36

[名] （評分的）分數；（比賽的）得分；（物品的）件數。

[類] ポイント

でんせん [伝染] 二6

[名·自サ] （病菌的）傳染；（惡習的）傳染，感染。

[類] 感染る（うつる）

△ 病気が、国中に伝染するおそれがある／這疾病恐怕會散佈到全國各地。

でんせん [電線] 二6

[名] 電線，電纜。

[類] 金属線

△ 電線に雀がたくさん止まっている／電線上停著許多麻雀。

でんち [電池] 二6

[名] （理）電池。

でんちゅう [電柱] 二6

[名] 電線桿。

[類] 燃料電池

△ 電柱に車がぶつかった／車子撞上了電線桿。

てんてん [転々] 二6

[副·自サ] 轉來轉去，輾轉，不斷移動；滾轉貌，嘰哩咕嚕。

[類] あちこち

△ 今までにいろいろな仕事を転々とした／到現在為止換過許多工作。

てんてん [点々] 二6

[副] 點點，分散在；（液體）點點地，滴滴地往下落。

[類] 各地

△ 広い草原に、羊が点々と散らばっている／廣大的草原上，羊兒們零星散佈各地。

テント [tent] 二6

(名) 帳篷。

(類) 幕

でんとう [伝統] 二36

(名) 傳統。

△ 日本の伝統からすれば、この行事には深い意味があるのです／就日本的傳統來看，這個活動有很深遠的意義。

でんとう [電灯] 三2

(名) 電燈。

(類) 明かり

△ 明るいから、電灯をつけなくてもかまわない／天還很亮，不開電燈也沒關係。

てんねん [天然] 二6

(名) 天然，自然。

(類) 自然

△ このお菓子はおいしいですね。さすが天然の材料だけを使っているだけのことはあります／這糕點實在好吃，不愧是只採用天然的材料。

てんのう [天皇] 二6

(名) 日本天皇。

(反) 皇后 (類) 皇帝

△ 天皇ご夫妻は今ヨーロッパご訪問中です／天皇夫婦現在正在造訪歐洲。

でんぱ [電波] 二6

(名) （理）電波。

(類) 電磁（でんじ）

△ そこまで電波が届くでしょうか／電波有辦法傳到那麼遠的地方嗎？

テンポ [tempo] 二6

(名) （樂曲的）速度，拍子；（局勢、對話或動作的）速度。

(類) リズム

△ 東京の生活はテンポが速すぎる／東京的生活步調太過急促。

でんぽう [電報] 二36

(名·自サ) 電報，打電報。

(類) 電信

△ 私が結婚したとき、彼はお祝いの電報をくれた／我結婚的時候，他打了電報祝福我。

てんらんかい [展覧会] 二36

(名) 展覽會展示會旗。

(類) 催し物

△ 展覧会とか音楽会とかに、よく行きます／展覽會啦、音樂會啦，我都常去參加。

でんりゅう [電流] 二6

(名) （理）電流。

(類) 電気量

△ 回路に電流を流してみた／我打開電源讓電流流通電路看看。

でんりょく [電力] 二6

(名) 電力。

(類) 電圧

△ 電力不足につき、しばらく停電します／基於電力不足，要暫時停電。

て

でんわ [電話] 　　　四2

(名・自サ) 電話。

(類) 通話

△ だれか、電話で話しています／不知道是誰在講電話。

と ト

と [戸] 　　　四2

(名) 門；大門；窗戶。

(類) 扉（とびら）

△ 戸が開けてあります／窗戶開著。

と [都] 　　　二36

(名・漢造) 首都；「都道府縣」之一的行政單位，都市；東京都。

(類) 首都

△ 都の規則で、ごみを分別しなければならない／依東京都規定，要做垃圾分類才行。

ど [度] 　　　四2

(名・接尾) 次；度（溫度、眼睛近、遠視的度數等單位）。

(類) 回数

△ 1年に一度、旅行をします／一年旅行一次。

ど [度] 　　　二6

(名・漢造) 尺度；程度；溫度；次數，回數；規則，規定；氣量，氣度。

(類) 温度

明日の気温は、今日より5度ぐらい高いでしょう／明天的天氣大概會比今天高個五度。

ドア [door] 　　　四2

(名) （西式的）門；（任何出入口的）門。

(類) 門（もん）

△ ドアを開けて、外に出ます／打開門到外頭去。

とい [問い] 　　　二36

(名) 問，詢問，提問；問題。

(反) 答え (類) 質問

△ 先生の問いに、答えないわけにはいかない／不能不回答老師的問題。

といあわせ [問い合わせ] 　　　二6

(名) 詢問，打聽，查詢。

(類) お尋ね

△ 内容をお問い合わせの上、お申し込みください／請詢問過內容之後再報名。

トイレ [toilet] 　　　四2

(名) 廁所，洗手間，盥洗室。

(類) お手洗い

△ トイレに行ってから、テレビを見ます／先上完洗手間後再去看電視。

どう 　　　四2

(副) 怎麼，如何。

(類) いかが

△ まだ、どうするか決めていません／

還沒有決定要怎麼做。

とう [党]　　　　　　二6

(名・漢造) 鄉里；黨羽，同夥；黨，政黨。

🔟 党派（とうは）

△ どの党を支持していますか／你支持哪一黨？

とう [塔]　　　　　　二6

(名・漢造) 塔。

🔟 タワー

△ 塔に上ると、町の全景が見える／爬到塔上可以看到街道的全景。

とう [島]　　　　　　二6

(名) 島嶼。

🔟 諸島（しょとう）

△ バリ島に着きしだい、電話をします／一到了峇里島，我就馬上打電話。

とう [等]　　　　　　二36

(接尾) 等等；（助數詞用法，計算階級或順位的單位）等（級）。

🔟 など

とう [頭]　　　　　　二36

(接尾)（助數詞用法，計算牛、馬等的單位）頭。

🔟 匹

どう [同]　　　　　　二6

(名) 同樣，同等；（和上面的）相同。

🔟 同じ

どう [銅]　　　　　　二6

(名) 銅。

🔟 金

△ この像は銅でできていると思ったら、なんと木でできていた／本以為這座雕像是銅製的，誰知竟然是木製的！

とうあん [答案]　　　　二36

(名) 試卷，卷子。

🔟 答え

△ 答案を出したとたんに、間違いに気がついた／一將答案卷交出去，馬上發現了錯誤。

どういたしまして　　　四2

(寒暄) 沒關係，不用客氣，不敢當，算不了什麼。

🔟 いいえ

△ どういたしまして。私はなにもしていませんよ／不用客氣。我什麼也沒做。

とういつ [統一]　　　二36

(名・他サ) 統一，一致，一律。

🔟 纏める

△ 字体の統一さえしてあれば、文体はどうでもいいです／要字體統一就好，什麼文體都行。

どういつ [同一]　　　二36

(名・形動) 同樣，相同；相等，同等。

🔟 同様

△ これとそれは、全く同一の商品です

と

287

／這個和那個是完全一樣的商品。

どうか （二36）
副 （請求他人時）請；設法，想辦法；（情況）和平時不一樣，不正常；（表示不確定的疑問，多用かどうか）是…還是怎麼樣。
類 何分（なにぶん）
△ 頼むからどうか見逃してくれ／拜託啦！請放我一馬。

どうかく [同格] （二6）
名 同級，同等資格，等級相同；同級的（品牌）；（語法）同格語。
類 同一
△ 私と彼の地位は、ほぼ同格です／我跟他的地位是差不多等級的。

どうぐ [道具] （三2）
名 工具；手段。
類 器具
△ 道具を集めて、いつでも使えるようにした／收集了道具，以便隨時可以使用。

とうげ [峠] （二36）
（名・日造漢字）山頂，山巔；頂部，危險期，關頭。
類 坂
△ 彼の病気は、もう峠を越えました／他病情已經過了危險期。

とうけい [統計] （二36）
名・他サ 統計。

とうけい
△ 統計から見ると、子どもの数は急速に減っています／從統計數字來看，兒童人口正快速減少中。

どうさ [動作] （二36）
名・自サ 動作。
類 挙止（きょし）
△ 私の動作には特徴があると言われます／別人說我的動作很有特色。

とうざい [東西] （二6）
名 （方向）東和西；（國家）東方和西方；方向；事理，道理。
反 南北 類 東洋と西洋
△ 古今東西の演劇資料を集めた／我蒐集了古今中外的戲劇資料。

とうじ [当時] （二36）
名・副 現在，目前；當時，那時。
類 その時
△ 当時はまだ新幹線がなかったとか／聽說當時好像還沒有新幹線。

どうし [動詞] （二36）
名 動詞。
類 名詞
△ 動詞を規則どおりに活用させる／依規則來變化活用動詞。

どうじ [同時] （二36）
名・副・接 同時，時間相同；同時代；同時，立刻；也，又，並且。
類 同年

288

△ 同時にたくさんのことはできない／
無法同時處理很多事情。

とうじつ [当日] 　　　　二 6
(名・副) 當天，當日，那一天。
△ たとえ当日雨が降っても、試合は行
われます／就算當天下雨，比賽也還是
照常進行。

どうして 　　　　四 2
(副) 為什麼，何故；如何，怎麼樣。
❸ なぜ
△ どうしてお兄さんとけんかしますか
／為什麼跟哥哥吵架？

どうしても 　　　　二 3 6
(副) (後接否定) 怎麼也，無論怎樣也；
務必，一定，無論如何也要。
❸ 断じて

とうしょ [投書] 　　　　二 6
(名・他サ・自サ) 投書，信訪，匿名投書；
(向報紙、雜誌) 投稿。
❸ 寄稿
△ 公害問題について、投書しようでは
ないか／我們來投稿有關公害問題的文
章吧！

とうじょう [登場] 　　　　二 6
(名・自サ) (劇) 出場，登台，上場演出；
(新的作品、人物、產品) 登場，出
現。
❸ 退場 ❸ デビュー
△ 主人公が登場するかしないかのう

ちに、話の結末がわかってしまった／
主角才一登場，我就知道這齣戲的結局
了。

どうせ 　　　　二 3 6
(副) (表示沒有選擇餘地) 反正，總歸就
是，無論如何。
❸ やっても
△ どうせ私は下っ端ですよ／反正我只
不過是個小員工而已。

どうぞ 　　　　四 2
(副) (表勸誘、請求、委託) 請；(表承
認、同意) 可以，請。
❸ どうか
△ どうぞ、そこに座ってください／請
坐在那邊。

どうぞよろしく 　　　　四 2
(寒喧) 請多指教。
❸ 指導
△ 私が山田で、こちらが鈴木さんで
す。どうぞよろしく／我是山田，這位
是鈴木先生。請多指教。

とうだい [灯台] 　　　　二 6
(名) 燈塔。
△ 船は、灯台の光を頼りにしている／
船隻倚賴著燈塔的光線。

とうちゃく [到着] 　　　　二 3 6
(名・自サ) 到達，抵達。
❸ 着く
△ スターが到着するかしないかのうち

と

に、ファンが大騒ぎを始めた／明星才一到場，粉絲們便喧嘩了起來。

とうとう　三2

副 終於，最後。

類 ついに

△ とうとう、国に帰ることになりました／終於決定要回國了。

どうとく [道徳]　二36

名 道德。

類 倫理

△ 人々の道徳心が低下している／人們道德心正在下降中。

とうなん [盗難]　二6

名 失竊，被盜。

類 盗む

△ 警察ですが、盗難について、質問させてください／我是警察，就失竊一案，請容我問幾個問題。

とうばん [当番]　二6

名·自サ 值班（的人）。

類 受け持ち

△ 私は今日の掃除当番です／我是今天的打掃值日生。

とうひょう [投票]　二6

名·自サ 投票。

類 選挙

△ 雨が降らないうちに、投票に行きましょう／趁還沒下雨時，快投票去吧！

どうぶつ [動物]　四2

名 （生物兩大類之一的）動物；（人類以外的）動物　。

反 植物　類 畜生

△ 動物はあまり好きじゃありません／不是很喜歡動物。

どうぶつえん [動物園]　三2

名 動物園。

類 植物園

△ 動物園の動物に食べ物をやってはいけません／不可以給動物園裡的動物吃東西。

とうぶん [等分]　二6

名·他サ 等分，均分；相等的份量。

類 さしあたり

△ 線にそって、等分に切ってください／請沿著線對等剪下來。

とうめい [透明]　二6

名·形動 透明；純潔，單純。

類 透き通る

△ この薬は、透明なカプセルに入っています／這藥裝在透明的膠囊裡。

どうも　二36

副 （後接否定詞）怎麼也…；總覺得，似乎；實在是，真是。

類 どうしても

△ 先日は、どうもありがとうございました／前日真是多謝關照。

どうも（ありがとう）　四2

副 實在（謝謝），非常（謝謝）。

名 本当に

△ どうもありがとう。これが、ほしかったんです／非常謝您，我一直想要這個。

とうゆ [灯油]　　　　　二 6

名 燈油；煤油。

△ 我が家は、灯油のストーブを使っています／我家裡使用燈油型的暖爐。

とうよう [東洋]　　　　二 3 6

名 （地）亞洲；東洋，東方（亞洲東部和東南部的總稱）。

反 西洋　名 東海

△ 東洋文化には、西洋文化とは違う良さがある／東洋文化有著和西洋文化不一樣的優點。

どうよう [同様]　　　　二 3 6

形動 同樣的，一樣的。

名 同類

△ 女性社員も、男性社員と同様に扱うべきだ／女職員應受和男職員一樣的平等待遇。

どうよう [童謡]　　　　二 6

名 童謠；兒童詩歌。

名 歌謡

△ 子どもの頃というと、どんな童謡が懐かしいですか／講到小時候，會想念起哪首童謠呢？

どうりょう [同僚]　　　　二 6

名 同事，同僚。

名 仲間

△ 同僚の忠告を無視するものではない／你不應當對同事的勸告聽而不聞。

どうろ [道路]　　　　二 3 6

名 道路。

名 道

どうわ [童話]　　　　二 6

名 童話。

名 昔話（むかしばなし）

△ 私は童話作家になりたいです／我想當個童話作家。

とお [十]　　　　四 2

名 （數）十；十個；十歲。

△ その子どもは、十になりました／那個孩子十歲了。

とおい [遠い]　　　　四 2

形 （距離）遠，遙遠；（關係）疏遠；（時間間隔）久遠。

反 近い　名 離れた

△ 遠い国へ行く前に、先生にあいさつをします／在前往遙遠的國度之前，先去向老師打聲招呼。

とおか [十日]　　　　四 2

名 十天；十號，十日。

△ 十日に１回、母に電話をかけます／每十天打一通電話給媽媽。

とおく [遠く]　　　　三 1

名 遠處；很遠。

291

△ あまり遠くまで行ってはいけません
/不可以走到太遠的地方。

とおす [通す]　　　　　　　　（二）36

(他五・接尾) 穿通，貫穿；滲透，透過；連
續，貫徹；（把客人）讓到裡邊；一
直，連續，…到底。

(類) 導く
△ 彼は、自分の意見を最後まで通す人
だ/他是個貫徹自己主張的人。

とおり [通り]　　　　　　　　（三）2

(名) 道路，街道。

(類) 街（まち）
△ どの通りも、車でいっぱいだ/不管
哪條路，車都很多。

とおり　　　　　　　　　　　（三）36

(接尾) （助數詞用法，前接表示數目的
詞）種類；套，組。

とおりかかる [通りかかる]　（一）6

(自五) 碰巧路過。

(類) 通り過ぎる
△ 通りかかった船に救助される/被碰
巧路過的船隻救了上來。

とおりすぎる [通り過ぎる]　（一）6

(自上一) 走過，越過。

(類) 通過
△ 手を上げたのに、タクシーは通り過
ぎてしまった/我明明招了手，計程車
卻開了過去。

とおる [通る]　　　　　　　　（三）2

(自五) 經過；穿過；合格。

(類) 通行
△ 私は、あなたの家の前を通ることが
あります/我有時會經過你家前面。

とかい [都会]　　　　　　　　（二）36

(名) 都會，城市，都市。

(反) 田舎　都市
△ 都会に出てきた頃は、寂しくて泣き
たいくらいだった/剛開始來到大都市
時，感覺寂寞得想哭。

とかす [溶かす]　　　　　　　（二）36

(他五) 溶解，化開，溶入。
△ 薬を水に完全に溶かしてからでない
と、飲んではいけません/如果藥沒有
完全溶解於開水中，就不能飲用。

とがる [尖る]　　　　　　　　（一）6

(自五) 尖；發怒；神經過敏，神經緊張。

(類) 角張る（かくばる）
△ 教会の塔の先が尖っている/教堂
的塔的頂端是尖的。

とき　　　　　　　　　　　　（三）2

(名) …時，時候。

(類) ごろ
△ そんなときは、この薬を飲んでくだ
さい/那時請吃這個藥。

とき [時]　　　　　　　　　　（二）36

(名) 時間；（某個）時候；時期，時節，
季節；情況，時候；時機，機會。

偶 偶に
とき
△ 時には、仕事を休んでゆっくりした
ほうがいいと思う/我認為偶爾要放下
工作，好好休息才對。

ときどき　四2

副 有時，偶而；每個季節，一時一時。

偶 時に
にほん
△ 日本には、ときどき行きます/我偶
而會去日本。

どきどき　二6

副・自サ （心臟）撲通撲通地跳，忐忑不
安。

偶 脈

とく [溶く]　二36

他五 溶解，化開，溶入。

偶 溶解
くすり　　　　　　　　　　ゆ　　の
△ この薬は、お湯に溶いて飲んでく
ださい/這服藥請用熱開水沖泡後再服
用。

とく [解く]　二36

他五 解開；拆開（衣服）；消除，解除
（禁令、條約等）；解答。

反 結ぶ　**偶** 解除
きんちょう　　　　もんだい　と
△ 緊張して、問題を解くどころでは
なかった/緊張得要命，哪裡還能答題
啊！

どく [退く]　二36

自五 讓開，離開，躲開。

偶 離れる

くるま　とお　　　　　　　　　　ど
△ 車が通るから、退かないと危ないよ
あぶ
/車子要通行，不讓開是很危險啃！

とく [特]　二6

名・漢造 特，特別，與眾不同。

偶 特別

どく [毒]　二36

名・自サ・漢造 毒，毒藥；毒害，有害；惡
毒，毒辣。

偶 損なう
さけ　の　　　　　　　　　　からだ　どく
△ お酒を飲みすぎると体に毒ですよ/
飲酒過多對身體有害。

とくい [得意]　二36

名・形動 （店家的）主顧；得意，滿意；
自滿，得意洋洋；拿手。

反 失意　**偶** 有頂天

とくしゅ [特殊]　二36

名・形動 特殊，特別。

偶 特別
とくしゅ　そざい　　　あつか　き
△ 特殊な素材につき、扱いに気をつけ
てください/由於這是特殊的材質，所
以處理時請務必小心在意。

どくしょ [読書]　二36

名・自サ 讀書。

偶 閱讀
どくしょ　す　　　　　　　　　いち
△ 読書が好きだからといって、1日
じゅうなか　よ　　　　　　からだ　わる
中 読んでいたら体に悪いよ/即使說
是喜歡閱讀，但整天看書對身體是不好
的呀！

と

293

とくしょく [特色]　　　□6

（名）特色，特徵，特點，特長。

（類）特徵

△ 美しいかどうかはともかくとして、特色のある作品です／姑且先不論美或不美，這是個有特色的作品。

どくしん [独身]　　　□6

（名）單身。

（類）独り者

とくちょう [特徴]　　　□36

（名）特徵，特點。

（類）特色

△ 彼女は、特徴のある髪型をしている／她留着一個很有特色的髮型。

とくてい [特定]　　　□6

（名・他サ）特定；明確指定，特別指定。

△ 殺人の状況を見ると、犯人を特定するのは難しそうだ／從兇殺的現場來看，要鎖定犯人似乎很困難。

どくとく [独特]　　　□36

（名・形動）獨特。

（類）独自

△ この絵は、色にしろ構成にしろ、独特です／這幅畫不論是用色或是架構，都非常獨特。

とくに [特に]　　　□2

（副）特地，特別。

（類）特別

△ 特に、手伝ってくれなくてもかまわない／不用特地來幫忙也沒關係。

とくばい [特売]　　　□6

（名・他サ）特賣；（公家機關不經標投）賣給特定的人。

（類）小売

△ 特売が始まると、買い物に行かないではいられない／一旦特賣活動開始，就不禁想去購物一下。

とくべつ [特別]　　　□2

（名・形動）特別，特殊。

（反）一般　（類）無比（むひ）

△ 彼には、特別の練習をやらせています／讓他進行特殊的練習。

どくりつ [独立]　　　□36

（名・自サ）孤立，單獨存在；自立，獨立，不受他人援助。

（反）従属　（類）自立

△ 両親から独立した以上は、仕事を探さなければならない／既然離開父母自力更生了，就得要找個工作才行。

とけい [時計]　　　四2

（名）鐘錶，手錶。

（類）砂時計

△ どの時計が、あなたのですか／哪支手錶是你的？

とけこむ [溶け込む]　　　□6

（自五）（理、化）融化，溶解，熔化；融合，融。

（類）混ざる

△ だんだんクラスの雰囲気に溶け込んできた／越來越能融入班上的氣氛。

とける [溶ける]　　　　　二36

自下一　溶解，融化。

類　溶解

△ この物質は、水に溶けません／這個物體不溶於水。

とける [解ける]　　　　　二36

自下一　解開，鬆開（綁著的東西）；消，解消（怒氣等）；解除（職責、契約）；解開（疑問等）。

類　氷解

△ 靴ひもが解ける／鞋帶鬆開。

どける [退ける]　　　　　二36

他下一　移開。

類　下がらせる

△ ドアを開けるために、前にある荷物を退けるほかない／為了開門，不得不移開面前的東西。

どこ　　　　　　　　　四2

代　何處，哪兒，哪裡。

類　どこら

△ 英語の上手な学生は、どこですか／英語呱呱叫的學生在哪裡？

どこか　　　　　　　　二6

連語　哪裡是，豈止，非但。

とこのま [床の間]　　　二6

名　壁龕。

△ 床の間に生け花を飾りました／我在壁龕擺設了鮮花來裝飾。

とこや [床屋]　　　　　三2

名　理髮店；理髮師。

△ 床屋で髪を切ってもらいました／在理髮店剪了頭髮。

ところ　　　　　　　　四2

名　（所在的）地方；（大致的）位置，部位；當地，鄉土。

△ どこか、おもしろいところへ行きませんか／要不要去好玩的地方？

どころ　　　　　　　　二6

接尾　（前接動詞連用形）值得…的地方，應該…的地方；生產…的地方。

類　場所

△ 置き所がない／沒有擺放的地方。

ところが　　　　　　　二36

接・接助　然而，可是，不過；一…，剛要。

類　しかし

△ 新聞はかるく扱っていたようだ。ところが、これは大事件なんだ／新聞似乎只是輕描淡寫一下而已，不過，這可是一個大事件。

ところで　　　　　　　二36

接・接助　（用於轉變話題）可是，不過；即使，縱使，無論。

類　さて

△ ところで、あなたは誰でしたっけ／

と

對了，你是哪位來著？

ところどころ [所々] 二36

名 處處，各處，到處都是。

類 あちこち

△ 所々(ところどころ)に間違(まちが)いがあるにしても、大体(だいたい)よく書(か)けています／雖說到處都有錯誤，但是整體上寫得不錯。

とざん [登山] 二6

名·自サ 登山；到山上寺廟修行。

類 ハイキング

△ おじいちゃんは、元気(げんき)なうちに登山(とざん)に行(い)きたいそうです／爺爺說想趁著身體還健康時去爬爬山。

とし [都市] 二36

名 都市，城市。

反 田舎　類 都会

とし [年] 三2

名 年齡；一年。

類 年度

△ 年(とし)も書(か)かなければなりませんか／也得要寫年齡嗎？

としつき [年月] 二36

名 年和月，歲月，光陰；長期，長年累月；多年來。

類 月日

△ この年月(としつき)、ずっとあなたのことを考(かんが)えていました／這麼多年來，我一直掛念著你。

としょ [図書] 二36

名 圖書，書籍。

類 書物

△ 学校(がっこう)で図書係(としょがかり)をしています／我在學校擔任圖書委員。

とじょう [途上] 二6

名 （文）路上；中途。

類 途中

としょかん [図書館] 四2

名 圖書館。

類 書庫

△ 昨日(きのう)行(い)った図書館(としょかん)は、大(おお)きかったです／昨天去的圖書館很大。

としより [年寄り] 二36

名 老人；（史）重臣，家老；（史）村長；（史）女管家；（相撲）退休的力士，顧問。

反 若者　類 老人

とじる [閉じる] 二36

自上一·他上一 閉，關閉；結束。

類 閉める

△ ドアが自動的(じどうてき)に閉(と)じた／門自動關上。

としん [都心] 二36

名 市中心。

類 大都会

△ 都心(としん)は家賃(やちん)が高(たか)いです／東京都中心地帶的房租很貴。

とだな [戸棚]

(名) 壁櫥，櫃櫥。

(相) 棚
△ 戸棚からコップを出しました／我從壁櫥裡拿出了玻璃杯。

とたん [途端]

(名・他サ・自サ) 正當…的時候；剛…的時候，一…就…。

(相) すぐ
△ 会社に入った途端に、すごく真面目になった／一進公司，就變得很認真。

とち [土地]

(名) 土地，耕地；土壤，土質；某地區，當地；地面；地區。

(相) 大地
△ 土地を買った上で、建てる家を設計しましょう／等買了土地，再來設計房子吧。

とちゅう [途中]

(名) 半路上，中途；半途。

(相) 半途
△ 途中で事故があったために、遅くなりました／因路上發生事故，所以遲到了。

どちら

(代) (不定稱，表示方向、地點、事物、人等) 哪裡，哪個，哪位。

(相) どこ
△ どちらでもいいです／哪一個都行。

とっきゅう [特急]

(名) 火速；特急列車。

(相) 大急ぎ
△ 特急で行こうと思う／我想搭特急列車前往。

とっくに

(他サ・自サ) 早就，好久以前。
△ 鈴木君は、とっくにうちに帰りました／鈴木先生早就回家了。

とつぜん [突然]

(副) 突然，忽然。

(相) 突如
△ 突然頼まれても、引き受けかねます／你這樣突然找我幫忙，我很難答應。

どっち

(代) 哪一個。

(相) どこ
△ どっちをさしあげましょうか／要送您哪一個呢？

どっと

(副) (許多人) 一齊 (突然發聲)，哄堂；(人、物) 湧來，雲集；(突然) 病重，病倒。
△ それを聞いて、みんなどっと笑った／聽了那句話後，大家哄堂大笑。

トップ [top]

(名) 尖端；(接力賽) 第一棒；領頭，率先；第一位，首位，首席。

(相) 一番

△ 成績がトップになれるものなら、なってみろよ／要是你能考第一名，你就考給我看看啊！

とても 　　　　　四2
▣ 很，非常；（下接否定）無論如何也…。
▣ 誠に
△ そのドレス、とてもすてきですよ／那件禮服非常好看。

とどく [届く] 　　　　　三36
▣ 及，達到；（送東西）到達；周到；達到（希望）。
▣ 着く
△ お手紙が昨日届きました／信昨天收到了。

とどける [届ける] 　　　　　三2
▣ 送達；送交；報告。
▣ 送達
△ 忘れ物を届けてくださって、ありがとう／謝謝您幫我把遺失物送回來。

ととのう [整う] 　　　　　三36
▣ 齊備，完整；整齊端正，協調；（協議等）達成；談妥。
▣ 乱れる　▣ 片付く
△ 準備が整いさえすれば、すぐに出発できる／只要全都準備好了，就可以馬上出發。

とどまる [留まる] 　　　　　三6
▣ 停留，停頓；留下，停留；止於，

限於。
▣ 進む　▣ 停止
△ 隊長が来るまで、ここに留まることになっています／在隊長來到之前，要一直留在這裡待命。

どなた 　　　　　四2
▣ 哪位，誰。
△ どなたが走っていますか／誰在跑？

となり [隣] 　　　　　四2
▣ 鄰居，鄰家；隔壁，旁邊；鄰近，附近。
▣ 誰
△ 隣に住んでいるのはどなたですか／誰住在隔壁？

どなる [怒鳴る] 　　　　　三36
▣ 大聲喊叫，大聲申訴。
▣ 叱る
△ そんなに怒鳴ることはないでしょう／不需要這麼大聲吼叫吧！

とにかく 　　　　　三36
▣ 總之，無論如何，反正。
▣ 何しろ
△ とにかく、彼などと会いたくないんです／總而言之，就是不想跟他見面。

どの 　　　　　四2
▣ 哪個，哪…。
▣ どんな
△ どの本がほしいですか／想要哪本書？

どの [殿]

接尾 （前接姓名或表示身分的名詞，用在正式的場合或信函）表示尊重。

🟦 様

とばす [飛ばす]　二6

他五・接尾 使…飛，使飛起；（風等）吹起，吹跑；飛濺，濺起。

🟦 飛散させる
△ バイクをそんなに飛ばしたら危ないよ／摩托車飆那麼快是很危險的！

とびこむ [飛び込む]　二36

自五 跳進；飛入；突然闖入；（主動）投入，加入。

🟦 入る
△ みんなの話によると、窓からボールが飛び込んできたのだそうだ／據大家所言，球好像是從窗戶飛進來的。

とびだす [飛出す]　二36

自五 飛出，飛起來，起飛；跑出；（猛然）跳出；突然出現。

🟦 抜け出す
△ 角から子どもが飛び出してきたので、びっくりした／小朋友從轉角跑出來，嚇了我一跳。

とぶ [飛ぶ]　四2

自五 飛，飛行，飛翔。

🟦 翔ける
△ 飛行機が空を飛びます／飛機在天上飛。

とぶ [跳ぶ]　二36

自五 跳，跳起；跳過（順序、號碼等）。

🟦 跳ねる
△ 飛箱を跳ぶ／跳過跳箱。

とまる [止まる]　四三2

自五 停止；中斷；落在；堵塞。

反 動く　🟦 休止
△ バスが停留所に止まりました／巴士停靠在公車站。

とまる [止まる・留まる・停まる]　二36

自五 停止，停住；止住，停頓；堵塞；（會飛的鳥、昆蟲靜止）停在；固定住，釘住；抓住；（眼睛）注意到；留在（耳邊）。

反 去る　🟦 駐留
△ 時計が止まる／時鐘停止。

とめる [止める]　三2

他下一 關掉，使停止；釘住。

反 動かす　🟦 停止
△ その動きつづけている機械を止めてください／請關掉那台不停轉動的機械。

とめる [止める・留める・停める]　二36

他下一 （把）停下；止住，憋住；阻止；關閉；禁止，阻擋；（用針、釘等）固定住；留下，留住；留心，留意；記住；止限於。

299

類 留意

△ タクシーを止める／攔住計程車。

とめる [泊める] 二3 6

他下一 （讓）住，過夜；（讓旅客）投宿；（讓船隻）停泊。

類 宿す

△ ひと晩泊めてもらう／讓我投宿一晚。

とも [友] 二6

名 友人，朋友；良師益友。

類 友達

△ このおかずは、お酒の友にもいいですよ／這小菜也很適合當下酒菜呢。

ともかく 二6

副·接 暫且不論，姑且不談；總之，反正；不管怎樣。

類 まずは

△ ともかく、今は忙しくてそれどころじゃないんだ／暫且先不談這個了，現在很忙，根本就不是做這種事情的時候。

ともだち [友達] 四2

名 朋友，友人。

類 仲良し

△ 明日、友達が来ます／明天朋友會來。

ともに [共に] 二6

副 共同，一起，都；隨著，隨同；全，都，均。

類 一緒

△ 家族と共に、合格を喜び合った／家人全都為我榜上有名而高興。

どようび [土曜日] 四2

名 星期六。

類 土曜

△ 土曜日はあまり忙しくないです／星期六不是很忙。

とら [虎] 二6

名 老虎。

類 獅子（しし）

△ 動物園には、虎が３匹いる／動物園裡有三隻老虎。

ドライブ [drive] 二6

名·自サ 兜風；開車遊玩。

類 遠足

とらえる [捕らえる] 二6

他下一 捕捉，逮捕；緊緊抓住；捕捉，掌握；令陷入…狀態。

反 釈放する 類 逮捕

△ 犯人を捕らえられるものなら捕らえてみろよ／你要能抓到那犯人，你就抓抓看啊！

トラック [track] 二3 6

名 （操場、運動場、賽馬場的）跑道；（體）競賽（賽跑、接力等）。

類 運動場

ドラマ [drama] 二6

名 劇；戲劇；劇本；戲劇文學；（轉）戲劇性的事件。
類 芝居

トランプ [trump] 二6
名 撲克牌。

とり [鳥] 四2
名 鳥，禽類的總稱；雞。
類 鳥類
△ 鳥には、大きいのも小さいのもあります／鳥兒有大也有小。

とりあげる [取り上げる] 二6
他下一 拿起，舉起；採納，受理；奪取，剝奪；沒收（財產），徵收（稅金）。
類 奪う
△ 環境問題を取り上げて、みんなで話し合いました／提出環境問題來和大家討論一下。

とりいれる [取り入れる] 二6
他下一 收穫，收割；收進，拿入；採用，引進，採納。
反 取り出す 類 取る
△ 新しい意見を取り入れなければ、改善は行えない／要是不採用新的意見，就無法改善。

とりかえる [取り替える] 三2
他下一 交換；更換。
類 入れ替える
△ 新しい商品と取り替えられます／可

以更換新產品。

とりけす [取り消す] 二36
他五 取消，撤銷，作廢。
類 打ち消す
△ 責任者の協議のすえ、許可証を取り消すことにしました／和負責人進行協議，最後決定撤銷證照。

とりだす [取り出す] 二6
他五 （用手從裡面）取出，拿出；（從許多東西中）挑出，抽出。
反 取り入れる 類 抜き出す
△ 彼は、ポケットから財布を取り出した／他從口袋裡取出錢包。

とりにく [鳥肉] 四2
名 雞肉；鳥肉。
類 豚肉
△ 主人は、鳥肉が好きです／我先生喜歡吃雞肉。

どりょく [努力] 二36
名・自サ 努力。
類 奮励
△ 努力が実った／由於努力而取得成果。

とる [採る] 二36
他五 採取，採用，錄取；採集；採光。
類 採用
△ この企画を採ることにした／已決定採用這個企畫案。

とる [撮る]　　　　　　　　四2

(他五) 拍照，拍攝。

(類) 撮影

△ 皆様がたと一緒に、写真をとりたいと思います／我想跟大家一起拍照。

とる [取る]　　　　　　　　四2

(他五) 拿取，執，握；採取，摘；（用手）操控，把持。

(類) とりのける

△ あれを取ってきてください／請幫我拿那個來。

とる [捕る]　　　　　　　　二36

(他五) 抓，捕捉，逮捕。

(類) とらえる

△ 鼠を捕る／抓老鼠。

どれ　　　　　　　　　　　四2

(代) 哪個。

(類) いずれ

△ どれか、好きなものを取ってください／喜歡哪個請拿走。

トレーニング [training]　　二6

(名・他サ) 訓練，練習。

(類) 練習

△ 試合に出ると言ってしまった上は、がんばってトレーニングをしなければなりません／既然說要參加比賽，就得加把勁練習才行。

ドレス [dress]　　　　　　二6

(名) 女西服，洋裝，女禮服。

洋服

(類) 洋服

△ 結婚式といえば、真っ白なウエディングドレスを思い浮かべる／一講到結婚典禮，腦中就會浮現純白的結婚禮服。

とれる [取れる]　　　　　　二36

(自下一) （附著物）脫落，掉下；需要，花費（時間等）；去掉，刪除；協調，均衡。

(類) 産する

△ ボタンが取れてしまいました／鈕釦掉了。

どろ [泥]　　　　　　　　　二36

(名・造語) 泥土；小偷。

(類) 土

△ 泥だらけになりつつも、懸命に救助を続けた／儘管滿身爛泥，也還是拼命地幫忙搶救。

どろぼう [泥棒]　　　　　　三2

(名) 偷竊；小偷，竊賊。

(類) 賊

△ 泥棒を怖がって、鍵をたくさんつけた／因害怕遭小偷，所以上了許多道鎖。

トン [ton]　　　　　　　　二6

(名) （公制重量單位）噸，公噸，一千公斤；（容積單位）噸，（船的排水量）噸。

(類) キログラム

302

とんでもない　二36

連語·形 出乎意料，不合情理；豈有此理，不可想像；（用在堅決的反駁或表示客套）哪裡的話。

類 大変

△ とんでもないところで彼(かれ)に出会(であ)った／在意想不到的地方遇見了他。

どんどん　二6

副 接連不斷地，接二連三；咚咚敲鼓聲；（進展）順利地；（氣勢）旺盛。

類 着々

△ どんどん問題(もんだい)を解(と)くことから、この子(こ)が頭(あたま)がいいことがわかる／依照他能接二連三地解題來看，瞭解到這孩子頭腦相當好。

どんな　四2

連語 什麼樣的；不拘什麼樣的。

類 どの

△ 家(うち)で使(つか)う石鹸(せっけん)は、どんな店(みせ)で買(か)いますか／家用的香皂要到什麼店買？

どんなに　二6

副 怎樣，多麼，如何；無論如何…也。

類 どれほど

△ どんなにがんばっても、うまくいかないときがあるものだ／就是有些時候不管你再怎麼努力，事情還是不能順利發展。

トンネル [tunnel]　二36

名 隧道。

類 穴

△ トンネルを抜(ぬ)けたら、緑(みどり)の山(やま)が広(ひろ)がっていた／穿越隧道後，綠色的山脈開展在眼前。

どんぶり　二6

名 海碗，大碗；大碗蓋飯。

類 茶碗

△ どんぶりにご飯(はん)を盛(も)った／我盛飯到大碗公裡。

なナ

な [名]　二36

名 名字，姓名；名稱；名分；名譽，名聲；名義，藉口。

類 名前

△ その人(ひと)の名(な)はなんと言(い)いますか／那個人的名字叫什麼？

ない　四2

形 沒，沒有；無，不在。

反 有る　類 無し

△ あっ、お金(かね)がないわ／啊！沒錢。

ない [内]　二6

漢造 内，裡頭；家裡；內部；背地，暗中；宮中；國內；佛教內；內心；服用。

反 外　類 内側

ないか [内科]　二36

名 （醫）内科。

反 外科　対 小児科
△ 内科のお医者様に見てもらいました
/我去給內科的醫生看過。

ないせん [内線]　　　　　三6

名 内線；（電話）内線分機。

反 外線　対 電線
△ 内線12番をお願いします／請轉接
內線12號。

ナイフ [knife]　　　　　四2

名 刀子・小刀・餐刀。

対 刃物
△ その中に、ナイフが入っています/
那裡面放了刀子。

ないよう [内容]　　　　　三6

名 内容。

対 中身
△ その本の内容は、子どもっぽすぎ
る／那本書的內容，感覺實在是太幼稚
了。

ナイロン [nylon]　　　　　三6

名 （紡）尼龍。

対 生地
△ ナイロンの丈夫さが、女性のファッ
ションを変えた／尼龍的耐用性，改變
了女性的時尚。

なお [尚]　　　　　三6

副・接 仍然，還，尚；更，還，再；猶
如，如；尚且，而且，再者。

対 いっそう

△ なお、会議の後で食事会があります
ので、残ってください／還有，會議之
後有餐會，請留下來參加。

なおす [直す]　　　　　三2

他五 修理；改正；治療。

△ 自転車を直してやるから、持ってき
なさい／我幫你修理腳踏車，去把它騎
過來。

なおす [直す]　　　　　三36

接尾 （前接動詞連用形）重做…。

対 改める
△ 私は英語をやり直したい／我想從頭
學英語。

なおる [治る]　　　　　三2

自五 變好；改正；治癒。

対 治癒
△ 風邪が治ったのに、今度はけがを
しました／感冒才治好，這次卻換受傷
了。

なおる [直る]　　　　　三2

自五 修好；改正；治好。

対 復元
△ この車は、土曜日までに直りますか
/這輛車星期六以前能修好嗎？

なか [中]　　　　　四2

名 裡面，内部；（事物）進行之中，當
中；（許多事情之）中，其中。

反 外　対 内側
△ この中で、どれが一番きらいですか

304

／這裡面最不喜歡哪一個？

なか [仲]　　　　　　　　　二36
名 交情；（人和人之間的）聯繫。
関 間柄

ながい [永い]　　　　　　　二36
形 （時間）長，長久。
関 ひさしい
△ 末永くお幸せに／祝你永遠快樂。

ながい [長い]　　　　　　　四2
形 （時間）長，長久，長遠。
反 短い　関 長々
△ 道は、どれぐらい長いですか／路約
有多長？

ながす [流す]　　　　　　　二36
他五 使流動，沖走；使漂走；流
（出）；放逐；使流產；傳播；洗掉
（汙垢）；不放在心上。
関 流出
△ トイレの水を流す／沖廁所水。

なかなおり [仲直り]　　　　二6
名・自サ 和好，言歸於好。
△ あなたと仲直りした以上は、もう以
前のことは言いません／既然跟你和好
了，就不會再去提往事了。

なかなか　　　　　　　　　三2
副 （後接否定）總是無法。
関 どうしても
△ なかなかさしあげる機会がありませ
ん／始終沒有送他的機會。

なかば [半ば]　　　　　　　二6
名・副 一半，半數；中間，中央；半
途；（大約）一半，一半（左右）。
関 最中
△ 私はもう50代半ばです／我已經
五十五歲左右了。

ながびく [長引く]　　　　　二6
自五 拖長，延長。
関 遅延する
△ 社長の話は、いつも長引きがちです
／社長講話總是會拖得很長。

なかま [仲間]　　　　　　　二36
名 伙伴，同事，朋友；同類。
関 グループ
△ 仲間になるにあたって、みんなで酒
を飲んだ／大家結交為同伴之際，一同
喝了酒。

なかみ [中身]　　　　　　　二36
名 裝在容器裡的內容物，內容；刀身。
関 内容。
△ 何を食べるかは、財布の中身しだ
いです／要吃什麼，就要看錢包所剩而
定。

ながめ [眺め]　　　　　　　二6
名 眺望，瞭望；（眺望的）視野，景
致，景色。
関 景色
△ この部屋は、眺めがいい上に清潔

な

305

です／這房子不僅視野好，屋內也很乾淨。

ながめる [眺める] 二36

(他下一) 眺望；凝視，注意看；（商）觀望。

(類) 見渡す

△ 窓(まど)から、美(うつく)しい景色(けしき)を眺(なが)めていた／我從窗戶眺望美麗的景色。

なかゆび [中指] 二6

(名) 中指。

(類) 指

△ 中指(なかゆび)に怪我(けが)をしてしまった／我的中指受了傷。

なかよし [仲良し] 二6

(名) 好朋友；友好，相好。

(類) 友達

△ 彼(かれ)らは、みんな仲良(なかよ)しだとか／聽說他們好像感情很好。

ながら 三2

(接助) 一邊…，同時…。

(類) つつ

△ 子(こ)どもが、泣(な)きながら走(はし)ってきた／小孩邊哭邊跑過來。

ながれ [流れ] 二6

(名) 水流，流動；河流，流水；潮流，趨勢；血統；派系，（藝術的）風格。

(類) 川

△ 月日(つきひ)の流(なが)れは速(はや)い／時間的流逝甚快。

ながれる [流れる] 二36

(自下一) 流，流動；漂流；飄動；傳布；流逝；流浪；（壞的）傾向；流產；作罷；偏離目標；瀰漫，擴散；降落。

(類) 流出

△ 川(かわ)が市中(しちゅう)を流(なが)れる／河川流經市內。

なく [鳴く] 四2

(自五) （鳥、獸、虫等）叫，鳴。

(類) 吠える

△ 猫(ねこ)が、おなかをすかせて鳴(な)いています／貓因為肚子餓而不停喵喵地叫。

なく [泣く] 三2

(自五) 哭泣。

(類) 号泣

△ 彼女(かのじょ)は、「とても悲(かな)しいです。」と言(い)って泣(な)いた／她說：「真是難過啊」，便哭了起來。

なぐさめる [慰める] 二6

(他下一) 安慰，慰問；使舒暢；慰勞，撫慰。

(類) 慰安

△ 私(わたし)には、慰(なぐさ)める言葉(ことば)もありません／我找不到安慰的言語。

なくす [無くす] 三2

(他五) 弄丟，搞丟。

(類) 失う

△ 財布(さいふ)をなくしたので、本(ほん)が買(か)えません／錢包弄丟了，所以無法買書。

なくなる [亡くなる] 三2

(自五) 去世，死亡。

動 死ぬ
△ おじいちゃんがなくなって、みんな悲しがっている／爺爺過世了，大家都很哀傷。

なくなる [無くなる]　　　三2
自五 不見，遺失；用光了。
動 消え去る
△ きのうもらった本が、なくなってしまった／昨天拿到的書不見了。

なぐる [殴る]　　　二6
他五 毆打，揍；草草了事。
動 打つ
△ 彼が人を殴るわけはない／他不可能會打人的。

なげる [投げる]　　　三2
自下一 丟，拋；放棄。
動 投じる
△ そのボールを投げてもらえますか／可以請你把那個球丟過來嗎？

なさる　　　三2
他五 做（「なす」、「する」的敬語）。
動 する
△ どうして、あんなことをなさったのですか／您為什麼會做那樣的事呢？

なし [無し]　　　二6
名 無，沒有。
動 なにもない
△ 勉強するにしろ、事業をするにしろ、資金無しでは無理です／不論是讀書求學，或是開創事業，沒有資金都就是不可能的事。

なす [為す]　　　二6
他五 （文）做，為。
動 行う
△ 無益の事を為す／做無益的事。

なぜ [何故]　　　三2
副 為什麼。
動 どうして
△ なぜ留学することにしたのですか／為什麼決定去留學呢？

なぜなら（ば）
[何故なら（ば）]　　　二36
接續 因為，原因是。
動 だって

なぞ [謎]　　　二6
名 謎語；暗示，口風；神秘，詭異，莫名其妙。
動 疑問
△ 彼にガールフレンドがいないのはなぞだ／他有沒有女朋友，還真是個謎。

なぞなぞ [謎々]　　　二36
名 謎語。
動 謎
△ そのなぞなぞは難しくてわからない／這個腦筋急轉彎真是非常困難，完全想不出來。

な

なだらか

<small>形動</small> 平緩，坡度小，平滑；平穩，順利；順利，流暢。

<small>反</small> 険しい　<small>類</small> 緩い

△ なだらかな丘が続いている／緩坡的山丘連綿。

なつ [夏]　<small>四2</small>

<small>名</small> 夏天，夏季。

<small>類</small> 夏季

△ この森は、夏でも涼しい／這座森林即使是夏天也很涼快。

なつかしい [懐かしい]　<small>二36</small>

<small>形</small> 懷念的，思慕的，令人懷念的；眷戀，親近的。

<small>類</small> 恋しい

△ ふるさとは、涙が出るほどなつかしい／家鄉令我懷念到想哭。

なっとく [納得]　<small>二36</small>

<small>名・他サ</small> 理解，領會；同意，信服。

<small>類</small> 理解

△ 納得したからは、全面的に協力します／既然我同意了，就會全面協助你。

なつやすみ [夏休み]　<small>四2</small>

<small>名</small> 暑假。

<small>類</small> 休み

△ 夏休みに、旅行ができます／暑假可以去旅行。

なでる [撫でる]　<small>二6</small>

<small>他下一</small> 摸，撫摸；梳理（頭髮）；撫

慰，安撫。

<small>類</small> 摩撫

△ 彼は、白髪だらけの髪をなでながらつぶやいた／他邊摸著滿頭白髮，邊喃喃自語。

など　<small>四2</small>

<small>副助</small> （表示概括、列舉）等。

<small>類</small> 例

△ テレビや冷蔵庫などがほしいです／我想要電視和冰箱之類的東西。

なな・しち [七]　<small>四2</small>

<small>名</small> （數）七，七個。

<small>類</small> 七つ

△ 7個で500円です／七個共五百日圓。

ななつ [七つ]　<small>四2</small>

<small>名</small> （數）七個，七歲。

<small>類</small> 七

△ チョコレートを七つぐらい食べました／大約吃了七個巧克力。

ななめ [斜め]　<small>二36</small>

<small>名・形動</small> 斜，傾斜；不一般，不同往常。

<small>類</small> 傾斜

△ 絵が斜めになっていたので直した／因為畫歪了，所以將它弄正。

なに・なん [何]　<small>四2</small>

<small>代</small> 什麼；任何；表示驚訝。

<small>類</small> どれ

△ 君たちは、何を勉強しているの／你

們在學什麼？

なにしろ [何しろ] 　　二6

副 不管怎樣，總之，到底；因為，由於。

類 とにかく

△ 何しろ忙しくて、食事をする時間もないほどだ／總之就是很忙，忙到連吃飯的時間都沒有的程度。

なになに [何々] 　　二6

代・感 什麼什麼，某某。

類 何

△ 何々をくださいと言うとき、英語でなんと言いますか／在要說請給我某東西的時候，用英文該怎麼說？

なにも 　　二6

連語・副 （後面常接否定）什麼也，全都；並（不），（不）必。

類 どれも

△ 彼は肉類はなにも食べない／他所有的肉類都不吃。

なのか [七日] 　　四2

名 七日，七天，七號。

對 九日

△ 木村さんは、七日にでかけます／木村先生七號出發。

なべ [鍋] 　　二36

名 鍋子；火鍋；（俗）女傭人的通稱。

類 鍋物

なま [生] 　　二36

名・形動 （食物沒有煮過、烤過）生的；直接的，不加修飾的；不熟練，不到火候。

類 未熟

△ この肉、生っぽいから、もう一度焼いて／這塊肉看起來還有點生，幫我再烤一次吧。

なまいき [生意気] 　　二36

名・形動 驕傲，狂妄；自大，逞能，臭美，神氣活現。

類 小憎らしい

△ あいつがあまり生意気なので、腹を立てずにはいられない／那傢伙實在是太狂妄了，所以不得不生起氣來。

なまえ [名前] 　　四2

名 （事物與人的）名字，名稱。

類 綽名

△ それには、名前は書いてありません／上面沒有寫名字。

なまける [怠ける] 　　二36

自他下一 懶惰，怠惰。

反 励む　類 緩む

△ 仕事を怠ける／他不認真工作。

なみ [波] 　　二36

名 波浪，波濤；波瀾，風波；聲波；電波；潮流，浪潮；起伏，波動。

類 波浪

△ サーフィンのときは、波は高ければ

高(たか)いほどいい／衝浪時，浪越高越好。

なみき [並木]
二 6

名 街樹，路樹；並排的樹木。

類 木

△ 銀杏並木(いちょうなみき)が続(つづ)いています／銀杏的街道樹延續不斷。

なみだ [涙]
二 3 6

名 涙，眼涙；哭泣；同情。

類 落涙

なやむ [悩む]
二 3 6

自五 煩惱，苦惱，憂愁；感到痛苦。

類 苦悩

△ あんなひどい女(おんな)のことで、悩(なや)むことはないですよ／用不著為了那種壞女人煩惱啊！

ならう [習う]
四 2

他五 學習，練習。

類 学ぶ

△ 英語(えいご)を習(なら)いに行(い)く／去學英語。

ならす [鳴らす]
二 3 6

他五 鳴，啼，叫；（使）出名；嘮叨；放響屁。

類 轟かせる(とどろかせる)

△ 鐘(かね)を鳴(な)らす／敲鐘。

ならぶ [並ぶ]
四 2

自五 並排，並列；同時存在。

類 並列

△ 本(ほん)が並(なら)んでいます／書本並排著。

ならべる [並べる]
四 2

他下一 排列，陳列；擺，擺放，擺設；列舉。

類 羅列

△ 机(つくえ)や椅子(いす)を並(なら)べました／排了桌椅。

なる
四 2

自五 成為，變成；當（上）。

類 実現

△ いつか、花屋(はなや)になりたいです／希望有一天能開花店。

なる [成る]
二 3 6

自五 成功，完成；組成，構成；允許，能忍受。

類 成立

△ 不用意(ふようい)な発言(はつげん)が紛糾(ふんきゅう)のもととなる／不小心的發言，成為糾紛的原因。

なる [生る]
二 3 6

自五 （植物）結果；生，產出。

類 実る

△ 今年(ことし)はミカンがよく生(な)るね／今年的橘子結實纍纍。

なる [鳴る]
三 2

自五 響，叫；聞名。

類 鳴り響く

△ ベルが鳴(な)りはじめたら、書(か)くのをやめてください／鈴聲一響起，就請停筆。

なるべく
三 2

副 儘量，儘可能。

[類] できるだけ
△ なるべく明日(あした)までにやってください／請儘量在明天以前完成。

なるほど 三 2
[副] 原來如此，果然。
[類] あたりまえ
△ なるほど、この料理(りょうり)は塩(しお)を入(い)れなくてもいいんですね／原來如此，這道菜不加鹽也行呢！

なれる [慣れる] 三 2
[自下一] 習慣；熟練。
[類] 馴染む
△ 毎朝(まいあさ)5時(じ)に起(お)きるということに、もう慣(な)れました／已經習慣每天早上五點起床了。

なわ [縄] 二 6
[名] 繩子，繩索。
[類] 綱
△ 漁村(ぎょそん)では、冬(ふゆ)の間(あいだ)みんなで縄(なわ)を作(つく)ります／在漁村裡，冬季大家會一起製繩。

なんきょく [南極] 二 6
[名] （地）南極；（理）南極（磁針指南的一端）。
[反] 北極　[類] 南極点
△ 南極(なんきょく)なんか、行(い)ってみたいですね／我想去看看南極之類的地方呀！

なんて 二 6
[副助] 什麼的，…之類的話；說是…；（輕視）叫什麼…來的；等等，之類；表示意外，輕視或不以為然。
[類] なんと
△ 本気(ほんき)にするなんてばかね／你真笨耶！竟然當真了。

なんで [何で] 二 6
[副] 為什麼，何故。
[類] どうして
△ 何(なん)で、最近(さいきん)こんなに雨(あめ)がちなんだろう／為什麼最近這麼容易下雨呢？

なんでも [何でも] 二 6
[副] 什麼都，不管什麼；不管怎樣，無論怎樣；據說是，多半是。
[類] すべて
△ この仕事(しごと)については、何(なん)でも聞(き)いてください／關於這份工作，有任何問題就請發問。

なんとか [何とか] 二 6
[副] 設法，想盡辦法；好不容易，勉強；（不明確的事情、模糊概念）什麼，某事。
[類] どうやら
△ 誰(だれ)も助(たす)けてくれないので、自分(じぶん)で何(なん)とかするほかない／沒有人肯幫忙，所以只好自己想辦法了。

なんとなく [何となく] 二 3 6
[副] （不知為何）總覺得，不由得；無意中。
[類] どうも
△ 何(なん)となく、その日(ひ)はお酒(さけ)を飲(の)まずに

はいられなかった／不知道為什麼，總覺得那一天不能不喝酒。

なんとも
[副・連] 真的，實在；（下接否定，表無關緊要）沒關係，沒什麼；（下接否定）怎麼也不。

類 どうとも

△ その件については、なんとも説明しがたい／關於那件事，實在是難以說明。

ナンバー [number]　　　二6
名 數字，號碼；（汽車等的）牌照；（雜誌等的）期，號；（爵士音樂等的）曲目。

類 番号

なんびゃく [何百]　　　三36
名 （數量）上百。

類 何万

△ 何百何千という人々がやってきた／上千上百的人群來到。

なんべい [南米]　　　二6
名 南美洲。

類 南アメリカ

△ 南米のダンスを習いたい／我想學南美洲的舞蹈。

なんぼく [南北]　　　二6
名 （方向）南與北；南北。

反 東西　類 南と北

△ 日本は南北に長い国です／日本是南北細長的國家。

に二

に [二]　　　四2
名 （數）二，兩個。

類 二つ

△ 2分ぐらい待ってください／請約等兩分鐘。

にあう [似合う]　　　二6
自五 合適，相稱，調和。

類 相応しい

△ 似合いさえすれば、どんな服でもいいです／只要適合，哪種衣服都好。

にえる [煮える]　　　二6
自下一 煮熟，煮爛；水燒開；固體融化（成泥狀）；發怒，非常氣憤。

類 煮立つ

△ もう芋は煮えましたか／芋頭已經煮熟了嗎？

におい [匂い]　　　三2
名 味道；風貌，氣息。

類 香気

△ この花は、その花ほどいい匂いではない／這朵花不像那朵花那麼香。

におう [匂う]　　　二6
自五 散發香味，有香味；（顏色）鮮豔美麗；隱約發出，使人感到似乎…。

類 薫じる

312

△ 何か匂いますが、何の匂いでしょうか／好像有什麼味道，到底是什麼味道呢？

にがい [苦い] 三2

[形] 苦；痛苦；不愉快的。

[類] 苦味（にがみ）

△ 食べてみましたが、ちょっと苦かったです／試吃了一下，覺得有點苦。

にがす [逃がす] 二6

[他五] 放掉，放跑；使跑掉，沒抓住；錯過，丟失。

[類] 放す

△ 犯人を追っていたのに、逃がしてしまった／我在追犯人，卻讓他跑了。

にがて [苦手] 二36

[名·形動] 棘手的人或事；不擅長的事物。

[類] 不得意

△ あいつはどうも苦手だ／我對那傢伙實在是很感冒。

にぎやか [賑やか] 四2

[形動] 熱鬧，繁華；有說有笑，鬧哄哄。

[反] 静か [類] 繁華

△ 町はなぜこんなに賑やかなのですか／街上為什麼這麼熱鬧？

にぎる [握る] 二36

[他五] 握，抓；握飯團或壽司；掌握，抓住；（圍棋中決定誰先下）抓棋子。

[類] 掴む

△ 車のハンドルを握る／握住車子的駕駛盤。

にく [肉] 四2

[名] 肉。

[類] 筋肉

△ 今日は、肉が食べたいです／今天想吃肉。

にくい 三2

[接尾] 難以，不容易。

[類] 難しい

△ 食べにくければ、スプーンを使ってください／如果不方便吃，請用湯匙。

にくい [憎い] 二36

[形] 可憎，可惡；（說反話）漂亮，令人佩服。

[類] 憎らしい

△ 冷酷な犯人が憎い／憎恨冷酷無情的犯人。

にくむ [憎む] 二36

[他五] 憎恨，厭惡；嫉妒。

[反] 愛する [類] 嫉む（ねたむ）

△ 今でも彼を憎んでいますか／你現在還恨他嗎？

にくらしい [憎らしい] 二36

[形] 可憎的，討厭的，令人憎恨的。

[反] 可愛らしい [類] 嫌らしい

△ あの男が、憎らしくてたまりません／那男人真是可恨的不得了。

にげる [逃げる] 三2

自下一 逃走，逃跑。

反 追う 類 抜け出す

△ 警官が来たぞ。逃げろ／警察來了，快逃！

にこにこ 二3 6

副·自サ 笑嘻嘻，笑容滿面。

類 莞爾（かんじ）

△ 嬉しくてにこにこした／高興得笑容滿面。

にごる [濁る] 二6

自五 混濁，不清晰；（聲音）嘶啞；（顏色）不鮮明；（心靈）污濁，起邪念。

反 澄む 類 汚れる

△ 工場の排水で、川の水が濁ってしまうおそれがある／工廠排出的廢水，有可能讓河川變混濁。

にし [西] 四2

名 西，西邊，西方。

反 東 類 西洋

△ ここから西に行くと、川があります／從這邊往西走，就有一條河。

にじ [虹] 二6

名 虹，彩虹。

類 彩虹

△ 雨が止んだら虹が出た／雨停了之後，出現一道彩虹。

にち [日] 四2

名 號，日，天（計算日數）。

類 月

△ 12月31日に、日本に帰ります／十二月三十一日回日本。

にち [日] 二6

名·漢造 日本；星期天；日子，天，晝間；太陽。

類 日曜日

△ 何日ぐらい旅行に行きますか／你打算去旅行幾天左右？

にちじ [日時] 二6

名 （集會和出發的）日期時間。

類 日付と時刻

△ パーティーに行けるかどうかは、日時しだいです／是否能去參加派對，就要看時間的安排。

にちじょう [日常] 二3 6

名 日常，平常。

類 普段

△ 日常生活に困らないにしても、貯金はあったほうがいいですよ／就算日常生活上沒有經濟問題，也還是要有儲蓄比較好。

にちや [日夜] 二6

名·副 日夜；總是，經常不斷地。

類 いつも

△ 彼は日夜勉強している／他日以繼夜地用功讀書。

にちようび [日曜日] 四2

名 星期日。

囫 日曜
にちようび そうじ
△ 日曜日に、掃除をします／星期日大
掃除。

にちようひん [日用品]　□6

图 日用品。

囫 品物
みせ にちようひん
△ うちの店では、日用品ばかりでな
こうきゅうひん あつか
く、高級品も扱っている／不單是日
常用品，本店也另有出售高級商品。

について　□2

連語 關於。

囫 に関して
りょこう はな
△ みんなは、あなたが旅行について話
きたい
すことを期待しています／大家很期待
聽你說有關旅行的事。

にっか [日課]　□6

**图 （規定好）每天要做的事情，每天習
慣的活動；日課。**

囫 勤め
さんぽ にっか
△ 散歩が日課になりつつある／散步快
要變成我每天例行的功課了。

にっき [日記]　□2

图 日記。

囫 日誌
にっき か お
△ 日記は、もう書き終わった／日記已
經寫好了。

にっこう [日光]　□36

图 日光，陽光；日光市。

囫 太陽

にっこう あ
△ 日光を浴びる／曬太陽。

にっこり　□36

**副・自サ 微笑貌，莞爾，嫣然一笑，微微
一笑。**

囫 にこにこ
かのじょ だんせい
△ 彼女がにっこりしさえすれば、男性
やさ
はみんな優しくなる／只要她嫣然一
笑，每個男性都會變得很親切。

にっちゅう [日中]　□6

**图 白天，晝間（指上午十點到下午三、
四點間）；日本與中國。**

囫 昼間
くも にっちゅう あめ
△ 雲のようすから見ると、日中は雨が
ふ
降りそうです／從雲朵的樣子來看，白
天好像會下雨的樣子。

にってい [日程]　□6

**图 （旅行、會議的）日程；每天的計畫
（安排）。**

囫 日どり
りょこう にってい れんらく
△ 旅行の日程がわかりしだい、連絡し
ます／一得知旅行的行程之後，將馬上
連絡您。

にぶい [鈍い]　□6

**形 （刀劍等）鈍，不鋒利；（理解、
反應）慢，遲鈍，動作緩慢；（光）朦
朧，（聲音）渾濁。**

囫 鋭い　囫 鈍感
わたし かん にぶ にがて
△ 私は勘が鈍いので、クイズは苦手で
す／因為我的直覺很遲鈍，所以不擅於
猜謎。

に

にほん [日本] 二3 6

(名) 日本。

類 日本国

△ 学校を通して、日本への留学を申請しました／透過學校，申請到日本留學。

にもつ [荷物] 四2

(名) 行李，貨物。

類 小包

△ 500グラムの荷物から20キロの荷物まで、送ることができます／五百公克到二十公斤的行李，皆可託運。

にゅういん [入院] 三2

(名) 住院。

反 退院　類 病気

△ 入院のとき、手伝ってあげよう／住院時我來幫你。

にゅうがく [入学] 三2

(名) 入學，上學。

類 進学

△ 入学のとき、なにをくれますか／入學的時候，你要送我什麼？

にゅうしゃ [入社] 二6

(名·自サ) 進公司工作，入社。

反 退社　類 社員

△ 出世は、入社してからの努力しだいです／是否能出人頭地，就要看進公司後的努力。

にゅうじょう [入場] 二6

(名·自サ) 入場。

反 退場　類 式場

△ 入場する人は、一列に並んでください／要進場的人，請排成一排。

ニュース [news] 四2

(名) 新聞，消息；新聞影片。

類 報道

△ このニュースをどう思いますか／你對這則新聞有什麼看法？

にょうぼう [女房] 二6

(名) （自己的）太太，老婆。

類 つま

△ 女房と一緒になったときは、嬉しくて涙が出るくらいでした／跟老婆步入禮堂時，高興得眼淚都要掉了下來。

によると 三2

(連語) 根據，依據。

類 判断

△ 天気予報によると、7時ごろから雪が降りだすそうです／根據氣象報告說，七點左右將開始下雪。

にらむ [睨む] 二6

(他五) 瞪著眼看，怒目而視；盯著，注視，仔細觀察；估計，揣測，意料；盯上。

類 瞠目（どうもく）

△ 隣のおじさんは、私が通るたびに睨む／我每次經過隔壁的伯伯就會瞪我一眼。

にる [似る] 三2

(自上一) 相像，類似。

類 似ている

△ 私は、妹ほど母に似ていない／我不像妹妹那麼像媽媽。

にる [煮る]　二 3 6

自五 煮，燉，熬。

類 料理

△ 醤油を入れて、もう少し煮ましょう／加醬油再煮一下吧！

にわ [庭]　四 2

名 庭院，院子，院落。

類 花園

△ お父さんは、庭ですか？トイレですか／爸爸在庭院？還是在洗手間？

にわか　二 6

名·形動 突然，驟然；立刻，馬上；一陣子，臨時，暫時。

類 雨

△ にわかに空が曇ってきた／天空頓時暗了下來。

にん [人]　四 2

接尾 …人。

類 個

△ 学生は50人以上います／學生有50人以上。

にんき [人気]　二 3 6

名 聲望，受歡迎；（地方的）風俗，風氣。

類 人望

△ 人気を失ったかわりに、静かな生活が戻ってきた／雖失去了聲望，但卻換來以往平靜的生活。

にんぎょう [人形]　三 2

名 洋娃娃，人偶。

類 木偶（でく）

△ 人形の髪が伸びるはずがない／洋娃娃的頭髮不可能變長。

にんげん [人間]　二 3 6

名 人，人類；人品，為人；（文）人間，社會，世上。

類 人

△ 人間の歴史はおもしろい／人類的歷史很有趣。

ぬヌ

ぬう [縫う]　二 3 6

他五 縫，縫補；刺繡；穿過，穿行；（醫）縫合（傷口）。

類 裁縫

△ 母親は、子どものために思いをこめて服を縫った／母親滿懷愛心地為孩子縫衣服。

ぬく [抜く]　二 3 6

自他五·接尾 抽出，拔去；選出，摘引；消除，排除；省去，減少；超越。

類 抜粋

△ 浮き袋から空気を抜いた／我放掉救生圈裡的氣了。

ぬぐ [脱ぐ]　四2

[他五] 脱去，脱掉，摘掉。

[反] 着る　[類] 脱衣

△ ここで靴(くつ)を脱(ぬ)いでください／請在這裡脫鞋。

ぬける [抜ける]　二6

[自下一] 脫落，掉落；遺漏；脫；離，離開，消失，散掉；溜走，逃脫。

[類] 無くなる

△ スランプを抜(ぬ)けたら、明(あか)るい将来(しょうらい)が見(み)えた／低潮一過，就可以看到光明的未來。

ぬすむ [盗む]　三2

[他五] 偷盜，盜竊。

[類] 窃取

△ お金(かね)を盗(ぬす)まれました／我的錢被偷了。

ぬの [布]　二36

[名] 布匹；棉布；麻布。

[類] 織物

△ どんな布(ぬの)にせよ、丈夫(じょうぶ)なものならかまいません／不管是哪種布料，只要耐用就好。

ぬらす [濡らす]　二36

[他五] 浸濕，淋濕，沾濕。

[反] 乾かす　[類] 潤す

△ この機械(きかい)は、濡(ぬ)らすと壊(こわ)れるおそれがある／這機器一碰水，就有可能故障。

ぬる [塗る]　三2

[他五] 塗抹，塗上。

[類] 擦る（なする）

△ 赤(あか)とか青(あお)とか、いろいろな色(いろ)を塗(ぬ)りました／紅的啦、藍的啦，塗上了各種顏色。

ぬるい [温い]　二36

[形] 微溫，不冷不熱，不夠熱。

[類] 温かい

△ 風呂(ふろ)が温(ぬる)い／洗澡水不夠熱。

ぬれる [濡れる]　三2

[自下一] 淋濕，沾濕。

[反] 乾く　[類] 湿る

△ 雨(あめ)のために、濡(ぬ)れてしまいました／被雨淋濕了。

ねネ

ね [根]　二36

[名] （植物的）根；根底；根源，根據；天性，根本。

[類] 根っこ

△ この問題(もんだい)は根(ね)が深(ふか)い／這個問題的根源很深遠。

ね [値]　二6

[名] 價錢，價格，價值。

[類] 値段

△ 値(ね)が上(あ)がらないうちに、マンションを買(か)った／在房價還未上漲前買下了公寓。

ねがい [願い]　　　二6

㊂ 願望，心願；請求，請願；申請書，請願書。

㊙ 願望
△ みんなの願いにもかかわらず、先生は来てくれなかった／不理會眾人的期望，老師還是沒來。

ねがう [願う]　　　二36

㊌五 請求，請願，懇求；願望，希望；祈禱，許願。

㊙ 念願
△ 二人の幸せを願わないではいられません／不得不為他兩人的幸福祈禱呀！

ネクタイ [necktie]　　　四2

㊂ 領帶。

㊙ 蝶結び
△ どれがお父さんのネクタイですか／哪一條是爸爸的領帶？

ねじ　　　二6

㊂ 螺絲，螺釘。

㊙ 釘
△ ねじが緩くなったので直してください／螺絲鬆了，請將它轉緊。

ねじる [捩る]　　　二36

㊌五 扭，扭傷，扭轉；不斷翻來覆去的責備。

㊙ 捻る
△ 足を捩ったばかりか、ひざの骨にひびまで入った／不僅扭傷了腳，連膝蓋骨也裂開了。

ねずみ　　　二6

㊂ 老鼠。

㊙ ハムスター
△ こんなところに、ねずみなんかいませんよ／這種地方，才不會有老鼠那種東西啦。

ねだん [値段]　　　三2

㊂ 價錢。

㊙ 物価
△ こちらは値段が高いので、そちらにします／這個價錢較高，我決定買那個。

ねつ [熱]　　　三2

㊂ 高溫；熱；發燒。

㊙ 体温
△ 熱がある時は、休んだほうがいい／發燒時最好休息一下。

ネックレス [necklace]　　　二6

㊂ 項鍊。

㊙ アクセサリー

ねっしん [熱心]　　　三2

㊂·形動 專注，熱衷，熱心。

㊙ 冷淡　㊙ 夢中
△ 毎日10時になると、熱心に勉強しはじめる／每天一到十點，開始專心唸書。

ねっする [熱する]　　　二6

㊐サ·㊍サ 加熱，變熱，發熱；熱中於，

ね

319

興奮，激動。

他 沸かす

△ 鉄をよく熱してから加工します／將鐵徹底加熱過後再加工。

ねったい [熱帯] 二6

名 （地）熱帯。

反 寒帯 **類** 熱帯雨林

△ この国は、熱帯のわりには過ごしやすい／這國家雖處熱帯，但卻很舒適宜人。

ねっちゅう [熱中] 二6

名・自サ 熱中，専心；熱中，酷愛，著迷於。

類 溺れる

△ 子どもは、ゲームに熱中しがちです／小孩子容易沈迷於電玩。

ねぼう [寝坊] 三36

名・自サ・形動 貪睡，晩起（的人）。

類 朝寝坊

△ 最近疲れっぽくて、今日は寝坊してしまった／最近老覺得疲勞，今天還睡過了頭！

ねまき [寝間着] 二6

名 睡衣。

類 寝衣

△ 寝間着のまま、うろうろするものではない／不要穿著睡衣到處走動。

ねむい [眠い] 三2

形 睏的，想睡的。

ねむけ [眠け] 三

名 睡意。

△ お酒を飲んだら、眠くなりはじめた／喝了酒，便開始想睡覺了。

ねむる [眠る] 三2

自五 睡覺；埋藏。

反 目覚める **類** 睡眠

△ 薬を使って、眠らせた／用藥讓他入睡。

ねらい [狙い] 二36

名 目標，目的；瞄準，對準。

類 目当て

△ 学生に勉強させるのが、この課題の狙いにほかなりません／讓學生們上到一課，無非是這道題目目的。

ねらう [狙う] 二6

他五 看準，把…當做目標；把…弄到手；伺機而動。

類 目指す

△ 狙った以上、彼女を絶対ガールフレンドにします／既然看中了她，就絶對要讓她成為自己的女友。

ねる [寝る] 四2

自下一 睡覺，就寝；躺，臥；臥病。

反 起きる **類** 横になる

△ 午後中、寝ていました／整個下午都在睡覺。

ねん [年] 四2

名 年（也用於計算年數）。

類 平年

△ ３年勉強したあとで、仕事をします／學習了三年之後再開始工作。

ねんかん [年間]　　二6

名・漢造 一年間；（年號使用）期間，年間。

類 年代
△ 年間の収入は500万円です／一年中的收入是五百萬日圓。

ねんげつ [年月]　　二6

名 年月，光陰，時間。

類 歳月
△ 年月をかけた準備のあげく、失敗してしまいました／花費多年所做的準備，最後卻失敗了。

ねんじゅう [年中]　　二36

名・副 全年，整年；一年到頭，總是，始終。

類 いつも
△ 京都には、季節を問わず、年中観光客がいっぱいいます／在京都，不論任何季節，全年都有很多觀光客聚集。

ねんせい [年生]　　二6

接尾 年級生。

類 一年生

ねんだい [年代]　　二6

名 年代；年齡層；時代。

類 時代
△ 若い年代の需要にこたえて、商品を

開発する／回應年輕一代的需求來開發商品。

ねんど [年度]　　二36

名 （工作或學業）年度。

類 年
△ 年度の終わりに、みんなで飲みに行きましょう／本年度結束時，大家一起去喝一杯吧。

ねんれい [年齢]　　二36

名 年齡，歲數。

類 年歲
△ 先生の年齢からして、たぶんこの歌手を知らないでしょう／從老師的歲數來推斷，他大概不知道這位歌手吧！

のノ

の [野]　　二36

名・漢造 原野；田地，田野；野生的。

類 原
△ 家にばかりいないで、野や山に遊びに行こう／不要一直窩在家裡，一起到原野或山裡玩耍吧！

のう [能]　　二6

名・漢造 能力，才能，本領；功效；（日本古典戲劇）能樂。

類 才能
△ 私は小説を書くしか能がない／我只有寫小說的才能。

の

321

のうか [農家]

名 農民，農戶；農民之家。

翻 百姓

のうぎょう [農業]

名 農耕；農業。

翻 農作

のうさんぶつ [農産物]

名 農產品。

翻 作物

△ このあたりの代表的農産物といえ
ば、ぶどうです／說到這一帶的代表性
農作物，就是葡萄。

のうそん [農村]

名 農村，鄉村。

翻 農園

△ 彼は、農村の人々の期待にこたえ
て、選挙に出馬した／他回應了農村裡
的鄉親們的期待，站出來參選。

のうど [濃度]

名 濃度。

翻 濃い

のうみん [農民]

名 農民。

翻 百姓

△ 農民の生活は、天候に左右される／
農民的生活受天氣左右。

のうやく [農薬]

名 農藥。

翻 薬

△ 虫の害がひどいので、農薬を使わず
にはいられない／因為蟲害很嚴重，所
以不得不使用農藥。

のうりつ [能率]

名 效率。

翻 効率

△ 能率が悪いにしても、この方法で作
ったお菓子のほうがおいしいです／就
算效率很差，但用這方法所作成的點心
比較好吃。

のうりょく [能力]

名 能力；（法）行為能力。

翻 働き

△ 能力とは、試験を通じて測られるも
のだけではない／能力這東西，並不是
只有透過考試才能被檢驗出來。

ノー [no]

名・感・造 表否定；沒有，不；（表示禁
止）不必要，禁止。

翻 いいえ

△ いやなのにもかかわらず、ノーと言
えない／儘管是不喜歡的東西，也無法
開口說不。

ノート [note]

名 筆記本，備忘錄。

翻 手帳

△ ノートやペンや辞書などを買いまし
た／買了筆記本、筆和字典等等。

のき [軒]
二6

名 屋簷。

翻 屋根

△ 雨が降ってきたので、家の軒下に逃げ込んだ／下起了雨，所以躲到了房屋的屋簷下。

のこぎり [鋸]
二6

名 鋸子。

翻 機械鋸

のこす [残す]
二36

他五 留下，剩下；存留；遺留；（相撲頂住對方的進攻）開腳站穩。

翻 余す

△ メモを残して帰る／留下紙條後離開。

のこらず [残らず]
二36

副 全部，通通，一個不剩。

翻 すべて

△ 知っていることを残らず話す／知道的事情全部講出。

のこり [残り]
二6

名 剩餘，殘留。

翻 あまり

△ お菓子の残りは、あなたにあげます／剩下來的甜點給你吃。

のこる [残る]
三2

自五 剩餘，剩下；留下。

翻 余剰

△ みんなあまり食べなかったために、食べ物が残った／因為大家都不怎麼吃，所以食物剩了下來。

のせる [乗せる]
二36

他下一 放在高處，放到 ；裝載；使搭乘；使參加；騙人，誘拐；記載，刊登；合著音樂的拍子或節奏。

△ 子供を電車に乗せる／送孩子上電車。

のせる [載せる]
二6

他下一 放在…上，放在高處；裝載，裝運；裝載；納入，使參加；欺騙；刊登，刊載。

翻 積む

△ 事件に関する記事を載せたところ、たいへんな反響がありました／刊登了案件的相關報導，結果得到熱烈的回應。

のぞく [除く]
二36

他五 消除，刪除，除外，剷除；除了…，…除外；殺死。

翻 消す

△ 私を除いて、家族は全員乙女座です／除了我之外，我們家全都是處女座。

のぞく [覗く]
二36

他五 自五 露出（物體的一部份）；窺視，探視；往下看；瞧一眼；窺探他人秘密。

翻 窺う

△ 家の中を覗いているのは誰だ／是誰在那裡偷看屋內？

の

のぞみ [望み] 　　　　　　　 ㊂ ３６
㊂ 希望，願望，期望；抱負，志向；衆望。

㊉ 希望

△ お礼は、あなたの望み次第で、なんでも差し上げます／回禮的話，看你想要什麼，我都會送給你。

のぞむ [望む] 　　　　　　　 ㊂ ３６
㊉五 遠望，眺望；指望，希望；仰慕，景仰。

㊉ 求める

△ あなたが望む結婚相手の条件は何ですか／你希望的結婚對象，條件為何？

のち [後] 　　　　　　　　　 ㊂ ３６
㊂ 後，之後；今後，未來；死後，身後。

㊉ あと

ノック [knock] 　　　　　　 ㊂ ３６
㊂・他サ 敲打；（來訪者）敲門；（棒球中為了練習防守）打球。

㊉ 打つ

のど [喉] 　　　　　　　　　 ㊂ ３６
㊂ 喉嚨，嗓子；嗓音，歌聲；要害，致命處。

㊉ 咽喉（いんこう）

△ 風邪を引いてのどが痛い／因感冒而喉嚨痛。

のばす [伸ばす] 　　　　　　 ㊂ ３６
㊉五 伸展，擴展，放長；延緩（日

期），推遲；發展，發揮；擴大，增加；稀釋；打倒。

㊉ 伸長

△ 手を伸ばしたところ、木の枝に手が届きました／我一伸手，結果就碰到了樹枝。

のびる [伸びる] 　　　　　　 ㊂ ３６
㊉上一 （長度等）變長，伸長；（皺摺等）伸長；擴展，到達；（勢力、才能等）擴大，增加，發展。

㊉ 生長

△ 背が伸びる／長高了。

のべる [述べる] 　　　　　　 ㊂ ３６
㊉下一 敘述，陳述，說明，談論。

㊉ 取る

△ この問題に対して、意見を述べてください／請針對這個問題，發表一下意見。

のぼり [上り] 　　　　　　　 ㊂ ３６
㊂ （「のぼる」的名詞形）登上，攀登；上坡（路）；上行列車（從地方往首都方向的列車）；進京。

㊂ 下り 　㊉ 登り

のぼる [登る] 　　　　　　　 ㊃ ２
㊉五 登，上，攀登（山）。

㊂ 降りる 　㊉ 登場

△ あなたが山に登るのは、なぜですか／你為什麼要爬山？

のみもの [飲み物] 　　　　　 ㊃ ２
㊂ 飲料。

[反] 食べ物　[類] 飲料
△ なにか飲み物が飲みたいです／想喝點什麼飲料。

のむ [飲む]　四 2
[他五] 喝，吞，嚥，吃（藥）。
[類] 喫する
△ 友達と一緒に、お酒を飲んだ／和朋友一起喝了酒。

のりかえる [乗り換える]　三 2
[他下一] 轉乘，換車。
[類] 乗り替える
△ 新宿でJRにお乗り換えください／請在新宿轉搭JR線。

のりこし [乗り越し]　二 3 6
[名·自サ] （車）坐過站。
△ 乗り越しの方は精算してください／請坐過站的乘客補票。

のりもの [乗り物]　三 2
[名] 交通工具。
[類] 自動車
△ 乗り物に乗るより、歩くほうがいいです／走路比搭交通工具好。

のる [乗る]　四 2
[自五] 騎乘，坐；登上；參與。
[類] 乗車
△ 自転車に上手に乗ります／熟練地騎腳踏車。

のる [載る]　二 6
[自五] 登上，放上；乘，坐，騎；參與；上當，受騙；刊載，刊登。
[類] 積載
△ その記事は、何ページに載っていましたっけ／這個報導，記得是刊在第幾頁來著？

のろい [鈍い]　二 6
[形] （行動）緩慢的，慢吞吞的；（頭腦）遲鈍的，笨的；對女人軟弱，唯命是從的人。
[類] 遅い
△ 亀は、歩くのがとても鈍い／烏龜走路非常緩慢。

のろのろ　二 3 6
[副·自サ] 遲緩，慢吞吞地。
[類] 遅鈍
△ のろのろやっていると、間に合わないおそれがありますよ／你這樣慢吞吞的話，會趕不上的唷！

のんき [呑気]　二 3 6
[名·形動] 悠閑，無憂無慮；不拘小節，不慌不忙；蠻不在乎，漫不經心。
[類] 気楽
△ 生まれつき呑気なせいか、あまり悩みはありません／不知是不是生來性格就無憂無慮的關係，幾乎沒什麼煩惱。

のんびり　二 3 6
[副·自サ] 舒適，逍遙，悠然自得。
[反] くよくよ　[類] ゆったり
△ 平日はともかく、週末はのんびりし

の

たい／先不說平日是如何，我週末想悠哉地休息一下。

は ハ

は [歯] 四2

㊔ 牙齒。

類 歯牙

△ それを使って、歯を磨きます／用那個刷牙。

ば [場] 二36

㊔ 場所，地方；座位；（戲劇）場次；場合。

類 所

△ その場では、お金を払わなかった／在當時我沒有付錢。

は [葉] 三2

㊔ 葉子，樹葉。

類 葉っぱ

△ この木の葉は、あの木の葉より黄色いです／這樹葉，比那樹葉還要黃。

はあ 二6

感 （應答聲）是，唉；（驚訝聲）嘿；（疑問聲）啊？

類 握る

ばあい [場合] 三2

㊔ 時候；狀況，情形。

類 局面

△ 彼が来ない場合は、電話をくれるはずだ／他不來的時候，應該會給我電話的。

パーセント [percent] 二36

㊔ 百分率，百分之…。

類 百分率

パーティー [party] 四2

㊔ （社交性的）集會，晚會，宴會，舞會。

類 集まり

△ パーティーへは行きません／不去參加宴會。

パーティー [party] 二36

㊔ 舞會，宴會，晚會；（爬山的）一行；黨派，政黨。

類 集まり

はい 四2

感 （回答）有，到；（表示同意）是的；（提醒注意）喂。

△ はい、だれかそこにいます／是的，有人在那邊。

はい [灰] 二36

㊔ 灰。

類 木灰

はい [杯] 四2

接尾 …杯。

△ 水が1杯ほしいです／我想要一杯水。

類 さかずき

ばい [倍]　　　　　　　　　三2

接尾 倍，加倍。

ばい [倍]　　　　　　　　　二36

名 漢造 倍，加倍；（數助詞用法）
倍。
△ 今年から、倍の給料をもらえるよう
になりました／今年起可以領到雙倍的
薪資了。

はいいろ [灰色]　　　　　　二6

名 灰色；（轉意為立場、觀點等）不鮮
明；（轉）黯淡，乏味，鬱悶。
類 鼠色

ばいう [梅雨]　　　　　　　二6

名 梅雨。
反 乾期　類 雨季
△ 梅雨の季節にしては、雨が少ないで
す／就梅雨季節來說，下這樣的雨量算
是很少了。

バイオリン [violin]　　　　二36

名 （樂）小提琴。
類 琴

バイキング [Viking]　　　二36

名 （史）北歐海盜；（食）自助式吃到
飽。
類 バイキング料理

はいく [俳句]　　　　　　　二36

名 俳句。
類 歌

△ この作家の俳句を読むにつけ、日本
へ行きたくなります／每當唸起這位作
家的俳句時，就會想去日本。

はいけん [拝見]　　　　　　三2

名 他サ 看，拜讀。
△ 写真を拝見したところです／剛看完
您的照片。

はいけん [拝見]　　　　　　二6

名 他サ （「みる」的自謙語）看，瞻
仰。
類 見る
△ お手紙拝見しました／拜讀了您的
信。

はいざら [灰皿]　　　　　　四2

名 煙灰缸。
類 煙草盆
△ 灰皿はあそこです／煙灰缸在那裡。

はいしゃ [歯医者]　　　　　三2

名 牙醫。
類 歯科医
△ 歯が痛いなら、歯医者に行けよ／如
果牙痛，就去看牙醫啊！

はいたつ [配達]　　　　　　二36

名 他サ 送，投遞。
類 配る
△ 1日2回郵便が配達される／一天投
遞兩次郵件。

ばいてん [売店]　　　　　　二6

は

327

名 （設在車站、劇場裡面的）小賣店。

バイバイ [bye-bye] 二 6

寒暄 再見。

類 さよなら

ばいばい [売買] 二 6

名·他サ 買賣，交易。

類 売り買い

△ 株の売買によって、お金をもうけました／因為股票交易而賺了錢。

パイプ [pipe] 二 6

名 管，導管；煙斗；煙嘴；管樂器。

類 筒

△ これは、石油を運ぶパイプラインです／這是輸送石油的輸油管。

はいゆう [俳優] 二 6

名 演員。

類 役者

△ あの俳優をぬきにして、この芝居はできない／如果沒有那位演員，這部戲就拍不成。

はいる [入る] 四 2

自五 進，進入，裝入；闖入。

反 出る 類 入（い）る

△ 鞄に何が入っていますか／皮包裡裝了什麼？

パイロット [pilot] 二 6

名 領航員；飛行駕駛員；實驗性的。

類 運転手

△ 飛行機のパイロットを目指して、訓練を続けている／以飛機的飛行員為目標，持續地接受訓練。

はう [這う] 二 6

自五 爬，爬行；（植物）攀纏，緊貼；（趴）下。

類 腹這う

△ 赤ちゃんが、一生懸命這ってきた／小嬰兒努力地爬到了這裡。

はえる [生える] 二 3 6

自下一 （草，木）等生長。

類 根ざす

△ 雑草が生えてきたので、全部抜いてもらえますか／雜草長出來了，可以幫我全部拔掉嗎？

はか [墓] 二 6

名 墓地，墳墓。

類 墓場

△ 郊外に墓を買いました／在郊外買了墳墓。

ばか [馬鹿] 二 3 6

名·接頭 愚蠢，糊塗；不合理，無價值；（以「になる」的形式）不中用；過度，非常；（罵）混蛋，混帳，傻瓜；過度。

反 利口 類 愚

はがき 四 2

名 明信片；記事便條。

反 封書 類 ポストカード

△ はがきには、なにも書いてありません／明信片上什麼都沒寫。

はがす [剥がす] 二6

(他五) 剝下。

(類) 取り除ける

△ ペンキを塗る前に、古い塗料を剥がしましょう／在塗上油漆之前，先將舊的漆剝下來吧！

はかせ [博士] 二36

(名) 博士；博學之人。

△ 彼は工学博士になりました／他當上了工學博士。

ばからしい [馬鹿らしい] 二36

(形) 愚蠢的，無聊的；划不來，不值得。

(反) 面白い (類) 馬鹿馬鹿しい

△ あなたにとっては馬鹿らしくても、私にとっては重要なんです／就算對你來講很愚蠢，但對我來說卻是很重要的。

はかり 二6

(名) 秤，量，計量；份量；限度。

(類) 計器

△ はかりで重さを量ってみましょう／用體重機量量體重吧。

ばかり 三2

(副助) 光，淨；左右；剛剛。

(反) たまに (類) いつも

△ そんなことばかり言わないで、元気を出して／別淨說那樣的話，打起精神來。

はかる [計る] 二36

(他五) 計，秤，測量；計量；推測，揣測；徵詢，諮詢。

(類) 数える

△ 何分ぐらいかかるか、時間を計った／我量了大概要花多少時間。

はきけ [吐き気] 二6

(名) 噁心，作嘔。

(類) むかつき

△ 上司のやり方が嫌いで、吐き気がするぐらいだ／上司的做事方法令人討厭到想作嘔的程度。

はきはき 二6

(副·自サ) 活潑伶俐的樣子；乾脆，爽快；（動作）俐落。

(類) しっかり

△ 質問にはきはき答える／俐落地回答問題。

はく [掃く] 二36

(他五) 掃，打掃；（拿刷子）輕塗。

(類) 掃除

△ 部屋を掃く／打掃房屋。

はく [吐く] 二6

(他五) 吐，吐出；說出，吐露出；冒出，噴出。

(類) 言う

△ 寒くて、吐く息が白く見える／天氣寒冷，吐出來的氣都是白的。

はく [泊]　二3 6

名・漢造 宿，過夜；停泊；（在外）過夜；清心寡欲。

類 宿泊

はく [履く]　四 三 2

他五 穿（鞋，襪等）。

類 引っ掛ける

△ 靴（くつ）を履（は）いたまま、入（はい）らないでください／請勿穿著鞋進入。

はくしゅ [拍手]　二3 6

名・自サ 拍手，鼓掌。

類 拍掌

△ 拍手（はくしゅ）して賛意（さんい）を表（あらわ）す／鼓掌表示贊成。

ばくだい [莫大]　二6

名・形動 莫大，無尚，龐大。

反 少ない 類 多い

△ 貿易（ぼうえき）を通（とお）して、莫大（ばくだい）な財産（ざいさん）を築（きず）きました／透過貿易，累積了龐大的財富。

ばくはつ [爆発]　二6

名・自サ 爆炸，爆發。

類 炸裂

△ 長（なが）い間（あいだ）の我慢（がまん）のあげく、とうとう気持（きも）ちが爆発（ばくはつ）してしまった／長久忍下來的怨氣，終於爆發了。

はくぶつかん [博物館]　二6

名 博物館，博物院。

はぐるま [歯車]　二6

名 齒輪。

類 平歯車

はげしい [激しい]　二3 6

形 激烈，劇烈；（程度上）很高，厲害；熱烈。

反 緩い 類 はなはだしい

△ 競争（きょうそう）が激（はげ）しい／競爭激烈。

バケツ [bucket]　二6

名 木桶。

類 桶

△ 掃除（そうじ）をするので、バケツに水（みず）を汲（く）んできてください／要打掃了，請你用水桶裝水過來。

はこ [箱]　四2

名 盒子，箱子，匣子。

類 ボックス

△ 箱（はこ）を開（あ）けたり閉（し）めたりする／將盒子開開關關。

はこぶ [運ぶ]　三2

他五・自五 運送，搬運；進行。

類 運搬

△ その商品（しょうひん）は、店（みせ）の人（ひと）が運（はこ）んでくださるのです／那個商品，店裡的人會幫我送過來。

はさまる [挟まる]　二6

自五 夾，（物體）夾在中間；夾在（對立雙方中間）。

類 嵌まる

△ 歯（は）の間（あいだ）に食（た）べ物（もの）が挟（はさ）まってしまった

／食物塞在牙縫裡了。

はさみ [鋏]　　　　　二 3 6
㊔ 剪刀；剪票鉗。
㊡ 剪刀

はさむ [挟む]　　　　二 3 6
㊟他五 夾，夾住；隔；夾進，夾入；插。
㊡ 摘む
△ ドアに手を挟んで、大声を出さないではいられないぐらい痛かった／門夾到手，痛得我禁不住放聲大叫。

はさん [破産]　　　　二 6
㊔·自サ 破産。
㊡ 潰れる
△ うちの会社は借金だらけで、結局破産しました／我們公司欠了一屁股債，最後破産了。

はし [橋]　　　　　　四 2
㊔ 橋，橋樑。
㊡ 橋樑
△ 橋の上にだれもいません／沒有人在橋上。

はし [端]　　　　　　二 3 6
㊔ 開端，開始；邊緣；零頭，片段；開始，盡頭。
㊥ 中　㊡ 縁
△ 道の端を歩いてください／請走路的兩旁。

はし [箸]　　　　　　四 2

㊔ 筷子，箸。
㊡ お手元
△ 木で箸を作りました／用木頭做成筷子。

はしご　　　　　　　二 6
㊔ 梯子；挨家挨戶。
㊡ 梯子 (ていし)
△ 屋根に上るので、はしごを貸してください／我要爬上屋頂，所以請借我梯子。

はじまり [始まり]　　二 6
㊔ (「はじまる」的名詞形) 開始，開端；起源，緣起。
㊥ 終わり　㊡ 起こり

はじまる [始まる]　　四 2
㊟自五 開始，開頭；發生，引起；起源，緣起。
㊥ 終わる　㊡ 起きる
△ 授業が始まります／上課了。

はじめ [初め]　　　　四 2
㊔ 開始，起頭；起因。
㊡ いとぐち
△ 初めは、何もわかりませんでした／一開始，什麼也不懂。

はじめて [初めて]　　四 2
㊟副 最初，初次，第一次。
㊡ 第一
△ 林さんは、初めて北海道に行きました／林先生第一次去了北海道。

331

はじめまして 四2

（寒暄）初次見面，你好。

△ はじめまして。私は山田商事の田中です／初次見面，我是山田商事的田中。

はじめる [始める] 四三2

（他下一）開始。

（反）終わる　（相）起こす

△ ベルが鳴るまで、テストを始めてはいけません／在鈴聲響起前，不能開始考試。

はじめる [始める] 二36

（他下一）開始，開創，創辦；（前接動詞連用形）開始：犯（老毛病）。

（反）終わる　（相）起こす

△ 早朝から作業を始める／從早上開始作業。

ばしょ [場所] 二36

（名）場所；現場；座位；地點，位置。

（相）所

はしら [柱] 二36

（名・接尾）（建）柱子；支柱；（轉）靠山；（計算遺骨、神位的助數詞）尊，位，具。

（相）支柱

はしる [走る] 四2

（自五）（人、動物）跑步，奔跑；（車、船等）行駛。

（反）歩く　（相）駆ける

△ 車が町を走ります／車子在街上奔馳。

バス [bus] 四2

（名）巴士，公車。

（相）自動車

△ あれは大学へ行くバスです／那是前往大學的巴士。

はず 二2

（形式名詞）應該；會；確實。

（相）訳（わけ）

△ 彼は、年末までに日本に来るはずです／他在年底前，應該會來日本。

パス [pass] 二6

（名・自サ）免除，免費；定期票，月票；合格，通過。

（相）切符

△ 試験にパスしないことには、資格はもらえない／要是不通過考試，就沒辦法取得資格。

はす [斜] 二6

（名）（方向）斜的，歪斜。

（相）斜め

△ ねぎは斜に切ってください／請將蔥斜切。

はずかしい [恥ずかしい] 二2

（形）丟臉；難為情。

（相）決まりが悪い

△ 失敗しても、恥ずかしいと思うな／即使失敗了也不用覺得丟臉。

はずす [外す]
二 3 6

他五 摘下，解開，取下；錯過，錯開；
落後，失掉；避開，躲過。

類 とりのける

△ 重大な話につき、あなたは席をは
ずしてください／由於是重要的事情，
所以請你先離座一下。

パスポート [passport]
二 3 6

名 護照；身分證。

類 旅券

はずれる [外れる]
二 3 6

自下一 脫落，掉下；（希望）落空，不
合（道理）；離開（某一範圍）。

反 当たる 類 離れる

△ 機械の部品が、外れるわけがない／
機器的零件，是不可能會脫落的。

はた [旗]
二 3 6

名 旗，旗幟；（佛）幡。

類 幟

はだ [肌]
二 6

名 肌膚，皮膚；物體表面；氣質，風
度；木紋。

類 皮膚

△ 肌が美しくて、まぶしいぐらいだ／
肌膚美得炫目耀眼。

バター [butter]
四 2

名 奶油。

△ バターを入れたあとで、塩を入れま
す／放進奶油後再放鹽。

パターン [pattern]
二 3 6

名 形式，樣式，模型；紙樣；圖案，花
樣。

類 型

△ 彼がお酒を飲んで歌い出すのは、い
つものパターンです／喝了酒之後就會
開始唱歌，是他的固定模式。

はだか [裸]
二 3 6

名 裸體；沒有外皮的東西；精光，身無
分文；不存先入之見，不裝飾門面。

類 ヌード

△ 風呂に入るため裸になったら、電
話が鳴って困った／脫光了衣服要洗澡
時，電話卻剛好響起，真是傷腦筋。

はだぎ [肌着]
二 6

名 （貼身）襯衣，汗衫。

反 上着 類 下着

△ 肌着をたくさん買ってきた／我買了
許多汗衫。

はたけ [畑]
二 3 6

名 田地，旱田；專業的領域。

反 田 類 耕地

はたして [果たして]
二 6

副 果然，果真。

反 図らずも 類 やはり

△ ベストセラーといっても、果たし
て面白いかどうかわかりませんよ／雖
說是暢銷書，但不知是否果真那麼好
唒。

は

はたち [二十歳]

（名）二十歳。

△ 二十歳になったから、お酒を飲みます／因為滿二十歲了，所以喝酒。

はたらき [働き]

（名）勞動，工作；作用，功效；功勞，功績；功能，機能。

（類）才能

△ 計画がうまくいくかどうかは、君たちの働き次第だ／計畫能不能順利地進行，就全看你們的工作成果了。

はたらく [働く]

（自五）工作，勞動，做工。

（類）立ち働く

△ 母は、1日中働いています／媽媽工作一整天。

はち [八]

（名）（數）八，八個。

△ りんごが8個だけあります／只有八個蘋果。

はち [鉢]

（名）鉢盆；大碗；花盆；頭蓋骨。

（類）応器

△ 鉢にラベンダーを植えました／我在花盆中種了薰衣草。

はつ [発]

（名・接尾）（交通工具等）開出，出發；（信、電報等）發出；（助數詞用法）（計算子彈數量）發，顆。

はつ 出発する

△ 上野始発の列車／上野開出的火車。

ばつ [罰]

（名・漢造）懲罰，處罰。

（反）賞 （類）罰（ばち）

△ 遅刻した罰として、反省文を書きました／當作遲到的處罰，寫了反省書。

ばつ

（名）（表否定的）叉號。

△ 間違った答えにはばつをつけた／在錯的答案上畫上了叉號。

はついく [発育]

（名・自サ）發育，成長。

（類）育つ

△ 発育のよい子／發育良好的孩子。

はつおん [発音]

（名）發音。

（類）発声

△ 日本語の発音を直してもらっているところです／正在請他幫我矯正日語的發音。

はつおん [発音]

（名・他サ）發音；發聲。

（類）発声

△ 発音が下手だと、通じないおそれがあります／如果發音不好，就可能無法順利溝通。

はつか [二十日]

名 二十日，二十天。
△ 二十日には、国へ帰ります／二十號
回國。

はっき [発揮]

名・他サ 發揮，施展。
△ 今年は、自分の能力を発揮すること
なく終わってしまった／今年都沒好好
發揮實力就結束了。

はっきり

副・自サ 清楚；直接了當。
近 明らか
△ 君ははっきり言いすぎる／你說得太
露骨了。

バック [back]

名・自サ 後面，背後；背景；後退，倒
車；金錢的後備，援助；靠山。
反 表 近 裏
△ 車をバックさせたところ、塀にぶつ
かってしまった／倒車，結果撞上了圍
牆。

はっけん [発見]

名・他サ 發現。
近 見つける
△ 博物館に行くと、子どもたちにとっ
ていろいろな発見があります／孩子們
去到博物館會有很多新發現。

はっこう [発行]

名・自サ （圖書、報紙、紙幣等）發行；
發放，發售

△ 新しい雑誌を発行したところ、とて
もよく売れました／發行新雜誌，結果
銷路很好。

はっしゃ [発射]

名・他サ 發射（火箭、子彈等）。
近 討つ
△ ロケットが発射した／火箭發射了。

はっしゃ [発車]

名・自サ 發車，開車。
近 出発
△ 定時に発車する／定時發車。

ばっする [罰する]

他サ 處罰，處分，責罰；（法）定罪，
判罪。
近 懲らしめる
△ あなたが罪を認めた以上、罰しなけ
ればなりません／既然你認了罪，就得
接受懲罰。

はっそう [発想]

名・自他サ 構想，主意；表達，表現；
（音樂）表現。
△ 彼の発想をぬきにしては、この製品
は完成しなかった／如果沒有他的構
想，就沒有辦法做出這個產品。

はったつ [発達]

名・自サ （身心）成熟，發達；擴展，進
步；（機能）發達，發展。
△ 子どもの発達に応じて、玩具を与え
よう／依小孩的成熟程度給玩具。

335

ばったり 二3 6

副 物體突然倒下（跌落）貌；突然相遇貌；突然終止貌。

類 偶々

△ 友人たちにばったり会ったばかりに、飲みにいくことになってしまった／因為與朋友們不期而遇，所以就決定去喝酒了。

はってん [発展] 二3 6

名·自サ 擴展，發展；活躍，活動。

類 発達

△ 驚いたことに、町はたいへん発展していました／令人驚訝的是，小鎮蓬勃發展起來了。

はつでん [発電] 二 6

名·他サ 發電。

△ この国では、風力による発電が行なわれています／這個國家，以風力來發電。

はつばい [発売] 二 6

名·他サ 賣，出售。

類 売り出す

△ 新商品発売の際には、大いに宣伝しましょう／銷售新商品時，我們來大力宣傳吧！

はっぴょう [発表] 二3 6

名·他サ 發表，宣布，聲明；揭曉。

類 公表

△ こんなに面白い意見は、発表せずにはいられません／這麼有趣的意見，實在無法不提出來。

はつめい [発明] 二3 6

名·他サ 發明。

類 発案

△ 社長は、新しい機械を発明するたびにお金をもうけています／每逢社長研發出新型機器，就會賺大錢。

はで [派手] 二3 6

名·形動 （服裝等）鮮艷的，華麗的；（為引人注目而動作）誇張，做作。

反 地味 類 艶やか

△ いくらパーティーでも、そんな派手な服を着ることはないでしょう／就算是派對，也不用穿得那麼華麗吧。

はな [花] 四 2

名 花。

類 蕾

△ ここにきれいな花があります／這裡有漂亮的花。

はな [鼻] 四 2

名 鼻子。

類 鼻柱

△ 漢字は、鼻ですか？花ですか／漢字是「鼻」？還是「花」？

はなし [話] 四 2

名 話，說話，講話；談話的內容。

類 言葉

△ どんな話をしますか／你要聊什麼話

題呢？

はなしあい [話し合い]　二6

名 商量，商談。

動 語らい

△ けんかにならないうちに、話し合いで解決した／在未釀造成打架事件之前，先透過溝通解決了問題。

はなしあう [話し合う]　二36

自五 對話，談話；商量，協商，談判。

動 相談

はなしかける [話しかける]　二36

自下一 （主動）跟人說話，攀談；開始談，開始說。

動 話し始める

△ 英語で話しかける／用英語跟他人交談。

はなしちゅう [話し中]　二6

名 通話中。

動 通話中

△ 急ぎの用事で電話したときに限って、話し中である／偏偏在有急事打電話過去時，就是在通話中。

はなす [離す]　二36

他五 使…離開，使…分開；隔開，拉開距離。

反 合わせる　動 分離

△ 子どもの手を握って、離さないでください／請握住小孩的手，不要放掉。

はなす [話す]　四2

他五 說，講；告訴（別人），敘述。

動 語る

△ 彼に何を話しましたか／你跟他講了什麼？

はなはだしい [甚だしい]　二6

形 （不好的狀態）非常，很，甚。

動 激しい

△ あなたは甚だしい勘違いをしています／你誤會得非常深。

はなばなしい [華々しい]　二6

形 華麗，豪華；輝煌；壯烈。

動 立派

△ 華々しい結婚式／豪華的婚禮。

はなび [花火]　二6

名 煙火。

動 火花

△ 花火を見に行きたいわ。とてもきれいだもの／人家要去看煙火，因為真的是很漂亮嘛。

はなみ [花見]　三2

名 賞花。

動 風流

△ 花見は楽しかったかい／賞花有趣嗎？

はなやか [華やか]　二6

形動 華麗；輝煌；活躍；引人注目。

動 派手やか

△ 華やかな都会での生活／在繁華的都

は

市生活。

はなよめ [花嫁] 二6

㊔ 新娘。

反 婿 類 嫁

△ きれいだなあ。さすが花嫁(はなよめ)さんだけのことはある／好美唷！果然不愧是新娘子。

はなれる [離れる] 二36

自下一 離開，分開；離去；距離，相隔；脫離（關係），背離。

反 合う 類 別れる

△ 故郷(こきょう)を離(はな)れるに先立(さきだ)ち、みんなに挨拶(あいさつ)をしました／在離開家鄉之前，先和大家告別。

ばね 二6

㊔ 彈簧，發條；（腰、腿的）彈力，彈跳力。

類 弾き金

△ ベッドの中(なか)のばねはたいへん丈夫(じょうぶ)です／床鋪的彈簧實在是牢固啊。

はね [羽] 二36

㊔ 羽毛；（鳥與昆蟲等的）翅膀；（機器等）翼，葉片；箭翎。

類 つばさ

△ 羽(はね)のついた帽子(ぼうし)がほしい／我想要頂有羽毛的帽子。

はねる [跳ねる] 二6

自下一 跳，蹦起；飛濺；散開，散場；爆，裂開。

類 跳ぶ

△ 子犬(こいぬ)は、飛(と)んだり跳(は)ねたりして喜(よろこ)んでいる／小狗高興得又蹦又跳的。

はば [幅] 二36

㊔ 寬度，幅面；幅度，範圍；勢力；伸縮空間。

類 広狭

△ 道路(どうろ)の幅(はば)を広(ひろ)げる工事(こうじ)をしている／正在進行拓展道路的工程。

はは [母] 四2

㊔ 媽媽，母親。

反 父 類 お母さん

△ 母(はは)は、野菜(やさい)がきらいです／媽媽不喜歡蔬菜。

ははおや [母親] 二6

㊔ 母親。

反 父親 類 母

△ 息子(むすこ)が勉強(べんきょう)しないので、母親(ははおや)として嘆(なげ)かずにはいられない／因為兒子不讀書，所以身為母親的就不得不嘆起氣來。

はぶく [省く] 二36

他五 省，省略，精簡，簡化；節省。

類 略す

△ 大事(だいじ)な言葉(ことば)を省(はぶ)いたばかりに、意味(いみ)が通(つう)じなくなりました／正因為省略了關鍵的詞彙，所以意思才會不通。

はへん [破片] 二6

㊔ 破片，碎片。

類 かけら

△ ガラスの破片(はへん)が落(お)ちていた／玻璃的碎片掉落在地上。

はみがき [歯磨き] 二36

名 刷牙；牙刷；牙膏，牙膏粉。

はめる [嵌める] 二36

他下一 嵌上，鑲上；使陷入，欺騙；擲入，使沈入。

反 外す 類 挟む

△ 金属(きんぞく)の枠(わく)にガラスを嵌(は)めました／在金屬框裡，嵌上了玻璃。

ばめん [場面] 二36

名 場面，場所；情景，（戲劇、電影等）場景，鏡頭；市場的情況，行情。

類 光景

△ 最後(さいご)の場面(ばめん)は感動(かんどう)したにせよ、映画(えいが)自体(じたい)は面白(おもしろ)くなかった／就算最後一幕很動人，但電影本身還是很無趣。

はやい [早い] 四2

形 （時間等）迅速，早。

類 早々

△ 起(お)きる時間(じかん)が、早(はや)くなりました／起床的時間變早了。

はやい [速い] 四2

形 （速度等）快速。

類 素早い

△ この電車(でんしゃ)は速(はや)いですね／這電車的速度好快。

はら [原] 二6

名 平原，平地；荒原，荒地。

類 野

△ 野原(のはら)でおべんとうを食(た)べました／我在原野上吃了便當。

はら [腹] 二36

名 肚子；心思，内心活動；心情，情緒；心胸，度量；胎内，母體内。

反 背 類 腹部

△ たとえ腹(はら)が立(た)っても、黙(だま)ってがまんします／就算一肚子氣，也會默默地忍耐下來。

はらいこむ [払い込む] 二6

他五 繳納。

類 収める

△ 税金(ぜいきん)を払(はら)い込(こ)む／繳納稅金。

はらいもどす [払い戻す] 二6

他五 退還（多餘的錢），退費；（銀行）付還（存戶存款）。

類 払い渡す

△ 不良品(ふりょうひん)だったので、抗議(こうぎ)のすえ、料金(りょうきん)を払(はら)い戻(もど)してもらいました／因為是瑕疵品，經過抗議之後，最後費用就退給我了。

はらう [払う] 三2

他五 付錢；除去；傾注。

類 支払う

△ 来週(らいしゅう)までに、お金(かね)を払(はら)わなくてはいけない／下星期前得付款。

バランス [balance] 二36

(名) 平衡，均衡，均等。

(類) 釣り合い

△ この食事では、ビタミンが足りないのみならず、栄養のバランスも悪い／這一餐不僅維他命不足，連營養都不均衡。

はり [針] 二36

(名) 縫衣針；針狀物；（動植物的）針，刺。

(類) ピン

△ 針と糸で雑巾を縫った／我用針和線縫補了抹布。

はりがね [針金] 二36

(名) 金屬絲，（鉛、銅、鋼）線；電線。

(類) 鉄線

△ 針金で玩具を作った／我用銅線做了玩具。

はりきる [張り切る] 二36

(自五) 拉緊；緊張，幹勁十足，精神百倍。

(類) 頑張る

△ 主役をやるからには、はりきってやります／既然要當主角，就要打起精神好好做。

はる [春] 四2

(名) 春，春天。

(類) 春季

△ こっちは、まだ春が来ません／這邊的春天還沒有來。

はる [貼る] 四2

(他五) 貼上，糊上，黏上。

△ 切手が貼ってあります／有貼著郵票。

はる [張る] 二36

(自五·他五) 延伸，伸展；覆蓋；膨脹，負擔過重；展平，擴張；設置，布置。

(類) くっ付ける

△ 今朝は寒くて、池に氷が張るほどだった／今早好冷，冷到池塘都結了一層薄冰。

はれる [晴れる] 四2

(自下一) （天氣）晴，（雲霧）消散；（雨、雪）放晴。

(反) 曇る (類) 晴れ渡る

△ 晴れたら、どこかへ遊びに行きましょう／要是天氣放晴，我們找個地方去玩吧。

はん [半] 四2

(接尾) …半，一半。

(類) 半ば

△ もう5時半になりました／已經五點半了。

はん [反] 二6

(名·漢造) 反，反對；（哲）反對命題；犯規；反覆。

(類) 対立する

△ 隣家と反目し合う／跟隔壁反目成仇。

パン [（葡）pão]　四2

名 麵包。

訳 ブレッド

△ パンと卵を食べました／吃了麵包和蛋。

ばん [晩]　四2

名 晩，晚上。

反 昼　訳 夜

△ あの晩は、とても疲れていました／那個晚上非常疲倦。

ばん [番]　四2

名・接尾・漢造 輪班；看守；（順序）第…號；（交替）順序。

訳 順序

△ 3番の女性は、背が高くて、美しいです／三號女性，身材高挑又漂亮。

ばん [番]　二36

名・接尾・漢造 輪班；看守，守衛；（表順序與號碼）第…號；（交替）順序。

訳 順序

△ 次は誰の番ですか／下一個輪到誰了？

バン [van]　二6

名 大篷貨車。

訳 自動車

はんい [範囲]　二36

名 範圍，界線。

訳 域

△ 消費者の要望にこたえて、販売地域の範囲を広げた／為了回應消費者的期待，拓展了銷售區域的範圍。

はんえい [反映]　二6

名・自サ・他サ （光）反射；反映。

訳 反影

△ この事件は、当時の状況を反映しているに相違ありません／這個事件，肯定是反映了當下的情勢。

ハンカチ [handkerchief]　四2

名 手帕。

訳 手ぬぐい

△ だれもハンカチを持っていません／沒有人帶手帕。

パンク [puncture]　二6

名・自サ 爆胎；脹破，爆破。

訳 駄目

△ 大きな音がしたことから、パンクしたのに気がつきました／因為聽到了巨響，所以發現原來是爆胎了。

ばんぐみ [番組]　二2

名 節目。

訳 プログラム

△ 新しい番組が始まりました／新節目已經開始了。

はんけい [半径]　二6

名 半徑。

△ 彼は、行動半径が広い／他的行動範圍很廣。

は

はんこ　二36

㊔ 印章，印鑑。

類 判

△ ここにはんこを押（お）してください／請在這裡蓋下印章。

はんこう [反抗]　二6

名·自サ 反抗，違抗，反擊。

類 手向かう

△ 彼（かれ）は、親（おや）に対（たい）して反抗（はんこう）している／他反抗父母。

ばんごう [番号]　四2

㊔ 號碼，號數。

類 順

△ 番号（ばんごう）を呼（よ）ぶ前（まえ）に、入（はい）らないでください／叫到號碼前，請不要進來。

ばんごはん [晩ご飯]　四2

㊔ 晚餐。

類 晩飯

△ どこかへ行（い）って、晩（ばん）ご飯（はん）を食（た）べましょう／找個地方去吃晚餐吧。

はんざい [犯罪]　二36

㊔ 犯罪。

類 犯行

△ 犯罪（はんざい）を通（とお）して、社会（しゃかい）の傾向（けいこう）を研究（けんきゅう）する／透過犯罪來研究社會的動向。

ばんざい [万歳]　二6

名·感 萬歲；（表示高興）太好了，好極了。

類 ばんせい

△ 万歳（ばんざい）を三唱（さんしょう）する／三呼萬歲。

ハンサム [handsome]　二6

名·形動 帥，英俊，美男子。

類 美男

△ ハンサムでさえあれば、どんな男性（だんせい）でもいいそうです／聽說她只要對方英俊，怎樣的男人都行。

はんじ [判事]　二6

㊔ 審判員，法官。

類 裁判官

△ 将来（しょうらい）は判事（はんじ）になりたいと思（おも）っている／我將來想當法官。

はんせい [反省]　二36

名·他サ 反省，自省（思想與行為）；重新考慮。

類 省みる

△ 彼（かれ）は、反省（はんせい）のあまり、すっかり元気（げんき）がなくなってしまった／他反省過了頭，以致於整個人都提不起勁。

はんたい [反対]　三2

名·自サ 相反；反對。

反 賛成　類 否

△ あなたが社長（しゃちょう）に反対（はんたい）しちゃ、困（こま）りますよ／你要是跟社長作對，我會很頭痛的。

はんだん [判断]　二36

名·他サ 判斷；推斷，推測；占卜。

類 判じる

△ 上司（じょうし）の判断（はんだん）が間違（まちが）っていると知（し）り

つつ、意見を言わなかった／明明知道上司的判斷是錯的，但還是沒講出自己的意見。

ばんち [番地]

[二36]

[名] 門牌號；住址。

[類] アドレス

△ お宅は何番地ですか／您府上門牌號碼幾號？

パンツ [pants]

[二36]

[名]（男性與兒童的）褲子；西裝褲；長運動褲。

△ 子どものパンツと靴下を買いました／我買了小孩子的內褲和襪子。

バンド [band]

[二6]

[名] 帶狀物；皮帶，腰帶；樂團。

[類] ズボン

△ 太ったら、バンドがきつくなった／胖起來後皮帶變得很緊。

はんとう [半島]

[二6]

[名] 半島。

[類] 岬

△ 三浦半島に泳ぎに行った／我到三浦半島游了泳。

ハンドル [handle]

[二6]

[名]（門等）把手；（汽車、輪船）方向盤。

[類] 柄

△ 久しぶりにハンドルを握った／久違地握著了方向盤。

はんにん [犯人]

[二36]

[名] 犯人。

[類] 下手人

△ あいつが犯人とわかっているにもかかわらず、逮捕できない／儘管知道那傢伙就是犯人，還是沒辦法逮捕他。

はんばい [販売]

[二6]

[名·他サ] 販賣，出售。

[類] 売り出す

△ 商品の販売にかけては、彼の右に出る者はいない／在銷售商品上，沒有人可以跟他比。

はんぱつ [反発]

[二6]

[名·他サ·自サ] 回彈，排斥；拒絕，不接受；反攻，反抗。

[類] 否定する

△ 親に対して、反発を感じないではいられなかった／小孩很難不反抗父母。

は

はんぶん [半分]

[四2]

[名] 半，一半，二分之一。

[類] 半

△ 急いでやって、かかる時間を半分にします／加速進行，把花費的時間縮減成一半。

ばんめ [番目]

[二6]

[接尾]（助數詞用法，計算事物順序的單位）第。

[類] 番

△ 前から３番目の人／從前面算起第三個人。

ひヒ

ひ [火]

_四 _三 2

名 火；火焰。

類 火気

△ 火が静かに燃えています／火靜靜地
燃燒著。

ひ [灯]

_二 6

名 燈光，燈火。

類 灯り

△ 山の上から見ると、街の灯がきれい
だ／從山上往下眺望，街道上的燈火真
是美啊。

ひ [日]

_三 2

名 天，日子。

類 日（にち）

△ その日、私は朝から走りつづけて
いた／那一天，我從早上開始就跑個不
停。

ひ [非]

_二 3 6

漢造 非，不是。

ひ [費]

_二 3 6

漢造 消費，花費；費用。

類 ついやす

ひあたり [日当たり]

_二 3 6

名 採光，向陽處。

類 日向

△ 日当たりから見れば、この部屋は悪

くない／就採光這一點來看，這房間還
算不錯。

ピアノ [（義）piano]

_二 3 6

名 鋼琴；（樂）微弱地，輕奏。

類 琴

ビール [（荷）bier]

_二 6

名 啤酒。

類 酒

ひえる [冷える]

_三 2

自下一 變冷；變冷淡。

對 温まる 類 冷める

△ 夜は冷えるのに、毛布がないのです
か／晚上會冷，沒有毛毯嗎？

ひがい [被害]

_二 3 6

名 受害，損失。

類 損害

△ 悲しいことに、被害は拡大している
／令人感到難過的是，災情還在持續擴
大中。

ひがえり [日帰り]

_二 6

名・自サ 當天回來。

△ 課長は、日帰りで出張に行ってきた
ということだ／聽說社長出差一天，當
天就回來了。

ひかく [比較]

_二 3 6

名・他サ 比，比較。

類 比べる

△ 周囲と比較してみて、自分の実力

がわかった／和周遭的人比較過之後，認清了自己的實力在哪裡。

ひかくてき [比較的] 二36

副·形動 比較地。

類 割りに

△ 会社(かいしゃ)が比較的(ひかくてき)うまくいっているところに、急(きゅう)に問題(もんだい)がおこった／在公司營運比從前上軌道時，突然發生了問題。

ひかげ [日陰] 二36

名 陰涼處，背陽處；埋沒人間；見不得人。

類 陰

△ 日陰(ひかげ)で休(やす)む／在陰涼處休息。

ひがし [東] 四2

名 東，東方，東邊。

反 西 類 東方

△ そちらは、東(ひがし)です／那邊是東邊。

ぴかぴか 二6

副·自サ 雪亮地；閃閃發亮的。

類 きらきら

△ 机(つくえ)はほこりだらけでしたが、拭(ふ)いたらぴかぴかになりました／桌上滿是灰塵，但擦過後便很雪亮。

ひかり [光] 二36

名 光，光線；（前途）光明，有希望；光輝，威望，光榮。

反 闇 類 輝き

△ ろうそくの光(ひかり)が消(き)えかけています／蠟燭的燭光就快要熄滅了。

ひかる [光る] 二36

自五 發光，發亮；（才幹、人品、作品等）出類拔萃。

類 照る

△ 星(ほし)が光(ひか)る／星光閃耀。

ひき [匹] 四2

接尾 （鳥、蟲、魚、獸）…匹，…頭，…條，…隻。

類 頭

△ ここには、犬(いぬ)が何匹(なんびき)いますか／這裡有幾隻狗？

ひき [匹] 二36

接尾 （助數詞用法，計算動物、鳥、昆蟲的單位）頭，隻，尾；從前數錢用的單位（以十文或二十五文為一匹）；布匹的單位（以「二反」為一匹）。

類 頭

ひきうける [引き受ける] 二36

他下一 承擔，負責；照應，照料；應付，對付；繼承。

類 受け入れる

△ 仕事(しごと)についていろいろ説明(せつめい)を受(う)けたあげく、引(ひ)き受(う)けるのをやめた／聽了工作各方面的內容說明後，最後卻決定不接這份工作。

ひきかえす [引き返す] 二36

自五 返回，折回。

類 戻る

△ 橋(はし)が壊(こわ)れていたので、引(ひ)き返(かえ)さざる

ひ

をえなかった／因為橋壞了，所以不得不掉頭回去。

ひきざん [引き算] 二36

名 減法。

反 足し算　類 減法

△ 子どもに引き算の練習をさせた／我叫小孩演練減法。

ひきだし [引き出し] 三2

名 抽屜。

△ 引き出しの中には、鉛筆とかペンとかがあります／抽屜中有鉛筆跟筆等。

ひきだす [引き出す] 二6

他五 抽出，拉出；引誘出，誘騙；（從銀行）提取，提出。

類 連れ出す

△ 部長は、部下のやる気を引き出すのが上手だ／部長對激發部下的工作幹勁，很有一套。

ひきとめる [引き止める] 二6

他下一 留，挽留；制止，拉住。

△ 一生懸命引き止めたが、彼は会社を辞めてしまった／我努力挽留但他還是辭職了。

ひきょう [卑怯] 二36

名·形動 怯懦，卑怯；卑鄙，無恥。

類 卑劣

△ 彼は卑怯な男だから、そんなこともしかねないね／因為他是個卑鄙的男人，所以有可能會做出那種事唷。

ひきわけ [引き分け] 二36

名 （比賽）平局，不分勝負。

類 相子

△ 試合は、引き分けに終わった／比賽以平手收局。

ひく [引く] 四2

他五 拉，拖，曳；翻查；感染。

類 もちだす

△ 辞書を引きながら、英語の本を読みました／邊看英文書邊查字典。

ひく [弾く] 四2

他五 彈，彈奏，彈撥。

類 撥ねる

△ だれもピアノを弾きません／沒有人要彈鋼琴。

ひく [轢く] 二6

他五 （車）壓，軋（人等）。

類 轢き殺す

△ 人を轢きそうになって、びっくりした／差一點就壓傷了人，嚇死我了。

ひくい [低い] 四2

形 低，矮的；卑微，低賤。

反 高い　類 短い

△ 明日の気温は、低いでしょう／明天的氣溫應該很低吧！

ピクニック [picnic] 二6

名 郊遊，野餐。

類 遠足

ひげ 　　　　　　　　　　　 三2
名 鬍鬚。
動 八時髭（はちじひげ）
△ 今日は休みだから、ひげをそらなく
てもかまいません／今天休息，所以不
刮鬍子也沒關係。

ひげき [悲劇] 　　　　　　　 二6
名 悲劇。
反 喜劇　　形 悲しい
△ このような悲劇が二度と起こらない
ようにしよう／讓我們努力不要讓這樣
的悲劇再度發生。

ひこう [飛行] 　　　　　　　 二6
名·自サ 飛行，航空。
動 飛ぶ
△ 飛行時間は約５時間です／飛行時間
約五個小時。

ひこうき [飛行機] 　　　 四 三2
名 飛機。
動 航空機
△ あれは、飛行機ですね／那是飛機對
不對！

ひこうじょう [飛行場] 　　　 三2
名 機場。
動 空港
△ もう一つ飛行場ができるそうだ／聽
說要蓋另一座機場。

ひざ [膝] 　　　　　　　　 二36
名 膝，膝蓋。

動 膝がしら

ひざし [日差し] 　　　　　　 二6
名 陽光照射，光線。
△ まぶしいほど、日差しが強い／日光
強到令人感到炫目刺眼。

ひさしぶり [久しぶり] 　　　 三2
名·劇 許久，隔了好久。
動 久々
△ 久しぶりに、卒業した学校に行って
みた／隔了許久才回畢業的母校看看。

ひじ [肘] 　　　　　　　　　 二6
名 肘，手肘。

びじゅつかん [美術館] 　　　 三2
名 美術館。
△ 美術館で絵葉書をもらいました／
在美術館拿了明信片。

ひじょう [非常] 　　　　　　 二36
名·形動 非常，很，特別；緊急，緊迫。
動 特別
△ そのニュースを聞いて、彼は非常に
喜んだに違いない／聽到那個消息，他
一定會非常的高興。

ひじょうに [非常に] 　　　　 三2
劇 非常，很。
動 とても
△ 王さんは、非常に元気そうです／王
先生看起來很有精神。

びじん [美人] 　三③⑥

名　（文）美人，美女。

対 醜女　類 美女

ピストル [pistol] 　三⑥

名　手槍。

類 銃
△ 銀行強盗（ぎんこうごうとう）は、ピストルを持（も）っていた／銀行搶匪當時持有手槍。

ひたい [額] 　三⑥

名　前額，額頭；物體突出部分。

類 顔
△ うちの庭（にわ）は、猫（ねこ）の額（ひたい）のように狭（せま）い／我家的庭院，就像貓的額頭一般地狹小。

ビタミン [vitamin] 　三⑥

名　（醫）維他命，維生素。
△ 栄養（えいよう）からいうと、その食事（しょくじ）はビタミンが足（た）りません／就營養這一點來看，那一餐所含的維他命是不夠的。

ひだり [左] 　四②

名　左，左邊；左手。

対 右　類 左手
△ 銀行（ぎんこう）の左（ひだり）に、高（たか）い建物（たてもの）があります／銀行的左邊，有一棟高大的建築物。

ぴたり 　三⑥

副　突然停止；緊貼地，緊緊地；正好，正合適，正對。

類 ぴったり
△ その占（うらな）い師（し）の占（うらな）いは、ぴたりと当（あ）た

った／那位占卜師的占卜，完全命中。

ひっかかる [引っ掛かる] 　三⑥

自五　掛起來，掛上，卡住；連累，牽累；受騙，上當；心裡不痛快。

類 囚（とら）われる
△ 凧（たこ）が木（き）に引（ひ）っ掛（か）かってしまった／風箏纏到樹上去了。

ひっき [筆記] 　三⑥

名・他サ　筆記；記筆記。

対 口述　類 筆写
△ 筆記試験（ひっきしけん）はともかく、実技（じつぎ）と面接（めんせつ）の点数（てんすう）はよかった／先不說筆試結果如何，術科和面試的成績都很不錯。

びっくり 　三②

副・自サ　驚嚇，吃驚。

類 驚（おどろ）く
△ びっくりさせないでください／請不要嚇我。

びっくり 　三③⑥

副・自サ　吃驚，嚇一跳。

類 驚（おどろ）く
△ 田中（たなか）さんは美人（びじん）になって、本当（ほんとう）にびっくりするくらいでした／田中小姐變成大美人，叫人真是大吃一驚。

ひっくりかえす
[引っくり返す] 　三⑥

他五　推倒，弄倒，碰倒；顛倒過來；推翻，否決。

類 覆（くつがえ）す

△ 箱を引っくり返して、中のものを調べた／把箱子翻出來，查看了裡面的東西。

ひっくりかえる [引っくり返る] 二6
自五 翻倒，顛倒，翻過來；逆轉，顛倒過來。
類 覆る
△ ニュースを聞いて、ショックのあまり引っくり返ってしまった／聽到這消息，由於太過吃驚，結果翻了一跤。

ひづけ [日付] 二36
名 （報紙、新聞上的）日期。
類 日取り
△ 日付が変わらないうちに、この仕事を完成するつもりです／我打算在今天之內完成這份工作。

ひっこし [引っ越し] 二36
名 搬家，遷居。
類 転居

ひっこす [引っ越す] 三2
自サ 搬家，遷居。
類 引き移る
△ 大阪に引っ越すことにしました／決定搬到大阪。

ひっこむ [引っ込む] 二6
自五・他五 引退，隱居；縮進，縮入；拉入，拉進；拉攏。
類 退く

△ あなたは関係ないんだから、引っ込んでいてください／這跟你沒關係，請你走開！

ひっし [必死] 二36
名・形動 必死；拼命，殊死。
類 命懸け
△ 必死になりさえすれば、きっと合格できます／只要你肯拼命的話，一定會考上。

ひっしゃ [筆者] 二36
名 作者，筆者。
類 書き手
△ 筆者のことだから、面白い結末を用意してくれているだろう／如果是那位作者的話，一定會為我們準備個有趣的結局吧。

ひつじゅひん [必需品] 二6
名 必需品，日常必須用品。
△ いつも口紅は持っているわ。必需品だもの／我總是都帶著口紅呢！因為它是必需品嘛！

ぴったり 二36
副・自サ 緊緊地，嚴實地；恰好，正適合；說中，猜中。
類 ちょうど
△ そのドレスは、あなたにぴったりですよ／這件禮服，真適合你穿啊！

ひっぱる [引っ張る] 二36
他五 （用力）拉；拉上，拉緊；強

拉走；引誘；拖長；拖延；拉（電線
等）；（棒球向左面或右面）打球。
<ruby>他<rt></rt></ruby> 引く
△ <ruby>人<rt>ひと</rt></ruby>の<ruby>耳<rt>みみ</rt></ruby>を<ruby>引<rt>ひ</rt></ruby>っ<ruby>張<rt>ば</rt></ruby>る／拉人的耳朵。

ひつよう [必要]　　　　≡②

(名・形動) 需要，必要。

(反) 不要　(類) 必需
△ <ruby>必要<rt>ひつよう</rt></ruby>だったら、さしあげますよ／如
果需要就送您。

ひてい [否定]　　　　　≡⑥

(名・他サ) 否定，否認。

(反) 肯定　(類) 打ち消す
△ <ruby>方法<rt>ほうほう</rt></ruby>に<ruby>問題<rt>もんだい</rt></ruby>があったことは、<ruby>否定<rt>ひてい</rt></ruby>し
がたい／難以否認方法上出了問題。

ビデオ [video]　　　　≡⑥

(名) 影像，錄影；錄影機；錄影帶。

(類) レコード

ひと [一]　　　　　　　≡⑥

(接頭) 一個；一回；稍微；以前。
△ ひと<ruby>風呂<rt>ふろ</rt></ruby><ruby>浴<rt>あ</rt></ruby>びる／沖個澡。

ひと [人]　　　　　　　四②

(名) 人，人類；（社會上一般的）人；他
人，旁人。

(類) 人間
△ あそこにも<ruby>人<rt>ひと</rt></ruby>がいます／那裡也有
人。

ひどい　　　　　　　　≡②

(形) 殘酷；過分；非常。

(類) すごい
△ そんなひどいことを<ruby>言<rt>い</rt></ruby>うな／別說那
麼過分的話。

ひどい [酷い]　　　　　≡③⑥

(形) 無情的，粗暴的，殘酷的，不講理
的；激烈，凶猛，厲害。

(類) すごい
△ <ruby>頭<rt>あたま</rt></ruby>に<ruby>来<rt>き</rt></ruby>たからといって、そんな<ruby>酷<rt>ひど</rt></ruby>い
ことを<ruby>言<rt>い</rt></ruby>わないでよ／就算你剛好氣到
頭上來，也不要說那麼過份的話啊。

ひとこと [一言]　　　　≡③⑥

(名) 一句話；三言兩語。

(類) 少し
△ <ruby>最近<rt>さいきん</rt></ruby>の<ruby>社会<rt>しゃかい</rt></ruby>に<ruby>対<rt>たい</rt></ruby>して、ひとこと<ruby>言<rt>い</rt></ruby>わ
ずにはいられない／我無法忍受不去對
最近的社會，說幾句抱怨的話。

ひとごみ [人込み]　　　≡⑥

(名) 人潮擁擠（的地方），人山人海。

(類) 込み合い
△ <ruby>人込<rt>ひとご</rt></ruby>みでは、すりに<ruby>気<rt>き</rt></ruby>をつけてくだ
さい／在人群中，請小心扒手。

ひとさしゆび [人差し指]　≡⑥

(名) 食指。

(類) 指
△ <ruby>彼女<rt>かのじょ</rt></ruby>は、<ruby>人差<rt>ひとさ</rt></ruby>し<ruby>指<rt>ゆび</rt></ruby>に<ruby>指輪<rt>ゆびわ</rt></ruby>をしている
／她的食指上帶著戒指。

ひとしい [等しい]　　　≡③⑥

(形) （性質、數量、狀態、條件等）相等
的，一樣的；相似的。

類 同じ

△ AプラスBはCプラスDに等しい／A加B等於C加D。

ひとすじ [一筋] 二6

名 一條，一根；（常用「一筋に」）一心一意，一個勁兒。

類 一条

△ 一筋の道／一條道路。

ひとつ [一つ] 四2

名 （數）一；一個；一歲。

類 一個

△ 石鹸を一つください／請給我一個香皂。

ひとつき [一月] 四2

名 一個月。

△ 一月の間、なにもしませんでした／一個月當中什麼都沒做。

ひととおり [一通り] 二36

副 大概，大略；（下接否定）普通，一般；一套；全部。

類 一応

△ 看護婦として、一通りの勉強はしました／大略地學過了護士課程。

ひとどおり [人通り] 二6

名 人來人往，通行；來往行人。

類 行き来

△ デパートに近づくにつれて、人通りが多くなった／離百貨公司越近，來往的人潮也越多。

ひとまず [一先ず] 二36

副 （不管怎樣）暫且，姑且。

類 とりあえず

△ 細かいことはぬきにして、一先ず大体の計画を立てましょう／先跳過細部，暫且先做一個大概的計畫吧。

ひとみ [瞳] 二6

名 瞳孔，眼睛。

類 目

△ 少年は、涼しげな瞳をしていた／這個少年他有著清澈的瞳孔。

ひとめ [人目] 二36

名 世人的眼光，衆目，眼目；旁人看見。

類 傍目

△ 人目を避ける／避人耳目。

ひとやすみ [一休み] 二36

名·自サ 休息一會兒。

類 休み

△ 疲れないうちに、一休みしましょうか／在疲勞之前，先休息一下吧！

ひとり [一人] 四2

名 一人；一個人；單獨一個人。

類 一人（いちにん）

△ あなた一人だけですか／只有你一個人嗎？

ひとりごと [独り言] 二6

名 自言自語（的話）。

類 独白

ひ

△ 彼はいつも独り言ばかり言っている／他時常自言自語。

ひとりでに [独りでに]
二36

副 自行地，自動地，自然而然也。

類 自ずから

△ 人形が独りでに動くわけがない／人偶不可能會自己動起來的。

ひとりひとり [一人一人]
二36

名 逐個地，依次的；人人，每個人，各自。

類 一人ずつ

△ 教師になったからには、生徒一人一人をしっかり育てたい／既然當了老師，就想把學生一個個都確實教好。

ビニール [vinyl]
二36

名 （化）乙烯基；乙烯基樹脂；塑膠。

ひにく [皮肉]
二6

名・形動 皮和肉；挖苦，諷刺，冷嘲熱諷；令人啼笑皆非。

類 風刺

△ あいつは、会うたびに皮肉を言う／每次見到他，他就會說些諷刺的話。

ひにち [日にち]
二6

名 日子，時日；日期。

類 日

△ 会議の時間ばかりか、日にちも忘れてしまった／不僅是開會的時間，就連日期也都忘了。

ひねる [捻る]
二6

他五 （用手）扭，擰；（俗）打敗，擊敗；別有風趣。

類 回す

△ 頭を捻って考えたが、答えはわかりません／絞盡腦汁想卻還是想不出答案。

ひのいり [日の入り]
二6

名 日暮時分，日落，黃昏。

反 日の出　類 夕日

△ 日の入りは何時ごろですか／黃昏大約是幾點？

ひので [日の出]
二6

名 日出（時分）。

反 日の入り　類 朝日

△ 明日は、山の上で日の出を見る予定です／明天計畫要到山上看日出。

ひはん [批判]
二6

名・他サ 批評，批判，評論。

類 批評

△ そんなことを言うと、批判されるおそれがある／你說那種話，有可能會被批評的。

ひび [皹]
二6

名 （陶器、玻璃等）裂紋，裂痕；（人和人之間）發生裂痕；（身體、精神）發生毛病。

類 出来物

△ 茶碗にひびが入った／碗裂開了。

ひびき [響き]　　　　　　　二6

(名) 聲響，餘音；回響，迴響，震動；傳播振動；影響，波及。

(類) 影響

△ 音楽の響きがすばらしく、震えるくらいでした／音樂的迴響實在出色，有如全身都要震動般的感覺。

ひびく [響く]　　　　　　　二36

(自五) 響，發出聲音；發出回音，震響；傳播震動；波及；出名。

(類) 鳴り渡る

△ 銃声が響いた／槍聲響起。

ひひょう [批評]　　　　　　二36

(名・他サ) 批評，批論。

(類) 批判

△ 先生の批評は、厳しくてしようがない／老師給的評論，實在有夠嚴厲。

ひふ [皮膚]　　　　　　　　二36

(名) 皮膚。

(類) 肌

ひま [暇]　　　　　　　　　四2

(名・形動) 時間，功夫；空閒時間，暇餘。

(反) 忙しい　(類) 手空き

△ 1時から2時まで暇です／一點到兩點有空。

ひみつ [秘密]　　　　　　　二36

(名・形動) 秘密，機密。

(反) 公開　(類) 内緒

びみょう [微妙]　　　　　　二6

(形動) 微妙的。

(類) 玄妙

△ 社長の交代に伴って、会社の雰囲気が微妙に変わった／伴隨著社長的交接，公司裡的氣氛也變得很微妙。

ひも [紐]　　　　　　　　　二36

(名) (布、皮革等的)細繩，帶；(暗中操作的)條件；(妓女等的)情夫。

(類) 緒

ひゃく [百]　　　　　　　　四2

(名) 一百；數目眾多；一百歲。

△ どちらの人が、100歳ですか／哪位已經一百歲了？

ひやす [冷やす]　　　　　　二36

(他五) 使變涼，冰鎮；(喻)使冷静。

(類) 冷やかす

△ ミルクを冷蔵庫で冷やしておく／把牛奶放在冰箱冷藏。

ひゃっかじてん [百科辞典]　二6

(名) 百科全書。

△ 百科辞典というだけあって、何でも載っている／到底是本百科全書，真的是裡面什麼都有。

ひよう [費用]　　　　　　　二36

(名) 費用，開銷。

(類) 経費

△ たとえ費用が高くてもかまいません／即使費用在怎麼貴也沒關係。

びょう [美容]

（名） 美容。

（類） 理容

△ 肌がきれいになったのは、化粧品の美容効果にほかならない／肌膚會變好，全都是靠化妝品的美容成效。

ひょう [表]

（名・漢造） 表，表格；奏章；表面，外表；表現；代表；表率。

△ 仕事でよく表を作成します／工作上經常製作表格。

びょう [秒]

（名・漢造） （時間單位）秒；（角度、經緯度的單位）秒。

びょう [病]

（漢造） 病，患病；毛病，缺點。

（類） 病む

△ 彼は難病にかかった／他罹患了難治之症。

びょういん [病院]

（名） 醫院。

（類） 医院

△ 子供は、病院がきらいです／小孩不喜歡醫院。

ひょうか [評価]

（名・他サ） 定價，估價；評價。

（類） 批評

△ 部長の評価なんて、気にすることはありません／你用不著去在意部長給的評價。

びょうき [病気]

（名） 生病，疾病；毛病，缺點。

（類） 病（やまい）

△ 病気で会社を休みました／因為生病，所以向公司請假。

ひょうげん [表現]

（名・他サ） 表現，表達，表示。

（對） 理解 （類） 描写

△ 意味は表現できたとしても、雰囲気はうまく表現できません／就算有辦法將意思表達出來，氣氛還是無法傳達的很好。

ひょうご [標語]

（名） 標語。

（類） スローガン

ひょうし [表紙]

（名） 封面，封皮，書皮。

△ 本の表紙がとれてしまった／書皮掉了。

ひょうしき [標識]

（名） 標誌，標記，記號，信號。

（類） 目印

△ この標識は、どんな意味ですか／這個標誌代表著什麼意思？

ひょうじゅん [標準]

（名） 標準，水準，基準。

（類） 基準

△ 日本の 標 準 的な 教 育について 教え
てください／請告訴我標準的日本教育
是怎樣的教育。

ひょうじょう [表情]　　三36

名 面部表情。

対 顔つき

△ 彼は、辛いことがあったわりには、
表 情 が明るい／他雖遇上了難受的
事，但是表情卻很開朗。

びょうどう [平等]　　三36

名・形動 平等，同等。

対 公平

△ 人間はみな平等であるべきだ／人人
須平等。

ひょうばん [評判]　　三36

名 （社會上的）評價，評論；名聲，名
譽；受到注目，聞名；傳說，風聞。

対 噂

△ みんなの評判からすれば、彼はすば
らしい歌手のようです／就大家的評價
來看，他好像是位出色的歌手。

ひょうほん [標本]　　三6

名 標本；（統計）樣本；典型。

対 見本

ひょうめん [表面]　　三36

名 表面。

対 表

△ 布の表面全体にわたる汚れが、どう
しても落ちなかった／染在布面上的整

片污漬，怎麼也洗不掉。

ひょうろん [評論]　　三6

名・他サ 評論，批評。

対 批評

△ 評 論家として、一言意見を述べた
いと思います／我想以評論家的身分，
表達一下意見。

ビラ [bill]　　三6

名 （宣傳、廣告用的）傳單。

対 広告

ひらがな [平仮名]　　四2

名 平假名。

△ 平仮名は易しいが、漢字は難しい／
平假名很容易，但是漢字很難。

ひ

ひらく [開く]　　三2

自五・他五 綻放；開，拉開。

対 開ける

△ ばらの花が開きだした／玫瑰花綻放
開來了。

ビル [building的省略説法]　　三2

名 高樓，大廈。

△ このビルは、あのビルより高いです
／這棟大廈比那棟大廈高。

ひる [昼]　　四2

名 中午；白天，白晝；午飯。

対 夜　　対 昼間

△ 昼に、どこでご飯を食べますか／中
午要到哪裡吃飯？

ひるごはん [昼ご飯] 　　四2
图 午餐。
勤 昼飯
△ 昼ご飯は食べましたか？まだですか
／吃過午餐了嗎？還是還沒吃？

ビルディング [building] 　二36
图 建築物。
△ ずいぶん高いビルディングが建ちま
したね／真是蓋了棟高大建築物啊。

ひるね [昼寝] 　　二36
图・自サ 午睡。
△ 公園で昼寝をする／在公園午睡。

ひるま [昼間] 　　三2
图 白天，白晝。
勤 昼
△ 彼は、昼間は忙しいと思います／我
想他白天應該很忙吧！

ひるやすみ [昼休み] 　三2
图 午休。
△ 昼休みなのに、仕事をしなければな
りませんでした／午休卻得工作。

ひろい [広い] 　　四2
形 （面積、空間）寬廣；（幅度）寬
闊；（範圍）廣泛。
反 狭い　勤 広々
△ 公園は、どのぐらい広かったですか
／公園大概有多大？

ひろう [拾う] 　　三2

他五 撿拾；叫車。
反 落とす　勤 拾い上げる
△ 公園でごみを拾わせられた／被叫去
公園撿垃圾。

ひろがる [広がる] 　二36
自五 開放，展開；（面積、規模、範
圍）擴大，蔓延，傳播。
反 挟まる　勤 拡大
△ 悪い噂は、広がる一方だなあ／負面
的傳聞，越傳越開了。

ひろげる [広げる] 　二36
他下一 打開，展開；（面積、規模、範
圍）擴張，發展。
反 挟める　勤 拡大
△ 犯人が見つからないので、捜査の範
囲を広げるほかはない／因為抓不到犯
人，所以只好擴大捜査範圍了。

ひろさ [広さ] 　　二36
图 寬度，幅度。

ひろば [広場] 　　二36
图 廣場；場所。
勤 空き地
△ 集会は、広場で行われるに相違な
い／集會一定是在廣場舉行的。

ひろびろ [広々] 　　二6
副・自サ 寬闊的，遼闊的。
△ この公園は広々としていて、子ども
たちが走りまわれるほどです／這個公
園非常寬闊，寬到小孩子可以到處跑的

356

程度。

ひろめる [広める]　　　二36

他下一 擴大，傳播；普及，推廣；披露，宣揚。

反 触れる
△ この知識を、多くの人に広めるべきです／這個知識，應該要推廣讓更多人知道。

ひん [品]　　　二6

名・漢造 （東西的）品味，風度；辨別好壞；品質；種類。

類 人柄
△ 彼の話し方は品がなくて、あきれるくらいでした／他講話沒風度到令人錯愕的程度。

ひん [賓]　　　二6

名 來賓。

ピン [pin]　　　二6

名 大頭針，別針；（機）拴，樞。
△ ピンで髪を留めた／我用髮夾夾住了頭髮。

びん [瓶]　　　二36

名 瓶，瓶子。

びん [便]　　　二6

名・漢造 書信；郵寄，郵遞；（交通設施等）班機，班車；機會，方便。
△ 次の便で台湾に帰ります／我搭下一班飛機回台湾。

ピンク [pink]　　　二36

名 桃紅色，粉紅色；桃色，色情；（植）石竹。

類 赤

びんせん [便箋]　　　二36

名 信紙，便箋。

類 用紙
△ 便箋と封筒を買ってきた／我買來了信紙和信封。

びんづめ [瓶詰]　　　二36

名 瓶裝；瓶裝罐頭。
△ 瓶詰めのビールをください／給我瓶裝的啤酒。

ふフ

ふ [不]　　　二36

漢造 不；壞；醜；笨。

ぶ [無]　　　二6

漢造 無，沒有，缺乏。

ぶ [分]　　　二6

名・接尾 （優劣的）形勢，（有利的）程度；厚度；十分之一；百分之一。
△ 分が悪い試合と知りつつも、一生懸命戦いました／即使知道這是個沒有勝算的比賽，還是拼命地去奮鬥。

ぶ [部] 　　　　　　　　　　二36

（名·漢造）部分；部門；部類；（團體組織上的機構名）部；（助數詞用法，計算書報等的單位）部，冊，份。

ファスナー [fastener] 　　　二6

（名）（提包、皮包與衣服上的）拉鍊。

（動）ジッパー

△ このバッグにはファスナーがついています／這個皮包有附拉鍊。

ふあん [不安] 　　　　　　二36

（名·形動）不安，不放心，擔心；不穩定。

（動）心配

△ 不安のあまり、友だちに相談に行った／因為實在是放不下心，所以找朋友來聊聊。

フィルム [film] 　　　　　　四2

（名）底片，膠片；影片；電影。

（動）カメラ

△ カメラにフィルムを入れました／將底片裝進相機。

ふう [風] 　　　　　　　　　二36

（名·漢造）樣子，態度；風度；習慣；情況；傾向；打扮；風；風教；風景；因風得病；諷刺。

△ 今風のスタイル／時尚的樣式。

ふうけい [風景] 　　　　　　二6

（名）風景，景致；情景，光景，狀況；（美術）風景。

（動）景色

△ すばらしい風景を見ると、写真に撮らずにはいられません／只要一看到優美的風景，就會忍不住拍起照來。

ふうせん [風船] 　　　　　　二6

（名）氣球，氫氣球。

（動）気球

△ 子どもが風船をほしがった／小孩想要氣球。

ふうぞく [風俗] 　　　　　　二6

（名）風俗；服裝，打扮；社會道德。

（動）民俗

ふうとう [封筒] 　　　　　　四2

（名）信封，封套；文件袋。

（動）袋

△ どちらの封筒に入れましたか／你放進了哪個信封？

ふうふ [夫婦] 　　　　　　　二36

（名）夫婦，夫妻。

（動）夫妻

プール [pool] 　　　　　　　四2

（名）游泳池。

（動）水泳場

△ 勉強する前に、プールで泳ぎます／唸書之前，先到游泳池游泳。

ふうん [不運] 　　　　　　　二6

（名·形動）運氣不好的，倒楣的，不幸的。

（動）不幸せ

△ 不運を嘆かないではいられない／倒

楣到令人不由得嘆起氣來。

ふえ [笛] 二36

〔名〕 橫笛；哨子。

〔類〕 フルート

△ 笛による合図で、ゲームを始める／以笛聲作為信號開始了比賽。

ふえる [増える] 三2

〔自下一〕 增加，增多。

〔類〕 加わる

△ 結婚しない人が増えだした／不結婚的人多起來了。

フォーク [fork] 四2

〔名〕 叉子，餐叉。

〔類〕 ナイフ

△ フォークやスプーンなどは、ありますか／有叉子或湯匙嗎？

ふか [不可] 二6

〔名〕 不可，不行；（成績評定等級）不及格。

〔類〕 駄目

△ 鉛筆で書いた書類は不可です／用鉛筆寫的文件是不行的。

ふかい [深い] 三2

〔形〕 深的；深刻；深刻。

〔反〕 浅い 〔類〕 奥深い

△ このプールは深すぎて、危ない／這個游泳池太過深了，很危險！

ふかまる [深まる] 二6

〔自五〕 加深，變深。

△ 秋が深まる／秋深。

ぶき [武器] 二6

〔名〕 武器，兵器；（有利的）手段，武器。

〔類〕 兵器

△ 中世ヨーロッパの武器について調べている／我調查了有關中世代的歐洲武器。

ふきそく [不規則] 二6

〔名・形動〕 不規則，無規律；不整齊，凌亂。

〔類〕 でたらめ

△ 生活が不規則になりがちだから、健康に気をつけて／你的生活型態有不規律的傾向，要好好注意健康。

ふきゅう [普及] 二36

〔名・自サ〕 普及。

〔類〕 流通

△ 当時は、テレビが普及しかけた頃でした／當時正是電視開始普及的時候。

ふきん [付近] 二36

〔名〕 附近，一帶。

〔類〕 辺り

△ 駅の付近はともかく、他の場所には全然店がない／姑且不論車站附近，別的地方完全沒商店。

ふく [吹く] 四2

〔自五〕 （風）刮，吹；（緊縮著嘴唇）

吹，吹氣。

動 動く
△風が吹きます／風吹拂著。

ふく [吹く]　⊜36

他五・自五 （風）刮，吹；（用嘴）吹；吹（笛等）；吹牛，說大話。

動 動く
△強い風が吹いてきましたね／吹起了強風呢。

ふく [副]　⊜6

名・漢造 副本，抄件；副；附加，附帶。

動 写し

ふく [服]　四2

名 衣服（數）。

動 着物
△どの服を着て行きますか／你要穿哪件衣服去？

ふくざつ [複雑]　⊜2

名・形動 複雜。

反 簡単　**繁** 繁雑
△日本語と英語と、どちらのほうが複雑だと思いますか／日語與英語，你覺得哪個比較複雜？

ふくし [副詞]　⊜36

名 副詞。
△副詞は動詞などを修飾します／副詞修飾動詞等詞類。

ふくしゃ [複写]　⊜6

名・他サ 複印，複制；抄寫，繕寫。

繁 コピー
△書類は一部しかないので、複写するほかはない／因為資料只有一份，所以只好拿去影印。

ふくしゅう [復習]　⊜2

名・他サ 複習。

反 予習　**繁** 温習
△授業の後で、復習をしなくてはいけませんか／下課後一定得複習嗎？

ふくすう [複数]　⊜6

名 複數。

反 単数
△犯人は、複数いるのではないでしょうか／是不是有多個犯人呢？

ふくそう [服装]　⊜36

名 服裝，服飾。

繁 身なり
△面接では、服装に気をつけるばかりでなく、言葉も丁寧にしましょう／面試時，不單要注意服裝儀容，講話也要恭恭敬敬的！

ふくむ [含む]　⊜36

他五・自四 含（在嘴裡）；帶有，包含；瞭解，知道；含蓄，懷（恨）；鼓起；（花）含苞。

動 包む
△税金を含むか含まないかにかかわらず、この値段はちょっと高すぎる／無論含稅與否，這價錢有點太貴了。

ふくめる [含める]

(他下一) 包含，含括；囑咐，告知，指導。

類 入れる

△ 先生も含めて、クラス会の参加者は50名です／包含老師，參加班級會議的共有50位。

ふくらます [膨らます]

(他五) (使) 弄鼓，吹鼓。

△ 風船を膨らまして、子どもたちに配った／吹鼓氣球分給了小朋友們。

ふくらむ [膨らむ]

(自五) 鼓起，膨脹；（因為不開心而）噘嘴。

類 膨れる

△ このままでは、赤字が膨らむおそれがあります／照這樣下去，赤字恐怕會越來越多。

ふくろ [袋]

(名) 口袋；腰包；(俗) 子宮的別名；水果的內皮；類似袋子的東西；不能通過。

類 封筒

ふけつ [不潔]

(名・形動) 不乾淨，骯髒；（思想）不純潔。

類 汚い

△ 不潔にしていると病気になりますよ／不保持清潔會染上疾病喔。

ふける [更ける]

(自下一) (秋) 深；(夜) 闌。

類 遅い

ふける [老ける]

(自下一) 上年紀，老。

類 年取る

△ 彼女はなかなか老けない／她都不會老。

ふこう [不幸]

(名) 不幸，倒楣；死亡，喪事。

類 不幸せ

ふごう [符号]

(名) 符號，記號；(數) 符號（正負的）。

類 印

ふさい [夫妻]

(名) 夫妻。

類 夫婦

△ 田中夫妻はもちろん、息子さんたちも出席します／田中夫妻就不用說了，他們的小孩子也都會出席。

ふさがる [塞がる]

(自五) 阻塞；關閉；佔用，佔滿。

類 つまる

△ トイレは今塞がっているので、後で行きます／現在廁所擠滿了人，待會我再去。

ふ

ふさぐ [塞ぐ]

(他五・自五) 塞閉；阻塞，堵；佔用；不舒服，鬱悶。

📖 閉じる

△ 大きな荷物で道を塞がないでください／請不要將龐大貨物堵在路上。

ふざける [巫山戯る]

(自下一) 開玩笑，戲謔；愚弄人，戲弄人；（男女）調情，調戲；（小孩）吵鬧。

📖 騒ぐ

△ ちょっとふざけただけだから、怒らないで／只是開個小玩笑，別生氣。

ぶさた [無沙汰]

(名・自サ) 久未通信，久違，久疏問候。

📖 ご無沙汰

△ ご無沙汰して、申し訳ありません／久疏問候，真是抱歉。

ふし [節]

(名) （竹、葦的）節；關節，骨節；（線、繩的）繩結；曲調。

📖 時

△ 竹にはたくさんの節がある／竹子上有許多枝節。

ぶし [武士]

(名) 武士。

📖 武人

△ うちは武士の家系です／我是武士世家。

ぶじ [無事]

(名・形動) 平安無事，無變故；健康；最好，沒毛病；沒有過失。

📖 安らか

△ 息子の無事を知ったとたんに、母親は気を失った／一得知兒子平安無事，母親便昏了過去。

ふしぎ [不思議]

(名・形動) 奇怪，難以想像，不可思議 。

📖 神秘

△ ひどい事故だったので、助かったのが不思議なくらいです／因為是很嚴重的事故，所以能得救還真是令人覺得不可思議。

ぶしゅ [部首]

(名) （漢字的）部首。

△ この漢字の部首はわかりますか／你知道這漢字的部首嗎？

ふじゆう [不自由]

(名・形動・自サ) 不自由，不如意，不充裕；（手腳）不聽使喚；不方便。

📖 不便

△ 学校生活が、不自由でしようがない／學校的生活令人感到極不自在。

ふじん [夫人]

(名) 夫人。

📖 妻

△ 田中夫人は、とても美人です／田中夫人真是個美人啊。

ふじん [婦人] 二36

(名) 婦女，女子。

(類) 女

△ 婦人用トイレは２階です／女性用的廁所位於二樓。

ふすま [襖] 二6

(名) 隔扇，拉門。

(類) 建具

△ 襖をあける／拉開隔扇。

ふせい [不正] 二6

(名・形動) 不正當，不正派，非法；壞行為，壞事。

(類) 悪

△ 不正を見つけた際には、すぐに報告してください／找到違法的行為時，請馬上向我報告。

ふせぐ [防ぐ] 二36

(他五) 防禦，防守，防止；預防，防備。

(類) 抑える

△ 窓を二重にして寒さを防ぐ／安裝兩層的窗戶，以禦寒。

ふそく [不足] 二36

(名・形動・自サ) 不足，不夠，短缺；缺乏，不充分；不滿意，不平。

(反) 過剰 (類) 欠ける

△ 栄養が不足がちだから、もっと食べなさい／營養有不足的傾向，所以要多吃一點。

ふぞく [附属] 二36

(名・自サ) 附屬。

(類) 従属

△ 大学の附属中学に入った／我進了大學附屬的國中部。

ふた [蓋] 二36

(名) （瓶、箱、鍋等）的蓋子；（貝類的）蓋。

(反) 身 (類) 覆い

△ ふたを取ったら、いい匂いがした／打開蓋子後，聞到了香味。

ぶたい [舞台] 二6

(名) 舞台；大顯身手的地方。

(類) 壇

△ 舞台に立つからには、いい演技をしたい／既然要站上舞台，就想要展露出好的表演。

ふたご [双子] 二6

(名) 雙胞胎，孿生，雙。

(類) 双生児

△ 顔がそっくりなことから、双子であることを知った／因為長得很像，所以知道他倆是雙胞胎。

ふたたび [再び] 二36

(副) 再一次，又，重新。

(類) また

△ 先生に対して、再び質問した／向老師再次提問。

ふたつ [二つ] 四2

名 （數）二；兩個；兩歲；兩邊，雙方。

類 ふた

△ 消しゴムを二つ、買いました／買了兩個橡皮擦。

ぶたにく [豚肉] 四2

名 豬肉。

△ 豚肉はもうありません／已經沒有豬肉了。

ふたり [二人] 四2

名 兩個人，兩人；一對（夫妻等）。

類 二人（ににん）

△ 二人で、なにか食べに行きましょう／我們兩個人，一起去吃點什麼東西吧！

ふつう [普通] 二2

名・形動 普通，平凡。

反 特別 類 通常

△ 普通のサラリーマンになるつもりだ／我打算當一名平凡的上班族。

ふだん [普段] 二36

名・副 平常，平日。

類 日常

△ ふだんからよく勉強しているだけに、テストの時も慌てない／到底是平常就有在好好讀書，考試時也不會慌。

ふち [縁] 二36

名 邊緣，框，檐，旁側。

類 縁（へり）

△ 机の縁に腰をぶつけた／我的腰撞倒了桌子的邊緣。

ぶつ [打つ] 二6

他五 （「うつ」的強調說法）打，敲。

類 たたく

△ 後頭部を強く打つ／重擊後腦杓。

ぶつ [物] 二6

名・漢造 大人物，物，東西；事物；選擇。

類 品

ふつう [普通] 二36

名・形動・副 一般，通常，普通。

反 特別 類 通常

△ 高級品ではなく、普通のがほしいです／我要的不是高級品，而是普通貨。

ふつう [不通] 二36

名 （聯絡、交通等）不通，斷絕；沒有音信。

△ 地下鉄が不通になっている／地下鐵現在不通。

ふつか [二日] 四2

名 二號，二日；兩天；第二天。

類 2日間

△ 来月の二日に、帰ってくるでしょう／下個月二號應該會回來吧？

364

ぶっか [物価]　　　　　　　二6
⊛ 物價，行市。
⊛ 値段
△ 物価が上がったせいか、生活が苦しいです／或許是物價上漲的關係，生活很辛苦。

ぶつかる　　　　　　　二36
⊛ 碰，撞；（偶然）遇上，碰上；衝突；直接談判；適逢，正當。
⊛ 突き当たる
△ 車が電柱にぶつかる／車子撞上電線桿。

ぶつける　　　　　　　二6
⊛ 扔，投；碰，撞；（偶然）碰上，遇上；正當，恰逢；衝突，矛盾。
⊛ 打ち付ける
△ 車をぶつけて、修理代を請求された／撞上了車，被對方要求償修理費。

ぶっしつ [物質]　　　　　　二6
⊛ 物質；（哲）物體，實體。
⊛ 精神　⊛ 物体
△ この物質は、温度の変化に伴って色が変わります／這物質的顏色，會隨著溫度的變化而有所改變。

ぶっそう [物騒]　　　　　二6
⊛ 騷亂不安，不安定；危險。
⊛ 不穏
△ 都会は、物騒でしようがないですね／都會裡騷然不安到不行。

ぶつぶつ　　　　　　　二6
⊛ 嘮叨，抱怨，嘟囊；煮沸貌；粒狀物，小疙瘩。
⊛ 不満
△ 一度「やる。」と言った以上は、ぶつぶつ言わないでやりなさい／既然你曾答應要做，就不要在那裡抱怨快做。

ぶつり [物理]　　　　　二36
⊛（文）事物的道理；物理（學）。
△ 物理の点が悪かったわりには、化学はまあまあだった／物理成績不好，但比較起來化學是算好的了。

ふで [筆]　　　　　　　二6
⊛ 毛筆；（用毛筆）寫的字，畫的畫；（接數詞）表蘸筆次數。
⊛ 毛筆
△ 書道を習うため、筆を買いました／為了學書法而去買了毛筆。

ふと　　　　　　　　　二36
⊛ 忽然，偶然，突然；立即，馬上。
⊛ 不意
△ ふと見ると、庭に猫が来ていた／不經意地一看，庭院跑來了一隻貓。

ふとい [太い]　　　　　四2
⊛ 粗，肥胖。
⊛ 細い　⊛ 太め
△ 足が太くなりました／腿變胖了。

ふとい [太い]　　　　　二36
⊛ 粗的；肥胖；膽子大；無恥，不要

ふ

365

臉；聲音粗。

反 細い 類 太め

△ 太いのやら、細いのやら、さまざまな木が生えている／既有粗的也有細的，長出了各種樹木。

ぶどう 三2

名 葡萄。

△ 隣のうちから、ぶどうをいただきました／隔壁的鄰居送我葡萄。

ふとう [不当] 二6

形動 不正當，非法，無理。

類 不適当

△ 不当解雇／非自願解雇。

ふとる [太る] 三2

自五 胖，肥胖。

反 細る 類 増加

△ ああ太っていると、苦しいでしょうね／胖成那樣，一定很難受吧！

ふとん [布団] 三2

名 棉被。

類 寝具

△ 布団をしいて、いつでも寝られるようにした／鋪好棉被，以便隨時可以睡覺。

ふなびん [船便] 二36

名 船運。

類 書簡

ふね [船] 三2

名 船。

類 汽船

△ 飛行機は、船より速いです／飛機比船還快。

ぶひん [部品] 二6

名 （機械等）零件。

△ 修理のためには、部品が必要です／修理需要零件才行。

ふぶき [吹雪] 二6

名 暴風雪。

類 雪

△ 吹雪は激しくなる一方だから、外に出ない方がいいですよ／暴風雪不斷地變強，不要外出較好。

ぶぶん [部分] 二36

名 部分。

反 全体 類 局部

△ この部分は、とてもよく書けています／這一個部分，寫得真是非常地不錯啊。

ふへい [不平] 二6

名·形動 不平，不滿意，牢騷。

類 不満

△ 不平があるなら、はっきり言うことだ／要是你有任何的不滿，就要說清楚。

ふべん [不便] 三2

形動 不方便。

反 便利 類 不自由

△ この機械は、不便すぎます／這機械
太不方便了。

ふぼ [父母]　　　　　　　　二6

⊛ 父母，雙親。

⊛ 親

△ 父母の要求にこたえて、授業時間を
増やした／響應父母的要求，增加了上
課時間。

ふまん [不満]　　　　　　　二36

⊛名・形動 不滿足，不滿，不平。

⊛ 満足　⊛ 不平

△ 不満げなようすだが、文句があれば
私に言いなさい／看起來好像有不滿的
樣子，有異議的話跟我說啊。

ふみきり [踏切]　　　　　　二36

⊛ （鐵路的）平交道，道口；（體）
起跳，起跳點；（相撲）腳踩出圈外；
（轉）決心。

ふむ [踏む]　　　　　　　　二2

⊛他五 踩住，踩到。

⊛ 踏まえる

△ 電車の中で、足を踏まれることはあ
りますか／在電車裡有被踩過腳嗎？

ふもと [麓]　　　　　　　　二6

⊛ 山腳。

⊛ 頂

ふやす [増やす]　　　　　　二36

⊛他五 繁殖；增加，添加。

⊛ 減らす　⊛ 加える

△ 人数を増やす／增加人數。

ふゆ [冬]　　　　　　　　　四2

⊛ 冬天，冬季。

⊛ 冬季

△ 夏と冬と、どちらが好きですか／你
喜歡夏天還是冬天？

フライパン [frypan]　　　　二6

⊛ 平底鍋。

△ フライパンで、目玉焼きを作った／
我用平底鍋煎了荷包蛋。

ブラウス [blouse]　　　　　二36

⊛ （婦女穿的）寬大的罩衫，襯衫。

ぶらさげる [ぶら下げる]　　二6

⊛他下一 佩帶，懸掛；手提，拎。

⊛ 下げる

△ 腰に何をぶら下げているの／你腰那
裡佩帶著什麼東西啊？

ブラシ [brush]　　　　　　二6

⊛ 刷子。

⊛ 刷毛

△ 洋服にブラシをかければかけるほ
ど、きれいになります／多用刷子清西
裝，就會越乾淨。

プラス [plus]　　　　　　　二36

⊛名・他サ （數）加號，正號；正數；有好
處，利益；加（法）；陽性。

⊛ マイナス　⊛ 加算

ふ

△ 働きに応じて、報酬をプラスしてあげよう／依工作情況，來增加報酬！

プラスチック [plastic; plastics] 二36

名 （化）塑膠，塑料。

プラットホーム [platform] 二36

名 月台。

△ 新宿行きは、何番のプラットホームですか／前往新宿是幾號月台？

プラン [plan] 二6

名 計畫，方案；設計圖，平面圖；方式。

類 案

△ 旅行のプランを一生懸命考えた末に、旅行自体が中止になった／絞盡腦汁地策劃了旅行計畫，最後，去旅行的計畫中止不去了。

ふり [不利] 二36

名・形動 不利。

反 有利　類 不利益

△ その契約は、彼らにとって不利です／那份契約，對他們而言是不利的。

ぶり [振り] 二36

造語 （強調時可說「っぷり」）樣子，狀態；（雅）樣式，風格；表示經過的時間；分量；形狀；體積。

類 身振り

フリー [free] 二6

名・形動 自由，無拘束，不受限制；免費；無所屬。

反 不自由　類 自由

△ 私は、会社を辞めてフリーになりました／我辭去工作後變自由了。

ふりがな [振り仮名] 二36

名 （在漢字旁邊）標註假名。

類 ルビ

△ 子どもでも読めるわ。振り仮名がついているもの／小孩子也看得懂的。因為有註假名嘛！

ふりむく [振り向く] 二6

自五 （向後）回頭過去看；回顧，理睬。

類 顧みる

△ 後ろを振り向いてごらんなさい／請轉頭看一下後面。

ふりょう [不良] 二6

名・形動 壞，不良；（道德、品質）敗壞；流氓，小混混。

反 善良　類 悪行

△ 栄養不良／營養不良。

プリント [print] 二36

名・他サ 印刷（品）；油印（講義）；印花，印染。

類 印刷

△ 説明に先立ち、まずプリントを配ります／在說明之前，我先發印的講義。

ふる [降る] 四2

自五 落，下，降（雨、雪、霜等）。

類 降り注ぐ
△ 雪が降って、寒いです／下雪好冷。

ふる [振る] 二 3 6

他五 揮，搖；撒，丟；（俗）放棄，犧牲（地位等）；謝絕，拒絕；派分；在漢字上註假名；（使方向）偏於；（經）開（票據、支票）；抬神轎。

類 振るう

△ ハンカチを振る／揮著手帕。

ふる [古] 二 6

名·漢造 （常用「おふる」的形式）舊東西；舊，舊的。

類 昔

ふるい [古い] 四 2

形 以往；老舊，年久，老式。

反 新しい 類 きゅうしき

△ この家は、とても古いです／這棟房子相當老舊。

ふるえる [震える] 二 3 6

自下一 顫抖，發抖，震動。

類 震動

△ 地震で窓ガラスが震える／窗戶玻璃因地震而震動。

ふるさと [故郷] 二 6

名 老家，故鄉。

類 ふるさと

△ わたしのふるさとは、熊本です／我的老家在熊本。

ふるまう [振舞う] 二 6

自五·他五 （在人面前的）行為，動作；請客，招待，款待。

△ 彼女は、映画女優のように振る舞った／她的舉止有如電影女星。

ブレーキ [brake] 二 6

名 煞車；制止，控制，潑冷水。

類 制動

△ 何かが飛び出してきたので、慌ててブレーキを踏んだ／突然有東西跑出來，我便緊急地踩了煞車。

プレゼント [present] 三 2

名 禮物。

類 贈り物

△ 子どもたちは、プレゼントをもらって嬉しがる／孩子們收到禮物，感到欣喜萬分。

ふれる [触れる] 二 3 6

他下一·自下一 接觸，觸摸（身體）；涉及，提到；感觸到；抵觸，觸犯；通知。

類 触(さわ)る

△ 触れることなく、箱の中にあるものが何かを知ることができます／用不著碰觸，我就可以知道箱子裡面裝的是什麼。

プロ [professional] 二 6

名 職業選手，專家。

反 アマ 類 玄人

△ プロからすれば、私たちの野球はとても下手に見えるでしょう／我想從職業的角度來看，我們棒球一定打得很爛。

ふろ [風呂]　　　　四2

㉚ 浴缸，澡盆；洗澡；洗澡熱水。

㉚ バス

△ 風呂に入ったあとで、ビールを飲みます／洗過澡後喝啤酒。

ブローチ [brooch]　　　二6

㉚ 胸針。

㉚ アクセサリー

△ 感謝をこめて、ブローチを贈りました／以真摯的感謝之意，贈上別針。

プログラム [program]　　二36

㉚ 節目（單），說明書；計畫（表），程序（表）；編制（電腦）程式。

㉚ 番組

△ 売店に行くなら、ついでにプログラムを買ってきてよ／如果你要去報攤的話，就順便幫我買個節目表吧。

ふろしき [風呂敷]　　二36

㉚ 包巾。

㉚ 荷物

△ 風呂敷によって、荷物を包む／用包袱巾包行李。

ふわふわ　　　　二36

㉛·自サ 輕飄飄地，浮躁，不沉著；軟綿綿的。

㉚ 柔らかい

△ お酒を飲みすぎて、ふわふわした気分になってきた／喝太多酒，感覺變得飄飄然的。

ふん [分]　　　　四2

㉚ （時間）…分；（角度）分。

△ 2時15分ごろ、電話が鳴りました／兩點十五分左右，電話響了。

ぶん [分]　　　　二36

㉚·漢造 部分；份；本分；地位；（事的）程度；類，樣；分開；區分；分。

ぶん [文]　　　　二36

㉚·漢造 文學，文章；花紋；修飾外表，華麗；文字，字體；學問和藝術。

㉚ 文章

△ 長い文は読みにくい／冗長的句子很難看下去。

ふんいき [雰囲気]　　二36

㉚ 氣氛，空氣。

㉚ 空気

△ 「いやだ。」とは言いがたい雰囲気だった／當時真是個令人難以說「不。」的氣氛。

ふんか [噴火]　　　二6

㉚·自サ 噴火。

△ あの山が噴火したとしても、ここは被害に遭わないだろう／就算那座火山噴火，這裡也不會遭殃吧。

ぶんか [文化]　　三2

名 文化；文明。

反 自然　類 文明

△ 外国の文化について知りたがる／我
想多了解外國的文化。

ぶんかい [分解]　　二6

名・他サ・自サ 拆開，拆卸；（化）分解；
解剖；分析（事物）。

類 分離

△ 時計を分解したところ、元に戻らな
くなってしまいました／分解了時鐘，
結果沒辦法裝回去。

ぶんげい [文芸]　　二6

名 文藝，學術和藝術；（詩、小說、戲
劇等）語言藝術。

△ 文芸雑誌を通じて、作品を発表し
た／透過文藝雜誌發表了作品。

ぶんけん [文献]　　二6

名 文獻，參考資料。

類 本

△ アメリカの文献によると、この薬は
心臓病に効くそうだ／從美國的文獻來
看，這藥物對心臟病有效。

ぶんしょう [文章]　　二36

名 文書，文件。

類 文(ふみ)

△ 文章を発表するかしないかのうち
に、読者からの手紙が来ました／剛發
表文章沒多久，就接到了從讀者的來
信。

ふんすい [噴水]　　二6

名 噴水；（人工）噴泉。

△ 広場の真ん中に、噴水があります／
廣場中間有座噴水池。

ぶんせき [分析]　　二6

名・他サ （化）分解，化驗；分析，解
剖。

反 総合

△ データを分析したら、失業が増える
おそれがあることがわかった／分析過
資料後，發現失業率有可能會上升。

ぶんたい [文体]　　二36

名 （某時代特有的）文體；（某作家特
有的）風格。

類 文章

ぶんたん [分担]　　二36

名・他サ 分擔。

類 受け持ち

△ 役割を分担する／分擔任務。

ぶんぷ [分布]　　二36

名・自サ 分布，散布。

△ この風習は、東京を中心に関東全体
に分布しています／這種習慣，以東京
為中心，散佈在關東各地。

ぶんぽう [文法]　　三2

名 文法。

△ 文法を説明してもらいたいです／想
請你說明一下文法。

ぶんぼうぐ [文房具] ㊁③⑥
㊂ 文具，文房四寶。
㊙ 文具

ぶんみゃく [文脈] ㊁⑥
㊂ 文章的脈絡，上下文的一貫性，前後文的邏輯；（句子、文章的）表現手法。
△ 作品の文脈を通じて、作家の思想を知る／藉由文章的文脈，探究作者的思想。

ぶんめい [文明] ㊁③⑥
㊂ 文明；物質文化。
㊙ 文化
△ 古代文明の遺跡を見るのが好きです／我喜歡探究古代文明的遺跡。

ぶんや [分野] ㊁⑥
㊂ 範圍，領域，崗位，戰線。
△ その分野については、詳しくありません／我不大清楚這領域。

ぶんりょう [分量] ㊁⑥
㊂ 分量，重量，數量。
△ 塩辛いのは、醤油の分量を間違えたからに違いない／會鹹肯定是因為加錯醬油份量的關係。

ぶんるい [分類] ㊁③⑥
㊂・他サ 分類，分門別類。
㊙ 類別
△ 方言を分類するのに先立ち、まずいろいろな言葉を集めた／在分類方言

前，首先先蒐集了各式各樣的字彙。

へへ

へい [塀] ㊁③⑥
㊂ 圍牆，牆院，柵欄。
㊙ 囲い
△ 塀の向こうをのぞいてみたい／我想窺視一下圍牆的那一頭看看。

へいかい [閉会] ㊁⑥
㊂・自サ・他サ 閉幕，會議結束。
㊜ 開会
△ もうシンポジウムは閉会したということです／聽說座談會已經結束了。

へいき [平気] ㊁③⑥
㊂・形動 鎮定，冷静；不在乎，不介意，無動於衷。
㊙ 冷静
△ たとえ何を言われても、私は平気だ／不管別人怎麼說，我都無所謂。

へいきん [平均] ㊁③⑥
㊂・自サ・他サ 平均；（數）平均值；平衡，均衡。
㊙ 均等
△ 集めたデータをもとにして、平均を計算しました／把蒐集來的資料做為參考，計算出平均值。

へいこう [平行] ㊁③⑥

（名・自サ）（數）平行；並行。

並 並列

△ この道は、大通りに平行に走っている／這條路和主幹道是平行的。

へいじつ [平日]　　　二36

（名）（星期日、節假日以外）平日；平常，平素。

並 週日

△ デパートは平日でさえこんなに込んでいるのだから、日曜はすごいだろう／百貨公司連平日都那麼擁擠，禮拜日肯定更多吧。

へいたい [兵隊]　　　二6

（名）士兵，軍人；軍隊。

並 軍人

へいぼん [平凡]　　　二6

（名・形動）平凡的。

並 普通

△ 平凡な人生だからといって、つまらないとはかぎらない／雖說是平凡的人生，但是並不代表就無趣。

へいや [平野]　　　二36

（名）平原。

並 平地

△ 関東平野はたいへん広い／關東平原實在寬廣。

へいわ [平和]　　　二36

（名・形動）和平，和睦。

反 戦争　**並** 太平

ページ [page]　　　四2

（名・接尾）頁。

並 丁付け

△ どのページにも、絵があります／每一頁都有圖畫。

へこむ [凹む]　　　二6

（自五）凹下，潰下；屈服，認輸；虧空，赤字。

反 出る　**並** 凹(くぼ)む

△ 表面が凹んだことから、この箱は安物だと知った／從表面凹陷來看，知道這箱子是便宜貨。

へそ [臍]　　　二6

（名）肚臍；物體中心突起部分。

△ おへそを出すファッションがはやっている／現在流行將肚臍外露的造型。

へた [下手]　　　四2

（名・形動）（技術等）不高明，笨拙；不小心。

反 上手　**並** 下（しも）

△ 私は、歌が下手です／我不太會唱歌。

へだてる [隔てる]　　　二6

（他下一）隔開，分開；（時間）相隔；遮擋；離間；不同，有差別。

並 挟む

△ 道を隔てて向こう側は隣の国です／以這條道路為分界，另一邊是鄰國。

べつ [別]　　　二36

（名・自サ・漢造）分別，區分；另外；除外，

例外；特別；分手，分別。
🔴 それぞれ

べっそう [別荘]　　　　　　二6
② 別墅。
🔴 家（いえ）
△ 夏休みは、別荘で過ごします／暑假
要在別墅度過。

ベッド [bed]　　　　　　四2
② 床，床鋪；花壇，苗床。
🔴 寝室
△ 本を読んでから、ベッドに入ります
／看過書後上床睡覺。

べつに [別に]　　　　　　三2
🔴 （後接否定）不特別。
🔴 特に
△ 別に教えてくれなくてもかまわない
よ／不教我也沒關係。

べつべつ [別々]　　　　　二36
形動 各自，分別。
🔴 別
△ 支払いは別々にする／各付各的。

ベテラン [veteran]　　　　二36
② 老手，内行。
🔴 大家
△ たとえベテランだったとしても、こ
の機械を修理するのは難しいだろう／
就算之前他是資深的老手，但要修理這
台機器還是很難吧。

へや [部屋]　　　　　　四2
② 房間；屋子；室。
🔴 間（ま）
△ この部屋は明るくて、静かです／這
個房間既明亮又安靜。

へらす [減らす]　　　　二36
他五 減，減少；削減，縮減；空
（腹）。
反 増やす　🔴 削る
△ 体重を減らす／體重減輕。

ヘリコプター [helicopter]　二6
② 直昇機。
🔴 飛行機
△ 事件の取材で、ヘリコプターに乗り
ました／為了採訪案件的來龍去脈而搭
上了直昇機。

ベル [bell]　　　　　　三2
② 鈴聲。
🔴 鈴（りん）
△ どこかでベルが鳴っています／不知
哪裡的鈴聲響了。

へる [減る]　　　　　二36
自五 減，減少；磨損；（肚子）餓。
反 増える　🔴 減じる
△ 収入が減る／收入減少。

へる [経る]　　　　　　二6
自下一 （時間）經過；（空間）通過，
路過，經由；（經驗、事物）經過。
🔴 通る

ベルト [belt] 二36

名 皮帶；（機）傳送帶；（地）地帶。

類 帯（おび）

へん [編] 二6

名・漢造 編，編輯；（詩的）卷，冊；書
編（訂書的繩）；編排，編組。

へん [偏] 二36

名・漢造 漢字的（左）偏旁；偏，偏頗。

へん [変] 三2

形動 奇怪，怪異；意外。

類 妙

△ その服は、あなたが思うほど変じゃ
ないですよ／那件衣服，其實並沒有你
想像中的那麼怪。

へん [辺] 四2

名 附近，一帶；程度，大致。

△ 鳥は、この辺へは来ません／鳥是不
會飛來這一帶的。

ペン [pen] 四2

名 筆，原子筆，鋼筆。

類 万年筆

△ あなたのペンは、これですか／你的
筆是這一支嗎？

べん [便] 二6

名・自サ・漢造 便利，方便；大小便；信
息，音信；郵遞；隨便，平常。

類 便利

△ この辺りは、交通の便がいい反面、

空気が悪い／這一地帶，交通雖便利，
空氣卻不好。

へんか [変化] 二36

名・自サ 變化，改變；（語法）變形，活
用。

類 変動

△ 街の変化はとても激しく、別の場
所に来たのかと思うぐらいです／城裡
的變化，大到幾乎讓人以為來到別處似
的。

ペンキ [pek] 二6

名 油漆。

△ ペンキが乾いてからでなければ、座
れない／不等油漆乾就不能坐。

べんきょう [勉強] 四2

名・他サ 努力學習，唸書。

類 学習

△ この本を使って勉強します／利用這
本書來學習。

へんこう [変更] 二36

名・他サ 變更，更改，改變。

類 変える

△ 予定を変更することなく、すべての
作業を終えた／一路上沒有更動原定計
畫，就做完了所有的工作。

へんじ [返事] 三2

名・自サ 回答，回覆。

類 返答

△ 早く、返事しろよ／早點回覆我。

へんじ [返事]　　　　　　⊜36

(名・自サ) 答應，回答；回信。

③ 返答
△ 大きな声で返事する／大聲回答。

へんしゅう [編集]　　　　⊜36

(名・他サ) 編集；（電腦）編輯。

③ まとめる
△ 今ちょうど、新しい本を編集している最中です／現在正好在編輯新書。

べんじょ [便所]　　　　　⊜36

(名) 廁所，便所。

③ 洗面所
△ 便所はどこでしょうか／廁所在哪裡？

ベンチ [bench]　　　　　⊜6

(名) 長椅，長凳；（棒球）教練、選手席。

③ 椅子
△ とても疲れていたので、ベンチに坐らないではいられませんでした／因為實在是很疲累，所以不得不坐在長凳上。

ペンチ [pinchers]　　　　⊜6

(名) 鉗子。

△ ペンチで針金を切断する／我用鉗子剪斷了銅線。

べんとう [弁当]　　　　　⊜36

(名) 便當，飯盒。

③ 昼弁当

べんり [便利]　　　　　　四2

(形動) 方便，便利。

(反) 不便　好都合
△ どの店が便利で安いですか／哪一家店既方便又便宜？

ほ ホ

ほ [歩]　　　　　　　　　⊜6

(名・漢造) 步，步行；（距離單位）步；程度或階段；利率，百分之一；日本將旗的一個棋子（讀做「ふ」）。

ぽい　　　　　　　　　　⊜36

(接尾・形型) （前接名詞、動詞連用形，構成形容詞）表示有某種成分或是某種傾向。
△ 彼は男っぽい／他很有男子氣概。

ほう [方]　　　　　　　　四三2

(名) （用於並列或比較屬於哪一）部類，類型。

③ 方面
△ この本の方が、面白いですよ／這本書比較有趣。

ほう [法]　　　　　　　　⊜6

(名・漢造) 法律；佛法；方法，作法；禮節；道理。

③ 法律
△ 法の改正に伴って、必要な書類が増

376

えた／隨著法案的修正，需要的文件也越多。

ぼう [棒] 二36
名·漢造 棒，棍子；（音樂）指揮；（畫的）直線，粗線。
● 桿（かん）
△ 疲れて、足が棒のようになりました／太過疲累，兩腳都僵硬掉了。

ぼう [防] 二6
漢造 防備，防止；堤防。

ぼうえき [貿易] 二2
名 貿易。
● 交易
△ 貿易の仕事は、おもしろいはずだ／貿易工作應該很有趣的！

ぼうえんきょう [望遠鏡] 二6
名 望遠鏡。
● 眼鏡
△ 望遠鏡で遠くの山を見た／我用望遠鏡觀看遠處的山峰。

ほうがく [方角] 二36
名 方向，方位。
● 方位
△ 西の方角に歩きかけたら、林さんにばったり会った／往西的方向走了之後，碰巧地遇上了林先生。

ほうき [箒] 二6
名 掃帚。

掃除をしたいので、ほうきを貸してください／我要打掃，所以想跟你借支掃把。

ほうげん [方言] 二36
名 方言，地方話，土話。
● 標準語 ● 俚語（りご）
△ 日本の方言というと、どんなのがありますか／說到日本的方言有哪些呢？

ぼうけん [冒険] 二36
名·自サ 冒險。
● 探検
△ 冒険小説が好きです／我喜歡冒險的小說。

ほうこう [方向] 二36
名 方向；方針。
● 方針
△ 泥棒は、あっちの方向に走っていきました／小偷往那個方向跑去。

ほうこく [報告] 二36
名·他サ 報告，匯報，告知。
● 報知
△ 忙しさのあまり、報告を忘れました／因為太忙了，而忘了告知您。

ぼうさん [坊さん] 二6
名 和尚。
△ あのお坊さんの話には、聞くべきものがある／那和尚說的話，確實有一聽的價值。

ほ

ぼうし [帽子] 四2

(名) 帽子。

(動) 冠（かぶ）り物
△ きれいな帽子がほしいです／我想要一頂漂亮的帽子。

ぼうし [防止] 二6

(名・他サ) 防止。

(動) 防ぐ
△ 水漏（みずも）れを防止できるばかりか、機械（きかい）も長持（ながも）ちします／不僅能防漏水，機器也耐久。

ほうしん [方針] 二36

(名) 方針；（羅盤的）磁針。

(動) 目当て
△ 政府の方針は、決まったかと思うとすぐに変更（へんこう）になる／政府的施政方針，以為要定案，卻馬上又改掉。

ほうせき [宝石] 二36

(名) 寶石。

(動) 宝玉
△ きれいな宝石（ほうせき）なので、買（か）わずにはいられなかった／因為是美麗的寶石，所以不由自主地就買了下去。

ほうそう [放送] 三2

(名・他サ) 播映，播放。
△ 英語（えいご）の番組（ばんぐみ）が放送（ほうそう）されることがありますか／有時會播放英語節目嗎？

ほうそう [放送] 二36

(名・他サ) 廣播；（用擴音器）傳播，散佈

（小道消息、流言蜚語等）。

(動) 有線放送
△ 放送の最中（さいちゅう）ですから、静（しず）かにしてください／現在是廣播中，請安靜。

ほうそう [包装] 二6

(名・他サ) 包裝，包捆。

(動) 荷造り
△ きれいな紙（かみ）で包装（ほうそう）した／我用漂亮的包裝紙包裝。

ほうそく [法則] 二36

(名) 規律，定律；規定，規則。

(動) 規則
△ 実験（じっけん）を通（とお）して、法則（ほうそく）を考察（こうさつ）した／藉由實驗來審核定律。

ほうたい [包帯] 二6

(名・他サ) （醫）繃帶。

(動) ガーゼ

ぼうだい [膨大] 二6

(名・形動) 龐大的，臃腫的，膨脹。

(動) 膨らむ
△ こんなに膨大（ぼうだい）な本（ほん）は、読（よ）みきれない／這麼龐大的書看也看不完。

ほうちょう [包丁] 二36

(名) 菜刀；廚師；烹調手藝。

(動) 刃物
△ 刺身（さしみ）を包丁（ほうちょう）でていねいに切（き）った／我用刀子謹慎地切生魚片。

ほうていしき [方程式] 二6

名 （數學）方程式。

△ 子どもが、そんな難しい方程式をわかりっこないです／這麼難的方程式，小孩子絕不可能會懂得。

ぼうはん [防犯] 二6

名 防止犯罪。

△ 住民の防犯意識にこたえて、パトロールを強化した／響應居民的防犯意識而加強了巡邏隊。

ほうふ [豊富] 二36

形動 豐富。

類 一杯

△ 商品が豊富で、目が回るくらいでした／商品很豐富，有種快眼花的感覺。

ほうほう [方法] 二36

名 方法，辦法。

類 手段

△ 方法しだいで、結果が違ってきます／因方法不同，結果也會不同。

ほうぼう [方々] 二36

名・副 各處，到處。

類 到る所

△ 方々探したが、見つかりません／四處都找過了，但還是找不到。

ほうめん [方面] 二36

名 方面，方向；領域。

類 地域

△ 新宿方面の列車はどこですか／往新宿方向的列車在哪邊？

ほうもん [訪問] 二36

名・他サ 訪問，拜訪。

類 訪れる

△ 彼の家を訪問するにつけ、昔のことを思い出す／每次去拜訪他家，就會想起以往的種種。

ぼうや [坊や] 二6

名 對男孩的親切稱呼；未見過世面的男青年；對別人男孩的敬稱。

類 子供

△ お宅のぼうやはお元気ですか／你家的小寶貝是否健康？

ほうりつ [法律] 三2

名 法律。

類 法令

△ 法律は、ぜったい守らなくてはいけません／一定要遵守法律。

ぼうりょく [暴力] 二6

名 暴力，武力。

類 乱暴

ほうる [放る] 二6

他五 拋，扔；中途放棄，棄置不顧，不加理睬。

類 うっちゃらかす

△ ボールを放ったら、隣の塀の中に入ってしまった／我將球扔了出去，結果掉進隔壁的圍牆裡。

ほえる [吠える] 二6

自下一 （狗、犬獸等）吠，吼；（人）

大聲哭喊，喊叫。

類 哮る

△ 小さな犬が大きな犬に出会って、恐怖のあまりワンワン吠えている／小狗碰上了大狗，嚇得汪汪叫。

ボーイ [boy] 二3 6

名 少年，男孩；男服務員。

類 執事（しつじ）

△ ボーイを呼んで、ビールを注文しよう／請男服務生來，叫杯啤酒喝吧。

ボート [boat] 二3 6

名 小船，小艇。

類 舟

ボーナス [bonus] 二6

名 特別紅利，花紅；獎金，額外津貼。

類 給料

△ 車を買ったので、ボーナスが全部なくなった／因為買了車，所以獎金都用光了。

ホーム [home] 二6

名 家，家庭；故鄉；本國；療養院；孤兒院。

類 家庭

ボール [ball] 二3 6

名 球；（棒球）壞球。

類 球

ボールペン [ball pen] 四2

名 原子筆，鋼珠筆。

△ あなたのボールペンは、どれですか／你的原子筆是哪一支？

ほか [外・他] 四2

名 其他，另外，別的；旁邊，旁處，外部。

類 余所

△ 外になにか質問はありますか／還有什麼其他問題嗎？

ほかく [捕獲] 二6

名・他サ （文）捕獲。

類 捕まえる

△ 鹿を捕獲する／捕獲鹿。

ほがらか [朗らか] 二6

形動 （天氣）晴朗，萬里無雲；明朗，開朗；（聲音）嘹亮；（心情）快活。

類 にこやか

△ うちの父は、いつも朗らかです／我爸爸總是很開朗。

ぼく [僕] 三2

名 我（男性用）。

類 私

△ この仕事は、僕がやらなくちゃならない／這個工作非我做不行。

ぼくじょう [牧場] 二6

名 牧場。

類 牧畜

△ 牧場には、牛もいれば羊もいる／牧場裡既有牛又有羊。

ぼくちく [牧畜]　　二6

名 畜牧。

類 畜産

△ 牧畜業が盛んになるに伴って、村は豊かになった／伴隨著畜牧業的興盛，村落也繁榮了起來。

ポケット [pocket]　　四2

名 （西裝的）口袋，衣袋。

類 隠し

△ その服に、ポケットはいくつありますか／那件衣服有幾個口袋？

ほけん [保険]　　二36

名 保險；（對於損害的）保證。

類 損害保険

△ 会社を通じて、保険に入った／透過公司投了保險。

ほこり [誇り]　　二36

名 自豪，自尊心；驕傲，引以為榮。

類 誉れ

△ 何があっても、誇りを失うものか／無論發生什麼事，我絕不捨棄我的自尊心。

ほこり [埃]　　二36

名 灰塵，塵埃。

類 塵(ちり)

△ ほこりがたまらないように、毎日そうじをしましょう／為了不要讓灰塵堆積，我們來每天打掃吧。

ほこる [誇る]　　二36

自五 誇耀，自豪。

反 恥じる　類 勝ち誇る

△ 成功を誇る／以成功自豪。

ほころびる [綻びる]　　二6

自下一 脫線；使微微地張開，綻放。

類 破れる

△ 桜が綻びる／櫻花綻放。

ほし [星]　　三2

名 星星。

類 星斗

△ 山の上では、星がたくさん見えるだろうと思います／我想在山上應該可以看到很多的星星吧！

ほしい　　四2　　ほ

形 想要，希望得到手。

類 欲する

△ 本棚もテーブルもほしいです／我想要書架，也想要餐桌。

ぼしゅう [募集]　　二36

名・他サ 募集，征募。

類 募る

△ 工場において、工員を募集しています／工廠在招募員工。

ほしょう [保証]　　二36

名・他サ 保証，擔保。

類 請け合う

△ 保証期間が切れないうちに、修理しましょう／在保固期間還沒到期前，快拿去修理吧。

ポスター [poster] 二6

- 图 海報。
- 题 看板
- △ 周囲の人の目もかまわず、スターのポスターをはがしてきた／我不管周遭的人的眼光，將明星的海報撕了下來。

ほそい [細い] 四2

- 形 細，細小；狹窄；微少。
- 反 太い 题 細やか
- △ 細いペンがほしいです／我想要支細的筆。

ほそう [舗装] 二6

- 图·他サ （用柏油等）鋪路。
- △ 舗装のしていない道／沒有鋪柏油的道路。

ほぞん [保存] 二36

- 图·他サ 保存。
- 题 保つ
- △ ファイルを保存してからでないと、パソコンのスイッチを切ってはだめです／要是沒將檔案先儲存好，就不能關電腦的電源。

ボタン [（葡）botão] 四2

- 图 扣子，鈕釦；按鈕。
- 题 止め具
- △ ボタンを強く押しました／用力地按下了按鈕。

ほっきょく [北極] 二6

- 图 北極。
- △ 北極を探検してみたいです／我想要去北極探險。

ぼっちゃん [坊ちゃん] 二36

- 图 （對別人男孩的稱呼）公子，令郎；少爺，不通事故的人，少爺作風的人。
- 题 息子
- △ 坊ちゃんは、頭がいいですね／公子真是頭腦聰明啊。

ホテル [hotel] 四2

- 图 （西式）飯店，旅館。
- 题 宿屋
- △ 日本のホテルで、どこが一番有名ですか／日本的飯店，哪一家最有名？

ほど 二2

- 副助 …的程度。
- △ あなたほど上手な文章ではありませんが、なんとか書き終わったところです／我的文章沒有你寫得好，但總算是完成了。

ほどう [歩道] 二36

- 图 人行道。
- △ 歩道を歩く／走人行道。

ほどく [解く] 二36

- 他五 解開（繩結等）；拆解（縫的東西）。
- 反 結ぶ 题 解（と）く
- △ この紐を解いてもらえますか／我可以請你幫我解開這個繩子嗎？

ほとけ [仏]
(名) 佛，佛像；（佛一般）溫厚，仁慈的人；死者，亡魂。
(類) 釈迦(しゃか)
△ 地獄で仏に会ったような気分だ／心情有如在地獄裡遇了佛祖一般。

ほとんど [殆ど]
(副) 幾乎。
(類) 大部分
△ みんな、ほとんど食べ終わりました／大家幾乎用餐完畢了。

ほのお [炎]
(名) 火焰，火苗。
(類) 火
△ ろうそくの炎を見つめていた／我注視著蠟燭的火焰。

ほほ [頰]
(名) 臉頰。
(類) 顔
△ 彼女は、ほほを真っ赤にした／她的兩頰泛紅了起來。

ほぼ [略・粗]
(副) 大約，大致，大概。
△ 私と彼女は、ほぼ同じ頃に生まれました／我和她幾乎是在同時出生的。

ほほえむ [微笑む]
(自五) 微笑，含笑；（花）微開，乍開。
(類) 笑う
△ 彼女は、何もなかったかのように微笑んでいた／她微笑著，就好像什麼事都沒發生過一樣。

ほめる
(他下一) 誇獎，稱讚，表揚。
(反) 叱る (類) 称(たた)える
△ 両親がほめてくれた／父母誇獎了我。

ほり [堀]
(名) 溝渠，壕溝；護城河。
(類) 運河
△ 城は、堀に囲まれています／圍牆圍繞著城堡。

ほる [掘る]
(他五) 掘，挖，刨；挖出，掘出。
(類) 掘り出す
△ 土を掘ったら、昔の遺跡が出てきた／挖土的時候，出現了古代的遺跡。

ほる [彫る]
(他五) 雕刻；紋身。
(類) 刻む
△ 寺院の壁に、いろいろな模様が彫ってあります／寺院裡，刻著各式各樣的圖騰。

ぼろ [襤褸]
(名) 破布，破爛衣服；破爛的狀態；破綻，缺點。
(類) ぼろ布
△ そんなぼろは汚いから捨てなさい／那種破布太髒快拿去丟了。

ほ

ほん [本] [四]2

[名·接尾] 書，書籍；計算細而長的物品）…枝，…棵，…瓶，…條。

[類] 書(しょ)

△ 本を見ないで、答えなさい／請不要看書回答。

ぼん [盆] [二]6

[名·漢造] 拖盤，盆子；中元節略語。

△ お盆には実家に帰ろうと思う／我打算在盂蘭盆節回娘家一趟。

ほんだな [本棚] [四]2

[名] 書架，書櫥，書櫃。

[類] 棚

△ その本は、どの本棚にありますか／那本書在哪個書架上？

ぼんち [盆地] [二]6

[名] （地）盆地。

△ 平野に比べて、盆地は夏暑いです／跟平原比起來，盆地更加酷熱。

ほんと [二]6

[名] 真實，真心；實在，的確；真正；本來，正常。

△ それがほんとの話だとは、信じがたいです／我很難相信那件事是真的。

ほんとうに [本当に] [四]2

[副] 真的，確實；實在，的確。

[類] 実に

△ 彼女は本当に面白いですね／她真是個有趣的人。

ほんにん [本人] [二]6

[名] 本人。

[類] 当人

△ 本人であることを確認してからでないと、書類を発行できません／如尚未確認他是本人，就沒辦法發行這份文件。

ほんの [二]3 6

[連體] 不過，僅僅，一點點。

[類] 少し

△ ほんの少ししかない／只有一點點。

ほんぶ [本部] [二]6

[名] 本部，總部。

△ 本部を通して、各支部に連絡してもらいます／我透過本部，請他們幫我連絡各個分部。

ほんもの [本物] [二]3 6

[名] 真貨，真的東西。

[反] 偽物　[類] 実物

△ これが本物の宝石だとしても、私は買いません／就算這是貨真價實的寶石，我也不會買的。

ほんやく [翻訳] [三]2

[名·他サ] 翻譯，筆譯。

[類] 訳す

△ 英語の小説を翻訳しようと思います／我想翻譯英文小說。

ほんやく [翻訳] [二]3 6

[名·他サ] 翻譯，筆譯；譯本。

類 訳す

△ この表現(ひょうげん)は、日本語(にほんご)に翻訳(ほんやく)しにくいです／這個說法，實在很難翻譯成日文。

ぼんやり 二36

名·副·自サ 模糊，不清楚；迷糊，傻楞楞；心不在焉；笨蛋，呆子。

反 はっきり 類 うつらうつら

△ ぼんやりしていたにせよ、ミスが多(おお)すぎますよ／就算你當時是在發呆，也錯得太離譜了吧！

ほんらい [本来] 二6

名 本來，天生，原本；按道理，本應。

類 元々

△ 私(わたし)の本来(ほんらい)の仕事(しごと)は営業(えいぎょう)です／我原本的工作是業務。

まマ

ま [間] 二36

名·接尾 間隔，空隙；間歇；機會，時機；（音樂）節拍間歇；房間；（數量）間。

類 距離

△ いつの間(ま)にか暗(くら)くなってしまった／不知不覺天黑了。

まあ 二36

副·感 （安撫、勸阻）暫且先，一會；躊躇貌；還算，勉強；制止貌；（女性表示驚訝）哎唷，哎呀。

類 多分

△ 話(はなし)はあとにして、まあ1杯(ぱい)どうぞ／話等一下再說，先喝一杯吧！。

マーケット [market] 二6

名 商場，市場；（商品）銷售地區。

類 市場

△ アジア全域(ぜんいき)にわたって、この商品(しょうひん)のマーケットが広(ひろ)がっている／這商品的市場散佈於亞洲這一帶。

まあまあ 二6

副·感 （催促、撫慰）得了，好了好了，哎哎；（表示程度中等）還算，還過得去；（女性表示驚訝）哎唷，哎呀。

△ その映画(えいが)はまあまあだ／那部電影還算過得去。

まい [枚] 四2

接尾 （計算平而薄的東西）張，片，幅，扇。

△ 5枚(まい)でいくらですか／五張要多少錢？

まい [毎] 二6

漢造 每。

まいあさ [毎朝] 四2

名 每天早上。

△ 私(わたし)たちは、毎朝体操(まいあさたいそう)をしています／我們每天早上都會做體操。

ま

マイク [mike] 二6

㊔ 麥克風。

△ 彼（かれ）は、カラオケでマイクを握（にぎ）ると夢（む）中（ちゅう）で歌（うた）い出（だ）す／一旦他握起麥克風，就會忘我地開唱。

まいげつ・まいつき [毎月] 四2

㊔ 每個月。

類 月々

△ 毎月（まいげつ）、部長（ぶちょう）さんがたのパーティーがあります／每個月部長都會舉辦宴會。

まいご [迷子] 二36

㊔ 迷路的孩子，走失的孩子。

類 逸（はぐ）れ子

△ 迷子（まいご）にならないようにね／不要迷路了唷！

まいしゅう [毎週] 四2

㊔ 每個星期，每週，每個禮拜。

△ 毎週（まいしゅう）、どんなスポーツをしますか／每個星期都做什麼樣運動？

まいすう [枚数] 二6

㊔（紙、衣、版等薄物）張數，件數。

△ お札（さつ）の枚数（まいすう）を数（かぞ）えた／我點算了鈔票的張數。

まいど [毎度] 二6

㊔ 曾經，常常，屢次；每次。

類 毎回

△ 毎度（まいど）ありがとうございます／謝謝您的再度光臨。

まいとし・まいねん [毎年] 四2

㊔ 每年。

類 年々

△ 毎年（まいとし）、子（こ）どもたちが遊（あそ）びに来（き）ます／每年孩子們都會來玩。

マイナス [minus] 二36

名・他サ （數）減，減法；減號，負數；負極；（溫度）零下。

反 プラス 類 損

△ この問題（もんだい）は、わが社（しゃ）にとってマイナスになるにきまっている／這個問題，對我們公司而言肯定是個負面影響。

まいにち [毎日] 四2

㊔ 每天，每日，天天。

類 日々

△ 毎日（まいにち）、洗濯（せんたく）や掃除（そうじ）などをします／每天清洗和打掃。

まいばん [毎晩] 四2

㊔ 每天晚上。

類 連夜

△ 毎晩（まいばん）、うちに帰（かえ）って、晩（ばん）ご飯（はん）を食（た）べます／每天晚上回家吃晚飯。

まいる [参る] 三2

自五 來，去（「行く、来る」的謙讓語）。

△ ご都合（つごう）がよろしかったら、2時（じ）にまいります／如果您時間方便，我兩點過去。

まいる [参る]

(自五・他四)（敬）去，來；參拜（神佛）；認輸；受不了，吃不消；（俗）死；（常用「に参っている」的形式）迷戀，神魂顛倒；（文）（從前婦女寫信，在收件人的名字右下方寫的敬語）鈞啟；（古）獻上；吃，喝，做。

⾏く

△ はい、ただいま参ります／好的，我馬上到。

まう [舞う]

(自五)飛舞；舞蹈。

踊る

△ 花びらが風に舞っていた／花瓣在風中飛舞著。

まえ [前]

(名)（時間、空間的）前，之前。

あと

△ それは、何年前の話ですか／那是幾年前的事？

まかせる [任せる]

(他下一)委託，託付；聽任，隨意；盡力，盡量。

委託

△ この件については、あなたに任せます／關於這一件事，就交給你了。

まかなう [賄う]

(他五)供給飯食；供給，供應；維持。

処理

△ 夕食を賄う／提供晚餐。

まがる [曲がる]

(自五)彎曲；拐彎。

折れる

△ あの道を曲がれば、郵便局があります／那條路轉彎後，就有一間郵便局。

まく [巻く]

(自五・他五)形成漩渦；喘不上氣來；捲；纏繞；上發條；捲起；包圍；（登山）迂迴繞過險處；（連歌，俳諧）連吟。

丸める

△ 紙を筒状に巻く／把紙捲成筒狀。

まく [蒔く]

(他五)播種；（在漆器上）畫泥金畫。

△ 寒くならないうちに、種をまいた／趁氣候未轉冷之前播了種。

まく [幕]

(名・漢造)幕，布幕；（戲劇）幕；場合，場面；營幕。

カーテン

△ イベントは、成功のうちに幕を閉じた／活動在成功的氣氛下閉幕。

まくら [枕]

(名)枕頭；（理髮店、牙醫座椅上的）頭靠；枕頭形狀的支撐物；（睡覺時）頭部；依據，根據；開場白，引子。

ピロー

まけ [負け] [二]6

[名] 輸，失敗；減價；（商店送給客戶的）贈品。

[反] 勝ち [類] 敗（はい）

△ 今回(こんかい)は、私(わたし)の負(ま)けです／這次是我輸了。

まげる [曲げる] [二]36

[他下一] 彎，曲；歪，傾斜；扭曲，歪曲；改變，放棄；（當舖裡的）典當；偷，竊。

[類] 折る

△ 腰(こし)を曲(ま)げる／彎腰。

まける [負ける] [二]2

[自下一] 輸；屈服。

[反] 勝つ [類] 敗れる

△ がんばれよ。ぜったい負(ま)けるなよ／加油喔！千萬別輸了！

まご [孫] [二]36

[名·造語] 孫子；隔代，間接。

[類] 孫ども

まごまご [二]6

[名·自サ] 不知如何是好，惶張失措，手忙腳亂；閒蕩，遊蕩，懶散。

[類] 間誤つく

△ 渋谷(しぶや)に行(い)くたびに、道(みち)がわからなくてまごまごしてしまう／每次去澀谷，都會迷路而不知如何是好。

まさか [二]36

[副] （後接否定語氣）絕不，總不會，難道；萬一，一旦。

[類] 幾ら何でも

△ まさか彼(かれ)が来(く)るとは思(おも)わなかった／萬萬也沒料到他會來。

まさつ [摩擦] [二]6

[名·自他サ] 摩擦；不和睦，意見紛歧，不合。

△ 気(き)をつけないと、相手国(あいてこく)との間(あいだ)で経済摩擦(けいざいまさつ)になりかねない／如果不多注意，難講不會和對方國家，產生經濟摩擦。

まさに [二]6

[副] 真的，的確，確實。

[類] 確かに

△ 料理(りょうり)にかけては、彼女(かのじょ)はまさにプロです／就做菜這一點，她的確夠專業。

まざる [混ざる] [二]36

[自五] 混雜，夾雜。

[類] 混(ま)じる

△ いろいろな絵(え)の具(ぐ)が混(ま)ざって、不思議(ふしぎ)な色(いろ)になった／裡面夾帶著多種水彩，呈現出很奇特的色彩。

まし [二]6

[名·形動] 增，增加；勝過，強。

△ 賃金(ちんぎん)を1割(わり)増(ま)ししてはどうですか／工資加一成如何？

まじめ [真面目] [三]2

[名·形動] 認真。

反 不真面目　類 真面（まとも）

△ 今後も、まじめに勉強していきます／從今以後，會認真唸書。

まじる [雑じる]　二6

自五 夾雜，混雜；加入，交往，交際。

類 混ざる

△ ご飯の中に石が雑じっていた／米飯裡面摻雜著小的石子。

まず [先ず]　三2

副 首先，總之。

類 取り敢えず

△ まずここにお名前をお書きください／首先請在這裡填寫姓名。

ます [増す]　二36

自五·他五 （數量）增加，增長，增多；（程度）增進，增高；勝過，變的更甚。

反 減る　類 増える

△ あの歌手の人気は、勢いを増している／那位歌手的支持度節節上升。

まずい　四2

形 不好吃，難吃。

反 おいしい　類 不味

△ この料理はまずいです／這道菜不好吃。

マスク [mask]　二6

名 面罩，假面；防護面具；口罩；防毒面具；面相，面貌。

類 顔形

△ 風邪の予防といえば、やっぱりマスクですよ／一說到預防感冒，還是想到口罩啊。

まずしい [貧しい]　二36

形 （生活）貧窮的，窮困的；（經驗、才能的）貧乏，淺薄。

反 富んだ　類 貧乏

△ 貧しい人々を助けようじゃないか／我們一起來救助貧困人家吧！

ますます [益々]　二36

副 越發，益發，更加。

△ 若者向けの商品が、ますます増えている／迎合年輕人的商品是越來越多。

まぜる [混ぜる]　二6

他下一 混入；加上，加進；攙，攪拌。

類 混ぜ合わせる

△ ビールとジュースを混ぜるとおいしいです／將啤酒和果汁加在一起很好喝。

また　四2

副 還，又，再；也，亦；而。

類 及び

△ また、そちらに遊びに行きます／還會再度造訪您的。

まだ　四2

副 還，尚；仍然；才，不過；並且。

反 もう　類 未だ

△ まだ、なにも飲んでいません／還沒有喝任何東西。

またぐ [跨ぐ]

(他五) 跨立，叉開腿站立；跨過，跨越。

(相) 越える

△ 本の上をまたいではいけないと母に言われた／媽媽叫我不要跨過書本。

または [又は]

(接) 或者。

(相) 或は

△ ペンか、または鉛筆をくれませんか／可以給我筆或鉛筆嗎？

まち [町]

(名) 城鎮；街道；町。

(相) 都市

△ 町で、友達と会います／在街上跟朋友見面。

まちあいしつ [待合室]

(名) 候車室，候診室，等候室。

(相) 控室

△ 患者の要望にこたえて、待合室に花を飾りました／為了響應患者的要求，在候診室裡擺設了花。

まちあわせる [待ち合わせる]

(自他下一) （事先約定的時間、地點）等候，會面，碰頭。

(相) 集まる

△ 渋谷のハチ公のところで待ち合わせている／我約在澀谷的八公犬銅像前碰面。

まちがい [間違い]

(名) 錯誤，過錯；不確實；差錯，意外；吵架，毆打；（男女的）不正當關係。

(相) 誤り

まちがう [間違う]

(他五・自五) 做錯，搞錯；錯誤。

(相) 誤る

△ 緊張のあまり、字を間違ってしまいました／太過緊張，而寫錯了字。

まちがえる [間違える]

(他下一) 錯；弄錯。

△ 先生は、間違えたところを直してくださいました／老師幫我訂正了錯誤的地方。

まちかど [街角]

(名) 街角，街口，拐角。

(相) 街

△ たとえ街角で会ったとしても、彼だとはわからないだろう／就算在街口遇見了他，我也認不出來吧。

まつ [松]

(名) 松樹，松木；新年裝飾正門的松枝，裝飾松枝的期間。

△ 裏山に松の木がたくさんある／後山那有許多松樹。

まつ [待つ]

(他五) 等候，等待；期待，指望。

(相) 待ち合わせる

△ あなたは、まだあの人を待っている

の／你還在等那個人嗎？

まっか [真っ赤]

(名・形) 鮮紅；完全。

動 赤い
△ 西の空が真っ赤だ／西邊的天空一片通紅。

まっくら [真っ暗]

(名・形動) 漆黑；（前途）黯淡。

動 暗い

まっくろ [真っ黒]

(名・形動) 漆黑，烏黑。

動 黒い

まっさお [真っ青]

(名・形動) 蔚藍，深藍；（臉色）蒼白。

動 青い

まっさき [真っ先]

(名) 最前面，首先，最先。

動 最初
△ 真っ先に手を上げた／我最先舉起了手。

まっしろ [真っ白]

(名・形動) 雪白，淨白，皓白。

動 白い

まっしろい [真っ白い]

(形) 雪白的，淨白的，皓白的。

まっすぐ

(副・形動) 筆直，不彎曲；一直，直接。

動 一筋に
△ あちらにまっすぐ歩いてください／請往那裡直走。

まったく [全く]

(副) 完全，全然，實在，簡直；（後接否定）絶對，完全。

動 少しも
△ 全く知らない人だ／素不相識的人。

マッチ [match]

(名) 火柴；火材盒。

動 火打ち金
△ だれか、マッチを持っていますか／有誰帶火柴嗎？

まつり [祭り]

(名) 祭祀；祭日，廟會；（紀念，祝賀）儀式，節日；（衆人）狂歡，歡鬧。

動 祭礼

まつる [祭る]

(他五) 祭祀，祭奠；供奉。

動 祀る
△ この神社では、どんな神様を祭っていますか／這神社祭拜哪種神明？

まど [窓]

(名) 窗戶。

動 ウインドー
△ 窓が開いています／窗戶是開著的。

まどぐち [窓口]

(名) （銀行，郵局，機關等）窗口；（與

ま

391

外界交涉的）管道，窗口。

類 受付

△ 窓口は、いやになるほどに込んでいた／櫃檯那裡的人潮多到令人厭的程度。

まとまる [纏まる] 二36

自五 解決，商訂，完成，談妥；湊齊，湊在一起；集中起來，概括起來，有條理。

類 調う

△ 意見がまとまり次第、政府に提出する／等意見一致之後，再提交政府。

まとめる [纏める] 二36

他下一 解決，結束；總結，概括；匯集，收集；整理，收拾。

類 整える

△ クラス委員を中心に、意見をまとめてください／請以班級委員為中心，整理一下意見。

まなぶ [学ぶ] 二6

他五 學習；掌握，體會。

反 教える 類 習う

△ 大学の先生を中心にして、漢詩を学ぶ会を作った／以大學的教師為主，成立了一個研讀漢詩的讀書會。

まにあう [間に合う] 三2

自五 來得及；夠用。

類 役立つ

△ タクシーに乗らなくちゃ、間に合わないですよ／要是不搭計程車，就來不及了唷！

まね [真似] 二6

名·他サ·自サ 模仿，裝，仿效；（愚蠢糊塗的）舉止，動作。

類 模倣

△ 彼の真似など、とてもできません／我實在無法模仿他。

まねく [招く] 二36

他五 （搖手、點頭）招呼；招待，宴請；招聘，聘請；招惹，招致。

類 迎える

△ 大使館のパーティーに招かれた／我受邀到大使館的派對。

まねる [真似る] 二36

他下一 模效，仿效。

類 似せる

△ 彼の声はとても不思議な声で、真似たくても真似ようがない／他的聲音非常奇怪，就算想模仿也模仿不來。

まぶしい [眩しい] 二36

形 耀眼，刺眼的；華麗奪目的，鮮豔的，刺目。

類 眩（まばゆ）い

△ 日の光が入ってきて、彼は眩しげに目を細めた／陽光射進，他刺眼般地瞇起了眼睛。

まぶた [瞼] 二6

名 眼瞼，眼皮。

類 目

△ 瞼を閉じると、思い出が浮かんでき
た／闔眼眼瞼，回憶則一一浮現。

まふゆ [真冬]　　　　　　二 6

图 隆冬，正冬天。

△ 真冬の料理といえば、やはり鍋です
ね／說到嚴冬的菜餚，還是火鍋吧。

マフラー [muffler]　　　　二 6

图 圍巾；（汽車等的）滅音器。

罽 襟巻き

まま　　　　　　　　　　　三 2

图 如實，照舊；隨意。

罽 通りに

△ 靴もはかないまま、走りだした／沒
穿著鞋，就跑起來了！

ママ [mama]　　　　　　　二 6

图 （兒童對母親的愛稱）媽媽；（酒店
的）老闆娘。

△ この話をママに言えるものなら、
言ってみろよ／你敢跟媽媽說這件事的
話，你就去說看看啊！

まめ [豆]　　　　　　　　　二 3 6

图・接頭 （總稱）豆；大豆；小的，小
型；（手腳上磨出的）水泡。

△ 私は豆料理が好きです／我喜歡豆
類菜餚。

まもなく [間も無く]　　　二 3 6

罿 馬上，一會兒，不久。

△ まもなく映画が始まります／電影馬

上就要開始了。

まもる [守る]　　　　　　二 3 6

他五 保衛，守護，遵守，保守；保持
（忠貞）；（文）凝視。

罽 従う

△ 秘密を守る／保密。

まよう [迷う]　　　　　　二 3 6

自五 迷，迷失，困惑；迷戀；（佛）執
迷；（古）（毛線、線繩等）絮亂，錯
亂。

反 悟る　罽 惑う

△ 山の中で道に迷う／我在山上迷了
路。

マラソン [marathon]　　　二 6　　ま

图 馬拉松長跑。

罽 競走

△ マラソンのコースを全部走りきりま
した／馬拉松全程都跑完了。

まる [丸]　　　　　　　　　二 3 6

图・造語・接頭・接尾 圓形，球狀；句點；
（隱）錢；甲魚，鱉；（關西方言）鱔
魚；完全；整個；原封不動；整整；接
在人名下；接在刀名，兵器，船隻下。

まるい [丸い]　　　　　　四 2

形 圓形，球形。

罽 球 (きゅう・たま)

△ いつごろ、月は丸くなりますか／月
亮什麼時候會變圓？

まるで [丸で]
(一)36

圖 （後接否定）簡直，全部，完全；好像，宛如，恰如。

圐 さながら

△ 90歳の人からすれば、私はまるで孫のようなものです／從90歳的人的眼裡來看，我宛如就像是孫子一般。

まれ [まれ]
(一)6

形動 稀少，稀奇，希罕。

△ まれに、副作用が起こることがあります／鮮有引發副作用的案例。

まわす [回す]
(一)36

他五・接尾 轉，轉動；（依次）傳遞；傳送；調職；各處活動奔走；想辦法；運用；投資；（前接某些動詞連用形）表示遍布四周。

圐 捻る

△ こまを回す／轉動陀螺（打陀螺）。

まわり [周り]
(一)2

名 周圍，周邊。

圐 周囲

△ 周りの人のことを気にしなくてもかまわない／不必在乎周圍的人也沒有關係！

まわりみち [回り道]
(一)36

名 繞道，繞遠路。

圐 遠回り

△ たとえ回り道だったとしても、私はこちらの道から帰りたいです／就算是繞遠路，我還是想從這條路回去。

まわる [回る]
(一)2

自五 轉動；走動；旋轉。

圐 巡る

△ 村の中を、あちこち回るところです／正要到村裡到處走動走動。

まん [万]
(四)2

名 萬。

△ 何万人の人が死にましたか／幾萬人喪命了？

まんいち [万一]
(一)36

名・副 萬一。

圐 若し

△ 万一のときのために、貯金をしている／為了以防萬一，我都有在存錢。

まんいん [満員]
(一)36

名 （規定的名額）額滿；（車、船等）擠滿乘客，滿座；（會場等）塞滿觀眾。

圐 一杯

△ このバスは満員だから、次のに乗ろう／這班巴士人已經爆滿了，我們搭下一班吧。

まんが [漫画]
(一)2

名 漫畫。

圐 戲画

△ 漫画ばかりで、本はぜんぜん読みません／光看漫畫，完全不看書。

マンション [manshion] 二6
名 公寓大廈；（高級）公寓。
関 家

まんぞく [満足] 二6
名・自他サ・形動 滿足，令人滿意的，心滿意足；滿足，符合要求；完全，圓滿。
反 不満 関 満悦
△ 父はそれを聞いて、満足げに微笑みました／父親聽到那件事，便滿足地微笑了一下。

まんてん [満点] 二6
名 滿分；最好，完美無缺，登峰造極。
関 完全
△ テストで満点を取りました／我在考試考了滿分。

まんなか [真ん中] 二2
名 正中間。
反 隅 関 中心
△ 真ん中にあるケーキをいただきたいです／我想要中間的那個蛋糕。

まんねんひつ [万年筆] 四2
名 鋼筆。
△ 万年筆はどこですか／鋼筆在哪裡？

まんまえ [真ん前] 二6
名 公寓大廈；（高級）公寓。
△ 車は家の真ん前に止まった／車子停在家的正前方。

まんまるい [真ん丸い] 二6

形 溜圓，圓溜溜。
△ 真ん丸い月が出た／圓溜溜月亮出來了。

みミ

み [身] 二6
名 身體；自身，自己；身份，處境；心，精神；肉；力量，能力。
関 体
△ 身の安全を第一に考える／以人身安全為第一考量。

み [実] 二36
名 （植物的）果實；（植物的）種子；成功，成果；內容，實質。
関 果実
△ りんごの木にたくさんの実がなった／蘋果樹上結了許多果實。

み [末] 二36
漢造 末，沒；（地支的第八位）末。
△ 未婚の母／未婚媽媽

みあげる [見上げる] 二6
他下一 仰視，仰望；欽佩，尊敬，景仰。
関 仰ぎ見る
△ 彼は、見上げるほどに背が高い／他個子高到需要抬頭看的程度。

みえる [見える] 三2
自下一 看見；看得見；看起來。

み

類 見掛ける

△ ここから東京タワーが見えるはずがない／從這裡不可能看得到東京鐵塔。

みおくり [見送り] 二36

名 送行；靜觀，觀望；（棒球）放著好球不打。

△ 彼の見送り人は50人以上いた／給他送行的人有50人以上。

みおくる [見送る] 二36

他五 目送；送別；（把人）送到（某的地方）；觀望，擱置，暫緩考慮；送葬。

類 送別

△ 門の前で客を見送った／在門前送客。

みおろす [見下ろす] 二6

他五 俯視，往下看；輕視，藐視，看不起；視線從上往下移動。

反 見上げる 類 俯く

△ 山の上から見下ろすと、村が小さく見える／從山上俯視下方，村子顯得很渺小。

みがく [磨く] 四2

他五 刷洗，擦亮；研磨，琢磨。

類 擦る

△ 顔を洗って、歯を磨きます／洗臉後刷牙。

みかけ [見掛け] 二36

名 外貌，外觀，外表。

類 外見

△ 見かけからして、すごく派手な人なのがわかりました／從外表來看，可知他是個打扮很華麗的人。

みかた [見方] 二36

名 看法，看的方法；見解，想法。

類 見解

△ 彼と私とでは見方が異なる／他跟我有不同的見解。

みかた [味方] 二36

名·自サ 我方，自己的這一方；夥伴，朋友。

反 敵 類 我が方

みかづき [三日月] 二36

名 新月，月牙；新月形。

類 三日月形

△ 今日はきれいな三日月ですね／今天真是個美麗的上弦月呀。

みぎ [右] 四2

名 右，右側，右邊，右方。

反 左 類 右方

△ 道を渡る前に、右と左をよく見てください／過馬路之前，請仔細看左右方。

みごと [見事] 二36

形動 漂亮，好看；卓越，出色，巧妙；整個，完全。

類 立派

△ サッカーにかけては、彼らのチーム

は見事なものです／他們的球隊在足球方面很厲害。

みさき [岬] 二6

名 （地）海角，岬。

類 岬角

△ 岬の灯台／海角上的燈塔。

みじかい [短い] 四2

形 （時間）短少；（距離、長度等）短，近。

反 長い　類 短（たん）

△ 王さんのスカートは、どれぐらい短いですか／王小姐的裙子大約有多短？

みじめ [惨め] 二6

形動 悽慘，慘痛。

類 痛ましい

△ 惨めな思いをする／感到很悽慘。

ミシン [sewing machine] 二6

名 縫紉機。

ミス [miss] 二6

名·自サ 失敗，錯誤，差錯。

類 誤り

△ それは、やりがちなミスですね／那是個很容易會犯的錯誤。

ミス [Miss] 二6

名 小姐，姑娘。

類 嬢

みず [水] 四2

名 水。

類 ウオーター

△ きれいで冷たい水が飲みたい／我想喝乾淨又冰涼的水。

みずうみ [湖] 三2

名 湖，湖泊。

類 湖水

△ 山の上に、湖があります／山上有湖泊。

みずから [自ら] 二36

代·名·副 我；自己，自身；親身，親自。

類 自分

△ 顧客の希望にこたえて、社長自ら商品の説明をしました／回應顧客的希望，社長親自為商品做了說明。

みずぎ [水着] 二6

名 泳裝。

類 海水着

△ 水着姿で写真を撮った／穿泳裝拍了照。

みせ [店] 四2

名 店，商店，店鋪，攤子。

類 商店

△ その店のはあまりおいしくありません／那家店的東西不怎麼好吃。

みせや [店屋] 二6

名 店鋪，商店。

類 店

△ 少し行くとおいしい店屋がある／稍
往前走，就有好吃的商店了。

みせる [見せる] 四2

他下一 讓…看，給…看；表示，顯示。
△ みんなにも写真を見せました／我也
將相片拿給大家看了。

みぞ [溝] 三36

名 水溝；（拉門門框上的）溝槽，切
口；（感情的）隔閡。
類 泥溝
△ 二人の間の溝は深い／兩人之間的隔
閡甚深。

みそ [味噌] 三2

名 味噌。
△ この料理は、味噌を使わなくてもか
まいません／這道菜不用味噌也行。

みたい 二6

助動・形動型 （表示和其他事物相像）像
一樣；（表示具體的例子）像 這樣；
表示推斷或委婉的斷定。
△ 外は雪が降っているみたいだ／外面
好像在下雪。

みだし [見出し] 三36

名 （報紙等的）標題；目錄，索引；選
拔，拔擢；（字典的）詞目，條目。
類 タイトル
△ この記事の見出しは何にしようか／
這篇報導的標題命名為什麼好？

みち [道] 四2

名 路，道路；道義，道德；方法，手
段。
類 通路
△ 10年前、この道はどんな様子でし
たか／十年前，這條道路是什麼樣子？

みちじゅん [道順] 二6

名 順路，路線；步驟，程序。
類 順路
△ 道順が合っていると思ったら、実は
間違っていました／以為路走對了，才
發現原來是錯的。

みちる [満ちる] 二6

自上一 充滿；月盈，月圓；（期限）
滿，到期；潮漲。
對 欠ける 類 あふれる
△ 潮がだんだん満ちてきた／潮水逐漸
漲了起來。

みつ [蜜] 二6

名 蜂蜜。
類 ハニー
△ パンに蜂蜜を塗った／我在麵包上塗
了蜂蜜。

みっか [三日] 四2

名 （每月）三號；三天。
類 3日間
△ 三月三日ごろに遊びに行きます／三
月三號左右要去玩。

みつかる [見つかる] 二2

自五 被發現；找到。
△ 財布は見つかったかい／錢包找到了嗎？

みつける [見つける] 　　三2

他下一 發現，找到；目睹。
△ どこでも、仕事を見つけることができませんでした／到哪裡都找不到工作。

みっつ [三つ] 　　四2

名 三；三個；三歲。
△ 三つで100円です／三個共100日圓。

みっともない [見っとも無い] 二6

形 難看的，不像樣的，不體面的，不成體統；醜。
類 見苦しい
△ 泥だらけでみっともないから、着替えたらどうですか／滿身泥巴真不像樣，你換個衣服如何啊？

みつめる [見詰める] 　　二6

他下一 凝視，注視，盯著。
類 凝視する
△ 少年は少女を、優しげに見つめている／少年溫柔地凝視著少女。

みとめる [認める] 　　二36

他下一 看出，看到；認識，賞識，器重；承認；斷定，認為；許可，同意。
類 承認する
△ これだけ証拠があっては、罪を認め

ざるをえません／有這麼多的證據，不認罪也不行。

みどり [緑] 　　三2

名 綠色。
類 グリーン
△ 今、町を緑でいっぱいにしているところです／現在鎮上正是綠意盎然的時候。

みな 　　三2

名 大家；所有的。
類 全員
△ この街は、みなに愛されてきました／這條街一直深受大家的喜愛。

みなおす [見直す] 　　二6

自他五 （見）起色，（病情）轉好；重看，重新看；重新評估，重新認識。
類 見返す
△ 今会社の方針を見直している最中です／現在正在重新檢討公司的方針中。

みなさん [皆さん] 　　四2

名 大家，各位。
類 皆様
△ 皆さんは、もう来ていますよ／大家已經都到了哦。

みなと [港] 　　三2

名 港口，碼頭。
類 港湾
△ 港には、船が沢山あるはずだ／港口應該有很多船。

み

みなみ [南]

⒝ 南，南方，南邊。

⒡ 北　⒢ 南方

△ 南はどちらですか／南邊在哪一邊？

みなれる [見慣れる]

⒢ 看慣，眼熟，熟識。

△ この国には、見慣れない習慣が多い／這個國家有許多不常見的習慣。

みにくい [醜い]

⒣ 難看的，醜；醜陋，醜惡。

⒡ 美しい　⒢ 見苦しい

△ 醜いアヒルの子は、やがて美しい白鳥になりました／難看的鴨子，終於變成了美麗的天鵝。

みのる [実る]

⒢ （植物）成熟，結果；取得成績，獲得成果，結果實。

⒢ 熟れる

△ 農民たちの努力のすえに、すばらしい作物が実りました／經過農民的努力後，最後長出了優良的農作物。

みぶん [身分]

⒝ 身份，社會地位；（諷刺）生活狀況，境遇。

⒢ 地位

△ 身分が違うと知りつつも、好きになってしまいました／儘管知道門不當戶不對，還是迷上了她。

みほん [見本]

⒝ 樣品，貨樣；榜樣，典型。

⒢ サンプル

△ 商品の見本を持ってきました／我帶來了商品的樣品。

みまい [見舞い]

⒝ 探望，慰問；蒙受，挨（打），遭受（不幸）。

△ 先生の見舞いのついでに、デパートで買い物をした／去老師那裡探病同時，順便去百貨公司買了東西。

みまう [見舞う]

⒢ 訪問，看望；問候，探望；遭受，蒙受（災害等）。

⒢ 慰問

△ 友だちが入院したので、見舞いに行きました／因朋友住院了，所以前往探病。

みまん [未満]

⒢ 未滿，不足。

△ 男女を問わず、10歳未満の子どもは誰でも入れます／不論男女，只要是未滿10歲的小朋友都能進去。

みみ [耳]

⒝ 耳朵。

⒢ 耳朵（じだ）

△ 耳が遠いから、大きい声で言ってください／因為我耳朵不好，麻煩講話大聲一點。

みやげ [土産]

ⓝ （贈送他人的）禮品，禮物；（出門帶回的）土產。

ⓘ 土産物

△ 神社から駅にかけて、お土産の店が並んでいます／神社到車站這一帶，並列著賣土產的店。

みやこ [都]　　　　　二6

ⓝ 京城，首都；大都市，繁華的都市。

ⓘ 京

△ 当時、京都は都として栄えました／當時，京都是首都很繁榮。

みょう [妙]　　　　　二6

ⓝ·自サ·漢造 奇怪的，異常的，不可思議；格外，分外；妙處，奧妙；巧妙。

ⓘ 珍妙

△ 彼が来ないとは、妙ですね／他會沒來，真是怪啊。

みょう [明]　　　　　二6

接頭 （相對於「今」而言的）明。

みょうごにち [明後日]　　二36

ⓝ 後天。

ⓘ 明後日（あさって）

△ 明後日は文化の日につき、休業いたします／基於後天是文化日，歇業一天。

みょうじ [名字・苗字]　　二36

ⓝ 姓，姓氏；（明治維新前屬於公卿、武士階級的）家名。

ⓘ 姓

みらい [未来]　　　　　二36

ⓝ 將來，未來；（佛）來世。

ⓐ 過去　ⓘ 将来

ミリ・ミリメートル [millimetre]　　二36

ⓝ·造語 毫，千分之一；毫米，公厘（尺寸）。

ⓘ ミリメートル

みりょく [魅力]　　　　二36

ⓝ 魅力，吸引力。

△ 老若を問わず、魅力のある人と付き合いたい／不分老幼，我想和有魅力的人交往。

みる [見る]　　　　　四2

他上一 看，觀看，察看；照料；參觀。

ⓘ 眺める

△ 私は映画を見ません／我不看電影。

ミルク [milk]　　　　　二6

ⓝ 牛奶；煉乳。

ⓘ 牛乳

みんかん [民間]　　　　二6

ⓝ 民間；民營，私營。

みんしゅ [民主]　　　　二6

ⓝ 民主，民主主義。

みんな　　　　　　　　四2

ⓒ 大家，全部，全體。

ⓝ 姓

み

類 皆（みんな）

△ 男の子は、みんな電車が好きです／男孩子大都喜歡電車。

みんよう [民謡] 二6

名 民謠，民歌。

類 皆様

△ 日本の民謡をもとに、新しい曲を作った／依日本的民謠做了新曲子。

む ム

む [無] 二6

名·接頭·漢造 無，沒有；徒勞，白費；無…，不…；欠缺，無。

反 有

△ 無から始めて会社を作った／從零做起事業。

むいか [六日] 四2

名 六號，六日，六天。

類 六日間

△ 作業は、六日以内に終わるでしょう／工作應該會在六天內完成吧！

むかい [向かい] 二36

名 正對面。

類 正面

△ 向かいの家には、誰が住んでいますか／誰住在對面的房子？

むかう [向かう] 二36

自五 向著，朝著；面向；往…去，向…去；趨向，轉向。

類 面する

△ 向かって右側が郵便局です／面對它的右手邊就是郵局。

むかえ [迎え] 二6

名 迎接；去迎接的人；接，請。

類 迎い（むかい）

△ 迎えの車が、なかなか来ません／接送的車遲遲不來。

むかえる [迎える] 三2

他下一 迎接；迎接；邀請。

反 送る 類 出迎え

△ 村の人がみんなで迎えてくださった／全村的人都來迎接我。

むかし [昔] 三2

名 以前；十年來。

反 今 類 過去

△ 私は昔、あんな家に住んでいました／我以前住過那樣的房子。

むき [向き] 二36

名 方向；適合，合乎；認真，慎重其事；傾向，趨向；（該方面的）人，人們。

類 適する

△ この雑誌は若い女性向きです／這本雜誌是以年輕女性為取向。

むく [向く] 二36

自五·他五 朝，向，面；傾向，趨向；適

合；面向，著。

類 面する

△ 右を向く／向右。

むく [剥く] 二36

他五 剝，削。

類 剥がす

△ りんごを剥いてあげましょう／我替你削蘋果皮吧。

むけ [向け] 二6

造語 向，對。

△ 少年向けの漫画／以少年為對象畫的漫畫。

むける [向ける] 二36

自他下一 向，朝，對；差遣，派遣；撥用，用在。

類 差し向ける

△ 銃を男に向けた／槍指向男人。

むげん [無限] 二6

名·形動 無限，無止境。

反 有限　類 限りない

△ 人には、無限の可能性があるものだ／人有無限的可能性。

むこう [向こう] 四2

名 對面，正對面；另一側；那邊。

類 正面

△ 木村さんは、まだ向こうにいます／木村先生還在那邊。

むし [虫] 二36

名 蟲，昆蟲，寄生蟲；（小孩）體弱多病所引起的病痛；（影響情緒的原因）怒氣，鬱悶；熱衷，入迷；（做為複合名詞使用）好（的人），容易…（的人）。

類 昆虫

むし [無視] 二6

名·他サ 忽視，無視，不顧。

類 見過ごす

△ 彼が私を無視するわけがない／他不可能會不理我的。

むじ [無地] 二6

名 素色。

△ 色を問わず、無地の服が好きだ／不分顏色，我喜歡素面的衣服。

むしあつい [蒸し暑い] 二36

形 悶熱的。

類 暑苦しい

△ 昼間は蒸し暑いから、朝のうちに散歩に行った／因白天很悶熱，所以趁早晨去散步。

むしば [虫歯] 二36

名 齲齒，蛀牙。

類 虫食い歯

△ 歯が痛くて、なんだか虫歯っぽい／牙齒很痛，感覺上有很多蛀牙似的。

むじゅん [矛盾] 二36

名·自サ 矛盾。

類 行き違い

△ 彼の話が矛盾していることから、嘘
をついているのがはっきりした／從他
講話有矛盾這點看來，明顯地可看出他
在說謊。

むしろ [寧ろ] （二36）

副 與其說 倒不如，寧可，莫如，索
性。

類 却て

△ 彼は、教師として寧ろ厳しいほうだ
／他當老師可說是嚴格的那一邊。

むす [蒸す] （二6）

他五・自五 蒸，熱（涼的食品）；（天
氣）悶熱。

類 蒸かす

△ 肉まんを蒸して食べました／我蒸了
肉包來吃。

むすう [無数] （二6）

名・形動 無數。

類 限りない

むずかしい [難しい] （四2）

形 難，困難，難辨；麻煩，複雜。

反 易しい 類 難解

△ この問題は、私にも難しいです／這
個問題對我來說也很難。

むすこさん [息子さん] （三2）

名 （尊稱他人的）令郎。

反 娘さん 類 令息

△ 息子さんのお名前を教えてください
／請教令郎的大名。

むすぶ [結ぶ] （二36）

他五・自五 連結，繫結；締結關係，結
合，結盟；（嘴）閉緊，（手）握緊。

反 解く 類 締結する

△ 契約を結ぶのに先立ち、十分に話し
合った／在簽下合約前，我們有好好的
溝通過。

むすめさん [娘さん] （三2）

名 您女兒，令嬡。

反 息子さん 類 息女

△ うちの娘は、まだ小学生でございま
す／我女兒還只是小學生。

むだ [無駄] （二36）

名・形動 徒勞，無益；浪費，白費。

類 無益

△ 彼を説得しようとしても無駄だよ／
你說服他是白費口舌的。

むちゅう [夢中] （二36）

名・形動 夢中，在睡夢裡；不顧一切，熱
中，沉醉，著迷。

類 熱中

△ 競馬に夢中になる／沉迷於賭馬。

むっつ [六つ] （四2）

名 六；六個；六歲。

類 六個

△ どうしてお菓子を六つも食べたので
すか／為什麼吃了六個點心那麼多？

むね [胸] （二36）

名 胸，胸部，胸膛；心，心臟；内心，

心裡。

[類] 胸部

むら [村] 三2

[名] 村莊，村落。

[類] 村里

△ この村への行きかたを教えてください／請告訴我怎麼去這個村子。

むらさき [紫] 二36

[名] 紫，紫色；醬油；紫丁香；（植）藥用的紫草。

[類] 紫色

むりょう [無料] 二36

[名] 免費；無須報酬。

[反] 有料　[類] ただ

△ 有料か無料かにかかわらず、私は参加します／無論是免費與否，我都要參加。

むれ [群れ] 二6

[名] 群，伙，幫；伙伴。

[類] 群がり

△ 象の群れを見つけた／我看見了象群。

めメ

め [芽] 二36

[名] （植）芽。

[類] 若芽

△ 春になって、木々が芽をつけています／春天來到，樹木們發出了嫩芽。

め [目] 四三2

[名·接尾] 眼睛；眼珠，眼球；眼神；第…。

[類] 瞳

△ そちらの目のきれいな方はだれですか／那邊那位眼睛很漂亮的人是誰？

めい [姪] 二6

[名] 姪女，外甥女。

[反] 甥

めい [名] 二36

[接尾] （計算人數的助數詞）名，人。

めいかく [明確] 二6

[名·形動] 明確，準確。

[類] 確か

△ 明確な予定は、まだ発表しがたい／還沒辦法公佈明確的行程。

めいさく [名作] 二6

[名] 名作，傑作。

[類] 秀作

△ 名作だと言うから読んでみたら、退屈でたまらなかった／因被稱為名作，所以看了一下，誰知真是無聊透頂了。

めいし [名刺] 二36

[名] 名片。

[類] 刺

△ 名刺交換会に出席した／我出席了名片交換會。

めいし [名詞] 二36

(名) （語法）名詞。

△ この文の名詞はどれですか／這句子的名詞是哪一個？

めいしょ [名所] 二6

(名) 名勝地，古蹟。

類 名勝

△ 京都の名所といえば、金閣寺と銀閣寺でしょう／一提到京都古蹟，首當其選的就是金閣寺和銀閣寺了吧。

めいじる・めいずる [命じる・命ずる] 二6

(他上一・他サ) 命令，吩咐；任命，委派；命名。

類 命令する

△ 上司は彼にすぐ出発するように命じた／上司命令他立刻出發。

めいしん [迷信] 二6

(名) 迷信。

類 盲信

△ 迷信とわかっていても、信じずにはいられない／雖知是迷信，卻無法不去信它。

めいじん [名人] 二6

(名) 名人，名家，大師，專家。

類 名手

△ 彼は、魚釣りの名人です／他是釣魚的名人。

めいぶつ [名物] 二6

(名) 名產，特產；（因形動奇特而）有名的人。

類 名産

△ 名物といっても、大しておいしくないですよ／雖說是名產，但也沒多好吃呀。

めいめい [銘々] 二36

(名・副) 各自，每個人。

類 おのおの

△ 銘々で食事を注文してください／請各自點餐。

めいれい [命令] 二36

(名・他サ) 命令，規定；（電腦）指令。

類 指令

△ 上司の命令には、従わざるをえません／不得不遵從上司的命令。

めいわく [迷惑] 二36

(名・自サ) 麻煩，煩擾；為難，困窘；討厭，妨礙，打擾。

類 困惑

△ 人に迷惑をかけるな／不要給人添麻煩。

めうえ [目上] 二36

(名) 上司；長輩。

反 目下　類 年上

メーター [meter] 二6

㊔ 米，公尺；儀表，測量器。

類 計器

△ このプールの長さは、何メーターありますか／這座泳池的長度有幾公尺？

メートル [（法）metre] 四 2

㊔ 公尺，米。

類 メートル

△ そこからあそこまで、10メートルあります／從那邊到那邊，相距十公尺。

めがね [眼鏡] 四 2

㊔ 眼鏡。

類 眼鏡（がんきょう）

△ どんな時に眼鏡をかけますか／什麼時候會戴眼鏡？

めぐまれる [恵まれる] 二 6

自下一 得天獨厚，被賦予，受益，受到恩惠。

反 見放される　類 時めく

△ 環境に恵まれるか恵まれないかにかかわらず、努力すれば成功できる／無論環境的好壞，只要努力就能成功。

めぐる [巡る] 二 6

自五 循環，轉回，旋轉；巡遊；環繞，圍繞。

類 巡回する

△ 東ヨーロッパを巡る旅に出かけました／我到東歐去環遊了。

めざす [目指す] 二 6

他五 指向，以…為努力目標，瞄準。

類 狙う

△ もしも試験に落ちたら、弁護士を目指すどころではなくなる／要是落榜了，就不是在那裡妄想當律師的時候了。

めざまし [目覚まし] 二 6

㊔ 叫醒，喚醒；小孩睡醒後的點心；醒後為打起精神吃東西；鬧鐘。

類 目覚まし時計

△ 目覚ましなど使わなくても、起きられますよ／就算不用鬧鐘也能起床呀。

めし [飯] 二 6

㊔ 米飯；吃飯，用餐；生活，生計。

類 食事

△ みんなもう飯は食ったかい／大家吃飯了嗎？

めしあがる [召し上がる] 三 2

他五 吃，喝。

類 食べる

△ お菓子を召し上がりませんか／要不要吃一點點心呢？

めした [目下] 二 3 6

㊔ 部下，下屬，晚輩。

反 目上　類 後輩

△ 部長は、目下の者には威張る／部長會在部屬前擺架子。

めじるし [目印] 二 3 6

㊔ 目標，標記，記號。

類 印

め

△ 自分の荷物に、目印をつけておきました／我在自己的行李上做了記號。

めずらしい [珍しい] 三2

[形] 少見；稀奇。

[類] 希（まれ）

△ 彼がそう言うのは、珍しいですね／他會那樣說倒是很稀奇。

めだつ [目立つ] 二6

[自五] 顯眼，引人注目，明顯。

[類] 際立つ

△ 彼女は華やかなので、とても目立つ／她打扮華麗，所以很引人側目。

めちゃくちゃ 二6

[名·形動] 亂七八糟，胡亂，荒謬絕倫。

[類] めちゃめちゃ

△ 部屋が片付いたかと思ったら、子どもがすぐにめちゃくちゃにしてしまった／我才剛把房間整理好，就發現小孩馬上就把它用得亂七八糟的。

めっきり 二6

[副] 變化明顯，顯著的，突然，劇烈。

[類] 著しい

△ 最近めっきり体力がなくなりました／最近體力明顯地降下。

めったに [滅多に] 二6

[副] （後接否定語）不常，很少。

[類] ほとんど

△ めったにないチャンスだ／難得的機會。

めでたい [目出度い] 二36

[形] 可喜可賀，喜慶的；順利，幸運，圓滿；頭腦簡單，傻氣；表恭喜慶祝。

[類] 喜ばしい

△ 赤ちゃんが生まれたとは、めでたいですね／聽說小寶貝生誕生了，那真是可喜可賀。

メニュー [menu] 二6

[名] 菜單。

[類] 献立

めまい [目眩・眩暈] 二6

[名] 頭暈眼花。

△ めまいがする／頭暈眼花。

メモ [memo] 二36

[名·他サ] 筆記；備忘錄，便條；紀錄。

[類] 備忘録

△ メモをとる／記筆記。

めやす [目安] 二6

[名] （大致的）目標，大致的推測，基準；標示。

[類] 見当

△ 目安として、1000円ぐらいのものを買ってきてください／請你去買約1000日圓的東西回來。

めん [面] 二36

[名·接尾·漢造] 臉，面；面具，假面；防護面具；用以計算平面的東西；會面。

[類] 方面

△ お金の面においては、問題ありませ

ん/在金錢方面沒有問題。

めん [綿]　　　　　　　　二6)

(名·漢造) 棉，棉線；棉織品；綿長；詳盡；棉，棉花。

🔘 木綿

△ 綿のセーターを探しています/我在找棉質的毛衣。

めんきょ [免許]　　　　　二6)

(名·他サ) （政府機關）批准，許可；許可證，執照；傳授祕訣。

🔘 ライセンス

△ 時間があるうちに、車の免許を取っておこう/趁有空時，先考個汽車駕照。

めんぜい [免税]　　　　　二6)

(名·他サ·自サ) 免稅。

🔘 免租

△ 免税店で買い物をしました/我在免税店裡買了東西。

めんせき [面積]　　　　　二36)

(名) 面積。

🔘 広さ

△ 面積が広いわりに、人口が少ない/面積雖然大，但相對地人口卻很少。

めんせつ [面接]　　　　　二6)

(名·自サ) （為考察人品、能力而舉行的）面試，接見，會面。

🔘 面会

△ 面接をしてみたところ、優秀な人材がたくさん集まりました/舉辦了面試，結果聚集了很多優秀的人才。

めんどう [面倒]　　　　　二36)

(名·形動) 麻煩，費事；繁瑣，棘手；照顧，照料。

🔘 厄介

△ 手伝おうとすると、彼は面倒げに手を振って断った/本來要過去幫忙，他卻礙事地揮手說不用了。

めんどうくさい [面倒臭い]　二6)

(形) 非常麻煩，極其費事的。

🔘 煩わしい

△ 面倒臭いからといって、掃除もしないのですか/嫌麻煩就不用打掃了嗎？

メンバー [member]　　　二36)

(名) 成員，一份子；（體育）隊員。

🔘 成員

△ チームのメンバーにとって、今度の試合は重要です/這次的比賽，對隊上的隊員而言相當地重要。

もモ

もう　　　　　　　　　　四2)

(副) 已經；馬上就要；還，再。

🔘 既に

△ もうあなたとは、友達ではありません/我跟你不再是朋友了。

も

409

もうかる [儲かる] 二36

自五 賺到，得利；賺得到便宜，撿便宜。

△ 儲かるからといって、そんな危ない仕事はしない方がいい／雖說會賺大錢，那種危險的工作還是不做的好。

もうける [儲ける] 二36

他下一 賺錢，得利；（轉）撿便宜，賺到。

反 損する 類 得する

△ 彼はその取り引きで大金をもうけた／他在那次交易上賺了大錢。

もうける [設ける] 二6

他下一 預備，準備；設立，制定；生，得（子女）。

類 備える

△ スポーツ大会に先立ち、簡易トイレを設けた／在運動會之前，事先設置了臨時公廁。

もうしあげる [申し上げる] 三2

他下一 說（「言う」的謙讓語）。

類 言う

△ 先生にお礼を申し上げようと思います／我想跟老師道謝。

もうしこむ [申し込む] 二36

他五 提議，提出；申請；報名；訂購；預約。

類 申し入れる

△ 結婚を申し込む／求婚。

もうしわけ [申し訳] 二36

名·他サ 申辯，辯解；道歉；敷衍塞責，有名無實。

類 弁解

△ 感激のあまり、大きな声を出してしまって申し訳ありません／太過於感動而不禁大聲了起來。

もうしわけない [申し訳ない] 二36

寒暄 實在抱歉，非常對不起。

類 済まない

もうす [申す] 四三2

自·他五 叫做，稱；告訴；請求。

類 言う

△ 私は、田中と申します／我叫做田中。

もうすぐ 三2

副 不久，馬上。

△ この本は、もうすぐ読み終わります／這本書馬上就要看完了。

もうふ [毛布] 二6

名 毛毯，毯子。

類 ブランケット

もえる [燃える] 二36

自下一 燃燒，起火；（轉）熱情洋溢，滿懷希望；（轉）顏色鮮明。

類 燃焼する

△ 紙が燃える／紙燃燒了起來。

モーター [motor] 二6

名 發動機；電動機；馬達。

動 電動機
△ 機械のモーターが動かなくなってしまいました／機器的馬達停了。

もくざい [木材] 二6

名 木材，木料。

動 材木
△ 海外から、木材を調達する予定です／我計畫要從海外調購木材過來。

もくじ [目次] 二36

名 （書籍）目錄，目次；（條目、項目）目次。

動 見出し
△ 目次はどこにありますか／目錄在什麼地方？

もくてき [目的] 二36

名 目的，目標。

動 目当て
△ 情報を集めるのが、彼の目的にきまっているよ／他的目的一定是蒐集情報啊。

もくひょう [目標] 二36

名 目標，指標。

動 目当て
△ 目標ができたからには、計画を立ててがんばるつもりです／既然有了目標，就打算立下計畫好好加油。

もくようび [木曜日] 四2

名 星期四。

動 木曜
△ 木曜日か金曜日か、どちらかに行きます／星期四或星期五，我會其中選一天過去。

もぐる [潜る] 二6

自四 潛入（水中）；鑽進，藏入，躲入；潛伏活動，違法從事活動。

動 潜伏する
△ 海に潜ることにかけては、彼はなかなかすごいですよ／在潛海這方面，他相當厲害哺。

もし 二2

副 如果，假如。

動 万一
△ もしほしければ、さしあげます／如果想要就送您。

もじ [文字] 二36

名 字跡，文字，漢字；文章，學問。

動 字
△ ひらがなは、漢字をもとにして作られた文字だ／平假名是根據漢字而成的文字。

もしかしたら 二6

連語・副 或許，也許，萬一，可能，有可能，說不定。

動 ひょっとしたら
△ もしかしたら、貧血ぎみなのかもしれません／可能有一點貧血的傾向。

もしかすると 二36

副 也許，或，可能。

類 もしかしたら

△ もしかすると、手術をすることなく病気を治せるかもしれない／或許不用手術就能治好病情也說不定。

もしも 二36

副 （強調）如果，萬一，倘若。

類 若し

△ もしも会社をくびになったら、結婚どころではなくなる／要是被公司革職，就不是結婚的時候了。

もしもし 四2

感 （打電話）喂。

△ もしもし、田中商事ですか／喂！請問是田中商事嗎？

もたれる [凭れる・靠れる] 二6

自下一 依靠，憑靠；消化不良。

類 寄りかかる

△ 相手の迷惑もかまわず、電車の中で隣の人にもたれて寝ている／也不管會不會造成對方的困擾。

モダン [modern] 二6

名·形動 現代的，流行的，時髦的。

類 今様

△ 外観はモダンながら、ビルの中は老朽化しています／雖然外觀很時髦，但是大廈裡已經老舊了。

もち [餅] 二6

名 年糕。

△ 日本では、正月に餅を食べます／在日本，過新年要吃麻糬。

もちあげる [持ち上げる] 二6

他下一 （用手）舉起，抬起；阿諛奉承，吹捧；抬頭。

類 上げる

△ こんな重いものが、持ち上げられるわけはない／這麼重的東西，怎麼可能抬得起來。

もちいる [用いる] 二36

自五 使用；採用，採納；任用，錄用。

類 使用する

△ これは、DVDの製造に用いる機械です／這台是製作DVD時會用到的機器。

もちろん 四2

副 當然，不用說，不待言。

類 無論

△ 私はもちろん、楽しい映画が好きです／我當然是喜歡愉快的電影。

もつ [持つ] 四2

他五 拿，帶，持，攜帶。

類 携帯する

△ 百円玉をいくつ持っていますか／你身上有幾個百圓硬幣？

もったいない 二36

形 可惜的，浪費的；過份的，惶恐的，不敢當。

類 惜しい

△ もったいないことに、残った食べ物は全部捨てるのだそうです／真是浪費，聽說要把剩下來的食物全部丟掉的樣子。

もって [以って] 二36

(連語・接續) (をもって形式，格助詞用法) 以，用，拿；因為；根據；(時間或數量) 到；(加強的語感) 把；而且；因此；對此。
△ 書面をもって通知する／以書面通知。

もっと 四2

副 更，再，進一步，更稍微。
● 一層
△ もっと安いのはありますか／有沒有更便宜一點的？

もっとも [最も] 二36

副 最，頂。
● 一番
△ 思案のすえに、最も優秀な学生を選んだ／再三考慮後才選出最優秀的學生。

もっとも [尤も] 二36

(形動・接續) 合理，正當，理所當有的；話雖如此，不過。
● 当然
△ 合格して、嬉しさのあまり大騒ぎしたのももっともです／因上榜太過歡喜而大吵大鬧也是正常的呀。

モデル [model] 二6

名 模型；榜樣，典型，模範；(文學作品中) 典型人物，原型；模特兒。
● 手本
△ 彼女は、歌も歌えば、モデルもやる／她既唱歌也當模特兒。

もと [元] 二36

(名・接尾) 本源，根源；根本，基礎；原因，起因；顆，根。
● 始め
△ 私は、元スチュワーデスでした／我原本是空中小姐。

もと [基] 二6

名 起源，本源；基礎，根源；原料；原因；本店；出身；成本。
● 基礎
△ 彼のアイデアを基に、商品を開発した／以他的構想為基礎來開發商品。

もどす [戻す] 二36

(他五・自五) 退還，歸還；送回，退回；使倒退；(經) 市場價格急遽回升。
● 返す
△ 本を読み終わったら、棚に戻してください／書如果看完了，就請放回書架。

もとづく [基づく] 二6

自五 根據，按照；由…而來，因為，起因。
● 依る

も

413

△ 去年の支出に基づいて、今年の予算を決めます／根據去年的支出，來決定今年度的預算。

もとめる [求める] 二36

他下一 想要，渴望，需要；謀求，探求；征求，要求；購買。

類 要求する

△ 私たちは株主として、経営者に誠実な答えを求めます／作為股東的我們，要求經營者要給真誠的答覆。

もともと [元々] 二36

名・副 與原來一樣，不增不減；從來，本來，根本。

類 本来

△ 彼はもともと、学校の先生だったということだ／據說他原本是學校的老師。

もどる [戻る] 三2

自五 回到；回到（原來的地點）；折回。

反 進む 類 後返り

△ こう行って、こう行けば、駅に戻れます／這樣走，再這樣走下去，就可以回到車站。

もの [物] 四2

名 （有形、無形的）物品，東西；事物，事情；食物。

類 食物

△ おいしいものが、食べたいです／我想吃好吃的東西。

もの [者] 二36

名 （特定情況之下的）人，者。

類 人

△ 泥棒の姿を見た者はいません／沒有人看到小偷的蹤影

ものおき [物置] 二6

名 庫房，倉房。

類 倉庫

△ はしごは物置に入っています／梯子放在倉庫裡。

ものおと [物音] 二6

名 響聲，響動，聲音。

△ 何か物音がしませんでしたか／剛剛是不是有東西發出聲音？

ものがたり [物語] 二6

名 談話，事件；傳說；故事，傳奇；（平安時代後散文式的文學作品）物語。

類 ストーリー

△ 江戸時代の商人についての物語を書きました／撰寫了一篇有關江戶時期商人的故事。

ものがたる [物語る] 二6

他五 談，講述；說明，表明。

△ 血だらけの服が、事件のすごさを物語っている／滿是血跡的衣服，述說著案件的嚴重性。

ものごと [物事] 二36

名 事情，事物；一切事情，凡事。

名 事柄
△ 物事をきちんとするのが好きです／
我喜歡將事物規劃地井然有序。

ものさし [物差し] 二36

名 尺：尺度，基準。
△ 物差しで長さを測った／我用尺測量
了長度。

ものすごい [物凄い] 二36

形 可怕的，恐怖的，令人恐懼的；猛烈
的，驚人的。
動 甚だしい
△ 試験の最中なので、ものすごくがん
ばっています／因為是考試期間，所以
非常地努力。

モノレール [monorail] 二6

名 單軌電車，單軌鐵路。
動 単軌鉄道
△ モノレールに乗って、羽田空港ま
で行きます／我搭單軌電車要到羽田機
場。

もみじ [紅葉] 二6

名 紅葉；楓樹。
動 紅葉（こうよう）
△ 紅葉がとてもきれいで、歓声を上げ
ないではいられなかった／因為楓葉實
在太漂亮了，所以就不由得地歡呼了起
來。

もむ [揉む] 二6

他五 搓，揉；捏，按摩；（很多人）互

相推擠；爭辯：（被動式型態）錘鍊，
受磨練。
動 按摩する
△ 肩をもんであげる／我幫你按摩肩
膀。

もめん [木綿] 三2

名 棉。
動 コットン
△ 友だちに、木綿の靴下をもらいまし
た／朋友送我棉質襪。

もめん [木綿] 二36

名 棉花；棉線；棉織品。
動 コットン

もも [腿] 二6 も

名 大腿。
動 太もも

もやす [燃やす] 二36

他五 燃燒：（把某種情感）燃燒起來，
激起。
動 燃す
△ それを燃やすと、悪いガスが出るお
それがある／燒這個話，有可能會產
生有毒氣體。

もよう [模様] 二36

名 花紋，圖案；情形，狀況；徵兆，趨
勢。
動 綾（あや）
△ 模様のあるのやら、ないのやら、い
ろいろな服があります／有花樣的啦、

沒花樣的啦，這裡有各式各樣的衣服。

もよおし [催し] （二6）

⊗ 舉辦，主辦；集會，文化娛樂活動；
預兆，兆頭。

⊛ 催し物

△ その催しは、九月 九 日から始まる
ことになっています／那個活動預定從
9月9日開始。

もらう （三2）

⊕五 收到，拿到。

⊗ やる　⊛ 頂く

△ 私は、もらわなくてもいいです／不
用給我也沒關係。

もり [森] （三36）

⊗ 樹林，森林。

⊛ 森林

もる [盛る] （二6）

⊕五 盛滿，裝滿；堆滿，堆高；配藥，
下毒；刻劃，標刻度。

⊛ 積み上げる

△ 果物が皿に盛ってあります／盤子上
堆滿了水果。

もん [問] （二6）

接尾 （計算問題數量的助數詞）題。

⊛ 質問

もん [門] （四2）

⊗ 門，大門。

⊛ 出入り口

△ 学生たちが、学校の門の前に集まり
ました／學生們聚集在學校的校門前。

もんく [文句] （二36）

⊗ 詞句，語句；不平或不滿的意見，異
議。

⊛ 愚痴

△ みんな文句を言いつつも、仕事をや
り続けた／大家雖邊抱怨，但還是繼續
做工作。

もんだい [問題] （四2）

⊗ 問題；（需要研究、處理、討論的）
事項。

⊛ 問い

△ この問題は、どうしますか／這個問
題該怎麼辦？

もんどう [問答] （二6）

⊗·自サ 問答；商量，交談，爭論。

⊛ 議論

△ 教 授との問答に基づいて、新聞
記事を書いた／根據我和教授間的爭
論，寫了篇報導。

やャ

や [屋]

接尾 …店，商店或工作人員。

類 店

△ 薬屋まで、どのぐらいですか／到
藥房大約要多久？

や [屋]

接尾 （前接名詞，表示經營某家店或從
事某種工作的人）店，舖；（前接表示
個性、特質）帶點輕蔑的稱呼；（寫作
「舍」）表示堂號，房舍的雅號。

類 店

△ 魚屋／魚店，賣魚的。

やおや [八百屋]

名 蔬果店，菜舖。

類 青物屋

△ 八百屋で、果物を買いました／到蔬
菜店買了水果。

やがて

副 不久，馬上；幾乎，大約；歸根究
底，亦即，就是。

類 まもなく

△ やがて上海行きの船が出港します／
不久後前往上海的船就要出港了。

やかましい [喧しい]

形 （聲音）吵鬧的，喧擾的；囉唆的，
嘮叨的；難以取悅；嚴格的，嚴厲的。

類 うるさい

△ 隣のテレビがやかましかったものだ
から、抗議に行った／因為隔壁的電視
聲太吵了，所以跑去抗議。

やかん [夜間]

名 夜間，夜晚。

類 夜

△ 夜間は危険なので外出しないでくだ
さい／晚上很危險不要外出。

やかん [薬缶]

名 （銅、鋁製的）壺，水壺。

類 湯沸かし

△ やかんで湯を沸かす／用水壺燒開
水。

やく [焼く]

他五 焚燒；烤。

類 焙る

△ 肉を焼きすぎました／肉烤過頭了。

やく [役]

名・漢造 職務，官職；責任，任務，（負
責的）職位；角色；使用，作用。

類 役目

△ この役を、引き受けないわけにはい
かない／不可能不接下這個職位。

やく [約]

名・副・漢造 約定，商定；縮寫，略語；大
約，大概；簡約，節約。

類 大体

△ 資料によれば、この町の人口は約
100万人だそうだ／根據資料所顯示，

這城鎮的人口約有100萬人。

やく [訳] 二3 6

(名·他サ·漢造) 譯，翻譯；漢字的訓讀。

(類) 翻訳

△ その本(ほん)は、日本語訳(にほんごやく)で読(よ)みました／那本書我是看日文翻譯版的。

やくしゃ [役者] 二6

(名) 演員；善於做戲的人，手段高明的人，人才。

(類) 俳優

△ 役者(やくしゃ)としての経験(けいけん)が長(なが)いだけに、演技(えんぎ)がとてもうまい／到底是長久當演員的緣故，演技實在是精湛。

やくしょ [役所] 二3 6

(名) 官署，政府機關。

(類) 官公庁

△ 手続(てつづ)きはここでできますから、役所(やくしょ)までいくことはないよ／這裡就可以辦手續，沒必要跑到區公所哪裡。

やくす [訳す] 二3 6

(他五) 翻譯；解釋。

(類) 翻訳する

△ 英語(えいご)を訳(やく)すことにかけては、誰(だれ)にも負(ま)けません／就翻譯英文這一點上，我絕不輸任何人。

やくそく [約束] 三2

(名·他サ) 約定，規定。

(類) 約する

△ ああ約束(やくそく)したから、行(い)かなければならない／已經那樣約定好了，所以非去不可。

やくにたつ [役に立つ] 三2

(慣) 有幫助，有用。

(類) 役に立つ

△ その辞書(じしょ)は役(やく)に立(た)つかい／那辭典有用嗎？

やくだつ [役立つ] 二3 6

(自五) 有用，有益。

(類) 役に立つ

△ パソコンの知識(ちしき)が就職(しゅうしょく)に非常(ひじょう)に役立(やくだ)った／電腦知識對就業很有幫助。

やくにん [役人] 二6

(名) 官員，公務員。

(類) 公務員

△ 役人(やくにん)にはなりたくない／我不想當公務員。

やくひん [薬品] 二6

(名) 藥品；化學試劑。

(類) 薬物

△ この薬品(やくひん)は、植物(しょくぶつ)をもとにして製造(せいぞう)された／這個藥品，是以植物為底製造而成的。

やくめ [役目] 二3 6

(名) 責任，任務，使命，職務。

(類) 役割

△ 責任感(せきにんかん)の強(つよ)い彼(かれ)のことだから、役目(やくめ)をしっかり果(は)たすだろう／因為是責任感很強的他，所以一定能完成使命的！

やくわり [役割] ⚫6
(名) 分配任務（的人）；（分配的）任務，角色，作用。
(類) 受け持ち
△ それぞれの役割に基づいて、仕事をする／按照各自的職務工作。

やけど [火傷] ⚫36
(名・自サ) 燙傷，燒傷；（轉）遭殃，吃虧。
△ 熱湯で手にやけどをした／熱水燙傷了手。

やける [焼ける] ⚫2
(自下一) 烤熟；（被）烤熟。
△ ケーキが焼けたら、お呼びいたします／蛋糕烤好後我會叫您的。

やこう [夜行] ⚫6
(名・接頭) 夜行；夜間列車；夜間活動。
(類) 夜行列車
△ 彼らは、今夜の夜行で旅行に行くということです／聽說他們要搭今晚的夜車去旅行。

やさい [野菜] ⚫2
(名) 蔬菜，青菜。
(類) 蔬菜
△ 野菜では、何が好きですか／你喜歡什麼蔬菜？

やさしい ⚫2
(形) 簡單，容易，易懂。
(反) 難しい (類) 容易い
△ どの問題が易しいですか／哪個問題比較簡單？

やさしい [優しい] ⚫2
(形) 溫柔，體貼。
(類) 親切
△ 彼女があんな優しい人だとは知りませんでした／我不知道她是那麼貼心的人。

やじるし [矢印] ⚫36
(名) （標示去向、方向的）箭頭，箭形符號。
△ 矢印により、方向を表した／透過箭頭來表示方向。

やすい [安い] ⚫2 や
(形) 便宜，（價錢）低廉。
(反) 高い (類) 安価
△ こちらの店は、安いですよ／這家店很便宜唷。

やすい ⚫2
(接尾) 容易…。
△ 風邪をひきやすいので、気をつけなくてはいけない／容易感冒，所以得小心一點。

やすみ [休み] ⚫2
(名) 休息，假日；休假，停止營業。
(類) 休息
△ 学生さんがたの休みは長いですね／學生們的假期還真長。

やすむ [休む] 四2

自五 休息，歇息；停歇，暫停；睡，就寢。

類 休息する

△ 風邪を引いて、会社を休みました／感冒而向公司請假。

やせる [痩せる] 三2

自下一 瘦；貧瘠。

反 太る 類 細る

△ 先生は、少し痩せられたようですね／老師您好像瘦了。

やたらに 二6

形動·副 胡亂的，隨便的，任意的，馬虎的；過份，非常，大膽。

類 むやみに

△ 重要書類をやたらに他人に見せるべきではない／不應當將重要的文件，隨隨便便地給其他人看。

やちん [家賃] 二3 6

名 房租。

類 店賃

やっかい [厄介] 二6

名·形動 麻煩，難為，難應付的；照料，照顧，幫助；寄食，寄宿（的人）。

類 面倒臭い

△ やっかいな問題が片付いたかと思うと、また難しい問題が出てきた／才正解決了麻煩事，就馬上又出現了難題。

やっきょく [薬局] 二6

名 （醫院的）藥局；藥鋪，藥店。

△ 薬局で薬を買うついでに、洗剤も買った／到藥局買藥的同時，順便買了洗潔精。

やっつ [八つ] 四2

名 （數）八，八個，八歲。

類 八個

△ 箱は八つしかありません／只有八個箱子。

やっつける [遣っ付ける] 二6

他下一 （俗）幹完（工作等，「やる」的強調表現）；教訓一頓；幹掉；打敗，擊敗。

類 打ち負かす

△ 手ひどくやっつけられる／被修理得很慘。

やっと 三2

副 終於，好不容易。

類 ようやく

△ やっと来てくださいましたね／您終於來了。

やっと 二3 6

副 終於，好不容易才；勉勉強強。

類 ようやく

△ やっと問題が解けた／問題終於解開了。

やど [宿] 二6

名 家，住處，房屋；旅館，旅店；下榻處，過夜。

類 旅館

△ 宿の予約をしていないばかりか、電車の切符も買っていないそうです／不僅沒有預約住宿的地方，聽說就連電車的車票也沒買的樣子。

やとう [雇う] 二6

(他五) 雇用。

(類) 雇用する

△ 大きなプロジェクトに先立ち、アルバイトをたくさん雇いました／進行盛大的企劃前，事先雇用了很多打工的人。

やぬし [家主] 二36

(名) 戶主；房東，房主。

(類) 大家

△ うちの家主はとてもいい人です／我們家的房東人很親切。

やね [屋根] 二36

(名) 屋頂。

(類) ルーフ

やはり・やっぱり 三2

(副) 果然；還是，仍然。

(類) 果たして

△ やっぱり、がんばってみます／我還是再努力看看。

やぶく [破く] 二6

(他五) 撕破，弄破。

(類) 破る

△ ズボンを破いてしまった／弄破褲子了。

やぶる [破る] 二36

(他五) 弄破；破壞；違反；打敗；打破（記錄）。

(類) 突破する

△ 警官はドアを破って入った／警察破門而入。

やぶれる [破れる] 二36

(自下一) 破損，損傷；破壞，破裂，被打破；失敗。

(類) 破ける

△ 上着がくぎに引っ掛かって破れた／上衣被釘子鉤破了。

やま [山] 四2

(名) 山；一大堆，成堆如山。

△ 山へは、いつ行きますか／什麼時候去山上？

やむ [止む] 三2

(自五) 停止，中止，罷休。

(類) 終わる

△ 雨が止んだら、でかけましょう／如果雨停了，就出門吧！

やむ [病む] 二6

(自他五) 得病，患病；煩惱，憂慮。

(類) 患う

△ 胃を病んでいた／得胃病。

やむをえない [やむを得ない] 二6

(形) 不得已的，沒辦法的。

(類) しかたがない

△ 仕事が期日どおりに終わらなくて

も、やむを得ない／就算工作不能如期完成也是沒辦法的事。

やめる [辞める]
⸨他下一⸩ 停止；取消；離職。
⸨類⸩ 辞任する
△ こう考えると、会社を辞めたほうがいい／這樣一想，還是離職比較好。

やめる [止める]
⸨他下一⸩ 停止，做罷，廢止，放棄；戒，忌。
⸨類⸩ 終える
△ 危ない仕事など、もう止めてください／請馬上停止做那些危險的事。

やや [稍稍]
⸨副⸩ 稍微，略；片刻，一會兒。
⸨類⸩ 少し
△ スカートがやや短すぎると思います／我覺得這件裙子有點太短。

やる
⸨他五⸩ 做，幹；派遣，送去；給，給予。
⸨類⸩ する
△ この仕事は、明日中にやります／這個工作會在（明天）之內做好。

やわらかい [柔らかい]
⸨形⸩ 柔軟；和藹；靈活。
⸨反⸩ かたい ⸨類⸩ 柔らか
△ 柔らかい布団のほうがいい／柔軟的棉被比較好。

ゆユ

ゆ [湯]
⸨名⸩ 開水，熱水。
⸨反⸩ 水
△ 湯をわかすために、火をつけた／為了燒開水，點了火。

ゆいいつ [唯一]
⸨名⸩ 唯一，獨一。
△ 彼女は、わが社で唯一の女性です／她是我們公司唯一的女性。

ゆうえんち [遊園地]
⸨名⸩ 遊樂場。
△ 子どもと一緒に、遊園地なんか行くものか／我哪可能跟小朋友一起去遊樂園呀！

ゆうがた [夕方]
⸨名⸩ 傍晚。
⸨反⸩ 朝方 ⸨類⸩ 暮れ
△ なぜ夕方出かけましたか／為什麼傍晚出門去了呢？

ゆうかん [夕刊]
⸨名⸩ 晚報。
⸨反⸩ 朝刊

ゆうき [勇気]
⸨形動⸩ 勇敢。
⸨類⸩ 度胸
△ 彼には、彼女に声をかける勇気は

あるまい／他大概沒有跟她講話的勇氣吧。

ゆうこう [友好] [二6]
[名] 友好。
[類] 親善

ゆうこう [有効] [二36]
[形動] 有效的。
[反] 無効

ゆうしゅう [優秀] [二36]
[名·形動] 優秀。
[類] 立派

ゆうしょう [優勝] [二36]
[名·自サ] 優勝，取得冠軍。
[類] 勝利
△ しっかり練習しないかぎり、優勝はできません／要是沒紮實地做練習，就沒辦法得冠軍。

ゆうじょう [友情] [二36]
[名] 友情。
[反] 敵意 [類] 友誼
△ 友情を裏切るわけにはいかない／友情是不能背叛的。

ゆうじん [友人] [二6]
[名] 友人，朋友。
[類] 友達
△ 多くの友人に助けてもらいました／我受到許多朋友的幫助。

ゆうそう [郵送] [二36]
[名·他サ] 郵寄。
△ プレゼントを郵送したところ、住所が違っていて戻ってきてしまった／將禮物用郵寄寄出，結果地址錯了就被退了回來。

ゆうだち [夕立] [二6]
[名] 雷陣雨。
[類] にわか雨
△ 雨が降ってきたといっても、夕立だからすぐやみます／雖說下雨了，但因是驟雨很快就會停。

ゆうのう [有能] [二6]
[名·形動] 有才能的，能幹的。
[反] 無能
△ わが社においては、有能な社員はどんどん出世します／在本公司，有能力的職員都會一一地順利升遷。

ゆうはん [夕飯] [三2]
[名] 晚飯。
△ 叔母は、いつも夕飯を食べさせてくれる／叔母總是做晚飯給我吃。

ゆうひ [夕日] [二6]
[名] 夕陽。
[類] 夕陽
△ 夕日が沈むのを見に行った／我去看了夕陽西下的景色。

ゆうびん [郵便] [二36]
[名] 郵政；郵件。

🔺 郵便物

ゆうびんきょく [郵便局] 四2
🔹 郵局。
🔺 郵便局で、手紙を出しました／到郵局寄了信。

ゆうべ [夕べ] 四2
🔹 昨天晚上，昨夜。
🔹 昨晚
🔺 夕べは、どこかへ行きましたか／昨天晚上到哪裡去了嗎？

ゆうめい [有名] 四2
🔹 有名，聞名，著名，名見經傳。
🔹 無名 🔹 知名
🔺 あちらにいる人は、とても有名です／那邊的那位，非常的有名。

ユーモア [humor] 三36
🔹 幽默。
🔹 諧謔（かいぎゃく）
🔺 彼はとてもユーモアのある人だ／他是個充滿幽默的人。

ゆうゆう [悠々] 三6
🔹 悠然，不慌不忙；綽綽有餘，充分；（時間）悠久，久遠；（空間）浩瀚無垠。
🔹 ゆったり
🔺 彼は毎日悠々と暮らしている／他每天都悠哉悠哉地過生活。

ゆうり [有利] 三6

🔹 有利。
🔹 不利

ゆうりょう [有料] 三36
🔹 收費。
🔹 無料
🔺 ここの駐車場は、どうも有料っぽいね／這裡的停車場，好像是要收費的耶。

ゆか [床] 三36
🔹 地板。
🔹 天井

ゆかい [愉快] 三36
🔹 愉快，暢快；令人愉快，討人喜歡；令人意想不到。
🔹 楽しい
🔺 お酒なしでは、みんなと愉快に楽しめない／如沒有酒，就沒辦法和大家一起愉快的享受。

ゆかた [浴衣] 三6
🔹 夏季穿的單衣，浴衣。
🔺 君は、浴衣を着ていると女っぽいね／妳一穿上浴衣，就真有女人味啊！

ゆき [雪] 四2
🔹 雪。
🔺 雪で、電車が止まりました／電車因為下雪而停駛了。

ゆくえ [行方] 三6
🔹 去向，目的地；下落，行蹤；前途，

將来。

麺 行く先
△ 犯人のみならず、犯人の家族の行方
もわからない／不單只是犯人，就連犯
人的家人也去向不明。

ゆげ [湯気]　　　　　　二6

名 蒸氣，熱氣；（蒸汽凝結的）水珠，
水滴。

麺 水蒸気
△ やかんから湯気が出ている／不久後
蒸汽冒出來了。

ゆけつ [輸血]　　　　　　二6

名・自サ （醫）輸血。
△ 輸血をしてもらった／幫我輸血。

ゆしゅつ [輸出]　　　　　　三2

名・他サ 出口。

反 輸入
△ 自動車の輸出をしたことがあります
か／曾經出口汽車嗎？

ゆずる [譲る]　　　　　　二36

他五 讓給，轉讓；謙讓，讓步；出讓，
賣給；改日，延期。

麺 譲渡する
△ 彼は老人じゃないから、席を譲るこ
とはない／他又不是老人，沒必要讓位
給他。

ゆそう [輸送]　　　　　　二36

名・他サ 輸送，傳送。

麺 輸送

△ 自動車の輸送にかけては、うちは一
流です／在搬運汽車這方面，本公司可
是一流的。

ゆだん [油断]　　　　　　二36

名・自サ 缺乏警惕，疏忽大意。

麺 不覚
△ 仕事がうまくいっているときは、誰
でも油断しがちです／當工作進行順利
時，任誰都容易大意。

ゆっくり　　　　　　二36

副・自サ 慢慢地，不著急的，從容地；安
適的，舒適的；充分的，充裕的。

麺 徐々に
△ ゆっくり考えたすえに、結論を出し
ました／仔細思考後，有了結論。

ゆっくりと　　　　　　四2

副 慢慢，不著急；舒適，安靜。

麺 緩やか
△ ドアがゆっくりと閉まる／門慢慢地
關了起來。

ゆでる [茹でる]　　　　　　二36

他下一 （用開水）煮，燙。
△ よく茹でて、熱いうちに食べてくだ
さい／請將這ðd發熱後，再趁熱吃。

ゆのみ [湯飲み]　　　　　　二6

名 茶杯，茶碗。

麺 湯呑み茶碗
△ お茶を飲みたいので、湯飲みを取っ
てください／我想喝茶，請幫我拿茶杯。

ゆ

425

ゆび [指] 三2

[名] 手指。

△ 指が痛いために、ピアノが弾けない／因為手指疼痛，而無法彈琴。

ゆびわ [指輪] 三2

[名] 戒指。

[類] リング

△ 記念の指輪がほしいかい／想要戒指做紀念嗎？

ゆめ [夢] 三2

[名] 夢；夢想。

[反] うつつ　[類] ドリーム

△ 彼は、まだ甘い夢を見つづけている／他還在做天真浪漫的美夢！

ゆるい [緩い] 二6

[形] 鬆，不緊；徐緩，不陡；不急；不嚴格；稀薄。

[反] きつい　[類] 緩々

△ ねじが緩くなる／螺絲鬆了。

ゆるす [許す] 二36

[他五] 允許，批准；寬恕；免除；容許；承認；委託；信賴；疏忽，放鬆；釋放。

[反] 禁じる　[類] 許可する

△ 外出が許される／准許外出。

ゆれる [揺れる] 三2

[自下一] 搖晃，搖動；躊躇。

[類] 揺らぐ

△ 大きい船は、小さい船ほど揺れない／大船不像小船那麼會搖晃。

よヨ

よ [夜] 二6

[名] 夜，晚上，夜間。

[反] 昼　[類] 晩

△ 夜が明けたら出かけます／天一亮就啟程。

よあけ [夜明け] 二6

[名] 拂曉，黎明。

[類] 明け方

△ 夜明けに、鶏が鳴いた／天亮雞鳴。

よい [良い] 二36

[形] 好，出色；漂亮；（地位、價位）高，貴；應當，正當；恰好；（表示同意）可以；充分；有益。

[反] 悪い　[類] 宜しい

よいしょ 二6

[感] （搬重物、用力時或傳東西時的吆喝聲）嗨喲。

[類] よいさ

よう [様] 二36

[造語·漢造]（後接動詞連用形）樣子，方式；表示同類型狀的東西；（書法等）風格，樣式；形狀；花樣。

[類] 有様

よう [用]
<small>三 2</small>

（名）事情，工作。

（動）用事
△ 用がなければ、来なくてもかまわない／如果沒事，不來也沒關係。

よう [酔う]
<small>三 3 6</small>

（自五）醉，酒醉；暈（車、船）；（吃魚等）中毒；陶醉。

（動）酔っ払う
△ 彼は酔っても乱れない。／他喝醉了也不會亂來。

ようい [容易]
<small>二 6</small>

（形動）容易，簡單。

（動）簡単
△ 私にとって、彼を説得するのは容易なことではない／對我而言，要說服他不是件容易的事。

ようい [用意]
<small>三 2</small>

（名·他サ）準備。

（動）支度
△ 食事をご用意いたしましょうか／我來為您準備餐點吧？

ようか [八日]
<small>四 2</small>

（名）（月的）八號；八日；八天。

（動）8日間
△ 八日ぐらい、学校を休みました／向學校請了約八天的假。

ようがん [溶岩]
<small>二 6</small>

（名）（地）溶岩。

△ 火山が噴火して、溶岩が流れてきた／火山爆發，有熔岩流出。

ようき [容器]
<small>二 6</small>

（名）容器。

（動）入れ物
△ 容器におかずを入れて持ってきた／我將配菜裝入容器內帶了過來。

ようき [陽気]
<small>二 6</small>

（名·形動）季節，氣候；陽氣（萬物發育之氣）；爽朗，快活；熱鬧，活躍。

（反）陰気 （動）気候
△ 天気予報の予測に反して、春のような陽気でした／和天氣預報背道而馳，是個像春天的天氣。

ようきゅう [要求]
<small>二 6</small>

（名·他サ）要求，需求。

（動）請求
△ 社員の要求を受け入れざるをえない／不得不接受員工的要求。

ようご [用語]
<small>二 6</small>

（名）用語，措辭；術語，專業用語。

（動）術語
△ これは、法律用語っぽいですね／這個感覺像是法律用語啊。

ようし [要旨]
<small>二 6</small>

（名）大意，要旨，要點。

（動）要点
△ 論文の要旨を書いて提出してください／請寫出論文的主旨並交出來。

ようじ [用事]　≡2

② 事情，工作。

⑨ 用件
△ 用事があるなら、行かなくてもかまわない／如果有事，不去也沒關係。

ようじ [用事]　≡36

② （應辦的）事情，工作。

⑨ 用件
△ 用事で出かけたところ、大家さんにばったり会った／因為有事出門，而和房東不期而遇。

ようじ [幼児]　≡6

② 學齡前兒童，幼兒。

⑨ 赤ん坊
△ 私は幼児 教 育に従事している／我從事於幼兒教育。

ようじん [用心]　≡36

②・自サ 注意，留神，警惕，小心。

⑨ 配慮
△ 治安がいいか悪いかにかかわらず、泥棒には用心しなさい／無論治安是好是壞，請注意小偷。

ようす [様子]　≡36

② 情況，狀態；容貌，樣子；緣故；光景，徵兆。

⑨ 状況
△ あの様子から見れば、ずいぶんお酒を飲んだのに違いない／從他那樣子來看，一定是喝了很多酒。

ようするに [要するに]　≡36

剾・連 總而言之，總之。

⑨ つまり
△ 要するに、あの人は大人げないんです／總而言之，那個人就是沒個大人樣。

ようせき [容積]　≡6

② 容積，容量，體積。

⑨ 容量
△ 三角錐の容積はどのように計算しますか／要怎麼算三角錐的容量？

ようそ [要素]　≡6

② 要素，因素；（理、化）要素，因子。

⑨ 成分
△ 会社を作るには、いくつかの要素が必要だ／要創立公司，有幾個必要要素。

ようち [幼稚]　≡6

②・形動 年幼的；不成熟的，幼稚的。

⑨ 未熟
△ 大学生にしては、幼稚な文章ですね／作為一個大學生，真是個幼稚的文章啊。

ようちえん [幼稚園]　≡36

② 幼稚園。

ようてん [要点]　≡6

② 要點，要領。

⑨ 要所

△ 要点をまとめておいたせいか、上手に発表できた／可能是有將重點歸納過的關係，我上台報告得很順利。

ようと [用途] 二6

名 用途，用處。

類 使い道

△ この製品は、用途が広いばかりでなく、値段も安いです／這個產品，不僅用途廣闊，價錢也很便宜。

ようび [曜日] 二6

名 星期。

ようひんてん [洋品店] 二6

名 舶來品店，精品店，西裝店。

△ 洋品店の仕事が、うまくいきつつあります／西裝店的工作正開始上軌道。

ようふく [洋服] 四2

名 西服，西裝。

反 和服 類 洋装

△ 本や洋服を買います／買書籍和衣服。

ようぶん [養分] 二6

名 養分。

類 滋養分

△ 植 物を育てるのに必要な養分は何ですか／培育植物所需的養分是什麼？

ようもう [羊毛] 二6

名 羊毛。

類 ウール

△ このじゅうたんは、羊毛でできています／這地毯是由羊毛所製。

ようやく 二6

副 好不容易，勉勉強強，終於；漸漸。

類 やっと

△ あちこちの店を探したあげく、ようやくほしいものを見つけた／四處找了很多店家，最後終於找到要的東西。

ようりょう [要領] 二6

名 要領，要點；訣竅，竅門。

類 要点

△ 彼は要領が悪いのみならず、やる気もない／他做事不僅不得要領，也沒有什麼幹勁。

ヨーロッパ [Europe] 二6

名 歐洲。

類 欧州

△ ヨーロッパの映画を見るにつけて、現地に行ってみたくなります／每看歐洲的電影，就會想到當地去走一遭。

よき [予期] 二6

名·自サ 預期，預料，料想。

類 予想

△ 予期した以上の成果／達到預期的成果。

よく 四2

副 仔細地，充分地；經常地，常常。

類 十分に

△ よく見てくださいね／請您說仔細看

清楚喔。

よく 四2

副 經常地，常常，動不動就。

類 度々

△ 本や雑誌などをよく読みますか／經常閱讀書籍或雜誌嗎？

よく [翌] 二6

漢造 次，翌，第二。

類 あくる

よくいらっしゃいました 三2

寒暄 歡迎光臨。

△ よくいらっしゃいました。靴を脱がずに、お入りください／歡迎光臨。不用脫鞋，請進來。

よくいらっしゃいました 二6

寒暄 真難為您來了。

よくばり [欲張り] 二6

名·形動 貪婪，貪得無厭（的人）。

△ 彼はきっと欲張りに違いありません／他一定是個貪得無厭的人。

よくばる [欲張る] 二6

自五 貪婪，貪心，貪得無厭。

類 貪る

△ 彼が失敗したのは、欲張ったせいにほかならない／他之所以會失敗，無非是他太過貪心了。

よけい [余計] 二36

形動·副 多餘的，無用的，用不著的；過多的；更多，格外，更加，越發。

類 余分

△ 私こそ、余計なことを言って申し訳ありません／我才是，說些多事的話真是抱歉。

よこ [横] 四2

名 橫；側面；旁邊。

反 縦 類 隣

△ ドアの横になにかあります／門的一旁好像有什麼東西。

よこぎる [横切る] 二36

他五 橫越，橫跨。

類 横断する

△ 道路を横切る／橫越馬路。

よこす [遣す] 二36

他五 寄來，送來；交給，轉給。

△ かれは、怒りをこめて抗議の手紙を遣した／他寄來了一份充滿怒意的抗議信。

よごす [汚す] 二36

他五 弄髒；攪拌。

類 汚（けが）す

△ 服を汚した／弄髒了衣服。

よごれる [汚れる] 三2

自下一 髒污；齷齪。

類 汚（けが）れる

△ 汚れたシャツを洗ってもらいました／我請他幫我把髒的襯衫拿去送洗了。

よさん [予算] 二36

名 預算。

反 決算

△ 予算については、社長と相談します／就預算相關一案，我會跟社長商量的。

よしゅう [予習] 三2

名·他サ 預習。

反 復習

△ 授業の前に予習をしたほうがいいです／上課前預習一下比較好。

よす [止す] 二36

他五 停止，做罷；戒掉；辭掉。

類 やめる

△ そんなことをするのは止しなさい／不要做那種蠢事。

よせる [寄せる] 二6

他下一·自下一 靠近，移近；聚集，匯集，集中；加；投靠，寄身。

類 近づく

△ 討論会に先立ち、みなさまの意見をお寄せください／在討論會開始前，請先集中大家的意見。

よそ [他所] 二6

名 別處，他處；遠方；別的，他的；不顧，無視，漠不關心。

類 他所（たしょ）

△ 彼は、よそでは愛想がいい／他在外頭待人很和藹。

よそく [予測] 二36

名·他サ 預測，預料。

類 予想

△ 来年の景気は予測しがたい／很難去預測明年的景氣。

よっか [四日] 四2

名 四號，四日；四天。

△ なぜ四日も休みましたか／為什麼連請了四天的假？

よつかど [四つ角] 二36

名 十字路口；四個犄角。

類 十字路

△ 四つ角のところで友だちに会った／我在十字路口遇到朋友。

よっつ [四つ] 四2

名 （數）四個；四歲。

類 四個

△ 四つで100円ですよ／四個共一百日圓喔。

ヨット [yacht] 二6

名 遊艇，快艇。

△ 夏になったら、海にヨットに乗りに行こう／到了夏天，一起到海邊搭快艇吧。

よっぱらい [酔っ払い] 二6

名 醉鬼，喝醉酒的人。

類 醉漢

△ 酔っ払い運転／酒醉駕駛。

よてい [予定] 三2

名·他サ 預定。

類 見込み

△ 木村さんから自転車をいただく予定です／我準備接收木村的腳踏車。

よなか [夜中] 二6

名 半夜，深夜，午夜。

類 夜ふけ

△ 夜中に電話が鳴った／深夜裡電話響起。

よのなか [世の中] 二36

名 人世間，社會；時代，時期；男女之情。

類 世間

△ 世の中の動きに伴って、考え方を変えなければならない／隨著社會的變化，想法也得要改變才行。

よび [予備] 二6

名 預備，準備。

類 用意

△ 彼は、予備の靴を持ってきているとか／聽說他有帶預備的鞋子。

よびかける [呼び掛ける] 二6

他下一 招呼，呼喚；號召，呼籲。

類 勧誘

△ ここにゴミを捨てないように、呼びかけようじゃないか／我們來呼籲大眾，不要在這裡亂丟垃圾吧！

よびだす [呼出す] 二6

他五 喚出，叫出；叫來，喚來，邀請；傳訊。

△ こんな夜遅くに呼出して、何の用ですか／那麼晚了還叫我出來，到底是有什麼事？

よぶ [呼ぶ] 四2

他五 呼叫，招呼；喚來，叫來；叫做。

△ だれか呼んでください／請幫我叫人來。

よぶん [余分] 二6

名·形動 剩餘，多餘的；超量的，額外的。

類 残り

△ 余分なお金があるわけがない／不可能會有多餘的金錢。

よほう [予報] 二6

名·他サ 預報。

類 知らせ

△ 天気予報によると、明日は曇りがちだそうです／根據氣象報告，明天好像是多雲的天氣。

よぼう [予防] 二36

名·他サ 預防。

△ 病気の予防に関しては、保健所に聞いてください／關於生病的預防對策，請你去問保健所。

よみ [読み] 二6

名 唸，讀；訓讀；判斷，盤算。

類 訓

よみがえる [蘇る]

(自五) 甦醒，復活；復興，復甦，回復；重新想起。

(類) 生き返る

△ しばらくしたら、昔の記憶が蘇るに相違ない／過了一陣子後，以前的記憶一定會想起來的。

よむ [読む]

(他五) 閱讀，看；念，朗讀。

(反) 書く　(類) 閲読

△ 朝は新聞しか読みません／早上都只看報紙。

よめ [嫁]

(名) 兒媳婦，妻，新娘。

(反) 婿　(類) 花嫁

△ 彼女は嫁に来て以来、一度も実家に帰っていない／自從她嫁過來之後，就沒回過娘家。

よやく [予約]

(名・他サ) 預約。

△ レストランの予約をしなくてはいけない／得預約餐廳。

よゆう [余裕]

(名) 富餘，剩餘；寬裕，充裕。

(類) 裕り

△ 忙しくて、余裕なんかぜんぜんない／太過繁忙，根本就沒有喘氣的時間。

より

(副) 更，更加。

更に

△ 他の者に比べて、彼はより勤勉だ／他比任何人都勤勉。

よる [因る]

(自五) 由於，因為；任憑，取決於；依靠，依賴；按照，根據。

(類) 従う

△ 理由によっては、許可することができる／因理由而定，來看是否批准。

よる [寄る]

(自五) 順道去…；接近。

(類) 近寄る

△ 彼は、会社の帰りに喫茶店に寄りたがります／他回公司途中總喜歡順道去咖啡店。

よる [夜]

(名) 晚上，夜裡。

(反) 昼　(類) 晚

△ 今日の夜は、いかがですか／今晚如何？

よろこび [喜び]

(名) 高興，歡喜，喜悦；喜事，喜慶事；道喜，賀喜。

(反) 悲しみ　(類) 祝い事

△ どんなに小さいことにしろ、私たちには喜びです／即使是再怎麼微不足道的事，對我們而言都是種喜悦。

よろこぶ [喜ぶ]

(自五) 高興，歡喜。

反 悲しむ　類 うれしい

△ 弟(おとうと)と遊(あそ)んでやったら、とても喜(よろこ)びました／我陪弟弟玩，結果他非常高興。

よろしい　三2

形 好，可以。

類 宜(よ)い

△ よろしければ、お茶(ちゃ)をいただきたいのですが／如果可以的話，我想喝杯茶。

よろしく　四2

寒暄 指教，關照。

△ これからも、どうぞよろしく／今後也請多多指教。

よわい [弱い]　三2

形 虛弱；不高明。

反 強い

△ その子(こ)どもは、体(からだ)が弱(よわ)そうです／那個小孩看起來身體很虛弱。

らラ

ら [等]　二36

接尾 （前接名詞、代名詞或人稱代名詞，表示複數）們；（指同類型的人或物）等，這些。

類 達

らい [来]　二6

連體 （時間）下個，下一個。

類 きたる

らいげつ [来月]　四2

名 下個月。

反 先月　類 翌月

△ 来月(らいげつ)は11月(がつ)ですね／下個月就是十一月吧！

らいしゅう [来週]　四2

名 下星期。

類 次週

△ テストは来週(らいしゅう)です／下星期考試。

ライター [lighter]　二6

名 打火機。

らいにち [来日]　二6

名‧自サ （外國人）來日本，到日本來。

類 訪日

△ トム・ハンクスは来日(らいにち)したことがありましたっけ／湯姆漢克有來過日本來著？

らいねん [来年]　四2

名 明年。

反 去年　類 明年

△ 来年(らいねん)から再来年(さらいねん)まで、アメリカに留学(りゅうがく)します／從明年到後年要到美國留學。

らく [楽]　二36

名‧自サ‧漢造 快樂，安樂，快活；輕鬆，簡單；富足，充裕。

類 気楽

△ 生活が、以前に比べて楽になりました／生活比過去快活了許多。

らくだい [落第]　二 3 6

(名·自サ) 不及格，落榜，沒考中；留級。

反 及第　類 不合格

△ 彼は落第したので、悲しげなようすだった／他因為落榜了，所以很難過的樣子。

ラケット [racket]　二 6

(名) （網球、羽毛球、乒乓球等的）球拍。

ラジオ [radio]　四 2

(名) 收音機。

△ まだラジオを買っていません／還沒買收音機。

ラッシュアワー [rush hour]　二 6

(名) 尖峰時刻，擁擠時段。

類 ラッシュ

らん [欄]　二 6

(名·漢造) （表格等）欄目；欄杆；（書籍、刊物、版報等的）專欄。

類 てすり

△ テレビ欄を見たかぎりでは、今日はおもしろい番組はありません／就電視節目表來看，今天沒有有趣的節目。

ランチ [lunch]　二 6

(名) 午餐。

類 昼食

ランニング [running]　二 6

(名) 賽跑，跑步。

類 競走

△ 雨が降らないかぎり、毎日ランニングをします／只要不下雨，我就會每天跑步。

らんぼう [乱暴]　二 3 6

(名·形動) 粗暴，粗魯；蠻橫，不講理；胡來，胡亂，亂打人。

類 粗暴

△ 彼の言い方は乱暴で、びっくりするほどだった／他的講話很粗魯，嚴重到令人吃驚的程度。

り

りリ

リード [lead]　二 6

(名·自他サ) 領導，帶領；（比賽）領先，贏；（新聞報導文章的）内容提要。

△ 5点リードしているからといって、油断しちゃだめだよ／不能因為領先五分，就因此大意唷。

りえき [利益]　二 3 6

(名) 利益，好處；利潤，盈利。

反 損失　類 利潤

△ たとえ利益が上がらなくても、私は仕事をやめません／就算紅利不增，我也不會辭掉工作。

りか [理科] 二 3 6

名 理科（自然科學的學科總稱）；（大學中主要講授自然科學的）理科，理學院。

反 文科

りかい [理解] 二 3 6

名·他サ 理解，領會，明白；體諒，諒解。

反 表現 類 了解

△ あなたの考えは、理解しがたい／你的想法，我實在難以理解。

りがい [利害] 二 6

名 利害，得失，利弊，損益。

類 損得

△ 彼らに利害関係があるとしても、そんなにひどいことはしないと思う／就算和他們有利害關係，我猜他們也不會做出那麼過份的事吧。

りく [陸] 二 3 6

名·漢造 陸地，旱地；陸軍的通稱。

反 海 類 陸地

△ 長い航海の後、陸が見えてきた／在長期的航海之後，見到了陸地。

りこう [利口] 二 3 6

名·形動 聰明，伶利機靈；巧妙，周到，能言善道。

反 馬鹿 類 賢い

△ 彼らは、もっと利口に行動するべきだった／他們那時應該要更機伶些行動才是。

りこん [離婚] 二 6

名·自サ （法）離婚。

類 離縁

リズム [rhythm] 二 6

名 節奏，旋律，格調，格律。

類 テンポ

△ ジャズダンスは、リズム感が大切だ／跳爵士舞節奏感很重要。

りそう [理想] 二 3 6

名 理想。

反 現実 類 理念

△ 理想の社会について、話し合おうではないか／大家一起來談談理想中的社會吧！

りつ [率] 二 6

名 率，比率，成數；有力或報酬等的程度。

類 割合

△ 消費税率の変更に伴って、値上げをする店が増えた／隨著稅率的變動，漲價的店家也增加了許多。

リットル [liter] 二 6

名 升，公升。

類 リッター

△ 女性雑誌によると、毎日1リットルの水を飲むと美容にいいそうだ／據女性雜誌上所說，每天喝一公升的水有助於養顏美容。

りっぱ [立派] 　　　　四2

形動 了不起，優秀；漂亮，美觀。

反 貧弱　類 素敵
△ あなたのお父さんは、立派ですばらしいです／你的父親既優秀又了不起。

リボン [ribbon] 　　　　二36

名 緞帶，絲帶；髮帶。

りゃくする [略する] 　　　　二6

他サ 簡略；省略，略去；攻佔，奪取。

類 省略する
△ 国際連合は、略して国連と言います／國際聯合簡稱國連。

りゆう [理由] 　　　　三2

名 理由，原因。

類 訳
△ 彼女は、理由を言いたがらない／她不想說理由。

りゅう [流] 　　　　二36

名 （接在詞後面，表示特有的方式、派系）流，流派。

類 流派

りゅういき [流域] 　　　　二6

名 流域。
△ この川の流域で洪水が起こって以来、地形がすっかり変わってしまった／這條河域自從山洪爆發之後，地形就完全變了個樣。

りゅうがくせい [留学生] 　　　　四2

△ 留学生。
△ アメリカからも、留学生が来ています／也有從美國來的留學生。

りゅうこう [流行] 　　　　二36

名・自サ 流行，時髦，時興；蔓延。

類 はやり
△ 去年はグレーが流行したかと思ったら、今年はピンクですか／還在想去年是流行灰色，今年是粉紅色啊？

りよう [利用] 　　　　二36

名・他サ 利用。

類 活用
△ 空き缶を利用して、花瓶を作りました／利用空罐子做了花瓶。

りょう [量] 　　　　二36

名・漢造 數量，份量，重量；推量；器量。

反 質　類 数量
△ 期待に反して、収穫量は少なかった／與預期相反，收成量是少之又少。

りょう [寮] 　　　　二36

名・漢造 宿舍（狹指學生、公司宿舍）；茶室；別墅。

類 寄宿
△ 学生寮はにぎやかで、動物園かと思うほどだ／學生宿舍熱鬧到讓人誤以為是動物園的程度。

りょう [両] 　　　　二36

漢造 雙，兩。

類 両方

りょう [料] 二3 6

接尾 費用，代價。

類 代金

りょう [領] 二6

名·漢造·接尾 領土；脖領；首領；占領；收；領悟；（計算盔甲、服裝的單位）件，套。

類 領地

りょうがえ [両替] 二3 6

名·他サ 兌換，換錢，兌幣。

△ 円をドルに両替する／日圓兌換美金。

りょうがわ [両側] 二3 6

名 兩邊，兩側，兩方面。

△ 川の両側は崖だった／河川的兩側是懸崖。

りょうきん [料金] 二3 6

名 費用，使用費，手續費。

類 料

△ 料金を払ってからでないと、会場に入ることができない／如尚未付款，就不能進會場。

りょうし [漁師] 二6

名 漁夫，漁民。

類 漁夫

△ 漁師の仕事をしています／我從事漁夫的工作。

りょうじ [領事] 二6

名 領事。

類 領事官

△ 領事館の協力をぬきにしては、この調査は行えない／如果沒有領事館的協助，就沒有辦法進行這項調查。

りょうしゅう [領収] 二6

名·他サ 收到。

△ 会社向けに、領収書を発行する／發行公司用的收據。

りょうしん [両親] 四2

名 父母，雙親。

類 二親

△ 両親は、なにも言いません／父母什麼都沒說。

りょうほう [両方] 三2

名 兩方，兩種。

類 双方

△ やっぱり両方買うことにしました／我還是決定兩種都買。

りょうり [料理] 四2

名 菜餚，飯菜；做菜，烹調。

類 調理

△ 兄は、料理ができます／哥哥會作菜。

りょかん [旅館] 三2

名 旅館。

類 宿屋

△ 日本風の旅館に泊まることがありま

すか／你有時會住日式旅館嗎？

りょく [力] 二36

㊔（也唸「りく」）力量。

類 力（ちから）

りょこう [旅行] 四2

名·自サ 旅行，旅遊，遊歷。

類 旅

△ 明日、旅行に行きます／明天要去旅行。

りんじ [臨時] 二36

㊔ 臨時，暫時，特別。

反 通常

△ 彼はまじめな人だけに、臨時の仕事でもきちんとやってくれました／到底他是個認真的人，就算是臨時進來的工作，也都做得好好的。

るル

るすばん [留守番] 二6

㊔ 看家，看家人。

△ 留守番のついでに、部屋の掃除をしてください／請你看家時順便整理一下房間。

れレ

れい [零] 四2

㊔ 零。

類 ゼロ

△ そこは、冬は零度になります／那邊冬天氣溫會降到零度。

れい [例] 二36

名·漢造 慣例；先例；例子；往常；那個（表示雙方都知道、或是不便明講的事物）；規則。

類 先例

れい [礼] 二36

名·漢造 禮儀，禮節，禮貌；鞠躬；道謝，致謝；敬禮；禮品。

類 礼儀

△ いろいろしてあげたのに、礼さえ言わない／我幫他那麼多忙，他卻連句道謝的話也不說。

れいがい [例外] 二36

㊔ 例外。

類 特別

△ 例外に関しても、きちんと決めておこう／我們也來好好規範一下例外的處理方式吧。

れいぎ [礼儀] 二36

㊔ 禮儀，禮節，禮法，禮貌。

類 礼節

△ 彼は、外見に反して、礼儀正しい青年でした／跟外表不同，其實是他是位端正有禮的青年。

れいせい [冷静] 二6

名·形動 冷靜，鎮靜，沉著，清醒。

れ

📝 落ち着き
△ 彼は、どんなことにも慌てることなく冷静に対処した／不管任何事，他都不慌不忙地冷靜處理。

れいぞうこ [冷蔵庫] 　四2

② 冰箱，冷藏室，冷藏庫。
△ 冷蔵庫はどこにありますか／冰箱在哪裡？

れいてん [零点] 　二6

② 零分；毫無價值，不夠格；零度，冰點。
📝 氷点
△ 零点取って、母にしかられた／考個鴨蛋，被媽媽罵了一頓。

れいとう [冷凍] 　二6

名・他サ 冷凍。
📝 凍る
△ うちで食べてみたかぎりでは、冷凍食品は割においしいです／就在我們家試吃的結果來看，冷凍食品其實挺好吃的。

れいぼう [冷房] 　二36

名・他サ 冷氣；放冷氣。
反 暖房

レーンコート [rain coat] 　二6

② 雨衣。

れきし [歴史] 　三2

② 歴史。

📝 史実
△ 日本の歴史についてお話しいたします／我要講的是日本歴史。

レクリエーション [recreation] 　二6

② （身心）休養；娛樂，消遣。
📝 楽しみ
△ 遠足では、いろいろなレクリエーションを準備しています／遠足時準備了許多娛興節目。

レコード [record] 　四2

② 黑膠唱片。
📝 音盤
△ このレコードは、どなたのですか／這張唱片是誰的？

レジャー [leisure] 　二6

② 空閒，閒暇，休閒時間；休閒時間的娛樂。
📝 余暇
△ レジャーに出かける人で、海も山もたいへんな人出です／無論海邊或是山上，都湧入了非常多的出遊人潮。

レストラン [（法）restaurant] 　四2

② 西餐廳。
📝 食堂
△ どのレストランで、食事をしますか／要到哪家餐廳用餐？

れつ [列] 　二36

名·漢造 列，隊列，隊；排列；行，列，級，排。

類 行列

△ 列が長いか短いかにかかわらず、私は並びます／無論排隊是長是短，我都要排。

れっしゃ [列車] 二 3 6

名 列車，火車。

類 汽車

△ 列車に乗り遅れたにせよ、ちょっと来るのが遅すぎませんか／即使火車誤點了也好，你來得會不會也太慢了點？

れっとう [列島] 二 6

名 （地）列島，群島。

△ 日本列島が、雨雲に覆われています／烏雲滿罩日本群島。

レベル [level] 二 6

名 水平，水準；水平線，水平面；水平儀，水平器。

類 水準

△ レベルが高いか低いかにかかわらず、私はそのクラスで勉強します／無論水準是高是低，我都要到那班讀書。

レポート [report] 二 3 6

名·他サ 報告；調查報告，研究報告；新聞報導，通訊；學生的小論文。

類 報告

△ レポートが遅れぎみで困っています／研究報告有點延誤到了，真是令人頭痛。

れんが [煉瓦] 二 6

名 磚，紅磚。

△ 煉瓦で壁を作りました／我用紅磚築成了一道牆。

れんごう [連合] 二 6

名·他サ·自サ 聯合，團結；（心）聯想。

類 協同

△ いくつかの会社で連合して対策を練った／幾家公司聯合起來一起想了對策。

れんしゅう [練習] 四 2

名·他サ 練習，反覆學習。

類 習練

△ ここで歌の練習ができます／這裡可以練習唱歌。

レンズ [（荷）lens] 二 6

名 （理）透鏡，凹凸鏡片；照相機的鏡頭。

△ 眼鏡のレンズが割れてしまった／眼鏡的鏡片破掉了。

れんそう [連想] 二 6

名·他サ 聯想。

類 想像

△ チューリップを見るにつけ、オランダを連想します／每當看到鬱金香，就會聯想到荷蘭。

れんぞく [連続] 二 3 6

名·他サ·自サ 連續，接連。

類 引き続く

△ わが社は、創立して以来、3年連続黒字である／打從本公司創社以來，就連續了三年的盈餘。

れんらく [連絡] 二36

(名·自他サ) 聯絡，聯繫，彼此關連；（交通）連接，聯運；通知，告知（相關人員）。

(類) 知らせ

△ 連絡が取れないかぎり、出発できません／要是聯絡不上，就無法出發。

ろ ロ

ろうか [廊下] 二36

(名) 走廊，走道。

ろうじん [老人] 二36

(名) 老人，老年人。

(類) 年寄り

△ 老人は楽しげに、「はっはっは」と笑った／老人快樂地「哈哈哈」笑了出來。

ろうそく [蝋燭] 二6

(名) 蠟燭。

(類) キャンドル

△ 停電したので、ろうそくをつけた／因為停電，所以點了蠟燭。

ろうどう [労働] 二6

(名·自サ) 勞動，體力勞動，工作；（經）勞動力。

(類) 労務

△ 労働したせいか、体が痛い／不知道是不是工作勞動的關係，身體很酸痛。

ローマじ [ローマ字] 二36

(名) 羅馬字，拉丁字母。

(類) ラテン文字

ろく [六] 四2

(名) （數）六；六個。

△ 鳥が6羽ぐらいいます／有六隻左右的鳥。

ろくおん [録音] 二36

(名) 錄音。

(反) 再生 (類) 吹き込み

ロケット [rocket] 二6

(名) 火箭發動機；（軍）火箭彈；狼煙。

△ 学んだ技術をもとにして、ロケットを開発しました／應用所學的技術開發了火箭。

ロッカー [locker] 二6

(名) （公司、機關用可上鎖的）文件櫃；（公共場所用可上鎖的）置物櫃，置物箱。

△ ロッカーに荷物を入れます／我把行李放入置物櫃裡。

ロビー [lobby] 二6

(名) （飯店、電影院等人潮出入頻繁的建築物的）大廳，門廳；接待室，休息室，走廊。

客間
△ ホテルのロビーで待っていてください／請到飯店的大廳等候。

ろん [論] ⚁6
名 論，議論。
類 論議

ろんじる・ろんずる [論じる・論ずる] ⚁6
他上一 論，論述，闡述。
類 論争する
△ 事の是非を論じる／論述事情的是非。

ろんそう [論争] ⚁6
名・自サ 爭論，辯論，論戰。
類 言い争う
△ 女性の地位についての論争は、激しくなる一方です／針對女性地位的爭論，是越來越激烈。

ろんぶん [論文] ⚁36
名 論文；學術論文。
△ 論文を提出して以来、毎日寝てばかりいる／自從交出論文以來，每天就是一直睡。

わヮ

わ [輪] ⚁36
名 圈，環，箍；環節；車輪。
類 円形

△ 輪になってお酒を飲んだ／大家圍成一圈喝起酒來。

わ [和] ⚁6
名 和，人和；停止戰爭，和好；所得的結果，和。
對 差

わ [羽] ⚁36
接尾 （數鳥或兔子）隻。

ワイシャツ [white shirt] 四2
名 襯衫。
△ 青いワイシャツがほしいです／我想要藍色的襯衫。

ワイン [wine] ⚁6
名 葡萄酒；水果酒；洋酒。
類 ぶどう酒

わえい [和英] ⚁36
名 日本和英國；日語和英語；日英辭典的簡稱。
類 和英辞典
△ 適切な英単語がわからないときは、和英辞典を引くものだ／找不到適當的英文單字時，就該查查看看日英辭典。

わが [我が] ⚁6
連體 我的，自己的，我們的。
類 われわれの

わかい [若い] 四2
形 年輕，年紀小，有朝氣。

② 老いた　③ 若々しい
△ どの人が、一番若いですか／哪個人
最年輕？

わかす [沸かす]　　　≡3

(他五) 煮沸；使沸騰。

③ 煮沸する
△ ここでお湯が沸かせます／這裡可以
將水煮開。

わがまま [我侭]　　　≡6

(名・形動) 任性，放肆，肆意。

③ 自分勝手
△ あなたがわがままなことを言わない
かぎり、彼は怒りませんよ／只要你不
說些任性的話，他就不會生氣。

わかる　　　　四2

(自五) 知道，明白；懂，會，瞭解。

③ 理解する
△ 意味がわかりますね／懂意思吧！

わかれ [別れ]　　　≡6

(名) 別，離別，分離；分支，旁系。

③ 別離
△ 別れが悲しくて、泣かずにはいられ
なかった／離別過於悲傷，忍不住地哭
了出來。

わかれる [別れる]　　　≡2

(自下一) 分別，分開。

② 会う　③ 別離
△ 若い二人は、両親に別れさせられた
／兩位年輕人，被父母給強行拆散了。

わかわかしい [若々しい]　　　≡6

(形) 年輕有朝氣的，年輕輕的，富有朝氣的。

③ 若い
△ 華子さんは、あんなに若々しかった
っけ／華子小姐有那麼年輕嗎？

わき [脇]　　　≡6

(名) 腋下，夾肢窩；（衣服的）旁側；
旁邊，附近，身旁；旁處，別的地方；
（演員）配角。

③ 横
△ 本を脇に抱えて歩いている／將書本
夾在腋下行走。

わく [沸く]　　　≡2

(自五) 煮沸，煮開；興奮。

③ 沸騰
△ お湯が沸いたから、ガスをとめてく
ださい／熱水一開，就請把瓦斯關掉。

わけ [訳]　　　≡2

(名) 原因，理由 ；意思。

③ 理由
△ 私がそうしたのには、訳があります
／我那樣做，是有原因的。

わける [分ける]　　　≡6

(他下一) 分，分開，區分，劃分；分配，
分給；分開，排開，擠開。

③ 分割する
△ 5回に分けて支払う／分五次支付。

わざと [態と]　　　≡6

(副) 故意，有意，存心；特意地，有意識

地。

【類】故意に

△ 彼女は、わざと意地悪をしているにきまっている／她一定是故意刁難人的。

わずか [僅か] 二6

【副·形動】（數量、程度、價值、時間等）很少，僅僅；一點也（後加否定）。

【類】微か

△ 貯金があるといっても、わずか20万円にすぎない／雖說有存款，但也只不過是僅僅的20萬日幣而已。

わすれもの [忘れ物] 三2

【名】遺忘物品，遺失物。

【類】遺失物

△ あまり忘れ物をしないほうがいいね／最好別太常忘東西。

わすれる [忘れる] 四2

【他下一】忘記，忘掉；忘懷，忘卻；遺忘。

【反】覚える　【類】遺忘する

△ 私は、あなたを忘れません／我不會忘記你的。

わた [綿] 二6

【名】（植）棉；棉花；柳絮；絲棉。

【類】木綿

△ 布団の中には、綿が入っています／棉被裡裝有棉花。

わだい [話題] 二6

【名】話題，談話的主題、材料；引起爭論的人事物。

【類】話柄

△ 彼らは、結婚して以来、いろいろな話題を提供してくれる／自從他們結婚以來，總會分享很多不同的話題。

わたし [私] 四2

【代】我（謙遜的說法「わたくし」）。

【反】あなた　【類】私（わたくし）

△ 私は、冬がきらいです／我不喜歡冬天。

わたす [渡す] 四2

【他五】交給；給，讓予；渡，跨過河。

【類】手渡す

△ 渡すか渡さないかは、私が決める／由我來決定給或不給。

わたる [渡る] 四2

【自五】渡，過；（從海外）渡來，傳入。

△ 船に乗って、川を渡ります／搭上船渡河。

わびる [詫びる] 二6

【自五】道歉，賠不是，謝罪。

【類】謝る

△ みなさんに対して、詫びなければならない／我得向大家道歉才行。

わふく [和服] 二6

【名】日本和服，和服。

【類】洋服

△ 彼女は、洋服に比べて、和服の方がよく似合います／比起穿洋裝，她比較

適合穿和服。

わらい [笑い] ◎6
⊛ 笑；笑聲；嘲笑、譏笑、冷笑。
⊜ 笑み
△ おかしくて、笑いが止まらないほどだった／實在是太好笑了，好笑到停不下來。

わらう [笑う] ◎2
⊕自五·他五 笑；譏笑。
⊝ 泣く　⊜ 笑む
△ 失敗して、みんなに笑われました／失敗而被大家譏笑。

わりあいに [割合に] ◎2
⊛名·副 相比而言；比較地；更…一些。
⊜ 割に
△ 東京の冬は、割合寒いだろうと思う／我想東京的冬天，應該比較冷吧！

わりあて [割り当て] ◎6
⊛ 分配，分攤。
⊜ 割り前

わりこむ [割り込む] ◎6
⊕自五 擠進，插隊；闖入，闖進；插嘴。
⊜ 口出し

わりざん [割り算] ◎6
⊛ （算）除法。
⊝ 掛け算
△ 小さな子どもに、割り算は難しいよ／對年幼的小朋友而言，除法很難。

わりと・わりに [割と・割に] ◎6
⊕副 比較；分外，格外，出乎意料。
⊜ 比較的
△ 病み上がりにしてはわりと元気だ／雖然病才剛好，但精神卻顯得相當好。

わりびき [割引] ◎6
⊛名·他サ （價錢）打折扣，減價；（對說話內容）打折；票據兌現。
⊝ 割増し　⊜ 値引き
△ 割引をするのは、三日きりです／折扣只有三天而已。

わる [割る] ◎6
⊕他五 打，砸破，劈開；分給；用除法計算；分開，擠開；稀釋；低於。
⊜ 裂く

わるい [悪い] ◎4
⊛形 不好，壞的；惡性，有害；不對，錯誤。
⊝ よい　⊜ 悪質
△ 悪いのはそっちですよ／錯的人是你吧！

わるくち [悪口] ◎6
⊛ 壞話，誹謗人的話；罵人。
⊜ 悪言
△ 人の悪口を言うべきではありません／不該說別人壞話。

われる [割れる] ◎2
⊕自下一 碎，裂；分裂。

類 砕ける

△ 鈴木さんにいただいたカップが、割れてしまいました／鈴木送我的杯子，破掉了。

われわれ [我々] 二6

代 （人稱代名詞）我們；（謙卑說法的）我；每個人。

類 われら

△ われわれは、コンピュータに関してはあまり詳しくない／我們對電腦不大了解。

わん [湾] 二6

名 灣，海灣。

△ 東京湾に、船がたくさん停泊している／東京灣裡停靠著許多船隻。

わん [椀・碗] 二2

名 碗，木碗；（計算數量的單位）碗。

類 茶碗

ワンピース [one-piece] 二6

名 （上半身衣服和裙子連身的）連身裙。

類 洋服

△ パーティーに、どちらのワンピースを着ていったらいいかしら／穿哪件連身裙去參加宴會好呢？

Go日語攜帶本　01

攜帶本 365天用的 日語單字6000

2016年3月　初版一刷　　　　　　　　　（50K+1DVD）

發行人 ● 林德勝

著者 ● 吉松由美・田中陽子・西村惠子・山田玲奈◎合著

出版發行 ● 山田社文化事業有限公司
　　　　　　臺北市大安區安和路一段112巷17號7樓
　　　　　　電話　02-2755-7622
　　　　　　傳真　02-2700-1887

郵政劃撥 ● 19867160號　　大原文化事業有限公司
網路購書 ● 日語英語學習網　http://www.daybooks.com.tw

總經銷 ● 聯合發行股份有限公司
　　　　　新北市新店區寶橋路235巷6弄6號2樓
　　　　　電話　02-2917-8022
　　　　　傳真　02-2915-6275

印刷 ● 上鎰數位科技印刷有限公司

法律顧問 ● 林長振法律事務所　林長振律師

書＋DVD ● 定價　新台幣340元

ISBN　978-986-246-159-4
© 2016, Shan Tian She Culture Co., Ltd.